Prelude to Foundation
파운데이션의 서막

종이책의 감성을 온라인으로
황금가지의
온라인 소설 플랫폼

인기 출판소설 무료 연재 중!

FOUNDATION SERIES
06

Prelude to Foundation
파운데이션의 서막

Isaac Asimov
아이작 아시모프
김옥수 옮김

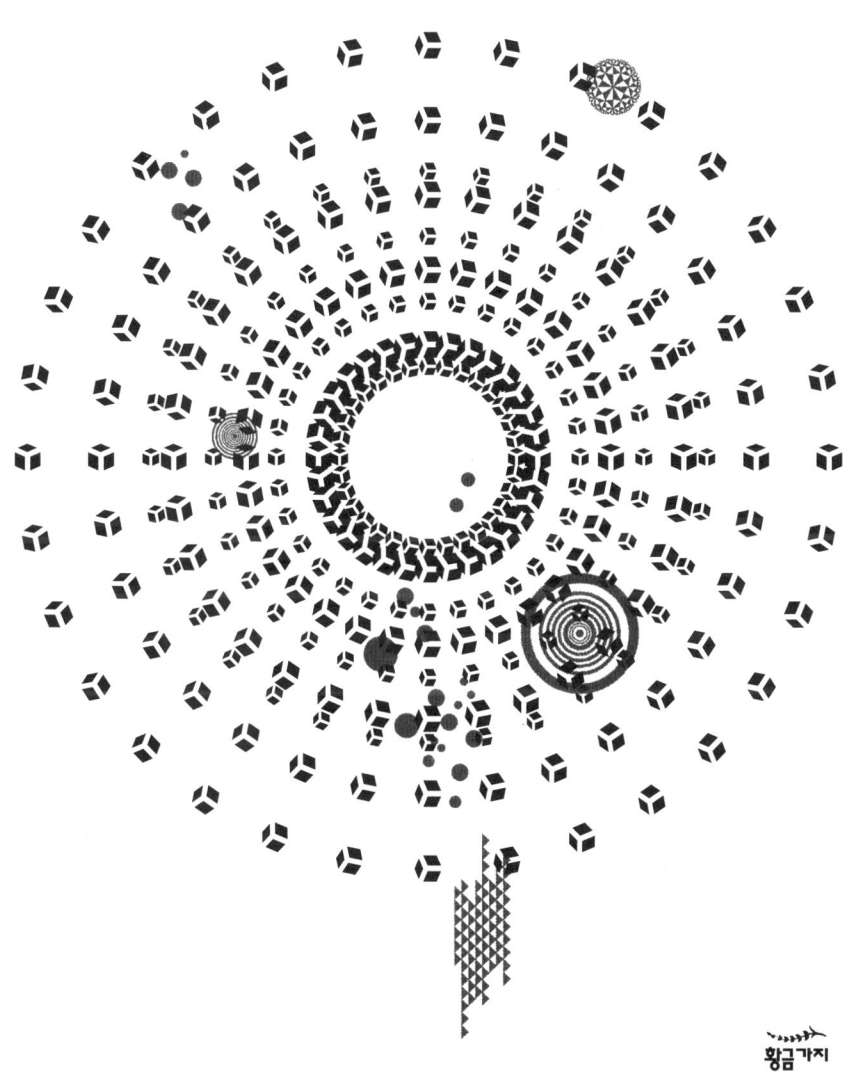

황금가지

PRELUDE TO FOUNDATION
by Isaac Asimov

Copyright © 1988 by Nightfall, Inc.
All rights reserved.

Korean edition is published by arrangement with
Doubleday, an imprint of The Knopf Doubleday Publishing Group,
a division of Random House, Inc., through EYA.

이 책의 한국어 판 저작권은 EYA를 통해
The Knopf Doubleday Group과 독점 계약한 ㈜민음인에 있습니다.
저작권법에 의해 한국 내에서 보호를 받는 저작물이므로 무단 전재와 무단 복제를 금합니다.

차례

제1부 **수학자** ─── 7
제2부 **탈출** ─── 42
제3부 **대학** ─── 73
제4부 **도서관** ─── 97
제5부 **지붕 위** ─── 131
제6부 **구조** ─── 167
제7부 **마이코겐** ─── 194
제8부 **태양정복자** ─── 227
제9부 **미생물 농장** ─── 259
제10부 **'책'** ─── 290
제11부 **세크라토리움** ─── 322
제12부 **에어리** ─── 359
제13부 **열 저장실** ─── 394
제14부 **빌리보턴** ─── 437
제15부 **비밀경찰** ─── 475
제16부 **경찰관** ─── 509
제17부 **와이** ─── 541
제18부 **쿠데타** ─── 576
제19부 **도스** ─── 607

제1부

수학자

클레온 1세

엔턴 왕조 최후의 은하제국 황제. 클레온 황제는 은하 기원 11988년에 출생했음. 해리 셀던도 같은 해 출생(황제가 자신의 출생 연도에 맞추어 해리 셀던의 생년을 조작했다고 추측하는 사람도 있음. 셀던은 트랜터에 잠시 머무르는 동안 황제를 만나 보았을 것으로 추측됨.).
클레온 1세는 12010년에 22세의 나이로 등극했음. 격동의 시대임에도 통치 기간 동안 폭풍 전야의 평화를 누림. 이것은 에토 데머즐 총리의 교묘한 공작 정치 덕분이었음. 총리 또한 자신에 관한 공공 서류를 모두 은폐했기 때문에 현재 그에 대한 기록을 찾을 수 없음.
클레온 황제 자신은…….

— 『은하대백과사전』

이 책에서 인용하는 『은하대백과사전』은 터미너스에 있는 은하대백과사전 출판주식회사가 파운데이션 기원 1020년에 발간한 116판으로서 출판사 측의 허락하에 인용되고 있음을 밝혀 둔다.

1

하품 나오는 것을 간신히 참으며 클레온 황제는 말했다.
"총리는 해리 셀던이라는 사나이에 대해서 들어 본 적이 있소?"
클레온 1세가 황제로 등극한 지 10년이 넘었다. 한때는 황제 의상과

왕관을 쓰고 위엄 있는 모습을 과시한 적도 있었다. 예를 들어 황제 뒤에 있는 벽에 장식된 클레온 1세의 홀로그램만 하더라도 그런 모습이 잘 드러나 있다. 그 홀로그램은 역대 선황들의 홀로그램을 압도하도록 정면에 배치되었다.

그 홀로그램은 실물과 다른 점이 많았다. 클레온 1세의 홀로그램 중에는 실물과 마찬가지로 머리칼을 밝은 갈색으로 만든 것도 있기는 하나, 그 홀로그램의 머리색은 짙은 갈색이었다. 게다가 실제 얼굴은 왼쪽 윗입술이 오른쪽 윗입술보다 약간 올라가서 얼굴 모양이 불균형을 이루고 있으나 홀로그램에는 그런 불균형이 나타나 있지 않았다. 만약 황제 옆에 홀로그램을 놓고 자세히 비교한다면, 실제 키가 홀로그램보다 약 2센티미터 정도 작은 181센티미터에 불과하며 홀로그램이 실제보다 날씬하게 만들어졌다는 것을 쉽게 눈치챌 수 있을 것이다.

물론 그 홀로그램은 대관식을 즈음해서 만든 것이기 때문에 현재보다 젊은 모습을 담고 있어 그런 차이가 날 수도 있다. 그렇다고 해서 황제가 현재 젊고 매력적인 외모를 가지고 있지 않다는 이야기는 아니다. 공식 행사에서 비정한 권력을 휘두를 때를 제외하면 항상 마음씨 착한 인간의 표정을 짓고 있다.

데머즐 총리는 황제에게 얘기할 때는 언제나 존경심이 가득 차 보이도록 노력해 왔다. 지금도 그런 목소리로 황제에게 말하고 있다.

"해리 셀던? 저는 기억나지 않사옵니다, 폐하. 무슨 일이라도 있사옵니까?"

"과학처 장관이 어젯밤에 얘기하기에 그대도 알고 있을 것으로 생각했는데……."

데머즐은 살짝 얼굴을 찌푸렸다. 하지만 황제 앞에서 얼굴을 찌푸리는 짓은 무엄한 일이기 때문에 아주 조금 찌푸렸을 뿐이다.

"과학처 장관이 총리인 제게 먼저 보고하지 않고 폐하께 직접 보고해 폐하를 귀찮게 하다니……."

클레온 황제가 손을 들어 막자 데머즐 총리는 즉각 말을 멈추었다.

"그만하시오, 총리. 항상 격식을 차릴 수는 없는 것 아니오! 어젯밤 연회에서 과학처 장관과 잠시 환담을 나누게 되었는데, 장관이 하도 열심히 말하기에 잠시 들었을 뿐이오. 이야기도 아주 흥미 있었소."

"어떤 점에서 흥미가 있었사옵니까, 폐하?"

"얼마 전까지만 해도 많은 사람이 과학과 수학에 지대한 관심이 있었지. 그러나 모든 법칙과 원리가 밝혀지면서 그런 분위기는 사그라졌소, 그렇지 않소? 그런데 아직도 흥미로운 내용들이 밝혀지고 있다는 얘기요. 최소한 어제 듣기로는 그랬소."

"과학처 장관이 그렇게 보고했습니까, 폐하?"

"그렇소. 장관이 말하길 해리 셀던이라는 사나이가 이곳 트랜터에서 10년에 한 번씩 열리는 수학자 총회에 참석해서 수학적으로 미래를 예견하는 법칙을 발견했다고 주장했다는 것이오."

데머즐은 얼굴에 웃음을 띠며 말했다.

"과학처 장관이 통찰력이 부족하거나 아니면 그 수학자가 허풍을 떤 것으로 사료되옵니다, 폐하. 미래를 예견한다는 것은 어린애들이나 꿈꾸는 마술이라고 생각되옵니다, 폐하."

"총리는 그렇게 생각하오? 하지만 짐은 사람들이 그 같은 것을 맹신한다고 생각하는데."

"사람들이 맹신하는 것은 많사옵니다, 폐하."

"하지만 사람들은 그런 것을 더욱 맹신하지. 게다가 미래에 대한 예언이 사실이든 아니든 문제 될 건 없소. 만약 그 수학자가 짐의 통치 기간이 안정되고 평안하게 오랫동안 지속하며 제국도 평안과 안녕을 누릴 것이라고 예언한다면 좋은 일 아니겠소?"

"물론 듣기에는 좋겠지만 그렇다고 달라지는 것도 없지 않사옵니까, 폐하?"

"아니지. 만약 사람들이 이런 예언을 믿는다면 모든 일이 잘될 것이라고 생각하며 살아가지 않겠소? 기존에 나온 여러 가지 예언을 보더라도 믿는 사람도 별로 없었는데 영향력은 막대했거든! 그런 것을 보고 '목적을 달성한 예언들'이라고 하지. 이제야 생각나는데 언젠가 이런 내용을 말해 준 사람이 당신 아니오?"

데머즐은 황제의 표정을 세심하게 살피며 어떠한 방식으로 얘기해야 황제가 좋아할까 궁리하며 말했다.

"그렇다고 생각되옵니다, 폐하. 원하신다면 아무나 골라 그런 예언을 하도록 시키겠습니다, 폐하."

"사람들이 아무나 믿지는 않을 거요. 그러나 수학자가 수학 공식과 전문 지식에 근거해 예언한다면 사람들은 그게 무슨 말인지 이해하지 못하기 때문에 더욱 맹신할 것이오."

"과연 훌륭하십니다, 폐하! 우리가 살고 있는 이 험난한 시대에 돈이나 군대를 이용하지 않고 신민을 다스릴 수 있다는 것은 아주 훌륭한 생각이시옵니다, 폐하. 최근의 여러 사례에서 나타나다시피 돈으로 매수하고 군대로 억압하는 방식은 장점보다는 단점이 더 많사옵니다, 폐하."

황제는 기분이 좋아졌다.

"바로 그것이오, 총리. 해리 셀던을 낚아채 오시오. 총리가 이 혼란스러운 세상 구석구석, 심지어는 내 군대가 두려워 가지 못하는 곳까지 낚싯줄을 펼쳐 놓았다고 장담했으니 낚싯줄 하나를 당겨서 바로 그 수학자를 데리고 오시오. 어디 한번 만나 봅시다."

데머즐은 회심의 미소를 지으며 말했다.

"명령대로 하겠사옵니다, 폐하."

사실 해리 셀던에 대해 충분한 정보를 파악해 놓고 과학처 장관을 시켜 황제에게 넌지시 보고하라고 암시를 준 사람은 바로 다름 아닌 데머즐 총리 자신이었다.

2

해리 셀던의 외모는 별로 인상적이지 않았다. 해리 셀던은 클레온 1세와 마찬가지로 서른두 살이었으나 키가 173센티미터에 불과했다. 얼굴에서는 온화함과 정열이 엿보였으며 머리칼은 흑발에 가까운 짙은 갈색이었다. 옷차림새는 촌티가 흘렀다.

사람들은 훌륭한 학자라면 흔히 휘날리는 은발에 얼굴 가득 지혜가 넘쳐흐르는 그윽한 웃음을 머금은, 대개는 휠체어를 타고 다닐 정도로 연로한 사람일 것이라는 편견을 가지고 있다. 그래서 사람들은 자신의 편견과 달리 너무나 평범한 해리 셀던의 모습을 보고 별로 훌륭한 학자가 아닐 것이라고 단정한다. 그러나 30대인 해리 셀던의 눈은 항상 연구에 대한 정열에 불타고 있었다.

10년에 한 번 열리는 총회에서 논문을 발표하는 그의 눈은 더욱 정열적이었다. 논문을 발표하면서 많은 사람이 관심 있게 귀 기울이고 있는 것이 느껴졌다. 나이가 지긋한 오스터피스 교수는 고개를 끄덕이며 말했다.

"훌륭한 논문이구먼, 젊은이. 아주 훌륭해."

많은 사람의 반응에, 특히 오스터피스 교수의 칭찬에 그는 아주 만족스러워했다.

그러나 전혀 예상하지 못했던 사건이 일어났다. 해리 셀던은 그 사건으로 인해 만족스러운 감정이 더 커질지 작아질지 판단할 수가 없었다.

그는 군복을 입고 있는 키가 큰 젊은이를 쳐다보았다. 왼쪽 상의에는 '우주선과 태양' 문장이 박혀 있었다.

"저는 앨번 웰리스 중위입니다. 저와 함께 가 주시면 고맙겠습니다, 선생님."

황제 근위대 장교는 신분증을 보여 주며 말했다.

물론 그는 무장한 상태였다. 문밖에는 근위대원 두 명이 지키고 서 있었다. 해리 셀던은 무슨 핑계를 대더라도 초대를 뿌리칠 수 없겠다고 판단하고 이유나 알아보자고 생각했다.

"황제를 만나러 가는 것입니까?"

"황궁까지 모셔 오라는 상관의 명령을 받았을 뿐입니다. 그 이상에 대해서는 모르겠습니다."

"하지만 이유가 있을 것 아닙니까?"

"이유에 대해서 들은 바 없습니다, 선생님. 어떠한 수단을 동원하든 선생님을 꼭 모셔 오라는 명령을 받았을 뿐입니다."

"나를 체포하려는 것 같은데, 나는 법을 어길 만한 일을 한 적이 없어요."

"선생님을 체포하는 것이 아닙니다. 더 이상 지체할 일이 없다면 선생님을 모시는 영광을 누리고 싶군요."

셀던은 더 이상 지체하지 않았다. 더 이상 질문하지 않겠다는 듯이 입을 꼭 다물고 고개를 끄덕이며 문밖으로 나섰다. 황제를 만나 제국 훈장을 받는다고 하더라도 그로서는 전혀 반갑지 않았다. 그는 제국, 즉 평화와 안녕을 만끽하는 인류 사회를 희망하기는 했으나 황제에 대해서는 반감을 품었다.

중위가 앞장서 나가고 다른 두 대원이 뒤를 따랐다. 해리 셀던은 두 대원을 지나치며 살짝 웃어 준 후 무관심한 표정을 지었다. 호텔 문을 나서서 육상용 제국 정부 승용차에 올라탔다. 해리 셀던은 화려한 소파에 손을 비벼 보았다. 그는 이처럼 화려한 차를 타 본 적이 없었다.

차는 트랜터에서 상류층이 모여 사는 지역을 지나가고 있었다. 지붕이 너무 높아 열려 있다는 착각이 들 정도였다. 열린 세계에서 태어나 성장한 해리 셀던조차도 햇빛을 즐기고 있는 듯한 착각을 느꼈다. 물론 해도 없고 그림자도 없었다. 하지만 공기에는 상쾌한 향내가 넘쳐 흘렀다.

그 지역을 지나자 지붕이 꺾이면서 벽이 좁아져 가더니 어느덧 사방이 닫힌 터널 안으로 들어와 있었다. 일정한 거리를 지날 때마다 '우주선과 태양' 문장이 박혀 있었기 때문에 정부 차량만 출입할 수 있는 곳으로 들어왔다고 셀던은 추측했다. 문이 열리자 육상용 승용차는 재빨리 통과했다. 차를 들여보내고 문이 닫히자 눈앞에는 열린 세계가, 진짜로 열린 세계가 전개되었다. 트랜터 행성에는 250제곱킬로미터에 달하는 열린 지역이 있었는데 그 위에 황궁이 건설되었던 것이다. 해리 셀던은 열린 땅을 거닐고 싶었다. 황궁에 대한 호기심 때문이 아니었다. 그곳에 은하 대학이 있었으며 평소에 많은 흥미를 갖고 있던 은하 도서관이 있기 때문이었다.

트랜터의 돔으로 덮인 지역에서 숲과 풍치 지구가 있는 열린 지역으로 들어와 보니 하늘은 구름으로 덮여 있고 싸늘한 바람이 옷깃을 펄럭였다. 그는 버튼을 눌러 승용차의 창문을 닫았다. 밖에는 우중충한 날씨가 펼쳐져 있었기 때문이었다.

3

셀던은 자신이 황제를 만날 것으로 생각하지 않았다. 기껏해야 오품관리나 육품관리가 자신을 만나 궁금한 것을 알아보고 내용을 정리해서 황제에게 보고하지 않겠는가 생각했다.

홀로그램이 아니라 실제로 황제의 얼굴을 본 사람이 과연 얼마나 되겠는가? 현재 셀던이 지나고 있는 황궁을 떠나 본 적이 없는 황제, 실제로 숨을 쉬는 살아 있는 황제를 본 사람이 얼마나 되겠는가?

그 숫자는 눈에도 안 띌 정도로 적었다. 유인 행성만 하더라도 2500만 개에 달했으며 각 행성에는 10억 이상의 인구가 살고 있었다. 수천조에 달하는 제국 국민 중 살아 숨 쉬는 황제를 본 사람이, 정면에서 본 사람이 과연 얼마나 되겠는가? 모두 합해 봐야 1000명 미만일 것이다.

따라서 그런 것에 신경 쓰는 사람은 아무도 없었다. 황제는 '우주선과 태양' 문장처럼 제국의 상징에 불과했다. 아니, 우주에 광범위하게 퍼져 있는 '우주선과 태양' 문장이 황제보다 훨씬 더 현실감 있는 상징이라 할 수 있다. 현재 국민에게 무거운 짐으로 변해 버린 제국을 대표하는 자는 황제가 아니라 여기저기 박혀 있는 황제의 군대와 관리 들이었다.

셀던은 아담한 크기에 화려하게 장식된 방으로 안내되었다. 젊은 사나이가 그 방 창가 책상 모서리에 앉아 한 발은 바닥에 붙이고 다른 발은 까닥거리며 자신을 다정하고 온화하게 바라보고 있었다. 셀던은 제국 관리 중에도 저런 표정을 가진 자가 있는가 하고 의아해했다. 해리 셀던은 여러 차례에 걸쳐 정부 관리들, 특히 제국 관리들이 마치 은하제국의 걱정은 혼자 떠맡고 있는 것처럼 항상 근엄한 얼굴을 한 것을 지겹도록 보았다. 해리 셀던이 경험한 바로는 지위가 낮으면 낮을수록 표정은 더욱 근엄하고 위협적이었다.

그러나 이 젊은 양반은 걱정이 가득한 표정을 짓지 않는 것을 보니 막강한 권력을 휘두르는 고관임이 틀림없다고 생각했다.

셀던은 그 사람이 어떠한 지위에 있는 사람인지 몰랐기 때문에 상대편이 먼저 말을 꺼낼 때까지 침묵하는 것이 최선이라고 생각했다.

그 양반이 먼저 얘기를 꺼냈다.

"아, 당신이 수학자 해리 셀던이오?"

"그렇습니다."

셀던은 간단명료하게 대답하고 다음 말을 기다렸다.

젊은 양반은 팔을 흔들며 말했다.

"'폐하'라는 존칭을 붙이게 해야 하겠지만 그런 호칭에 진절머리가 나는군. 모두 너무 격식만 찾으니 지긋지긋해. 주변에 아무도 없으니 형식적인 관계를 떠나 평범하게 대화를 나누고 싶군. 교수, 자리에 앉으시오."

해리 셀던은 상대편의 얘기를 들으면서 자신과 마주한 사람이 클레온 황제라는 사실을 깨달았다. 갑자기 온몸이 얼어붙는 듯한 느낌이 들었다. 자세히 살펴보니 뉴스에 매일 나오는 홀로그램과 용모가 비슷하기도 했다. 하지만 홀로그램에 나오는 클레온 황제는 항상 황제의 관복을 입고 있을 뿐만 아니라 키도 크고 고상하며 게다가 위엄스러운 얼굴을 하고 있지 않았던가!

그러나 자기 앞에 서 있는 홀로그램의 주인공은 아주 평범한 인간에 지나지 않았다.

황제는 얼굴을 살짝 찌푸리며 자기도 모르게 습관이 되어 버린 명령조로 거만하게 말했다.

"앉으라고 하지 않았소? 빨리 저 의자에 앉으시오."

셀던은 말없이 자리에 앉았다.

"고맙습니다, 폐하."라고 말할 정신도 없었다.

클레온은 미소 지었다.

"훨씬 보기 좋군. 자, 그러면 격식을 떠나서 허물없는 친구처럼 대화를 해 볼까. 어떻소, 친구?"

셀던은 조심스럽게 대답했다.

"폐하께서 하시고 싶은 대로 하시지요."

"여보시오, 친구. 그렇게 조심스럽게 얘기할 필요 없소. 나는 그대와 대등한 자격으로 대화하고 싶단 말이오. 그렇게 하는 것이 훨씬 더 좋소. 나를 기쁘게 해 주시오."

"알겠습니다, 폐하."

"그냥 '알겠습니다.'라고만 하시오, 친구. 당신과 친해지고 싶구려."

자신을 쳐다보는 황제의 눈을 보며 셀던은 호기심에 가득 찬 눈빛이라고 생각했다.

황제가 다시 이야기를 꺼냈다.

"그대는 수학자처럼 보이지 않는구먼."

셀던은 입가에 미소를 머금고 대답했다.

"수학자란 어떻게 생겨야 하는 건지 잘 모르겠습니다, 폐……"

클레온이 손을 올려 주의를 주자 셀던은 존칭을 중간에 끊었다.

"우선 머리는 백발이 휘날려야 하고……. 턱수염도 있어야 하겠지. 물론 나이도 지긋해야 하겠고."

"그렇지만 나이가 젊어야 수학 연구를 정력적으로 할 수 있지 않겠습니까?"

"젊은 학자는 명성이 없지 않소? 젊은 사람들은 실력도 없으면서 은하계의 주목을 끌고자 어설픈 주장만 일삼거든."

"저도 명성이 없는데……. 송구스러울 뿐입니다."

"하지만 당신은 이곳에서 열린 총회에서 논문 발표까지 하지 않았소?"

"매우 많은 학자가 논문을 발표하기 때문에 별로 특별한 일이 아닙니다. 저보다 어린 사람도 있는걸요. 그러나 주목을 끌었던 사람은 별로 없었습니다."

"하지만 내 신하들은 당신이 발표한 논문에 많은 관심이 있더구먼. 신하들이 말하기를 그대가 미래를 예견하는 것이 가능하다고 주장했다던데……."

셀던은 갑자기 짜증이 났다. 자신의 주장에 이런 잘못된 오해가 계속 붙어 다닐 것만 같았다. 논문을 발표한 것 자체가 실수였는지도 몰랐다.

"꼭 그렇지는 않습니다. 제가 발표한 내용은 매우 한정된 것입니다.

어떤 제도를 불문하고 일정한 조건이 성숙하면 여러 가지 혼란스러운 요소가 생겨난다는 정도입니다. 따라서 특정한 전제 조건만 가지고 결과를 예측한다는 것은 불가능합니다. 아무리 단순한 제도라 하더라도 모든 조건을 충분히 연구할 수 없기 때문에 결과를 예측한다는 것은 거의 불가능한데, 하물며 제도가 더 복잡해지면 결과를 예측하기는 그만큼 더 불가능해지지 않겠습니까? 물론 저는 인간 사회처럼 복잡다단한 대상은 여러 조건이 금방 뒤엉켜 버리기 때문에 예측 불가능하다고 주장하는 속설에 반대합니다. 따라서 저는 인간 사회를 연구해 보면 전제 조건을 추려 내서 혼란스러운 제조건을 법칙화할 수 있는 적절한 가정을 설정할 수 있음을 증명하고자 연구해 왔습니다. 제가 연구한 내용에 의하면 미래를 예측하는 것은 이론적으로 가능합니다. 그러나 구체적이고 자세한 예측이 아니라 개괄적이고도 추상적인 예측에 한정될 뿐입니다. 확실성을 보장할 수는 없지만 수학적 확률을 끌어내는 것은 가능합니다."

주의 깊게 듣고 있던 황제가 물었다.

"그래도 결국 그대가 미래를 밝히는 방법을 발견했다는 뜻 아니오?"

"다시 한 번 말씀드리건대 꼭 그렇지는 않습니다. 단지 이론적으로 가능하다는 사실을 밝혔을 뿐입니다. 그 이상도 그 이하도 아닙니다. 덧붙여 말한다면 미래를 예측할 수 있기 위해서는 정확한 전제 조건을 선택해서 정확한 가정을 설정한 다음, 한정된 시간 내에 계산할 방법을 찾아내야 합니다. 그러나 제 수학적 방법론에 의하면 오류 없이 정확하게 그런 작업을 수행할 방법이 없습니다. 운이 좋아서 이런 작업을 할 수 있다 하더라도 우리가 얻을 수 있는 것은 가능성에 불과할 뿐입니다. 가능성을 찾아내는 것이 미래를 예언한다는 것을 의미하지는 않습니다. 미래에 어떤 일이 일어날 가능성이 농후하다고 추측하는 것에 불과하니까요. 이런 추측을 잘 해냈기 때문에 정치인과 사업가 등 여러 사람이 성공하고 출세하지 않았습니까? 그렇지 못했다면 성공할 수 없었겠지요."

"그들은 수학적 분석력 없이 그렇게 한 것 아니오?"

"맞습니다. 그 사람들은 직관력을 가지고 미래의 가능성을 점친 것이지요."

"어떤 사람이라도 수학적 분석 방법만 정확히 알고 있으면 확률을 추론해 낼 수 있지 않겠소? 굳이 놀라운 직관력을 가지고 있기 때문에 성공한 매우 희귀한 인간들이 아니어도 말이오."

"지당한 말씀입니다. 제가 주장하는 것도 수학적 분석이 가능하다는 것뿐이지, 그 방법을 실용적으로 활용할 수 있다는 것이 아닙니다."

"하지만 가능한 것을 실용적으로 활용하지 못할 수도 있겠소?"

"제가 은하제국의 모든 행성을 방문해서 각 행성에 사는 모든 사람을 만난다는 것은 이론적으로 가능할 수 있습니다. 하지만 제게 남아 있는 전 생애를 다 쏟는다고 하더라도 시간이 절대적으로 부족할 것입니다. 설사 제가 불사신이라 하더라도 제가 기성세대를 만나는 동안 더 많은 신생아가 태어날 것이며, 제가 만날 수 있는 숫자보다 더 많은 사람이 사망할 것입니다."

"그대가 미래를 분석하는 수학 방식도 그와 같다는 말이오?"

셀던은 잠시 망설이다가 계속해서 말을 이어 나갔다.

"4차원 속도로 실행되는 우주만 한 크기의 컴퓨터를 가지고 작업한다 하더라도 수학적으로 분석 작업을 하는 데 너무 오랜 기간이 걸리기 때문에 실용성이 없을 것입니다. 결론이 나올 때쯤 되면 이미 너무 많은 세월이 흘러 상황이 전반적으로 변한 다음일 것이기 때문에 결론을 유용하게 활용한다는 것은 불가능해지지요."

"작업 과정을 간략하게 하면 될 것 아니오?"

클레온은 날카롭게 질문했다.

바라는 답변을 얻지 못하자 황제가 점점 권위적으로 되어 간다고 생각하며 셀던은 존칭을 붙여서 더욱 조심스럽게 대답했다.

"폐하, 과학자들이 미립자를 연구하는 방식을 생각해 보십시오. 상상을 불허할 정도로 많은 미립자가 제각각 다양하게 예측할 수 없는 방식으로 파동을 일으키며 운동합니다. 하지만 아무리 혼란스러운 운동이라 하더라도 자세히 연구해 보면 숨어 있는 운동 법칙을 찾아낼 수 있습니다. 그래서 양자역학이라는 학술이 정립되어 우리가 궁금해 하던 것을 풀어 주지 않았습니까? 이와 마찬가지로 미립자 대신 인류를 설정해서 인간 사회를 연구할 수 있겠지요. 하지만 인간에게는 정신이라는 새로운 요소가 있습니다. 미립자들은 의식 없이 움직이지만 인간은 그렇지 않습니다. 각 개인의 정신세계가 가지고 있는 다양한 사고방식과 충동 등까지 염두에 넣어야 하기 때문에 판단 요소가 너무 복잡해져서 그 모든 것을 충분히 숙고할 시간이 절대적으로 부족하게 되는 것입니다."

"무생물의 운동과 마찬가지로 정신세계에도 운동 법칙이 있지 않겠소?"

"그럴 수도 있겠죠. 제 수학적 분석론에 의하면 현상적으로 아무리 무질서하게 운동하는 사물이라 하더라도 내부에 관철되는 법칙은 있을 수밖에 없습니다. 하지만 내부에 관철되는 법칙을 찾는다는 것 자체가 어려운 작업 아니겠습니까? 한번 생각해 보십시오. 유인 행성만 하더라도 2500만 개가 넘습니다. 행성마다 독특한 특성과 문화 양식이 있어 서로 상당한 차이를 보이고 있고 게다가 각각 10억이 넘는 인구가 각각 다른 정신세계를 가지고 있습니다. 게다가 그렇게 많은 행성이 무수한 방식으로 상호 교류하면서 얽히고설켜 조화를 이루고 있지 않습니까? 심리역사학적 분석이 이론적으로 가능하다고 하더라도 실용적으로 활용될 수 있을 것 같지는 않습니다."

"'심리역사학'이라니 무슨 말이오?"

"제 개인적으로, 미래에 대한 가능성을 이론적으로 탐구해 들어가는 학문을 '심리역사학'이라고 규정한 것입니다."

황제는 갑자기 일어서서 방을 왔다 갔다 하더니 잠자코 앉아 있는 해리 셀던 앞으로 와서 멈추었다.

황제가 명령했다.

"일어서시오!"

셀던은 일어나서 자기보다 키가 큰 황제를 쳐다보았다. 그는 확신에 찬 눈빛을 보이려고 노력했다.

클레온이 다시 말하기 시작했다.

"당신이 정립한 심리역사학……. 만약 그 학문을 실용적인 학문으로 만들 수 있다면 대단히 유용하게 활용할 수 있겠는데, 그렇지 않소?"

"물론 대단히 유용하게 쓸 수 있겠지요. 아주 개괄적이고 일반적인 차원에서라도 미래에 벌어질 일을 미리 알게 된다면 우리가 나아갈 새롭고 훌륭한 지침으로 역할하겠지요. 인류 사회가 이전에는 한 번도 확보한 적이 없는 지침으로서 말입니다. 하지만 당연히……."

그는 갑자기 말을 끊었다.

"당연히?"

클레온은 성급하게 반문했다.

"당연히 심리역사학적 분석 결과를 소수의 정책 결정자를 제외한 국민 대다수에게는 알리면 안 되겠지요."

"알리면 안 된다고!"

클레온은 깜짝 놀라 소리쳤다.

"그렇습니다. 그 이유를 설명해 드리지요. 만약 심리역사학을 이용해 미래를 분석한 다음 그 결과를 일반 국민에게 공표한다면 각 개인의 다양한 감정 및 반응이 즉각 변화하게 될 것입니다. 그렇게 되면 그런 변화를 염두에 두지 않고 기존의 감정 및 반응에 근거하여 도출한 심리역사학적 분석 결과는 아무 쓸모도 없게 되겠지요. 이해가 가십니까?"

눈빛을 번뜩이던 황제는 갑자기 통쾌한 웃음을 터뜨리기 시작했다.

"바로 그거야!"

황제가 손을 들어 셀던의 어깨를 다독거리자 그 충격으로 셀던은 약간 휘청거렸다.

"바로 그것이오, 친구. 당신이 필요한 이유가 바로 그것이오. 이해가 안 가오, 친구? 그대는 수많은 연구를 해서 미래를 예언하지 않아도 되오. 바람직한 미래, 밝고 건강한 미래가 올 것이라고 예언하기만 하면 충분하오. 그러면 국민의 정서 및 반응도 바람직한 방향으로 자리 잡혀 바람직한 미래를 건설할 수 있지 않겠소? 수많은 시간을 연구해서 바람직하지 않은 미래를 예언하는 것보다는 천 배 만 배 나을 것이오."

셀던은 얼굴을 찌푸리며 말했다.

"폐하의 뜻을 충분히 이해하겠습니다. 하지만 그것도 역시 불가능합니다, 폐하."

"불가능하다고?"

"게다가 실용적이지도 않습니다. 이해가 안 되십니까? 국민의 정서 및 반응을 정확히 파악하지 않고는 미래를 예견할 수 없듯이 그 반대도 불가능합니다. 미래를 정확히 예측하지 않으면 제시된 예언으로 인하여 국민의 정서 및 반응이 어떻게 변화할지 전혀 예견할 수 없기 때문입니다."

클레온은 실망해서 입술을 꽉 깨물었다.

"그렇다면 당신이 발표한 논문은……. 논문이라고 불러도 되는지 모르겠군! 그것은 용도가 무엇이오?"

"그것은 수학적인 증명에 불과할 뿐입니다. 수학자들에게나 흥미 있는 연구일 뿐이지 유용하게 쓰일 것이라는 생각은 한 번도 하지 않았습니다."

"아주 쓸데없는 연구로구먼!"

클레온은 화난 목소리로 질책했다.

셀던은 움찔했다. 그때만큼 논문 발표 자체를 후회한 적이 없었다. 황제가 쓸모없는 논문을 발표해 자신을 놀렸다고 화를 내면 어떻게 할 것인가?

다행히도 황제는 셀던이 하는 말을 믿는 것 같았다.

"그렇다면 국민이 바라는 것을 잘 알고 있는 신하들과 전문가들에게 바람직한 반응을 불러일으킬 수 있다고 판단되는 예언을 작성하게 해서 그 예언이 수학적으로 타당하든 타당하지 않든 신경 쓰지 않고 당신 명의로 발표하면 어떻겠소?"

"그런 일을 하는 데 제가 필요하겠습니까? 중간 매개자 없이 정부 관리들이 직접 예언을 발표할 수 있을 텐데요."

"정부 관리가 발표하면 별 효과가 없어서 그렇소. 그런 성명을 너무 많이 발표하니까 국민이 별로 믿지 않더군."

"제가 한다면 믿겠습니까?"

"그대는 수학자이기 때문에 미래를, 말이 될지 모르겠지만 직관…… 직관이 아니라 계산할 수 있다고 믿지 않겠소?"

"하지만 그런 작업은 하지도 않았는데요?"

"그런 사실을 누가 알겠소?"

클레온이 가느다란 눈으로 셸던을 보며 얘기했다.

잠시 침묵이 흘렀다. 셸던은 함정에 빠졌다고 생각했다. 황제가 직접 명령을 내린다면 거절할 수 없을 것 아닌가? 만약 거절한다면 구속되거나 처형당하지 않겠는가? 물론 재판이라는 형식을 거치겠지만 고압적인 정부의 뜻을, 특히 광대한 은하제국의 황제가 직접 통치하는 정부의 뜻을 거스르는 판결이 나올 가능성은 거의 없지 않은가?

마침내 셸던이 입을 열었다.

"그래도 효과가 없을 겁니다."

"왜 없다는 것이오?"

"현 세대가 사라진 다음에, 어쩌면 다음 세대도 사라진 다음에 비로소 나타날 현상을 애매하게라도 예언할 수 있도록 작업하라고 저에게 명령하신다면 어떻게 해서든 작업할 수는 있을 겁니다. 하지만 그렇다 하더라도 일반 국민은 관심을 기울이지 않을 것입니다. 국민은 100년이나 200년 이후에 나타날 결과에 별로 관심이 없으니까요."

셸던은 계속 얘기했다.

"따라서 뚜렷한 결과를 얻기 위해서 저는 가까운 미래에 대한 예언을 아주 명료하게 해야만 합니다. 그러나 언제나 제가 내린 결론 중

하나라도 틀린 것이 나타난다면 제가 가지고 있는 유용성은 단숨에 사라질 것입니다. 그렇게 되면 폐하의 인기도 떨어지게 될 것입니다. 게다가 심리역사학을 발전시키고자 하는 사람도 없어지게 되겠지요. 그러면 수학적 통찰력이 배가되었을 때 실용적으로 사용할 기회까지 놓치는 최악의 사태가 벌어지지 않겠습니까?"

클레온은 얼굴을 찌푸리면서 의자에 몸을 깊숙이 묻은 채 다시 셀던을 질책했다.

"수학자들이 할 수 있는 말은 그런 것뿐이오? 불가능하다는 주장밖에 할 말이 없느냐는 말이오."

셀던은 억지로 부드러운 목소리를 냈다.

"폐하께서 애초에 불가능한 일을 고집하셨습니다."

"좋소. 어디 당신을 테스트해 봅시다. 내가 앞으로 시해당할 가능성이 어느 정도인지 당신의 수학으로 답을 내리시오. 어떻소?"

"제가 연구한 수학적 방식으로 특정한 문제에 대한 해답을 내리기는 어렵습니다. 심리역사학을 최대로 적용한다고 하더라도 그렇습니다. 이 세상에 존재하는 어떤 양자역학을 적용한다 하더라도 동떨어진 입자 하나에 대한 미래를 예측하기는 불가능합니다. 수많은 무리에 대한 일반적인 미래를 예견할 수 있을 뿐이지요."

"당신이 나보다는 수학을 많이 알고 있겠지. 당신이 알고 있는 한에서 근거 있는 추측을 해 보란 말이오. 내가 시해될 가능성이 있소, 없소?"

"폐하께서는 저를 함정에 빠뜨리고 계십니다. 폐하께서 원하시는 답을 저에게 알려 주시면 제가 그것을 답으로 말씀드리겠습니다. 아니면 제가 어떤 말을 한다고 하더라도 벌을 내리지 않는다는 약속을 해 주십시오."

"생각한 대로 말해 보시오."

"언약하시는 것입니까?"

"그러면 서류로 작성해 주길 바라오?"

클레온이 빈정거리며 말했다.

셀던은 황제의 언약을 믿지는 않았지만 무력감을 느끼며 할 수 없이 대답했다.

"폐하께서 하신 언약이라면 충분하다고 생각합니다."

"짐은 약속을 지킬 것을 언약하노라."

"우선 지난 4세기 동안 거의 절반에 달하는 황제들이 시해당했다는 사실을 상기시켜 드리고 싶습니다. 그런 사실에 비추어 볼 때 폐하께서 시해당하실 가능성은 50퍼센트 정도라고 말씀드릴 수 있겠습니다."

"바보라도 그런 대답은 할 수 있겠소. 그런 대답을 얻으려고 수학자에게 물어본 것이 아니오."

클레온은 경멸스럽다는 투로 힐난했다.

"그래서 수차례에 걸쳐 제가 연구한 수학이라는 것이 실질적인 문제에 대해선 무가치하다고 말씀드리지 않았습니까?"

"당신은 내가 선황들이 겪은 불행한 사태를 보고 교훈을 얻었을 것이라는 가정도 못 했지 않소?"

셀던은 깊이 숨을 들이쉬며 반론을 전개했다.

"그렇지 않습니다, 폐하. 어떠한 인간이건 과거의 불행한 사태를 통해 교훈을 얻는 일은 드물다는 사실이 역사에 잘 나타나 있습니다. 예를 들어 폐하께서는 저를 이곳에서 사적으로 알현할 수 있도록 허락하지 않으셨습니까? 만약 제가 폐하를 시해할 마음을 품고 있었다면 어떻게 했겠습니까? 물론 가정입니다, 폐하."

마지막 말은 서둘러 덧붙인 것이었다.

클레온은 진지하게 웃으며 말했다.

"그대는 우리가 얼마나 철저한지, 우리의 과학 수준이 어느 정도 발전했는지 염두에 두지 않고 말하고 있군. 우리는 그대의 성장 과정을 샅샅이 조사해서 그대에 관한 정보란 정보는 모조리 가지고 있을 뿐만 아니라, 그대가 이곳에 도착하자마자 철저한 자동 검색을 하였소. 그대의 표정과 음색도 철저히 분석하여 그대의 감정 상태를 파악하고 있소. 그대가 조금이라도 위해를 가할 가능성이 있었다면 내 근처에도 올 수 없었을 것이오. 물론 그대가 이렇게 살아 있지도 않겠지."

셀던은 메스꺼워졌지만 꾹 참고 말을 계속하였다.

"과학기술이 덜 발달했던 과거에도 황궁 밖에 사는 사람들이 황제를 만나기는 하늘의 별 따기보다 어려웠습니다. 모든 시해 사건은 황궁 밖 사람이 아니라 황궁 내부의 쿠데타에 의해 일어났습니다. 폐하와 가장 가까이 지내는 사람이 폐하에겐 제일 위험한 사람입니다. 위험을 예방하기 위해 외부인을 자세히 검색하는 것은 적절하지 못한 조치입니다. 폐하께서 저를 조사하셨듯이 폐하의 신하들과 근위대원, 황족 등을 자세히 조사하실 수는 없을 것입니다."

"짐도 그대가 알고 있는 정도는 알고 있소. 그들을 공평하게 대해 불만이 생길 여지를 전혀 주지 않겠다는 것이 내 해결책이오."

"어리석은……."

자기도 모르게 말한 셀던은 깜짝 놀라 입을 다물었다.

클레온은 화난 목소리로 말했다.

"계속하시오. 짐이 그대에게 자유롭게 말할 자유를 주지 않았소. 왜 짐이 어리석다는 것이오?"

"말이 저도 모르게 잘못 나왔습니다, 폐하. 제 뜻은 적절하지 못하다는 뜻입니다. 폐하께서 주변 사람들을 다루시는 방식이 적절하지 못하다는 뜻이죠. 폐하께서는 당연히 사람들에 대해 의심을 품으실 때가 있을 것입니다. 그렇지 않다면 사람이 아니니까요. 제가 좀 전에 실수했듯이 부주의한 말 한마디, 부주의한 몸짓, 의심쩍은 표현, 심지어 가늘어진 눈매 등을 통해 폐하께서 품으신 의심은 부지불식간에 나타납니다. 상대편이 그런 느낌을 감지하게 되면 상호 반작용을 통하여 의심은 커져 가겠죠. 상대편은 폐하께서 의심하신다는 사실을 감지하고 그런 사실에 대해 억울해하며 폐하를 대하는 자세를 어떤 형태로나마 변화시켜 다시는 의심받지 않으려고 노력할 것입니다. 폐하께서는 그 사람의 태도가 바뀐 것을 눈치채고 더욱 의심하게 되실 수도 있습니다. 그렇게 되면 결국 그 사람이 처형당하든가 폐하께서 시해당하시든가 둘 중 하나로 결말이 나겠죠. 지난 4세기에 걸쳐 여러 황제께서 도저히 피하실 수 없었던 불행한 사태의 전말이 모두 이러합니다. 이것은 제국에서 일어나는 여러 가지 사건을 적절하게 처리하기가 더욱 어려워지고 있다는 징조이기도 합니다."

"그렇다면 내가 시해당하는 것을 피하기 위해 할 수 있는 일은 하나도 없다는 말이오?"

"그렇습니다, 폐하. 하지만 폐하께 행운이 따를 수도 있겠지요."

클레온은 앉아 있는 의자의 팔걸이를 손가락으로 톡톡 치다가 갑자기 엄한 목소리로 얘기했다.

"당신은 쓸모없는 사람이오. 당신이 정립한 심리역사학도 마찬가지요. 그만 가 보시오."

고개를 다른 쪽으로 돌리는 황제의 얼굴은 32세의 나이에 걸맞지 않게 갑자기 늙어 보였다.
"그래서 저도 여러 차례에 걸쳐 제가 정립한 수학 이론이 폐하께는 무용하다고 말씀드린 것입니다. 대단히 송구스러울 뿐입니다, 폐하."
셀던은 고개 숙여 인사하려고 하였으나 언제 신호를 보냈는지 근위대원 두 명이 들어와 자신을 데리고 나갔다. 클레온의 목소리가 그 뒤를 따라 흘러나왔다.
"그 사나이가 원래 있던 곳으로 데려다 주어라."

4

에토 데머즐이 들어와 경외심을 표시한 후 황제를 바라보며 말했다.
"폐하, 심기가 대단히 불편하신 것 같사옵니다."
클레온은 억지로 웃음을 지으면서 데머즐을 보았다.
"그렇소. 조금 피곤하구려. 그 사나이에게 완전히 실망했소."
"그 사람은 자신이 할 수 있는 일도 거절했습니다, 폐하."
"그는 아무것도 제시하지 않았소. 아주 실망했소."
"그가 언제 불붙을지 모르는 화약고 같은 인물이라는 사실이 더욱 문제입니다, 폐하."
"언제 불붙을지 모르는 뭐라고, 총리? 그대는 이상한 표현을 많이 알고 있구먼. 화약고라니 그게 무슨 뜻이오?"
데머즐은 근엄한 표정을 지으며 말했다.
"제가 젊었을 때 들었던 표현입니다, 폐하. 제국에는 트랜터에 알려지지 않은 이상한 표현이 아주 많습니다. 물론 트랜터에서 쓰는 말에도 다른 행성에서 통하지 않는 것이 많습니다만."

"아니, 제국이 거대하다는 사실에 대해 나에게 강의하려는 것이오? 그 사람이 언제 불붙을지 모르는 화약고라니 그게 도대체 무슨 뜻이오?"

"그 사람이 부지불식간에 큰 위험을 초래할 수 있다는 뜻이옵니다. 그 사나이는 자신이 얼마나 대단한 힘을 가지고 있는지 모르고 있습니다. 물론 자신이 얼마나 중요한 인물인지도 모르고 있습니다."

"당신이 추론한 것이오, 데머즐?"

"그렇습니다, 폐하. 그는 변방 사람입니다. 그는 트랜터 지리도 잘 모릅니다. 트랜터에는 생전 처음 와 본 것입니다. 따라서 귀족이나 신하처럼 행동할 줄 모릅니다. 그 때문에 감히 폐하와 논쟁을 벌였습니다."

"그러면 안 될 이유라도 있소? 짐이 자유롭게 말할 권리를 그에게 부여했소. 짐도 형식을 떠나 얘기하고 싶었고, 짐은 그 사나이를 동등하게 대해 주었지."

"완전하게 그렇게 대한 것은 아니옵니다, 폐하. 폐하께서 다른 사람을 동등하게 대한다는 것은 근본적으로 불가능하옵니다. 폐하께서는 명령을 내리는 습관이 몸에 깊이 배어 있사옵니다. 게다가 폐하께서 상대편을 편하게 대하려고 하시더라도 폐하를 진정으로 편하게 대할 수 있는 사람은 거의 없사옵니다. 대부분이 벌벌 떨면서 얘기하거나 비굴하게 아첨하느라 정신이 없겠지요. 그러나 그 사나이는 감히 폐하와 논쟁까지 벌인 것입니다."

"당신은 그 사나이가 용감하다고 존경하는 모양이구먼. 그러나 나는 그 사나이가 맘에 들지 않소."

클레온은 불만스럽게 말했다.

"그 사나이가 자신의 이론을 짐에게 설명해 주지 않으려는 모습을 보았소? 마치 자신이 하는 말을 내가 한 마디도 이해할 수 없다는 듯했소."

"그가 하는 말을 알아들으려고 하실 필요도 없사옵니다, 폐하. 폐하께서는 수학자나 과학자가 아니시고 그렇다고 예술가도 아니십니다. 폐하보다 전문적인 지식을 더 많이 아는 사람은 많사옵니다. 그런 지식으로 폐하를 섬기는 것이 그들의 의무이옵니다. 폐하께선 황제십니다. 폐하께서는 제국에 존재하는 모든 지식을 합친 것보다 더 중요한 분이십니다."

"과연 그럴까? 수많은 세월을 살아오면서 많은 지식을 쌓은 노인네가 나를 무식하게 여기는 것은 참을 수 있소. 하지만 셀던이라는 사나이는 나와 동갑이지 않소? 그런데 어떻게 그렇게 유식하게 되었는지 모르겠소."

"그 사나이는 명령으로써 다른 사람들의 생사를 좌우하는 결정에 도달하는 예술을 배울 수 없었기 때문이겠지요."

"데머즐, 나는 그대가 가끔 나를 비웃는다는 의심이 들곤 하오."

"폐하!"

데머즐이 책망하듯 말했다.

"신경 쓸 것 없소. 그대가 얘기한, 언제 터질지 모르는 화약고에 대해 계속 얘기해 봅시다. 그대가 그 사나이를 위험인물로 간주하는 이유가 무엇이오? 내가 보기엔 순박한 시골 사람 같은데."

"그렇습니다. 하지만 그에게는 수학적 분석 능력이 있습니다."

"그 이론은 쓸모가 없다고 하던데?"

"폐하께서는 그 이론이 쓸모 있을 것이라고 생각하셨습니다. 폐하의 설명을 듣고 저도 그렇게 생각했습니다. 다른 사람도 그러할 것입니다. 어쩌면 그 수학자는 좀 전의 논쟁을 통해 그 문제에 대해서 집중적으로 생각하게 될 수도 있습니다. 사실 그 사나이가 활용할 수 있는 유용한 이론을 정립해 놓았는지도 모르는 일 아닙니까? 만약 그렇다면 막연하게라도 미래를 예견할 수 있다는 그 자체만으로도 그에게는 막강한 권력이 주어질 것입니다. 만약 그가 권력욕이 없어 그런 위치에 올라서지 않는다 해도 다른 사람에게 이용당할 수 있고요."

"내가 이용하려고 했지만 거부했잖소."

"그때만 하더라도 미처 생각하지 못했겠지만 아마 지금은 생각하고 있을지도 모릅니다. 게다가 그 사나이가 폐하를 따르지 않는다 하더라도 어쩌면 와이 시장을 따를 수도 있는 것 아니겠습니까?"

"그 사나이가 나를 거부하고 와이 시장을 따를 이유라도 있단 말이오?"

"그가 말한 대로 각 개인의 정서와 반응을 예견하기는 어려운 일입니다."

클레온은 잔뜩 얼굴을 찌푸리며 생각에 잠긴 채 말했다.

"그대는 그 사나이가 자신의 이론을 더욱 탐구해 결국 미래를 예견할 수 있다고 믿는 것이오? 정작 그 사람은 그렇게 할 수 없다고 확신하던데……."

"시간이 지나면 그럴 수 있다고 생각을 고칠지도 모르죠."

"그렇다면 붙잡아야겠군."

"아닙니다, 폐하. 그를 가게 놔둔 것은 잘하신 일입니다. 마음에 안 든다고 해서 감옥에 가둔다면 그는 분노와 자포자기에 빠져 이론을 발전시킬 수 없을 것이므로 우리에게 아무런 도움이 안 될 것입니다. 그러니 그를 보내 준 것은 잘하신 것입니다. 하지만 대신 평생 그가 눈치채지 못하도록 철저히 감시해야겠지요. 그래서 폐하의 반역도들이 그를 이용하지 못하게 하는 한편 그가 이론을 충분히 탐구했을 때를 정확히 포착해 그를 데리고 오면 되지 않겠습니까? 그때가 되면 우리 설득이…… 먹히지 않겠습니까?"

"하지만 내 적, 제국의 적이 그를 낚아채면 어떻게 되겠소? 그가 스스로 적에게 가담하면 어떻게 되겠소? 짐은 그렇게 될까 봐 신경이 쓰이는구려."

"신경 쓰실 필요가 없습니다. 그런 일은 절대 일어나지 않을 거라 보장하겠습니다. 아무리 노력해도 그런 일이 일어날 것 같다면 반역도에게 이용당하게 놔두느니 어느 쪽도 이용할 수 없도록 하는 편이 낫겠지요."

클레온은 심기가 불편한 것 같았다.

"그 모든 일을 그대에게 일임하겠소, 데머즐. 하지만 너무 서두르지 않도록 조심하오. 어쩌면 그는 활용할 수도 없는 과학 이론을 주장하는 사람에 불과할 수도 있으니 말이오."

"잘 알겠습니다, 폐하. 하지만 그 사나이가 아주 중요한 인물이라고 가정하는 편이 훨씬 안전할 것입니다. 그가 쓸모없는 인물에 불과하다면 우리는 시간만 약간 손해 보면 그만이지만, 중요한 인물이 확실하다면 은하제국을 잃을 수도 있으니까요."

"좋소. 하지만 불쾌한 일이 벌어져야만 한다면 나에게 보고하지 말 것을 미리 알려 두오."

"그런 일이 일어나지 않기를 바랍니다."

5

셀던은 황제와 만나 위기를 넘긴 후 저녁과 밤을 보내고 어느덧 아침을 맞았다. 최소한 인도와 움직이는 복도, 광장, 트랜터 제국 지역 공원 등에 비치는 빛이 변화하는 것을 보고 저녁과 밤, 그리고 새벽이 지났다는 것을 판단할 수 있었다.

그는 현재 조그만 공원에 들어가 인체공학 디자인의 플라스틱 의자에 기대앉아서 안락함을 즐기고 있었다. 빛을 보고 판단하건대 아침도 많이 지난 것 같았다. 공기는 쌀쌀한 기운이 없으면서도 서늘하여 신선함을 더해 주고 있었다.

이곳은 날씨가 항상 이런가? 그는 황제를 만나러 가다가 본 열린 지역의 날씨가 우중충했다는 사실을 떠올렸다. 그의 고향 헬리콘 행성의 날씨는 늘 우중충했다. 또 매우 춥고 눈이 엄청나게 쏟아지거나 아니면 너무 더운 가운데 비가 억수같이 쏟아졌다. 이 사실을 상기하며 고향 날씨라는 이유로 그런 날씨가 그리워지게 될지 궁금했다. 트랜터 공원에 앉아서 매일 이상적인 기온을 즐기면서 과연 울부짖는 듯한 사나운 바람과 살을 에는 추위 혹은 숨이 콱콱 막히는 더위를 그리워할 수 있을까?

그럴 수도 있겠지. 하지만 그렇게 되기 위해선 많은 세월이 흘러야만 할 터였다. 내일 고향으로 가야 하기 때문에 트랜터에 있을 시간은 오늘 하루뿐이었다. 가능한 한 트랜터의 날씨를 즐기고 싶었다. 트랜터에 다시 올 기약도 없지 않은가?

그는 누구든지 마음 내키는 대로 구속하거나 처형하라고 명령할 수 있는, 혹은 최소한 사회적 지위와 직장을 빼앗아 사회적·경제적으로 매장하라고 명령할 수 있는 권력자에게 주제넘게 말대꾸했다는 사실이 계속 마음에 걸렸다.

셀던은 어제 잠자리에 들기 전에 호텔 룸 컴퓨터로 박학다식해 보이는 클레온 1세의 영상을 끄집어내 보았다. 모든 황제가 생시에는 칭송되었듯이 클레온 1세도 자신의 행위에 상관없이 당연히 칭송되고 있었다. 셀던은 영상을 껐다. 클레온이 황궁에서 태어나 그 울타리 밖으로 나가 본 적이 한 번도 없다는 사실에 새삼 흥미를 느꼈다. 황제는 트랜터에서 태어났으면서도 지붕으로 하늘을 가린 트랜터의 열린 지역도 구경하지 못했다. 아마 보안 문제 때문에 그랬을 것이다. 하지만 스스로 인정하든 인정하지 않든 황제가 감옥 속에서 지낸다는 사실을 숨길 순 없었다. 은하제국에서 가장 화려한 감옥이라고 말할 수 있겠지만 어쨌든 감옥은 감옥이었다.

비록 클레온 1세가 온화한 마음씨를 가지고 있어서 역대 황제와는 달리 피에 굶주린 전제군주 같아 보이진 않았지만 그래도 황제가 관심을 보였다는 사실 때문에 불안한 생각이 드는 것은 어쩔 수 없었다. 그러므로 비록 날씨가 궂고 겨울이 한창이지만 내일 트랜터를 떠나 고향 헬리콘 행성으로 돌아간다는 사실은 안도의 한숨을 내쉴 수 있게 했다.

그는 사방에 골고루 퍼진 빛을 바라보고 있었다. 비록 이곳에는 비가 한 방울도 오지 않지만 별로 건조한 것 같지 않았다. 멀지 않은 곳에 분수대가 물을 뿜고 있었다. 초록색이 만연한 식물들을 보니 이곳에는 가뭄도 없는 것 같았다. 숲 속에서 가끔 부스럭 소리가 들리는데 아마 조그만 동물들이 숨어 있는 것 같았다. 벌들이 윙윙 날아다니는 소리가 들렸다.

트랜터 행성이 금속과 세라믹으로 뒤덮여 인공적인 분위기로 가득 차 있다는 소문은 은하계에 무성했지만, 정작 이 조그만 공원에서는 전원 분위기를 만끽할 수 있었다.

셀던 이외에도 많은 사람이 아주 가벼운 모자를 쓴 채 공원에서 여가를 즐기고 있었다. 멀지 않은 곳에 미모의 젊은 여성이 앉아 있었으나 영상 잡지를 보느라고 고개를 숙이고 있었기 때문에 얼굴은 자세히 들여다볼 수 없었다. 한 남자가 지나가다가 무관심하게 얼핏 보고는 셀던 앞에 있는 의자에 앉았다. 그는 꼭 끼는 분홍색 바지로 감싼 다리를 꼬고 앉아 고개를 숙이고 정신없이 원고를 송고하기 시작했다.

남성들이 화려한 색깔의 의상을 즐기는 반면 여성들은 대부분 하얀 옷을 입는다는 사실이 신기했다. 주변 환경이 밝기 때문에 밝은색 옷을 즐긴다는 것은 이해가 갔다. 셀던은 자신이 입고 있는 헬리콘 행성 의복을 보며 실소를 금치 못했다. 헬리콘에서는 주로 짙은 갈색 의상을 입는다. 따라서 트랜터 분위기와 전혀 어울리지 않았다. 만약 트랜터에 더 머물 예정이었다면 주변 분위기에 맞는 의상을 구입해야 했으리라. 그렇게 하지 않으면 호기심과 혐오스러운 비웃음의 대상이 될 수밖에 없을 것 같았다. 원고를 송고하고 있는 사람만 하더라도 호기심 가득한 눈으로 자신을 보고 있지 않은가? 이상하게 보이는 옷차림 때문이 분명했다.

그래도 그 사람이 비웃지 않는 걸 보고 셀던은 안심이 되었다. 놀림감이 되는 것은 두렵지 않았으나 그렇다고 해서 즐거운 일은 아니었기 때문이다.

셀던은 친근한 눈빛으로 그 사람을 보기 시작했다. 그 사람이 심적 갈등을 겪고 있는 것처럼 보였기 때문이다. '얘기를 걸까? 아니, 안 거는 것이 낫겠어.' 하면서 망설이는 것처럼 보였다. 과연 결과가 어떻게 나올까 셀던은 궁금해졌다.

셀던은 그 사나이를 자세히 살펴보았다. 키가 크고 어깨도 건장한데 똥배도 나오지 않았다. 머리칼은 검은빛이 감도는 금발이었으며 울퉁불퉁한 근육은 없었지만 힘이 센 것 같았다. 근엄한 표정과 깔끔하게 면도한 얼굴은 미남이라고는 할 수 없었지만 상대편에게 친근감을 주었다.

마침내 심적 갈등을 끝냈는지 그가 가까이 다가오자 셀던은 어쩐지 그에게 친밀감을 느꼈다.

"실례합니다. 혹시 수학자 총회에 참석하지 않으셨습니까?"

그 사나이가 말을 꺼냈다.

"그렇습니다."

셀던은 유쾌하게 대답했다.

"그곳에서 본 것 같았어요. 선생님에 대한 기억이 나서 말을 걸게 되었습니다만 방해가 되지 않을지요?"

"괜찮습니다. 그냥 한가롭게 쉬고 있을 뿐입니다."

"선생님에 대한 제 기억이 얼마나 정확한지 한번 볼까요. 셀던 교수님이시죠?"

"셀던입니다. 해리 셀던이죠. 그러니 거의 맞힌 셈입니다. 선생님은 어떻게 되십니까?"

"체터 휴민이라고 합니다. 아주 흔해 빠진 이름입니다."

그 사나이는 약간 창피하다는 듯이 말했다.

"저는 과거에 체터나 휴민이라는 이름을 들어 본 적이 없어요. 오히려 당신 이름은 아주 독특한 것 같은데요. 해리나 셀던이라는 흔해 빠진 이름보다는 낫다고 생각합니다."

셀던은 탄력성 있는 세라믹 보도를 약간 긁으며 의자를 끌어 휴민 쪽으로 가까이 갔다.

"창피하다는 이야기가 나왔으니 말인데, 제가 입고 있는 이 괴상한 의상만 하더라도 얼마나 창피한지 아십니까? 하지만 저는 트랜터 의상을 입을 기회가 없을 것 같습니다."

"사시면 되잖아요?"

휴민은 이해할 수 없다는 눈치를 보이며 말했다.

"저는 내일 떠나거든요. 물론 돈도 없고요. 수학자들은 비록 많은 숫자를 다루지만 수입까지 그런 것은 아니거든요. 선생님도 수학자이신 것 같은데……."

"아닙니다. 수학에는 깡통입니다."

셀던은 실망해서 물어보았다.

"그렇습니까? 하지만 방금 선생님은 저를 수학자 총회에서 보았다고 하지 않았나요?"

"저는 구경꾼으로 참석한 거지요. 방송국 기자거든요."

그는 손에 들고 있던 원고 송신기를 흔들어 보이더니 손에 들고 있다는 사실을 새삼스러워하면서 윗옷 주머니에 집어넣었다.

"저는 뉴스 보도용 기사를 공급하는 업무를 맡고 있습니다. 정말 지겨운 일이죠."

"당신 직업요?"

휴민은 고개를 끄떡이며 대답했다.

"제국 여기저기에서 일어나는 비상식적인 사건들을 취재하는 일은 이제 신물 납니다. 모든 일이 최악의 사태를 향해 곤두박질치고 있어요."

그는 호기심 어린 눈초리로 셀던을 봤다.

"그러나 가끔가다 흥미로운 사건이 터지기도 하죠. 당신이 황궁 근위대원들과 함께 황궁에 들어갔다는 소문을 들었는데, 설마 황제를 만난 것은 아니지요? 맞습니까?"

셀던은 얼굴에서 웃음을 지우고 천천히 얘기했다.

"그렇다 하더라도 보도용 기사로 얘기할 수 있는 성질의 것은 아니라고 생각되는군요."

"아닙니다, 아니에요. 보도하려고 물어보는 게 아니에요. 셀던 박사님은 잘 모르시는 것 같아 말씀드리는데, 황제와 측근 인사에 관한 기사는 공식적으로 제공된 것 이외에는 절대로 보도할 수 없는 것이 뉴스 제작의 첫째 원칙이랍니다. 이 원칙 때문에 사실보다 더 나쁜 유언비어가 난무하게 되니 정부에서는 실수하고 있는 거죠. 하지만 세상일이라는 게 다 그런 것 아닌가요."

"하지만 보도하지 않을 거라면 왜 질문하는 거죠?"

"개인적인 호기심이죠. 저를 믿으세요. 기자라는 직업은 방송될 수 없는 많은 사실을 알기 마련이에요. 제가 한번 추측해 볼게요. 논문 내용을 충분히 이해하진 못했지만 주제가 미래를 예언할 가능성에 대한 것이었다고 기억되는데……."

셀던은 고개를 흔들며 중얼거렸다.

"어휴! 발표한 게 잘못이지."

"뭐라고요?"

"아무것도 아닙니다."

"미래에 대한 예언이라면, 그것도 정확한 예언이라면 황제나 정부 관료가 군침을 흘렸을 테고……. 그렇다면 클레온 1세가 당신에게 요구했겠고……. 그런데 선생님은 기꺼이 응하지 않았을 것 같은데……?"

셀던은 딱딱하게 말을 받았다.

"그 문제라면 더 이상 얘기하고 싶지 않아요."

휴민은 약간 어깨를 으쓱하며 계속 얘기했다.

"에토 데머즐도 그곳에 있었을 것으로 생각하는데……."

"누구요?"

"에토 데머즐이라는 이름을 모르십니까?"

"들어 본 적도 없습니다."

"클레온의 사악한 화신, 클레온의 두뇌, 이것이 그 사람의 별명입니다. 물론 저주를 담은 별명도 많이 있지만요. 그 사람도 틀림없이 그곳에 있었을 겁니다."

셀던이 아주 당황하자 휴민이 계속 얘기했다.

"당신이 그 사람을 보지 못했다 하더라도 거기에 있었을 게 확실해요. 만약 당신이 미래를 예견할 수 있다고 그 사람이 생각했다면……."

셀던은 고개를 저으며 완강하게 얘기했다.

"나는 미래를 예견할 수 없어요. 당신도 내 발표를 들었다면 내가 발표한 수준이라는 것이 단지 이론적인 가능성에 불과하다는 것을 잘 알 것 아닙니까?"

"그래도 마찬가지입니다. 그가 당신이 미래를 예견할 수 있는 인물이라고 생각한다면 당신을 그냥 보내지 않을 겁니다."

"그냥 보냈으니까 내가 여기 있는 것 아닙니까?"

"어디에 있건 마찬가지죠. 그는 당신의 일거수일투족을 파악하고 있을 겁니다. 앞으로도 계속 당신을 감시하겠죠. 당신이 필요해지면 당신이 어디로 숨건 찾을 수 있을 겁니다. 당신에게 유용한 측면이 있다고 판단된다면 어떤 수를 쓰든지 당신에게서 그것을 끌어내겠죠. 당신이 위험한 인물로 판단된다면 어떻게 해서든 당신의 생명을 취할 겁니다."

셀던은 휴민을 노려보며 얘기했다.

"당신의 의도가 뭐예요? 나를 겁주자는 겁니까?"

"당신에게 조심하라고 경고하는 겁니다."

"나는 당신의 말을 믿지 못하겠어요."

"믿지 못하겠다고요? 조금 전에 당신은 무언가 잘못했다고 했지요. 혹시 쓸데없이 논문을 발표해서 원하지 않는 곤란한 상황에 처하게 됐다고 후회한 것 아닙니까?"

셀던은 불안감을 억누를 수가 없었다. 추측이 너무나 정확했던 것이다. 바로 그때 셀던은 침입자가 나타났다는 느낌을 받았다.

빛이 부드럽게 널리 퍼져 있어서 그림자는 없었다. 얼핏 움직이는 모습이 시야에 조금 들어왔을 뿐이다. 움직이던 물체가 갑자기 정지했다.

제2부

탈출

트랜터

제1은하제국의 수도. 클레온 1세 통치 기간 중 망하게 된다. 외견상으로 이 행성은 그 당시에 최고 절정기를 누리고 있었다. 황궁 지역만 제외하고 2억 제곱킬로미터에 달하는 육지 모두를 지붕으로 덮어 그 아래 지하 깊은 곳까지 파 내려간 거대한 도시를 건설했다. 인구는 400억으로서 아무리 어리석은 사람이라도 문제가 심각하게 누적되어 있다는 징조를 여기저기서 찾을 수 있었으나, 트랜터 주민들은 트랜터가 '영원히 발전하는 행성'이라는 전설을 의심하지 않으면서 멸망의 가능성을 결코 믿지 않았다…….

—『은하대백과사전』

6

셀던은 고개를 들었다. 한 젊은이가 앞에 서서 짓궂은 눈초리로 자신을 내려다보고 있었다. 그 젊은이 뒤에는 약간 더 어려 보이는 젊은이가 서 있었다. 두 명 다 덩치가 커다랗고 힘이 세 보였다.

그들은 대담하게 색깔의 조화를 무시한 의상에 장식이 달린 넓은 허리띠를 두르고 둥근 모자를 쓰고 있었는데 아주 넓은 모자챙 양쪽 끝에 밝은 분홍색 리본을 달아 목까지 흘러내리게 한 모양이 매우 이상하게 보였다. 셀던은 극단적인 트랜터 패션의 한 유형일 것이라고 생각했다. 최소한 셀던이 보기에는 요상한 의상이어서 그는 웃음을 감출 수가 없었다.

앞에 있던 젊은이가 날카롭게 쏘아 댔다.

"아니, 촌놈이 무얼 보고 웃는 거야?"

셀던은 거친 표현을 무시한 채 점잖게 말했다.

"내 웃음이 거슬렸다면 용서하세요. 당신이 입고 있는 의상이 재미있어서 그랬어요."

"내 의상이 재미있다고? 당신이 입고 있는 옷은 어떻고? 아니, 그 누더기를 옷이라고 걸치고 있는 거야?"

그는 손을 뻗어 셀던의 옷깃을 만지작거리며 빈정거렸다. 셀던이 생각하기에도 다른 사람들의 산뜻한 옷차림에 비하면 자기는 진짜 볼품 없이 우중충한 차림새였다.

셀던이 말했다.

"내 차림새가 형편없어서 안타까울 뿐입니다. 그렇지만 이 옷밖에 없어서요."

공원 주변에 앉아 있던 사람들이 일어나 슬슬 사라지는 것이 보였다. 마치 사고라도 일어날 것 같아 피한다는 태도였다. 셀던은 금방 사귄 친구 휴민도 떠나지 않았는지 궁금했으나 대치하고 있는 젊은이에게서 눈을 돌리는 것이 꺼림칙해 확인할 수 없었다. 그는 의자 쪽으로 몸을 약간 움츠렸다.

앞에 선 젊은이가 물어봤다.

"당신 외계인이야?"

"그래요. 그래서 내 옷이 이런 거예요."

"'그래서'? 그게 무슨 뜻이야? 당신이 온 행성에서 쓰는 말인가?"

"내 말뜻은 내 옷이 당신네들의 옷과 유별나게 달라 보이는 이유가 그것이라는 뜻이에요. 나는 이곳을 방문한 사람이니까."

"어느 행성에서 왔는데?"

"헬리콘 행성요."

젊은이의 눈이 동그래졌다.

"처음 듣는데?"

"별로 커다란 행성이 아니니까."

"그만 돌아가지그래."

"그럴 예정이에요. 내일 떠날 거예요."

"지금 당장 떠나!"

앞에 선 젊은이가 함께 온 친구를 봤다. 셀던도 휴민을 얼핏 봤다. 그는 떠나지 않았다. 하지만 공원에는 셀던과 휴민, 그리고 두 청년 외에 아무도 없었다.

셀던이 대답했다.

"오늘은 관광이나 즐길 생각이었는데."

"안 돼. 별로 관광하고 싶은 생각이 안 들걸. 지금 고향으로 돌아가라고!"

셀던은 웃으며 얘기했다.

"미안합니다만 그렇게 하진 못하겠네요."

젊은이가 친구를 돌아봤다.

"마비야, 저 옷 가지고 싶지 않아?"

마비가 처음으로 입을 열었다.

"싫어. 구역질 나. 10년 전에 먹은 것까지 올라오려고 하는데."

"그러면 저 촌놈이 돌아다니게 하면 안 되겠군. 사람들이 구역질하면 건강에도 안 좋을 테니까 말이야. 안 그래, 마비?"

"그럼, 돌아다니게 하면 안 되지, 앨럼."

마비가 맞장구쳤다.

앨럼이 짓궂게 얘기했다.

"자! 당신도 마비가 하는 말을 들었지?"

그러자 휴민이 참견했다.

"이봐, 두 젊은이! 그만하면 충분히 장난쳤을 테니 그만 가 보지그래."

셀던에게 몸을 살짝 기울이고 있던 앨럼이 몸을 곤추세우더니 휴민을 쳐다봤다.

"당신은 뭐야?"

"알 것 없어."

휴민이 탁 쏘며 대꾸했다.

"당신 트랜터인이야?"

"그것도 알 필요 없어."

앨럼은 험상궂게 인상을 쓰며 위협했다.

"당신, 옷을 보니 트랜터인 같구먼. 당신에게 관심 없으니까 괜히 문제를 일으키지 말고 그만 꺼지시지!"

"떠나고 싶은 생각이 없는데. 우리 둘은 친구거든. 2대2라면 너희가 좋아하는 그 싸움이 쉽진 않을 거야. 우리 둘을 건드리려면 패거리를 좀 모아 오는 게 좋지 않겠어?"

셀던이 안타까워하며 말을 건넨다.

"휴민 씨는 그만 가 보는 게 좋을 것 같습니다. 저를 보호해 주시려고 그러는 줄 알지만 괜히 폐가 될까 두렵습니다."

"셀던 박사, 이놈들은 겁나지 않아요. 똘마니들에 불과한데요, 뭐."

그 말에 앨럼이 화를 끈 내며 반문했다.

"똘마니라고!"

헬리콘과 달리 이곳 트랜터에서는 그 말이 대단한 욕인가 보다고 셀던은 생각했다.

앨럼은 으르렁거리며 말했다.

"마비야, 이리 와. 네가 저놈을 맡아. 내가 이 촌놈의 옷을 갈기갈기 찢어 버릴 테니까. 우리가 혼내 줄 놈은 이 촌놈이잖아. 자, 간다!"

앨럼은 셀던의 옷깃을 잡아 일으키려고 했으나 셀던이 본능적으로 그의 손을 떨쳐 버리자 의자가 기우뚱했다. 셀던이 다시 자신을 향해 뻗쳐 오는 손을 잡자 발이 들리면서 의자가 뒤로 넘어졌다.

허공을 치면서 균형을 잃은 앨럼은 셀던 뒤로 나가떨어지면서 목에 커다란 충격을 받았다.

의자가 넘어지면서 셀던은 기우뚱거렸으나 금방 똑바로 일어서서 앨럼을 날카롭게 쳐다보다가 마비를 향해 고개를 돌렸다.

앨럼은 엎어져서 움직이지도 못했다. 얼굴은 고통으로 일그러져 있었다. 엄지손가락 양쪽을 뻬고 사타구니와 등뼈를 심하게 다친 것 같았다.

휴민은 왼팔로 마비의 목을 누르고 오른팔로는 마비의 오른팔을 심하게 꺾었다. 숨 쉬기가 어려워 마비의 얼굴이 빨개졌다. 땅 위로 조그만 레이저 칼이 떨어졌다.

휴민은 꺾기를 약간 느슨하게 풀며 걱정스럽다는 투로 얘기했다.

"괜한 장난을 쳐서 다치기만 했잖아!"

셀던도 걱정스럽다는 듯이 얘기했다.

"많이 안 다쳤으면 좋겠는걸. 약간만 더 심하게 넘어졌어도 목이 부러졌을 텐데……."

휴민은 감탄을 연발했다.

"무슨 수학자가 그렇게 실력이 좋습니까?"

"헬리콘 수학자라 그런가 봅니다."

셀던은 가볍게 말을 받으며 허리를 굽혀 칼을 집어 살펴보더니 한탄했다.

"정말 좋지 않은 물건이군."

휴민도 고개를 끄덕거렸다.

"레이저 칼은 생활하는 데 별 쓸모가 없을 텐데……. 자, 이 두 녀석을 그만 보냅시다. 저놈들도 더 이상은 싸우고 싶은 마음이 없을 테니까요."

그가 마비를 풀어 주자 마비는 우선 어깨와 목을 주무르고 식식거리면서 증오심이 가득 찬 눈으로 두 사람을 쳐다봤다.

휴민이 날카롭게 호통쳤다.

"너희 두 놈, 당장 이곳에서 꺼지는 게 좋을 거야. 살인미수죄로 고발할 수도 있으니까. 이 칼 정도면 증거가 충분해."

셀던과 휴민은 마비가 계속 고통스러워하는 앨럼을 끌어 일으켜서 부축하고 가는 모습을 지켜봤다. 그들은 가면서 두고 보자는 듯이 한두 번 뒤돌아보았으나 셀던과 휴민은 태연할 뿐이었다.

셀던은 손을 내밀면서 말했다.

"잘 모르는 사람을 도와 두 명의 불량배를 물리쳐 주시다니 뭐라고 감사의 말을 해야 좋을지 모르겠습니다. 사실 혼자 힘으로 두 명을 모두 상대하기는 벅차거든요."

휴민은 겸손하게 손을 맞잡으며 말했다.

"그런 놈이야 무서울 것 있겠습니까? 거리 불량배에 불과한 놈인데요. 손만 조금 쓰면 되지 않겠습니까?"

"꺾기 솜씨가 무섭던데요!"

셀던은 새삼스레 감탄했다.

휴민은 어깨를 으쓱하며 받아쳤다.

"당신 솜씨도 대단하던데요!"

그러다가 갑자기 목소리도 바꾸지 않고 서둘러 말했다.

"자, 우리 빨리 이곳을 떠나는 것이 좋겠습니다. 머뭇거릴 시간이 없어요."

셀던은 의아하다는 듯이 반문했다.

"우리가 떠나야 할 이유가 있겠습니까? 그놈들이 돌아올까 봐 두렵습니까?"

"그놈들을 겁내는 것이 아니에요. 하지만 불쾌한 장면을 피하고자 재빨리 공원에서 나간 용감한 사람들이 경찰에 신고했을지도 모르잖아요?"

"그렇군요. 그놈들 이름을 알고 있으니 자세히 설명해 줄 수 있겠군요."

"그놈들을 설명해 준다고요? 경찰이 그놈들을 잡아야 할 이유라도 있습니까?"

"그놈들이 살인미수죄를……."

"바보 같은 소리 그만하세요! 우리는 상처가 없어요. 그러나 그놈들은, 특히 앨럼은 병원에 입원해야 할 거예요. 검거될 사람은 우리란 말예요!"

"설마 그럴 리가 있겠습니까? 증인도 많을 텐데…….."

"아무 증인도 부르지 않을 거예요. 셀던 박사, 그 두 놈이 유독 당신을 찾아왔다는 사실을 염두에 두세요! 그놈들은 당신이 헬리콘 의상을 입었다는 사실을, 아니 당신의 인상착의에 관한 얘기를 자세히 듣고 왔을 거예요. 어쩌면 당신 사진을 봤을지도 모르죠. 경찰을 조종하는 자들이 보낸 놈들일지도 몰라요. 그러니 더 이상 시간을 낭비하지 맙시다."

휴민은 급히 서두르며 셀던의 어깨를 강하게 움켜쥐었다. 셀던은 휴민의 손을 쉽게 떨쳐 버릴 수 없다고 생각하고 성미 급한 간호사에게 잡힌 어린애처럼 휴민을 따라갔다.

너무 서둘러 커다란 상점으로 들어갔기 때문에 셀던은 희미한 불빛에 미처 적응하지도 못했다. 그때 육상용 자동차가 급히 서는 소리가 들렸다.

"그들이 벌써 왔군. 셀던 박사, 빨리 서두릅시다."

휴민은 혼자 웅얼거렸다.

그들은 움직이는 복도로 뛰어올라 군중 속으로 파묻혔다.

7

셀던이 휴민을 호텔 방으로 데려가려고 하자 휴민은 어처구니없다는 듯이 핀잔을 주었다.

"당신 미쳤어요?"

그는 작은 소리로 속삭였다.

"그들이 거기에서 당신을 기다리고 있을 텐데!"
"하지만 소지품도 다 거기에 있는데······."
"그런 거야 그냥 놔둬도 돼요."
그래서 그들은 흔해 빠진 아파트 단지의 조그만 방으로 들어갔다. 셀던은 방 한 칸짜리 아파트를 둘러봤다. 책상과 의자, 침대, 컴퓨터 장비 등이 방 안을 차지하고 있었다. 주방이라든가 세면대 같은 것도 없었기 때문에 휴민은 1층에 있는 공동 세면장을 알려 주었다. 셀던이 들어가 보니 그 안에서 세수를 하고 있는 사람이 있었다. 그 사람은 셀던보다는 셀던이 입고 있는 의상이 신기하다는 듯이 잠시 쳐다보더니 고개를 돌렸다.
방으로 돌아와 그 사실을 얘기하자 휴민은 고개를 저으며 말했다.
"당신 옷을 갈아입어야 하겠어요. 헬리콘 패션이 너무 뒤떨어져서 너무 눈에 뜨이니······."
셀던이 성급하게 질문했다.
"어디까지가 추측이고 어디까지가 사실이에요? 당신 말이 근거 없다고 단언할 순 없지만 어쩌면 단순한 일종의······ 일종의······."
"'피해망상증'이라는 단어를 찾는 겁니까?"
"그래요! 어쩌면 단순한 피해망상증 때문에 그런 추측을 할 수도 있는 거잖아요!"
휴민은 정색하며 대답했다.
"한번 생각해 보세요. 수학적으로 증명할 순 없으나 당신이 황제를 만난 건 사실 아닌가요? 부정하지 마세요. 황제가 당신에게 바란 게 있었는데 당신이 거부했지요? 틀림없죠? 황제가 원했지만 당신이 거절한 것은 아마 미래에 대한 예언일 거예요. 아마 데머즐은 당신이 높은 보상을 원하거나 다른 사람에게 아주 비싼 대가를 받고 팔기 위해 미래를 예견할 수 없는 척했다고 생각할 거예요. 사실 그럴 수도 있는 것 아닌가요? 데머즐은 마음만 먹으면 당신이 어디에 있든 찾을 수 있다고 내가 얘기했죠? 나는 그 두 놈이 우리가 있는 곳에 나타나기 전에 당신에게 그 사실을 얘기했어요. 나는 기자일 뿐만 아니라 트랜터인이기도 해요. 따라서 상황이 어떻게 돌아가는지 당신보다 잘 알지요. 앨럼이 '우리가 혼내 줄 놈은 이 촌놈이잖아!' 하고 말한 것이 기억나요?"

"네, 기억납니다."

"당신은 '문제를 일으키지 말고 떠나야 할 놈'으로 여겨진 게 틀림없어요. 그들의 임무는 당신에게 시비 거는 것이었지요."

휴민은 침대를 가리키며 권했다.

"피곤하면 다리 쭉 뻗고 편하게 누우세요. 나는 그 두 놈을 보낸 놈이 데머즐이라고 생각하는데, 설마 데머즐이 아니라 하더라도 어떤 놈이 의도적으로 그 두 놈을 보낸 게 틀림없어요. 지금 당신을 찾느라고 눈을 까뒤집고 있겠죠. 그러니 당신 옷을 없애는 게 좋겠어요. 이 지역에서 당신과 비슷한 옷을 입고 있는 헬리콘 행성인들은 당신이 아니라는 사실을 밝힐 때까지 아마 곤욕을 치러야 할 거예요."

"설마 그럴 리야……."

"농담이 아니에요. 빨리 옷을 벗어서 몰래 분해실로 가서 원자 분해해야 할 거예요. 그 일을 하기 전에 우선 트랜터 의상을 사 와야겠군. 당신이 나보다 작으니 그걸 염두에 두고 사 와야겠어요. 딱 안 맞아도 문제 될 건 없을 테니……."

셀던은 고개를 내젓는다.

"나는 신용카드도 가지고 나오지 않았어요. 호텔 금고에다 놓고 나왔거든요."

"그 문제는 나중에 한가할 때 가서 걱정합시다. 내가 밖에 나가서 적당한 옷들을 사 올 테니 당신은 이곳에서 한두 시간만 기다리고 있어요."

셀던은 손을 내밀며 체념의 한숨을 내쉰다.

"좋습니다. 그렇게 중요한 일이라면…… 여기에서 기다리고 있죠."

"절대로 호텔로 돌아가려고 하면 안 됩니다. 맹세할 수 있겠어요?"

"수학자의 명예를 걸고 맹세합니다. 하지만 괜히 나 때문에 당신이 고생하니 미안할 뿐입니다. 돈까지 쓰고요. 그런데 당신은 데머즐에 대해 많은 이야기를 했는데, 그놈들은 나를 해치거나 납치해 가려고 하진 않았잖아요. 그놈들 협박은 내 옷을 빼앗아 가겠다는 것뿐이었잖아요."

"그것만이 아니죠. 그놈들은 당신을 우주 공항으로 데려가 4차원 우주선에 태워 헬리콘으로 보내려고 했죠."

"그것은 아무 위협도 되지 않으니 심각하게 생각할 것 없죠."

"왜 그렇죠?"

"어차피 헬리콘으로 갈 예정이었으니까요. 그놈들에게도 얘기했잖아요. 나는 내일 떠나요."

"아니, 내일 떠나실 예정이라고요?"

"당연하죠. 그러면 안 되는 이유라도 있습니까?"

"안 되는 이유야 무궁무진하죠."

셀던은 갑자기 신경질을 냈다.

"이봐요, 휴민 씨. 이제 이런 장난은 그만두겠어요! 장난은 여기서 끝내고 호텔로 가겠다고요. 티켓도 호텔에다 놔두었어요. 아예 예약 일정을 바꾸어 오늘 떠나 버려야겠네요. 농담이 아니에요."

"헬리콘으로 돌아가시면 안 됩니다."

셀던은 흥분했다.

"왜 안 된다는 거죠? 그놈들이 거기서도 나를 기다린다는 거예요?"

휴민은 고개를 끄덕였다.

"셀던 박사, 흥분하지 마세요. 그곳에도 당신을 기다리는 사람들이 있을 겁니다. 내 말을 들으세요. 만약 헬리콘으로 돌아간다면 영원히 데머즐의 손아귀에서 벗어나지 못할 것입니다. 헬리콘 행성은 믿음직하고 안전한 곳입니다. 헬리콘에서 반란이 일어난 적이 있습니까? 황제에게 반항하는 세력의 깃발이 나부낀 적이 있습니까?"

"물론 그런 적이 없지요. 주변에 커다란 행성이 많아서요. 헬리콘 행성은 제국의 안녕에 의지하고 있습니다."

"바로 그거예요! 그러니 헬리콘 주둔 제국 군대가 지방 정부의 협조를 충분히 받을 수 있잖아요. 따라서 당신을 항상 감시할 수 있게 될 거고요. 데머즐이 당신을 만나고 싶다면 언제든지 당신을 소환할 수 있겠지요. 내가 당신에게 주의를 주지 않았다면 당신은 헬리콘으로 돌아가 주변의 감시를 눈치채지 못하고 가장된 안전 속에서 공개적으로 연구에 몰두하겠죠."

"그건 말이 안 돼요. 내가 헬리콘으로 가기를 원했다면, 내가 그냥 헬리콘으로 가도록 놔두지 않을 이유가 없잖아요. 어차피 내일 떠날 예정이었는데요. 몇 시간 일찍 보내려고 두 놈을 보내 내가 경계심을 품게 할 이유가 없지 않아요?"

"당신이 경계심을 품을 거라고 데머즐이 우려할 이유가 없지요. 내가 당신과 함께 있으면서 당신 말대로 당신에게 피해망상증을 심어 줄 거라고 예상하진 못했을 테니까요."

"그렇다고 하더라도 몇 시간 일찍 보내려고 그 수선을 피울 이유가 없잖아요?"

"아마 당신이 마음을 바꾸지 않을까 두려웠기 때문일 거예요."

"그렇다고 어딜 가겠어요. 고향이 아니면 어디 갈 데도 없는데……. 만약 나를 헬리콘에서 잡을 수 있다면 설사 내가 다른 데로 가더라도 마찬가지 아니겠어요? 설사 내가…… 3만 광년 더 떨어져 있는 아나크레온 행성으로 간다고 해도 나를 잡을 수 있을 것 아녜요? 내가 그곳으로 피해야겠다고 생각하더라도요! 4차원 우주선을 타면 시간도 얼마 안 걸리고……. 제국 군대에 비협조적인 행성을 찾는다 하더라도 당신 말대로 반란을 일으킬 정도는 아닐 것 아녜요? 현재 제국은 평화를 구가하고 있어요. 설사 과거의 불행한 사태로 인해 불만을 품고 있는 행성이 몇 개 있다고 하더라도 나를 보호하기 위해 제국 군대에 대항할 행성은 없지요. 게다가 헬리콘 이외의 행성에서는 내가 지역 주민도 아니기 때문에 제국의 음모로부터 보호해 주어야 한다는 원칙적인 고려도 하지 않을 거예요."

휴민은 잠자코 고개를 끄덕이며 들으면서 근엄하고 침착한 표정을 바꾸지 않았다.

"지금까지는 당신 말이 옳아요. 하지만 황제가 실질적인 통치력을 행사하지 못하는 행성이 하나 있어요. 데머즐이 초조하게 서두른 이유도 바로 그 행성이 존재하고 있기 때문일 거예요."

셀던은 잠시 침묵하고 최근 역사를 검토해 보았으나 제국 군대가 영향력을 행사하지 못할 행성을 생각해 내지 못했다. 셀던이 궁금증을 참지 못하고 물었다.

"그 행성이 어디 있습니까?"

휴민이 대답했다.

"당신이 머무르고 있는 바로 이 행성이지요. 데머즐에게는 아주 위험한 행성이죠. 데머즐은 당신을 헬리콘으로 보내기 위해 서두른 것이 아니라 트랜터를 떠나게 하기 위해 서두른 것이었어요! 데머즐은 관광이든 뭐든 어떤 이유로 당신이 이곳에 머무르겠다는 생각을 품지 않을까 우려되어 빨리 트랜터에서 떠나보내려고 안달한 거예요."

두 사나이는 잠시 침묵을 지켰다. 마침내 셀던이 냉소 어린 목소리로 말했다.

"트랜터 행성이 그렇다고요? 제국의 수도일 뿐만 아니라, 궤도를 둘러싼 우주 정류장에는 우주 함대 사령부가 있고 육상에는 최정예 군대가 주둔하고 있는 이곳이……? 트랜터가 안전한 행성이라고 생각하는 것을 보니 당신은 피해망상증에 시달리다 못해 아주 우스운 환상까지 가지게 된 것 같군요!"

"셀던 박사! 당신은 외계인 아닙니까! 당신은 트랜터의 속사정을 몰라요. 인구만 하더라도 400억에 달하고 과학적·문화적 복합성은 상상할 수 없을 정도예요. 우리가 있는 이곳은 제국 구역으로서 은하제국에서는 생활 수준이 가장 높은, 주로 제국 관리들이 사는 곳이지요. 그러나 트랜터에는 800개가 넘는 지역이 있어서 서로 문화적으로 다를 뿐만 아니라 상당수 구역이 제국의 통치를 완전히 거부하기도 해요."

"그 이유가 무엇입니까?"

"제국 군대는 트랜터 행성에서는 실력 행사를 하지 못합니다. 실력 행사를 한다면 행성 전체 운명이 걸려 있는 과학기술 부품에 문제가 생길 테니까요. 행성 내부에 복잡한 과학기술 부품이 얽히고설켜 있어 내부에 연결되어 있는 선 하나만 끊더라도 행성 전체가 마비되어 버려요. 제 말을 믿으세요, 셀던 박사. 우리는 지진이 일어났을 때, 화산이 용암을 분출했을 때, 폭풍우가 몰아쳤을 때, 인간들의 부주의로 사고가 발생했을 때 등등의 재해로 일어난 여러 가지 사태를 잘 알고 있어요. 행성 전체가 위기에 놓이게 되어 원상 복구하는 데 모든 노력을 기울여야 했지요."

"나는 그 같은 일에 대해 한 번도 들어 본 적이 없는데요."

휴민의 얼굴에서 미소가 묻어났다.

"물론 들어 보지 못했겠지요. 그러면 제국 정부가 제국의 핵심부에 있는 약점을 광고하겠습니까? 그러나 나는 방송기자로서 외계에서 모르는 여러 가지 사건들, 특히 제국 언론통제기관에서 보도를 규제해 트랜터인들조차 알 수 없는 사건들을 알고 있답니다. 나를 믿으세요. 당신이 그렇게 생각하지 않는다 하더라도 트랜터 행성에 혼란이 야기되면 제국 전체가 위험하다는 것을 황제도 알고 데머즐도 알고 있습니다."

"그렇다면 그 이유 때문에 내가 이곳에 머물러야 한다는 거예요?"

"그래요. 나는 당신을 안전한 지역으로 데려다 줄 수 있어요. 그곳에 있으면 데머즐도 어쩌지 못할 겁니다. 당신이 이름을 바꾸지 않고 공개적으로 연구에 몰두하더라도 제국 정부에서는 손가락 하나 까딱할 수 없습니다. 바로 이러한 이유 때문에 데머즐이 당장 당신을 강제로라도 트랜터를 떠나게 만들려고 한 것이지요. 운명의 장난이 우리를 만나게 하지 않았고 당신에게 놀라운 임기응변 능력이 없었다면 데머즐은 성공의 기쁨을 맛보았을 것입니다."

"하지만 언제까지 트랜터에 남아 있어야 합니까?"

"안전에 대한 확신이 생길 때까지죠. 어쩌면 여생을 전부 보내야 할지도 모르겠군요."

8

해리 셀던은 휴민의 투광기에 비치는 자신의 영상을 보았다. 투광기는 거울을 사용할 때보다 훨씬 정확하게 자신의 모습을 볼 수 있게 해 주었다. 마치 방 안에 셀던이 두 명 있는 것처럼 보였다.

셀던은 새로 산 상의 소맷자락을 보았다. 헬리콘 사람다운 취향 때문에 셀던은 색깔이 덜 화려한 옷을 사 오길 희망하고 있었다. 다행히도 휴민이 이 행성에서 유행하는 색깔보다 좀 더 부드러운 색깔을 골라 와서 셀던은 고마웠다. 셀던은 문득 깡패 두 명이 입고 있던 옷 색깔을 떠올리곤 몸을 부르르 떨었다.

셀던은 옷을 다 입고 나서 얘기했다.

"이 모자를 쓰면 어떨까요?"

"제국 지역에서는 괜찮겠지요. 이곳에서 모자를 안 쓰고 다니는 것은 신분이 낮다는 표시이니까. 하지만 다른 지역에서는 또 다르지요."

셀던은 한숨을 내쉬었다. 부드러운 천으로 만든 둥그런 모자를 써 보니 머리에 딱 맞았다. 모자챙이 넓게 둘려 있었으나 공원의 깡패들이 쓴 모자보다는 폭이 좁았다. 모자를 쓰고 모자챙이 우아하게 꺾이는 모양을 보고 스스로를 위안할 수 있었다.

"턱으로 내려오는 끈은 없는데요?"

"물론 없지요. 그런 모자는 젊은 랜크족들이 쓰는 모자니까요."

"젊은…… 뭐라고요?"

"랜크족요. 특이하게 보이기 위해 옷을 이상하게 입는다든가 머리를 이상하게 깎는다든가 하는 젊은이들을 의미하지요. 헬리콘에도 있을 것 같은데요?"

셀던이 콧방귀를 뀌었다.

"아, 그놈들! 헬리콘에서는 반쪽 머리는 길게 기르면서 다른 반쪽 머리는 완전히 깎아 버리는 놈들이 있어요."

셀던은 기억을 더듬으며 웃었다.

휴민은 입술을 삐죽거리며 말했다.

"대단히 흉해 보이겠군요."

"아주 흉해요. 오른쪽을 깎는 패거리와 왼쪽을 깎는 패거리가 있는데 서로 아주 싫어하더라고요. 그래서 가끔 길거리에서 패싸움을 벌이기도 하지요."

"끈이 안 달린 그 모자를 쓰는 건 어때요?"

"익숙해지겠죠."

"그 모자를 쓰면 이익이 있어요. 상을 당한 사람도 그런 모자를 쓰니 당신도 상을 당한 사람처럼 보일 수 있을 거예요. 그리고 몸에 어울리지 않는 그 모자를 쓰고 있는 것이 불편하다고 해도 어차피 제국 구역에 오래 있지는 않을 거니까요. 충분히 보았어요?"

셀던이 됐다는 표시를 하자 그는 투광기를 껐다.

셀던이 물었다.

"이 옷을 사느라고 얼마를 쓴 거예요?"

"알아서 뭐하게요?"

"빚을 지게 되어 부담스러워서요."

"그런 건 신경 쓰지 마세요. 내가 좋아서 하는 일이니까요. 어쨌든 이곳에 너무 오래 있었어요. 내 인상착의가 보고되었을 거예요. 그놈들이 내 인상착의에 따라 탐문 수사를 벌인다면 결국 이곳에 들이닥치겠죠."

"그렇다면 당신에게 돈으로 계산할 수 없는 폐를 끼친 셈이군요. 당신은 나 때문에 곤경에 처하게 되겠군요."

"알면서 한 일이니까 걱정하지 마세요. 이 정도 어려움이야 극복하지 못하겠습니까?"

"그렇지만 왜……."

"철학적인 문제는 나중에 토론하기로 하지요. 조금 전에 당신 옷을 원자 분해했어요. 다른 사람에게 들키진 않았지만 에너지 분출이 있었기 때문에 그 사실이 기록되었을 거예요. 그 기록을 보고 수상하게 여길 사람이 있을지도 몰라요. 날카롭게 감시하는 눈이 너무 많아서 어떤 행위건 결국 다 드러나기 마련이니까요. 그러니 그들이 이 모든 요소를 조사하여 우리 의도를 파악하기 전에 안전한 곳으로 피할 궁리나 합시다."

9

그들은 부드럽게 노란색으로 빛나는 인도를 따라 걸어갔다. 휴민은 두리번거리며 사방을 경계하면서 다른 사람들이 걷는 속도에 발맞추어 추월당하지도 앞지르지도 않으며 걷고 있었다.

그는 평범한 주제에 관해 짐짓 상냥한 태도로 얘기를 계속하고 있었다.

셀던은 신경이 날카로워 그렇게 하지 못하고 어색하게 얘기했다.

"이곳에는 걷는 사람이 대단히 많은 것 같아요. 양쪽 보도에도 그렇고 건널목에도 굉장히 많은 사람이 걷고 있네요."

"당연하죠. 단거리 이동엔 걷는 게 최고죠. 가장 쾌적할 뿐만 아니라 경제적이기도 하고 건강에도 좋으니까요. 오랜 세월에 걸쳐 과학 문명이 이렇게 발전했어도 걷는 것만은 바꾸게 할 수 없어요. 셀던 박사, 혹시 고소공포증이 있습니까?"

셀던은 오른쪽 난간 건너편에 급하게 경사진 내리막길이 있는 것을 바라보았다. 내리막길은 인도를 가로지르고 있었는데 중간중간 건널목을 경계선으로 하여 경사 방향이 바뀌곤 하였다. 그는 약간 섬뜩해하며 대답했다.

"높은 곳에서 내려다보는 것을 두려워하는 편이긴 합니다. 재미있는 일은 아니니까요. 얼마나 밑으로 내려가나요?"

"이 높이에서 40~50레벨 정도 내려가는 것 같아요. 제국 구역을 비롯해 고도로 발전된 여타 지역에는 이런 내리막길이 흔하죠. 레벨마다 도시가 건설되어 있어 사람들은 자신들이 걷고 있는 곳을 육상 레벨이라고 하죠."

"저것을 보고 자살 유혹을 느끼는 사람도 많을 것 같은데요?"

"가끔 있죠. 하지만 훨씬 쉬운 방법이 많이 있어요. 게다가 트랜터에서는 자살을 창피하게 여기지 않아요. 심리치료 단계만 거치면 자살할 수 있는 곳을 이용할 수 있게 해 주기도 하죠. 자살 희망자는 그들을 위해 건립된 센터에서 법적으로 인정된 방법을 사용하여 자기 인생을 마무리 지을 수 있어요. 물론 저곳에서도 가끔 자살 사건이 일어나긴 하지요. 그러나 내가 고소공포증에 대해 물어본 이유는 다른 데 있어요. 지금 우리는 내가 방송기자라는 사실을 알고 있는 택시 대여소를 찾아가고 있는 거예요. 내가 가끔 그들에게 도움을 주고 그 대가로 그들도 가끔 나를 도와주죠. 그들은 내 신분을 기록하지 않고 차를 빌려 줄 거예요. 나와 함께 가는 사람에 대해서도 주목하지 않겠죠. 물론 웃돈을 얹어 주어야 하겠지만요. 나중에 데머즐 부하들이 심하게 협박할 때야 비로소 사실대로 얘기하면서 너절한 변명을 늘어놓겠지요. 하지만 그런 일은 상당 시간이 흐른 뒤에나 일어날 겁니다."
"그러면 왜 고소공포증이 있냐고 물어본 거죠?"
"중력 승강기를 이용한다면 훨씬 빨리 택시 대여소에 갈 수 있으니까요. 이용하는 사람도 많지 않고 나 자신도 별로 이용하고 싶은 생각은 없지만 당신만 괜찮다면 그것을 타는 것이 좋을 거예요."
"중력 승강기가 뭐죠?"
"아직 시험적인 시설이에요. 사람들이 두려워하지 않도록 만들 수만 있다면 트랜터 전역에 광범위하게 설치될 수 있을 겁니다. 그렇게 되면 아마 다른 행성에도 설치되겠죠. 그것은 쉽게 얘기해서 사람이 타는 칸을 없애고 승강기 통로만 설치한 것이에요. 텅 빈 공간으로 들어가기만 하면 중력의 영향으로 천천히 떨어지거나 천천히 올라가거나 하도록 만든 설비죠. 아마 반중력을 이용해 만든 최초이자 유일한 설비일 겁니다."
"우리가 그 안에 있는 동안 전력이 순간적으로 끊어지면 어떻게 되지요?"
"당신이 우려하는 대로 되겠지요. 한없이 떨어지다가 제일 밑바닥에 닿기도 전에 죽겠죠. 그러나 아직까지 그런 사고는 없었습니다. 그런 일이 일어났다면 벌써 알았을 테니까요. 제 말을 못 믿겠나 보죠?

물론 악성 뉴스는 보안을 핑계로 보도하지 않는 경우가 종종 있죠. 하지만 나는 알 수 있습니다. 중력 승강기는 이 위층에 있어요. 만약 자신 없으면 안 타도 돼요. 하지만 복도는 너무 천천히 움직여서 지루하기 때문에 금방 지쳐 버리죠."

휴민은 건널목을 건너 넓은 공간으로 들어갔다. 그곳에는 남녀가 줄을 서서 기다리고 있었는데 어떤 사람은 아이들을 데리고 기다리기도 했다.

셸던은 낮은 목소리로 말했다.

"나는 고향에서 이런 설비에 대해 들어 본 적이 없어요. 물론 우리 행성의 언론 매체가 지방색이 농후해서 그럴지도 모르겠지만 그래도 이런 설비가 있다고 한두 줄은 썼을 텐데요."

"이것은 실험용으로서 제국 지역에만 한정되어 있어요. 효용성에 비해 너무 많은 에너지가 들기 때문에 제국 정부에서는 굳이 지금 당장 널리 공표하려고 하지 않고 있어요. 클레온 1세의 선황으로 침대에서 자다가 죽어 세간을 놀라게 했던 스태널 6세가 몇 곳에 설치하도록 고집을 부려 일부 설치된 겁니다. 공명심에 들뜬 늙은이들이 반중력과 연관 지어 자기 이름을 역사에 남기기 위해 설치했다고 사람들은 얘기하죠. 내가 아까 말했듯이 반중력은 널리 응용될 수 있을 겁니다. 사람들은 그것을 응용해서 중력 승강기보다 훨씬 뛰어난 장비를 만들려고 노력하고 있으니까요."

"무엇을 만들려고 하는데요?"

"반중력 우주선요. 그러나 그것을 만들기 위해선 넘어야 할 기술적 난관이 많아 대부분의 물리학자들은 절대 그 우주선을 만들지 못할 것이라고 단언하고 있습니다. 하지만 대부분의 과학자들이 중력 승강기를 절대 만들 수 없다고 단언할 때도 있었거든요."

기다리는 줄이 급속하게 줄어 휴민과 함께 서 있던 셀던은 어느새 복도 끝 안전선에 서서 열려 있는 공간을 바로 앞에서 볼 수 있게 되었다. 공간 안에 있는 공기가 조금 반짝이는 것 같았다. 그가 무의식적으로 손을 뻗자 가벼운 충격을 느낄 수 있었다. 별로 아프진 않았으나 재빨리 손을 끄집어냈다.

휴민이 웃으며 이야기해 주었다.

"제어기를 작동시키기 전에 안전선을 넘어가는 사람에게 일차적인 주의를 줘 멈추게 하는 장치입니다."

그가 제어판에 어떤 숫자를 입력시키자 반짝이는 빛이 사라졌다.

셀던은 경고선 안을 들여다보면서 밑으로 깊숙하게 파인 승강 통로를 자세히 살펴보았다.

"실제로 안으로 들어간다 하더라도 우리가 팔짱을 낀 채 눈을 감고 가만히 있으면 그렇게 무섭거나 이상한 것도 없어요. 몇 초면 되니까요."

그는 셀던에게 판단할 시간적 여유를 주지 않은 채 팔을 뻗어 셀던의 팔에 단단히 팔짱을 끼었다. 그러고 나서 아무것도 없는 공간으로 들어가자 셀던도 갑작스레 기울어지면서 따라 들어가게 되었다. 그 순간 자기도 모르게 조그만 비명 소리를 내어 셀던은 창피함을 느꼈다.

그는 두 눈을 굳게 감고 있었으나 떨어지는 느낌도 안 들었고 공기의 흐름도 느낄 수 없었다. 몇 초가 지나자 몸이 앞으로 끌리면서 약간 비틀거렸으나 곧 균형을 똑바로 잡을 수 있었다. 어느새 목적지에 도달해 있었다.

그는 눈을 뜨면서 물었다.

"다 온 겁니까?"

"죽지는 않은 것 같군요."

휴민이 놀리듯 말하면서 앞으로 걸어 나가자 팔을 붙들린 셀던도 뒤따라 나갈 수밖에 없었다.

"제 말은 우리가 레벨을 올바로 찾았냐는 겁니다만?"

"물론 정확히 찾아왔죠."

"우리가 밑으로 떨어지고 있을 때 다른 사람이 올라오고 있으면 어떻게 하지요?"

"통로가 두 개로 나뉘어 있어요. 한 통로에서는 모든 사람이 똑같은 속도로 떨어지고, 다른 통로에서는 모든 사람이 똑같은 속도로 올라오게 되어 있습니다. 통로 안 10미터 위아래에 다른 사람이 없을 때 사람을 태우기 때문에 충돌할 위험도 없어요."

"나는 아무 감각도 느낄 수 없었어요."

"가속도가 붙지 않기 때문에 당연하죠. 처음 10분의 1초 동안 일정한 속도로 떨어지면 신체 주변에 있는 공기도 똑같은 속도로 밑으로 같이 움직이게 만들어져 있어요."

"놀랍군요!"

"그렇습니다. 하지만 비경제적이라서요. 더욱 효율적으로 운행하도록 만들어 쓰려는 노력도 별로 없는 것 같아요. 어디서나 사람들은 투정하지요. '못 해요······. 그런 걸 어떻게 해요······.' 모든 일이 그렇습니다."

휴민은 화가 나서 어깨를 으쓱하며 말했다.

"이제 택시 대여소에 도착했습니다. 택시나 타도록 합시다."

10

셀던은 비행택시 대여소 종점에서 남의 눈을 끌지 않으려고 조심했으나 의도대로 되지 않았다. 조심조심 걷고 사람이 지나갈 때마다 얼굴을 피하고 비행택시를 굉장히 신기하다는 듯이 살펴보았기 때문에 다른 사람들에게 아주 이상하게 보일 수밖에 없었다. 셀던은 평범한 보통 사람처럼 행동해야 한다고 생각했다.

하지만 어떻게 평범하게 행동할 수 있단 말인가?

우선 입고 있는 옷부터 편하지가 않았다. 주머니가 없어서 손을 집어넣을 수도 없지 않은가! 허리띠 양쪽에 매달려 있는 조그만 가방은 움직일 때마다 옆구리를 찌르면서 정신을 산만하게 만들었다. 다른 사람이 옆구리를 찌르는 것 같은 착각이 자꾸 들었던 것이다.

지나가는 여성들을 보니 그들은 가방을 매달지 않고 조그만 상자 같은 것들을 가지고 다니는데 셀던이 잘 모르는 장치가 있어 엉덩이나 그 외의 신체 부위에 부착할 수 있게 되어 있었다. 자석 비슷한 장치 같았다. 별로 노출이 심하지 않은 의상을 입고 있어 유감스러웠다. 목을 깊숙이 판 의상을 입고 있는 여성이 한 사람도 없었다. 하지만 몇몇 여성은 엉덩이를 강조하도록 디자인된 옷을 입고 있었다.

한편 휴민은 아주 사무적인 태도로 행동하며 크레디트를 내고 비행택시를 작동시킬 초전도 세라믹 타일을 받았다.

휴민은 좌석이 둘뿐인 조그만 자동차를 가리키며 "셀던 박사, 탑시다." 하고 말했다.

"성함을 기록했습니까, 휴민 씨?"

셀던이 궁금한 듯 물어봤다.

"물론 기록하지 않았죠. 이곳에 있는 사람들이 나를 잘 알기 때문에 그런 일로는 귀찮게 하지 않아요."

"당신이 누구와 어디 가냐고 궁금해하지 않나요?"

"물어보지도 않더라고요. 자진해서 얘기할 필요도 없겠고요."

그가 타일을 집어넣자 시동이 걸리면서 비행택시가 약간 떨렸다.

"자, D-7을 향해 달려 봅시다."

셀던은 D-7이 무엇인지 몰랐으나 비행 노선을 의미하지 않겠나 하고 생각했다.

비행택시는 다른 육상용 자동차들을 피해 앞으로 나아가 공중으로 뻗은 도로에 부드럽게 올라가더니 속도를 내기 시작했다. 그러다가 갑자기 위로 뜨면서 약간 덜컹거렸다.

자동으로 가죽끈이 나와 셀던을 옥죄면서 좌석 깊숙이 끌어당겼다.

"이 차는 반중력을 이용한 것 같지 않군요?"

"네, 맞습니다. 조그만 제트 추진기를 이용한 것이지요. 통로에 들어갈 정도의 힘은 충분합니다."

절벽 같은 것이 앞에 나타났다. 바둑판 모양으로 동굴이 여기저기 뚫려 있었다. 휴민은 각자의 동굴로 들어가는 다른 비행택시들을 피해서 D-7 동굴로 차를 몰고 들어갔다.

셀던은 헛기침하면서 물었다.

"충돌할 위험이 많겠는데요?"

"인간의 육감과 반사 신경으로 운전한다면 그렇겠지요. 하지만 택시마다 컴퓨터 시설이 되어 있어서 사고가 생기지 않도록 조절해 줍니다. 자, 들어갑니다."

택시가 빨려 들어가듯 D-7 안으로 들어가자 밝았던 빛이 갑자기 부드러워지면서 밝은 황색으로 변했다.

휴민은 제어기를 놓고 의자 깊숙이 앉아 숨을 깊이 들이쉬며 말했다.

"이제 한 단계는 성공적으로 통과했습니다. 정거장에서 정지하게 될 거예요. 이 안에서는 아주 안전합니다."

택시는 부드럽게 달렸고 동굴 벽이 재빠르게 스쳐 지나갔다. 소음도 거의 없었다. 택시가 빠른 속도로 달리면서 내는 '윙' 하는 소리만이 부드럽게 들릴 뿐이었다.

"얼마나 빠른 속도로 가고 있습니까?"

휴민은 계기판을 언뜻 보면서 대답했다.

"시속 350킬로미터군요."

"자기 추진 노선입니까?"

"그래요. 헬리콘 행성에도 있을 것으로 생각되는데요."

"네, 한 군데 있지요. 한번 타 보고 싶었는데 기회가 없었어요. 이렇게 작동하리라고는 생각하지 않았어요."

"모든 노선이 꼭 이렇지는 않아요. 트랜터에는 지면 밑으로 벌집처럼 구멍을 내 만든 도로가 수천 킬로미터나 있어요. 그중에는 바다 밑까지 꾸불꾸불 파 들어간 곳도 있고요. 장거리 여행에는 가장 경제적인 수단이죠."

"앞으로 얼마나 걸리겠습니까?"

"최종 목적지까지 도달하는 데요? 다섯 시간이 약간 더 걸릴 겁니다."

"다섯 시간이라고요!"

셀던은 낙담해했다.

"낙담해하지 마세요. 약 20분 간격으로 휴게소가 있으니 중간에 동굴을 빠져나가 맑은 공기를 마시면서 식사도 하고 쉴 수도 있어요. 물론 가능하면 적게 쉬려고 합니다만……."

 잠시 침묵이 흐르는 속에서 앞으로 나아가던 중 갑자기 오른편에서 섬광이 번뜩이자 셀던은 움찔했다. 섬광이 몇 초 동안 계속된 것을 보고 비행택시가 두 대 지나가나 보다고 셀던은 생각했다.

 "저건 휴게소 불빛입니다."

 휴민은 물어보지도 않은 질문에 답했다.

 "당신이 가는 곳이 과연 내게 안전할까요?"

 "제국 군대가 공개적으로 작전할 수는 없으니 그 부분에 한해서는 절대 안전합니다. 하지만 스파이라든가 기관원, 청부 살해업자 등 눈에 안 띄게 활동하는 자들에 대해선 항상 경계를 늦추지 말아야 합니다. 물론 당신에게 경호원을 붙여 드려야 하겠죠."

 셀던은 불안한 기분이 들었다.

 "청부 살해업자라고요? 진짜 그럴까요? 나를 죽이려는 사람들이 있을까요?"

 "아마 데머즐은 당신을 죽이려고 하지 않을 거예요. 그놈은 당신을 죽이기보다는 이용하기 위해 모든 방법을 동원하겠죠. 그래도 다른 적들이 생겨나거나 불행한 사건들이 일어날 수도 있으니까 당신은 앞으로 정신 똑바로 차리고 살아가야 해요."

 셀던은 고개를 저었다. 48시간 전까지만 하더라도 외계에서 온 평범한 수학자로서 남은 시간 동안 트랜터 관광이나 하면서 거대한 행성의 광대함을 보며 시야나 넓힌 후 고향으로 돌아가려고 했는데 모든 게 뒤틀려 버린 것이다. 갑자기 제국 군대의 추적을 받는 수배범이 되었으니 앞으로 얼마나 내 인생이 고달파질까! 너무나 끔찍한 상황 앞에서 그는 몸서리를 쳤다.

"그러면 당신은 어떻게 되는 거죠? 앞으로 어떻게 할 거죠?"

휴민은 생각에 잠겨 대답했다.

"물론 나에 대해서도 그들이 좋은 감정을 품지는 않겠죠. 아무도 알 수 없는 수수께끼 같은 인물이 내 목을 베거나 내 몸에 폭탄을 던질 수도 있겠죠."

휴민이 전혀 두려움 없이 담담한 표정으로 얘기하자 셀던은 기가 질렸다.

"그런 일이 닥쳐올 것이라고 생각하면서도 전혀…… 전혀 두려워하지 않는 것 같군요."

"나는 트랜터에서 잔뼈가 굵었습니다. 나는 어느 누구보다도 트랜터를 잘 알고 있습니다. 알고 있는 사람도 많고 나에게 신세 진 사람도 많습니다. 나는 빈틈이 없어서 쉽게 허를 찔리지 않습니다. 셀던 박사, 한마디로 말해서 나는 스스로를 돌볼 자신이 있습니다."

"당신이 그렇게 생각하고 있으니 기쁘군요. 당신 말대로 되기를 바랍니다. 그런데 당신이 왜 이런 고생을 사서 하는지 도저히 이해되지 않아요. 내가 당신에게 어떤 의미가 있죠? 당신과 전혀 상관없는 사람을 위해 이런 위험을 감수하는 이유가 무엇입니까?"

휴민은 열심히 계기판을 검사하고 나서 단호하고 진지한 눈으로 셀던을 마주 봤다.

"황제가 당신을 이용하고 싶어 하는 것과 똑같은 이유, 즉 미래를 예견할 수 있는 능력 때문에 당신을 구해 준 것입니다."

셀던은 실망으로 인해 커다란 고통을 느꼈다. 결국 자신은 황제라는 늑대를 피해 다른 늑대의 손아귀에 빠진 것이 아닌가. 자신은 두 마리 늑대가 서로 약탈하려는 무기력한 제물에 지나지 않았다. 셀던은 괴롭게 신음 소리를 냈다.

"수학자 총회에서 논문을 발표하지 않는 건데……. 그것 때문에 내 인생을 망쳤어…….”

"그러지 마세요. 수학자 양반. 너무 성급하게 결론 내리면 안 돼요. 황제나 그 신하들은 자신들의 신변을 더욱 안전하게 만들기 위한 이유 때문에 당신을 필요로 하는 거예요. 그놈들은 황제의 권력을 보호하여 어린 황태자에게 무사히 넘겨주기 위해, 자신의 지위와 권한과 재산을 보호하기 위해 당신의 능력을 이용하려고 하는 거예요. 그러나 나는 은하계의 안녕을 위해 당신의 능력을 필요로 하는 것입니다."

"그게 그거 아니겠어요?"

셀던은 신랄하게 공격했다.

그러자 휴민은 단호한 표정을 지으며 반문했다.

"그 차이를 모르다니 창피하지도 않습니까? 은하계 인류는 현재 통치하고 있는 황제가 존재하기 이전에도, 현 왕조가 존재하기 이전에도, 제국 자체가 존재하기 이전에도 존재하고 있었습니다. 제국의 역사에 비하면 인류의 역사는 무궁무진합니다. 인류는 2500만 개의 은하 세계가 생기기 이전부터 존재하고 있었습니다. 인류가 하나의 행성에 살고 있었다는 전설도 있습니다."

"전설요?"

셀던은 어깨를 움찔하며 대꾸했다.

"그래요, 전설요. 하지만 2만 년도 더 되는 과거에 왜 그 행성이 멸망했는지 그 이유는 모르겠습니다. 그 당시 인류는 4차원 여행 방법을 모르고 있었던 것 같습니다. 인류가 초광속으로 여행할 수 없었던 시대가 있었음은 확실합니다. 따라서 인류는 하나의 행성에 갇혀 지내야 했겠죠. 앞으로 많은 세월이 흘러 당신과 황제가 죽은 후에도, 현재의 왕조가 멸망한 후에도, 은하제국 자체가 완전히 멸망한 후에도 은하 세계의 인류는 지속될 것입니다. 따라서 각 개인에 대해서, 황제나 어린 황태자의 운명에 대해서 과도하게 신경 쓸 필요가 없습니다. 제국의 구조에 대해서조차 신경 쓸 필요가 없습니다. 1000조에 달하는 은하계 인류가 중요하지 않겠습니까? 과연 그들이 어떻게 되겠습니까?"

셀던은 대답했다.

"은하 세계와 인류는 계속되리라 생각합니다."

"어떤 조건 속에서 지속할 수 있는지 조사해 볼 필요성이 있다고 생각하지 않습니까?"

"현재와 비슷한 조건 속에서 지속할 수 있으리라 추측되는데요."

"추측한다고요? 당신이 연구한 학문으로 정확히 예언할 수는 없겠습니까?"

"심리역사학을 말씀하시는군요. 이론적으로는 가능하겠지요."

"그 이론을 현실에 적용할 필요성을 느끼지 않습니까?"

"그러고 싶죠, 휴민. 하지만 그렇게 하고 싶다고 해서 자동으로 그렇게 되는 것은 아니지 않습니까? 황제에게도 심리역사학은 현실적으로 응용 불가능한 학문이라고 얘기할 수밖에 없었어요. 당신에게도 똑같은 이야기를 할 수밖에 없군요."

"물론 응용 방법을 찾아보려는 노력조차 하고 싶지 않겠죠?"

"그래요. 그러고 싶지 않아요. 2500만 개나 되는 행성들을 하나하나 연구해서 질서정연한 이론을 도출한다는 것은 불가능해요. 내가 살아 있는 동안 달성될 수 있는 연구 작업이 아니라는 사실을 잘 알고 있기 때문에 그런 일을 하는 척하면서 놀림감이 되고 싶지 않아요."

"만약 현재 인류가 처해 있는 상황을 정확히 알게 된다면 시도할 수 있겠죠?"

"불가능한 문제예요. 누가 현재 인류가 처해 있는 상황을 정확히 알 수 있겠습니까? 당신이 알고 있다고 주장하는 건 아니겠죠?"

"아니에요. 알고 있어요. 열 글자 정도로 요약할 수 있죠."

휴민은 다시 정면을 응시했다. 택시가 지나갈 때 확대되었다가 뒤로 처지면서 다시 조그맣게 사라지면서 변함없이 계속되는 텅 빈 터널을 얼핏 보기도 했다. 마침내 냉정한 목소리로 말했다.

"은하제국은 멸망하고 있다."

제3부

대학

스트릴링 대학

고대 트랜터 행성 '스트릴링 지역'에 있는 고등 교육기관. 인문과학 분야에 대한 탁월한 명성에도 불구하고 오늘날 이 대학이 현대인의 가슴속에 새겨진 이유는 다른 데 있다. 바로 '탈출' 기간 중 해리 셸던이라는 전설적인 인물이 그곳에서 잠시 묵었다는 사실 때문이다. 이것은 이 대학의 교수들에게 매우 충격적인 사실임이 틀림없다.

— 『은하대백과사전』

11

휴민이 차분하게 말한 뒤 해리 셸던은 잠시 불쾌한 기분을 느끼며 침묵했다. 문득 셸던은 자신의 부족함을 깨닫고 속으로 움츠러 들었다.

그는 심리역사학이라는 새로운 학문을 개척했다. 아주 복잡하고 불확실한 요소들을 종합하기 위해 확률의 법칙을 교묘한 방식으로 확장함으로써 무수한 미지수로 이루어진 멋진 방정식을 만들어 냈다.

하지만 그것은 수학 게임이지 그 이상은 아니지 않은가?

그는 심리역사학을, 최소한 심리역사학의 기초를 만들어 냈다. 하지만 수학적 호기심을 충족시키기 위해서 만들어 낸 것에 불과하다. 방정식에 내용을 부여할 역사 지식은 어디에서 찾을 수 있겠는가?

그는 특별한 역사 지식이 없었다. 역사 자체에 관심을 가져 본 적도 없었다. 물론 헬리콘 행성 역사는 대강 알고 있었다. 이 인류사의 극히 일부분은 당연히 학창 시절에 배운 것이었다. 하지만 그 외에는 아는 것이 별로 없었다. 다른 사람들과 마찬가지로 반은 전설적이고 반은 왜곡된 지식을 그것도 앙상한 뼈대만을 알고 있을 뿐이었다.

그런데 은하제국이 멸망하고 있다고 어떻게 단언할 수 있겠는가? 이 제국은 모든 사람에게 당연하게 받아들여지면서 1만 년 이상 지속되어 오고 있지 않은가? 제국이 성립되기 전에도 트랜터 행성은 강대한 왕국의 수도로서 2000년 동안 실질적으로 제국의 역할을 수행해 오지 않았는가? 제국 건설 초기에 은하계 전체가 자국의 독립을 되찾으려고 여러 차례 반란을 일으켰지만 은하제국은 끄떡없지 않았는가? 수많은 반란과 왕조 전쟁, 심각한 붕괴 위기 등으로 점철된 역경을 무사히 해결해 오지 않았는가? 다른 어떤 행성보다 많은 역경을 겪으면서도 트랜터는 지속적으로 성장해 마침내 행성 전역을 문화 공간으로 개발해서 이제 '영원히 발전하는 행성'이라고 불리고 있지 않은가?

물론 지난 4세기 동안 수많은 황제가 살해당하고 황권이 찬탈당하는 사건이 일어나면서 혼란이 가중되어 온 것은 사실이다. 하지만 그런 분위기조차 사그라져 현재 은하계는 그 어느 때보다도 평온한 분위기가 흘러넘치고 있다. 클레온 1세와 그의 부황 스태널 6세 치하에서 은하제국은 번성해 왔다. 클레온 자신도 폭군으로 간주되고 있지는 않았다. 절대군주제 자체를 싫어하는 사람들도 클레온보다는 에토 데머즐을 비난하지 않는가?

그런데 휴민은 무슨 근거로 은하제국이 죽어 가고 있다고 확신에 찬 목소리로 단언하는가?

그는 기자로서 은하제국 역사를 자세히 알고 있을 것이다. 현재 벌어지고 있는 여러 가지 현상에 대해서도 상세히 알고 있음이 틀림없다. 그런 지식에 근거해서 그런 단언을 내린 것인가? 그렇다면 단언하는 내용은 어떠한 것일까?

셀던은 수차례에 걸쳐서 궁금한 내용을 질문하려고 했으나 휴민의 엄숙한 얼굴에 압도되어 말문을 열지 못하고 있었다. 게다가 그는 은하제국이 모든 분쟁을 해결하는 기준이며 원칙 그 자체라는 뿌리 깊은 믿음 속에 안주해 왔기 때문에 설사 자신의 믿음이 틀렸다고 하더라도 그것을 확인하고 싶지 않은 묘한 기분이 들기도 했다.

아니다. 자신의 믿음이 잘못됐다고는 생각할 수도 없다. 우주가 존재하는 한 은하제국은 계속 존속될 수밖에 없다. 우주가 파괴될 때 비로소 은하제국도 멸망할 것이다.

셀던은 잠을 청하려고 눈을 감았으나 잠이 오지 않았다. 과연 우주의 역사를 연구해 심리역사학을 발전시켜야 하는가?

그렇다면 어떻게 연구할 것인가? 2500만 개나 되는 행성이 각자 나름대로 무궁무진하게 복잡한 역사를 가지고 있는데 그 모든 역사를 어떻게 연구할 수 있겠는가? 물론 은하계 역사를 다룬 여러 권의 영상 책자가 있다는 것은 잘 알고 있다. 왜 그랬는지는 기억나지 않지만 그 책을 한번 훑어본 적도 있다. 그러나 너무 지겨워서 절반도 읽지 못했다.

그 영상 책자는 주요 행성 역사를 다루고 있었다. 모든 역사가 충실히 다루어진 행성도 있었으나 대부분의 행성은 중요한 사건을 중심으로 기록되어 있었다. 중요한 위치에 있다가 전락한 행성에 대해서는 중요한 위치에 있을 시기에 대해서만 수록되어 있었다. 목록에서 헬리콘 행성에 관한 자료를 찾아보았으나 한 장밖에 찾을 수 없었던 기억도 난다. 그 목록에 있는 구절을 타자하여 헬리콘에 관한 자료를 뽑아 보기도 했는데, 황권을 주장하며 반란을 일으킨 세력이 있었을 때 헬리콘 행성도 가담했으나 반란이 평정되고 나서 그다지 중요한 위치에 있지 않았던 헬리콘은 아무 응징도 받지 않은 사실을 그때 알게 되었다.

그러나 그런 역사가 어떤 도움이 될 수 있겠는가? 심리역사학을 현실 속에 응용하기 위해서는 모든 행성 간에 존재하는 작용과 반작용, 상호작용을 연구해야 하지 않는가? 인간의 능력으로 어떻게 2500만 개나 되는 행성의 역사를 연구해서 각 행성 간에 존재할 상호작용에 대한 가능성을 추출할 수 있겠는가? 그 작업은 도저히 불가능할 수밖에 없다고 결론 내리면서 심리역사학이 이론적으로는 흥미 있지만 현실 세계에서는 응용 불가능하다는 최종 결론에 다시 한 번 도달하게 되었다.

셀던은 몸이 앞으로 부드럽게 당겨지고 있다는 느낌을 받았다. 비행택시가 속도를 늦추고 있는 것 같았다.

"무슨 일이 생겼습니까?"

"충분히 도망 왔으니 이제 쉬면서 음식과 음료수도 들고 화장실도 가야 할 것 같아서요."

15분에 걸쳐서 비행택시가 점차 속도를 줄이며 나아가니 전방에 불빛이 밝은 휴게소가 나타났다. 택시는 옆길로 빠져서 자동차가 대여섯 대 있는 주차장으로 갔다.

12

휴민은 노련한 솜씨로 휴게소를 휘둘러보면서 다른 택시들과 식당, 인도, 여기저기에 있는 사람들을 대강 훑어보았다. 이상하게 보이지 않으려고 노력했지만 오히려 남의 눈을 더 끌곤 했던 셀던은 자연스럽게 주변을 둘러보는 휴민을 쳐다보았다.

조그만 탁자에 앉아 식사를 주문하고 나자 셀던은 평범한 어투로 말하려고 노력하면서 물어보았다.

"이상한 것이 없습니까?"

"그런 것 같군요."

휴민이 대답했다.

"어떻게 알 수 있죠?"

휴민은 잠시 셀던을 응시하더니 대답했다.

"여러 해 동안 기사를 취재하러 다니면서 얻은 직감이죠. 한번 보면 '이곳엔 뉴스거리가 없다'는 것을 대강 알 수 있어요."

셀던은 안도감을 느끼며 고개를 끄덕였다. 휴민이 농담 삼아 얘기했을지도 모르나 그 속에는 상당한 진실이 포함되어 있었다.

그러나 샌드위치를 한입 깨물며 안도감은 사라지고 말았다. 셀던은 입안에 샌드위치를 가득 문 채 당황한 표정으로 휴민을 쳐다보았다.

휴민이 웃으면서 얘기했다.

"값이 싸고 빨리 나오는 휴게소 음식이 맛있을 순 없겠지요. 실내에서 독한 효모를 투입해 만든 음식이라 맛이 독특하죠. 그래도 트랜터인 식성에는 맞는답니다."

셀던은 간신히 삼키고 나서 반문했다.

"하지만 호텔에서는……."

"그곳은 제국 지역이니까요. 그곳에서는 수입된 재료나 미생물을 배양해서 만든 고급 재료로 음식을 만들어 제공하기 때문에 맛이 있죠. 그만큼 비싸기도 하고요."

셀던은 계속 먹어야 하는지 망설이면서 물었다.

"당신 말은 내가 트랜터에 머무르는 동안……."

휴민은 그만하라는 신호를 보내며 얘기했다.

"당신이 부유한 생활에 익숙하다는 인상을 다른 사람들에게 주지 마세요. 트랜터에는 외계인보다 부자를 훨씬 싫어하는 지역이 많으니까요. 그건 그렇고, 모든 곳에서 이런 음식만 파는 것은 아니니 안심하세요. 이곳에 있는 휴게소들은 원래 음식 맛이 없기로 유명해요. 그 샌드위치를 먹을 수 있다면 다른 곳에서 파는 모든 음식을 아주 쉽게 먹을 수 있을 거예요. 또 그걸 먹는다고 해서 몸에 이상이 생기는 것도 아니고요. 상하거나 나쁜 물질이 들어간 게 아니니까요. 단지 씹기가 깔깔하고 맛이 안 좋을 뿐이죠. 사실 당신도 금방 그 맛에 익숙해질 거예요. 보통 음식을 먹더니 효모가 든 독특한 맛이 안 난다고 뱉어 버린 트랜터인도 있는걸요."

"트랜터에서는 식량을 많이 생산합니까?"

셀던은 주변을 흘긋 보더니 주위에 아무도 없다는 사실을 확인하고 나서 계속 얘기했다.

"트랜터인들을 먹여 살리기 위해 주변에 있는 20여 개의 행성에서 매일 수백 대의 화물선으로 식량을 공급한다고 들었는데요."

"그런 얘기가 있긴 하지요. 그리고 화물선 수백 대로 트랜터에서 나오는 쓰레기를 실어 나른다고도 하지요. 얘기를 더욱 그럴싸하게 만들기 위해 식량을 싣고 온 화물선이 나갈 때 그 쓰레기들을 싣고 나간다고 하지요. 물론 트랜터에서 상당량의 식량을 수입한다는 말은 사실이지만 그건 대부분 고급품이에요. 게다가 상당량의 쓰레기를 수출한다는 말도 틀리다고 할 수 없지만 모두 유기질 비료로 전환된 것들이죠. 우리에게 식량이 필요한 만큼 다른 행성에서는 유기질 비료가 필요하거든요. 그러나 수입되는 식량은 그다지 많지 않아요."

"그래요?"

"그래요. 바다에서는 생선을 잡고 육지에는 농장과 채소 농장이 곳곳에 있지요. 그리고 과일, 식용 조류, 토끼를 기르는 농장 등이 있어요. 게다가 효모가 차지하는 비중이 크지도 않은데 흔히들 효모 농장이라고 부르는 거대한 미생물 농장도 있죠. 그리고 트랜터에서 생기는 쓰레기 대부분은 유기질 비료로 전환해 여러 농장에서 소비하거든요. 사실 트랜터 행성은 여러 가지 측면에서 우주 정착지와 비슷한 점이 많아요. 우주 정착지에 가 본 적이 있나요?"

"가 보고 싶었지만 아직 가 본 적은 없어요."

"우주 정착지는 사방이 둘러싸여 있어 모든 것이 인위적으로 조작되지요. 공기 순환도, 낮과 밤도 인위적으로 조작되고, 모든 일이 그래요. 1000만 명에 불과한 우주 정착지 인구에 비해 트랜터에는 4000배나 더 많은 인구가 살고 있다는 것이 다를 뿐이죠. 물론 이곳에 진짜 중력이 있다는 것도 다르겠지만요. 또 다른 것이 있다면 미생물 식품을 만드는 기술에서 우리와 필적한 만한 우주 정착지는 없다는 것이지요. 우리는 기술이 풍부해서 인공적으로 맛을 첨가하는 데는 아주 뛰어나거든요. 당신이 먹는 샌드위치도 그렇게 해서 만들어진 것입니다."

셀던은 어느새 샌드위치를 거의 다 먹었는데 처음처럼 참지 못할 정도는 아니었다.

"인체에는 이상이 없습니까?"

"섬유질이 내장을 자극하기 때문에 가끔 외계인들은 설사하기도 하더라고요. 하지만 아주 드물어요. 당신 먹는 것을 보니 금방 적응하는 것 같군요. 그래도 만약을 위해서 이 밀크셰이크를 마셔 두는 게 좋을 거예요. 입맛에는 안 맞을 겁니다. 그러나 설사 방지 성분이 들어 있으니 당신이 설사한다고 하더라도 그걸 마셔 두면 괜찮을 거예요."

셀던은 나무라는 투로 얘기했다.

"그런 얘기는 그만하세요. 그런 얘기를 자꾸 들으면 안 할 설사도 하게 될 것 같으니까요."

"그럽시다. 설사 얘기는 잊어버리고 밀크셰이크나 쭉 비웁시다."

그들은 이야기를 중단하고 나머지 음식을 모두 먹은 다음 다시 여행길에 올랐다.

13

그들은 다시 동굴을 재빠르게 달리기 시작했다. 셀던은 마침내 자신의 뇌리에서 계속 맴돌고 있는 질문을 해 보기로 결심했다.

"은하제국이 죽어 가고 있다고 주장하는 근거가 무엇입니까?"

휴민은 다시 셀던을 쳐다보면서 답변하기 시작했다.

"기자로서 나는 소화하지도 못할 만큼 여기저기에서 무진장 쏟아져 들어오는 통계 자료를 정리한 적이 있어요. 물론 대부분은 보도할 수 없었지만요. 그중 하나가 인구 감소에 관한 통계 자료였어요. 그 자료에 의하면 25년 전만 하더라도 450억에 달하던 인구가 현재 400억으로 줄어들었다는 겁니다."

휴민은 얘기를 계속했다.

"인구가 감소하는 첫째 이유는 출생률의 감소에 있어요. 트랜터를 여행하면서 자세히 살펴보세요. 엄청난 인구에 비해 아이들이 별로 없다는 사실을 금방 발견하게 될 거예요. 인구가 감소하는 두 번째 이유는 이민 가는 사람들이 증가한다는 사실에서 찾을 수 있죠. 이민 오는 숫자에 비해 이민 가는 숫자가 너무나 많아요."

"인구가 이렇게 많으니 크게 문제 될 것도 없잖아요."

"하지만 전에는 이런 일이 없었기 때문에 이상한 것이죠. 게다가 은하제국 전반에 걸쳐서 정치적 관심이 줄어들고 있어요. 현재 반란 전쟁도 없어서 지난 몇 세기에 걸친 고통이 사라지고 평온해져 모든 일이 순조롭게 풀려 가고 있으니 그렇다고 사람들은 생각하지요. 그러나 정치적 내분과 반란, 동요 등이 일어나는 것 자체가 사회가 활력에 차 있다는 증거임은 틀림없거든요. 그러나 그런 활력 대신에 권태로움이 사회에 만연하고 있어요. 은하제국이 평온한 이유는 사람들이 만족스러운 생활을 하고 있기 때문이 아니라 너무나 지쳐서 자포자기했기 때문이에요."

"아! 전혀 몰랐어요."

셀던은 반신반의했다.

"그건 분명한 사실입니다. 우리가 아까 대화를 나눈 바 있던 반중력 현상만 해도 좋은 사례지요. 트랜터에는 중력 승강기를 설치한 데가 몇 군데 있어요. 그러나 새로이 중력 승강기를 건설하려는 곳은 없어요. 비록 비경제적이라는 이유 때문에 그렇기는 하지만 그래도 경제적으로 개선하려는 노력이 있어야 하는 것 아닙니까? 수 세기에 걸쳐서 기술 진보 속도가 점차 떨어지더니 현재는 바닥을 기고 있어요. 기술 개발 자체가 정지된 분야도 여럿 있으니까요. 당신은 수학자로서 이러한 현상에 대해 숙고해 본 적이 없나요?"

"그런 문제에 대해서 생각해 본 적 없습니다."

"아마 다른 사람들도 마찬가지일 거예요. 모두 다 당연하게 받아들이겠죠. 오늘날 과학자들은 불가능하다, 실용적이지 않다, 무용하다 하며 변명을 늘어놓기 바쁘죠. 그들은 대강 검토하고 불가능하다고 단정 지어 버리니까요. 당신을 예로 들어 봅시다. 당신은 심리역사학에 대해 어떻게 주장합니까? 이론적으로는 흥미 있지만 실용적인 측면에서는 무용하다고 주장하지 않습니까? 내 말이 맞습니까?"

셀던은 고통스러워하며 대답했다.

"맞는 것도 있고 틀리는 것도 있어요. 심리역사학은 실용적인 측면에서 무용할 수밖에 없어요. 발전시키고자 하는 의욕이 없어서가 아니에요. 그 이론은 진짜 무용하단 말이에요."

휴민은 조롱하는 투로 반문했다.

"당신도 제국에 팽배해 있는 자포자기 분위기에 젖어 있다는 이야기 아닙니까!"

셀던은 화난 목소리로 되받았다.

"그런 분위기에 젖어 있는 사람은 당신이에요! 당신 생각이 틀린 것일 수도 있잖아요?"

휴민은 말을 멈추고 잠시 생각에 잠겼다.

"그래요. 내가 틀릴 수도 있어요. 나는 직관적으로 추측한 것을 얘기할 뿐이에요. 나에게 필요한 것은 실용적인 심리역사학적 추론 방법이에요."

셀던은 함정에 빠지지 않으려고 몸을 움츠리며 대답했다.

"나는 당신에게 그런 방법을 제공해 줄 능력이 없어요. 그래요, 당신 말이 옳다고 가정해 봅시다. 당신 말대로 제국이 점차 멸망해 결국 와해된다고 해 봅시다. 그래도 인류는 존속될 거잖아요."

"어떤 조건 속에서 존속된다는 겁니까? 2만 년 동안 강력한 통치자 아래서 트랜터는 대체로 제국의 평화를 유지해 왔어요. 반란과 내전 등 수많은 재난이 발생했지만 대체로 대부분의 행성은 평화를 누려 왔지요. 헬리콘 행성이 절대군주제를 지지하는 이유가 무엇입니까? 당신이 살아온 고향 말입니다. 세력이 약해서 제국이 안전을 지켜 주지 않으면 이웃 행성에 침략당할 우려가 있기 때문 아닙니까?"

"제국이 멸망하면 우주 전쟁과 무정부 사태가 일어날 것이라고 예상합니까?"

"그렇습니다. 나는 황제나 제국 제도가 타당하다고는 생각하지 않습니다. 하지만 대안이 없어서 어쩔 수가 없습니다. 그런 제도를 대신해서 평화를 유지할 방법을 모르기 때문에 그 방법을 찾을 때까지 제국을 멸망시킬 수 없는 것입니다."

"마치 은하계를 관장하는 사람처럼 얘기하는군요. 제국을 멸망시킬 수 없다고요? 당신 도대체 무슨 꿍꿍이입니까? 그렇게 얘기하는 당신은 도대체 어떤 사람입니까?"

"일반적인 내용을 비유적으로 말했을 뿐이에요. 나는 체터 휴민이라는 한 개인을 위해 걱정하는 것이 아니에요. 내가 살아 있는 동안에는 제국이 망하지 않을 가능성이 더 많으니까요. 내가 살아 있는 동안에는 쇠퇴하기는커녕 발전한다는 징조가 나타날 수도 있겠지요. 쇠퇴한다고 해서 곤두박질치면서 당장 망하는 것은 아닐 테니까요. 1000년이 지난 다음에 멸망할 수도 있으니 내가 죽은 다음이라는 것을 충분히 상상할 수 있겠죠. 게다가 나는 아이도 낳지 않을 겁니다. 여성이라면 상황에 따라서 잠시 만나 부담 없이 즐겼을 뿐이니 아이가 생길 수도 없었고 또 아이를 가지고 싶지도 않으니까요. 가진 재산도 없으니 죽는 게 안타까울 것도 없어요. 당신 연설을 들은 다음, 나는 당신을 조사해 봤어요. 당신도 아이가 없더군요."

"부모님과 두 형제는 있지만 아이는 없습니다."

셀던은 쓴웃음을 머금으며 얘기를 계속했다.

"한때 한 여자를 뜨겁게 사랑한 적은 있었죠. 그러나 그 여자는 내가 수학을 더 사랑한다고 느꼈나 봐요."

"그랬습니까?"

"나는 그 여자를 더 사랑한 것 같은데, 그 여자는 그렇지 않다고 생각했어요. 그래서 그 여자는 떠나갔죠."

"그 후 여성을 사귄 적이 없습니까?"

"없어요. 지금도 그때의 고통이 뚜렷하게 남아 있는데요."

"그러면 잘됐습니다. 그런 문제는 다른 사람들이나 고민하게 놔두고 우리는 훌훌 벗어던져 버리자고요. 물론 나도 한때는 멋진 연애를 한번 해 보고도 싶었으나 이제 그런 생각은 하지 않겠어요. 내게 대안이 생겼으니까요. 이제 날개가 생겼으니까요."

"당신의 대안이 무엇입니까?"

셀던은 어떤 대답이 나올 줄 알면서도 질문했다.

"당신!"

셀던은 휴민이 무슨 말을 할지 알고 있었기 때문에 전혀 놀라거나 당황하지 않고 고개를 저으면서 말했다.

"당신은 잘못 짚었어요. 나는 응용 가능한 대안을 만들 수 없어요."

"왜 그렇죠?"

셀던은 한숨을 내쉬며 대답했다.

"내가 몇 번이나 얘기해야 알겠습니까? 심리역사학은 실용적인 학문이 아니에요. 근본적으로 활용할 수 없는 학문이에요. 설사 내가 불사신이라 해도, 인류의 힘을 전부 모은다고 해도 그 작업을 해낼 만한 역량이 안 돼요."

"확실합니까?"

"불행히도 그렇습니다."

"은하제국의 미래를 모두 밝혀낼 필요는 없어요. 모든 인간, 모든 행성을 하나하나 세세하게 탐구할 필요도 없어요. 밝혀내야 할 문제는 한정되어 있으니까요. '과연 은하제국이 멸망할 것인가? 만약 멸망한다면 그때가 언제인가? 그 이후 인류는 어떠한 조건에 처할 것인가? 멸망을 막기 위해 할 수 있는 일은 없는가? 없다면 멸망 이후 인류가 처할 조건을 바람직하게 만들기 위해 해야 할 일은 무엇인가?' 이것들은 비교적 간단한 문제들이라고 생각하는데요."

셀던은 고개를 흔들면서 곤욕스럽다는 듯이 웃음을 지었다.

"수학이 발전되어 오면서 수학자들은 항상 아주 단순한 문제에 부딪치곤 했습니다. 그러나 해답은 언제나 아주 복잡하게 나왔고 심지어 전혀 해답을 구하지 못한 경우도 있었습니다."

"할 수 있는 방법이 전혀 없단 말입니까? 나는 제국이 멸망해 가고 있다는 것은 알겠는데 증명할 수가 없어요. 내가 내린 모든 결론이 주관적이기 때문에 내가 맞는다는 것을 입증할 수가 없어요. 내 견해가 모호하니까 사람들은 내가 내린 주관적인 결론을 믿으려고 하지 않을 겁니다. 그러면 파멸을 예방하거나 최소한 그 충격을 완화하기 위한 노력을 전혀 할 수가 없을 거예요. 당신은 앞으로 은하제국이 멸망할지를 증명할 수 있을 겁니다."

"바로 그것을 할 수 없다는 얘기라고요. 나는 전혀 존재하지도 않는 내용을 증명할 수가 없어요. 도저히 실용적일 수 없는 수학 분석 시스템을 실용적인 시스템으로 바꿀 수가 없어요. 짝수 두 개를 합한 것으로 홀수를 만들어 낼 수가 없어요. 아무리 당신과 은하계가 홀수를 필요로 한다고 하더라도 말입니다."

"그렇다면 당신도 결국 자포자기 대열에 합류했군요. 당연히 실패할 것이라고 전제하고 있어요."

"다른 선택의 여지가 없지 않습니까?"

"아니, 시도해 볼 수도 없습니까? 그 시도가 아무리 무모하다고 할지라도 특별하게 해야 할 다른 일도 없지 않습니까? 꼭 이루어야 할 중요한 인생 목표라도 있습니까? 당신이 판단하기에 그 일보다 더 중요하다고 생각되는 일이 있습니까?"

셀던은 눈을 껌벅이며 얘기했다.

"수백만 개에 달하는 행성들, 수십억 개에 달하는 문화, 수천조에 이르는 민중, 수억만조에 달하는 상호작용, 이 모든 것을 조사해 미래를 예언하라고요?"

"아니에요. 한번 시도해 보라는 겁니다. 수백만 개에 달하는 행성과 수십억 개에 달하는 문화와 수천조에 이르는 민중을 위해서, 황제를 위해서가 아니라, 데머즐을 위해서가 아니라, 인류를 위해서!"

"실패할 겁니다."

"그렇다고 해서 더 나빠지는 것도 아니잖아요. 한번 해 보세요."

셀던은 자신의 의지와 달리 가슴 밑바닥에서 솟구쳐 올라오는 알 수 없는 힘이 말하는 소리를 들었다.

"좋아요. 한번 해 보지요."

이리하여 셀던의 인생 목표가 설정되었다.

14

긴 여행이 끝났다. 비행택시는 휴게소의 주차장보다 커다란 주차장으로 미끄러져 들어갔다. 셀던은 샌드위치 맛을 기억해 내고 얼굴을 찌푸렸다.

휴민은 택시를 돌려주고 와서 크레디트 전표를 셔츠 안에 있는 조그만 주머니에 넣으며 말했다.

"이곳이라면 제국의 습격을 받을 염려를 전혀 할 필요가 없어요. 여기는 '스트릴링 구역'입니다."

"'스트릴링'요?"

"이 지역을 처음 정착지로 개발한 사람 이름을 딴 것이죠. 대부분 지명이 사람 이름으로 되어 있어 별로 좋지 않아요. 발음하기가 힘든 것도 있으니까요."

"그렇겠죠. 하여튼 목적지에 도달했다니 기뻐요. 이곳이 맘에 든다기보다 택시에 오래 앉아 있기가 너무 힘들었거든요. 트랜터 전역을 떠돌아다녀야 한다면 끔찍할 겁니다. 헬리콘에서는 비행기로 여행을 하기 때문에 2000킬로미터도 안 되는 거리를 여행하는 데 이렇게 오래 걸리지 않아요."

"이곳에도 에어제트가 있어요."

"그렇다면 왜……."

"비행택시는 아무 이름이나 대고 빌릴 수 있기 때문이에요. 에어제트는 신원 확인이 철저하거든요. 비록 이곳에 제국의 행정력이 미치지 않는다고 하더라도 이왕이면 우리가 있는 곳을 데머즐이 모르는 편이 더 좋지 않아요? 사실 우리 여행이 여기서 끝난 것도 아니에요. 최종 목적지에 가려면 고속자동차를 한 번 더 타야 해요."

셀던은 고속자동차가 무엇인지 알고 있었다.

"전자자기력을 이용해 모노레일 위로 달리는 차를 말하는 거죠?"

"그래요."

"헬리콘에는 그런 시설이 없어요. 사실 헬리콘에는 그런 시설을 만들 필요가 없죠. 트랜터에 도착한 첫날 공항에서 호텔로 갈 때 고속자동차를 타 보았어요. 아주 신기하긴 했지만 소음이 너무 심하고 사람들이 너무 붐벼 정신을 차릴 수가 없었어요."

휴민은 웃으면서 물어보았다.

"그래서 길이라도 잃었나 보죠?"

"그렇지는 않았어요. 안내판이 있어서요. 하지만 타고 내리는 것이 아주 힘들더라고요. 그래서 다른 사람들이 많이 도와줬죠. 아마 내 옷을 보고 내가 외계인이라는 것을 알았나 봐요. 사람들이 나를 도와주기는 했지만 내가 머뭇거리면서 어리둥절해하는 모습을 보고 아마 재미있어했을 겁니다."

휴민은 아주 유쾌하게 얘기했다.

"이제는 고속자동차 타는 데는 도사가 됐을 테니 어리둥절해하거나 머뭇거리지도 않겠군요. 자, 그러면 가 볼까요?"

그들은 인도를 느긋한 기분으로 걸어갔다. 도로에는 마치 흐린 날씨처럼 뿌연 빛이 가득 차 있었다. 가끔 구름을 헤치고 햇살이 비치듯 밝은 빛이 뿌려지기도 했다. 밝은 빛이 비치면 셀던은 무의식적으로 위를 보곤 했지만 위의 '하늘'은 평범하게 빛나고 있을 뿐이었다.

휴민이 셀던의 궁금증을 풀어 주었다.

"인간의 심리 상태를 적절히 유지해 주기 위해 광도가 조절되는 것입니다. 거리에 햇볕이 쨍쨍 내리쪼이는 날도 있고 지금보다 더 어둠침침한 날도 있어요."

"비나 눈은 오지 않나요?"

"우박이나 진눈깨비는 오지 않죠. 삼복더위나 살을 에는 추위도 없어요. 트랜터에서는 항상 적당한 온도를 주기적으로 만들어 내고 있지요. 지금도 그런 겁니다."

길가에는 많은 사람이 걷고 있었다. 대부분 젊은 사람이었다. 휴민이 출생률이 낮다고 고민했음에도 어린애들이 어른 손을 잡고 가는 모습도 종종 보였다. 모든 것이 아주 안정된 가운데 번창하고 있는 것 같았다. 남녀도 평등한 것 같았고 입고 있는 의상도 제국 지역보다는 훨씬 소박했다. 휴민이 사다 줘 걸친 옷도 주변 사람들이 입고 있는 옷들과 잘 어울렸다. 모자를 쓰고 다니는 사람도 별로 없었기 때문에 셀던은 홀가분하게 모자를 벗어 던질 수 있었다.

인도를 가로지르는 깊은 구멍도 없었다. 휴민이 제국 지역에서 말해 준 대로 자신들이 걷고 있는 곳은 육상 레벨인 것 같았다. 자동차들이 눈에 안 띄어 셀던은 휴민에게 그 이유를 물어보았다.

"제국 지역에는 정부 관리들이 많이 살기 때문에 자동차가 많지만 그 외 지역에서는 자동차가 별로 없어요. 게다가 자동차 전용 터널이 따로 있어서 여기에서는 자동차를 볼 수가 없죠. 장거리는 고속자동차를 이용하면 되고, 짧은 거리는 움직이는 도로를 이용하면 되며, 더 짧은 거리는 도보용 인도를 이용하면 되니까 자동차가 있어도 쓸모가 없어요."

한숨 소리 비슷하게 뭔가 긁히는 소리가 들려서 앞을 보니 먼 곳에 고속자동차들이 끝없이 달리는 모습이 보였다.

셀던은 손가락으로 가리키며 말했다.

"저기에 있군요."

"그래요. 그래도 승차장으로 가는 게 좋겠어요. 그곳에 가면 차들이 많아서 훨씬 쉽게 탈 수 있으니까요."

고속자동차를 무사히 타고 난 뒤에 셀던은 휴민을 바라보며 이야기했다.

"고속자동차가 이렇게 조용하게 달리다니 놀랍군요. 전자자기장으로 강한 추진력을 만들어 달린다는 것은 알고 있었지만 이렇게 조용하게 달릴 줄은 몰랐어요."

차들이 옆을 스치고 지나가면서 가끔 으르렁대는 금속성 소리가 들리기도 했다.

"그래요. 대단히 놀라운 교통망이죠. 하지만 최고 상태는 아니에요. 내가 어렸을 때는 지금보다 훨씬 조용했어요. 50년 전에는 살짝 속삭이는 소리보다도 작았다고 하더라고요. 비록 추억을 미화시키기 위해 상당히 과장한 얘기일 수도 있겠지만요."

"그럼 더욱 나빠지게 된 이유는 무엇이죠?"

"관리를 제대로 하지 않기 때문이에요. 자포자기의 분위기가 팽배해 있다고 제가 말하지 않았던가요?"

셀던은 얼굴을 찌푸리며 얘기했다.

"그렇다고 해서 사람들이 옹기종기 모여 앉아 '우리는 자포자기했다. 고속주행 시설을 망가뜨리자.'라고 주장하는 것도 아니잖아요."

"물론 그러진 않죠. 의도적으로 하는 일이 아니니까요. 결점이 생기면 보완하고 노쇠한 자동차는 바꾸고 자석은 교환하죠. 그러나 문제가 많이 누적되어야 억지로 대강대강 작업할 뿐이에요. 정부 예산이 충분히 배정되지 않기 때문이죠."

"아니, 그 많은 예산은 뭐하고요?"

"쓸데야 많죠. 그동안 수 세기에 걸쳐 소요가 일어나면서 해병대가 아주 비대해져서 그전보다 비용이 몇 배나 더 들게 되었어요. 게다가 불만을 무마하기 위해 육군도 월급을 많이 올려 주었죠. 소요도 진압하고 반란도 진압하고 사소한 내전도 해결하려면 드는 게 돈 아니겠습니까?"

"하지만 클레온 1세 치하에서는 조용하잖아요. 게다가 지난 50년 동안 소요나 반란도 없었고요."

"맞아요. 하지만 평화가 왔다고 해서 월급을 깎는다면 높은 월급을 받던 병사들이 불만을 품게 되니까요. 게다가 제독들은 퇴역해 봐야 할 일이 없으니까 전함을 평화 시설로 돌린다든가 스스로 예비역으로 물러나려고 하질 않아요. 그래서 막대한 예산이 비생산적인 군대로 들어가게 되니까 사회복지 예산은 줄어들게 되는 거지요. 그런 것도 자포자기를 부추기는 한 형태죠. 심리역사학을 탐구하면서 이러한 사실을 충분히 고려하겠죠?"

셀던은 거북해하면서 말머리를 돌렸다.
"그건 그렇고 우리는 대체 어디로 가는 겁니까?"
"스트릴링 대학요."
"아! 어쩐지 '스트릴링'이 귀에 익더라니……. 나도 그 대학에 대해서 들어 본 적이 있습니다."
"그러실 테죠. 비록 트랜터에는 대학이 수십만 개 있지만 스트릴링 대학은 수천 개에 달하는 일류 대학 중 하나니까요."
"그곳에서 머물게 되나요?"
"당분간은요. 대학교는 대체로 누구도 침범하지 못하는 성역이니까 그곳에서 안전하게 머물 수 있을 겁니다."
"나를 반겨 줄까요?"
"당연하죠. 오늘날 실력 있는 수학자를 구한다는 게 쉬운 일은 아니니까요. 학교 당국에서 당신을 긴요하게 쓰고자 할 것입니다. 물론 당신도 학교 당국의 도움을 충분히 받을 수 있겠죠. 골방에 숨어서 작업하는 것보다는 나을 겁니다."
"그곳에서 심리역사학을 연구하라는 말씀입니까?"
"약속하지 않았습니까?"
휴민은 엄숙한 얼굴로 얘기했다.
"시도해 보겠다고 약속했을 뿐입니다."
셀던은 대답하면서도 불가능한 일을 약속했다고 후회했다.

15

잠시 침묵이 흘렀다. 셀던은 차창 밖 건물들을 바라보았다. 아주 낮은 건물도 있었고 '하늘'을 찌를 듯한 건물도 있었다. 넓은 교차선이 나타날 때마다 속도가 줄었다. 다른 길로 빠지는 샛길도 자주 보였다.

이상한 빌딩이 나타나 주목을 끌었다. 그 빌딩은 지상 높이는 그다지 높지 않았으나 지하로 파 들어간 깊이는 상당한 것 같았다. 일단 그런 생각이 들자 맞을 거라는 확신이 생겼다.

고속도로에서 멀리 떨어진 곳에 가끔 식물이 자라고 있는 것을 볼 수가 있었다. 심지어 조그만 나무들도 자라고 있었다.

밖의 풍경에 넋을 놓고 있던 셀던은 빛이 점차 어두워지고 있다는 것을 느꼈다. 그는 두리번거리다가 휴민 쪽으로 고개를 돌렸다. 휴민은 예상했다는 듯이 설명하였다.

"오후가 지나고 저녁 시간이 다가왔다는 표시지요."

셀던은 눈을 치켜뜨고 입을 다물지 못하며 감탄했다.

"진짜 장관이군요. 행성 전체가 어두워졌다가 일정 시간이 지난 후 다시 밝아지는 것이 영상으로 가능한가요?"

휴민은 조심스러운 눈치로 살짝 웃으면서 얘기했다.

"반드시 그렇지는 않을 겁니다, 셀던 박사. 행성이 일제히 어두워지거나 일제히 밝아지는 경우는 절대 없어요. 희미한 황혼 불빛이 행성의 한편으로 서서히 내리깔리면 반나절 정도 떨어진 거리에는 새벽의 여명을 밝히는 불빛이 점차 밝아 오게 되어 있지요. 돔 위에 전개되는 자연적인 낮과 밤의 주기와 똑같게 진행되도록 만든 것이지요. 그래서 위도가 높은 지방에 가면 계절에 따라 낮과 밤 길이가 변하기도 하죠."

셀던은 고개를 갸우뚱하며 물어보았다.

"그렇다면 돔으로 행성을 덮고 나서 바깥의 변화를 흉내 내는 이유는 무엇입니까?"

"사람들이 그렇게 하는 것을 좋아하기 때문이죠. 트랜터인들은 하늘을 막아 여러 가지 이익을 누리고 있지만 아주 갇혔다는 기분은 싫어합니다. 당신은 트랜터인들의 심리 상태에 대해서 모르는 게 많아요, 셀던 박사."

셀던은 약간 얼굴을 붉혔다. 그는 단지 헬리콘 사람일 뿐이며 헬리콘 이외의 수백만 개에 달하는 행성에 대해서는 아는 것이 별로 없었다. 그가 잘 모르는 것은 단지 트랜터 행성에 국한되지 않았다. 그런데 어떻게 심리역사학을 실용적으로 응용하기 위한 작업을 고안해 낼 수 있겠는가? 아무리 많은 사람이 모여서 같이 작업한다고 한들 자기가 그 많은 정보를 충분히 소화해 낼 수 있을까?

이런 생각을 하다 보니 어렸을 때 들었던 수수께끼가 생각났다. "도구를 사용하지 않으면서 많은 사람이 힘을 합쳐 들어 올리도록 손잡이가 여러 개 달린 백금 덩어리를 만들 수 있겠는가?"

대답은 '만들 수 있다'는 것이었다. 표준중력에서 2만 2420킬로그램의 무게를 가진 1세제곱미터로 백금 덩어리를 만들면 가능했다. 한 사람이 지상에서 120킬로그램을 들 수 있다고 가정한다면, 그 정육면체를 들어 올리기 위해선 188명이 힘을 합쳐야 했다. 그러나 어떻게 네 변의 길이가 1미터밖에 안 되는 조그만 정육면체 둘레에 그 많은 사람이 붙어 손잡이를 잡을 수 있겠는가? 그 주변에 아홉 명 이상은 도저히 달라붙을 수가 없을 것이다. 게다가 지렛대라든가 여타의 도구를 쓸 수도 없었다. '도구 없이 맨손으로' 들어 올려야만 했다.

이와 마찬가지로, 심리역사학에서 필요로 하는 모든 자료를 다룰 정도로 충분한 사람을 모을 방법은 전혀 없었다. 모든 자료를 인간 두뇌가 아닌 컴퓨터에 저장한다고 해도 마찬가지다. 많은 사람이 모여서

할 수 있는 일은 자료나 모아서 서로 교환하는 정도다.

휴민이 갑자기 말을 걸어왔다.

"무슨 생각을 그렇게 골똘히 하십니까, 셀던 박사?"

"내가 얼마나 무지한가 생각해 보고 있었습니다."

"필요한 일이죠. 은하계 모든 인류가 기꺼이 당신을 도와줄 겁니다. 이제 내릴 시간이 되었군요."

셀던은 휴민을 쳐다보면서 물어보았다.

"어떻게 알았습니까?"

"당신이 트랜터에 처음 도착해서 표지판을 보고 길을 찾은 것과 마찬가지로 나도 표지판을 보고 알았습니다."

셀던은 옆으로 스쳐 가는 표지판을 볼 수 있었다. 표지판에는 '스트릴링 대학 3분'이라고 쓰여 있었다.

"다음 정류장에서 내려야겠습니다. 발 조심하세요."

셀던이 휴민을 따라 버스에서 내리자 하늘이 새빨갛게 빛나고 인도와 움직이는 도로, 건물 등이 노란빛으로 환하게 빛나고 있었다.

마치 헬리콘에서 밤이 깊었을 때와 똑같은 모습이었다. 만약 자신이 눈을 가린 채 끌려와 이곳에서 눈가리개를 풀었다면 헬리콘에 있는 대도시 중심지로 끌려왔다고 착각할 정도였다.

"휴민, 내가 얼마나 스트릴링 대학에 머물러 있어야 하죠?"

휴민은 평상시와 같이 차분한 목소리로 대답했다.

"장담하기 어렵군요, 셀던 박사. 어쩌면 평생을 이곳에서 보내야 할지도 모르지요."

"뭐라고요?"

"물론 그렇지 않을 수도 있어요. 그러나 일단 심리역사학 논문을 발표한 이상 당신은 더 이상 예전의 당신일 수 없다는 사실을 명심하세요. 황제와 데머즐이 가장 먼저 당신의 중요성을 알아차렸고, 나도 그랬어요. 그 밖에도 당신을 노리는 사람들이 아주 많을 겁니다. 따라서 당신은 더 이상 당신 개인일 수 없게 되었어요."

제4부

도서관

도스 베나빌리

역사학자. 시너 행성 출신으로 그녀는 스트릴링 대학에서 2년 동안 교수로 재직하던 중 '탈출' 중이었던 해리 셀던과 만나게 된다. 그렇지 않았더라면 그녀는 계속 평온무사한 생활을 영위했을 것이다.

— 『은하대백과사전』

16

해리 셀던이 들어간 방은 제국 지역에 있던 휴민의 방보다는 컸다.

그러나 침실 옆 한쪽 구석에 화장실만 있을 뿐 주방이나 식기는 전혀 없었다. 창문도 없었고 지붕에 망이 달린 환기통에서 환풍기 돌아가는 작은 소리가 나고 있었다.

셀던은 약간 실망스러웠다.

휴민은 평소와 같이 확신에 찬 말투로 셀던을 안심시켰다.

"셀던 박사, 오늘 저녁만 이곳에서 보내세요. 내일 아침 누군가가 대학 내에 거주할 곳으로 안내해 줄 거예요. 그러면 지내는 데 훨씬 편할 겁니다."

"미안합니다만, 어떻게 그 사실을 알 수 있죠, 휴민?"

"내가 약속을 받아 놓았어요. 이곳에 있는 한두 사람을 잘 알고 있거든요."

그는 살짝 미소를 띠더니 진지한 얼굴로 계속 얘기했다.

"그들에게 은혜를 베푼 적이 있으니 내 부탁을 거절하진 못할 거예요. 그건 그렇고, 이제 다른 것에 대해서도 좀 생각해 봅시다."

그는 셸던을 지그시 응시하더니 물어보았다.

"호텔에 남겨 둔 소지품들은 모두 포기해야 할 겁니다. 그중에 다시 구할 수 없는 것이 있습니까?"

"그럴 만한 것은 없어요. 과거의 추억이 깃든 물건들이 조금 있지만 없어도 괜찮아요. 그 외에는 논문에 대한 주석을 기록해 놓은 공책과 서류, 논문 등이 조금 있을 뿐이에요."

"일반인들이 보면 좋지 않겠다고 판단되는 책이나 글 들은 모두 압류할 테니까, 당신 소지품도 아마 압류되었을 겁니다. 그래도 필요하다면 복사해 올 수는 있겠죠. 논문 중에 다시 작성하기 힘든 것이 있습니까?"

"그럴 필요는 없어요. 다시 작성하면 그만이니까요. 그러니 소지품 중에 꼭 필요한 물건은 없다고 얘기한 겁니다. 그러나 1000크레디트나 되는 돈과 책, 의복, 헬리콘행 우주선 티켓 등이 아깝군요."

"그런 것은 별로 문제 될 것도 없어요. 내가 보증을 서서 신용카드를 하나 만들어 드릴 테니 필요한 것이 있으면 사세요. 지불해 드릴 테니까요."

"정말 고맙습니다만 그런 호의는 받아들이기가 어렵군요."

"전혀 고마워할 필요가 없어요. 은하계를 구하고자 하는 일념에서 하는 일이니까요. 그러니 내 제안을 반드시 받아들여야 합니다."

"하지만 당신이라고 해서 별로 여유가 있는 게 아니지 않습니까, 휴민? 당신 돈을 쓴다는 게 마음에 걸리는군요."

"당신이 생활하고 여가를 보내는 데 드는 비용 정도야 충분히 부담할 수 있습니다. 물론 대학 건물을 산다거나 100만 크레디트를 자선 단체에 기부하는 일은 곤란하지만요. 그 정도까지 부담할 여유는 없으니까요."

"그런 걱정은 하지 마세요. 그러나 만약 내 이름이 기록되면……."

"그래도 괜찮을 겁니다. 제국 정부가 대학 당국이나 관계자들에 대해서 보안 조치를 취하는 것은 절대 금지되어 있어서 대학 내에는 완벽한 자유가 보장되고 있어요. 이곳에서는 아무 주제나 토론해도 되죠. 어떤 발언을 해도 괜찮아요."

"폭력 사건이 벌어지면 어떻게 합니까?"

"그러면 대학 당국이 자체적으로 신중하게 조사해서 처리하겠죠. 그러나 지금까지 그런 불행한 사건은 없었어요. 학생들과 교수들이 자신들에게 보장된 자유를 충분히 향유하면서도 지켜야 할 도리를 잘 알고 있으니까요. 너무 난잡하거나 폭동이라든지 유혈 사태가 벌어질 조짐이 보이면 불문율을 깨뜨리고 정부가 군대를 파견할 명분을 주게 되니까요. 어느 누구도 그런 사태를 바라지 않죠. 심지어 정부조차도 그런 사태는 바라지 않아요. 그러니 기묘한 균형이 유지되고 있지요. 따라서 아무리 데머즐이라 하더라도 모든 사람이 인정할 만한 뚜렷한 명분 없이 대학에서 당신을 잡아갈 수는 없어요. 그리고 그런 일은 지난 150년 동안 한 번도 일어나지 않았어요. 그러나 학생 정보원이 당신을 대학 밖으로 유인한다면……."

"아니, 학생 정보원도 있습니까?"

"확실히는 모르겠어요. 아마 있을 거예요. 협박이나 공작, 매수 등에 넘어가서 데머즐이나 여타 인물의 끄나풀 노릇을 하는 사람도 있을 수 있으니까요. 그러니 '상식적으로 당신은 안전하지만 완전한 안전을 누리는 사람은 아무도 없다'는 사실을 특별히 염두에 두시기 바랍니다. 아주 조심해야 할 겁니다. 그렇다고 겁쟁이처럼 위축되어 생활할 필요까지는 없습니다. 어쨌든 헬리콘이나 여타의 행성에 있는 것보다는 몇백 배 안전할 테니까요."

셀던은 울적한 목소리로 대답했다.

"그러기를 바랍니다."

"틀림없이 그럴 겁니다. 그렇지 않다면 어떻게 내가 떠날 수 있겠습니까."

셀던은 눈을 부릅뜨고 얘기했다.

"떠난다고요? 나만 남겨 두고 떠나다니 말도 안 돼요. 나는 이곳에 대해 전혀 모르잖아요. 당신이 옆에 있어야 해요."

"나보다도 훌륭하게 당신을 도와줄 사람들과 만나게 될 거예요. 나는 가야만 해요. 당신과 하루 종일 같이 있었잖아요. 더 이상 내 일을 미뤄 둘 수 없어요. 다른 사람들에게 이상하게 보이면 안 되니까요. 당신과 마찬가지로 나도 위험에 처해 있다는 사실을 이해해 주십시오."

셀던은 얼굴을 붉히며 대답했다.

"당신 말이 옳아요. 괜히 나 때문에 당신이 계속 위험에 처하면 안 되겠지요. 정부가 당신을 추적하지 않기를 바랍니다."

휴민은 냉정한 어투로 얘기했다.

"그건 아무도 모르는 일입니다. 우리는 위험한 시대에 살고 있어요. 우리 세대에서는 불가능하다 할지라도 다음 세대라도 안전한 은하계에서 살 수 있도록 할 수 있는 사람은 당신밖에 없다는 사실을 명심하세요. 그런 생각을 하고 용기를 내기 바랍니다, 셀던 박사."

17

셀던은 잠을 잘 수가 없었다. 그는 어둠 속에서 이리저리 뒤척이며 생각에 몰두했다. 휴민이 고개를 끄덕이며 손을 꽉 잡은 뒤 셀던만 남겨 두고 떠나 버리자, 셀던에게는 엄청난 외로움과 무력감이 물밀 듯 밀려왔다. 모든 것이 낯설기만 한 행성에, 아는 사람이 한 명도 없는 지역에 홀로 떨어진 것이다. 짧은 시간을 같이 지내면서 친구로 여겼던 유일한 사람이 떠나 버리자 당장 내일부터 무엇을 어떻게 해야 할지, 앞으로 어떻게 될지 전혀 짐작도 할 수가 없었다.

고민에 싸여 잠을 못 이루다가 결국 잠자기를 포기했을 때에야 비로소 피로가 몰려왔다. 셀던은 잠이 들었다.

잠에서 깨어났을 때 밖은 아직 어두웠다. 그러나 아주 어두운 건 아니었다. 귀에 거슬리는 벨 소리가 계속 울려 대면서 한쪽 구석에서 빨간 불이 깜빡거리고 있었다. 그 소리 때문에 잠에서 깬 것이 확실했다. 셀던이 비몽사몽 중에 자신이 있는 곳이 어디고 지금 들리는 시끄러운 소리는 무엇인가를 생각하고 있을 때 불빛이 꺼지고 소리도 더 이상 들리지 않았다. 조금 전에 난 시끄러운 소리는 벨 소리인 듯했다.

아마 벨 소리는 문에서 났을 것이다. 그러나 문이 어디 있는지 기억나지 않았다. 방에 불을 밝히는 버튼이 있을 텐데 그것도 어디에 있는

지 기억나지 않았다.

그는 침대에서 일어나 왼쪽 벽을 열심히 더듬어 가며 소리 질렀다.

"조금만 기다리세요."

마침내 버튼을 찾아 누르자 방 안에 불이 환하게 밝혀졌다.

셀던을 침대에서 기어 내려와 눈을 비비며 문을 찾아보았다. 마침내 문을 찾아 열려다가 순간 경계심이 일어나 급한 목소리로 단호하게 물었다.

"누구세요?"

아주 온화한 여성 목소리가 들려왔다.

"저는 도스 베나빌리입니다. 해리 셀던 박사님을 만나러 왔습니다."

그 목소리가 들리면서 문을 열지도 않았는데 한 여자가 문가에 서 있는 모습이 나타났다.

셀던은 깜짝 놀라 그 여자를 쳐다보다가 문득 자신이 속옷만 입고 있다는 사실을 깨닫고 비명을 지르며 침대 뒤로 달려가 숨었다. 잠시 후 자신이 본 것은 홀로그램에 불과하다는 것을 깨달았다. 실물과 너무 비슷해서 착각했던 것이다. 그 여자는 속옷만 입고 있는 셀던을 보지 못한 채 신원을 밝히기 위해 자신의 모습을 홀로그램으로 보여 주었을 뿐이었다.

그는 안심하고 숨을 깊이 들이쉬면서 문밖까지 들리도록 큰 소리로 외쳤다.

"꼭 만나야겠다면 30분만 기다리세요."

그 여성이 "기다리죠."라고 말한 뒤 홀로그램이 사라졌다.

샤워 시설이 없었기 때문에 셀던은 화장실 구석에서 타일이 깔린 바닥을 더럽히지 않도록 조심하면서 스펀지에 물을 묻혀 몸을 닦았다. 치약은 있지만 칫솔이 없어 손가락을 칫솔 대용으로 사용했다. 다른 옷이 없었기 때문에 어제 입었던 옷을 다시 입을 수밖에 없었다. 그런 뒤 마침내 문을 열었다.

셀던은 문을 열면서 그녀 신분을 모른다는 생각을 언뜻 했다. 단지 얼굴을 보여 주면서 이름을 알려 주었을 뿐이다. 그러나 휴민이 찾아올 사람 이름을 알려 주지 않았기 때문에 그 사람이 도스인지는 알 수가 없었다. 영상으로 젊고 아름다운 여성만 보여 주고는 뒤에 건장한 청년 예닐곱 명이 자신을 잡아가려고 숨어 있는지도 모르기 때문에 셀던은 긴장을 늦출 수가 없었다.

셀던은 조심스레 문밖을 살펴보았다. 여성 한 명만 보이자 문을 살짝 열어 그녀가 들어올 수 있도록 한 후 재빨리 닫고는 열쇠를 잠가 버렸다.

"미안합니다만 지금 몇 시나 되었는지요?"

셀던은 정중하게 물어보았다.

"9시요. 아침 일과가 오래전에 시작되었죠."

여자가 대답해 주었다.

공식적으로 트랜터는 은하계 표준시간을 사용하고 있다. 그래야만 행성 간 무역이나 정부 간 교류에 혼선을 빚지 않기 때문이다. 그러나 각 행성은 저마다 지방시간 체계를 가지고 있기 때문에, 트랜터 사람이 아무런 생각 없이 시간을 얘기하면 셀던은 헛갈릴 수밖에 없었다.

"벌써 그렇게 되었습니까?"

"물론이죠."

"방에 창문이 없어서 몰랐습니다."

셀던은 변명투로 얘기할 수밖에 없었다.

도스는 침대 가로 걸어가서 손을 뻗어 벽에 붙어 있는 조그만 검은 스위치를 눌렀다. 베개 위에 있는 지붕에 빨간 숫자가 나타났다. 0903이라고 쓰여 있었다.

그 여자는 겸손하게 웃으며 얘기했다.

"잠을 깨워 미안합니다. 하지만 제가 9시에 당신을 찾아올 예정이라고 휴민이 당신에게 알려 주었을 거라고 생각했지요. 그는 너무 아는 것이 많아서 탈이에요. 다른 사람들은 모른다는 사실을 가끔 잊어버리니 말입니다. 제가 공연히 신원 확인 홀로그램을 사용해서 당신을 놀라게 만들었나 봐요. 헬리콘에는 그런 장치가 없어서 꽤나 당황했을 텐데……."

셀던은 안심할 수 있었다. 여자가 자연스럽고 우호적인 데다가 휴민에 대해서도 언급하자 셀던은 힘이 솟아났다.

"헬리콘에 대해서 잘 모르나 보군요. 이름이……."

"도스라고 불러 주세요."

"헬리콘에 대해서 잘 모르는 것 같아요, 도스. 헬리콘에도 신원 확인 홀로그램이 있답니다. 단지 우리 집과 내 주변 사람들이 여유가 없어 사지 못해 처음 봤을 따름이지요. 처음에는 당황했지만 금방 알아차릴 수가 있었어요."

셀던은 그 여자를 자세히 훑어보았다. 큰 키는 아니었지만 여자 키로는 적당했다. 머리칼은 윤기는 없으나 붉은빛을 띤 금발을 짧게 잘라 파마했다. 셀던은 트랜터에서 그런 머리를 하고 다니는 여성을 많이 보았다. 트랜터에서 유행하고 있는 머리 스타일인 것 같았다. 하지만 헬리콘에서 그런 머리를 하고 다니면 웃음거리가 되리라. 얼굴은 매우 아름답다고 할 수는 없었지만 친근하고 귀여운 맛이 있었다. 특히 약간 우스꽝스럽게 튀어나온 커다란 입술이 굉장히 귀여웠다. 게다가 날씬하고 탄탄한 몸매에 앳되어 보이는 모습을 하고 있었다(너무 어려 보이는 것이 오히려 자신에게 도움이 되지 않을 것 같아 불안하기도 했다.).

"이제 신원 확인을 마쳤나요?"

그 여자가 말했다. 이 여자도 휴민과 마찬가지로 상대방의 속마음을 꿰뚫어 보는 기술이 있거나 아니면 자신이 속마음을 감추는 기술이 부족하거나 둘 중 하나라고 셀던은 생각했다.

"미안합니다. 너무 당신을 뚫어져라 쳐다본 것 같군요. 당신을 정확히 알고 싶어서 그랬습니다. 먼 데서 와서 친구나 아는 사람이 아무도 없거든요."

"셀던 박사님, 저를 친구로 여겨 주세요. 휴민이 저에게 당신을 도와주라고 부탁했답니다."

셀던은 슬픈 표정을 지으며 말했다.

"나를 돕기에는 조금 어린 것 같군요."

"그렇지 않다는 것을 금방 알게 될 것입니다."

"가능한 한 당신을 귀찮게 하고 싶지 않습니다만 성함을 다시 한 번 말씀해 주실 수 있겠습니까?"

"도스 베나빌리."

도스는 성을 또박또박 말하면서 두 번째 모음에 악센트를 주었다.

"아까 말했듯이 도스라고 불러 주세요. 그리고 괜찮다면 앞으로 당신을 해리라고 부르겠어요. 이 대학에서는 격식을 그다지 좋아하지 않거든요. 언제부터인지는 모르지만 권위를 내세우지 않으려고 의식적으로 노력한답니다."

"저를 해리라고 불러 주신다니 고맙군요."

"좋아요. 그러면 앞으로는 격식에 구애받지 않겠어요. 가령 격식에 구애받아야 한다면 자리에 앉기 위해서 허락을 청해야 하겠지만 그렇지 않다면 그냥 자리에 앉아도 되거든요."

도스는 그렇게 얘기하면서 방 안에 하나뿐인 의자에 앉았다.

셀던은 헛기침을 하며 말했다.

"내가 제정신이 아닌가 봅니다. 벌써 자리를 권했어야 했는데요."

셀던은 구겨진 침대에 앉으면서, 꾸깃꾸깃한 침대를 미처 정리해 놓지 않은 사실을 후회했다. 하지만 기습 방문을 받았으니 할 수 없었다.

도스는 명랑하게 얘기했다.

"앞으로 할 일을 알려 드리지요. 우선 대학 식당에 가서 아침 식사를 해야겠죠. 그리고 단독주택에 있는 방을 얻어 드리죠. 이 방보다는 훨씬 마음에 들 겁니다. 창문도 달려 있으니까요. 그리고 휴민이 자기 보증으로 신용카드를 만들어 드리라고 하더군요. 하지만 대학 당국이 그것을 발급하는 데 이틀 정도가 걸립니다. 그동안 당신이 쓰는 비용을 제가 부담할 테니 나중에 갚아 주세요. 대학 당국에서 당신에게 일자리를 줄 거예요. 휴민은 당신이 훌륭한 수학자라고 하더군요. 이 대학에는 수학자가 많이 부족하니 잘됐어요."

"내가 훌륭한 수학자라고 휴민이 말했습니까?"

"네, 그래요. 당신을 아주 놀라운 사람이라고 하더군요."

셀던은 손톱을 내려다보면서 말했다.

"그렇게 생각했다니 고맙긴 하지만 휴민은 나에 대해서 잘 몰라요. 나와는 하루도 채 안 되는 시간을 같이 보냈을 뿐인데요. 내가 논문을 발표하는 자리에 있었다고는 하지만 휴민이 판단할 수 있는 수준의 논문도 아니었고요. 그가 그냥 과장한 것 같군요."

"그런 것 같지는 않은데요. 휴민도 놀라운 능력의 소유자예요. 특히 사람을 평가하는 눈은 대단하죠. 나는 그 사람의 판단을 믿어요. 어쨌든 당신 스스로 증명할 기회가 있겠죠. 컴퓨터 프로그램을 작성할 수 있으시죠?"

"물론이죠."

"제 말이 컴퓨터 강좌를 의미하는 줄로 알고 계시는 것 아니에요? 제 말은 최신 수학에 대한 모든 내용을 가르칠 프로그램을 짤 수 있느냐는 겁니다."

"물론이죠. 그게 내 전공인걸요. 나는 헬리콘 대학에서 수학과 조교수로 있어요."

"저도 들었어요. 휴민이 말해 주더군요. 물론 다른 사람들도 금방 당신이 외계인이라는 사실을 파악하겠지요. 하지만 그런 것은 아무런 문제가 되지 않아요. 이 대학에 다니는 사람들은 대부분 트랜터인이지만 다른 여러 행성에서 온 외계인도 많이 있어요. 하지만 모두 잘 지내죠. 트랜터인들이 외계에서 왔다고 당신을 흉보는 일은 없을 거예요. 하지만 외계에서 온 사람들끼리 가끔 서로 흉보는 일은 있어요. 사실 저도 외계에서 왔답니다."

"그래요?"

셀던은 어느 행성 출신인지 물을까 말까 망설이다가, 물어본다고 흉이 되랴 싶어서 묻기로 했다.

"어느 행성에서 왔습니까?"

"시너 행성에서 왔습니다. 들어 본 적이 있습니까?"

들어 보았다고 거짓말을 해야 하나 고민하다가 셀던은 그냥 정직하게 대답했다.

"아니요. 들어 보지 못했습니다."

"당연하죠. 헬리콘보다도 작을 테니까요. 그건 그렇고, 수학 강의 컴퓨터 프로그램 얘기를 마저 하시죠. 그 작업을 능률적으로 할 수도 있고 형편없이 할 수도 있을 것 같은데요."

"물론이죠."

"능률적인 프로그램을 만드실 수 있겠어요?"

"그럴 수 있을 것으로 생각됩니다."

"그럼 됐어요. 대학 당국에서 충분한 보수를 지급할 겁니다. 이제 나가서 식사나 할까요? 참, 간밤에 잘 주무셨어요?"

"아주 잘 잤습니다."

"지금 시장하세요?"

"시장하긴 하지만……."

셀던은 대답을 망설였다.

도스가 쾌활하게 말을 받았다.

"음식이 입에 맞지 않을까 봐 걱정하시는 거죠? 걱정하시지 않아도 돼요. 저도 외계인이라서 미생물을 많이 집어넣은 음식에 대해서 당신이 어떻게 받아들일지 잘 알고 있거든요. 하지만 대학 식당의 식단은 괜찮은 편이에요. 특히 교수 식당은 더욱 괜찮죠. 물론 학생 식당의 음식은 맛이 조금 없지만 학생들은 금방 익숙해지니까요."

도스가 일어서서 문 쪽으로 몸을 돌리자 셀던은 마침내 궁금하던 것을 물었다.

"당신도 교수입니까?"

도스는 문으로 향하다가 말고 장난기 짙은 웃음을 지으며 셀던을 쳐다보았다.

"내가 그 정도 나이가 안 돼 보이나 보죠? 시너 행성에서 2년 전에 박사 학위를 받고 그 이후 계속 여기서 재직해 왔어요. 2주만 지나면 서른 살인데요."

"실례했습니다. 하지만 당신은 스물네 살 정도로밖에 보이지 않아요. 그러니 당신의 학위에 대해서 궁금증이 일어나지 않을 수가 없었지요."

셀던은 미소를 지으며 변명했다.

"아주 고마운 말씀이군요." 하고 도스가 기뻐하자 셀던은 너무나 즐거워졌다. 매력적인 여성과 농담을 주고받으면서 이방인으로서 외로움을 느낀다는 것은 있을 수 없는 일이기 때문에…….

18

도스 말이 맞았다. 아침 식사는 아주 좋았다. 적절하게 달걀을 풀어서 만든 요리와 알맞게 구운 고기가 입에 맞았다. 초콜릿 음료(트랜터인들은 초콜릿 향내를 진하게 해서 마시는데 셀던도 그것이 마음에 들었다.)는 어쩌면 합성 물질일 수도 있었으나 맛이 괜찮았고 아침 식사용 롤빵도 훌륭했다.

셀던은 감탄사를 연발했다.

"아주 훌륭한 아침 식사군요. 음식도 주변 분위기도 모든 것이 마음에 듭니다."

"마음에 들었다니 기쁘군요."

도스도 기쁘게 받아들였다.

셀던은 주변을 둘러보았다. 한쪽 벽에 굉장히 많은 창문이 달려 있었지만 진짜 햇빛은 전혀 들어오지 않았다. 점차 시간이 지나면서 사방으로 흩뿌리고 있는 밝은 빛에 익숙해지면 창문으로 비치는 햇살을 그리워하지 않게 될지 셀던은 궁금했다. 하지만 실내조명은 충분했다. 실은 이 지방 컴퓨터가 오늘 햇살이 쨍쨍 내리쬐는 날씨로 만들려고 판단해서 조명이 대단히 밝다고 하는 편이 더 타당하리라.

식탁은 4인용으로서 대부분의 식탁에 직원들이 꽉 들어차서 식사를 하고 있었다. 오직 자신들의 식탁에서만 두 사람이 식사하고 있을 뿐이었다. 도스는 몇 사람을 불러 소개를 시켜 주기도 했다. 모두가 정중했으나 같이 앉아서 식사하려는 사람은 없었다. 도스가 그렇게 하도록 안배를 했음이 확실했지만 셀던은 도스가 어떤 방법을 써서 그렇게 만들었는지 알아차릴 수가 없었다.

셀던은 궁금한 질문을 했다.

"나에게 소개한 사람 중에 수학자는 한 사람도 없네요, 도스."

"알고 있는 수학자가 한 사람도 눈에 띄지 않는군요. 하기야 8시에 수업을 시작하는 수학자들이 대부분이니까요. 수학 과목을 신청한 용기 있는 학생들이 가능한 한 빨리 그 과목을 끝내려고 해서 그런 것 같아요."

"당신은 수학자가 아닌 것 같은데요?"

"물론 아니죠. 하지만 관련이 전혀 없지도 않아요. 역사학이 내 전공이거든요. 트랜터 초기 왕조의 부흥 과정에 대한 논문을 몇 편 발표하기도 했죠. 트랜터 왕조사가 내 전문 분야가 될 것 같아요."

"훌륭하군요!"

"훌륭하다고요?"

도스는 어리둥절한 표정으로 셀던을 쳐다보면서 물어봤다.

"당신도 트랜터 왕조사에 관심이 있나요?"

"부분적으로 그렇다고 할 수 있죠. 꼭 그것만이 아니라 그런 비슷한 내용에 모두 관심을 가지려고 합니다. 지금까지 역사학을 공부해 본 적은 없지만 앞으로 해야 할 것 같아요."

"해야 한다고요? 역사학을 공부하면 수학을 연구할 시간이 별로 없게 되잖아요. 일반적으로 수학자가 너무나 부족하지 않습니까? 특히 이 대학에는 수학자의 부족이 더 심하거든요. 반면에 역사학자는 너무 많고요."

도스는 눈썹을 치키며 열변을 토했다.

"우리 대학에는 역사학자도 많고 경제학자, 정치학자도 많아요. 하지만 물리학자와 수학자가 특히 부족하죠. 휴민도 언젠가 이 사실을 지적한 적이 있죠. 휴민은 과학 분야가 퇴조하고 있는 증거라고 하면서 어느 대학이나 마찬가지라고 하더군요."

"물론 내가 역사를 공부하겠다고 해서 필생의 작업으로 하겠다는 이야기는 아니에요. 단지 내 수학 영역을 넓혀 줄 정도는 공부해야겠다는 뜻입니다. 내 전문 영역은 사회구조에 대한 수학적 분석이거든요."

"굉장히 어려운 분야 같군요."

"그렇다고 할 수 있죠. 학문 자체도 아주 복잡한 데다가 나 자신이 사회가 발전해 온 과정에 대한 지식이 별로 없기 때문에 절망적이라고 얘기할 수 있죠. 내 상상력이 너무나 빈약해서요."

"그 학문에 대해서 잘 모르기 때문에 뭐라고 말할 수가 없군요. 휴민이 말하길 당신이 심리역사학이라는 학문을 개척했는데 아주 중요한 학문이라고 하더군요. 심리역사학이 맞습니까?"

"맞습니다. '심리사회학'이라고 부르는 게 타당하겠지만 듣기가 좋지 않아서요. 어쩌면 역사 지식이 필요하다는 사실을 본능적으로 느꼈으면서도 그 부분에 대해서 충분히 생각하지 않았는지도 모르지요."

"심리역사학이 더 듣기가 좋군요. 하지만 내용을 모르겠어요."

"나 자신도 잘 모릅니다."

셀던은 건너편에 앉아 있는 여성을 바라보면서 저 여자라면 도주 행각을 벌이고 있는 자신이 초조감에 빠지지 않게 해 줄지도 모르겠다고 느끼면서 몇 분간 생각에 골몰했다. 몇 년 전에 사귄 여자 생각도 났으나 단호하게 그 생각을 지워 버렸다. 학문과 인간을 이해하지 못하는 여자와는 다시 사귀고 싶은 생각이 없었다.

셀던은 생각의 나래를 접으며 물어보았다.

"휴민이 말하길 트랜터에서는 정부가 대학에 간섭할 수 없다고 하던데요."

"맞아요."

셀던은 고개를 저으며 반문했다.

"제국 정부가 그토록 인내할 수 있다니 도저히 이해할 수 없군요. 헬리콘에서는 정부가 모든 교육기관에 압력을 행사하는데요."

"그건 시너에서도 마찬가지입니다. 아마 제일 큰 행성 한두 곳을 제외하고는 모든 행성이 마찬가지겠죠. 그러나 트랜터는 달라요."

"이유가 뭐죠?"

"제국의 중심이기 때문이죠. 이곳에 있는 대학들은 엄청난 특권을 누리고 있답니다. 어느 대학에서나 전문가가 배출되지만 제국의 행정 관리들, 특히 은하계 구석구석에 퍼져 있는 제국의 손과 발이라 할 수 있는 100만의 고관들이 이곳 트랜터에 있는 대학에서 주로 배출되고 있죠."

"그런 통계를 들어 본 적이 없는데……"

셀던이 말문을 열자 도스는 말허리를 끊고 얘기했다.

"내 말을 믿으세요. 제국 관리들이 공감대를 형성하고 제국에 특별한 감정을 가진다는 것은 아주 중요하지요. 하지만 그 관리를 트랜터인들로만 구성할 수는 없어요. 그럴 경우 현지인들이 불만을 품을 테니까요. 때문에 제국 정부는 이곳으로 유학 와서 공부하고 싶어 하는 수백만의 외계인들을 받아들일 수밖에 없죠. 그들이 어디 태생이든 문화 형태가 어떻든 사투리를 쓰든 말든 문제가 되지 않아요. 트랜터인의 분위기를 익히고 트랜터인과 같은 교육 배경을 갖는 것이 중요하니까요. 그 힘이 제국을 하나로 지탱시켜 주는 힘이죠. 제국 정부를 대변하는 관리들이 대부분 출생 배경 및 성장 배경이 자신들과 같다면 그곳에 사는 현지인들도 불만이 적을 테니까요."

셀던은 다시 한 번 부끄러움을 느꼈다. 이 여자가 얘기해 주고 있는 내용에 대해서 전혀 생각해 본 적이 없었다. 수학만 알고 있는 수학자는 진정으로 위대한 수학자가 될 수 없다는 사실을 다시 한 번 절실히 깨달으며 물어봤다.

"그런 사실을 누구나 알고 있나요?"

"그렇지는 않을 겁니다."

도스는 약간 생각하고 나서 계속 대답했다.

"어떤 영역이든지 알아야 할 것이 너무 많기 때문에 대부분의 학자들이 자신의 전문 영역에만 매달릴 뿐 다른 영역에 대해서는 전혀 알려 하질 않아요. 여러 학문에 파묻히길 싫어하기도 하죠."

"하지만 당신은 그 사실을 알고 있지 않습니까?"

"하지만 그게 내 전문 영역이니까요. 나는 트랜터 왕조의 부흥을 연구하는 역사학자로서 트랜터 왕국이 영향력을 확대하면서 제국으로 전환해 가는 과정을 연구하다가 그 당시부터 트랜터 왕조가 그런 행정 기법을 사용했다는 사실을 파악하게 되었어요."

셀던은 혼자 웅얼거리듯이 말했다.

"각 영역을 과도하게 전문화하는 것은 정말 위험하군요. 하나의 총체적 진실을 수천 가닥으로 찢어 버려 결국 아무런 진실도 파악하지 못하게 만드니……."

도스는 어깨를 으쓱하며 얘기했다.

"어쩔 수 없는 일 아닌가요? 어쨌든 제국 정부는 트랜터에 있는 대학에서 공부하는 외계인들이 자신들의 사고를 완전히 개조하면서 특이한 트랜터의 분위기에 자신을 맞추어 나가는 대신, 이들에게 많은 특혜를 보장해 주지요. 나도 이곳에 온 지 2년이 지났는데 아직도 이곳 분위기에 익숙해지지 않았어요. 아마 결코 익숙해지지 않을 겁니다. 하지만 관리가 되고 싶은 생각은 전혀 없으니 억지로 트랜터인처럼 되려고 노력할 필요도 없겠죠."

도스는 얘기를 계속했다.

"여하튼 제국 정부는 그 대가로 고위직과 상당한 권력 그리고 많은 재화를 보장할 뿐만 아니라 자유도 보장해 주지요. 학생들은 교육받고 있는 기간에 한해서 거리낌 없이 제국 정부를 비난할 수 있을 뿐만 아니라 평화적인 항의 시위를 한다거나 자신들이 공부하고 싶은 어떤 학문이든 공부하면서 자신의 견해를 마음대로 발전시킬 수 있어요. 따라서 그런 자유를 맘껏 즐기려고 많은 학생이 이곳으로 유학을 오는 것이죠."

"그래서 정부의 압력을 받지 않는 거군요. 그들이 정부를 비판하며 젊은 혁명가가 된 듯한 자부심을 즐기다가 제국 관리로 취임할 때가 되면 복종과 질서의 굴레에 기꺼이 들어갈 준비를 하면서 말이에요."

도스가 고개를 끄덕이며 대답했다.

"당신 말이 맞을지도 모르죠. 어쨌든 제국 정부는 이 모든 이유 때문에 조심스럽게 대학의 자유를 보장해 주고 있지요. 그러니 그들은 인내심이 대단한 게 아니라 아주 교활하다고 해야 맞을 겁니다."

"그런데 관리가 되지 않겠다면 무슨 일을 할 예정인데요, 도스?"

"역사학자요. 강의도 하고 영상 책자를 컴퓨터 프로그램으로 직접 만들기도 하고요."

"그다지 높은 직책 같지는 않군요."

"재화가 보장되지 않는다는 사실이 더 중요하겠죠, 해리. 직책이란 어차피 치고받고 싸우는 일이 대부분이라 내가 가장 싫어하는 것이에요. 나는 직책이 높은 사람들을 많이 보았어요. 직책이란 괴물을 지키기 위해서, 뒤떨어지지 않기 위해서, 경쟁자와 끊임없이 싸워야 하기 때문에 편안할 때가 없더라고요. 황제들조차도 대부분 불행한 최후를 맞이했던 역사만 보아도 잘 알 수 있죠. 그래서 나는 좀 더 행복한 직업을 찾기로 결심했어요. 언젠가는 시너로 돌아가서 교수가 될 계획입니다."

"그러면 제국 교육 당국이 당신에게 높은 직책을 주겠군요."

도스는 웃으면서 농담을 받았다.

"그럴지도 모르죠. 하지만 시너에서는 그런 것에 아무도 신경 쓰지 않아요. 두발짐승이든 네발짐승이든 가축으로 가득 찬 농장들이 사방에 깔려 있는 매우 정체된 사회거든요."

"트랜터 생활이 몸에 익었을 텐데 그곳에서 생활하기가 따분하지 않겠습니까?"

"바로 그게 제가 바라는 것입니다. 게다가 너무 따분해지면 비용을 청구해서 역사 연구차 여기저기를 돌아다닐 수도 있을 테니까요. 내 전공이 가진 장점이죠."

셸던은 이전에는 전혀 힘들게 생각하지 않았던 자기 전공이 갑자기 힘들어진 듯한 기분이 들어 씁쓸한 표정으로 얘기했다.

"그러나 수학자는 컴퓨터 앞에 앉아서 생각에만 몰두해야 해요. 그건 그렇고 컴퓨터 얘기가 나왔으니 말인데……."

셸던은 망설이며 말을 멈췄다. 아침 식사도 끝났으니 도스가 해야 할 다른 일이 많을 것이라고 생각했기 때문이다.

하지만 도스는 바삐 일어날 눈치를 보이지 않았다.

"그래서요? 컴퓨터 얘기를 했는데……. 뭔데요?"

"역사 도서관에 있는 컴퓨터를 사용할 수 있을까요?"

이번에는 도스가 망설였다.

"사용할 수 있겠지요. 당신이 수학 프로그램 작업을 하게 된다면 준교원으로 간주될 테니 허가증을 받을 수 있을 거예요. 단지……."

"단지?"

"당신 기분을 상하게 하고 싶지는 않아요. 하지만 당신은 수학자로서 역사에 대해서는 문외한이라고 했잖아요. 그러니 역사 도서관 컴퓨터 사용법을 모르지 않겠습니까?"

셸던은 웃음 지으며 반문했다.

"수학 도서관에 있는 컴퓨터 사용법과 같지 않겠어요?"

"그건 그래요. 하지만 전공 프로그램마다 독특한 특징이 있거든요. 당신은 어떤 게 표준 필름책인지도 모르고, 적당한 서적을 찾아 필요한 분야를 골라내는 방법도 모르잖아요. 그건 마치 어두운 곳에서 바늘 찾기지……."

"바늘구멍 아닙니까?"

셀던은 부드러운 목소리로 정정해 주었다.

도스는 아무려면 어떠냐는 표정으로 계속 말했다.

"'폴다크 협정'에 관한 자료를 찾는 데도 최소한 하루 반나절이 걸릴 거예요."

"그런 것은 금방 배울 수 있지 않겠습니까?"

"만약…… 만약……."

도스는 말하기 거북한 것 같았다.

"만약 배우고 싶다면 당신에게 제안하고 싶은 것이 있어요. 도서관 이용에 관한 일주일 코스 강좌를 권하고 싶어요. 이틀에 한 시간씩인데 제가 강사예요. 학부생 대상입니다. 하지만 학부생들과 같이 그런 강의를 듣는다는 게 어색하지 않겠어요? 3주 후에 시작하는데요."

"당신이 개인지도를 해 주면 되지 않습니까?"

셀던은 자기 목소리에 애정이 깃들어 있다는 사실에 약간 놀랐다.

도스도 그 사실을 놓치지 않았다.

"그럴 수도 있겠지만 당신이 공식적인 과정을 거쳐 보는 것이 낫겠다고 생각되는군요. 우리 수업에서는 도서관 사용법을 일주일 동안 배운 다음 역사적으로 흥미 있는 특정 자료에 대해서 목록찾기 시험을 보게 됩니다. 당신도 일반 학생들과 경쟁해야 할 거예요. 그런 경쟁을 통해서 당신은 훨씬 익숙해지겠죠. 거기에 비해서 개인지도는 별로 도움이 안 돼요. 물론 학부생들과 경쟁한다는 것이 얼마나 어려운 문제인가는 잘 알고 있어요. 학부생보다 못한다면 굴욕감도 느끼게 되겠죠. 게다가 그들은 기초 과정을 배운 전공 학부생임에 반해서 당신은 그런 기초도 없을지도 모르니까 그만큼 더 어려울 겁니다."

"기초도 없을지 모르는 게 아니라 없다고 얘기하는 게 정확하겠죠. 하지만 경쟁하는 게 두렵지는 않아요. 실력이 모자라서 느끼게 되는 굴욕감도 문제가 아니고요. 역사책을 제대로 고를 실력만 갖추게 된다면 아무래도 괜찮습니다."

이 젊은 여자를 좋아하게 되었기 때문에 이 여자에게 배울 기회가 생겼다는 자체도 기꺼이 느껴짐을 셀던은 분명히 깨닫고 있었다. 또한 마음속으로 이제 전환점을 맞이했다는 사실도 명확히 의식하고 있었다.

셀던은 심리역사학을 실용적으로 만들기 위해 시도해 보겠다고 휴민에게 약속했다. 하지만 그것은 이성적인 약속이었을 뿐 열정이 동반되어 있지는 않았다. 그러나 지금은 심리역사학을 실용적인 학문으로 만들기 위해서라면 무슨 일이든지 할 수 있을 것 같았다. 아마 도스 베나빌리에게 영향을 받아 그런지도 몰랐다.

휴민은 이런 상황까지 예상했을 것이다. 휴민은 진짜 굉장한 사람이라고 셀던은 생각했다.

19

클레온 1세는 저녁 식사를 마쳤다. 불행하게도 그에게는 저녁 식사조차 정부 행사에 불과했다. 그 자리에서 전혀 알지도 못하고 기억나지도 않는 여러 관리가 판에 박힌 듯 황제에 대한 충성을 맹세하면 거기에 대한 답례의 말을 해야 했다. 미지근한 음식을 집어 들었다가 말을 끝내고 먹으려면 음식은 그사이에 차디차게 식어 버렸다.

그는 그런 상황에서 벗어나고 싶었다. 가까운 가족 한두 명과 식사하든 아니면 혼자 식사하든 먼저 마음 편히 식사하고 난 뒤 만찬에 참가해 수입 배만 먹을 수 있다면 얼마나 좋을까? 그는 배를 특히 좋아했다. 하지만 황제가 자신들과 같이 식사하지 않으면 관리들이 모욕감을 느끼지 않겠는가?

황후는 전혀 도움이 되지 않았다. 보기만 해도 짜증 나는 인물이기 때문이었다. 강력한 영향력을 가진 반대 세력을 자기편으로 끌어들이기 위해 황제는 현재의 황후와 정략결혼을 했다. 황제는 결혼을 앞두고 신부가 결혼을 반대해 주길 마음속으로 얼마나 학수고대했던가? 황제는 황후를 매우 싫어했기 때문에 황후가 황후 궁에 틀어박혀 어떻게 지내든 전혀 상관하지 않았다. 공식 행사에는 황후도 참석해야 했다. 그러나 황제는 행사장에서도 황후의 존재를 철저히 무시해 버렸다.

황제는 식탁에서 호두를 한 움큼 집어 주머니에 집어넣고 하나씩 꺼내 먹으면서 총리를 불렀다.

"데머즐!"

"폐하, 여기 대령했사옵니다."

데머즐은 언제나 황제가 한 번 부르기만 하면 즉각 나타났다. 황제가 부르면 들리는 거리에서만 맴도는 건지 아니면 천성적인 아부 근성 탓에 황제가 언제 자신을 부를 것이라는 예감을 갖고 근처에 와 기다리는 건지 분명치는 않지만 어쨌든 황제가 부르기만 하면 데머즐은 즉각 대령했다. 그거야 아무러면 어떤가! 황제에게는 데머즐이 즉각 대령한다는 자체가 중요했다. 물론 데머즐이 공무로 출장을 가야 할 때가 있었다. 그러나 클레온은 그가 출장 가는 것을 항상 싫어했다. 그가 없으면 괜히 불안하기 때문이다.

"이름이 잘 기억나지 않는구먼. 어쨌든 그 수학자 일은 잘 처리되었소?"

물론 데머즐은 황제가 누구를 말하는지 즉각 이해할 수 있었지만 황제가 어느 정도 기억하고 있는지 파악하려고 넌지시 찔러 보았다.

"어느 수학자를 말씀하시는지요, 폐하?"

클레온은 짜증스럽다는 듯이 고개를 흔들며 말했다.

"점쟁이 말이오. 나를 만나러 왔던 사람 있잖소."

"사람을 보내 데려왔던 자 말씀이십니까?"

"사람을 보냈든지 안 보냈든지 어쨌든 나를 만나러 왔잖소. 당신이 처리하기로 했던 것 같은데……. 아니오?"

데머즐은 목청을 가다듬으며 대답했다.

"폐하, 힘껏 노력했습니다만……."

"아! 그런데 결국 실패했다는 말이렷다!"

클레온은 통쾌한 기분이 들었다. 다른 각료들과 달리 데머즐은 유일하게 지금까지 커다란 실수를 하지 않았다. 각료들은 자신의 실수를 결코 인정하지 않았다. 게다가 실수라는 것이 잘 파악되지 않는 경우도 많았다. 그러나 데머즐은 별로 실수한 적이 없으니 다른 각료와 달리 정직하게 실수를 인정할 수도 있지 않겠는가? 데머즐이 아니었던들 정직이란 게 무엇인지 전혀 몰랐을 것이라고 생각하니 서글픈 생각까지 들었다. 아마 어떤 역대 황제도 정직이라는 단어가 무슨 뜻인지 전혀 몰랐을 것이다. 어쩌면 그것 때문에 제국이…….

황제는 상상의 나래를 접고, 침묵을 지키고 있는 상대편에게 짜증을 냈다. 황제는 마음속으로 데머즐의 정직함에 탄복해 오고 있었기 때문에, 실수를 빨리 인정할 것을 바라며 재촉했다.

"실패했소, 안 했소?"

데머즐은 꽁무니를 빼지 않았다.

"폐하, 부분적으로 실패했음을 인정하옵니다. 소인은 그가 일 처리가 조금 어려운 이곳 트랜터에 있으면 문제가 야기될지도 모른다고 우려했기 때문에 그를 고향 헬리콘 행성으로 빨리 돌려보내야겠다고 판단했사옵니다. 물론 그다음 날 고향으로 떠날 예정이긴 하였지만 트랜터에 남기 위해 잠적할지도 모르기 때문이었습니다. 그래서 깡패 두 명을 시켜 그날 당장 그를 헬리콘행 우주선에 실어 보내라고 했사옵니다."

"아니, 당신은 깡패들도 아오, 데머즐?"

클레온은 재미있어했다.

"온갖 유형의 인간들과 접촉하는 일은 대단히 중요하옵니다, 폐하. 모든 사람이 나름대로 이용할 가치가 있기 때문입니다. 하지만 깡패들은 정말 무용지물이었사옵니다. 그런 일도 제대로 처리하지 못하다니……."

"왜 못 했지?"

"어이없게도 셀던이 그들과 격투해서 물리쳤다 하옵니다."

"아니, 수학자가 그렇게 싸움을 잘하나?"

"수학을 한다고 해서 무술을 못하란 법은 없나 보옵니다. 게다가 헬리콘이 수학보다는 무술로 유명한 행성이라는 사실을 뒤늦게 알았사옵니다. 이 사실을 뒤늦게 알았다는 것은 저의 불찰이니 폐하의 관대한 처분만 바라옵니다."

"그렇다면 그 수학자가 원래 계획대로 그다음 날 헬리콘으로 돌아갔을 것 아닌가?"

"그런데 불행하게도 그 예상을 뒤엎는 사태가 발생했사옵니다. 그는 그 사건에 영향을 받아서인지 헬리콘으로 돌아가지 않고 트랜터에 남아 있기로 결심한 모양입니다. 격투가 벌어질 때 우연히 현장을 지나가던 행인이 그렇게 하라고 충고했을 수도 있사옵니다. 전혀 예상하지 못했던 두 번째 불찰이옵니다."

클레온 황제는 얼굴을 찌푸리며 물어봤다.

"그럼 도대체 어떻게 됐다는 거야! 이름이 뭐였지?"

"셀던, 해리 셀던이옵니다, 폐하."

"그러면 그 셀던이란 작자가 우리 손아귀에서 벗어난 건가?"

"부분적으론 그렇사옵니다, 폐하. 그의 행적을 추적해서 그가 현재 스트릴링 대학에 있다는 사실을 확인했사옵니다. 하지만 그곳에 있는 한 손댈 수가 없사옵니다."

황제는 얼굴이 빨개질 정도로 험악한 인상을 지으며 호통쳤다.

"나는 '손댈 수 없다'는 말만 들으면 화가 치미는구먼! 제국 안에서 내 손이 미치지 않는 곳이 없는데, 내가 있는 이 행성 안에 손댈 수 없는 자가 있다고? 도저히 참을 수 없는 일이야!"

"물론 대학교에 행정력을 행사할 수도 있사옵니다, 폐하. 군대를 파견해 언제라도 셀던을 잡아 올 수 있사옵니다. 그러나 그렇게 하는 것은 바람직하지 않사옵니다."

"'비실용적'이라고 하는 게 더 좋을 거요, 데머즐. 그러면 그 수학자가 자신의 예언이 비실용적이라고 주장한 것과 똑같을 텐데……. 가능하긴 하지만 비실용적이다! 나는 모든 것을 가능하게 하는 황제이긴 하지만 별로 실용적이진 못하단 말이지! 명심해 두시오, 데머즐. 셸던을 실용적으로 처리하지 못하면 당신이 실용적으로 처리될 테니까!"
에토 데머즐은 황제의 협박에 전혀 신경 쓰지 않는 것 같았다.
'황제를 배후 조종하는 사나이' 데머즐은 황제에게 자신이 얼마나 필요한지 잘 알고 있었다. 물론 그전에도 비슷한 협박을 들었으나 아무렇지도 않았다. 데머즐은 황제가 화를 내는 동안 잠자코 있었다. 클레온은 의자 팔걸이를 손가락으로 툭툭 치면서 물어봤다.
"그가 스트릴링 대학에 있다면 우리에게 무슨 의미가 있는 거지?"
"비록 우리 뜻대로 되지는 않았지만 뭔가 방법을 찾을 수 있을 것 같사옵니다, 폐하. 그가 그 대학에서 심리역사학을 연구하기로 결심한 모양이니까요."
"아니, 실용적이지 않다고 주장했으면서도?"
"그 생각이 틀릴 수도 있으니까요. 게다가 본인이 그런 사실을 깨달았는지도 모르옵니다. 만약 본인이 그런 사실을 깨달았다면 어떻게 해서든 그를 대학 밖으로 끌어내야 하겠지요. 어쩌면 본인 스스로 우리 밑으로 들어올지도 모르겠사옵니다, 폐하."
황제는 잠시 동안 정신없이 생각에 몰두하더니 갑자기 걱정을 털어 버렸다.
"만약 다른 사람이 선수 치면 어떻게 하지?"
"감히 그럴 사람이 어디 있겠사옵니까, 폐하?"
데머즐은 부드럽게 반문했다.
"가령 예를 들어서 '와이 시장'이 그럴 수도 있겠지."
클레온은 이 말을 하고 나서 갑자기 소리를 질렀다.
"그 작자는 계속 제국을 빼앗으려고 호시탐탐 노리고 있잖아!"

"그도 이젠 나이가 들어 이빨 빠진 사자가 되었사옵니다, 폐하."

"그래서 그렇지 않을 것이라는 뜻인가?"

"게다가 그 작자가 셀던에 관심이 있다고 추측할 근거가 없지 않사옵니까, 폐하. 어쩌면 셀던이란 수학자가 있다는 사실 자체를 모를 수도 있지 않사옵니까, 폐하."

"지금 무슨 말을 하는 건가, 데머즐. 우리가 그 논문에 대해 들을 수 있었다면 와이도 들을 수 있었겠지. 우리가 셀던의 중요성을 감지할 수 있었다면 와이도 마찬가지 아니겠나!"

"만약 그런 일이 벌어진다면 아니, 벌어질 가능성이 농후해진다면 더 강력한 조치를 취할 수밖에 없겠지요."

"어떤 강력한 조치 말인가?"

데머즐은 조심스레 얘기했다.

"문제의 소지는 있겠지만 와이 손아귀에 들어가게 놔두는 것보다는 어느 누구 손에도 들어갈 수 없게 하는 편이 낫겠죠. 즉 그의 존재 자체를 지워 버리는 것이지요."

"그대 말은 그를 살해하자는 뜻인가?"

"굳이 그렇게 표현하고 싶으시다면 그렇게 표현할 수도 있다고 사료되옵니다, 폐하."

20

해리 셀던은 도스 베나빌리가 서둘러 배정받아 준 방 안 의자에 깊숙이 앉아 불만에 싸여 생각에 골몰하고 있었다.

마음속으로 자신이 불만에 싸여 있다고 규정하면서도 그 정도 표현으로는 자신의 감정을 정확히 표현해 낼 수 없다는 사실도 알고 있었다. 그는 단지 불만에 싸여 있는 정도가 아니라 분노까지 느끼고 있었다. 자신이 무엇에 분개하고 있는지가 정확하지 않았기 때문에 더욱 분노가 치밀어 올랐다. 역사 자료에 대한 분노인가? 역사책을 집필한 사람들과 편집자들에 대한 분노인가? 역사라는 것을 창조한 사람들과 그 세계에 대한 분개인가?

그가 분개하고 있는 대상이 무엇이든 중요한 것은 그것이 아니었다. 중요한 것은 자신이 작성한 노트가, 새로 쌓은 지식이, 역사에 대한 모든 것이 쓸모가 없다는 사실이었다.

셀던이 이 대학에서 생활한 지도 벌써 여섯 주나 되었다. 셀던은 처음에 컴퓨터 장비를 구해 사용 설명서 없이 수년 동안 수학 연구를 하면서 쌓아 왔던 직관에 따라 작업을 시작하였다. 물론 작업 진척이 더디고 때때로 벽에 부딪칠 때도 있으나 사용법을 하나하나 발견해 나가면서 의문에 대한 해답을 그만큼 더 많이 빨리 얻을 수 있었기 때문에 커다란 재미를 느낄 수 있었다.

그러던 중 도스가 강의하는 수업을 듣게 되었다. 셀던은 그 강의를 들으면서 수십 가지 유용한 방법을 배울 수 있었다. 그러나 동시에 두 가지 당혹스러운 일에 부딪히게 되었다. 하나는 학부생들이 던지는 곁눈질이었다. 이들은 나이 많은 셀던이 자신들과 같이 수업을 받는다는 사실 자체를 경멸스럽게 생각했을 뿐만 아니라 도스가 '박사님'이라는 존칭을 붙여 셀던을 부를 때마다 눈살을 찌푸리곤 하였다.

"당신이 실력이 없어 보충수업을 받아야 하는 멍청이라고 학생들이 생각하는 게 싫어서 그렇게 부르는 거예요."

"하지만 실력이 없어서 보충수업을 한다는 말은 맞잖아요. 그러니 이제부터는 그냥 '셀던'이라고 부르세요."

"안 돼요."

도스는 단호하게 말하면서 웃음 지었다.

"그냥 당신을 '셀던 박사님'이라고 부르고 싶어요. 그렇게 부를 때마다 당황하는 당신 모습이 얼마나 재미있는데요."

"아주 고약한 가학성 취미를 가지고 있군요."

"그렇다고 나를 해고할 수도 없잖아요."

셀던은 도스와 이런 농담을 하는 것을 즐겼다. 도스는 자연스럽게 대답하며 자신의 공격을 물리친 것이다. 논쟁의 핵심을 포착해 여지없이 반격하는 도스의 재치는 아주 놀라웠다.

"이 대학에서도 테니스를 칩니까?"

"테니스장은 있지만 나는 칠 줄 몰라요."

"잘됐군요. 내가 가르쳐 줄게요. 내가 교습하면서 당신을 베나빌리 교수라고 부르겠어요."

"내 수업에서 항상 그렇게 부르는데 뭐 이상할 것 있겠어요?"

"테니스장에서 들으면 그 호칭이 굉장히 우스꽝스럽게 들릴 거예요."

"그래도 좋아할 거예요."

"그러면 당신이 좋아할 만한 다른 것들도 찾아봐야겠군."

"아주 고약한 가학성 취미를 가지고 있군요."

도스는 셀던이 한 말을 모방해서 셀던을 공격했다. 셀던도 도스가 말한 대로 받아쳤다.

"그렇다고 나를 해고할 수도 없잖아요."

도스는 싱긋 웃었다. 나중에 테니스를 쳐 보니 도스의 실력은 매우 뛰어났다.

"테니스를 처음 친다는 게 사실이에요?"

몇 차례 공을 주고받은 후 셀던은 숨을 몰아쉬며 물어보았다.

"사실이에요."

도스는 대답했다.

두 번째로 당혹스러운 일은 아주 개인적인 것이었다. 셀던은 역사 탐구에 대한 방법을 익히면서 원래 목적대로 컴퓨터 기억을 개인적으로 활용하기 위한 시도에 몰두하였다. 그러나 역사 도서관에 있는 컴퓨터 프로그램은 수학 도서관의 컴퓨터 프로그램과는 완전히 다른 명령 체계를 쓰고 있었다. 어떤 식으로 명령해도 에러 없이 일관되게 작동되는 것을 보면 체계가 논리적이라는 사실은 의심할 수 없었다. 그러나 자신에게 익숙한 것과는 완전히 다른 논리 체계였다.

그러나 사용 설명서대로 해 보기도 하고 직관대로 해 보기도 하면서 별 방법을 다 써 봐도 자신이 바라는 내용은 전혀 얻을 수 없었다.

셀던의 분노는 테니스장에서 폭발했다.

도스의 테니스 실력은 아주 빨리 향상되어 방향과 거리를 충분히 판단할 수 있는 쉬운 공을 넘겨줄 필요가 없게 되었다. 따라서 셀던은 도스가 초보자라는 사실을 무의식중에 잊어버리고 최근의 짜증스러운 심정을 담아 힘껏 테니스 라켓을 휘둘러 공을 쳤다. 공은 목표를 정한 레이저광선같이 도스를 향해 날아갔다.

도스가 네트로 종종걸음으로 달려와서 항의했다.

"내가 공을 너무 자주 놓치니 죽이고 싶도록 짜증이 난다는 것은 이해하겠어요. 하지만 내 머리 위로 3센티미터나 빗나가게 치다니 이해할 수가 없군요. 나를 맞히지도 못했잖아요. 다음에는 더 잘할 수 있겠지요?"

셀던은 깜짝 놀라 변명하려고 했지만 너절한 얘기만 나올 뿐이었다. 도스는 얘기를 계속했다.

"이봐요. 오늘은 더 이상 당신 공에 얼굴을 가져다 대고 싶지 않군요. 그러니 샤워 끝나고 만나서 함께 차라도 마시면서 당신이 죽이려고 한 것이 무엇이었는지 얘기나 들어 볼까요? 만약 죽이려고 한 것이 내 머리도 아니고 당신 가슴에서 털어 낼 수도 없는 것이라면 테니스장에서 당신의 공격 목표로 왔다 갔다 하는 것은 너무나 위험하겠어요."

차를 마시면서 셀던은 얘기를 시작했다.

"도스, 나는 여러 역사책을 두루 뒤져 보았습니다. 이것저것 뒤져 보았죠. 물론 아직 깊숙이 파고들 시간적 여유는 없었습니다. 그러나 대강 훑어보았는데 모든 영상 책자가 몇 안 되는 사건에만 집중되어 있음을 발견할 수 있었습니다."

"대단히 중요한 사건들이죠. 역사를 만들어 낸 사건들이에요."

"그건 변명에 불과해요. 필자들이 서로 모방했을 뿐이에요. 은하계에는 2500만 개가 넘는 유인 행성이 있어요. 하지만 역사책에서 다룬 중요한 사건은 스물다섯 개 정도에 불과해요."

"일반 은하계 역사책만 읽어서 그래요. 소행성에 대해 저술한 역사책들을 읽어 보세요. 어떤 행성에서든지 아이들이 진짜 거대한 은하계가 있다는 사실을 알기도 전에 자기 행성에 대한 역사부터 가르치잖아요. 당신도 지금 '트랜터의 부흥'이나 '우주 대전'보다는 헬리콘에 대해 더 많이 알지 않나요?"

셀던은 우울한 목소리로 얘기하기 시작했다.

"그런 종류의 지식에도 한계가 있어요. 물론 나는 헬리콘의 지리나 인류 정착사나 제니섹 행성이 저지른 악행과 부도덕성에 대한 이야기들을 잘 알고 있어요. 제니섹 행성은 우리의 오랜 적국이지만 선생님은 '오랜 경쟁국'이라는 표현을 쓰라고 우리에게 조심스레 주의를 주면서 강의하곤 했지요. 하지만 나는 헬리콘이 일반 은하계 역사 발전에 기여한 점에 대해서는 아무것도 배울 수 없었어요."

"아마 기여한 것이 없었나 보죠."

"농담하지 마세요. 당연히 기여한 것이 있을 수밖에 없어요. 물론 헬리콘 행성이 거대한 우주 전쟁이나 중요한 반란 또는 평화협정에 관계하지 않았을 수도 있겠지요. 게다가 제국에 반란을 일으켜 헬리콘에 기지를 설치하려고 한 사람이 없었다고 말할 수도 있겠지요. 하지만 최소한의 영향이라도 끼쳤음은 틀림없어요. 어느 행성에서 일어난 일이든 그 일은 다른 모든 행성에도 영향을 끼칠 수밖에 없으니까요. 하지만 그런 사실을 밝혀 주는 자료가 하나도 없어요. 수학에서는 우리가 알고 있는 모든 것을, 2만 년 전부터 발견해 온 모든 지식을 컴퓨터를 이용해 쉽게 찾아낼 수 있어요. 그러나 역사학은 그렇지 않더라고요. 역사학자들은 새로운 내용을 연구하지 않고 기존의 내용 중에서 아무거나 골라잡을 뿐이에요. 모든 역사학자는 기존에 연구된 똑같은 주제를 골라잡을 뿐이에요."

"하지만 해리, 수학은 인간이 발견한 내용을 체계적으로 정립한 학문이잖아요. 하나가 나오면 거기에 뒤따라 또 하나가 나오는 식이죠. 게다가 원리와 개념이 모두 다 발견되었잖아요. 수학은…… 수학은…… 모든 내용이 하나로 조화되어 있지요. 하지만 역사학은 달라요. 역사학은 수천조에 달하는 인류의 생각과 행위를 다루는 학문이에요. 따라서 역사학자는 골라잡을 수밖에 없어요."

"그렇겠죠. 하지만 나는 심리역사학 법칙을 발견하기 위해서 모든 역사를 알아야만 해요."

"그렇다면 당신은 심리역사학의 법칙을 결코 발견할 수 없을 거예요."

어제 있었던 대화였다. 셀던은 지금 방 안 의자에 앉아 실패할 수밖에 없는 시도를 하며 또 하루를 보내는 중이었다. 도스의 "그렇다면 당신은 심리역사학의 법칙을 결코 발견할 수 없을 거예요."라는 말소리가 메아리쳐 왔다.

셀던 자신도 처음에는 그렇게 생각했다. 휴민이 확신에 찬 어조로 정반대의 주장을 펴는 동시에 교묘한 방법을 사용해서 셀던으로 하여금 할 수 있다는 확신의 불을 지피게 하지 않았다면 셀던은 지금도 그렇게 생각하고 있었을 것이다.

그럼에도 아무리 머리를 굴려도 그 생각을 떨쳐 버릴 수 없었다. 정말 방법이 전혀 없는 것일까?

그는 도무지 생각해 낼 수 없었다.

제5부

지붕 위

트랜터

이 행성은 우주에서 보이는 모습대로 묘사된 적이 한 번도 없었다. 이 행성은 지붕에 둘러싸인 내부 행성으로서 오랫동안 많은 사람의 마음을 사로잡아 왔다. 사람들은 마치 지붕 아래에 인간들이 모여 우글대는 벌집 같은 형상으로 이 행성을 상상해 오고 있다. 그러나 이 행성에도 외부는 있었다. 우주에서 촬영된, 아주 세세하게 세부를 찍은 홀로그램이 아직까지 남아 있다. 다음과 같은 점에 주목해 보자. 거대한 도시와 그 위 대기권 사이에 형성되어 있는 경계선으로서 그 당시 '지붕 위'라고 불렸던 표면, 즉 지붕 표면은…….

— 『은하대백과사전』

21

하지만 해리 셀던은 다음 날에도 도서관을 찾았다. 첫째, 휴민에게 한 약속 때문이었다. 시도해 보겠다고 약속한 일을 적당히 해 버리고 만다는 것은 양심이 허락하지 않았다. 둘째, 자존심 때문이었다. 셀던은 실패를 인정하기가 싫었다. 최소한 아직은 인정할 수가 없었다. 자신이 최선을 다했다고 스스로 인정할 때까지는 포기할 수 없었다.

그래서 셀던은 아직 검토해 보지 않은 참고목록 필름책을 들춰 보면서 그 무미건조한 숫자들 중에 자신에게 조금이라도 도움이 될 것이 없을까 찾아보았다. 아무리 들춰 보아도 그중에는 '도움될 만한 것이 없다'고 판단되었다. 그래도 다른 방법이 없어 목록을 하나하나 들춰 보고 있는데 구석에서 벽을 두드리는 소리가 들렸다.

옆을 보니 한쪽 구석에서 리성 랜다가 놀란 얼굴로 자신을 쳐다보고 있었다. 그는 도스의 소개로 알게 된 사람으로 여러 사람과 함께 몇 번 식사를 같이 한 적이 있는 심리학 강사였다. 랜다는 키가 조그맣고 통통한 체구에 황색 피부와 조그만 눈을 가진 사나이로서 항상 명랑한 표정을 짓고 있었다.

조그만 눈에 황색 피부를 가지고 있는 사람들이 거주하는 행성은 수백만 개에 달한다. 셀던은 이런 얼굴을 가진 사람들에 익숙한 편이었다. 왜냐하면 위대한 수학자들 중에 이런 얼굴을 가진 사람이 많았고 셀던은 그들의 홀로그램을 자주 보아 왔기 때문이다. 하지만 셀던은 그런 피부를 가진 동양인들을 헬리콘에서는 한 번도 본 적이 없었다(전통적으로 그런 피부를 가진 사람들은 동양인이라고 불렸으나 그 이유를 아는 사람은 아무도 없었다. 게다가 동양인 자신들도 그렇게 불리는 것을 싫어했으나 그 이유를 아는 사람도 역시 없었다.).

셀던이 랜다를 처음 만났을 때 랜다의 피부를 보고 놀란 표정을 감추지 못하자, 랜다는 자연스레 웃으면서 "트랜터에는 이런 피부를 가진 사람들이 수백만 명 살고 있답니다."라고 알려 주기도 했다.

"검은 피부와 아주 곱슬곱슬한 머리를 가지고 있는 남양인들도 많이 살고 있어요. 본 적 있나요?"

"헬리콘에서는 못 보았어요."

셀던은 우물우물 대답했다.

"그럼 헬리콘에는 서양인들만 있습니까? 진짜 단조롭겠습니다! 하지만 그게 중요한 것은 아니니까 문제 될 건 없겠지요. 골고루 많이 드세요."

이 일을 통해서 셀던은 동양인과 남양인, 서양인은 있는데 왜 북양인은 없을까 하는 궁금증을 가지게 되었다. 셀던은 참고목록을 뒤져서 그 이유를 찾아보려고 하였지만 찾을 수 없었다.

지금 선량한 얼굴의 랜다가 아주 우스꽝스러울 정도로 걱정이 가득한 얼굴을 하고 셀던을 바라보며 묻고 있었다.

"괜찮습니까, 셀던?"

셀던은 눈을 동그랗게 뜨며 대답했다.

"물론 괜찮지요. 무슨 일이라도 있습니까?"

"지나가고 있는데 이상한 소리가 들려서 보니 당신이 비명을 지르고 있더라고요."

"비명을 질렀다고요?"

셀던은 의심스러운 눈초리로 랜다를 쳐다보며 반문했다.

"큰 소리는 아니고요. 이런 소리가 나더라고요."

랜다는 이를 악물고 목구멍 밑에서 힘들게 나오는 잔뜩 긴장한 소리를 냈다.

"내가 잘못 들은 것이라면 결국 작업만 방해한 셈이니 미안하군요. 정식으로 사과하겠습니다."

셀던은 고개를 저으며 말한다.

"용서를 청할 것도 없어요. 내가 가끔 그런 소리를 낸다고 사람들이 얘기하더라고요. 무의식적으로 나오는 소리인가 봐요. 내 귀에는 그런 소리가 전혀 들리지 않거든요."

"왜 그런 소리를 내게 되는지는 아세요?"
"네. 좌절감 때문이에요. 좌절감요."
랜다는 셀던에게 가까이 오라는 몸짓을 하면서 목소리를 훨씬 낮추어 말했다.
"다른 사람들에게 방해되는군요. 쫓겨나기 전에 휴게실로 나갑시다."
그들은 휴게실에서 우유를 마시면서 대화를 나누었다. 랜다가 먼저 얘기를 꺼냈다.
"직업적인 관심에서 물어보는데요, 당신이 좌절감을 느끼는 이유를 알면 안 되겠습니까?"
셀던은 어깨를 으쓱하며 대답했다.
"다른 사람들과 똑같아요. 풀려고 하는 문제가 조금도 해결될 기미가 보이지 않으니 그렇지요, 뭐."
"그런데 당신은 수학자 아닙니까, 해리. 도대체 수학자가 역사 도서관에서 좌절감을 느끼는 이유가 무엇입니까?"
"그러면 당신은 역사 도서관에 왜 왔습니까?"
"역사 도서관 건물을 가로질러 가면 내가 가고자 하는 곳으로 빨리 갈 수 있거든요. 그래서 바삐 지나가던 중 당신이 내는 신음 소리를 듣게 된 거죠. 하지만 당신과 만나게 되었으니 시간을 단축하기보다는 오히려 더 오래 걸리게 되었네요."
랜다는 웃으며 말을 이었다.
"하지만 이런 대화는 언제라도 환영하니까요."
"나도 당신처럼 그냥 지나가는 길이라면 좋겠습니다. 실은 역사 지식이 필요한 수학 문제를 해결하려고 하는데 유감스럽게도 그게 잘 안 풀리는군요."

랜다는 이상할 정도로 엄숙한 표정을 하고 셸던을 응시하더니, 이윽고 얘기를 꺼냈다.

"실례가 되겠지만 당신이 화를 내더라도 말을 해야겠군요. 실은 나는 당신에 관한 일을 컴퓨터로 쭉 조사해 왔습니다."

"나를 조사해 왔다고요!"

셸던은 화가 치밀어 눈을 크게 뜨며 반문했다.

"물론 화를 내실 만하지요. 그런데 제게는 백부님이 한 분 계십니다. 그분도 수학자니 당신도 이름을 들어 보았을지 모르겠습니다만…… 키안토 랜다라고 하시는데요."

셸던은 숨을 훅 들이쉬며 반문했다.

"당신이 랜다 박사님 조카입니까?"

"네, 그렇습니다. 그분은 제 아버님의 형님으로서 당신 뒤를 따라 수학을 전공하지 않는다고 나에 대해 아주 섭섭해하시지요. 백부님은 아들이 없으시거든요. 그래서 내가 수학자를 사귄다고 하면 백부님께서 대단히 기뻐하실 것 같기도 하고 할 수만 있다면 당신을 자랑하고 싶기도 하고, 그래서 당신에 관해 수학 도서관에 비치된 자료를 대강 훑어보았죠."

"알겠습니다. 그래서 아까 그런 말을 했군요. 오해해서 미안합니다. 그런데 자랑할 만한 것을 하나도 못 찾았겠군요."

"그렇지 않아요. 대단한 감명을 받았습니다. 당신 논문의 주제가 무엇인지 확실히 이해할 수는 없었지만 어떤 정보는 아주 대단하다고 생각했습니다. 게다가 신문철을 보니 올해 초에 수학자 총회에도 참석하셨더군요. 그래서……. 그건 그렇고 '심리역사학'은 무엇이지요? 앞에 붙은 단어가 내 호기심을 불러일으키는군요."

"당신도 충분히 알고 있을 것으로 생각하는데요?"
"내 생각이 틀리지 않는다면 당신이 미래의 역사 과정을 추적하고 있다고 생각하는데요."

셀던은 지친 표정으로 고개를 끄덕이며 대답한다.

"그것을 심리역사학이라고 말할 수 있겠지요. 아니, 심리역사학이 의도하는 바가 그것이라고 말할 수 있겠지요."

랜다가 웃으며 농담했다.

"그런데 그게 진정한 의미의 연구가 될 수 있습니까? 혹시 젓가락 던지기 식은 아닌지요?"

"젓가락 던지기요?"

"내 고향 호파라 행성에서 어린애들이 하는 놀이에요. 그 놀이는 미래를 점치는 놀이죠. 아주 약삭빠른 꼬마 놈이라면 그 놀이를 자신에게 유리하게 써먹을 수가 있지요. 어린 딸이 있는 여자에게, 아주머니 딸이 예쁘게 자라서 돈 많은 남자와 결혼한다는 점괘가 나왔다고 얘기해 주면 그 자리에서 반 크레디트 정도는 벌 수 있어요. 물론 그 여자는 그 점괘가 맞는지 틀리는지 기다려 보지는 않죠. 자기 딸이 잘된다는 얘기가 고마워 그렇게 하는 거죠."

"그렇군요. 그렇다면 젓가락 던지기 식은 아닙니다. 심리역사학은 추상적인 학문이에요. 대단히 추상적인 학문이죠. 전혀 실용적인 응용이란 불가능하니까요. 다만 예외는……."

"이제 얘기가 나오는군요. 우리는 예외만 나오면 흥미가 생긴답니다."

"예외는 내가 그런 실용적인 응용을 고안해 내고자 한다는 데 있습니다. 내가 역사에 대해서 좀 더 많이 알고 있다면……."

"아, 그래서 역사를 읽고 있었군요?"

"그래요, 하지만 아무 도움도 되지 않더군요."

셀던은 슬픈 표정으로 얘기했다.

"역사는 너무나 많은데 그중에 도움이 되는 게 너무 없으니 답답할 뿐입니다."

"그래서 좌절감을 느끼게 되었군요?"

셀던은 고개를 끄덕였다.

"하지만 해리, 그 일을 시작한 지 몇 주밖에 안 되었잖아요."

"그래도 충분히 알 수 있⋯⋯"

"몇 주 만에 알 수 있는 게 얼마나 될 거라고 그러십니까? 일생을 걸고 연구해도 조금밖에 진전이 안 될 수도 있는데요. 수많은 수학자가 몇 세대에 걸쳐 연구해야 그 문제를 풀 수 있을지도 모르잖아요."

"물론 그 생각을 안 한 게 아닙니다, 리성. 하지만 마음이 불편한 것은 어쩔 수 없군요. 내 힘으로 눈에 띄게 진척시켜 놓고 싶어요."

"그렇게 마음만 앞선다고 해서 해결되는 것은 아니잖아요. 인간 역사와 비교해 보면 훨씬 덜 복잡한 연구를 오랜 세월 동안 계속해 오고 있는데도 별다른 진전이 없는 사례를 얘기해 주면 당신 마음이 조금 진정될지도 모르겠군요. 여기 이 대학에서 어떤 그룹이 그 연구 작업을 하고 있어요. 제 친한 친구 한 명이 그 작업과 관련이 있기 때문에 잘 알고 있어요. 그들에 비하면 당신이 느끼는 좌절감은 아무것도 아니에요."

"그 연구 주제가 무엇인데요?"

셀던은 가슴속에서 호기심이 이는 것을 느낄 수 있었다.

"기상학이에요."

"기상학이라고요!"

셀던은 전혀 의외의 대답에 불쾌하기까지 했다.

"인상 쓰지 말고 한번 내 말을 들어 보세요. 어떤 유인 행성이건 대기권이 있어요. 모든 행성이 저마다 대기권의 특성과 온도 편차, 자전 및 공전 주기, 행성 축의 기울기, 육지 해상 분포도 등이 달라요. 2500만 개의 서로 다른 문제들을 대하고 있는 거예요. 그런데 모든 대기권의 공통된 특징, 즉 대기권의 일반 법칙은 아무도 발견해 내지 못했어요."

"대기권 변동이 극심하니까 그렇죠. 어린애들도 알고 있는 사실 아닙니까?"

"하기야 내 친구도 그렇게 얘기합디다. 며칠 전에 같이 만났던 내 친구 제나 레긴 말입니다."

셀던은 기억을 더듬었다.

"키가 크고 코도 크고 말이 별로 없던 사람 말예요?"

"맞아요, 그 사람입니다. 그 친구가 말하길 다른 어떤 행성의 대기권보다도 트랜터 대기권의 변동은 극심하다고 하더군요. 기록에 의하면 행성 개발 초창기에는 기상 주기가 아주 정상이었대요. 그러나 인구가 증가하고 도시화가 진척되면서 사용 에너지가 증가하여 대기권으로 분출하는 열량이 급증하게 되자, 빙각 표면이 녹게 되고 구름층이 두꺼워지고 기후는 그만큼 궂어졌죠. 그래서 사람들은 지하로 파고들게 되었고 악순환이 시작된 거죠. 기후가 점점 악화되자 사람들은 지하로 더욱 파고들고 마침내 행성을 덮는 지붕을 세우게 되었죠. 따라서 그만큼 기후는 더 악화되었고요. 현재 이 행성의 대기권은 항상 구름에 덮여 있고 툭하면 비가 옵니다. 물론 날씨가 추울 때는 비 대신 눈이 오지요. 현재 어느 누구도 기상 변화를 예측할 수 없습니다.

어느 누구도 기후가 그렇게 악화된 이유를 정확히 밝혀내지 못했기 때문에 하루하루의 기상 변화를 상세히 예보할 방법도 알고 있지 못합니다."

셀던은 어깨를 으쓱하며 물어보았다.

"그런 일이 중요한가요?"

"기상학자에게는 중요한 일이지요. 당신이 당신 문제로 좌절감에 빠지는 것과 마찬가지로 그들도 자신들 문제 때문에 좌절감을 느낄 수 있잖겠어요? 당신이 연구하는 작업만 중요한 게 아니잖아요!"

셀던은 황궁으로 가는 도중에 날씨가 흐리고 몹시 습한 상태에서 추위를 느꼈던 기억을 되살려 냈다.

셀던이 물어보았다.

"그래서 그들은 어떻게 작업하나요?"

"이 대학에서 거대한 계획을 세워 그 문제를 밝혀 보고자 노력하고 있는데 제나 레긴도 그 작업에 참가했어요. 만약 트랜터의 기상 변화를 파악한다면 기상학 일반에 대한 기본 법칙을 대단히 많이 밝혀낼 수 있을 것이라는 게 그들 생각이지요. 당신이 심리역사학의 응용 방법을 찾아내려고 하는 만큼이나 제나 레긴도 기상학 일반에 대한 기본 법칙을 찾아내려고 노력하고 있습니다. 그래서 그는 온갖 종류의 장치들을 지붕 위에 설치해 놓았습니다. 그런데 아직 밝혀낸 게 하나도 없어요. 아주 오랫동안 여러 사람이 대기권에 대해 연구해 왔는데도 현재까지 아무런 진척도 이루지 못하고 계속 작업에만 몰두하고 있는데 당신은 겨우 몇 주일 역사를 공부해 보고 아무런 진척이 없다고 짜증 낼 수 있겠습니까?"

랜다 말마따나 자신의 자세가 잘못되었다는 점을 깨닫고 셀던은 반성했다. 문제를 밝히기 위해 과학적으로 노력해도 계속 실패할 수밖에 없는 지금의 상황 역시 과학의 퇴보를 나타낸다고 휴민은 주장할 것이다. 어쩌면 일반적인 퇴보 및 그 영향에 한해서는 그 주장이 맞을 수도 있었다. 하지만 자신에게는 적용할 수 없다고 셀던은 생각했다. 아직 자신의 능력과 정신력이 퇴보한 것은 아니라고 자신하고 있기 때문이었다.

셀던은 관심을 보이며 물어보았다.

"그러면 사람들이 지붕 위로 올라가서 작업한단 말입니까?"

"그래요, 지붕 위로 올라가서 작업합니다. 하지만 트랜터인들은 그 일을 하지 않으니 우스운 일이죠. 그들은 지붕 위로 올라가길 싫어해요. 생각만 해도 현기증이 나나 봐요. 기상 연구 작업에 참가하는 사람들은 대부분 외계인이에요."

셀던은 창밖에 있는 잔디밭과 조그만 정원이 그늘도 없이 적절한 온도 속에서 밝게 빛나고 있는 모습을 보며 조심스럽게 말을 꺼냈다.

"트랜터인들이 지붕 아래에서 안락함을 즐기는 것에 대해 어떻게 생각해야 할지는 모르겠으나 호기심 때문에 지붕 위로 올라가는 사람은 간혹 있을 것 같아요. 나에게도 그런 호기심이 생기는군요."

"작업하는 데 따라가고 싶다는 얘기입니까?"

"네, 따라가고 싶어요. 그런데 지붕 위로 어떻게 올라가죠?"

"올라가기는 쉬워요. 승강기를 타고 위로 올라가서 승강기 문이 열리면 도착한 거지요. 나도 한번 올라가 보았어요. 아주 신기한 광경이 펼쳐지더군요."

"잠시나마 심리역사학에 대한 부담을 덜 수 있다면 얼마나 좋겠습니까?"

셀던은 한숨을 쉬며 얘기했다.

"백부님께서는 '모든 학문은 한길로 통한다.'라고 말씀하시곤 했는데, 백부님 말씀대로 기상학에 대해서 뭔가 배우면 심리역사학에 도움이 될 수도 있겠지요. 그럴 가능성은 없을까요?"

"가능성이야 많겠지요."

셀던은 힘없이 웃으며 대답하고는 마음속으로 덧붙였다. 하지만 실용적이진 않을 것이라고.

22

도스는 어처구니없다는 듯이 반문했다.

"기상학요?"

"그래요. 내일 작업 계획이 있다니까 그들과 함께 올라갈 예정이에요."

"역사 공부에 싫증이 났나요?"

셀던은 우울하게 머리를 끄덕이며 대답했다.

"네, 싫증 났어요. 나에겐 변화가 필요해요. 게다가 랜다가 말하길 기상학 역시 엄청나게 수학적인 처리가 필요한 학문이라고 하더군요. 나만 어렵게 고군분투하고 있는 것이 아니라는 것을 알게 되면 많은 힘이 될 거예요."

"거기 올라가는 게 무섭지 않으세요?"

셀던은 웃으며 대답했다.

"아니요, 전혀 무섭지 않아요. 하지만 당신이 걱정하는 것도 이해가 가요. 트랜터인들은 광장공포증이 있어서 지붕 위로 올라가기를 싫어한다고 랜다에게 들었어요. 트랜터인들은 주위를 둘러싼 안전한 보호막이 없으면 불안해지나 보죠?"

도스는 고개를 끄덕이며 말했다.

"그런 말들을 하더라고요. 하지만 여행자나 행정관, 병사 등등의 신분으로 은하계에 나가 있는 트랜터인들도 많아요. 게다가 외계인이라고 해서 광장공포증을 가진 사람이 없는 것도 아니고요."

"그럴 수도 있겠지요. 어쨌든 나는 광장공포증이 없으니 걱정하지 마세요, 도스. 관심도 생기고 기분 전환도 필요하고 해서 내일 따라가기로 한 것이니까요."

도스는 망설이며 얘기했다.

"당신과 함께 위로 올라가면 좋겠지만 내일 계획이 꽉 차서 힘들겠군요. 광장공포증도 없다니 아무 어려움 없이 모험을 즐길 수 있겠지요. 어쨌든 기상학자들 옆에 꼭 붙어 다녀야 해요. 그곳에서 길을 잃어버린 사람들이 있다는 얘기를 들었어요."

"조심하지요. 게다가 철이 든 이래 길을 잃어본 적이 없으니 그런 염려는 마세요."

23

제나 레긴은 어딘지 모르게 어두운 안색이었다. 그렇게 보이는 이유는 피부색 때문이 아니었다. 피부색은 정상이었다. 아주 굵고 진한 눈썹 때문도 아니었다. 짙은 눈썹이 움푹 파인 눈동자와 길고 우뚝 선 코를 덮고 있기 때문이었다. 그의 외모는 사람들에게 불쾌감을 주었다. 그는 눈웃음도 치지 않았고 입도 무거웠는데, 가끔 입을 열면 폐부로부터 나오는 듯한 굵직한 목소리가 가냘픈 몸매와 묘한 대조를 이루었다.

레긴이 말했다.

"셸던 씨, 더 따뜻한 옷이 필요할 텐데요."

셸던은 주변을 둘러보며 말했다.

"그래요?"

레긴과 함께 올라갈 준비를 한 남자 두 명과 여자 두 명은 레긴과 마찬가지로 대담한 디자인에 색깔을 밝게 한 두꺼운 스웨터를 화려한 트랜터 의상 위에 겹쳐 입고 있었다. 물론 디자인은 서로 조금도 비슷하지 않았다.

셸던은 자신의 옷차림을 살펴보면서 말했다.

"미안해요. 미처 몰랐어요. 하지만 적당한 옷도 없어요."

"내가 하나 빌려 드리죠. 어디 여벌로 놔둔 옷이 있을 텐데……. 그래, 여기 있군. 약간 초라하긴 하지만 안 입는 것보단 나을 거예요."

셸던은 궁금해서 물었다.

"이런 스웨터를 입으면 너무 더워 짜증만 날 텐데요?"

"여기서는 그럴 거예요. 그러나 지붕 위는 기온이 달라요. 춥고 바람도 세죠. 안됐지만 당신에게 빌려 줄 각반과 장화는 없군요. 저 위에 올라가면 굉장히 필요할 텐데."

그들은 도구가 들어 있는 손수레를 끌고 와서 도구 하나하나를 시험해 보았다. 셸던은 그들이 너무 느릿느릿 일하고 있는 게 아닌가 하는 생각이 들었다.

"당신네 행성도 춥습니까?"

레긴이 물어보자 셸던이 대답했다.

"물론 추운 지역도 있지요. 내가 살았던 지역은 온화하지만 비가 많이 왔어요."

"안됐군요. 지붕 위의 날씨가 마음에 안 들 거예요."

"위에 머무르는 동안은 참을 수 있을 것 같아요."

준비가 완료되자 모든 사람이 '관계자 외 사용금지'라고 쓰여 있는 승강기 안으로 들어갔다.

젊은 여자 한 명이 알려 주었다.

"지붕으로 올라가는 승강기라 저런 게 쓰여 있어요. 사람들은 웬만큼 큰일이 아니면 저 위로 올라가려 하지 않아요."

셀던은 이 젊은 여자를 처음 만났다. 다른 사람들은 이 여자를 크로지아라고 불렀다. 셀던은 그 호칭이 성인지 이름인지 아니면 별명인지 분간할 수가 없었다.

승강기는 휴민과 함께 타 본 승강기를 제외하곤 트랜터와 헬리콘에서 타 본 일반 승강기와 차이가 없었다. 하지만 지붕을 지나 텅 빈 공간 속으로 자신을 데려다 줄 승강기라고 생각하니 우주선에 올라탄 듯한 기분이 들었다.

셀던은 마음속으로 우스운 공상을 하며 미소 지었다.

승강기가 약간 흔들거리자 은하의 쇠퇴라고 하던 휴민의 말이 생각났다. 처음 보는 남자 두 명과 여자 한 명은 레긴과 마찬가지로 승강기가 지붕 위에 도착해 문이 열릴 때까지 아무런 생각도 할 수 없고 움직일 수도 없다는 듯이 미동도 하지 않고 있었다. 하지만 크로지아는 마치 셀던에게 대단한 감명이라도 받은 듯이 계속 그를 응시하고 있었다.

셀던은 다른 사람들에게 방해되지 않으려고 크로지아 쪽으로 몸을 기울여 조그만 소리로 물어보았다.
"아주 높이 올라갑니까?"
"높이요?"
그녀는 반문했다. 소리를 낮추지 않은 평상시 목소리였다. 침묵이 필요한 시간이 아니라고 느끼는 것 같았다. 나이가 어리게 보이는 것이 어쩌면 학부생일지 모른다고 셸던은 생각했다. 실습생일 수도 있었다.
"시간이 오래 걸리네요. 지붕 위는 굉장히 높은가 봐요."
그녀는 잠시 어리둥절해하더니 다시 말했다.
"아, 아니에요. 그렇게 높지는 않아요. 우리가 지하 깊숙한 곳에서 승강기를 타서 그래요. 대학은 낮은 곳에 있거든요. 우린 에너지가 대단히 많이 필요한데 지하로 내려갈수록 비용이 싸거든요."
레긴이 끼어들었다.
"좋아. 이제 도착했군. 장비를 끌어내자고."
승강기가 약간 덜컹거리며 멈추자 커다란 문이 재빨리 열렸다. 문이 열리면서 기온이 갑자기 떨어지자 셸던은 손을 주머니에 넣었다. 그나마 스웨터를 껴입고 있어서 다행이었다. 차가운 바람이 불어 머리가 휘날리자 셸던은 '모자가 있었으면 좋았을걸.' 하고 생각했다. 셸던이 그런 생각을 하자마자 레긴은 주머니에서 꼬깃꼬깃한 모자를 꺼내더니 펴서 머리 위에 썼다. 다른 사람들도 마찬가지였다.
크로지아만은 모자를 쓰지 않고 망설이고 있었다. 그녀는 모자를 쓰려다 말고 셸던에게 주었다.
셸던은 고개를 저으며 사양했다.
"크로지아, 당신 모자를 받아 쓸 수는 없어요."

"어서 받으세요. 내 머리는 길고 숱이 많아서 괜찮아요. 당신 머리는 짧고 약간……."

셀던은 강력하게 사양하려고 했으나 어느새 손이 모자 쪽으로 갔다. 셀던은 무안해서 우물거리며 답례했다.

"고마워요. 머리가 시리면 얘기해 주세요. 곧 돌려 드리죠."

어쩌면 그녀는 그렇게 어리지 않을지도 몰랐다. 그녀가 어리게 보이는 이유는 아기같이 동그란 얼굴 때문일 수도 있었다. 갑자기 그녀의 머리카락에 눈이 갔다. 머리카락이 황갈색을 띠고 있어서 매력적으로 보였다. 헬리콘에서는 그런 머리카락을 본 적이 없었다.

지붕 위에는 구름이 잔뜩 끼어 있었다. 전에 야외를 지나서 황궁으로 가는 도중에 만났던 날씨 같았다. 기온은 그 당시보다 훨씬 낮았다. 6주가 지나 그만큼 겨울이 가까워져서 그런가 보다 하고 셀던은 혼자 생각했다. 구름이 더욱 심하게 끼면서 날이 어두워지니 어쩐지 두려워졌다. 어쩌면 저녁이 가까워진 탓인지도 몰랐다. 그러나 이들이 밝은 낮 시간을 놔두고 저녁이 가까워진 시간에 올라올 리는 없지 않은가? 어쩌면 작업 시간이 아주 적게 걸릴 것으로 예상하고 늦은 시간에 올라온 것인지도 몰랐다.

셀던은 궁금한 것들을 계속 질문하고 싶었으나 모든 사람이 제각기 흥분과 짜증 등등 다양한 감정 상태에 빠져 있는 것 같아서 물어볼 엄두가 나지 않았다.

셀던은 주변을 주의 깊게 살펴보았다.

셀던은 자신이 서 있는 곳을 몰래 발로 쿵쿵 내질러 보고는 바닥이 둔중한 금속으로 되어 있는 것 같다고 생각했다. 그러나 금속으로 이루어진 바닥에는 무언가가 덮여 있었다. 몇 걸음 걸어 보니 발자국이 찍혀 나왔다. 표면이 먼지나 고운 모래, 흙 등으로 뒤덮여 있었던 것이다.

이곳에 올라와서 청소하는 사람도 없을 테니 당연한 것 같았다. 셀던은 호기심에 허리를 굽혀 바닥에 있는 물질을 손가락으로 집어 보았다.

크로지아가 옆으로 다가왔다. 그녀는 셀던의 행동을 지켜보더니 게으른 주부가 태만함을 들킨 것 같은 표정을 하고 설명해 주었다.

"장비가 제대로 작동하도록 우리가 이 근처를 청소했어요. 다른 지붕 위 지역 대부분은 여기보다 훨씬 지저분하답니다. 하기야 지저분해도 상관없지만요. 왜냐하면 이 먼지는 절연제 역할까지 해 주거든요."

셀던은 주변을 계속 살펴보았다. 마치 두껍게 먼지가 내려앉은 구덩이에서 자라난 것처럼 보이는 장비들은 어떤 장비가 어떤 역할을 하고 어떤 장비가 무엇을 측정하는지 알 수 없는 전혀 낯선 것들이었다.

레긴이 셀던을 향해 걸어왔다. 그는 조심스럽게 발을 내디뎠는데, 셀던이 보기에는 장비에 충격이 갈까 봐 그러는 것 같았다.

"이봐요, 셀던 씨!"

셀던은 레긴이 내는 목소리가 아주 싫었다. 셀던은 냉랭하게 대답했다.

"왜요, 레긴 박사님?"

"실례, 셀던 박사님."

그는 서둘러 정정하고 말을 이었다.

"내 친구 랜다가 말하길 당신이 수학자라고 하더군요."

"그렇습니다."

"실력이 좋은가요?"

"그렇다고 생각하고 싶지만 장담할 수는 없는데요."

"현재 아주 어려운 연구 작업을 하고 있다고요?"

셀던은 생각만 해도 답답하다는 듯이 대답했다.

"난관에 봉착했어요."

"셀던 박사님, 나도 지금 난관에 봉착하고 있어요. 여기저기 자유롭게 둘러보세요. 궁금한 게 있으면 크로지아 양에게 물어보고요. 당신의 연구는 우리에게 도움이 될 것 같군요."

"도움 될 것이 있다면 정말 기쁘겠어요. 하지만 기상학에 대해서는 아는 것이 전혀 없어요."

"그건 괜찮아요, 셀던 박사님. 나름대로 감각만 익혀 놓으면 우리가 수학적인 난관에 봉착했을 때 도움을 줄 수 있을 테니까요."

"언제라도 말만 하세요."

레긴은 몸을 돌렸다. 잔뜩 찌푸린 얼굴은 험상궂게 보였다. 레긴이 다시 몸을 돌리더니 얘기했다.

"너무 춥다고 생각되면 승강기 문이 열려 있으니 들어가서 '대학 기지'라고 쓰인 단추를 누르세요. 그러면 승강기가 당신을 대학으로 데려다 주었다가 자동으로 다시 이곳으로 올라오니까요. 사용법이 기억나지 않으면 크로지아에게 물어보세요."

"사용법을 꼭 기억하고 있겠습니다."

레긴이 떠나자 셀던은 레긴의 뒷모습을 바라보았다. 차가운 바람이 매서운 칼날처럼 스웨터를 파고들었다. 크로지아가 다시 셀던에게 다가왔다. 그녀 얼굴도 바람 때문에 약간 빨개진 것 같았다.

셀던이 먼저 말을 꺼냈다.

"레긴 박사가 화난 듯이 보이는군요. 저 사람은 항상 저런 표정을 짓나요?"

크로지아는 깔깔 웃었다.

"레긴 박사님은 항상 화난 표정을 짓고 있지만, 지금은 진짜 화가 났어요."

"왜요?"

크로지아는 기다란 머리카락을 찰랑거리며 고개를 돌려 멀리 가고 있는 레긴을 보고 나서 대답했다.

"레긴 박사님은 오늘 이 시간에 잠시 구름이 걷히고 햇볕이 내리쪼일 것이라고 예상하고 햇빛이 비치는 동안 특별 측정을 하려고 계획했거든요. 그런데…… 어휴, 이 날씨 좀 봐요."

셀던은 고개를 끄덕였다.

"이곳에 가지고 온 홀로비전 수신기를 작동해 보니 앞으로 구름이 더 많아져 평상시보다 훨씬 심할 거래요. 추측컨대 아마 레긴 박사님은 장비가 고장 나서 그런 결과가 나온 거지 자신의 이론이 틀려서 그런 것이 아니라는 사실을 증명하고 싶은가 봐요. 하지만 기기는 전혀 고장이 없어요."

"그래서 그렇게 불행한 얼굴을 하고 있군요."

"뭐, 행복한 얼굴을 한 적도 없으니까요."

셀던은 곁눈으로 주위를 살펴보았다. 구름이 잔뜩 끼었음에도 햇빛이 쨍쨍 비치고 있었다. 지붕 표면이 평평하지 않다는 사실도 깨닫게 되었다. 자신이 서 있는 곳은 얕은 지붕이었는데 다른 곳을 보니 넓이도 높이도 제각각인 지붕들이 사방으로 뻗어 있었다.

셀던이 물어보았다.

"지붕 위가 평평하지 않은 것 같군요."

"대부분 그럴 거예요. 그렇게 만들어졌으니까요."

"무슨 이유라도 있습니까?"

"특별한 이유는 없어요. 나도 박사님처럼 주변을 둘러보며 물어보니까 원래 선조들이 부분적으로 상업 지구와 운동 경기장 같은 곳에 지붕을 세웠는데, 그것이 점차 늘어나 나중에는 마을 전체를 지붕으로 뒤덮게 되면서 높이와 넓이가 제각각인 지붕들이 여기저기 들어서게 되었대요. 결국 모든 지붕이 하나로 연결되고 보니 높이가 제각각으로 나타날 수밖에 없었는데, 그 당시 선조들은 그걸 당연하게 여겼나 봐요."

"우연히 그렇게 만들었는데 나중에는 그것이 전통이 되었다는 말입니까?"

"그렇게 얘기할 수도 있겠지요."

'만약 아주 우연적인 요소가 시간이 지나면서 결국 당연한 전통으로 받아들여져 불문율 비슷하게 되었다면 바로 이러한 게 심리역사학의 법칙이라고 말할 수 있지 않을까? 이것은 하찮게 여겨질 수도 있다. 그러나 이 세상에는 이처럼 하찮은 법칙들이 수없이 많지 않은가! 수백만 개? 수십억 개? 당연한 결과로서 이들 하찮은 법칙들이 파생하는 그런 법칙들은 오히려 상대적으로 적지 않은가?'

살 속으로 파고드는 찬바람도 잊은 채 셀던은 잠자코 생각에 몰두하고 있었다.

크로지아가 찬바람에 몸을 떨면서 말했다.

"아주 지독한데요. 지붕 아래로 내려가시죠."

"트랜터인입니까?"

셀던이 대뜸 물었다.

"네, 그렇습니다."

셸던은 트랜터인들에겐 광장공포증이 있다고 흉보던 랜다 생각이 나서 물어보았다.

"이곳에 올라와 있으면 기분이 어때요?"

"여기 올라오는 게 정말 싫어요. 학위는 따야겠는데, 내 전공과 위치에 비추어 볼 때 현장 경험이 없으면 학위증은 생각도 말아야 할 거라고 레긴 교수님이 말씀하시더라고요. 그래서 억지로 올라온 거예요. 특히 이렇게 추운 날은 이곳이 정말 싫어요. 그건 그렇고, 날씨가 이렇게 추운데 지붕 위에서 식물이 자라고 있다는 사실은 꿈에도 생각하지 못하셨죠, 그렇죠?"

"그럼 지붕 위에서 식물이 자란다는 얘기예요?"

셸던은 혹시 크로지아가 자기를 놀리려고 못된 장난을 하는 게 아닌가 의심하면서 뚫어지게 쳐다보았다. 그녀는 마냥 순진한 얼굴로 얘기하고 있었다. 그러나 그 표정 중에서 어느 정도가 본래의 모습이고 어느 정도가 저 순진함일까?

"그럼요. 날씨가 따뜻할 때는 여기서도 식물이 자라는걸요. 이곳에 흙이 쌓여 있는 것을 보셨어요? 아까도 말씀드렸듯이 우리 작업 때문에 이곳에 있는 흙은 쓸어 냈지만 다른 곳에 가 보면 흙이 여기저기 쌓여 있어요. 특히 지붕끼리 만나는 낮은 곳에는 흙이 많이 쌓여 있지요. 식물은 그런 곳에서 자라요."

"그러면 흙이 어디서 생겼습니까?"

"지붕이 부분적으로만 세워져 있을 때 바람에 의해서 흙이 조금씩 실려 왔겠지요. 행성 전체에 지붕이 씌워진 후에는, 생활 공간 확보를 위해 계속 지하로 파 내려가면서 파낸 흙을 적절하다고 여겨지는 만큼 지붕 위에 뿌려 놓았지요."

"그러면 지붕이 무너져 내리지 않겠습니까?"

"아니요, 그렇지 않아요. 지붕은 아주 튼튼해서 무엇을 올려놓아도 끄떡없어요. 내가 본 필름책에 의하면 지붕 위에서 곡식을 생산하려고 그렇게 했다고 하더라고요. 하지만 지붕 아래에서 곡식을 생산하는 게 더 실용적이라고 판단하게 되면서부터는 중단하게 됐지요. 효모나 조류가 개발되어 식량난이 줄어드니까 지붕 위는 그냥 방치해 두기로 결정했다고 하더군요. 이곳에는 곤충이나 동물도 있어요. 나비나 벌, 쥐, 토끼 등이 아주 많지요."

"나무뿌리가 지붕을 상하게 하지 않나요?"

"수천 년 동안 그런 일은 전혀 일어나지 않았어요. 식물 뿌리가 파고들지 못하도록 지붕이 만들어져 있거든요. 대부분의 식물은 풀이에요. 하지만 가끔 나무도 자라곤 한답니다. 지금이 여름철이거나, 남쪽에 있는 지붕으로 가 보거나 한다면 그것들을 볼 수 있을 거예요."

크로지아는 비스듬히 셀던을 건너다보며 다시 물었다.

"우주에서 내려올 때 트랜터 행성을 보셨나요?"

"아니요, 보지 못했어요. 4차원 우주선을 타면 바깥 풍경이 잘 안 보여요. 당신은 우주에서 이 행성을 본 적이 있나요?"

크로지아는 희미하게 웃으며 대답한다.

"우주에 나가 본 적이 없어요."

셀던은 사방을 둘러보았다. 모든 것이 회색으로 보였다.

"그 사실을 믿을 수가 없군요. 지붕 위에서 식물이 자란다는 사실 말이에요."

"그렇지만 사실인걸요. 당신 같은 외계인으로부터, 우주에서 트랜터가 잔디같이 파랗게 보이더라는 말을 들은 적이 있어요. 아마 사방이 풀이나 덤불로 덮여서 그렇게 보였나 봐요. 사실 나무도 있으니까요. 여기서 별로 멀지 않은 곳에도 작은 덤불이 있어요. 나도 봤어요. 상록수들이 있는데 키가 6미터 정도 돼 보이더라고요."

"그곳이 어딘데요?"

"여기서는 보이지 않아요. 지붕 건너편에 있거든요. 그곳은……"

그때 가냘픈 소리가 들려왔다.

둘이 얘기하면서 걸어오다 보니 어느덧 다른 사람들이 있는 원래 장소에서 상당히 멀어졌다는 것을 깨닫게 되었다.

"크……로……지……아……, 이……리…… 와……. 할…… 일…… 이…… 있……어……."

크로지아가 하던 얘기를 중단하고 대답했다.

"그……래……요……, 가……요……. 미안합니다, 셀던 박사님. 가 봐야겠어요."

그녀는 두꺼운 장화를 신었는데도 가벼운 걸음걸이로 달려갔다.

'그녀가 나를 놀리는 건 아닐까? 아무것도 모르는 타관 사람이라고 장난 삼아 그럴싸한 거짓말을 한 것은 아닐까? 어느 시대 어느 행성을 막론하고 그런 장난은 자주 행해지고 있지 않은가! 투명할 정도로 정직해 보인다고 해도 안심할 수가 없지. 실제로 이야기 솜씨가 뛰어난 사람은 그럴싸한 표정을 지으며 거짓말을 늘어놓잖아! 과연 지붕 위에 6미터나 되는 나무들이 있을 수 있을까?'

이런저런 생각을 하면서 셀던은 수평선 위에서 가장 높아 보이는 지붕을 향해 계속 걸어갔다. 몸에 열을 내려고 팔을 움직이기도 했다. 발이 꽁꽁 얼어붙는 것 같았으나 어떻게 할 수가 없었다.

크로지아는 나무가 있는 방향을 가르쳐 주지 않았다. 대강이라도 가르쳐 주었다면 좋았을 텐데 말이다. 왜 가르쳐 주지 않았을까? 말하려고 하다가 불려 간 걸까?

지붕은 높지만 가파르지 않았다. 그렇지 않으면 올라가기가 어려웠을 텐데 완만해서 다행이었다. 그러나 완만하면서 높다는 것은 오랜 시간을 걸어야 꼭대기에 올라가 건너편을 볼 수 있다는 사실을 의미한다.

결국 꼭대기까지 올라가 지붕 건너편을 볼 수 있었다. 셀던은 기상학자들과 장비들이 보이는지 확인하기 위해 뒤돌아보았다. 그들이 있는 지붕 골짜기는 상당히 멀리 떨어져 있었으나 선명하게 보였다. 마음이 놓였다.

지붕 건너편에는 덤불도 없고 나무도 보이지 않았지만 지붕과 지붕이 만나는 자리에 구불구불한 낮은 지대가 형성되어 있었다. 낮은 지대를 따라 양옆으로 흙이 두껍게 쌓이고 그 위에 이끼가 듬성듬성 나 있었다. 낮은 지대를 계속 따라가 더욱 낮은 곳으로 가면 흙이 더욱 두꺼워져서 나무가 자라고 있을지도 몰랐다.

셀던은 뒤를 돌아다보면서 주변 지리를 머릿속에 새겨 두려고 했으나 높고 낮은 지붕들만 계속될 뿐이었다. 셀던은 잠시 망설이면서 길을 잃어버리지 않도록 조심하라는 도스의 충고를 생각해 보았다. 그 당시에는 불필요한 충고로 여겨졌으나 이만큼 멀리 나오니 신중하게 고려하지 않을 수 없었다. 그러나 셀던에게는 구불구불하게 나 있는 낮은 틈새가 길처럼 여겨졌다. 조금 멀리 가더라도 돌아올 때 그 틈새만 따라오면 되지 않을까?

셀던은 목적을 분명히 하고 발을 내디뎌 둥글게 휘어 있는 틈새를 따라 내려갔다. 머리 위에서 덜거덕거리는 소리가 조그맣게 들려왔지만 무슨 소리인지 생각해 보지 않았다. 나무를 꼭 보고 말겠다고 단단히 결심하자 다른 것에는 전혀 신경이 쓰이지 않았던 것이다.

이끼가 점차 많아지면서 융단처럼 펼쳐지고 있었다. 여기저기에서 수풀도 자라고 있었다. 황량한 상태였는데도 지붕 위에서 이끼가 푸릇푸릇하게 자라나는 것을 보고 셀던은 구름이 잔뜩 낀 흐린 날에는 비가 많이 오나 보다고 생각했다.

틈새가 전개되는 방향은 계속 꺾이고 있었다. 건너편 지붕 위에 회색 하늘을 배경으로 검은 점이 하나 보였다. 마침내 나무를 찾아낸 것이다.

나무들을 발견하려던 마음의 집착에서 벗어나자 비로소 다른 것에 대해 생각할 여유가 생겼다. 셀던은 아까 덜거덕 소리를 무심히 기계 소리라고 단정해 버렸던 일을 기억해 냈다. 그 소리가 확실히 기계 소리였을까? 셀던은 그 가능성을 검토해 보았다.

가능성은 충분하지 않은가? 자신은 이 행성 도시 주위를 수억 제곱 킬로미터까지 뒤덮고 있는 지붕들 중 한 곳에 서 있다. 이 많은 지붕 아래에서는 많은 기계가 돌아가고 있다. 예를 들어 환풍기 모터 같은 것 말이다. 설사 행성 도시에서 나는 소리가 전혀 들리지 않는다 하더라도 환풍기 모터 소리만은 들릴 것이다.

갑자기 지붕 밑에서 난 소리가 아닐지도 모른다는 생각이 들었다. 셀던은 음산한 하늘을 올려다보았다. 아무것도 보이지 않았다.

계속 하늘을 휘둘러보자 수직으로 뻗어 올라간 틈새가 눈에 들어왔다. 그리고 저 멀리서……

회색 하늘을 배경으로 조그만 점이 나타났다. 그것이 무엇인지 모르지만 구름에 가려졌다 벗어났다 하면서 자신이 있는 곳을 향해 계속 날아오고 있는 것 같았다.

셀던은 갑자기 그것이 자신을 잡으러 오는 것이 아닐까 의심해 보았다. 그는 어떻게 해야 할지 갈피를 못 잡다가 결단을 내려 나무가 있는 곳을 향해 필사적으로 달려갔다. 더 일찍 그곳에 도착하려고 중간에 왼쪽으로 방향을 틀어서, 양치류 같은 잡초들이 죽어서 이파리가 갈색으로 마르고 씨 같은 것이 매우 빨갛게 빛나고 잔가지는 가시처럼 되어 있는 곳을 밟으면서 뛰어갔다.

24

셀던은 숨이 차서 한 그루 나무를 향해 뛰어가 그 나무를 끌어안았다. 비행체가 다시 모습을 드러내자 나무 뒤로 돌아가 두더지처럼 깊숙이 숨었다.

나무는 차갑고 껍질은 거칠어서 편안하지는 않았으나 은신처로는 훌륭했다. 물론 비행체에서 열 탐지기로 추적한다면 들킬 것이다. 그래도 차가운 나무가 탐지기의 성능을 무디게 만들어 줄지도 몰랐다.

바닥에는 흙이 단단하게 굳어 있었다. 추적자들이 발견하지 못하도록 숨어 있으면서도 이 흙은 얼마나 두꺼울까, 얼마나 오랜 기간에 걸쳐 이렇게 됐을까, 기후가 따뜻한 지역에 있는 지붕에는 얼마나 많은 숲이 있을까, 왜 높은 지역에서는 이끼나 풀, 덤불만 자라고 나무는 지붕들이 만나는 낮은 지대에서만 자라는가 하는 의문들을 떨칠 수가 없었다.

셀던은 다시 비행체를 발견했다. 그 비행체는 하이퍼 우주선이나 일반 에어제트가 아니었다. 그 비행체는 수직이착륙 제트기였다. 비상하는 중력의 힘에 반작용하면서 거대한 새처럼 선체를 공중에 높이 띄우기 위해, 육각형의 끝 부분에서 빛나는 이온 꼬리를 내뿜는 것을 셀던은 어렴풋하게 발견할 수 있었다. 수직이착륙 제트기는 공중을 떠돌면서 행성의 표면을 탐사하는 데 유용한 장비였다.

만약 구름이 짙게 끼지 않았다면 발각되었을지도 몰랐다. 추적자들이 열 탐지기를 사용한다 하더라도 밑에 사람이 있다는 정도밖에 탐지하지 못할 것이다. 밑에 몇 사람이 있어서 자신들이 찾는 사람이 있나 없나를 파악하려면 구름 높이보다 더 아래로 내려와야만 할 것이다.

수직이착륙 비행기는 점점 가까이 다가왔다. 그러나 비행기도 셀던으로부터 숨을 수는 없었다. 엔진 소리가 크게 들려 셀던은 비행기 위치를 충분히 파악할 수 있었다. 추적자들도 수색을 계속하려면 엔진을 끌 수는 없을 테니 불행 중 다행이었다. 수직이착륙 제트비행기는 지붕이 없어서, 때때로 맑은 하늘을 볼 수 있는 헬리콘을 비롯한 여타의 행성들에서 일반적인 운송 수단으로 많은 사람이 소유하고 있었기 때문에 셀던도 잘 알고 있었다.

그러나 모든 사람이 지붕 아래에서 살고 지붕 위가 항상 짙은 구름에 덮여 있는 트랜터에서 저런 비행기가 대체 무슨 소용이 있을까? 꼬임에 넘어가 지붕 위로 올라온 수배자를 잡기 위해서 정부가 사용할 때 외에 다른 용도는 없지 않을까?

그럴지도 모른다. 비록 제국 군대가 대학 교정에는 들어올 수 없다고 하지만 지금 자신이 있는 곳은 대학 교정이 아니지 않은가? 자신이 있는 지붕 위는 어떤 지방 정부의 사법권 밖에 있는 곳인지도 모른다. 제국 정부 비행기라면 아무 지붕에나 착륙해서 그 위에 있는 사람 누구라도 불심검문하고 체포할 권리를 갖고 있을 수도 있다. 휴민이 이 사실에 대해 주의를 주지 않은 것은 자신이 이곳에 올라오리라고는 생각도 못 했기 때문일 것이다.

수직이착륙 제트기는 더욱 가까이 다가와서 마치 먹잇감을 앞에 두고 코를 킁킁대는 눈먼 야수처럼 이리저리 탐색하고 있었다. 혹시 나무들이 있는 이곳을 샅샅이 수색하려고 하지 않을까? 이곳에 착륙해서 무장 병사들을 보내 나무들을 샅샅이 뒤지게 하지는 않을까?

만약 그렇게 한다면 어떻게 해야 할까? 무기가 없으니 아무리 빨리 도망간다고 해도 신경채찍에 맞아 엄청난 고통에 시달리며 잡힐 것이다.

그러나 그 비행기는 착륙하려고 하지 않았고 나무들을 샅샅이 조사하는 것 같지도 않았다.

혹시…….

다른 가능성이 갑자기 셀던의 머리에 떠올랐다. 이 비행기가 자기를 잡으러 온 비행기가 아닐지도 모른다. 기상학자들이 대기권 상층부를 조사하고 있는 것일 수도 있지 않을까? 그러면 지레 겁먹고 숨은 자기만 바보가 될 것이다.

하늘이 점차 어두워지고 있었다. 구름도 더욱 두꺼워지고 있었다. 저녁이 가까운 것 같았다.

기온은 더욱 떨어져 갔다. 시간이 갈수록 더 추워질 것이다. 혹시 이전에 없었던 피해망상증이 생겨 자기와 전혀 상관없는 비행기에 지레 겁먹고 괜히 이곳에 숨어 추위에 와들와들 떨고 있는 건 아닐까? 셀던은 나무 사이에서 나와 기상 실험 기지로 돌아가고 싶은 마음이 굴뚝같았다.

아무리 휴민이 두려워하는 데머즐이라고 해도 셸던 자신이 바로 이 시간에 지붕 위에 올라와 있다는 사실을 어떻게 알 수 있겠는가?

자신의 생각이 틀림없을 거라고 생각하고 오들오들 떨며 밖으로 나왔다. 그러나 비행기가 아까보다 더욱 가까이에서 다시 나타나는 걸 보고 서둘러 원래 위치로 되돌아갔다. 그 비행기가 기상 실험 중이라는 낌새는 전혀 발견할 수가 없었다. 자료를 수집한다든가 기온을 측정한다든가 실험한다든가 하는 것 같지는 않았다. 그러나 그들이 그러한 실험을 한다고 해도 과연 자기가 알아볼 수 있을까? 자신은 그 비행기가 어떤 장비를 싣고 다니는지, 그 장비를 어떻게 다루는지도 모른다. 만약 그 비행기가 기상 실험을 하는 중이라고 해도 자신은 알아볼 수 없을 것이다. 그렇다면 밖으로 나가 볼까?

자신이 지붕 위로 올라간다는 정보를 대학에 있는 정보원이 입수해서 데머즐에게 보고했기 때문에 이런 일이 벌어졌을 수도 있지 않을까? 명랑하고 잘 웃는 조그만 동양인 리성 랜다가 지붕 위에 올라가 보라고 권했다. 그러나 그 제안은 자연스럽게 나온 것이 아니었다. 그가 정부의 정보원으로서 어떻게든 데머즐에게 보고했을 수도 있지 않은가?

그다음에 레긴을 떠올렸다. 레긴은 스웨터를 주었다. 물론 스웨터는 유용했다. 하지만 스웨터를 직접 준비하라고 미리 말해 줄 수도 있었다. 지금 입고 있는 스웨터가 뭔가 특수한 것은 아닐까? 다른 사람들은 모두 트랜터 패션에 맞도록 밝고 알록달록한 스웨터를 입었는데 자기가 입고 있는 스웨터는 단조로운 빨간색이었다. 공중에서 내려다 보면 밝은 색깔을 입고 있는 사람들 속에서 그 단조로운 빨간색 스웨터를 입고 움직이는 사람이 그들이 찾는 사람이라는 것 정도는 즉각 알아낼 수 있을 것이다.

크로지아는 어떤가? 그녀는 다른 기상학자들을 도와주면서 기상학에 대해 배우기 위해 지붕 위로 올라왔다. 그런데 왜 자신에게 접근했을까? 자연스럽게 접근해 흥미 있는 이야기를 해 주면서 다른 사람들과 멀리 떨어져 저들에게 쉽게 잡히도록 하지는 않았을까?

그렇다면 도스 베나빌리는 또 어떤가? 도스도 자신이 지붕 위로 올라간다는 사실을 알고 있었다. 그러나 그녀는 말리지 않았다. 같이 올라가고 싶다고 말하면서도 바쁘다는 핑계를 댔다.

이것은 분명히 음모다! 그렇다. 확실한 음모다.

음모가 분명하다고 확신한 셀던은 더 이상 나무 뒤에서 나올 생각은 하지 않았다.

발이 얼어붙는 것 같아 세게 굴러 보았으나 아무 소용도 없었다.

저 비행기는 떠나지 않고 여기에만 있을 것인가?

셀던의 조바심을 읽기라도 한 듯 갑자기 엔진 소리가 높아지면서 비행기가 구름 위로 높이 뜨더니 사라져 갔다.

셀던은 조그만 소리라도 놓치지 않겠다는 듯이 열심히 귀를 기울이다가 마침내 그 비행기가 떠났다고 확신하였다. 그러나 비행기가 멀리 떠난 것이 혹시 자신을 은신처에서 나오게 하려는 술책이 아닐까? 셀던은 계속 그 자리에 머물러 있었다. 시간이 지나면서 어둠이 깔리기 시작했다.

결국 추위에 온몸이 얼어붙어 감각이 없어지자 얼어 죽지 않으려면 밖으로 나가는 수밖에 없겠다고 생각하고 나무 뒤에서 조심스레 한 걸음 내디뎌 보았다.

사방은 어스레했다. 그들은 열 탐지기가 아니고는 자신을 발견할 수 없을 것이다. 그렇다 해도 자신은 비행기가 돌아오는 엔진 소리를 들을 수 있다. 셀던은 나무 그늘에서 약간 앞으로 나와 마음을 가라앉히려고 숫자를 세면서 조금이라도 소리가 들리면 은신처로 숨어들 준비를 했다. 자기가 있는 위치가 일단 저들에게 발각되면 어떻게 될까? 셀던은 상상할 수가 없었다.

 셀던은 주변을 둘러보았다. 기상학자들을 발견할 수 있는 것은 그들이 인공적인 불빛을 가지고 있을 경우다. 만일 그렇지 못하다면 만사가 끝장이다.

 아직까지는 주변을 구별할 수 있었다. 하지만 15분, 아니 30분만 지나면 주변을 제대로 구분할 수 없을 것이다. 완전한 어둠에 갇힌다는 생각에 두려움이 앞서 셀던은 가능한 한 빨리 자신이 걸어온 틈새를 되짚어 가야겠다고 결심했다. 그는 체온을 유지하기 위해 팔로 온몸을 감싼 채, 지붕 사이로 난 틈새를 찾아 자신이 걸어온 길이라고 여겨지는 방향으로 나아갔다.

 나무들이 있는 곳에서 뻗어 나간 틈새 길은 여러 갈래였으나 올 때 보았던 씨와 함께 말라붙은 가지들을 희미한 빛 속에서 발견할 수 있었다. 올 때 진한 빨간색이었던 씨는 검은색으로 보였다. 셀던은 지체할 수 없었다. 자기 판단이 맞는다고 여길 수밖에 없었다. 셀던은 최대한 속도를 내어 틈새를 거슬러 올라갔다. 희미하게 남은 빛으로 발밑에 밟히는 식물을 확인하면서 길을 찾아갔다.

 하지만 계속 틈새만 따라갈 수는 없었다. 아까 나무를 찾으면서 근처에서 가장 높다고 생각한 지붕을 넘어 진행 방향에서 직각으로 꺾어지던 틈새를 기억해 냈다. 그의 판단에 따르면 지금 오른쪽으로 꺾었다가 다시 왼쪽으로 급하게 꺾어야 했다. 그리고 곧장 나가면 기상학자들이 있는 지붕에 도달하게 될 터였다.

그러나 왼쪽으로 꺾고 나서 고개를 들고 보니 희미한 하늘을 배경으로 지붕의 완만한 경사만 보일 뿐이었다. 기억과 달랐다!

제대로 된 걸까?

그로서는 그렇지 않다고 생각할 수 없었다. 꼭대기 쪽으로 시야를 고정한 채 가능한 한 빠른 걸음으로 똑바로 걸어 올라갔다. 꼭대기가 가까워질수록 하늘을 배경으로 지붕이 점차 크게 부풀어 오르고 윤곽이 희미해져 주변을 파악하기가 더욱 힘들었다. 그의 판단이 맞는다면 완만한 경사를 다 올라가 지붕이 평평해진 곳에 섰을 때 지붕 건너편에 기상학자들이 켜 놓은 불빛을 내려다볼 수 있을 것이다.

어둠은 이제 먹물을 뿌려 놓은 것처럼 짙어져 앞에 무엇이 있나 파악할 수도 없었다. 별이라도 몇 개 떠서 조금이라도 빛을 뿌리면 좋을 것을……. 셀던은 장님의 심정을 이해할 수 있었다. 셀던은 팔을 안테나 삼아 앞뒤로 저으면서 앞으로 나아갔다.

시시각각 기온이 떨어져서 그는 길을 가다 멈추고 손에 입김을 불어 대거나 겨드랑이에 집어넣지 않으면 안 되었다. 발도 손처럼 따뜻하게 할 수 있으면 좋겠다는 생각이 간절했다. 이제 수분이 응결되면 눈이나 진눈깨비가 오기 시작할 것이다.

계속 걷고 또 걸었다. 걷는 일 이외에는 아무 방법도 없었다.

마침내 내려가는 길로 접어든 것 같았다. 그것은 그저 희망적인 생각이거나 실제로 지붕 꼭대기에 올라왔거나 둘 중 하나였다.

셀던은 걸음을 멈추었다. 지붕 꼭대기에 올라왔다면 기상 실험 기지에서 켜 놓은 불빛을 볼 수 있어야 했다. 기상학자들이 켜 놓은 불빛이 반딧불이가 춤추듯 이리저리 번쩍이며 움직이고 있어야 했다.

셀던은 어둠에 익숙해지기 위해서 눈을 감았다가 떠 보았다. 하지만 아무 소용이 없었다. 눈을 감거나 뜨거나 어둡기는 마찬가지였다.

레긴은 비롯한 다른 사람들이 장비를 밝히는 모든 불을 끄고 몸에 지닌 불빛마저 모두 수거한 뒤 철수했을 가능성도 있었다. 아니면 지붕을 잘못 찾았을 가능성도 없지 않았다. 지붕으로 나 있는 경사진 길을 따라와 반대쪽을 향하고 있는 것인지도 몰랐다. 처음부터 틈새를 잘못 선택했기 때문에 나무가 있는 곳을 빠져나오면서부터 방향 자체가 완전히 틀려 버렸는지도 몰랐다.

그렇다면 어떻게 할 것인가?

반대 방향을 향하고 있다면 왼쪽이나 오른쪽에서 불빛이 보여야 했다. 그러나 아무것도 보이지 않았다. 그러나 틈새를 찾아보기 위해 나무가 있는 곳으로 돌아간다는 것은 전혀 불가능했다. 이 상황에서는 방향을 제대로 잡았고 따라서 기상 실험 기지는 바로 앞에 있지만 학자들이 철수했기 때문에 어둠만 남았을 뿐이라고 가정할 수밖에 없었다.

그는 앞으로 나아갔다. 성공할 가능성은 희박할지 모르지만 자신에게 주어진 유일한 가능성이었다.

기상 실험 기지에서 지붕 꼭대기까지 오는 데 약 30분이 소요되었는데, 약 절반 정도의 거리를 크로지아와 함께 천천히 걸어왔다. 셀던은 약간 익숙해진 어둠 속에서 약간 빠른 속도로 걷고 있었다.

셀던은 무거운 걸음을 계속 옮겼다. 시간을 알 수 있으면 좋을 텐데……. 그렇다. 타임밴드는 있다. 그러나 이 어둠 속에서…….

셀던은 걸음을 멈추었다. 그는 트랜터 타임밴드를 차고 있었다. 이것은 은하계 표준시간과 트랜터 지방시간을 나타내 준다. 타임밴드는 보통 잠자리에서 시간을 알 수 있도록 형광이 칠해져 있다. 아무리 어두운 곳에서도 시간을 알 수 있는 것이다. 최소한 헬리콘 시계는 그랬다. 트랜터 것이라고 그렇지 않겠는가?

셀던은 불안감에 휩싸여 시계를 보면서 불빛이 나오게 하는 스위치를 눌렀다. 시계에서 약한 불빛이 켜지면서 1847이라는 시간이 표시되어 나왔다. 이 시간에 벌써 이만큼 어두워진 것을 보니 겨울이 시작되었음을 알 수 있었다. 겨울이 언제부터 시작되었지? 현재의 축기울기는 얼마나 될까? 1년 주기는 얼마나 될까? 새벽이 되려면 얼마나 있어야 할까? 계속 떠오르는 의문을 해결할 방법이 없었다. 하지만 약한 불빛이나마 볼 수 있다는 자체가 중요했다. 타임밴드에서 나오는 희미한 불빛을 보고 셀던은 새로운 희망을 품었다.

'내가 추측한 방향으로 계속 걸어가자. 30분 정도 더 걸어가 보자. 아무것도 나타나지 않으면 5분 정도 더 걸어가 보자. 더 이상 가면 안 된다. 정확히 5분만. 그래도 아무것도 나타나지 않으면 그 자리에 멈춰서 생각을 가다듬자. 그러면 총 35분이 걸릴 것이다. 그때까지는 오로지 걷고 몸을 따뜻하게 하는 데만 정신을 집중하자.'

셀던은 열심히 발가락을 꼼지락거렸다. 아직은 발가락이 움직이는 감각을 느낄 수 있었다. 셀던은 빠르게 나아갔다. 이윽고 30분이 흘렀다. 걸음을 멈추고 잠시 망설이다가 5분 동안 더 걸어갔다.

이제 결정해야 할 때가 되었다. 앞에는 아무것도 없었다. 지붕의 입구로부터 멀리 떨어진 어딘지도 알 수 없는 곳에 서 있는지도 모른다. 아니면 기상 실험 기지에서 3미터 떨어진 왼쪽…… 아니면 오른쪽에…… 아니면 바로 옆에 있는 것인지도 모른다. 만일 그렇다면 아래 세계로 내려가는 입구가 몇 미터 앞에 있다는 얘긴데 그렇다고 하더라도 그 입구가 열려 있지는 않을 것이다.

이제 어떻게 해야 하나?

소리 높여 외쳐 보면 어떨까? 주위에는 바람 부는 소리만 들릴 뿐 적막에 싸여 있었다. 지붕 위에 핀 식물 근처에 새나 짐승 혹은 곤충이 있을 것이다. 그러나 그렇다 하더라도 겨울철 이 늦은 시간에 이렇게 추운 곳에 그것들이 있으랴! 바람이 불어 계속 셀던의 체온을 떨어뜨리고 있었다.

길을 오면서 내내 고함을 질렀어야 했다. 고함이 차가운 바람을 타고 아주 멀리까지 들렸을지도 모른다. 그러나 과연 고함을 질러 봤자 들을 사람이 있었을까?

지붕 아래 있는 사람들이 들을 수 없을까? 아래 세계에 지붕 위 동태를 추적하는 장치가 있지 않을까? 바로 밑에 파수꾼이 있지 않을까?

아주 우스운 생각이었다. 만약 있었다면 벌써 발소리를 들었을 것이다.

마침내 셀던은 고함을 질렀다.

"도와주세요! 사람 살려요! 아무도 없어요?"

그의 외침은 점차 기어 들어갔다. 아무것도 없는 광막한 어둠에 대고 소리쳐 봤자 별수 없을 거라는 생각이 들었기 때문이다.

그러나 이처럼 위기 상황에서는 주저하는 게 더 바보스럽다고 생각했다. 셀던은 차가운 공기를 깊숙이 들이마시고 나서 외칠 수 있는 데까지 외쳐 보았다. 다시 들이마신 다음 소리를 더 높여서 외쳐 보았다. 또 한 번 해 보았다.

숨이 찼다. 셀던은 외침을 멈추고 주변을 휘둘러보았으나 주변에는 광막한 암흑만 펼쳐져 있을 뿐이었다. 메아리도 들려오지 않았다. 이제는 새벽을 기다리는 수밖에 도리가 없었다. 그런데 겨울철에는 밤의 길이가 어떤가? 앞으로 얼마나 더 추워질까?

무언가 얼굴을 차갑게 때리는 것이 있었다. 조금 있으니까 또 얼굴을 때렸다.

진눈깨비가 어둠에 모습을 숨긴 채 내려오고 있었다. 피할 만한 곳도 없었다.

셀던은 생각에 빠져들었다. 수직이착륙 비행기가 자신을 발견하고 잡아 갔으면 좋았을 텐데……. 그러면 이 순간 죄수가 되어 있기는 하겠지만 그래도 최소한 따뜻하고 편안하게 쉬고 있지 않았을까?

휴민이 간섭하지만 않았던들 오래전에 헬리콘으로 돌아갔을 텐데……. 그러면 감시 속에서나마 따뜻하고 편안하게 지내고 있을 텐데……. 현재 셀던이 바라는 것은 따뜻함과 편안함이 전부였다.

하지만 이제 기다리고 있을 수밖에 없었다. 셀던은 몸을 웅크리면서 밤이 아무리 길더라도 잠을 자면 안 된다고 생각했다. 셀던은 신발을 벗어 얼어붙은 발을 문지르곤 재빨리 다시 신었다.

셀던은 혈액순환을 위해 밤새도록 손과 귀와 발을 문질러야 한다는 것을 잘 알고 있었다. 하지만 잠들지 않는 것이 가장 중요하다고 생각했다. 잠에 빠진다는 것은 곧 죽음을 의미했다.

이 모든 생각에도 불구하고, 눈이 감기고 고개가 떨구어지면서 셀던은 결국 잠이 들고 말았다. 그의 몸 위로 진눈깨비가 떨어지고 있었다.

제6부

구조

제나 레긴

……기상학 발전에 대한 그의 기여는 상당했으나 '레긴 논쟁' 후로는 그것도 시들해졌다. 그의 행위가 해리 셀던을 위험에 처하도록 방조하였다는 사실은 논쟁의 여지가 없었으나, 그의 그런 행위가 우연한 실수에서 비롯됐던 것인가 아니면 치밀한 음모였는가에 대해선 여전히 논쟁이 계속되고 있다. 양쪽 모두 격양되어 가장 정교하다는 연구를 통해 싸웠지만 결국 이렇다 할 결론을 얻지 못했다. 그럼에도 그 사건에서 일어난 의혹으로 몇 해 뒤에 레긴은 경력과 개인생활 모두에서 치명적인 피해를 입게 되었는데…….

―『은하대백과사전』

25

어둠이 깔리기 전에 도스 베나빌리는 제나 레긴을 찾아갔다. 도스가 걱정스러운 투로 인사를 하자 레긴은 귀찮다는 투로 고개를 끄덕일 뿐이었다.

"저……. 그 사람 어땠어요?"

도스는 약간 초조한 표정으로 물어보았다.

레긴은 컴퓨터에 자료를 입력하면서 반문했다.

"누구 말이오?"

"내 수업을 듣는 해리, 해리 셀던 박사 말이에요. 당신과 함께 저 위로 올라갔잖아요. 그 사람, 도움은 되던가요?"

레긴은 키보드에서 손을 떼고 몸을 돌리면서 대답했다.

"헬리콘에서 온 친구 말이오? 전혀 쓸모가 없더구먼. 전혀 관심도 표명하지 않고 말이야. 구경할 풍경도 없는데 열심히 풍경 구경이나 하고 말이야. 진짜 괴상한 친구더구먼. 그런 사람을 왜 지붕 위로 보내고 싶어 했소?"

"그건 내가 권한 게 아니에요. 그 사람이 원했어요. 왜 그랬는지 이해할 수는 없지만 대단한 관심을 표명하더라고요. 지금 그 사람은 어디에 있죠?"

레긴은 어깨를 으쓱하며 대답했다.

"내가 그걸 어떻게 알겠소? 어딘가에 있겠지."

"당신과 함께 내려온 뒤 어디로 가겠다고 말 안 하던가요?"

"그 사람, 우리와 함께 내려오지 않았소. 우리 작업에 전혀 관심이 없더라고 말하지 않았소?"

"그러면 그 사람이 언제 내려왔지요?"

"그걸 내가 어떻게 알겠소? 그 사람을 계속 지켜본 것도 아닌데. 난 할 일이 너무 많았소. 이틀 전에 폭풍과 폭우가 온 것 같은데, 그건 전혀 예상하지 못했던 일이거든. 우리 장치로 아무리 조사해 봐도 그에 관해 뾰족한 설명을 얻을 수 없었소. 오늘 햇볕이 내리쬐일 것으로 예상했는데 햇빛이 나타나지 않은 것도 역시 마찬가지였고. 지금 그 이유를 밝히는 중인데 당신이 귀찮게 하고 있단 말이오."

"그러면 그 사람이 내려오는 걸 보지 못했단 말입니까?"

"이봐요, 그 사람은 골칫덩어리였다고. 그 바보 같은 친구가 지붕 위가 얼마나 추운지 생각도 않고 평상복만 입고 온 것을 보니 지붕 위에서 30분도 견디지 못할 것 같더라고. 그래서 스웨터를 한 장 빌려 주었지만 발과 무릎의 추위는 어쩔 수가 없었어. 그래서 승강기 문을 열어 놓고는 그 친구에게 사용법을 알려 주면서 승강기를 타고 내려가면 바닥에 도착한 다음 자동으로 승강기가 지붕 위로 올라오니 추우면 아무 때나 먼저 내려가라고 말해 주었다고. 작동법이 아주 간단하니까 그 친구가 추워서 먼저 내려가고, 승강기가 자동으로 다시 올라왔을 때 우리가 그걸 타고 내려온 게 확실해."

"하지만 그 사람이 정확히 언제 내려왔는지 모르잖아요."

"물론 모르지. 내가 말했잖소, 나는 굉장히 바빴다고. 하지만 우리가 내려올 때 그곳에 확실히 없었소. 그리고 그때쯤 황혼이 깔렸는데 금방 진눈깨비가 올 것 같았지. 그러니까 그 친구는 틀림없이 먼저 내려왔을 테니 다그치지 말란 말이오."

"그러면 그 사람이 내려오는 걸 본 사람이 없을까요?"

"잘 모르겠소. 크로지아가 봤을지도 모르지. 크로지아가 그 친구랑 얘기를 많이 했으니까. 크로지아에게 가서 물어보시오."

도스는 크로지아를 찾아갔다. 그녀는 따뜻한 물에 목욕하고 나오는 중이었다.

"어휴! 지붕 위가 너무 춥더라고요."

"지붕 위에서 해리 셀던 씨와 함께 있었나요?"

크로지아는 눈썹을 치키며 대답했다.

"네, 잠시 동안요. 그분은 여기저기 둘러보면서 지붕 위에서 식물이 자라는가에 대해 물어보셨지요. 아주 날카로운 분이었어요, 도스 교수님. 그분에겐 모든 것이 신기하게 보였나 봐요. 그래서 레긴 교수님이 부를 때까지 내가 아는 내용에 대해 대답해 주었지요. 레긴 교수님은 그 당시 굉장히 화가 나 있었어요. 아무나 때리고 싶을 정도였다고요. 기후가 예상과 달랐기 때문에……"

도스는 말을 중간에 가로챘다.

"그러면 해리 박사님이 승강기를 타고 내려가는 모습을 보았나요?"

"레긴 교수가 나를 부른 다음에는 그분을 전혀 보지 못했어요. 하지만 내려오셨겠지요. 우리가 내려올 때 그곳에 없었거든요."

"하지만 아무리 찾아봐도 없어요."

크로지아는 어리둥절했다.

"진짜요? 하지만 내려와서 어딘가에 계실 거예요."

"아니에요. 이곳 어디에도 없는 게 분명해요."

도스는 점점 더 걱정되었다.

"만약 아직도 지붕 위에 있다면 어떻게 하지?"

"불가능해요. 위에는 없을 거예요. 우리가 내려오기 전에 찾아보았는걸요. 게다가 레긴 교수님이 그분에게 내려오는 방법을 알려 주셨고요. 날씨가 아주 추웠는데 그분은 옷도 제대로 안 입었기 때문에 추워지면 우리를 기다리지 말고 먼저 내려가라고 레긴 교수님이 말씀하셨어요. 그분은 틀림없이 추위에 혼나셨을 텐데 먼저 내려오는 방법 이외에 도리가 없지 않겠어요?"

"하지만 그가 내려오는 모습을 아무도 보지 못했잖아요. 혹시 저 위에서 사고를 당한 게 아닐까요?"

"아니에요. 내가 그분과 함께 있을 때까지만 해도 아무 일 없었어요. 아주 좋아 보였어요. 물론 굉장히 추웠겠지만요."

"그가 내려오는 것을 아무도 보지 못했으니 아직 저 위에 있는 게 틀림없어요. 우리가 올라가서 찾아봐야 하지 않겠어요?"

크로지아가 신경질적으로 대답했다.

"우리가 내려오기 전에 살펴보았다고 했잖아요. 그때까지만 해도 아주 밝았기 때문에 충분히 주위를 살펴볼 수 있었단 말이에요."

"어쨌든 다시 찾아봐요."

"하지만 나는 교수님을 지붕 위로 데리고 갈 수는 없어요. 나는 실습생에 불과하기 때문에 지붕 위로 올라가는 비밀번호를 몰라요. 레긴 교수님께 부탁해야 할 거예요."

26

도스 베나빌리는 레긴이 지붕 위로 기꺼이 올라가려고 하지 않을 것임을 잘 알고 있었다. 그가 올라갈 수밖에 없도록 만들 필요가 있었다.

우선 도스는 도서관과 식당을 다시 한 번 둘러보았다. 그러고 나서 셸던 숙소에 전화를 했다. 전화를 받지 않자 직접 숙소로 가서 문을 두드렸다. 아무 반응이 없었다. 그는 건물 관리인을 불러 문을 열었다. 셸던은 그 안에 없었다. 도스는 지난 수 주일 동안 셸던을 알고 지낸 사람들에게 전화해서 셸던을 본 사람이 있는지 물어보았다. 본 사람은 아무도 없었다.

그렇다면 이제 레긴으로 하여금 지붕 위에 그녀를 데리고 올라가도록 하는 수밖에 없었다. 아무리 저녁이라 하더라도 지금 당장 올라가도록 만들어야 했다. 레긴은 거절할 것이 분명했다. 따라서 해리 셸던이 지붕 위에서 진눈깨비와 눈과 영하의 추위에 떨면서 위기에 처해 있을 거라고 그를 설득하는 데 많은 시간이 걸릴 것 같았다.

도스는 어떤 생각이 떠올라서 대학 행정 컴퓨터로 달려갔다. 그 컴퓨터에는 교직원과 학생의 신상 명세가 정리되어 있었다.

도스는 재빨리 자신에게 필요한 정보를 뽑아냈다.

관련 학과가 세 개 있었다. 도스는 조그만 활주 자동차를 꺼내 그 차를 몰고 캠퍼스를 돌아다니며 세 학과 책임자들이 거주하는 집을 찾아다녔다. 그중 한 군데는 가능할 것이다. 찾을 수 있을 것이다.

행운은 도스의 편이었다. 벨을 누르자 밝은 목소리로 신원을 묻는 소리가 들려왔다. 도스는 어느 학과 소속인지 알려 주는 신분 숫자를 집어넣었다. 문이 열리면서 통통한 중년 남자가 나타났다. 그 남자는 저녁 식사를 하기 전에 몸을 씻고 있었다. 그는 벗은 상체를 드러낸 채 짙은 금발 머리를 헝클어뜨리고 있었다.

그 남자가 말했다.

"미안합니다. 좋지 않은 시간에 오셨군요. 그런데 무슨 용무가 있으신지요, 베나빌리 박사님?"

도스는 단숨에 숨도 쉬지 않고 말해 버렸다.

"선생님이 지진학과 학과장 로젠 베네스트라 박사님이신지요?"

"네, 맞습니다."

"아주 급한 일입니다. 지난 몇 시간 동안 지붕 위의 변동을 기록한 자료를 봐야만 합니다."

베네스트라는 도스를 응시하면서 물었다.

"왜요? 아무 일도 없었는데요. 무슨 일이 있다면 벌써 알고 있을 겁니다. 지진계가 그 사실을 알려 주니까요."

"운석의 충격에 관해서 이야기하고 있는 게 아니에요."

"나도 그런 뜻이 아니에요. 운석이 떨어졌다면 지진계 기록이 필요 없죠. 조그만 자갈이나 부스러기 등이 떨어졌을 때를 말하는 거예요. 오늘은 그런 것도 없었어요."

"그것도 아니에요. 제발 날 지진계로 데려가서 해독을 해 주세요. 죽느냐 사느냐 하는 문제란 말이에요!"

"저는 저녁 식사 약속이……"

"사람 목숨이 달린 문제라고 말씀드렸잖아요! 농담이 아니에요."

"내가 그래야 할……"

베네스트라는 그렇게 말하다가 도스의 이글거리는 눈에 말문을 닫았다. 베네스트라는 얼굴을 닦고 나서 종이에 메모를 적어 놓더니 서둘러 셔츠를 입었다.

도스가 서두르는 바람에 그는 뛰어야 했다. 잠시 후 그들은 조그맣게 웅크리고 있는 지진학 강의동에 도착했다. 도스는 지진학에 문외한이었기 때문에 물어보았다.

"밑으로요? 밑으로 내려갑니까?"

"물론 지층보다 아래로 내려가요. 지진계는 아주 깊숙한 곳에 설치되어야만 도시 지층에서 일어나는 온갖 소음과 진동으로부터 보호될 수 있으니까요."

"하지만 이 깊은 곳에서 어떻게 지붕 위의 변동을 알 수 있죠?"

"이 지진계는 두꺼운 지붕 속에 들어 있는 압력 변환기에 전선으로 연결되어 있어요. 조그만 돌덩어리가 부딪혀도 즉각 그 신호가 스크린에 나타나죠. 강한 바람이 지붕에 가하는 압력도 밝힐 수 있답니다. 우리는……"

"알겠습니다, 일겠어요."

도스는 성급하게 말을 가로챘다. 자신은 그 장비의 장점과 우수성에 대한 강의를 들으러 온 것이 아니기 때문이었다.

"사람이 걷는 발자국도 감지할 수 있나요?"

"사람이 걷는 발자국요?"

베네스트라는 어리둥절해졌다.

"지붕 위에는 그런 것이 있을 리가 없는데요."

"있으니까 그러지요! 오늘 오후에 기상학자들이 지붕 위로 올라갔어요."

"발걸음은 확인하기가 힘들어요."

"자세히 살펴본다면 확인할 수 있을 거예요. 그게 제가 당신에게 원하는 일입니다."

베네스트라는 그녀가 명령조로 말하는 데 반감이 생겼으나 내색하지 않았다. 그가 스위치를 누르자 컴퓨터 스크린이 켜졌다.

아주 오른쪽 끝에 밝은 점이 하나 보이는데, 거기서부터 기다란 선이 나와 왼쪽 끝으로 나아가고 있었다. 그 선은 꼬불꼬불 뻗어 가다가 가끔 요동치기도 하면서 계속 왼쪽으로 나아갔다. 도스에게는 그 광경이 최면을 거는 듯했다.

베네스트라가 말했다.

"평상시와 별다른 차이가 없군요. 지금 나타나는 변화는 저 위의 공기압이 변화하면서 나타나는 것이에요. 비가 오거나 먼 곳에 있는 기계가 윙 하고 돌아가고 있나 봅니다. 저 위에는 아무것도 없어요."

"좋습니다. 그러면 몇 시간 전은 어떤가요? 오늘 오후 3시쯤의 기록을 검사해 보죠. 기록이 있겠죠?"

베네스트라가 컴퓨터에 필요한 사항을 지시하자 2초 동안 스크린이 뒤죽박죽되더니 다시 정상으로 돌아오면서 기다란 수평선이 나타났다.
"최대한 민감하게 했습니다."
베네스트라는 작은 소리로 웅얼거렸다. 파동이 선명하게 나타났다. 그 선이 왼쪽으로 물결치며 나아가다가 갑자기 파동 형태가 두드러지게 바뀌었다.
"저게 뭡니까?"
도스가 서둘러 물어보았다.
"베나빌리 씨, 당신 말에 의하면 저 위에 사람들이 올라갔다니 아마 발자국 때문에 생긴 것 같습니다. 체중과 발을 내디디면서 생기는 압력 때문인 것 같아요. 사람들이 저 위에 올라갔다는 사전 지식이 없었다면 그렇게 추측할 수 없었을 겁니다. 우리들은 저런 변화를 사소한 파동이라고 부르죠. 위험한 것과는 전혀 상관없는 파동이에요."
"얼마나 많은 사람이 걷고 있는지 알아낼 수 있습니까?"
"육안으로야 알아낼 수 없죠. 여기에는 모든 충격이 합성되어 나타나거든요."
"육안으로 알아낼 수 없다면, 컴퓨터로는 분석해 낼 수 있나요?"
"어려울 거예요. 워낙 충격에 의한 효과들이 작은 데다가 거기에 반드시 섞여 있을 노이즈들도 고려해야만 하니까요. 결과가 나와도 믿을 만한 것이 안 되죠."
"그렇다면 그 발자국 표시가 끝나기 직전까지로 기록을 돌려 보세요. 빨리 앞으로!"
"당신 말대로 빨리 앞으로 돌린다면 파동이 위아래로 아지랑이가 낀 듯이 희미해져서 직선으로만 나타날 거예요. 15분 간격으로 앞으로 돌리면서 중간중간 검사해 보는 게 좋을 겁니다."

"좋습니다. 그렇게 하세요."

둘은 열심히 스크린을 지켜보았다. 베네스트라가 말했다.

"아무것도 없군요, 그렇죠?"

약간 파동이 일어나면서 노이즈가 섞인 선이 나타날 뿐이었다.

"언제 발자국이 멈추었죠?"

"두 시간 전에요. 약간 더 될 수도 있고요."

"발자국이 멎었을 때 사람 숫자가 처음보다 적어졌습니까?"

베네스트라는 약간 화가 난 것 같았다.

"그걸 어떻게 압니까! 아무리 정교하게 검사한다 하더라도 확실히 알 수 없을 텐데요."

도스는 입술을 꽉 깨물고 물었다.

"기상 장비가 설치된 근처에 있는 변환기를 시험해 보았습니까?"

"네. 변환기는 장비가 있는 곳에 설치되어 있지요. 기상학자들이 다녀가곤 하는 곳입니다. 그런데 당신 말은 내가 근처에 설치한 다른 변환기도 모두 한꺼번에 살펴봐야 한다는 이야기입니까?"

"아니에요. 이것만 살펴보세요. 하지만 15분 간격으로 살펴보는 것을 명심하시고요. 한 사람이 저 위에 낙오되어서 장비가 있는 곳으로 돌아오려고 하고 있을지도 모르니까요."

베네스트라는 고개를 흔들며 혼자 뭐라고 중얼거렸다.

스크린 속 파동이 다시 커지자 도스가 손가락으로 가리키며 재빨리 물어보았다.

"저게 뭐죠?"

"나도 모르겠어요. 노이즈인가 보죠."

"아니에요. 정기적으로 파동이 일어나잖아요. 한 사람이 걷는 발걸음이 아닐까요?"

"그럴 수도 있지요. 물론 다른 것일 가능성이 더 많겠지만요."

"파동 속도가 발걸음 속도와 똑같잖아요, 그렇죠?"

잠시 가만히 지켜보던 도스가 다시 말했다.

"약간 앞으로 돌려 보실래요?"

베네스트라는 앞으로 돌려 주었다. 스크린에 다시 영상이 잡히자 도스가 소리 질렀다.

"파동이 계속 커지고 있잖아요."

"그런 것 같군요. 한번 측정해 봅시다."

"그럴 필요 없어요. 파동이 커지고 있는 게 분명히 보이잖아요. 발걸음이 변환기가 있는 곳으로 접근하고 있는 거예요. 앞으로 돌려서 발걸음이 언제 멈추었는지 시간을 확인해 주세요."

잠시 후에 베네스트라가 말했다.

"신호가 15분에서 20분 전에 끝났어요."

그러고는 조심스레 덧붙였다.

"무엇인지는 모르겠지만요."

"그건 발자국이에요."

도스는 확신에 찬 목소리로 장담했다.

"저 위에 한 사람이 낙오된 거예요. 우리가 여기서 머뭇거리는 동안 그 사람은 기진맥진해 결국 얼어 죽을 거예요. 그러니 '무엇인지는 모르겠지만요.'라는 말은 제발 하지 마세요! 기상학과로 전화해서 제나 레긴을 연결하세요. 죽느냐 사느냐의 문제예요. 빨리 서두르세요!"

베네스트라는 얼굴이 붉으락푸르락해졌으나 이 괴상하고 열에 들뜬 여인의 요구를 거부할 기회는 이미 지나 버렸음을 알았다.

3분도 지나지 않아 레긴의 홀로그램이 메시지 플랫폼에 나타났다. 그는 식사 중에 호출을 받은 것이다. 아랫입술에 기름기가 묻어 있고 손에는 냅킨이 들려 있었다.

레긴의 기다란 얼굴이 험악하게 일그러졌다.

"생명이 달린 문제라고? 무슨 말이야? 당신 누구요?"

그러자 도스가 그의 눈에 들어왔다. 도스가 베네스트라 옆으로 다가가자 그녀 모습이 레긴의 스크린에 나타난 것이다. 레긴이 소리 질렀다.

"또 당신이구먼! 아니, 사람을 골탕 먹이자는 거야, 뭐야?"

도스가 말했다.

"그런 게 아니에요. 이분은 지진학과 학과장 로젠 베네스트라 박사님이고, 제가 이분께 자문을 구했어요. 당신과 당신 동료들이 지붕 위를 떠난 뒤에도 지진계는 한 사람이 아직 그곳에 남아 있다는 신호를 보내고 있어요. 그 사람은 바로 당신 보호하에 저 위로 올라간 내 학생 해리 셀던이에요. 아마 그는 지금 기진맥진한 상태로 인사불성이 되어 쓰러져 있을 거고 얼마 안 돼서 죽을 거예요. 그러니 지금 당장 필요한 장비를 준비해서 나와 함께 저 위로 올라가야 해요. 만약 당신이 당장 서두르지 않는다면 나는 대학 보안국에 연락하겠어요. 필요하다면 총장님께도 연락하겠어요. 나는 어떻게 해서든지 저 위로 올라가겠어요. 당신 때문에 1분이라도 지체하게 되어 해리에게 무슨 일이라도 일어난다면 당신을 과실치사나 업무 무능으로 고소해 버릴 거예요. 당신의 모든 지위와 경력을 파괴하고 말겠어요. 그리고 만약 그가 죽는다면 그것은 과실치사에 의한 살인죄가 될 거예요. 내가 지금 그가 죽어 가고 있다는 사실을 경고했는데도 서두르지 않는다면 그 이상일 수도 있어요."

제나 레긴은 화난 얼굴로 베네스트라를 쳐다보며 소리 질렀다.
"당신이 직접 그 사실을……"
하지만 도스가 말을 가로막았다.
"내가 당신에게 한 말은 모두 이분이 직접 확인해서 나에게 알려 주신 내용이에요. 당신이 이분을 협박해서 혼란 속에 빠뜨리게 놔두지 않겠어요. 오겠습니까, 안 오겠습니까? 지금 당장요!"
레긴은 파래진 입술로 말했다.
"당신 생각이 틀릴 수도 있다는 가정은 해 보지 않았소? 만약 허위 신고로 판정된다면 내가 당신을 가만 놔둘 것 같소? 매장해 버리고 말겠소……."
도스가 날카롭게 받아쳤다.
"살인죄는 그 이상일 거예요. 나는 허위 신고로 재판받을 준비는 돼 있어요. 하지만 당신이 살인죄로 재판받을 준비가 되어 있는지는 모르겠군요."
레긴은 얼굴이 빨개졌다. 위협 때문이라기보다는 굴복할 수밖에 없는 상황 때문에 빨개진 것 같았다.
"좋소, 가겠소. 그러나 만약 당신 학생이 여기 어디에서 지난 세 시간 동안 안전하게 있었다는 사실이 확인되면 당신을 가만두지 않겠소!"

27

세 사람은 서로에 대한 적대적인 침묵 속에서 승강기에 올라탔다. 레긴은 저녁 식사를 하다 말고 적절한 설명도 못 한 채 부인을 혼자 식탁에 남겨 두고 나와야만 했다. 베네스트라는 저녁 식사를 못 했을 뿐만 아니라 역시 적절한 설명도 없이 여자 친구를 바람맞혀야 했다. 도스 베나빌리도 저녁 식사를 하지 못했다. 도스가 세 명 중에서 가장 긴장, 불안, 초조에 싸여 있는 것 같았다. 도스는 전자담요와 광자플래시 두 개를 가지고 있었다.

마침내 지붕 위 입구에 도달하자 레긴은 어금니를 꽉 깨문 채 자신의 신분 숫자를 집어넣어 문을 열었다. 차가운 바람이 몰아쳐 오자 베네스트라가 투덜댔다. 세 명 모두 평상복 차림이었다. 남자 두 명은 그 위에 오래 있고 싶은 생각이 아예 없었다.

도스가 냉랭하게 말했다.

"눈이 오는군요."

레긴이 말했다.

"축축한 눈이오. 기온이 정확히 빙점에 머물러 있소. 살인적인 추위는 아니오."

도스가 반발했다.

"이런 추위에 얼마나 오래 있느냐에 달려 있겠지요. 게다가 축축한 눈을 맞으면 몸에 더 해롭지 않겠어요?"

그는 잔뜩 화가 나서 광막한 어둠 속을 보며 투덜댔다.

"자, 그 사람 어디 있소?"

광막한 어둠은 입구에서 빛이 쏟아져 나오자 더욱 그 위력을 발휘했다.

도스가 말했다.

"자, 베네스트라 박사님. 이 담요 좀 들어 주시겠어요? 그리고 당신, 레긴 박사. 열쇠를 채우지는 말고 이리 나와서 문을 닫으세요."

"문은 자동으로 잠기지 않소. 내가 바본 줄 아시오?"

"물론 아니겠지요. 하지만 우리가 아래 세계로 내려가지 못하도록 밖에 있는 사람이 안에서 열쇠를 잠글 수는 있겠지요."

"만약 밖에 누가 있다면 찾아보시지. 내 앞에 데려오란 말이오!"

레긴이 화가 나서 말했다.

"그 사람이 이 근처 어딘가에 있을 거예요."

도스는 광자플래시를 양손에 들고 주위로 휘돌리면서 대꾸했다.

"아무 데도 안 보이는데요?"

베네스트라는 궁색하게 중얼댔다.

플래시에 불이 들어오면서 사방에 빛이 흩어졌다. 눈송이가 거대한 반딧불이 무리처럼 번쩍이면서 시야를 방해했다.

도스가 말했다.

"발자국 신호가 점차 커지고 있었어요. 아마 변환기 근처로 오고 있었을 거예요. 변환기가 있는 곳이 어디죠?"

레긴이 차갑게 얘기했다.

"나는 모르오. 내 책임 밖이고 내 분야도 아니니까."

"베네스트라 박사님은요?"

베네스트라는 망설이며 대답했다.

"나도 모릅니다. 사실 나는 이곳에 처음 올라오는 겁니다. 변환기는 내가 이 일을 맡기 전에 설치되었어요. 물론 컴퓨터가 그 위치를 알기는 하지만 한 번도 그걸 알아보려고 한 적이 없으니까요. 이제 나는 소용도 없을 테니 내려갔으면 좋겠군요."

도스가 단호하게 말했다.

"조금만 더 기다려 주세요. 나를 따라오세요. 입구를 중심으로 원을 그리며 바깥쪽으로 나가면서 찾아봐야겠어요."

레긴이 투정했다.

"눈 때문에 잘 안 보이잖소."

"나도 압니다. 만약 눈이 안 왔다면 지금쯤 그 사람을 찾았을 거예요. 확실해요. 하지만 눈이 이렇게 오고 있으니 몇 분 더 걸릴 거예요. 그 정도는 참을 수 있잖아요."

비록 자신 있게 얘기했으나 속으론 도스도 자신이 없었다.

도스는 걸으며 팔을 휘둘러 가능한 한 넓게 불빛이 비치도록 하려고 애썼다. 그녀는 눈을 배경으로 누워 있는 검은 점을 찾으려고 잔뜩 긴장하고 있었다.

긴장 속에서 손으로 뭔가를 가리키며 말을 꺼낸 사람은 베네스트라였다.

"저게 뭐죠?"

도스는 플래시 두 개를 겹쳐 그쪽을 비추면서 달려갔다. 다른 두 사람도 뒤를 따랐다.

마침내 셀던을 찾았다. 셀던은 젖은 몸을 웅크린 채 입구에서 약 10미터, 기상 실험 장비에서 약 5미터 떨어진 곳에 누워 있었다. 도스는 심장이 뛰고 있나 확인하려 했지만 가슴에 손을 얹자 셀던이 꿈틀거리며 가냘픈 신음 소리를 냈기 때문에 그럴 필요가 없어졌다.

"베네스트라 박사님, 그 담요 좀 주세요."

도스는 안도의 한숨을 내쉬며 가냘픈 목소리로 말했다. 도스는 담요를 활짝 펴서 눈 위에 깔고 말했다.

"조심해서 이 사람을 담요 위로 옮깁시다. 환자를 담요로 감싸야겠어요. 그리고 아래 세계로 운반합시다."

승강기 안에서 담요에 덮인 셀던의 체온이 회복되자 김이 모락모락

피어올랐다.

도스가 말했다.

"일단 환자를 방에다 데려다 놓고 나서, 레긴 박사, 당신이 실력 있는 의사를 데려오세요. 즉각 데려와야 할 거예요. 만약 셀던 박사가 무사히 완치된다면 아무에게도 이 사실을 말하지 않겠어요. 하지만 무슨 일이 생긴다면 각오하세요."

"나에게 설교할 필요는 없소."

레긴이 차갑게 대꾸했다. 그는 잠시 머뭇거리더니 말했다.

"나도 이번 사태에 대해서 안타깝게 생각하니 내가 할 수 있는 일은 무엇이라도 하겠소. 하지만 내 유일한 실수는 이 사람이 지붕 위로 올라가도록 놔둔 데 있는 거요."

담요가 꿈틀거리며 가는 목소리가 조그맣게 흘러나왔다.

베네스트라는 깜짝 놀랐다. 그가 팔을 굽혀서 셀던의 머리를 받치고 있었기 때문이다. 베네스트라가 말했다.

"환자가 뭔가 말을 하려고 해요."

도스가 말을 받았다.

"나도 들었어요. '무슨 일이 생겼어요?'라고 물어본 거예요."

도스는 약간 웃을 수밖에 없었다. 상황에 어울리지 않는 엉뚱한 말이었기 때문이다.

28

의사는 대단히 기뻐했다.

"나는 악천후에 노출된 환자를 처음 다루어 봅니다. 트랜터에서는 악천후에 노출되는 사람이 없거든요."

도스는 냉랭하게 대답했다.

"아마 그렇겠죠. 당신이 진기한 경험을 하게 돼서 다행이지만 그렇다고 환자를 치료할 방법을 모르지는 않겠죠?"

대머리에 짧은 회색 수염을 기르고 있는 나이 많은 의사는 호들갑을 떨었다.

"물론 치료 방법은 알고 있죠. 다른 행성에서는 악천후에 노출되는 사례가 거의 매일 일어나다시피 하는 일반적인 일이기 때문에 거기에 대해서는 이미 나도 많이 읽어 두었지요."

의사는 항바이러스 혈청주사를 놓고 극초단파로 온몸을 감싸 환자를 치료하였다.

"이렇게 하면 치료가 될 겁니다. 물론 외계에서는 병원에서 훨씬 더 정교한 장비로 치료하지만 트랜터에는 그런 게 없어요. 제가 한 치료법은 경미한 경우에 하는 치료이지만 이 정도면 충분하다고 생각합니다."

도스는 셀던이 특별한 어려움 없이 회복하는 것을 지켜보며 생각에 잠겼다. 그는 외계인이기 때문에 쉽게 회복되는 것 같았다. 그는 어둠과 추위와 눈에 접해 본 경험이 많을 것이다. 아마 트랜터인이 비슷한 사고를 당했다면 신체적 고통이 아니라 정신적 쇼크로 죽었을지도 몰랐다.

그러나 도스도 트랜터인이 아니기에 자신의 생각에 대해 확신할 수 없었다.

도스는 이러한 생각을 접어 두고 의자를 끌어 해리가 누워 있는 침대 옆으로 다가가 그를 간호했다.

29

이튿날 아침, 해리 셀던은 몸을 뒤척이며 잠에서 깨어나 도스를 쳐다보았다. 도스는 침대 옆에 앉아서 필름책을 보며 노트를 정리하고 있었다.

거의 정상적인 목소리로 셀던이 말했다.

"아직까지 여기 있어요, 도스?"

도스는 필름책을 놓아두고 대답했다.

"당신을 혼자 놔둘 수가 없어요. 다른 사람은 믿을 수도 없고요."

"내가 깨어날 때마다 당신을 보는 것 같아요. 계속 여기에만 있었나요?"

"네, 작업도 하고 잠도 자고 하면서 여기에 있었어요."

"수업은 어떻게 하고요?"

"조교한테 잠시 맡겼어요."

도스가 몸을 해리 위로 굽히면서 그의 손을 꽉 잡았다. 그러나 해리가 당황해하는 모습을 보고 손을 놓았다. 하기야 해리가 누워 있는 곳은 침대가 아닌가!

"해리, 도대체 어떻게 된 거예요? 진짜 놀랐어요."

"고백할 것이 있어요."

"뭔데요, 해리?"

"당신도 음모에 가담했을 거라고 생각했어요."

"음모라고요?"

도스는 깜짝 놀라 소리쳤다.

"내 말은 대학 행정권 밖에 있는 지붕 위로 나를 유인해 제국 군대에 잡혀가도록 한 게 아니냐고요."

"하지만 지붕 위도 대학 행정권 안에 들어 있어요. 트랜터에서 구역 관할권은 행성 중심부에서 하늘까지예요."

"아, 그 사실을 미처 몰랐군요. 하지만 당신이 바쁘다고 얘기하면서 나와 함께 가지 않았기 때문에 피해망상증에 젖어 당신이 의도적으로 나만 보냈다고 의심했지요. 용서해 주세요. 나를 구해 준 사람은 바로 당신인데 말이에요. 다른 사람들은 신경도 쓰지 않았잖아요, 그렇죠?"

"모두 바쁜 사람들이니까요."

도스는 조심스럽게 얘기를 이어 나갔다.

"다른 사람들은 당신이 먼저 내려간 줄 알았대요. 그 생각도 일리가 있더라고요."

"크로지아도 그렇게 생각합디까?"

"젊은 실습생요? 네, 그녀도 그랬어요."

"아마 음모가 있었을 거예요. 물론 당신은 상관없지만요."

"아니요, 해리. 내 잘못이에요. 당신을 혼자 지붕 위로 올라가게 한 것이 잘못이었어요. 함께 올라가서 당신을 보호했어야 했는데요. 이번 사태에 대해서, 당신이 길을 잃어버린 것에 대해서 계속 자책감을 떨칠 수가 없어요."

셀던이 갑자기 화를 내며 말했다.

"아니, 잠깐만! 나는 길을 잃어버린 게 아니에요. 도대체 나를 어떻게 생각하는 거예요?"

"그럼 당신 설명을 들어 보고 싶군요. 당신은 다른 사람들이 떠날 때 근처에 없었어요. 게다가 아주 어두워진 다음에 승강기 입구로 왔고요."

"하지만 그럴 만한 사정이 있었어요. 내가 멀리 가서 돌아오는 길을 몰랐기 때문에 낙오한 것이 아니에요. 음모가 있었다고 얘기하잖아요. 그렇게 생각할 근거가 충분해요. 피해망상증이 아니라고요."

"그러면 무슨 일이 일어난 거예요?"

셀던이 도스에게 자세히 얘기해 주었다. 전날 밤 꿈속에서 그 일들을 계속 되풀이해 겪었기 때문에 그는 세세한 것까지 모두 기억하고 있었다.

도스는 얼굴을 찌푸렸다.

"하지만 그런 일은 불가능해요. 수직이착륙 제트비행기라고요? 확실해요?"

"물론 확실하지요. 내가 헛것을 봤다고 생각해요?"

"그래도 제국 군대가 당신을 추적할 수는 없어요. 그들이 지붕 위에서 당신을 납치한다면 캠퍼스에 경찰을 보내서 당신을 체포할 때와 마찬가지로 극렬한 소동이 일어날 텐데요."

"그러면 내가 말한 일들은 어떻게 설명할 수가 있지요?"

"모르겠어요. 하지만 내가 당신과 지붕 위로 올라가지 않았던 것이 생각보다 더 나쁜 결과를 가져왔다는 생각이 들어요. 휴민이 알면 굉장히 화를 낼 거예요."

"그러면 휴민에게 말하지 맙시다. 어쨌든 잘 끝났잖아요."

"아니요. 그에게 말해 주어야 해요."

도스는 우울하게 말을 이었다.

"아직 끝나지 않았는지도 몰라요."

30

그날 저녁 제나 레긴이 찾아왔다. 저녁 식사를 마친 후였다. 레긴은 무슨 말을 할까 망설이며 도스와 셀던을 번갈아 보았다. 도스와 셀던 누구도 그를 도와주려고 하지 않았다. 둘 다 아무 말도 하지 않고 가만히 있었다. 레긴은 그 두 사람에게 자신이 잡담의 대가라는 인상을 주지 못하였다.

마침내 그가 셀던에게 말을 꺼냈다.

"병세가 어떤가 보러 왔습니다."

셀던이 피곤하다는 표정으로 대답했다.

"아주 좋아요. 하지만 약간 졸리군요. 베나빌리 박사가 말하길 치료 때문에 며칠 피곤할 거래요. 휴식이 필요할 것 같습니다."

셀던은 웃으면서 계속 얘기 했다.

"하지만 솔직히 지금은 그러지 않아도 돼요."

레긴은 숨을 깊이 들이마셨다가 다시 뱉어 내기를 몇 번이나 되풀이 하면서 주저하다가 겨우 몇 마디 했다.

"오래 걸리진 않을 겁니다. 저도 당신이 휴식이 필요하다는 사실을 충분히 이해하고 있습니다. 단지 이번 사태에 대해서 대단히 유감스럽게 생각하고 있다는 사실을 말씀드리고 싶군요. 너무 쉽게 당신이 혼자 내려갔을 거라고 추측한 게 잘못이었어요. 당신이 초보자였기 때문에 더욱 책임감을 느꼈어야 했는데요. 어쨌든 당신이 지붕 위로 올라오도록 허락했으니까요. 진심으로 나를…… 용서해 주면 고맙겠군요. 내가 하고 싶은 얘기는 이게 전부입니다."

셀던은 손으로 입을 가리고 하품하면서 대답했다.

"실례했습니다……. 일이 모두 잘되었으니 그렇게 미안해하실 필요는 없습니다. 어떤 점에서는 당신 잘못이라고 볼 수도 없어요. 내가 멀리 간 것이 잘못이지요. 게다가 그곳에서 벌어진 일이……"

도스가 말을 가로막았다.

"해리, 당신은 그만 얘기하고 쉬세요. 레긴 박사, 당신에게 몇 마디 물어보고 싶은 게 있어요. 나는 당신이 이 사건으로 인한 파장 때문에 걱정하고 있다는 사실을 잘 알고 있어요. 나는 만약 셀던 박사님이 별 탈 없이 회복되면 이 일에 관해서는 아무에게도 말하지 않겠다고 당신에게 약속했어요. 아직도 그 생각에는 변함없으니 안심하세요. 그러나 당신에게 물어보고 싶은 것이 몇 가지 있는데 이번에는 적극 협조해 주시기 바라요."

"그러겠소, 베나빌리 박사."

레긴은 착 가라앉은 목소리로 대답했다.

"당신이 지붕 위에 머물러 있는 동안 이상한 일이 일어났습니까?"

"당신도 잘 알잖소. 셀던 박사가 행방불명된 일이 발생해서 지금 이렇게 사과하고 있는 것 아니오."

"나는 그것을 물어보는 것이 아니에요. 다른 이상한 일은 없었습니까?"

"아니, 전혀 없었소."

도스가 쳐다보자 셀던은 인상을 찌푸렸다. 셀던이 볼 때 도스는 자신이 말한 내용을 확인해서 나름대로 설명을 얻어 볼까 하는 것 같았다. 저 여자는 내가 추적선을 상상해 냈다고 생각하는 건가? 셀던이 강력하게 반발하려고 하자 낌새를 눈치챈 도스가 손을 들어 잠자코 있으라는 신호를 보냈다. 셀던은 도스의 신호도 있고 졸리기도 해서 가만히 있었다. 셀던은 레긴이 빨리 떠나 주기를 희망했다.

도스가 재차 다짐했다.

"확실합니까? 외부에서 어떤 침입도 없었나요?"

"물론 없었소. 아!"

"네, 레긴 박사님?"

"수직이착륙 비행기가 있었소."

"그게 특별한 일이라고는 생각하지 않으셨나요?"

"물론 그렇지 않았소."

"왜 그렇죠?"

"마치 내가 심문받는 것 같이 들리는군, 베나빌리 박사. 별로 마음에 들지 않소."

"이해합니다, 레긴 박사님. 하지만 이 질문은 셀던 박사가 겪은 불행한 사건과 관련이 있습니다. 어쩌면 사건 자체가 내가 생각한 것보다 훨씬 복잡할지도 모르겠어요."

"어떤 점에서 말이오?"

레긴의 목소리가 날카롭게 변했다.

"새로 문제를 일으켜서 또다시 사과를 받으려고 하는 거요? 그렇다면 좀 전에 한 사과를 취소할 필요가 있겠소만."

"그럴 필요까진 없어요. 수직이착륙 제트기가 배회한 것이 이상하지 않다고 생각하는 이유만 말씀해 주시면 되니까요."

"귀여운 아가씨, 트랜터에는 구름층과 대기권 상층부를 직접 연구하기 위해 수직이착륙 비행기를 소유하고 있는 기상 연구소가 많다오. 물론 우리는 없지만."

"왜 없죠? 그건 유용할 텐데요."

"물론 유용하겠지. 하지만 우리는 서로 경쟁하는 관계도 아니고 실험 내용을 비밀로 하지도 않소. 우리는 우리가 실험한 내용을 보고하고 다른 팀에서는 자신들이 실험한 내용을 보고하고 있소. 그러니 팀마다 나름대로 특성과 전문적인 주제를 갖고 있는 것이 합리적이지. 동일한 연구를 이중으로 할 필요는 없지 않겠소? 우리는 수직이착륙 제트기에 들어갈 자금과 인력을 중간자 굴절계에 투자하고, 다른 팀에서는 비행기에 투자하면서 후자에 드는 비용은 절약하는 것이오. 물론 각 부문끼리 서로 엄청나게 경쟁하고 나쁜 감정을 품을 수도 있지만 과학은 우리를 묶어 주는 유일한 끈이오. 당신도 충분히 알고 있을 거라고 생각하오만……."

그는 빈정대는 투로 말을 맺었다.

"물론이에요. 하지만 하필이면 당신들이 실험하는 바로 그날 당신들이 작업하는 그 실험 기지로 비행기를 보냈다는 건 우연의 일치 이상이 아닐까요?"

"전혀 우연의 일치가 아니었소. 그날 우리가 측정 작업을 할 예정이라고 공고해 놓았으니 다른 팀에서 같은 조건하에 구름계 측정 실험을 하기로 결정하고 수직이착륙 비행기를 파견할 수도 있으니까. 같은 조건 속에서 실험한 결과를 함께 검토하면 다른 조건 아래서 얻은 결과를 검토하는 것보다 훨씬 유용하거든."

갑자기 셀던이 아주 애매한 목소리로 말했다.

"그러면 그들이 그때 측정 실험을 하고 있었단 말이에요?"

그러고는 다시 하품했다.

"그래요. 그 일 이외에 그들이 무슨 일을 할 수 있었겠소?"

레긴의 대답이었다.

도스는 생각을 빨리 하려고 할 때 항상 그렇듯이, 눈을 깜빡거리며 말했다.

"모두 사리에 맞는군요. 그런데 그 비행기는 어느 기지 소속이지요?"

레긴은 고개를 저으며 반문했다.

"베나빌리 박사, 내가 그걸 어떻게 알겠소?"

"기상 실험용 비행기에 소속을 알리는 표시가 있을 텐데요."

"물론이오. 하지만 나는 그 비행기를 보면서 그걸 알려고 하지 않았소. 난 할 일이 있었고 그래서 그들이 하는 대로 놔두었소. 그들이 조사 자료를 보내 주면 어디 소속 비행기인지 알게 되겠지."

"만약 자료를 보내 주지 않으면 어떻게 하지요?"

"그러면 그들의 장비가 고장 났다고 추측할 수밖에 없소. 가끔 그런 일이 일어나거든."

레긴은 오른손으로 주먹을 쥔 다음 다시 말했다.

"이제 가 봐도 되겠소?"

"잠깐만 기다려 보세요. 그 비행기가 어디서 왔는지 추측해 볼 수도 없을까요?"

"수직이착륙 제트기가 있는 어느 기지에서 보냈을 거요. 하루 전에만 공고하면 트랜터 어느 구역에서든지 별 어려움 없이 이곳에 올 수 있으니까."

"하지만 가능성이 높은 데가 있지 않겠습니까?"

"예측하기 힘들군. 헤스텔로니아, 와이, 지고레스, 다미아노 북부 등이 가능성이 높다고 할 수 있겠는데……. 하지만 비행기를 가지고 있는 기지가 40여 군데나 되니 다른 곳일 수도 있소."

"한 가지만 더 질문할게요. 딱 한 가지만요. 지붕 위로 작업하러 올라간다고 보고하면서 혹시 수학자 해리 셀던 박사도 함께 간다고 말하지 않았나요?"

깜짝 놀라는 표정이 잠시 레긴의 얼굴에 나타났으나 곧 어처구니없다는 얼굴로 재빨리 바뀌었다.

"내가 그 이름을 거론할 이유가 있겠소? 그런 데 관심 가질 사람이 누가 있다고!"

"좋습니다. 사실, 셀던 박사가 말하길 그 제트기가 자신을 공격했다고 합니다. 왜 그랬는지도 알 수가 없고 셀던 박사의 기억에 혼란이 있던 것인지도 몰라요. 어쨌든 그 비행기를 피하기 위해 황혼이 짙어질 때까지 돌아올 엄두를 못 내다가 어두워진 후에야 돌아왔다는군요. 그건 당신 책임이 아니니 이제 서로 그 사건에 대해서는 잊어버려요. 어떠세요?"

"좋소. 안녕히 계시오!"

레긴은 발을 돌려 그곳에서 떠났다.

그가 떠나자 도스는 일어나서 셀던의 실내화를 조심스레 벗긴 후 셀던을 침대에 눕히고 담요를 덮어 주었다. 셀던은 깊이 잠들어 있었다.

도스는 의자에 앉은 채 생각에 잠겼다. 레긴이 말한 것 중에 어떤 것이 사실일까? 뭔가 숨기는 것이 있지는 않을까? 도스로서는 전혀 알 수 없었다.

제7부

마이코겐

마이코겐

고대 트랜터 행성의 구역 중 하나……. 마이코겐은 전설 속에 파묻혀 있었을 뿐 트랜터 행성에 별다른 영향을 끼치지 않았다. 상당 부분 자급자족하고 다른 지역과 교류가 없던 이 구역은…….

—『은하대백과사전』

31

셀던이 잠에서 깨어나 보니 한 남자가 근엄한 표정으로 자신을 내려다보고 있었다. 셀던은 잠시 눈살을 찌푸리며 바라보다 갑자기 소리 질렀다.

"휴민!"

휴민은 약간 미소를 지으며 말했다.

"나를 기억하고 있군요."

"당신과 만난 지 두 달이 다 되었네요. 그래도 충분히 기억하지요. 체포되지 않아서 다행입니다."

"나야 당신이 보다시피 무사하지만…….."

휴민은 한옆에 앉아 있는 도스를 바라보며 말을 계속했다.

"여기에 온다는 게 쉬운 일은 아니지요."

"잘 왔습니다. 식사는 어떻게 했습니까?"

셸던은 아침 식사가 차려져 있는 곳을 가리키며 물어보았다.

휴민이 대답했다.

"괜찮습니다. 어서 식사하세요."

휴민은 아침 식사를 같이 하지 않았다. 도스도 마찬가지였다. 아무도 얘기하지 않았다. 휴민은 쉽게 이해가 간다는 표정으로 홀로그램 책자를 훑어보고 있었다. 도스는 꼼꼼하게 손톱을 살펴보다가 소형 컴퓨터를 꺼내서 펜으로 노트를 작성하고 있었다.

셸던은 그들을 주의 깊게 바라볼 뿐 아무 말도 꺼내지 않았다. 환자를 방문했을 때 침묵을 지키는 게 트랜터의 전통인 것처럼 여겨질 정도였다. 하지만 셸던은 이제 완전히 몸이 회복되었다. 아마 두 사람은 셸던의 몸이 회복되었다는 사실을 아직 모르는 것 같았다. 셸던이 음식을 마지막 한 조각까지 먹고 우유도 한 방울 남김 없이 마시자(셸던은 이제 트랜터 음식에 익숙해져서 아무 어려움 없이 먹을 수 있게 되었다.) 휴민이 처음으로 말을 꺼냈다.

"몸은 어때요, 셸던?"

"아주 좋아요, 휴민. 이제 아무 활동이나 할 수 있을 정도로 충분히 회복되었어요."

휴민이 좀 사무적으로 받았다.

"그렇다니 다행이군요. 이번 사태에 대해서는 도스 베나빌리 박사의 책임이 커요."

셀던은 얼굴을 찌푸리며 말했다.

"아니에요. 내가 지붕 위로 올라간다고 고집을 부렸어요."

"그건 알고 있어요. 하지만 도스가 어떻게 해서든지 같이 올라갔어야 했어요."

"내가 혼자 올라가고 싶다고 했다니까요."

도스가 말했다.

"그러지 마세요, 해리. 고맙긴 하지만 나를 위해 변명할 필요는 없어요."

셀던은 화난 소리로 말했다.

"이봐요, 휴민. 하지만 도스가 온갖 반대를 무릅쓰고 지붕 위로 올라와서 내 생명을 구해 주었다는 사실을 잊지 마세요. 그 사실은 누구도 부정할 수 없어요. 그 사실도 충분히 고려했나요, 휴민?"

또다시 도스가 아주 당혹스러운 표정으로 끼어들었다.

"그만하세요, 해리. 내가 당신을 지붕 위로 올라가지 못하게 하거나 아니면 당신과 함께 올라가야 했다는 주장은 아주 타당해요. 내가 당신을 구한 것에 대해선 휴민도 고마워했어요."

"어쨌든 다 지나간 일이니까 잊어버립시다. 셀던 박사, 지붕 위에서 일어난 일에 대해 얘기해 봅시다."

셀던은 주변을 휘둘러보며 조심스럽게 물어보았다.

"여기서 그런 얘기 해도 괜찮아요?"

휴민은 약간 미소를 띠며 대답했다.

"도스가 이 주변에 경보장치를 해 놓았어요. 학교에 제국의 끄나풀이 있다 하더라도 그 끄나풀에게 경보장치를 뛰어넘을 만한 기술은 없을 거예요. 아주 의심이 많아졌군요, 셀던 박사?"

"원래부터 그런 것은 아니에요. 공원에서 당신에게 얘기를 들은 이후부터 그렇게 됐어요. 당신은 설득력이 대단한 사람이에요. 당신과 헤어진 이후 계속해서 에토 데머즐이 몰래 나를 지켜보고 있는 것만 같았어요."

휴민은 우울하게 얘기했다.

"틀림없이 그럴 거예요."

셀던이 말을 받았다.

"만약 그렇다면 그 사람을 직접 만난 적이 있을지도 모르겠어요. 그 사람 어떻게 생겼습니까?"

"그건 아무도 몰라요. 하지만 그 사람이 당신을 보려고 하지 않는 이상 그 사람을 만날 수는 없을 거예요. 그 사람 만나게 되면 그때는 모든 게 끝나게 돼요. 우리는 그러한 사태를 방지해야지요. 이제 당신이 본 수직이착륙 제트기에 대해서 이야기해 봅시다."

셀던이 말했다.

"아까도 얘기했듯이 당신 때문에 데머즐을 두려워하게 되었어요. 그 비행기를 보자마자 데머즐이 나를 체포하기 위해 보낸 비행기라고 직감했지요. 어리석게도 그들이 짠 음모에 속아 공연히 스트릴링 대학의 보호 구역을 벗어나 지붕 위로 올라갔구나 하고 후회했어요."

도스가 끼어들었다.

"하지만 레긴 씨는……"

셀던이 재빨리 물어보았다.

"그 사람이 어젯밤 여기에 왔나요?"

"네, 기억나지 않으세요?"

"조금밖에 기억나지 않아요. 아주 피곤했거든요. 기억이 가물가물

해요."

"어젯밤 여기서 레긴 씨는 그 비행기가 다른 실험 기지에서 보낸 기상 실험선에 불과하다고 했어요. 그것은 자주 일어나는 일로, 당신과는 전혀 상관없는 것이었대요."

"뭐라고요? 믿을 수 없어요."

셀던은 깜짝 놀라 말했다. 휴민이 말을 받았다.

"바로 그게 문제의 핵심이에요. '믿지 못하는 이유가 무엇인가? 그 비행기가 자신을 잡으러 왔다고 의심하게 된 근거가 무엇인가? 피해 망상증에 걸려서 의심한 게 아니라면 뭔가 구체적인 증거가 있었는가?' 이제 문제의 핵심이에요."

셀던은 아랫입술을 깨물고는 기억을 되짚으며 말하기 시작했다.

"움직임이 이상했다는 게 근거예요. 마치 무엇을 찾고 있는 것처럼 구름 아래로 머리를 내놓고 왔다 갔다 하다가 사라지고 다시 다른 곳에서 나타나 계속 똑같은 모양으로 왔다 갔다 하곤 했어요. 지붕 위를 차례로 하나하나 뒤지면서 나를 찾고 있는 것처럼 말이에요!"

휴민이 말을 끊었다.

"의인화가 너무 심한 것 같군요, 셀던 박사. 마치 괴상한 동물이 당신을 찾고 있었다는 듯이 그 비행기를 묘사하고 있어요. 그러나 그것은 단순히 비행기일 뿐이에요. 게다가 만약 그 비행기가 기상 실험선이라면 그런 행동도 아주 당연할 뿐만 아니라…… 당신과는 아무 상관도 없는 거지요."

셀던이 반발했다.

"기상 실험선처럼 보이지 않았다고요."

휴민이 말을 받았다.

"물론 나도 그렇게 생각해요. 하지만 구체적인 증거가 하나도 없잖아요. 당신이 추적당했다고 생각하는 것도 추측일 뿐이고 그 비행기가 기상 실험선이라고 레긴이 생각하는 것도 추측일 뿐이에요."

셸던이 단호하게 주장했다.

"그 비행기가 나와 전혀 상관없다는 말은 믿을 수 없어요!"

휴민이 말했다.

"그렇다면 최악의 경우를 가정해서 그 비행기가 당신을 추적했다고 합시다. 그 비행기를 보낸 사람은 당신이 그 위에 올라간다는 사실을 어떻게 알게 되었을까요?"

도스가 불쑥 끼어들었다.

"기상 실험 예정 날짜를 보고하면서 해리 셸던 박사님이 동행한다는 사실도 함께 보고했냐고 레긴 박사에게 물어보았거든요. 레긴 박사는 그 질문을 받더니 대단히 놀라며 일반적으로 실험 참가자들에 대해서는 보고할 필요가 없거니와 전혀 그런 사실이 없었다고 하더라고요. 나는 그 사람 말을 믿어요."

휴민이 신중하게 말했다.

"그 사람 말을 쉽게 믿을 수는 없어요. 어쨌든 부인할 수밖에 없잖아요? 그리고 그 사람이 셸던 박사가 동행할 것을 허락한 이유가 무엇이라고 생각하나요? 처음에는 거부하다가 쉽게 허락한 이유 말입니다. 레긴의 평소 행동과 어울리지 않잖아요."

도스는 얼굴을 찌푸리며 대답했다.

"그 생각을 하면 레긴이 음모를 꾸몄을 가능성도 높은 것 같아요. 어쩌면 셸던 박사가 납치당하게 만들려는 의도로 동반을 허락했을 수도 있어요. 다른 사람에게 명령을 받고 말이에요. 레긴이 어린 실습생

크로지아로 하여금 셸던 박사의 관심을 끌어 그룹에서 멀리 떨어진 곳으로 유인해 다른 사람들로부터 고립시켰을 가능성도 생각할 수 있겠지요. 그러한 가정을 전제로 하면 아래 세계로 내려올 때 셸던 박사가 없다는 사실에 레긴이 전혀 신경 쓰지 않았던 이유도 설명되지 않습니까? 물론 레긴 자신도 셸던 박사에게 혼자 내려가는 방법을 상세하게 설명해 주었으니 셸던 박사가 자기들보다 먼저 내려간 게 틀림없다고 변명할 근거를 확보하고 있긴 하지만 말이에요. 그렇게 전제한다면, 셸던 박사를 찾으러 올라가자고 했을 때 있지도 않을 사람을 찾으러 올라가 괜히 시간 낭비하고 싶지 않다고 거부한 이유도 설명되지요."

휴민은 도스가 하는 얘기를 주의 깊게 듣고 나서 반론을 제기했다.

"레긴에 대해 그럴듯한 혐의를 제기했지만 그것 또한 쉽게 단정 내릴 수 없어요. 결국 레긴은 당신과 함께 지붕 위로 올라갔잖아요."

"발걸음이 확인되었기 때문이지요. 지진학과 학과장이 그 사실을 증명했고요."

"그러면 레긴이 셸던 박사를 발견하고는 놀라던가요? 자신의 부주의로 한 사람이 매우 위험한 상태에 빠졌다는 사실에 죄책감을 느끼는 표정은 없던가요? 셸던이 그곳에 있다는 사실에 의아해하던가요? 셸던 박사가 잡혀가지 않은 사실에 의아해하지는 않던가요?"

도스는 신중하게 생각해 보더니 대답했다.

"셸던 박사가 그곳에 쓰러져 있다는 사실에 레긴이 충격을 받은 것은 확실해요. 하지만 그러한 상황에서 당연히 느끼는 충격인지 다른 성질의 충격인지는 확실히 알 수 없군요."

"그럴 거예요. 구분하기 힘든 문제니까요."

두 사람이 대화하는 모습을 번갈아 보며 주의 깊게 듣고 있던 셸던이 돌연히 끼어들었다.

"레긴이 아닐 수도 있을 것 같아요."

휴민은 셸던에 관심을 돌리며 물어보았다.

"그렇게 말하는 특별한 근거가 있습니까?"

"우선 한 가지 예를 들어 보면, 당신이 지적한 대로 레긴은 내가 동반한다는 사실을 탐탁지 않게 여겼어요. 하루 종일 사정하자 비로소 내가 훌륭한 수학자로서 기상학 이론을 도와줄 수도 있겠다고 생각했기 때문에 허락했다고 생각됩니다. 내가 지붕 위로 굉장히 올라가고 싶어 했기 때문에 만약 그가 나를 지붕 위로 유인하라는 명령을 받았다면 애초에 내 부탁을 거절할 필요가 없었거든요."

"당신의 수학 실력 때문에 동반을 허락했다는 생각이 과연 타당할까요? 수학적인 문제를 당신에게 물어보던가요? 자신의 이론을 당신에게 설명하려고 하던가요?"

"아니에요, 그러진 않았어요. 하지만 나중에 수학적인 문제를 논의해 보자고 하더군요. 레긴은 기존에 설치한 장비를 살펴보느라 정신이 없었거든요. 내가 듣기론 그 시간에 햇빛이 비칠 것으로 예상했는데 예상이 빗나가자 장비에 문제가 생겨서 그런 것인지 자신의 이론이 잘못되어 그런 것인지를 증명해야겠다고 하더군요. 하지만 아무리 검사해 보아도 장비에 이상이 없자 레긴은 굉장히 화를 냈어요. 내 생각으로는 전혀 예상 밖의 사태가 발생하자 레긴이 극도로 격앙되어 나에 대해 미처 신경 쓸 여유가 없었던 것 같아요. 잠시 내 관심을 끌었던 어린 실습생 크로지아에 대해서 잠시 돌이켜 보면 그녀 또한 의도적으로 작업 현장에서 나를 멀리 유인하려고 한 것 같다는 생각이 들지는 않아요. 내가 멀리 가고 싶어 했거든요. 지붕 위에서 식물이 자란다는 사실에 호기심이 생겼기 때문에 그녀와 얘기하면서 내가 계속 걸어간 것이지 그녀가 의도적으로 그런 것이 아니에요. 레긴은 그녀로 하여금 나를 멀리 유인하도록 부추기기는커녕 오히려 중간에 그녀를 호출해서 일을 시켰고요. 결국 나 혼자 더 멀리 걸어가면서 시야에서 사라지게 된 것이지요."

셸던이 제기한 모든 추측에 대해 휴민은 견해가 다르다는 표정으로 이의를 제기했다.

"그러나 만약 그 비행기가 당신을 추적했다면 그 사람들은 당신이 그 위에 올라온다는 사실을 확실히 알고 있었다는 얘기인데, 레긴이 알려 주지 않았다면 그들이 어떻게 알고 있었겠습니까?"

셸던이 대답했다.

"내가 의심하는 사람은 리성 랜다라는 젊은 심리학자예요."

도스가 깜짝 놀랐다.

"랜다요? 믿을 수 없어요. 나는 그 사람을 잘 알고 있어요. 그 사람은 절대 황제를 위해 일할 사람이 아니에요. 철저한 반제국주의자거든요."

셸던이 그녀의 말을 반박했다.

"그런 척할 수도 있잖아요? 자신이 제국의 정보원이라는 사실을 숨기기 위해 폭력적이고 극단적인 반제국주의자처럼 눈에 띄게 행동할 수도 있으니까요."

도스가 반론을 전개했다.

"하지만 그는 그런 것을 아주 싫어해요. 전혀 폭력적이고 극단적인 사람이 아니에요. 온화하고 성격도 좋을 뿐만 아니라 견해를 표명할 때도 조심해서 말하기 때문에 소극적인 사람이라고 생각될 정도예요. 나는 그의 행동이 가식 없는 진짜 모습이라고 확신해요."

그녀의 확신에 의심을 품은 태도로 셀던은 진지하게 말했다.

"하지만, 도스 박사, 나에게 기상 실험 작업에 대해 처음으로 말한 사람도 그 사람이었고, 나로 하여금 지붕 위로 올라가도록 부추긴 사람도 그 사람이었고, 내 수학 실력이 작업에 도움이 될 거라고 과장하면서 내가 지붕 위로 올라갈 수 있도록 레긴을 설득한 사람도 그 사람이었어요. 그 사람이 나를 지붕 위로 올려 보내기 위해 왜 그렇게 열심히 노력했는지 아무래도 의심스러워요."

"아마 당신을 위해서 그랬겠죠. 그 사람은 당신에게 관심이 많았기 때문에 기상 실험이 당신의 심리역사학에 도움이 될지도 모르겠다고 생각한 것이 틀림없어요. 당신도 그렇게 생각했잖아요."

휴민이 조용하게 말했다.

"다른 관점에서 한번 생각해 봅시다. 랜다 박사가 당신에게 기상 실험에 대해 말했을 때와 당신이 실제로 지붕 위로 올라갔을 때 사이에는 시간적인 공백이 많이 있어요. 따라서 랜다에게 다른 꿍꿍이가 없었다고 하더라도 당신이 지붕 위로 올라간다는 사실을 많은 사람에게 떠벌였을 가능성도 있지 않겠어요? 특히 그 사람이 친구가 많다면······."

도스가 맞장구쳤다.

"그래요. ······그렇다면 여러 친구에게 그 사실을 말했을 가능성이 그만큼 높으니까요. 그런 경우라면 정보 제공자를 찾기는 어렵겠지요. 또 다른 관점에서 생각해 보면 설사 랜다가 반제국주의자라고 해서 정보원이 아니라고 단정할 순 없을 것 같아요. 그가 '어느 세력에 소속된 정보원인가? 누구의 지시를 받고 공작하는가?' 하는 문제를 생각해 볼 수 있겠지요."

셀던은 깜짝 놀라며 반박했다.

"제국이 아니라면 또 어떤 세력이 있겠습니까? 데머즐이 아니라면 누가 그를 조종하겠습니까?"

휴민이 손을 들어 제지하며 말했다.

"당신은 트랜터 내부의 정치적 역학 관계를 너무나 몰라요, 셀던 박사."

휴민이 도스에게 물어보았다.

"비행기를 보낼 가능성이 높은 지역에 대해서 물어보았을 때 레긴 박사가 대답한 네 구역이 어디라고 그랬죠?"

"헤스텔로니아, 와이, 지고레스, 다미아노 북부라고 그랬어요."

"혹시 특정 지명을 이끌어내려고 유도신문한 건 아닙니까?"

"아니에요, 그렇지는 않았어요. 그 비행기를 보낼 만한 기지에 대해 추측할 수 있겠냐고 물어보았을 뿐이에요."

"그리고 당신은……."

휴민은 셀던에게 고개를 돌리며 물어보았다.

"그 비행기에 그려져 있는 어떤 기장이나 표식 같은 것은 보지 못했나요?"

셀던은 그 비행기가 구름 사이로만 날아다니고 구름 밖으로 나온 시간은 아주 짧았기 때문에 잘 보이지 않았을 뿐만 아니라, 자기도 숨기 바쁜 판에 비행기에 어떤 표식이 그려져 있나 확인할 정신이 있었겠냐고 반박하고 싶었으나 꾹 참았다. 휴민도 잘 알고 있으리라 여겼기 때문이다.

따라서 셀던은 이렇게 짧게 대답할 수밖에 없었다.

"보지 못했어요."

도스가 자기 생각을 제시했다.

"비행 목표가 납치였다면 표식이나 기장을 위장했을 가능성도 있지 않습니까?"

"합리적인 추측이군요. 도스 박사 말대로 그렇게 했을 가능성도 높지요. 하지만 이 은하계에는 합리적이지 못한 것도 많을 뿐만 아니라 셀던 박사도 그 비행기를 자세히 살펴보지 못했으니 우리가 할 수 있는 것은 추측밖에 없겠지요. 그래서 말인데 내 생각으로는 '와이' 같아요."

"'왜' 그랬겠냐고요?"

셀던이 이렇게 반문하고는 자기 생각을 말했다.

"그 비행기를 보낸 사람이 누구든 내 심리역사학 지식이 필요해서 나를 납치하려고 했다는 생각이 드는군요."

"그게 아니에요."

휴민은 어린 학생을 가르치듯이 오른손 집게손가락으로 글씨를 써 가며 알려 주었다.

"와, 이(Wye). 와이는 트랜터에 있는 행성 이름이에요. 아주 독특한 구역이죠. 이 구역은 약 3000년 동안 계속해서 시장들이 통치하고 있어요. 시장들은 계속 한 가문에서 배출되고 있으니 일종의 왕조를 형성하고 있는 셈이죠. 약 500년 전에 '와이 가문'에서 황권을 장악하면서 황제 두 명과 여황제 한 명을 배출한 적이 있어요. 이들이 통치한 기간도 짧았을 뿐만 아니라 특출난 업적을 이루었다든가 통치 기술이 뛰어난 황제도 없었어요. 하지만 그 이후 역대 와이 시장들은 과거의 영광을 계속 꿈꾸어 왔답니다. 이들은 자기 가문에 이어 등장한 제국 통치 가문에 두드러지게 반발하지 않았지만, 그렇다고 해서 자발적으로 봉사하지도 않았어요. 내전이 발생한 기간에는 일종의 중립을 유지하면서 내전을 장기화하기 위해 노력하는 한편, 자신들을 중재 세력으로 등장시키려고 애를 써 왔죠. 그들이 의도한 대로 된 적은 한 번도 없지만, 그렇다고 포기한 적도 없어요. 현재의 와이 시장은 능력이 대단한 사람이에요. 나이가 많음에도 야심은 식지 않았죠.

 만약 클레온 1세가 자연사하거나 비슷한 사태를 당하게 된다면 현 시장이 클레온의 어린 아들을 물리치고 황위를 계승할 가능성이 높습니다. 은하계 대중은 과거의 영광을 주창하는 세력을 더 지지하거든요. 따라서 만약 현 와이 시장이 당신에 대한 소문을 들었다면, 가문의 영광을 재현하기 위해 당신을 이용하려고 하겠지요. 현 시장은 당신으로 하여금 클레온 1세가 자연사하고 자신이 황권을 승계하여 이후 수천 년 동안 제국은 평화와 번영을 누리게 된다고 예언하라고 강요할 것입니다. 물론 현 와이 시장이 황권을 장악하게 되어 당신의 이용 가치가 없어지면 당신은 클레온을 따라 무덤으로 들어가겠지요."

 우울한 표정으로 듣고 있던 셀던이 침묵을 깨고 말했다.

 "하지만 그 비행기를 보낸 사람이 와이 시장이라고 장담할 수는 없잖아요."

 "물론이죠. 현재로선 그 무엇도 장담할 수 없어요. 그 비행기가 레긴이 추측한 대로 평범한 기상 실험선일 가능성도 있으니까요. 하지만 심리역사학에 대한 소문이 계속 펴져 나갈수록 트랜터를 비롯한 다른 행성에서 더욱더 많은 세력가가 당신을 납치해 자신들의 영화를 위해 이용하고자 할 거예요."

도스가 불안한 어조로 말했다.

"그러면 우리는 어떻게 해야 하죠?"

"그게 문제예요."

휴민은 잠시 골똘히 생각하더니 말했다.

"이곳에 온 것 자체가 실수였던 것 같습니다. 셀던 박사가 교수이니 은신처로 대학교를 선택할 가능성에 대해서 누구나 쉽게 생각하지 않겠습니까? 대학이 아무리 많다고 하더라도 야심가들이 여기저기를 찾다 보면 얼마 안 가서 결국 이 대학에도 손을 뻗치겠지요. 게다가 스트릴링 대학은 규모도 클 뿐만 아니라 자유로운 분위기로 유명한 대학이니 많은 세력가가 정보원을 파견할 거예요. 가능한 한 빨리, 오늘 당장에라도 더 좋은 은신처를 찾아야 할 것 같아요. 하지만……."

"하지만?"

셀던이 성급하게 물어보았다.

"하지만 어느 곳이 안전할지 떠오르지 않는군요."

셀던이 말했다.

"컴퓨터 스크린에 지명 색인을 띄워 한 군데 골라 봅시다."

휴민이 반대했다.

"그러면 안 돼요. 그렇게 하면 안전한 곳을 찾을 가능성보다는 오히려 이곳보다 위험한 곳을 선택할 가능성이 더 많아요. 그 방법은 생각해 볼 가치도 없어요."

32

세 사람은 점심 식사를 마칠 때까지 셀던의 방에 앉아 있었다. 그동안 셀던과 도스는 때때로 조그만 목소리로 일상적인 대화를 하기도 했으나 휴민은 계속 침묵만 유지하고 있었다. 그는 식탁에 꼿꼿이 앉아 식사에는 관심도 없다는 듯 근엄한 표정을 짓고 아무 말 없이 있을 뿐이었다. 셀던은 휴민이 근엄한 표정을 짓고 있는 것을 보면서 나이보다 더 늙어 보인다고 생각하기도 했다.

셀던은 그가 마음속으로 트랜터 전 지역을 되새겨 보며 이상적인 은신처를 찾고 있을 것이라고 추측했다. 그 일은 확실히 어려운 일이었다.

셀던이 태어난 헬리콘 행성은 트랜터 행성보다 약 1퍼센트 정도 큰 데다가 바다가 적어, 전체 육지 면적은 트랜터 행성보다 약 10퍼센트 정도 클 것이다. 하지만 헬리콘에는 인구가 적어 도시가 듬성듬성 건설되어 있다. 반면에 트랜터는 행성 전체가 하나의 거대한 도시를 형성하고 있다. 헬리콘 행성은 행정구역이 20여 개로 나뉘어 있는 반면, 트랜터는 행정구역이 800여 개로 나뉘어 있을 뿐만 아니라 각 행정구역은 수많은 소행정 단위로 구분되어 있었다.

마침내 셀던은 절망적인 목소리로 말했다.

"휴민, 내 능력을 노리는 야심가 중에서 가장 온화한 사람을 선택해 몸을 의탁하면서 보호를 요청하는 게 최선일 것 같군요."

휴민은 고개를 들고 쳐다보면서 아주 진지한 목소리로 대답했다.

"그럴 필요는 없어요. 현재 가장 온화한 야심가가 당신을 보호하고 있으니까요."

셀던은 웃음을 띠며 반문했다.

"당신은 자신이 제국을 통치하는 황제나 와이 시장과 같은 지위라고 생각하나 보죠?"

"지위라는 관점에서 보면 그럴 수 없죠. 그러나 당신의 지식을 활용하자는 관점에서 보면 그들과 겨루고 있다는 사실은 분명하니까요. 하지만 내가 생각할 수 있는 다른 야심가들은 자신들의 재산과 권력을 강화하기 위해 당신을 요구하지만 나는 은하계를 위하는 것 이외에 전혀 다른 야심이 없어요."

셀던은 건조한 목소리로 의문을 제기했다.

"모든 야심가가 당신과 마찬가지로 은하계를 위해서만 노력할 뿐이라고 주장하지 않습니까?"

휴민이 해명했다.

"물론 그들도 그러겠죠. 하지만 현재까지 당신이 만나 본 유일한 세력가인 황제만 하더라도 자신의 권력을 안정시키기 위해 가공의 예언을 만들어 내라고 강요하지 않았습니까? 반면에 나는 그런 일을 해 달라고 강요하지 않았어요. 내가 당신에게 부탁한 유일한 내용은 심리역사학 기법을 발전시켜서, 확률적인 방식에 불과할지라도 수학적으로 타당한 예언을 만들라는 것이었어요."

셀던은 어색한 웃음을 지으며 말했다.

"최소한 지금까지는 그랬지요."

"따라서 작업은 잘 추진되고 있는지, 진척된 게 있는지 물어보고 싶군요."

셀던은 웃어야 할지 화내야 할지 종잡을 수가 없었다. 그는 잠시 가만히 있다가 웃지도 화내지도 않고 조용히 말했다.

"진척이 있었냐고요? 두 달도 안 됐는데요? 휴민, 그 일을 하는 데는 내 전 생애를 다 바친 이후에도 수십 세대에 걸친 연구 기간이 필요해요. 그래도 결국 실패할지 몰라요."

"내가 질문한 의도는 해답을 찾아냈느냐라든지, 해답을 찾을 가능성을 발견했냐는 게 아니에요. 당신은 심리역사학이 이론적으론 가능하지만 현실적으론 불가능하다고 여러 차례에 걸쳐서 주장했잖아요. 따라서 내가 물어보는 것은 그것을 현실적으로 응용할 가능성을 조금이라도 발견했냐는 것입니다."

"솔직히 말해서 발견하지 못했습니다."

도스가 중간에 끼어들었다.

"실례를 무릅쓰고 질문하고 싶은 게 있어요. 내가 수학자가 아니니 바보스러운 질문을 해도 용서해 주세요. 도대체 이론적으론 가능한데 현실적으론 불가능한 것이 있을 수 있습니까? 당신은 이론적으론 제국에 있는 모든 사람을 일일이 만나서 인사할 수 있지만 모든 사람을 다 만날 때까지 살 수가 없으니 현실적으론 불가능하다는 예를 들곤 하는데, 심리역사학도 그런 사례와 마찬가지라는 사실을 어떻게 알 수 있죠?"

셀던은 의심쩍은 눈초리로 도스를 쳐다보며 반문했다.

"그 내용을 설명해 달라는 겁니까?"

"그렇습니다."

도스는 곱슬머리가 흔들릴 정도로 강하게 고개를 끄덕이며 대답했다.

휴민도 맞장구쳤다.

"사실 나도 마찬가지입니다."

"수학적 방법론을 사용하지 않고요?"

셀던은 어색하게 웃으면서 물어보았다.

휴민이 대답했다.

"부탁합니다."

셸던은 적절한 설명 방법을 생각하느라 잠시 숙고하고 나서 얘기를 시작했다.

"우주의 특정 현상을 이해하고자 할 경우, 그 현상을 규정 짓는 주요한 특징과 성질만 남겨 두고 다른 사소한 성질은 모두 제거해 최대한 간단하게 만들면 그 현상에 대해 이해하기가 쉬워집니다. 만약 물질 낙하 법칙을 규명하고 싶다면 그 물체가 새것인가 헌것인가, 빨간색인가 파란색인가, 냄새가 있는가 없는가 등에 대해선 신경 쓰면 안 되겠지요. 따라서 그러한 요소들을 제거하고 낙하 법칙에 필요한 특질과 성질만 남겨 둡니다. 이러한 단순화를 모델 설정이나 모의실험이라고 할 수 있겠지요. 어쨌든 단순화시킨 특질을 컴퓨터에 입력해 스크린을 통해 직접 낙하 실험을 하든가 아니면 수학 공식에 대입시켜 낙하 법칙을 규명할 수 있을 겁니다. 원시적인 비상대성 중력이론에 의하면……."

도스가 즉각 이의를 제기했다.

"수학적 방법론을 사용하지 않기로 약속했잖아요. '원시적' 운운하면서 슬며시 수학적 방법론으로 돌아가려고 하지 마세요."

"아니에요. 내가 '원시적'이라고 한 것은 기록을 아무리 찾아봐도 발견 과정 자체를 찾을 수 없어서 결국 불의 발견 과정이나 바퀴의 발견 과정과 마찬가지로 과거의 암흑 속에 묻혔다는 뜻에서 사용한 것이에요. 어쨌든 그 같은 중력이론 방정식에는 행성계 운동과 이중별, 조수 간만, 그 외의 많은 특질에 대한 설명이 들어 있어요. 그 같은 방정식을 이용해서 그림을 곁들인 모의실험 형태를 만들어 별 주변을 도는 행성 운동이나 혹은 두 별이 서로 교차하며 도는 행성 운동을 2차원 스크린에 띄울 수가 있지요. 물론 더 복잡한 운동은 3차원 홀로그램에 띄우고요. 그같이 단순화된 모의실험을 통해서 연구하면 그냥 연구하는 것보다 훨씬 쉽게 현상에 대해서 이해할 수가 있지요. 사실 그 같은 중력 방정식이 아니었다면 행성 운동과 천체역학에 대한 우리 지식은 보잘것없었을 겁니다."

"그러나 다른 현상에 대해서 더욱더 많이 알고자 하면, 혹은 더욱더 복잡한 현상을 이해하고자 하면 그만큼 상세한 방정식을 만들고 그만큼 복잡한 프로그램을 만들어야 하겠지요. 따라서 그만큼 이해하기가 힘들어진 컴퓨터 모의실험 형태를 만들게 되겠고요."

휴민이 질문했다.

"모의실험에 대한 모의실험을 만들 수는 없나요? 그렇게 하면 더욱 복잡한 현상도 그만큼 더 단순화시킬 수 있잖아요."

"그렇게 하면 현상을 규정하는 특질까지도 일부 제거해야 해서 결국 그 모의실험은 의미를 잃게 되지요. '최단모', 즉 '최대한 단순화한 모의실험'은 모의실험 대상 물체보다 빠른 속도로 복잡해져서 결국 대상 물체와 마찬가지로 복잡하게 됩니다. 그래서 가장 복잡한 형태로 존재하는 우주 전체를 그 자체보다 단순화시킨 모의실험 형태로 만들 수 없다는 가설이 수천 년 전에 세워졌습니다. 쉽게 얘기해서 우주 전체를 홀로그램에 담은 모의실험은 절대 불가능하기 때문에 우주 자체를 대상으로 연구할 수밖에 없다는 주장이지요.

그 가설에 의하면 우주의 한 부분에 대해서 모의실험 홀로그램을 만들고 나서 또 다른 부분을 만들고 하는 식으로 계속 부분적으로 조금씩 만들어서 부분적인 모의실험 홀로그램을 전부 모아 하나로 합쳐 우주 전체에 대한 모의실험 홀로그램을 만들려고 할 경우, 만들어야 하는 부분적인 모의실험 홀로그램 자체가 무한하게 존재하게 될 뿐입니다. 따라서 우주를 하나의 전체로서 이해하기 위해서는 무한한 시간이 필요하게 되어, 결국 우주에 대한 모든 지식을 얻기는 불가능하다는 결론에 도달하게 되지요."

"지금까지는 이해가 되는군요."

도스가 약간 놀란 듯한 목소리로 얘기했다.

"그렇다면 비교적 간단한 대상은 모의실험 하기가 쉽지만 점차 대상이 복잡해질수록 그만큼 모의실험 하기가 어려워져 결국 모의실험 자체가 불가능하게 되는 단계에 도달하게 된다는 것을 이해할 수 있겠지요? 문제는 '과연 어느 정도 복잡한 단계부터 모의실험 자체가 불가능해지는가?'입니다.

그래서 나는 아무리 용량이 크고 실행 속도가 빠른 컴퓨터를 사용한다 하더라도 계산이 불가능할 정도로 복잡하다고 알려진 수학적 방법론을 연구해서, 실상은 우리 은하계 사회가 모의실험 자체가 불가능할 정도로 복잡한 단계는 아니라는 사실을 증명했습니다. 즉 내가 증명한 바로는 은하계 사회는 그 자체보다 좀 더 단순한 모의실험 홀로그램으로 표현될 수 있습니다. 게다가 나는 그 이론을 더욱 발전시켜 통계학적인 형태로서 미래에 벌어질 사건을 예언할 수 있다는 사실을 증명했습니다. 일련의 다른 사건이 일어날 가능성을 설정해서 모의실험 함으로써 일정한 사건이 일어날 것을 어느 정도 확실하게 예언할 수 있게 된 거지요."

"그렇다면 은하계 사회를 적절하게 모의실험 할 수 있게 되었으니 그렇게 하면 되는 것 아닙니까? 그런데 현실적으론 불가능한 이유가 무엇이지요?"

"은하계 사회를 이해하는 데 무한한 시간이 걸리지 않는다는 사실은 증명했지만, 그래도 10억 년이라는 시간이 걸리게 된다면 결국 현실적으로 불가능한 것은 마찬가지인 셈이죠. 우리에게는 10억 년이나 무한한 시간이나 결국 마찬가지 아닙니까?"

"그 일을 하는 데 얼마나 걸린다고요? 10억 년요?"

"그 작업을 하는 데 얼마나 걸릴지 정확히 계산하진 않았지만 최소한 10억 년은 걸리지 않을까 추측해서 그 숫자를 제시한 겁니다."

"그러면 정확히는 모르는 것 아닙니까?"

"그 기간을 알아내려고 연구하긴 했어요."

"성공하진 못하고요?"

"네, 성공하진 못했어요."

"대학 도서관이 도움이 되지 않던가요?"

휴민은 도스에게 시선을 던지며 셀던에게 질문했다.

셀던은 고개를 천천히 흔들며 대답했다.

"전혀 도움이 안 됐어요."

"도스 박사가 도와줄 수 없었나요?"

도스가 한숨을 내쉬며 대답했다.

"휴민, 나는 심리역사학에 대해서 잘 몰라요. 내가 할 수 있는 일이라고는 참고목록 찾는 방법을 가르쳐 주는 정도에 불과해요. 셀던 박사가 목록을 뒤져 보고 찾지 못하면 그만이에요."

휴민은 의자에서 일어나며 얘기했다.

"그렇다면 이 대학에 머물러 봐야 아무 소용도 없을 테니 다른 곳을 물색해야 하겠군요."

그러자 셀던이 손을 뻗어 휴민의 팔을 잡았다.

"하지만 방법이 있어요."

휴민은 놀라기도 하고 미심쩍기도 한 눈초리로 셀던을 응시하며 물어보았다.

"언제 그 방법이 생각났나요? 바로 지금인가요?"

"아니에요. 지붕 위로 올라가기 며칠 전부터 머릿속에서 왔다 갔다 했는데, 지붕 위 사건 때문에 쭉 잊고 있다가 당신이 도서관에 대해 물어보자 그 생각이 떠올랐어요."

휴민은 다시 의자에 앉으며 말했다.

"수학 이론 얘기만 아니라면 어디 한번 들어 봅시다."

"수학과는 전혀 상관없어요. 도서관에 있는 책을 읽어 보니 은하계 사회가 과거에는 지금보다 단순했다고 하더군요. 제국이 처음으로 건설된 1만 2000년 전만 하더라도 은하계에는 유인 행성이 약 1000만 개에 불과했어요. 2만 년 전 제국 이전의 왕국은 전부 합쳐서 약 1만 개에 불과했지요. 과거로 거슬러 올라갈수록 그만큼 은하계 유인 행성은 적어지겠죠. 당신이 나에게 얘기했던 전설대로 단일 행성에서 모든 인류가 살고 있었을 때가 있을지도 모르고요."

휴민이 물어보았다.

"만약 지금보다 훨씬 단순한 은하계 사회를 연구하면 심리역사학을 적용할 수 있게 될지도 모른다는 말인가요?"

"네, 그럴 수 있을 것 같아요."

도스가 갑자기 정열적으로 얘기했다.

"과거의 단순한 사회를 심리역사학적으로 규명할 수 있다면, 제국 이전 상황을 연구해 제국이 형성된 지 1000년이 되는 해에 일어날 일을 예언할 수 있다면, 당신이 연구한 결과와 그 당시 실제로 벌어진 상황을 비교해서 당신의 이론을 검증할 수 있겠군요!"

휴민이 냉담하게 반론을 제기했다.

"은하 기원 1000년에 벌어진 역사적 사건을 미리 알고 있기 때문에 정당한 실험 방식이라고 할 수 없어요. 무의식적으로 당신이 알고 있는 역사 지식에 좌우되어 그 당시 실제로 벌어진 사건이 해답으로 나오도록 내용을 선별해서 방정식에 집어넣을 수도 있으니까요."

이번에는 도스가 반론을 제기했다.

"그렇지 않아요. 우리는 은하 기원 1000년에 어떠한 상황이 벌어졌는지 잘 모르기 때문에 앞으로 밝혀내야 할 거예요. 그때부터 벌써 1만 1000년이라는 세월이 흘렀으니까요."

셀던은 당황하는 표정을 지으며 반문했다.

"은하 기원 1000년에 어떠한 상황이 벌어졌는지 잘 모른다니 무슨 뜻입니까? 그 당시에도 컴퓨터가 있었잖아요? 그렇지 않습니까, 도스 박사?"

"물론입니다."

"그렇다면 눈과 귀로 기억하지 않았을 테니 은하 기원 1만 2020년 현재 기록과 마찬가지로 그 당시의 모든 기록도 보관되어 있을 텐데요."

"이론적으론 그렇지만 현실적으론……. 당신이 계속 그렇게 말해도요, 셀던 박사. 어쨌든 이론적으론 은하 기원 1000년에 일어난 모든 일에 대한 기록이 있어야 하지만 현실적으론 그렇지가 못해요."

"내가 그렇게 말한 것은 그것이 논리적인 결론이기 때문이에요, 도스 박사. 하지만 역사 기록은 다르다는 얘기군요."

도스가 대답했다.

"기록이라고 해서 영원히 보관되는 것은 아니에요. 격동의 세월을 거치면서 기억 장치가 파괴되거나 훼손될 수도 있고, 시간이 지나면서 자연 파손될 수도 있어요. 오랫동안 참고하지 않았던 기록물을 어느 날 꺼내 보니 기록이 엉망으로 엉켜 있는 식이죠. 제국 도서관에 있는 기록물 중 3분의 1 이상이 쓰레기에 불과하지만 전통 때문에 청소하지 않는다는 말이 있을 정도예요. 우리 도서관은 그다지 전통을 고집하지 않기 때문에 10년에 한 번씩 쓸모없어진 기록물들을 청소하죠. 물론 자주 인용되는 기록은 여러 행성에 있는 수많은 공공 및 사설 도서관에서 자주 복사하기 때문에 수천 년 동안 깨끗하게 보존되어 와서, 제국 이전에 일어난 사건까지 포함된 은하계 역사의 주요한 내용을 알 수 있지만요. 그러나 그 이상으로 거슬러 올라가면 그만큼 보존된 기록이 적어지게 되죠."

셀던이 말했다.

"도저히 믿을 수가 없어요. 파손될 위험에 대비해서 예비 복사를 해두었을 것이라고 생각해 왔어요. 어떻게 지식이 사라지게 놔둘 수 있단 말입니까?"

"찾는 사람도 없는 지식은 쓸모가 없는 지식이에요. 사용하지도 않는 기록을 계속 보존하려면 얼마나 많은 시간과 노력과 정열을 소비해야 하는지 아세요? 게다가 세월이 흐를수록 그런 폐물은 계속 늘어날 텐데요."

"언제 어떤 사람에게 필요하게 될지도 모르는 자료를 부주의하게 폐기했다는 얘기잖아요."

"1000년에 한 번 참고할지도 모르는 자료를 말이죠? 그 같은 경우를 위해 모든 자료를 보관하는 일은 비용 효율이 높지 않아요. 과학에서도 마찬가지잖아요. 당신도 원시적인 중력이론 운운하면서 발명 과정이 잊혀서 과거의 암흑 속으로 사라졌기 때문에 원시적이란 말을 사용했다고 했잖아요. 그럼 그 발명 과정은 왜 사라졌죠? 왜 당신네 과학자나 수학자들은 모든 자료, 모든 정보, 모든 지식을 보존하지 않은 거죠? 그 방정식을 발명한 암흑 속 원시시대에 대한 자료는 도대체 어디로 간 거죠?"

셀던은 괴로운 한숨을 내쉬며 휴민에게 말했다.

"자, 휴민. 내가 생각해 낸 것은 여기까지입니다. 과거로 깊숙이 들어가 그만큼 사회가 단순해질수록 심리역사학을 적용할 가능성은 높아집니다. 하지만 단순해진 이상으로 자료 자체가 한정되니 그만큼 역사심리학을 적용하기도 힘들어집니다. 일장일단이 있는 셈이죠."

"그러나 마이코겐 구역은 좀 다를 거예요."

도스가 갑자기 밝은 얼굴로 얘기했다.

휴민은 재빨리 고개를 들면서 말했다.

"아! 그곳이 있었지! 그곳이라면 셀던이 은신하며 연구하기에는 안성맞춤이야. 왜 미처 생각해 내지 못했을까?"

셀던은 두 사람을 번갈아 보며 반문했다.

"마이코겐 구역요? 마이코겐 구역이 어디 있는 어떤 곳인데요?"

"셀던 박사, 나중에 얘기해 줄게요. 지금 당장 준비해야 할 일이 생겼어요. 당신은 내일 떠나야 하니까요."

33

도스는 셀던에게 약간이라도 잠을 자 두라고 아까부터 설득하고 있었다. 그들은 빛이 나가서 다시 들어오기 전에 '밤'의 장막을 이용해서 대학에 있는 모든 사람이 수면을 취하고 있는 동안 떠나야 했다.

도스는 지금도 셀던에게 수면을 취하라고 설득하는 중이다.

"그러면 당신은 또 바닥에서 자려고요?"

셀던이 물어보았다.

도스는 어깨를 으쓱하며 대답했다.

"침대가 일인용이니 만약 우리 두 사람이 누우면 너무 꽉 차서 둘 다 잠들 수가 없잖아요."

셀던은 잠시 뭔가 갈망하는 눈초리로 도스를 쳐다보더니 말했다.

"그러면 이번에는 내가 바닥에서 자겠어요."

"안 돼요, 그럴 수 없어요. 진눈깨비 속에서 혼절한 사람은 내가 아니라 당신이에요."

이러니 둘 다 잠들 수가 없었다. 비록 방을 어둡게 했고, 멀리에서 울려 퍼지는 트랜터 국가도 조용한 곳에 위치한 셀던의 방에서는 자장가 소리처럼 들렸으나, 셀던은 말을 해야만 하겠다고 느꼈다.

셀던이 마침내 입을 열었다.

"그동안 이곳에서 폐를 많이 끼쳤어요, 도스 박사. 나 때문에 강의도 빠지게 됐고요. 하지만 이제 헤어져야 한다니 섭섭하군요."

도스가 말을 받았다.

"우리는 헤어지지 않아요. 나도 당신과 함께 떠날 예정입니다. 휴민이 나에게 장기 휴가를 얻어 준다고 했어요."

셀던이 당황해서 말했다.

"당신에게 그렇게까지 해 달라고 부탁할 순 없어요."

"당신이 부탁한 게 아니라 휴민이 부탁한 것이에요. 나는 당신을 보호해야만 해요. 게다가 지붕 위 사고를 예방하지 못했으니 그 벌충도 해야 하고요."

"내가 누차 말했듯이 그것에 대해 죄책감을 가지지 마요. 나로서는 당신과 함께 지낼 수 있어서 아주 편안했어요. 하지만 괜히 당신이 살아가는 데 방해나 되지 않았는지……."
도스가 부드러운 목소리로 말했다.
"그렇지 않아요, 셀던. 이제 그만 얘기하고 잠이나 자요."
셀던이 잠시 침묵을 지키더니 나지막하게 속삭였다.
"휴민이라면 모든 일을 할 수 있다고 확신하나요, 도스?"
"그 사람은 놀라운 사람이에요. 그 사람은 이 대학을 비롯한 모든 곳에 영향력을 행사하고 있는 것 같아요. 만약 그 사람이 내게 장기 휴가를 얻어 준다고 약속했으면 틀림없이 얻어 줄 거라고 믿어요. 그는 설득력이 대단한 사람이니까요."
"나도 알아요. 하지만 나는 가끔 그가 나에게 진짜 원하는 게 과연 무엇일지 모를 때가 있어요."
"그가 말하는 그대로예요. 그는 강한 사나이고 이상적인 신념과 꿈을 가지고 있는 사람이에요."
"마치 그 사람을 잘 알고 있는 투로 얘기하는군요, 도스 박사."
"물론이죠. 나는 그 사람을 잘 알아요."
"개인적으로요?"
도스는 평소와 다른 목소리로 얘기했다.
"당신 말이 무엇을 의미하는지 정확히 모르겠지만 무례한 의미를 내포하고 있다면……. 그렇지 않아요. 개인적으로는 몰라요. 게다가 당신이 상관할 일도 아니고요."
"미안해요. 다른 사람의 사생활에 간섭할……"
"사생활요? 더욱 모욕적으로 들리는군요. 잠이나 주무시는 게 나을 것 같군요."

"아, 또 실수했군요. 다시 한 번 사과합니다, 도스 박사. 하지만 잠이 오지 않아요. 주제를 바꿔서 얘기합시다. 마이코겐이라는 곳에 대해서 아직 설명해 주지 않았잖아요. 그곳에 가면 나한테 무엇이 도움 되죠? 그곳은 어떤 곳입니까?"

"그곳은 인구가 약 200만 명밖에 안 되는 조그만 구역인 것으로 기억해요. 마이코겐 주민들은 오랜 역사에 강한 집착을 가지고 있기 때문에 다른 곳에서 볼 수 없는 기록들을 그곳에서 찾을 수 있을 것 같아요. 당신이 제국 이전 시대에 대해서 연구하고 싶다면 다른 어떤 정통 역사학자보다 많은 도움을 그 기록물에서 찾을 수 있을 거예요. 오랜 역사에 대해서 얘기하다 보니 그 구역이 생각나더라고요."

"그들이 가지고 있는 기록물들을 본 적이 있습니까?"

"아니에요. 내 주변에 있는 사람들 중에 본 사람은 아무도 없어요."

"그러면 그런 기록물이 있는지 확실히 모르지 않겠어요?"

"물론 확신할 수는 없어요. 사람들은 마이코겐 주민들이 아주 엉뚱한 사람들이라고 비난하기도 하지만 그건 공평하지 못해요. 그런 기록물을 가지고 있으니까 가지고 있다고 자신 있게 말하는 것 아니겠어요? 게다가 그곳에 있으면 외부 행성에 발각되지도 않을 거예요. 마이코겐 사람들은 외부 행성와 별로 교류하지 않거든요. 자, 이제 제발 잡시다."

셀던은 이리저리 뒤척이다가 마침내 잠에 곯아떨어졌다.

34

해리 셸던과 도스 베나빌리는 새벽 3시에 대학교 운동장을 벗어났다. 셸던은 도스가 길을 인도하고 있다고 생각했다. 그녀는 트랜터에서 2년을 더 산 만큼 자신보다 지리에 능숙했다. 그녀는 휴민과 친한 친구임이 틀림없었다. 얼마나 친할까? 이 생각이 셸던을 계속 괴롭히고 있었다. 그녀는 휴민의 의중을 충분히 파악하고 있다…….

셸던과 도스는 머리에 딱 맞는 두건을 쓰고 가볍게 펄럭이는 망토로 온몸을 감싸고 있었다. 이 옷차림새는 몇 년 전 잠시 대학가의 젊은 지식인들 사이에 유행하기도 했다. 지금 현재로서는 웃음거리밖에 안 될 차림새였으나 다른 사람에게 들키지 않도록 온몸을 가리기에는 안성맞춤이었다.

셸던은 휴민과 헤어지던 상황이 생각났다.

휴민이 말했다.

"지붕 위 사건이 지레 겁먹고 생긴 일일 수도 있을 뿐만 아니라 당신을 감시하는 정보원이 애초에 한 명도 없을 가능성도 있어요, 셸던 박사. 하지만 최악의 사태를 가정하고 대비하세요."

셸던이 의아해서 물어보았다.

"우리와 함께 가지 않나요?"

"그러고 싶지만 더 이상 자리를 비우면 의심받을 가능성이 높아지니까요. 충분히 이해할 수 있겠어요?"

셸던은 한숨을 내쉬었다. 충분히 이해가 되지만 섭섭했기 때문이다.

두 사람은 고속버스에 올라타 이미 자리에 앉아 있던 사람들과 멀리 떨어진 곳에 앉았다. 셸던은 새벽 3시에 고속버스를 타고 있는 사람들은 도대체 어떤 사람들인가 궁금했으나, 한 사람도 없었다면 자신과 도스가 그만큼 의심을 받았을 테니 몇 명이라도 있어서 다행이라고 생각했다.

셀던은 군대를 사열하듯 끝없는 전자자기장 위에 있는 끝없는 모노레일을 따라 끝없는 버스 대열이 이어지는 풍경을 바라보는 데 몰두했다.

계속 스치듯 지나가고 있는 거주 지역을 바라보니 공중으로 높이 지은 건물이 별로 없었다. 아마 지하 깊숙이 지어서 그럴 것이라고 셀던은 추측했다. 물론 수천억 제곱킬로미터나 되는 행성 전체가 도시화되었으니 400억 인구가 산다고 하더라도 높은 건물을 짓거나 공간이 비좁게 건물을 많이 지을 필요가 없으리라.

열린 지역이 나타나기도 했는데 대부분 곡식이 심겨 있는 것 같았으나 공원 같은 곳도 간혹 눈에 띄었다. 용도를 파악할 수 없는 건물들도 많았다. 공장인가? 회사 건물인가? 추측이 불가능했다. 평범하게 생긴 거대한 원통이 나타나자 셀던은 물탱크일 것이라고 추측했다. 트랜터인에게도 신선한 물이 공급되어야 하니까 말이다. 그렇다면 트랜터인은 지붕 위에서 홈통으로 빗물을 끌어들여 불순물을 여과한 다음 소독해서 저런 곳에 저장해 놓는 건가? 그럴 수밖에 없을 것 같았다.

그러나 셀던은 계속 풍경만 살펴볼 수 없었다. 도스가 조그만 소리로 중얼거렸던 것이다.

"요번에 내려야 할 것 같아요."

도스는 일어나서 강한 힘으로 셀던의 팔을 잡아끌었다.

그들은 고속버스에서 딱딱한 바닥으로 내려섰다. 도스가 방향 안내판을 살펴보았다.

눈에 잘 띄지 않아서 몰랐으나 자세히 살펴보니 안내판들이 많이 있었다. 안내판을 보고 셀던은 크게 낙담했다. 안내판들이 그림문자와 상징문자로 쓰여 있어서 트랜터인이 아닌 사람들은 이해할 수 없었기 때문이다. 셀던은 그런 문자를 처음 보았다.

"이쪽이에요."

도스가 말했다.

"어느 쪽요? 어떻게 알죠?"

"저걸 보세요. 날개 두 개와 화살표가 보이잖아요."

"날개 두 개요? 아!"

처음에는 'W'를 잡아 늘여 엎어 놓은 것 같았는데 이제 보니 새의 날개를 본뜬 그림이었다.

"왜 언어로 쓰지 않았죠?"

셀던은 무뚝뚝한 투로 물어보았다.

"행성마다 언어가 다르기 때문이죠. 이곳에서는 '에어제트'라고 말하는 반면 시너에서는 '비상기'라고 하고, '급강하기'라고 말하는 행성도 많아요. 하지만 날개 두 개와 화살표는 비행장을 가리키는 표식으로서 모든 행성에서 공통으로 사용하지요. 헬리콘 행성에서는 저런 표식을 사용하지 않나요?"

"별로 사용하지 않아요. 문화적인 측면에서 헬리콘은 폐쇄성이 강한 사회지요. 그동안 이웃 행성들에 문화적 침탈을 많이 받아 왔기 때문에 우리가 가진 고유의 전통을 지키려는 집념이 아주 강하죠."

도스가 신기하다는 듯 반문했다.

"그래요? 심리역사학 계발 배경을 조금 이해할 수 있을 것 같아요. 하지만 언어가 다름에도 어떤 행성에 가든 일련의 표식을 통해서 방향을 찾을 수 있으면 은하계 단결에도 좋은 것 아니겠어요?"

"별로 효과가 없을 거예요."

셀던은 어둠침침한 텅 빈 골목길로 접어드는 도스를 뒤따라가면서 트랜터는 범죄율이 어느 정도인지, 이 골목이 우범지대가 아닌지 궁금했지만 하던 말을 계속 이어 나갔다.

"각각 독립된 현상을 규명하는 법칙을 10억 개 알고 있다 하더라도 그 법칙에서 도출할 수 있는 일반론은 없어요. 그래서 제도도 그 자체만큼 복잡한 모델을 통해서만 이해될 수 있을 뿐이라는 말이 나오잖아요……. 도스 박사, 우리가 지금 비행장으로 가고 있는 겁니까?"

도스는 재미있다는 표정으로 셀던을 쳐다봤다.

"비행장 표식을 따라서 가는데 골프장이라도 나올 거라고 생각하세요? 트랜터인들처럼 당신도 에어제트 여행을 두려워하나 보죠?"

"아니에요, 그런 게 아니에요. 헬리콘에서는 에어제트로 여행하는 사람들이 많을 뿐만 아니라 나도 자주 이용하곤 했어요. 단지 휴민이 나를 대학으로 데리고 올 때 흔적을 남기지 않으려고 일부러 비행기를 피했던 일이 생각나서 물어보는 거예요."

"그때는 정부 측에서 당신을 추적하고 있었으니까요, 셀던. 하지만 현재는 정부 측에서 당신이 있는 곳을 모르잖아요. 게다가 조그만 비행장에서 개인용 에어제트를 이용할 예정이니까 걱정하지 않아도 돼요."

"그러면 누가 조종하는데요?"

"휴민의 친구가 조종하겠죠."

"믿을 수 있는 사람입니까?"

"휴민의 친구라면 충분히 믿을 수 있겠지요."

"휴민을 대단히 존경하는 것 같군요."

셀던이 심한 질투심에 시달리며 말했다.
"그럴 만한 이유가 있어요. 그 사람은 가장 뛰어난 사람이거든요."
도스는 스스럼없이 말했다.
더욱 격심한 질투심이 셀던의 가슴에 솟았다.
"저쪽에 에어제트가 있군요. 갑시다."
도스가 셀던을 이끌었다.
그곳에는 날개가 이상하게 생긴 조그만 에어제트가 있었다. 기체 옆에 조그만 사나이가 서 있었는데 다른 트랜터인들과 마찬가지로 색상이 화려한 의복을 입고 있었다.
도스가 말했다.
"우리는 심리요."
그 비행사가 말을 받았다.
"나는 역사요."
비행사를 따라 안으로 들어가면서 셀던이 도스에게 물어보았다.
"암호는 누가 만들었습니까?"
"휴민이 만들었어요."
도스가 대답했다.
셀던은 콧방귀를 뀌며 말했다.
"근엄한 표정만 짓고 있어서 유머 감각하고는 담쌓고 지내는 줄 알았는데……."
도스가 웃음을 지었다.

제8부

태양정복자

태양정복자14

……고대 트랜터 행성에 있던 마이코겐 구역 지도자. ……이 구역은 극단적으로 폐쇄적인 사회를 꾸려 나갔기 때문에 역대 지도자들에 대해 알려진 사실이 별로 없다. 태양정복자14에 대해서도 별로 알려진 사실이 없다. 해리 셀던이 도주하는 동안 잠시 관계를 맺었다는 것 자체가 그가 역사에 등장하는 전부이다.

—『은하대백과사전』

35

조그만 조종실 뒤에 좌석이 두 개 있었다. 셀던이 좌석에 앉자 뒤에서 안전띠가 나와 다리와 허리, 가슴을 묶고 위에서 두건이 내려와 이마와 귀를 둘러싸 버렸다. 셀던은 온몸이 꽉 묶인 기분이 들어 억지로 고개를 조금 돌렸다. 도스도 마찬가지였다.

조종사가 좌석에 앉아 계기판을 검사하더니 이야기를 시작했다.

"나는 당신들을 모실 비행사로서 엔도 레바니안이라고 합니다. 이륙할 때 가속도가 심해 안전띠로 당신들을 묶었습니다. 창공에 오르면 안전띠가 자동으로 풀립니다. 당신들의 이름을 말할 필요는 없습니다. 그건 내가 신경 쓸 일이 아니니까요."

그는 고개를 돌려 주름이 쭈글쭈글한 얼굴로 두 사람을 향해 환하게 웃었다.

"젊은 두 양반 중에 제트비행기 여행을 두려워하는 사람이 있습니까?"

도스가 명랑하게 대답했다.

"저는 외계인이기 때문에 비행기 여행에 익숙한 편이에요."

"나도 마찬가지예요."

셀던이 약간 거만하게 대답했다.

"다행이군요, 젊은 양반들. 물론 두 분은 이런 비행기를 타 본 적도 없고 야간 비행을 경험해 본 적도 없겠지만 그래도 잘 견뎌 낼 것으로 믿겠습니다."

조종사도 안전띠를 착용했다. 하지만 두 팔은 자유롭게 움직일 수 있었다.

비행기에서 육중한 소리가 나더니 움직이기 시작하면서 소리가 계속 커져 갔다. 그다지 신경에 거슬리진 않았지만 앞으로 거슬리게 될지도 모른다는 생각에 셀던은 마치 소음을 떨쳐 버리기라도 할 듯이 고개를 흔들었으나 이마에 매고 있는 두건이 더 단단하게 조여 올 뿐이었다.

그러던 중 갑자기 비행기가 공중으로 붕 튀어 올랐다.

갑자기 뒤쪽과 아래쪽으로 내리누르는 듯한 압력이 느껴졌다.

셀던은 조종사 앞에 있는 유리창을 통해서 거대한 벽이 나타나는 것을 공포에 휩싸인 채 지켜보고 있었다. 이윽고 그 벽에 동그란 입구가 나타났다. 휴민과 함께 제국 지역을 떠나면서 비행택시를 타고 들어갔던 구멍과 흡사했다. 이 구멍은 비행기 동체가 들어갈 만한 크기이긴 했지만, 날개가 들어가기는 힘들 것 같았다.

셀던은 고개를 최대한 오른쪽으로 돌려 비행기가 이 구멍을 어떻게 통과하는지 보려고 애썼다. 비행기는 오른쪽 날개를 움츠리더니 그 구멍으로 빨려들기 시작했다.

제트기는 입구로 들어서자 전자자기장에 이끌려 왱 소리를 내며 빛이 환한 동굴을 따라 앞으로 나아갔다. 계속 가속이 붙으면서 가끔 나는 철컥 소리를 들으며 셀던은 그 소리가 자성 물질들을 지나치며 내는 소리일 거라고 추측했다.

10분도 채 안 되어서 제트기는 대기권으로 날아올랐고 일순간 펼쳐진 어둠의 장막 속으로 질주해 갔다.

비행기가 전자자기장을 벗어나면서 속도를 늦추자, 몸이 앞으로 밀렸다. 그 바람에 안전띠에 복부가 사납게 눌려 셀던은 잠시 호흡곤란을 느꼈다.

압력이 점차 사라지더니 마침내 안전띠가 자동으로 풀렸다.

"어떠세요, 젊은 양반들?"

조종사가 쾌활한 목소리로 물어보았다.

"확실히 모르겠습니다."

셀던은 고개를 돌려 도스에게 물어보았다.

"괜찮습니까?"

"물론이죠. 우리가 진짜 외계인인지 시험하기 위해 레바니안 씨가 일부러 비행기를 험하게 모신 것 같아요. 그렇죠, 레바니안 씨?"

레바니안이 말을 받았다.

"자극적인 것을 좋아하는 사람도 있으니까요. 두 분은 어떠세요?"

"어느 정도는요."

도스가 대답했다.

셀던이 거기에 덧붙였다.

"이성적인 사람이 받아들일 수 있을 정도까지는요."

셀던이 계속 얘기했다.

"하지만 비행기에서 날개를 떼어 내다니 장난치고는 좀 심한 것 같군요?"

"날개를 떼어 낸 게 아니에요. 두 분이 이런 제트기를 타 본 적이 없을 거라고 아까 얘기했잖아요. 날개에 컴퓨터 장치가 되어 있기 때문에 비행기 속도, 기류의 방향과 속도, 기후 등등 예닐곱 가지 변수에 따라 길이와 넓이, 각도 등 모양 일체가 자동으로 변한 거예요. 비행기를 분해하지 않고서는 날개를 떼어 낼 수 없지요."

셀던 옆에 있는 창가에서 후드득 하는 소리가 들렸다. 셀던이 소리를 질렀다.

"비가 와요!"

"비님이야 자주 오시죠."

조종사가 대답했다.

셀던은 창밖을 보았다. 헬리콘을 비롯한 모든 행성에서는 대기권에서 인간이 만들어 내는 빛을 볼 수 있었다. 오직 트랜터 행성만이 빛 한 점 없이 어둠에 묻혀 있었다.

빛이 한 점도 없지는 않았다. 멀리서 깜박거리는 빛을 볼 수 있었다. 셀던은 다른 지붕보다 높게 올라간 지붕에 경고등이 붙어 있는 것이라고 추측했다.

도스는 셀던이 불안스러워하고 있음을 눈치채고 셀던의 손등을 다

독거리며 말했다.

"조종사가 다 알아서 할 테니 안심해요, 해리."

"그렇게 하겠어요. 하지만 조종사가 앞으로 전개될 상황을 알려 주면서 조종했으면 좋겠어요."

해리 셀던은 조종사가 들으라고 큰 소리로 불평했다.

"그럼 그렇게 하죠, 뭐."

비행사의 대답이었다.

"지금 상승하고 있습니다, 승객 여러분. 몇 분 뒤면 구름층 위로 올라가게 될 것이며, 그러면 비도 오지 않고 별빛도 볼 수 있을 겁니다."

조종사 말이 딱 맞았다. 구름 사이로 별이 몇 개씩 보이기 시작하더니 갑자기 구름이 하나도 없어지고 별빛이 만연했다. 조종사가 내부 전등을 끄자 천지가 별빛으로 반짝거렸다. 계기판에 있는 불빛이 깜박거리긴 했으나 창밖으로 보이는 별빛과 비교할 수가 없었다.

도스가 감탄했다.

"정말 2년 만에 별들을 보는군요. 진짜 아름답지요? 정말 밝은 별이 많기도 하군요!"

조종사가 설명해 주었다.

"트랜터가 다른 행성들보다 은하계 중심에 가까이 있기 때문에 별빛이 특히 밝아요."

헬리콘은 은하계 변두리에 있어서 밤하늘을 올려다보아도 별로 밝은 별들을 볼 수 없었던 반면 트랜터의 밤하늘은 정말로 아름다웠다. 셀던은 넋을 잃고 밤하늘만 바라볼 뿐이었다.

도스가 말했다.

"비행기가 이제 미끄러지듯 가고 있어요!"

"그렇군요."

셀던이 도스의 말을 받고는 조종사에게 물어보았다.

"이 비행기는 어떤 동력을 쓰지요, 레바니안 씨?"

"소형 핵융합 엔진과 고압가스 분사력을 이용합니다."

"소형 핵융합 제트비행기에 대해서 연구한다는 얘기는 들었지만 벌써 개발해 냈다는 이야기는 금시초문인데요?"

"이런 비행기가 몇 대 있어요. 하지만 트랜터에만 있는 데다가 정부 고위 관료들만 이용하기 때문에 모르는 사람들이 대부분이죠."

셀던이 물어보았다.

"이런 비행기를 타려면 비용이 많이 들지 않습니까?"

"대단히 많이 들죠."

"그러면 휴민 씨가 얼마를 내고 이 비행기를 빌렸나요?"

"무료로 빌렸어요. 휴민 씨는 이 비행기를 소유하고 있는 회사 사장과 친한 친구니까요."

셀던은 속으로 투덜대면서 다시 물어보았다.

"왜 이런 비행기가 많지 않지요?"

"한 대를 만드는 데 비용이 너무 많이 들 뿐만 아니라 현재 있는 비행기로도 충분하기 때문이죠."

"더 커다란 비행기를 만들어서 수요를 창출할 수도 있잖아요."

"그럴 수도 있겠죠. 하지만 커다란 비행기를 움직일 정도로 강력한 소형 핵융합 엔진을 만들어 낼 수는 없어요."

셀던은 과학기술이 퇴보하고 있다고 불평하던 휴민 생각이 났다.

"자포자기로군!"

셀던은 혼자 웅얼거렸다.

"뭐라고요?"

도스가 반문했다.

"아무것도 아니에요. 과거에 휴민이 한 말을 생각하고 있었어요."

셸던은 별들을 보면서 조종사에게 물어보았다.

"우리가 서쪽으로 가고 있습니까, 레바니안 씨?"

"맞아요. 어떻게 알았죠?"

"만약 동쪽으로 가고 있다면 동녘이 밝아 오는 모습을 볼 수 있다고 생각했거든요."

비행을 계속하면서 어느새 새벽이 밝아 오더니 이윽고 햇빛이, 진짜 햇빛이 비행기를 밝게 비추었다. 하지만 비행기가 하강하면서 구름 안으로 들어갔기 때문에 진짜 햇빛을 구경한 시간은 오래지 않았다. 푸른 창공과 황금빛 햇살이 사라지고 음침한 회색빛이 나타나자 셸던과 도스는 몇 분이라도 더 보지 못한 것에 대해 실망의 소리를 연발했다.

구름 밑으로 나오자 지붕이 바로 눈앞에 나타났다. 지붕 표면에는 울창한 수풀과 초원이 펼쳐져 있었다. 크로지아가 말해 준 것과 똑같았다.

하지만 이번에도 자세히 구경할 시간은 없었다. 바로 밑에서 '마이코겐'이라는 글자가 깜빡깜빡 빛나는 입구가 나타났기 때문이다.

비행기는 그 속으로 날아 들어갔다.

36

그들은 비행장에 착륙했다. 비행장이 황폐해서 셸던은 의아하게 생각했다. 임무를 완수한 비행사는 셀던과 도스에게 차례대로 악수를 청한 뒤 황급히 비행기를 몰고 구멍으로 미끄러져 들어가 버렸다.

두 사람은 어떻게 해야 할지 몰라 막연히 기다릴 수밖에 없었다. 100명이라도 앉을 수 있는 기다란 의자가 있었으나 주변에는 셀던과 도스 두 사람밖에 없었다. 비행장은 직사각형으로 만들어져 사방이 벽으로 둘려 있었다. 저 벽 안에는 비행기가 오가는 터널이 많이 있을 테지만 두 사람이 타고 온 에어제트가 사라지자 주변에는 비행기도 한 대 없었고 새로 도착하는 비행기도 없었다.

사람이 오는 기미도, 아니 사람이 살고 있다는 기미도 전혀 없었다. 트랜터 특유의 번잡스러움이 이곳에는 전혀 없었다.

셀던은 물밀 듯 밀려드는 고립감을 맛보았다. 도스를 쳐다보면서 그는 물어보았다.

"이제 어떻게 해야 하지요? 무슨 방법이 없습니까?"

"휴민이 말하길 태양정복자14가 마중 나온다고 하더라고요. 그 이상은 모르겠어요."

"태양정복자14요? 그게 뭔데요?"

"사람 이름이겠죠. 이름만 듣고선 남자인지 여자인지 모르겠지만요."

"정말 이상한 이름이군요."

"듣는 사람 마음이 이상해서 그렇겠지요. 나를 처음 보는 사람 중에 나를 남자로 생각하는 사람도 있었는데요, 뭐."

"진짜 어리석은 사람이군요."

해리 셀던이 빙긋이 웃으며 말했다.

"그렇지 않아요. 내 이름만 가지고 판단했기 때문에 그런 것이에요. 내 이름을 남자 이름으로 쓰고 있는 행성이 많다고 하더라고요."

"나는 당신과 비슷한 이름을 들어 본 적이 없는데요?"

"그건 당신이 은하계를 별로 여행하지 않아서 그래요. '해리'라는 이름은 여러 곳에서 쓰는 평범한 이름이지만 언젠가 '헤리'라는 이름을 가진 여자를 만난 적이 있어요. 'ㅐ'와 'ㅔ'가 다를 뿐 부를 때는 비슷하게 소리 나잖아요. 마이코겐 이름에서 문자는 성에 해당하고 숫자는 이름에 해당하는 것 같아요."

"하지만 태양정복자는 성이라고 하기에는 너무 이상하잖아요."

"너무 잘난 체하지 마세요. 시너 말로 '도스'는 '봄의 선물'이라는 뜻을 가진 고어예요."

"당신이 봄에 태어났습니까?"

"아니에요. 나는 시너에서 한여름 밝은 대낮에 태어났어요. 하지만 부모님이 원래 뜻과는 상관없이 듣기가 좋다고 지어 주신 것이에요."

"그렇다면 태양정복자는……"

갑자기 엄숙한 목소리가 굵직하게 들려왔다.

"그건 내 이름이오, 이방인."

셀던은 깜짝 놀라 왼쪽으로 고개를 돌렸다. 육상용 자동차가 서 있었다. 상자 모양으로 고풍스럽게 생긴 그 자동차는 화물용 짐차처럼 보이기도 했다. 자동차 운전석에는 나이에 걸맞지 않게 혈기왕성하게 보이는 키가 큰 노인이 앉아 있었다. 그 노인은 위엄 있는 태도로 자동차에서 나왔다.

그 사람은 소매를 아주 평퍼짐하게 만들어 손목에서 꽉 끼게 하고 바닥까지 내려올 정도로 긴 하얀색 가운을 입고 있었다. 엄지발톱이 삐져나올 정도로 조그만 샌들을 신은 발이 가운 밑에 드러나 있었다. 완전히 면도질해서 머리에 머리카락이라고는 한 올도 없었다. 그 노인네는 푸른 눈으로 두 사람을 찬찬히 살펴보았다.

노인네가 마침내 입을 열었다.

"안녕하시오, 이방인?"

셀던은 습관적으로 정중하게 인사했다.

"안녕하십니까, 어르신."

인사하고 나서 셀던은 이상하다는 듯이 갑자기 물어보았다.

"어떻게 안으로 들어오셨죠?"

"입구를 통해서 들어왔소. 저쪽에 있다오. 당신들은 별로 주의를 기울이지 않더군."

"그랬군요. 하지만 어떻게 해야 할지 몰랐거든요. 사정은 지금도 별로 달라진 게 없지만요."

"이방인 두 명이 도착할 예정이라고 했소. 당신들을 보살펴 달라고 이방인 휴민이 부탁했소이다."

"그러면 어르신도 휴민을 아시는지요."

"물론 잘 알고 있지. 그 사람은 우리를 많이 도와주었소. 능력 있는 이방인 휴민이 우리를 도와준 대가로 이제 우리가 도움을 주고자 하오. 마이코젠에는 밖에서 오는 사람도 밖으로 나가는 사람도 거의 없소이다. 당신에게 살 집을 제공해서 불편을 겪지 않고 안전하게 살 수 있도록 해 주겠소. 이곳은 안전한 곳이오."

도스가 고개를 숙이며 답례했다.

"고맙습니다, 태양정복자14."

태양정복자는 모욕을 당했다는 듯이 도스를 쳐다본 후 고개를 돌리고 얘기했다.

"나는 이방인들의 관습을 조금 알고 있소. 이방인들 사이에서는 허락받지 않고 아무 때나 여자가 얘기에 끼어든다고 하더군. 따라서 내가 모욕받았다고 말할 수는 없겠지. 하지만 그런 관습을 모르는 다른 형제들이 있는 곳에서는 조심해 줄 것을 여자에게 부탁하오."

"그래요?"

도스는 놀랐다는 듯이 반문했다. 도스는 심한 모욕감을 느꼈다.

"게다가 내가 우리 부족민과 떨어져서 당신들과 있을 때는 숫자 이름을 부를 필요가 없소. '태양정복자'라고만 부르시오. 이곳은 이질적인 점이 너무 많아 편안하지 못하니, 이제 이곳을 떠나도록 합시다."

"편안한 곳으로 간다니 좋습니다. 하지만 우리 관습을 무시하고 당신네 관습을 무조건 따르도록 강제하지 않겠다는 확신이 들기 전에는 이곳에서 한 발짝도 움직이지 않겠습니다. 여성들도 아무 때나 말하고 싶을 때 말하는 것이 우리 관습입니다. 만약 어르신이 우리를 안전하게 보호하기로 약속하셨다면 육체적 안전만이 아니라 정신적 안전도 책임지셔야 합니다."

태양정복자는 셀던을 냉정하게 응시하면서 말했다.

"젊은 이방인이 아주 대담하군. 이름이 뭐요?"

"저는 헬리콘 출신 해리 셀던입니다. 제 친구는 시너 출신으로서 도스 베나빌리라고 하지요."

태양정복자는 셀던이 자신을 소개할 때는 약간 고개를 숙이더니 도스를 소개할 때는 미동도 하지 않았다.

태양정복자가 말을 받았다.

"나는 당신을 안전하게 보호하겠다고 이방인 휴민에게 약속했소. 그러니 당신 친구도 보호하기 위해 노력하겠소. 만약 이방인 여자가 허락받지 않고 얘기한다 하더라도 그 여자가 우리를 모욕하고자 하는 의도가 아니라는 사실을 명심하겠소. 하지만 한 가지만은 내 말을 따라야 하오."

태양정복자는 대단히 모멸스럽다는 표정으로 셀던과 도스의 머리를 차례대로 가리켰다.

"무슨 뜻인지요?"

셀던이 당혹스러운 표정으로 물었다.

"당신들 머리카락 말이오."

"머리카락이 어디가 어때서요?"

"그게 보이면 안 되오."

"그렇다면 어르신처럼 우리 머리도 면도질해야 한단 말입니까? 그건 절대로 안 됩니다."

"내 머리카락은 면도질한 게 아니오, 이방인 셀던. 다른 모든 형제와 그들의 여인들과 마찬가지로 나도 결혼 적령기가 되면서 머리털을 통째로 뽑아 버린 것이라오."

"만약 어르신이 탈모를 강요하신다면 그건 절대로 안 될 일입니다. 절대로요."

"이방인, 우리는 면도질이나 탈모를 부탁하는 것이 아니오. 단지 우리와 함께 있는 동안이라도 머리카락을 감추어 달라는 것이오."

"어떻게요?"

"내가 당신의 두상에 맞게 성형한 대머리 분장 몇 장과 눈 위에 드문드문 난 것, 즉 눈썹을 가릴 작은 조각 몇 개를 가지고 왔소. 우리와 함께 있는 동안 그것을 쓰고 있으면 되오. 물론 매일 얼굴을 면도해야 하겠지. 필요하다면 하루에 몇 번씩이라도 해야 하오."

"하지만 이래야 하는 이유가 뭡니까?"

"우리에게는 머리에 난 털이 불쾌하고 추잡하게 보여서 그렇소."

"그러나 은하계 모든 행성에서 머리카락을 기르는 것이 전통이라는 것을 어르신을 비롯한 모든 주민이 잘 알고 있을 것 아닙니까?"

"물론이오. 나와 마찬가지로 때때로 이방인을 접해야 하는 형제들은 그런 머리카락을 할 수 없이 보게 된다오. 우리는 그런대로 참을 수 있소. 하지만 모든 형제에게 역겨움을 참으며 그런 불결한 모습을 감수해 달라고 하는 것은 옳지 못하지."

셀던이 어이없는 표정으로 대답했다.

"그럼 좋습니다, 태양정복자 어른. 하지만 이유를 설명해 주세요. 모든 주민이 태어날 때부터 결혼 적령기에 이를 때까지는 우리들과 마찬가지로 머리를 기를 수밖에 없을 텐데 굳이 탈모해야 하는 이유가 무엇이죠? 관습 때문인지 아니면 다른 그럴싸한 이유가 있는 것인지 말씀해 주세요."

그러자 노인네는 자랑스럽게 대답했다.

"남자든 여자든 탈모를 통해서 자신이 어른이 되었다는 사실을 선포하는 것이오. 게다가 탈모를 통해서 어른들은 자신의 사회적 책임과 동족애를 느끼게 되지."

태양정복자는 아무 반응도 기다리지 않고(사실 셀던 자신도 무슨 말을 해야 좋을지 종잡을 수가 없었다.) 옷 안주머니에서 여러 가지 색깔의 대머리 분장을 꺼내 한 장 한 장 세세하게 검사했다.

"색깔이 잘 맞아야 하오. 당신이 대머리 분장을 썼다는 사실을 모를 형제들은 없겠지만 그렇다고 해서 불쾌감이 생기지는 않을 거요."

태양정복자는 마침내 대머리 분장을 한 장 골라서 셀던에게 주더니 머리에 쓰는 법을 알려 주었다.

"써 보시오, 이방인 셀던. 처음에는 쓰기가 어렵겠지만 차차 익숙해질 것이오."

셀던은 대머리 분장을 뒷머리부터 써 보았으나 두 번이나 그냥 미끄러져 버렸다.

"눈썹 위부터 차근차근 써 보시오."

태양정복자는 도와주고 싶어 손이 근질근질하다는 듯이 손가락을 움찔거렸으나 말만 할 뿐 직접 도와주지는 않았다.

셀던이 웃음을 억누르며 도움을 요청했다.

"좀 도와주시겠습니까?"

태양정복자는 깜짝 놀라 움찔거리더니 황급히 말했다.

"안 되오. 당신 머리카락이 내 손에 닿으면 어찌 한단 말이오?"

셀던은 태양정복자가 시킨 대로 눈썹 위부터 쓰고 여기저기를 잡아당겨 머리를 완전히 감쌀 수 있었다. 눈썹 가리개는 쉽게 쓸 수 있었다. 도스는 셀던이 쓰는 광경을 자세히 보고 나서 자신에게 할당된 대머리 분장을 어렵지 않게 쓸 수 있었다.

"어떻습니까?"

셀던이 물어보았다.

"머리끝이 조금 나오는데 잘 집어넣으면 될 것 같소. 머리를 짧게 깎으면 쓰고 벗기가 훨씬 수월할 텐데."

"오히려 고생을 감수하는 편이 더 좋겠습니다."

셀던은 도스를 보더니 조그만 소리로 놀렸다.

"여전히 아름다운데요! 하지만 얼굴에서 개성이 없어져 버렸어요."

"내 개성은 이 대머리 안에 그대로 있으니까 걱정하지 마세요. 당신도 머리카락 없는 내 모습에 점차 익숙해지겠죠."

셀던은 계속 조그맣게 속삭였다.

"그런 것에 익숙해질 정도로 이곳에 오래 머무르고 싶지 않아요."

태양정복자는 이방인들이 속삭이는 소리에 아랑곳하지 않고 아주 거만하게 말했다.

"자, 이제 육상용 자동차에 올라타고 마이코겐 시내로 들어갑시다."

37

도스가 속삭였다.

"솔직히 말해서 이곳이 트랜터라는 생각이 안 들어요."

"그러면 이런 곳은 처음이라는 말예요?"

셀던이 물어보았다.

"트랜터에 온 지 2년밖에 안 됐고 그나마 대부분은 대학 울타리 안에서 보냈기 때문에 트랜터를 많이 돌아다니지 못했어요. 물론 여기저기 돌아다녀 보고 이런저런 얘기도 들어 보았지만 이런 곳에 대해서는 생전 듣지도 보지도 못했어요. 너무나 단조로워요."

태양정복자는 별로 서두르지 않고 훌륭한 솜씨로 차를 몰았다. 도로에는 비슷한 자동차들이 달리고 있었는데, 운전석마다 머리카락이 하나도 없는 사람들만 앉아서 대머리가 반짝반짝 빛나고 있었다.

도로 양쪽으로 3층 건물이 늘어서 있는데 모든 건물이 직육면체일 뿐만 아니라 모조리 회색이고 아무런 장식도 하지 않아서 모두 똑같이 보였다.

도스가 혼자 중얼거렸다.

"따분한 곳이군. 정말 따분해."

셀던이 속삭였다.

"평등주의를 지향하나 봐요. 기득권을 주장하며 다툴 형제들은 하나도 없겠군요."

도로 양쪽 인도에는 보행자들이 많았다. 이곳에는 움직이는 복도라든가 고속도로 같은 시설이 없는 것 같았다.

도스가 말했다.

"회색 옷을 입고 가는 사람이 여자인가 봐요."

"분간하기 어려운데요. 모두 다 길게 내려온 가운을 입고 머리도 똑같으니 누가 누군지 알 수가 없어요."

"회색 옷을 입은 사람들은 항상 둘 이상 걷거나 아니면 하얀 옷을 입은 사람과 함께 걸어가잖아요. 하얀 옷을 입은 사람들만 혼자 걸을 수 있나 봐요. 태양정복자도 하얀 옷을 입고 있어요."

"당신 말이 옳은 것 같군요."

셀던은 도스의 말을 긍정하고는 큰 소리로 물어보았다.

"태양정복자 어르신, 궁금한 게……."

"궁금한 게 있다면 마음대로 물어보시오. 내가 꼭 대답해야 할 의무가 없다는 것도 명심하시고 말이오."

"지금 우리가 지나가는 곳이 거주 지역인 것 같은데 상업지대나 공업지대가 어디 있는지 안 보이네요?"

"이곳은 전체가 농업 공동체요. 그런 사실도 모르다니 당신은 도대체 어디 출신이오?"

"내가 외계인이라는 사실을 잘 알고 있지 않습니까?"

셀던은 퉁명스럽게 말을 받았다.

"나는 트랜터에 온 지 2개월밖에 안 된다고요."

"아무리 그래도 그렇지…….."
"이곳이 농업 공동체 사회라면 왜 농장이 하나도 안 보이는 거지요, 태양정복자 어르신?"
"낮은 레벨에 있소."
태양정복자가 간략하게 대답했다.
"그렇다면 이 레벨 전체가 거주 지역입니까?"
"이 외에도 몇 레벨 더 있소. 앞으로 차차 알게 될 거요. 모든 형제와 그 가족들은 똑같은 집에서 살고 있소. 평등한 사회에서 동일한 재화를 향유하지. 모든 가정에 육상용 자동차가 한 대씩 있고 형제들이 직접 운전한다오. 하인도 없고 편안히 앉아서 다른 사람을 부려 먹는 사람도 없소. 다른 사람 위에 서는 것을 영광으로 아는 사람도 없소."
셀던은 도스를 향해 진짜 이상하다는 표정을 지어 보이더니 다시 물었다.
"하지만 하얀 옷을 입고 있는 사람도 있고 회색 옷을 입고 있는 사람도 있는데요?"
"주민이 형제들과 자매들로 나뉘니까."
"그럼 우리는 뭐죠?"
"당신은 이방인 손님이지. 당신과 당신의…….."
그는 말을 잠시 끊었다가 계속 잇는다.
"친구는 마이코겐 풍습을 따르지 않아도 되오. 하지만 당신은 하얀 가운을 입고, 당신 친구는 회색 가운을 입으시오. 우리는 당신에게 우리가 사는 곳과 똑같은 손님용 특별 객실을 제공할 것이오."
"모든 사람이 평등하게 산다는 것은 바람직한 이상이긴 하지만 인구가 늘어나면 어떻게 하죠? 각자가 소비를 조금씩 줄이나요?"

"인구는 증가하지 않소. 인구가 늘어나면 거주 지역을 늘려야 할 텐데 주변 이방인들이 허락하지 않을 테고 따라서 그만큼 우리 생활 수준이 떨어지게 되니까."

"하지만 만약……"

태양정복자는 말을 중간에 끊으며 단호하게 말했다.

"이제 충분하오, 이방인 셀던. 아까 말했듯이 나는 대답해야 할 의무가 없소. 우리 친구 이방인 휴민에게 약속한 내 임무는 당신이 우리 생활 규범을 어기지 않는 범위에서 당신의 안전을 보장하는 것이었소. 우리는 그 약속을 지킬 것이오. 하지만 그게 전부요. 따라서 호기심을 가지는 건 좋지만 너무 지나치면 우리 인내가 한계에 도달하게 될 거요."

태양정복자의 어조에서 더 이상 반문을 허락하지 않겠다는 분위기가 강하게 드러나 셀던은 속으로 투덜댈 수밖에 없었다. 비록 휴민이 여러 가지를 잘 배려해 놓았음에도 가장 중요한 것을 빠뜨렸던 것이다.

셀던에게는 은신처보다는 기록물을 위시한 정보가 더 필요했다. 만약 이곳 사람들이 정보 요청에 비협조적이라면 이곳에 머물 이유가 없었다.

38

셀던은 곤혹스러운 표정으로 자신들에게 배정된 숙소를 보았다. 그곳에는 조그만 개인용 부엌과 조그만 개인용 화장실이 있었다. 그리고 조그만 침대 두 개와 옷장 두 개, 탁자 하나, 의자 두 개가 있었다.

비좁으나마 두 사람이 사는 데 필요한 시설이 완비되어 있었다.

"시녀에도 개인용 부엌과 화장실이 있어요."

도스가 체념한 말투로 얘기했다.

"우리는 아니에요. 헬리콘이 작은 행성이긴 해도 내가 살던 곳은 현대적인 도시예요. 공동 부엌과 공동 화장실이 있죠. 이게 얼마나 낭비입니까? 이곳이 잠시 머물렀다 가는 호텔이라서 이렇다면 모르지만, 그게 아니라 이 지역 전체가 이렇다면 이런 부엌과 화장실이 얼마나 많겠는지 상상해 보세요."

셀던이 불평했다.

"만인 평등주의를 적용한 것이겠죠. 누구나 마찬가지일 테니 더 좋은 숙소와 친절한 봉사를 요구할 필요도 없어요."

도스가 계속 체념한 투로 말했다.

"사생활도 없나 보군요. 나는 괜찮지만 당신은 불편하잖아요. 한방을 쓰면서 당신을 안 본 척할 수도 없는 노릇이고요. 숙소를 하나 더 달라고 해야겠어요. 옆에 붙어 있는 방으로요."

"효과가 없을 거예요. 마이코젠은 공간이 협소해서 이 방을 준 것만 해도 고맙게 여겨야 할 거예요. 이 방에서 그냥 생활해도 무리가 없지 않아요, 셀던? 우리는 서로 불편하지 않게 할 수 있을 만큼 충분히 나이를 먹었잖아요. 내가 수줍음을 타는 여자도 아니고 당신도 풋내기 청춘처럼 행동하지는 않겠지요."

"괜히 나 때문에 여기까지 와서 고생하는군요."

"이게 어때서요? 좋은 경험을 하고 있는데."

"그러면 좋습니다. 어느 침대를 쓸래요? 화장실 근처에 있는 침대를 쓰는 게 좋겠군요."

셀던은 자리를 옮겨 앉으며 계속 말했다.

"한데 고민거리가 하나 있어요. 우리는 이곳에서 이방인이에요. 당신이나 나나 심지어 휴민까지도요. 우리는 다른 종족이에요. 그들과 같은 종족이 아니에요. 그러니 우리는 이곳에서 벌어지는 일들을 상관할 수 없죠. 하지만 나는 이곳에서 벌어지는 일들을 연구해야만 해요. 내가 여기에 온 목적이 바로 그것 때문이에요. 나는 이들만 아는 지식을 알아야 해요."

도스가 역사학자다운 예리함으로 문제를 제기했다.

"우리 생각이 틀릴 수도 있어요. 이 사람들이 원시시대에 대한 전설들을 가지고 있을 순 있겠지만 기록 보존 상태가 훌륭하진 않을 것 같아요."

"우리가 직접 그 기록물들을 확인하기 전까지는 단언할 수 없어요. 일반 부족민 사이에서 떠도는 기록물이 없을까요?"

"모르겠어요. 이 사람들은 너무 폐쇄적이니까요. 이 사람들은 병적으로 폐쇄적인 생활에 집착하는 것 같아요. 휴민이 이만큼이나 벽을 허물어서 우리가 이곳에서 생활할 수 있다는 자체가 놀라울 지경이에요. 진짜 놀라운 솜씨라고요."

셀던은 곰곰이 생각한 후 얘기했다.

"어딘가 틈이 있을 거예요. 마이코겐이 농업 공동체라는 사실을 내가 몰랐다고 태양정복자가 아주 놀라며 화를 낼 정도였잖아요. 그 자체만 보더라도 그들이 꼭 비밀을 고집하는 것은 아닐 거예요."

"하지만 문제는 그것이 비밀이 아니라는 것이에요. '마이코겐'은 '효모 생산자'라는 뜻을 가진 고어에서 따온 이름이에요. 내가 고어학자는 아니지만 과거에 한번 들은 기억이 나요. 어쨌든 이들은 효모와 조류, 다세포 곰팡이류, 기타 온갖 종류의 미생물 식품을 생산해요."

"그건 별로 특수한 일이 아니잖아요? 대부분의 행성에서 미생물 식품을 경작하니까요. 헬리콘에서도 하는데요, 뭘."

"마이코젠은 달라요. 이곳에서는 특산품이 생산돼요. 이들은 지명만큼이나 고풍스러운 방식을 사용해요. 아무도 모르는 사료 제조 비법과 아무도 모르는 기온 조절 비법. 그 비법은 아무도 몰라요. 모든 게 비밀이죠."

셀던이 한심하다는 투로 내뱉었다.

"진짜 폐쇄적인 사회로군!"

"그 말 그대로예요. 이들이 생산한 미생물 식품에는 단백질과 미묘한 향취가 가득하기 때문에 다른 곳에서 생산한 식품과는 차이가 많이 나요. 이들은 비교적 적은 양을 생산하기 때문에 가격이 대단히 비싸죠. 나는 이곳에서 생산한 식품을 먹어 본 적이 없어요. 당신도 아마 먹어 본 적이 없을 거예요. 대부분을 제국 관리들과 여러 행성의 상류층에게만 판매하니까요. 마이코젠은 식품 판매를 통해서 경제력을 유지하고 있답니다. 그렇기 때문에 이 사람들은 이곳에서 그런 훌륭한 식품이 생산되고 있다는 사실을 모든 사람이 알기를 바라는 거예요. 따라서 그것은 비밀이 아니에요."

"그렇다면 이 사람들은 부자겠군요?"

"가난하진 않아요. 그렇다고 해서 이 사람들이 재물을 추구하는 것 같지도 않아요. 이 사람들이 바라는 것은 보호예요. 이 사람들이 없으면 기묘한 향취와 톡 쏘는 짜릿한 맛을 즐길 수 없기 때문에 제국 정부에서 이들을 보호하고 있지요. 따라서 이웃 구역 사람들이 아무리 보기 싫어해도 마이코젠 사람들은 신경 쓰지 않고 떳떳하게 괴상한 관습을 유지해 갈 수 있답니다."

도스는 숙소를 이리저리 살펴보면서 얘기했다.

"이 사람들은 아주 간소하게 사는군요. 홀로비전도 없고 필름책도 없나 봐요."

"아까 보니까 선반 위에 하나 있던데요?"

셀던은 끄집어내서 제목을 보더니 실망스럽다는 목소리로 말했다.

"쳇, 요리책이군."

도스는 그 필름책을 받아서 키를 조작했다. 일반 필름책과 배열 구조가 달랐기 때문에 시간이 걸렸으나 마침내 스크린이 켜졌다. 내용을 들여다보던 도스가 얘기했다.

"요리법도 있긴 하지만 대부분은 미식학에 대해 고찰한 철학 논문 같아요."

도스는 홀로그램을 끄고 나서 책 뒤를 살펴보면서 말을 계속했다.

"한 단위로만 이루어진 것 같아요. 어떻게 마이크로 카드를 빼고 다른 카드를 집어넣는지 모르겠군요. 한 권짜리 스캐너라니……. 이건 진짜 낭비로군요."

"아마 이 홀로그램 책자 한 권이면 모든 사람이 만족할 거라고 생각했나 보죠."

셀던은 두 침대 사이에 있는 탁자 끝으로 가서 다른 물건을 집으며 말했다.

"이것은 영상만 없을 뿐 스피커와 똑같군요."

"아마 음성만 들으면 된다고 생각했나 보죠."

셀던은 손에 들고 이리저리 자세히 살펴보며 얘기했다.

"어떻게 쓰는 건지 잘 모르겠는데요. 이런 물건을 본 적이 있나요?"

"똑같은 것인지는 모르겠지만 비슷한 것을 박물관에서 한번 봤어요. 마이코겐 주민들은 일부러 오래된 물건을 쓰는 것 같아요. 주변에 압도적으로 많은 소위 이방인들로부터 자신들을 보호하기 위해서 말이에요. 오래된 물건을 쓰고 이상한 전통을 유지함으로써 이방인들이 이곳에 발붙이지 못하도록 하자는 것이겠죠. 아주 의도적이에요."

셀던은 그 장비를 계속 살피더니 깜짝 놀라며 소리 질렀다.

"어이쿠! 여기 어디서 무슨 소리가 나는데요. 어디서 나는 소리일까요?"

도스는 얼굴을 찌푸리며 탁자 끝에서 펠트로 안을 댄 조그만 원통을 집어 들어 귀에 댔다.

"여기에서 나는 소리예요. 자요, 한번 들어 보세요."

도스는 조그만 원통을 셀던에게 넘겨주었다.

셀던은 귀에 갖다 대더니 갑자기 외쳤다.

"아야! 귀를 깨무는데."

셀던은 원통에서 나는 소리를 듣고 대답했다.

"귀가 먹먹할 지경이군. 여보세요? 내 말이 들린다고요? 네, 우리 방요? 아니요, 몇 호실인지 모르겠는데요? 도스 박사, 방 호수를 알아요?"

도스가 대답했다.

"스피커에 숫자가 있잖아요. 그 숫자를 말하면 될 거예요."

"그럴지도 모르겠군."

셀던은 의심쩍게 대답하곤 스피커에 대고 말했다.

"이 장비에 6LT-3648A라고 적혀 있는데요. 이거면 돼요? 이 장비를 쓰는 방법과 부엌 사용법을 알려 줄 수 없습니까? '일반적인 방법으로 사용하면 된다'니 무슨 말입니까? 그렇게 말하면 내가 어떻게 알겠어요? 여보세요, 나는…… 이방인인데 귀한 손님이에요. 나는 일반적인 방법을 모른다고요. 네, 발음이 안 좋아서 미안합니다. 이방인 발음을 이해할 수 있다니 기쁘군요. 내 이름은 해리 셸던입니다."

셸던은 잠시 말소리를 끊고 꾹 참는 표정으로 도스를 보며 말했다.

"내 이름을 찾아봐야 한대요. 조금 있으면 내 이름을 찾을 수 없다고 얘기하겠죠. 아, 찾았습니까? 다행이군요. 그러면 이제 설명해 줄 수 있겠습니까? 네. 네. 네. 그리고 마이코겐 바깥에 있는 사람과 통화하려면 어떻게 해야 하죠? 아, 그러면 예를 들어 태양정복자14와 통화하고 싶을 때 어떻게 해야 하죠? 아, 그러면 비서나 측근 같은 사람은요? 아, 그렇습니까? 고맙습니다."

셸던은 스피커를 내려놓고 귀에 붙어 있는 클립 같은 수화장치를 더듬더듬 떼어 내고 송수화장치를 모두 끈 후 말했다.

"사람을 보내서 우리가 알아야 할 내용을 가르쳐 주도록 하겠대요. 하지만 정확한 시간 약속은 할 수 없다고 하는군요. 이 장비로는 마이코겐 이외 지역으로 통화할 수 없대요. 따라서 필요하다 하더라도 휴민과 통화할 수도 없어요. 게다가 태양정복자14와 통화하고 싶으면 여러 절차를 거쳐야 한다는군요. 이곳이 평등 사회라고 하더라도 예외는 있는 것 같아요. 물론 공공연하게 이 사실을 인정할 사람은 없겠지만요."

셸던은 자기 시계를 보며 계속 말했다.

"어쨌든 도스 박사, 나는 요리책이나 고상한 철학 논문을 보고 싶은 생각이 없어요. 시계도 스트릴링 시간에 맞추어져 있으니 취침 시간인지 아닌지도 모르겠고요. 하지만 지금이 뭐 하는 시간이면 어떻습니까? 간밤에 한숨 못 잤으니 이제 잠이나 자고 싶군요."

"그렇게 하죠. 나도 아주 피곤해요."

"잘됐군요. 잠을 충분히 자고 나서 미생물 농장을 구경시켜 달라고 부탁해야겠어요."

도스는 깜짝 놀라며 물어보았다.

"아니, 농업에도 관심이 있으세요?"

"관심은 별로 없지만 이 사람들이 식품 생산에 자부심이 대단하니 여러 가지 질문을 해도 쉽게 대답할 거예요. 그래서 일단 대화 분위기가 무르익으면 어떻게 해서든지 이들이 알고 있는 전설에 대해서도 입을 열게 만들겠어요. 내 생각으로는 훌륭한 전술 같은데……."

도스가 애매하게 대답했다.

"당신 뜻대로 되기를 바라요. 하지만 이 사람들이 쉽게 함정에 빠지진 않을 거예요."

셀던은 단호하게 말했다.

"두고 봅시다. 나는 어떻게 해서든 그 전설들을 듣고야 말겠어요."

39

다음 날 아침 셀던은 또다시 전화를 걸고 있었다. 셀던은 배가 고파서 굉장히 화가 나 있었다.

셀던이 태양정복자14를 연결해 달라고 부탁하자 누군가가 태양정복자를 귀찮게 하면 안 된다며 셀던의 요구를 거절했다.

"왜 안 된다는 거예요?"

셀던은 신경질적인 목소리로 물어보았다.

"그 질문에는 대답할 가치를 못 느낍니다."

차가운 목소리가 들려왔다.

"우리는 죄수처럼 지내거나 굶어 죽으려고 여기 온 게 아니에요!"

셀던도 차가운 목소리로 반박했다.

"그곳엔 부엌도 있고 식품도 많이 있잖아요."

"물론 있기야 있죠. 하지만 부엌 사용법도 모르고 식품 조리법도 모른단 말예요. 이것들을 날것으로 먹는 건지, 튀겨서 먹는 건지, 끓여서 먹는 건지, 구워서 먹는 건지, 도대체 어떻게 먹는 건지 모르겠단 말예요!"

"그런 걸 모른다니 믿을 수 없습니다."

말다툼하는 동안 신경질적으로 왔다 갔다 하던 도스가 전화기로 다가와 뭐라고 말하려 했다. 그러자 셀던이 수화기를 가로막고는 도스에게 속삭였다.

"여자 목소리가 들리면 전화를 끊어 버릴 거예요."

그러고 나서 셀던은 더욱 단호한 목소리로 말했다.

"당신이 믿든 말든 아무래도 상관없어요. 어쨌든 사람을 보내서 우리가 처한 어려운 상황을 당장 해결해 주세요. 그렇지 않으면 언젠가 꼭 태양정복자를 만나서 당신이 후회하게 만들겠어요."

그러나 두 시간이 지나도 아무도 오지 않았다. 극도로 흥분한 셀던을 도스가 달래느라 땀을 뻘뻘 흘리고 있는데 누가 방문을 두드렸다.

방문자는 대머리에 반점이 약간 있는 젊은이로 탈모하지 않았더라면 빨간 머리카락을 가지고 있을 것 같았다.

그 사람은 냄비를 가지고 와서 뭔가 말하려고 하다가 언짢은 기색으로 황급히 등을 돌리며 화난 목소리로 셀던에게 말했다.

"이방인, 대머리 분장이 벗겨졌습니다."

인내심이 한계에 도달한 셸던은 퉁명스러운 목소리로 대꾸했다.

"그래서 무슨 문제 될 게 있나요?"

도스가 옆에서 살살 달랬다.

"내가 고쳐 줄게요, 해리. 왼쪽을 조금만 내리면 돼요."

잠시 후 셸던이 얼굴을 찌푸리며 말했다.

"이제 등을 돌리세요, 젊은 친구. 당신 이름이 뭐예요?"

"저는 회색구름5입니다."

젊은이는 등을 돌려 조심스레 셸던을 살펴보면서 불안한 어조로 말했다.

"저는 신참자입니다. 음식을 가져왔습니다."

그는 머뭇머뭇하며 덧붙였다.

"제 여자가 만든 것입니다, 이방인."

회색구름이 탁자에 냄비들을 내려놓자 셸던은 미심쩍은 표정으로 뚜껑 하나를 열어서 냄새를 맡아 보았다. 셸던은 도스를 보며 감탄스러운 어투로 말했다.

"아, 냄새가 좋군!"

도스도 고개를 끄덕이며 대답했다.

"그렇군요. 여기서도 냄새가 나요."

회색구름이 말했다.

"좀 더 따뜻해야 하는데 운반 도중에 식었어요. 부엌에 식기가 있을 겁니다."

도스가 식기를 가져왔다.

두 사람은 게걸스럽게 포식했다. 그제야 셸던은 정신이 돌아온 것 같았다.

도스는 젊은이가 자기와 단둘이 있으면 불편해할 거고 게다가 말이라도 걸면 아주 언짢아할 것임을 잘 알았다. 결국 설거지할 사람이 자신밖에 없음을 깨닫고 그릇들을 부엌으로 나른 다음 설거지를 하기 위해 설거지 기계 사용법을 연구했다.

그동안 셀던은 현지 지방시간을 물어보고는 아주 당혹스러운 목소리로 반문했다.

"그러면 지금이 한밤중이란 말입니까?"

"그렇습니다, 이방인. 그래서 음식을 준비하는 데 시간이 더 걸렸습니다."

셀던은 태양정복자를 귀찮게 할 수 없었던 이유를 비로소 이해할 수 있었다. 회색구름의 여자가 잠자리에서 일어나 음식을 장만했다고 생각하니 회색구름에게 미안한 마음을 금할 수 없었다.

"미안합니다. 우리는 이방인이라 부엌 사용법과 식품 조리법을 몰랐어요. 아침이 되면 사람을 보내서 우리에게 그 방법을 가르쳐 주겠습니까?"

회색구름은 미안하다는 듯이 말했다.

"내가 할 수 있는 일은 자매 두 명을 보내는 정도예요. 자매가 오면 언짢으시겠지만 사용법을 아는 사람들이 자매밖에 없어서 그러니 양해하기 바랍니다, 이방인."

도스가 자신이 있는 곳이 철저한 남성중심 사회 마이코겐이라는 사실을 깜빡 잊고 부엌에서 튀어나오며 말했다.

"좋습니다, 회색구름. 자매들을 만날 수 있다니 기쁘군요."

회색구름은 불쾌한 눈초리로 도스를 힐끔 볼 뿐 아무 반응도 보이지 않았다.

셀던은 이 젊은이가 여자의 이야기를 듣는 것마저 거부하고 있다고 생각하고 도스가 한 말을 그대로 반복해 주었다.
"좋습니다, 회색구름. 자매들을 만날 수 있다니 기쁘군요."
회색구름은 금방 얼굴이 환해지며 대답했다.
"날이 밝자마자 자매들을 보내겠습니다."
회색구름이 떠나자 셀던은 아주 만족스럽다는 듯이 말했다.
"자매들이 오면 진짜 많은 도움을 받을 수 있겠어요."
"그래요? 어떤 점에서요, 해리?"
"만약 우리가 인간적으로 대해 준다면 그들이 고마워서 전설을 얘기해 줄지도 모르잖아요?"
"전설을 알고 있다면 그럴 수도 있겠지요. 하지만 나는 이곳 남성들이 신경 써서 여자들에게 가르쳐 주었을 거라고 생각지 않아요."
도스가 미심쩍은 투로 얘기했다.

40

셀던과 도스는 생체시계를 조절하고자 잠을 더 잤다. 여섯 시간이 지나자 자매들이 찾아왔다.

자매들은 발끝으로 살금살금 걸어 들어왔다. 이들은 촉감이 부드러운 회색 가운(마이코젠에서는 '스커트'라고 부르고 있다는 사실을 나중에 알았다.)을 입고 있었는데, 진한 회색 가장자리 띠가 묘한 형태로 독특하게 장식되어 있었다. 스커트 자체가 매력 없는 것은 아니었으나, 인체의 특징을 효과적으로 가리는 것이 주된 목적인 것 같았다.

물론 자매들도 대머리였고 얼굴에는 화장한 흔적이 전혀 없었다. 자매들은 도스가 눈가에 파란색을 약간 칠하고 입술에 빨간색을 칠한 모습을 호기심 어린 눈초리로 힐끔힐끔 보기도 했다.

셀던은 이 자매들이 형제들과 어떻게 구분되는지 알 수가 없어 잠시 당황했다.

자매들이 정중하게 인사하자 해답을 찾을 수 있었다. 자매 두 명은 꾀꼬리가 지저귀는 듯한 목소리로 인사했다. 셀던은 태양정복자의 근엄한 목소리와 회색구름의 굵직한 목소리를 기억해 보곤, 외형적으로 성을 구분해 주는 특징이 없는 대신 여성은 아주 여성적인 목소리와 예의범절을 갖추도록 교육받는다고 추측할 수 있었다.

"저는 소나기43입니다. 그리고 애는 제 동생입니다."

한 명이 꾀꼬리 같은 목소리로 말했다.

"소나기45예요. 우리 동족 중에서 '소나기 가문'은 영향력이 있답니다."

옆에 있던 자매가 깔깔 웃으며 꾀꼬리처럼 말했다.

"두 분을 만나서 반가워요. 그런데 두 분을 어떻게 불러야 할지 모르겠군요. 그냥 '소나기'라고 부르면 됩니까?"

도스가 신중한 어조로 물어보았다.

"아니에요. 우리 둘이 같이 있으면 이름을 다 말해야 한답니다."

소나기43이 대답했다.

"그럼 43과 45라고 부르면 어때요, 아가씨들?"

셀던이 물어보았다.

자매들은 셀던을 힐끔 볼 뿐 아무 대답도 하지 않았다.

"나한테 맡겨 두세요, 해리."

도스가 부드러운 목소리로 말했다.

셀던은 뒤로 물러섰다. 어쩌면 이 자매들은 시집도 안 간 처녀로서 남자와 얘기하면 안 될지도 몰랐다. 두 자매 중 나이 많은 자매가 더 의젓해 보였다. 얼핏 보고 말 몇 마디 들어 본 것 가지고 판단하기는 어려웠으나, 셀던은 막연히 그렇게 판단하고는 자기 판단이 맞을 것이라고 생각했다.

도스가 말했다.

"우리는 이방인이라 부엌 사용법을 모르기 때문에 두 분을 보내 달라고 부탁했어요."

"아니, 요리할 줄 모른단 말입니까?"

소나기43은 어이없다는 듯이 미심쩍은 눈초리로 반문했다. 소나기45는 웃음을 억지로 참고 있었다. 셀던은 자기 판단이 맞았다고 확신했다.

도스가 말했다.

"나도 부엌일을 했지만 이곳에 있는 부엌과 전혀 달랐어요. 게다가 어떤 게 재료인지 요리는 어떻게 하는 건지도 전혀 모르겠어요."

"그런 건 아주 간단해요. 우리가 알려 드릴게요."

소나기45가 말했다.

"우리가 맛있고 영양가도 풍부한 점심 식사를…… 두 분께 만들어 드릴게요."

소나기43이 머뭇거리며 말했다. 남자의 존재를 인정하는 것 자체가 대단한 용기를 필요로 했던 것이다.

"괜찮다면 두 분과 함께 부엌에 있을 테니 두 분이 모든 내용을 자세히 알려 준다면 고맙겠어요. 두 분이 식사 때마다 이곳에 와서 우리에게 요리해 줄 수는 없는 일 아니겠어요?"

소나기43이 고개를 끄덕이며 말했다.

"모든 내용을 자세히 알려 드리지요. 하지만 이방인 여자가 배우기에는 어려울지도 몰라요. 당신에게…… 감각이 없을 테니까요."

"최선을 다하겠어요."

도스는 밝게 웃으며 대답했다.

이들은 부엌 안으로 사라졌다. 셀던은 그들이 사라지는 모습을 보면서 앞으로 사용할 작전을 머릿속으로 생각했다.

제9부

미생물 농장

마이코겐

마이코겐에 있던 미생물 농장은 전설적인 것으로서 오늘날에도 '마이코겐 효모처럼 맛있는' 또는 '마이코겐 미생물 농장처럼 풍요로운' 같은 관용구가 전해져 내려오고 있다. 이 같은 찬사는 세월이 흐르면서 더 심해지는 경향이 있다. 해리 셸던은 '탈출' 기간 중 마이코겐 미생물 농장을 방문했던 경험을 회상록에 실어 현재의 이러한 찬사를 뒷받침하고 있다.

—『은하대백과사전』

41

셸던이 감탄을 연발했다.

"굉장히 맛있더군요! 회색구름이 가져온 음식보다 훨씬 훌륭했어요."

도스가 차분하게 말했다.

"회색구름의 여인은 한밤중에 급히 요리해야 했다는 사실을 고려해야죠."

도스는 잠시 생각하다가 다시 말했다.

"나는 이 사람들이 '부인'이라고 말하면 좋겠어요. 이들은 '여자'라는 말을 마치 '내 집'이나 '내 옷'처럼 소유물같이 사용하고 있어요. 대단히 모욕감이 들어요."

"그래요. 좀 화가 나더라고요. 하지만 이들이 '부인'이라는 말을 쓴다고 하더라도 소유물같이 사용할 거예요. 그러나 그게 이 사람들이 사는 방식이고 자매들도 별 무리 없이 받아들이고 있는 것 같아요. 당신과 내가 잔소리한다고 해서 바뀌진 않을 거예요. 그건 그렇고 자매들이 하는 방법을 잘 지켜보았나요?"

"네, 잘 지켜보았어요. 자매들은 모든 것을 아주 쉽게 만들더라고요. 자매들이 했던 것들을 모두 기억할지 모르겠다고 하니까, 다 기억할 필요가 없다고 누차 얘기하던데요. 나도 열을 가하는 것은 잘할 수 있어요. 어쨌든 이 사람들은 밀가루 반죽을 부풀려 계속 우두둑우두둑 소리가 나고 냄새가 쫙 퍼져 나가도록 미생물 파생 식품을 첨가해서 빵을 굽는 것 같아요. 아마 후춧가루를 약간 넣었겠죠, 그런 것 같지 않아요?"

"확실히 모르겠어요. 하지만 그게 무엇이든 좀 더 먹었으면 좋겠어요. 그리고 수프 말인데, 어떤 채소를 넣었는지 아세요?"

"아니요."

"그리고 얇게 베어 낸 고기 조각은 무슨 고기예요? 혹시 아세요?"

"고기 같지 않던데요. 그걸 먹으니 시너에서 양고기를 먹던 생각이 나더군요."

"그건 양고기가 아니에요."

"나도 그게 고기가 아니라고 말했잖아요. 어쨌든 마이코겐 이외 지역 사람들은 아무도 이런 음식을 못 먹어 봤을 거예요. 황제도 못 먹어 봤을 거예요. 이 사람들이 외부에 파는 식품은 최하품이 분명해요.

최상품은 자신들이 먹는 거죠. 우리 이곳에서 오래 머무르면 안 되겠어요, 해리. 이런 음식에 맛을 들이게 되면 다른 곳에서 파는 끔찍한 음식에 어떻게 적응하겠어요?"

도스는 웃으며 얘기했다.

셀던도 웃었다. 셀던은 전에 먹어 보았던 과일 주스는 전혀 비교도 안 될 정도로 감칠맛 나는 과일 주스를 또 한 모금 마시고 나서 얘기했다.

"휴민이 나를 대학에 데려다 줄 때 도로변에 있는 휴게소에 들러서 효모를 아주 많이 넣은 음식을 먹은 적이 있어요. 맛이 꼭…… 아니야 그 맛이야 어땠든, 그 당시 미생물 식품이 이런 맛을 낼 줄은 전혀 상상도 못 했어요. 자매들이 아직 여기 있다면 고맙다고 할 텐데요."

"자매들도 우리 반응이 어떨지 잘 알고 있을 거예요. 요리를 데울 때 내가 맛있는 냄새에 감탄하니까 먹어 보면 더 맛있을 거라고 자매들이 자신만만하게 장담하더라고요."

"나이 많은 자매가 얘기했지요, 그렇죠?"

"그래요. 어린 자매는 웃기만 하더라고요. 그 자매들이 조금 있다가 다시 들르기로 했어요. 내가 입을 스커트를 갖고 와서 그 옷을 입고 함께 상점에 가기로 했어요. 시내로 나가려면 얼굴에 칠한 것을 모두 지워야 한다고 내게 신신당부하더라고요. 내가 입을 고급 스커트를 파는 가게와 온갖 종류의 인스턴트 식품을 파는 가게로 안내해 줄 거예요. 그 음식들은 데우기만 하면 된대요. 그들이 말하기를 정숙한 자매라면 그렇게 요리하지 않는다고 하지만, 나는 처음부터 배워야 하니까요. 사실 자매들이 우리에게 요리해 준 음식에는 데우기만 한 것도 있다고 하면서 미안해하더라고요. 이방인들은 요리 수준을 평가할 수 없으니 이미 만들어진 음식을 데운 것 정도라도 우리에게 충분할 거라는 뜻을 은연중에 드러내면서요. 그건 그렇고, 그 자매들은 내가 쇼핑과 요리를 전부 담당하는 것이 당연하다고 생각하더라고요."

"'트랜터에 가면 트랜터 법을 따라야 한다.'라는 속담도 있으니까 그렇게 해야죠."

"그래요, 이런 경우 당신이 어떻게 나올지 뻔히 알았다니까."

"나도 인간에 불과하니까요."

"어휴, 저 상투적인 변명."

도스가 웃으며 말했다.

셀던은 포만감에 젖어 벽에 등을 기대고 얘기했다.

"도스 박사, 당신이 나보다 2년 오래 트랜터에서 살아서 내가 모르는 것을 알 수도 있을 테니 몇 가지 물어봅시다. 마이코겐 사람들이 초자연주의적인 견해를 가지고 있기 때문에 이처럼 괴상한 사회제도를 꾸려 나가는 게 아닐까?"

"초자연주의요?"

"그래요. 그런 얘기를 들어 본 적이 없나요?"

"'초자연주의'라니 그게 무슨 뜻인데요?"

"말 그대로죠. 자연현상으로부터 독립된 존재를 믿는 것, 예를 들어 에너지 보존법칙이나 항상적으로 작용하는 실재에 구애받지 않는 존재를 믿는 것 말이에요."

"무슨 말인지 알겠어요. 마이코겐이 종교 공동체가 아닌가 물어보는 거지요?"

이번엔 셀던이 반문했다.

"종교요?"

"네, 그 말은 고어로서 역사학자들이 사용하는 용어예요. 우리 분야에는 고어가 아주 많이 나와요. '종교'라는 용어는 '초자연주의'라는 말과 똑같은 뜻은 아니지만 그 안에 초자연주의적인 요소가 많이 들어 있답니다. 마이코젠에 대해서 특별히 연구해 본 적이 없어서 당신 질문에 대해선 대답할 수 없군요. 하지만 내가 이곳에서 겪은 일과 역사 속에 등장하는 다양한 종교에 대한 내용을 고려해 볼 때 마이코젠 사회가 본질적으로 종교 공동체라 하더라도 별로 놀랄 일은 아닌 것 같아요."

"그렇다면 이곳에 있다는 전설 또한 본질적으로 종교적이라 하더라도 당연하게 받아들이겠네요?"

"물론이죠."

"역사적인 사실에 근거하지 않더라도 말이죠?"

"종교적이라 해서 역사적인 사실에 근거하지 않는 것은 아니에요. 초자연주의적인 요소가 침투해서 왜곡되었다 하더라도 전설의 핵심은 근본적으로 실제 역사에 근거할 수밖에 없어요."

"아!"

셀던은 짧게 탄성을 발하더니 생각 속으로 빠져들었다.

마침내 도스가 침묵을 깨고 말했다.

"그것은 별로 희한한 게 아니에요. 수많은 행성에 상당히 많은 종교 집단이 존재해요. 제국이 점차 혼란스러워지면서 그런 움직임은 더욱 강해지고 있어요. 내 고향 시너만 하더라도 전체 인구의 3분의 1 정도가 삼신론을 믿고 있으니까요."

셀던은 역사에 대한 자신의 무지에 또다시 통렬한 아픔을 느끼면서 물어보았다.

"과거 역사 속에 종교가 현재보다 발달했던 시대가 있었나요?"

"물론이죠. 게다가 다양한 신흥종교가 계속 생겨나기도 했지요. 마이코겐에서 신봉하는 종교가 무엇인지 모르겠지만 비교적 신흥종교로서 이곳에만 한정된 종교일 가능성이 많아요. 하지만 자세히 연구하지 않았기 때문에 장담할 수는 없군요."

"이제 문제의 핵심으로 들어가 봅시다, 도스 박사. 여자가 남자보다 종교적일 가능성이 많다고 생각하지 않습니까?"

도스 베나빌리는 눈썹을 치키며 대답했다.

"그렇게 간단하게 단정할 수 있을지 모르겠어요."

도스는 잠시 생각하더니 다시 얘기했다.

"물질세계에서 기득권을 적게 가진 사람들, 즉 가난한 사람들과 기득권을 빼앗긴 사람들 그리고 억압받는 사람들이 소위 초자연주의에서 위안을 찾을 가능성은 많다고 생각해요. 초자연주의와 종교가 일치하는 부분이 많으니 이 사람들도 그만큼 종교적일 가능성이 많겠지요. 하지만 극단적인 예외도 많아요. 억압받는 사람들 가운데 상당수가 종교를 거부하는 반면 부자들과 권력자들 그리고 출세한 사람들 가운데 상당수가 종교에 몰두하기도 해요."

"그렇다면 여성이 인간 이하로 취급되는 마이코겐에서는 여성들이 남성들보다 더 종교에 몰두하고 이 사회가 간직해 온 전설에 더 깊숙이 빠질 가능성이 많다고 추측하는 게 타당하겠죠?"

"내 생명을 걸 만큼은 아니지만 일주일 수입 정도는 기꺼이 걸 수 있어요."

"다행이군요."

셀던이 생각에 잠긴 상태에서 말했다.

도스는 셀던을 보고 웃으면서 말했다.

"심리역사학 법칙을 하나 발견했군요, 해리. 4만 7854번째 법칙, 억압받는 자는 부유한 자보다 종교적으로 될 가능성이 높다."

셀던은 고개를 저으며 얘기했다.

"심리역사학을 가지고 농담하지 마세요, 도스. 내가 찾는 게 사소한 법칙이 아니라 광대한 일반론과 그 계산 방식이라는 건 잘 알고 있잖아요? 나는 특정 법칙을 몇백 개 파악해서 비교적 믿을 만한 일반론이나 찾으려고 하는 게 아니에요. 수학적으로 정립된 일정한 논리 체계를 이용해서 계산한 후 '아하, 다음의 기준에 합당하게 이러한 그룹은 저러한 그룹보다 종교에 심취할 가능성이 많으니 인류에게 이러이러한 충격이 주어지면 인류는 저러저러하게 반응하겠구나.' 하고 단정할 수 있는 일반론을 찾고 있단 말이에요."

"진짜 끔찍하군요! 인간을 마치 단순한 기계처럼 생각하고 있어요. 이 버튼을 누르면 저 근육이 움직인다는 식이에요."

"그렇지 않아요. 수많은 버튼이 다양한 형태로 동시적으로 눌려서 종류가 다른 수많은 반응을 나타내기 때문에 미래에 대한 모든 예언은 기본적으로 확률에 근거할 수밖에 없게 되는 거죠. 그러니 각 개인은 계속해서 자유행위자로 남아 있게 되지요."

"어떻게 장담할 수 있죠?"

"장담할 수는 없습니다. 아직 아무 근거도 없으니까요. 단지 그럴 거라고 느낄 뿐입니다. 연구 자체가 그런 방향으로 되어야 한다고 생각하고 있어요. 만약 내가 여러 가지 원리와 인간학 기본 법칙 같은 것들, 그리고 적절한 수학적 계산 방식 등을 발견할 수 있다면 내 심리역사학은 완성된 겁니다. 나는 그 작업이 가능하다는 것을 이론적으로 입증했습니다."

"하지만 현실적으론 불가능하고요, 그렇죠?"

"아직 그렇게 말할 수밖에 없으니까요."

입가에 웃음을 띠며 도스가 물어보았다.

"당신이 하고 있는 일이 그 문제에 대한 해결책을 찾자는 건가요, 해리?"

"잘 모르겠어요. 진짜 모르겠어요. 하지만 해결책을 찾아 달라고 체터 휴민이 절실하게 부탁하더라고요. 게다가 왠지 모르게 나 또한 휴민 부탁을 들어주고 싶은 마음이 간절하게 일어나고요. 휴민은 진짜 대단한 설득력을 가진 친구예요."

"그래요, 내 생각도 마찬가지예요."

셀던은 그 말에 아무렇지 않은 척했으나 질투심이 얼굴에 스치는 것은 어쩔 수 없었다.

셀던이 계속 얘기했다.

"휴민은 제국이 계속 쇠약해지다가 결국 붕괴될 것이니 심리역사학만이 인류를 멸망에서 구하거나 충격을 완화할 수 있는 유일한 희망이라고, 심리역사학을 현실적으로 응용하지 못하면 인류는 멸망하거나 또는 장기간에 걸친 참혹한 고통을 당할 수밖에 없게 된다고 주장합니다. 휴민은 멸망을 막아야 한다는 막대한 책임감을 내게 부과했습니다. 물론 내가 살아 있는 동안에는 제국이 망하지 않겠지요. 하지만 마음 편하게 살려면 내 어깨에 지워진 책임감을 벗어 내야만 합니다. 나는 심리역사학을 현실적으로 응용할 방법이 없다는 사실을, 이론조차 더 이상 발전시킬 수 없다는 사실을 나 자신과 휴민에게 확신시켜야 합니다. 그래서 가능한 한 많은 선례를 연구해서 두 가지 다

실패할 수밖에 없음을 증명하고자 하는 거예요."

"선례요? 인간 사회가 현재보다 작았던 시대의 역사를 연구하는 거 말예요?"

"아주 작았던 시대요. 그래서 그만큼 훨씬 단순한 사회요."

"그래서 결국 해결책을 찾을 수 없다는 사실을 증명하려고요?"

"그렇습니다."

"하지만 누가 초기 사회를 당신에게 설명해 주죠? 이곳에 원시 은하 세계에 대한 그럴듯한 기록물이 있다 하더라도 태양정복자가 이방인에게는 보여 주지 않을 게 확실해요. 어떤 마이코겐 주민도 도와주지 않을 거예요. 누차 얘기했듯이 이 사회는 폐쇄적인 사회고, 주민들은 모두 편집광적이라고 해도 좋을 정도로 이방인에게 의심쩍은 눈초리를 보내고 있어요. 아무도 말해 주지 않을 거예요."

"이곳 주민을 설득할 방법을 찾아봐야지요. 가령 아까 그 자매들을 설득한다면 어떨까요?"

"그들은 태양정복자가 내 말을 안 들으려고 하는 이상으로 남성인 당신 말을 안 들으려고 할 거예요. 설사 그들이 당신에게 말해 준다고 해도 그들이 아는 것은 간단한 속담 몇 구절에 불과할 거예요."

"거기부터 시작해야죠."

도스가 말했다.

"잠깐만요, 생각을 정리해 보고요. 휴민이 내게 당신을 보호해 달라고 했으니 가능하면 당신을 도와주라는 뜻으로 해석할 수도 있겠지요. 그런데 내가 종교에 대해 아는 것이 별로 없으니 문제군요. 종교는 내 전공 영역 밖이에요. 나는 철학적 영향력보다는 경제적 영향력을 주로 연구해 왔어요. 하지만 역사라는 학문은 각 영역이 명확히 구분된 학문이 아니에요. 예를 들어, 종교는 교세가 확장되었을 때 재화를 축적하는 경향이 있기 때문에 결국 그 사회의 경제 발전을 왜곡시키는 경향이 있지요. 이것 또한 당신이 말한 인간학 기본 법칙에서 끌어내야 하는 인류 역사에 대한 수많은 법칙 가운데 하나예요. 하지만……."

여기까지 말하고 도스는 생각에 잠기면서 말을 끊었다. 셀던은 조심스럽게 도스를 바라보았다. 마치 마음속 깊은 곳에 있는 것을 성찰하는 듯 도스의 눈이 반짝반짝 빛나고 있었다.

마침내 도스가 입을 열었다.

"꼭 그런 것은 아니지만 대체로 각 종교는 중요한 책을 한 권 또는 여러 권 가지고 있었던 것 같아요. 이 책들에는 자신들의 종교적 의식과 역사관, 신성한 시 등 여러 가지가 실려 있어요. 일반적으로 이 책들은 모든 사람에게 공개되어 선교 수단으로 사용돼요. 하지만 이런 책을 비밀로 하는 종교도 있겠지요."

"이곳에도 그런 책이 있을까요?"

도스는 신중하게 대답했다.

"솔직히 말해서, 거기에 관해 아무 말도 듣지 못했어요. 그런 책이 공개적으로 존재하고 있다면 들었을 거예요. 따라서 그런 책이 존재하지 않거나 아니면 비밀로 하고 있겠죠. 어떤 경우든 결국 당신은 그 책들을 보지 못할 거예요."

"최소한 출발점은 되겠지요."

셀던은 우울하게 말했다.

42

해리와 도스가 점심 식사를 마친 후 약 두 시간 정도 지나자 자매들이 찾아왔다. 자매는 둘 다 웃는 얼굴이었다. 소나기43이 도스에게 회색 스커트를 주었다.

도스가 찬찬히 고개를 끄떡거리곤 활짝 웃으며 말했다.

"아주 예쁜데요! 여기 있는 멋진 자수가 특히 마음에 들어요."

소나기45가 지저귀듯 말했다.

"그건 아무것도 아니에요. 그 옷은 내가 입던 옷인데 이방인이 나보다 키가 크니 잘 맞지 않을 거예요. 하지만 임시변통으로 그 옷을 입고 우리와 함께 고급 스커트 가게에 가서 몸에도 딱 맞고 마음에 드는 스커트를 사면 될 거예요. 거기에는 멋진 옷이 많으니까요."

소나기43은 약간 불안한 웃음을 띠며 아무 말 없이 바닥만 보면서 도스에게 하얀 스커트를 건네주었다. 스커트는 단정하게 접혀 있었다. 도스는 펴 볼 생각도 하지 않고 셀던에게 건네주면서 말했다.

"색깔을 보니 이건 당신 것 같아요, 해리."

"그럴지도 모르죠. 하지만 돌려주세요. 그녀가 직접 나에게 건네주지 않았잖아요."

"어머, 해리!"

도스가 머리를 살며시 흔들며 힐난했다.

"싫어요! 그녀가 직접 나에게 주지 않았으니 돌려주세요. 직접 건네줄 때까지 기다릴래요."

셀던이 단호하게 거부했다.

도스는 잠시 머뭇거리더니 내키지 않는다는 태도로 소나기43에게 스커트를 돌려주려고 했다.

소나기43은 양손을 등 뒤로 숨기고 주춤하며 물러났다. 얼굴에서 핏기가 사라졌다. 소나기45가 잽싸게 셸던을 힐끔 훔쳐보더니 소나기43에게 빠른 걸음으로 다가가 그녀를 두 팔로 감쌌다.

도스가 말했다.

"그러지 마세요, 해리. 자매들은 자신들과 관계없는 남자에게 말하면 안 되나 봐요. 저 자매에게 고통을 주어서 어쩌겠다는 거예요? 저 사람도 어쩔 수 없단 말이에요."

셸던은 단호하게 말했다.

"나는 못 믿겠어요. 만약 그런 규칙이 있다고 해도 형제들에게만 적용될 거예요. 저 자매들은 과거에 이방인을 만나 본 적이 없는 것 같아요."

도스는 부드러운 목소리로 소나기43에게 물어보았다.

"과거에 이방인 남자나 여자를 만나 본 적이 있나요, 자매?"

그녀는 오랫동안 망설이더니 고개를 천천히 흔들어 부인했다.

셸던이 양팔을 쳐들며 말했다.

"내 말이 맞잖아요. 말하면 안 된다는 법칙이 있더라도 형제들에게만 적용되는 것이에요. 이방인 남자에게 말하지 말라는 규칙이 있다면 사람들이 우리를 도와주라고 이 젊은 여자들을 보냈겠어요?"

"이 자매들이 나에게 말하면 내가 당신에게 전달하라는 의미에서 이 자매들을 보낸 건지도 몰라요, 해리."

"말도 안 돼요. 나는 그 말을 믿을 수도 없고 믿지도 않을 겁니다. 나는 단순한 이방인이 아니에요. 나는 체터 휴민이 특별히 부탁해서 태양정복자14가 직접 이곳까지 안내해 준 귀빈이에요. 나는 내 존재가 없는 것처럼 대우받을 수는 없어요. 태양정복자14에게 전화해서 엄중히 항의하겠어요."

소나기45가 울기 시작했다. 소나기43은 얼굴이 약간 빨개졌을 뿐 비교적 태연한 자세로 서 있었다.

도스가 또다시 셀던에게 항의하려고 하자 셀던은 오른팔을 거칠게 흔들며 도스를 제지하고 나서 소나기43을 험악한 표정으로 쳐다보았다.

결국 그녀는 꾀꼬리가 지저귀는 듯한 목소리 대신 귀에 거슬리게 떨리는 목소리로 말했다. 마치 남성을 향해서 말할 때에는 자신의 본능과 욕구에 어긋나게 억지로라도 그런 목소리를 내야 한다는 투였다.

"우리에게 불평하면 안 됩니다, 이방인. 그건 옳지 못합니다. 당신은 나로 하여금 우리 전통을 깨게 만들었습니다. 나에게 바라는 것이 무엇입니까?"

셀던은 즉각 붙임성 있는 웃음을 띠곤 팔을 뻗으며 말했다.

"당신이 내게 주려고 가져온 옷요. 그 스커트 말예요."

소나기43은 아무 말 없이 팔을 뻗어 셀던의 손에 스커트를 올려놓았다.

셀던은 약간 고개를 숙여 보이고는 온화한 목소리로 답례했다.

"고맙습니다, 자매님."

그러고 나서 셀던은 '봤지?' 하고 자랑하는 눈치로 도스가 있는 곳을 살짝 쳐다보았다. 하지만 도스는 화난 얼굴로 시선을 돌렸다.

셀던이 펼쳐 보니 평범하게 생긴 스커트가 나타나면서(자수와 장식은 여성용에만 해당되는 것 같았다.) 매는 방식이 독특한 술 달린 벨트가 따라 나왔다. 하지만 혼자서도 어렵지 않게 입을 수 있을 것 같았다.

셀던이 말했다.

"화장실로 들어가서 이 옷을 입겠어요. 1분 정도면 충분할 겁니다."

셀던이 화장실로 들어갔으나 문이 닫히지 않아 뒤를 보니 도스가 억지로 안으로 들어오려고 했다. 두 사람은 함께 화장실로 들어갔다.

도스가 화난 소리로 질책했다.

"도대체 왜 그런 거예요? 당신은 너무나 잔인했어요. 왜 가련한 여인을 그렇게 다루나요?"

셀던은 성급하게 대답했다.

"그녀가 나에게 말을 하도록 만들려고 그랬어요. 그녀에게 정보를 얻으려고요. 당신도 잘 알잖아요. 잔인할 수밖에 없었던 것은 안타깝지만 그 외에는 그녀가 금기시하는 것을 깨뜨릴 방법이 없었어요."

그리고 셀던은 도스더러 나가라고 손짓했다.

셀던이 밖으로 나오자 도스도 스커트를 입고 서 있었다.

대머리 분장을 써서 머리가 볼품없었고 스커트도 초라했지만 그래도 도스는 아주 매력적으로 보였다. 스커트는 인체의 특징을 전혀 드러내지 않았으나 스커트 재단 방식을 통해서 약간의 성적 특징을 암시하고 있었다. 도스가 맨 벨트는 셀던이 맨 벨트보다 약간 넓고 스커트보다 약간 더 진한 회색을 띠고 있었다. 게다가 푸른 돌로 만든 노리개 두 개가 벨트 앞에 매달려 반짝반짝 빛나고 있었다(여성들은 아무리 어려운 여건 속에서도 자신들을 예쁘게 가꾸기 위해 노력한다고 셀던은 생각했다.).

도스가 셀던을 바라보며 말했다.

"이제 영락없는 마이코겐 주민처럼 보이는군요. 자매들이 이제 우리 둘을 데리고 상점에 갈 수가 있겠어요."

셀던이 대답했다.

"그래요. 하지만 그전에 소나기43이 나를 미생물 농장으로 안내해 주면 고맙겠어요."

소나기43은 눈을 동그랗게 뜨면서 뒤로 몇 발자국 물러났다.

"나는 그곳을 먼저 보고 싶어요."

셀던이 차분한 어조로 말했다.

소나기43은 재빨리 도스를 쳐다보며 도움을 요청했다.

"이방인 여자."

셀던이 가로채며 말했다.

"자매는 농장에 대해선 하나도 모르나 보죠?"

그 말이 소나기43의 자존심을 건드린 것 같았다. 그녀는 얼굴이 곧 굳더니 도도한 자세로 도스에게 말했다.

"나는 미생물 농장에서 일해 왔어요. 모든 형제자매가 그곳에서 일정 기간 일해야 해요."

"그렇다면 더 이상 가타부타하지 말고 나를 안내해 주세요. 나는 당신이 얘기하면 안 되는 형제도 아니고 당신과 상관없는 형제도 아닙니다. 나는 이방인이자 귀빈이잖아요. 이렇게 대머리 분장도 쓰고 스커트도 입었으니 불필요한 주목도 받지 않을 거예요. 나는 학자로서 여기에 있는 동안 연구해야만 해요. 이 방에 앉아서 벽만 쳐다보고 있을 순 없다고요. 다른 은하계에는 없는, 이곳에만 있는 것을 보고 싶어요. 당신네 미생물 농장을…… 나는 당신이 자랑스럽게 안내해 줄 거라고 생각했어요."

소나기43은 셀던을 정면으로 마주 보면서 말했다.

"좋습니다. 안내하겠어요. 하지만 당신이 우리 비법을 캐려고 해 봤자 전혀 불가능할 거예요. 내일 아침에 미생물 농장으로 안내해 주겠어요. 여행 준비를 하는 데 시간이 필요하니까요."

셀던이 말했다.

"그러면 내일 아침까지 기다리겠습니다. 하지만 당신 말을 믿어도 됩니까? 맹세할 수 있어요?"

소나기43은 아주 경멸스럽다는 듯이 맹세했다.

"나는 자매로서 내가 한 말은 지킵니다. 비록 이방인에게 한 말이라 하더라도요."

마지막 말은 아주 냉랭하게 들렸다. 그녀의 부릅뜬 눈은 생생하게 빛나고 있었다. 셀던은 소나기43이 마음속으로 무슨 생각을 할까 궁금했다. 마음이 무거웠다.

43

셀던은 간밤에 제대로 잠을 못 잤다. 도스가 미생물 농장에 동행하겠다고 선언했는데 셀던이 강력하게 거절했기 때문이다.

"이거 봐요, 도스 박사. 내가 그곳에 가는 목적은 소나기43이 비록 이방인이라 할지라도 남자와 단둘이 있는 독특한 상황을 만들어서 스스럼없이 얘기할 수 있게 하자는 데 있어요. 이 정도까지 관습을 허물었으니 앞으로 더 허무는 것은 훨씬 쉬울 거예요. 만약 당신이 따라오게 되면 그녀가 주로 당신에게 얘기하고 나는 옆에서 듣기만 하게 될 거예요."

"그래도 지붕 위에서 그랬던 것처럼 내가 없을 때 당신에게 무슨 일이 일어나면 어떻게 해요?"

"아무 일도 일어나지 않을 거예요. 제발 내 말 좀 들어요! 만약 나를 돕고 싶다면 따라오지 마세요. 그렇지 않다면 당신과 더 이상 관계를 유지하지 않겠어요. 농담이 아니에요, 도스. 이 일은 나에게 당신만큼이나 중요한 일이에요. 하지만 당신 때문에 이 일을 포기할 순 없다고요."

도스는 마지못해 동의하면서 말했다.

"그러면 그녀에게 상냥하게 대하겠다고 약속하세요."

"당신이 보호하려는 사람이 나예요, 그녀예요? 내가 괜히 재미 삼아 그녀를 가혹하게 대한 것이 아니라는 걸 당신도 잘 알잖아요. 이제 그러지 않을 테니 안심하세요."

도스와 처음으로 다툰 기억과 함께 비록 소나기43이 약속하긴 했지만 아침에 두 자매가 오지 않을지도 모른다는 생각이 머리를 떠나지 않아 셸던은 지난밤 대부분을 뜬눈으로 지새웠다.

아침이 되자 두 사람은 셸던이 대충 차린 음식으로 아침 식사를 마쳤다. 셸던은 뚱뚱해지면 안 된다고 굳게 결심하고 식사량을 줄였다. 몸에 딱 맞는 스커트를 걸치고 벨트가 흘러내리지 않도록 주의하여 맸다. 얼마 지나지 않아 자매들이 도착했다.

소나기43은 여전히 눈가에 냉기를 담은 채 말했다.

"준비됐으면 가죠, 이방인 셸던. 내 동생은 이방인 베나빌리와 함께 있을 겁니다."

새처럼 지저귀는 목소리는 아니었으나 그렇다고 귀에 거슬리는 소리도 아니었다. 그 소리는 형제가 아닌 남자에게 얘기하는 법을 지난밤 내내 속으로 연습한 듯한 목소리였다.

셸던은 소나기43이 지난밤을 잠 한숨 못 자고 새운 것 아닌가 걱정하면서 대답했다.

"준비가 다 되었습니다."

30분 후 소나기43과 해리 셀던은 여러 레벨을 계속 내려갔다. 시간은 대낮이었으나 트랜터 다른 지역에 비해 어둠침침했다.

왜 그런지 알 수 없었다. 트랜터 행성을 따라 천천히 순회하는 인조 태양 빛은 마이코겐 구역도 틀림없이 비출 텐데 말이다. 셀던은 마이코겐 주민들도 특별한 이유 없이 습관 때문에 이런 어둠을 좋아하는가 보다고 생각했다. 점차 셀던의 두 눈도 어둠침침한 주변 환경에 익숙해지고 있었다.

셀던은 지나가는 형제자매를 찬찬히 살펴보았다. 그는 사람들이 자신과 소나기43을 형제와 형제의 여자로 여기고 있기 때문에 시선을 끌 행동만 하지 않는다면 별로 주목받지 않을 것이라고 확신했다.

하지만 유감스럽게도 소나기43이 주목받고 싶어 하는 것 같았다. 그녀는 입을 꽉 다물고 거의 얘기하지 않았으며 가끔 얘기하더라도 낮은 목소리로 속삭일 뿐이었다. 그녀 자신밖에 아는 사람이 없었지만 합법적인 관계가 아닌 사람과 함께 간다는 사실 자체가 그녀의 자존심을 건드린 게 확실했다. 셀던은 그녀에게 마음을 가라앉히라고 얘기해 봤자 더욱 불편해할 거라고 생각했다. 그녀가 아는 사람을 만나면 어떻게 행동할지 셀던은 자못 궁금했다. 인적이 드문 낮은 레벨에 도착하자 셀던은 안심할 수 있었다.

그들은 승강기가 아닌 움직이는 계단을 타고 밑으로 내려갔다. 움직이는 계단은 위로 올라가는 것과 아래로 내려가는 것이 나란히 있었다. 소나기43은 그것이 '에스컬레이터'라고 알려 주었다. 셀던은 그런 표현을 처음 들었기 때문에 정확하게 들은 것인지 자신할 수 없었다.

계속 낮은 레벨로 내려가면서 셀던의 불안감도 그만큼 커져 갔다.

행성 대부분을 차지하는 미생물 농장에서 다양한 미생물 식품을 생산하고 있었다. 셀던도 헬리콘에서 가끔 양념을 사러 미생물 농장에 가곤 했기 때문에 그곳에서 속을 뒤집는 불쾌한 악취가 난다는 사실을 잘 알고 있었다.

미생물 농장에서 일하는 사람들은 냄새에 별로 신경 쓰는 것 같지 않았다. 잠시 방문한 사람들이 지독한 악취에 코를 싸매고 괴로워해도 그 사람들은 그 냄새에 익숙한 듯했다. 셀던은 그 냄새에 특히 민감하게 반응했다. 셀던은 그 냄새에 항상 괴로워했기 때문에 오늘도 그런 고통을 맛볼 거라고 예상했다. 셀던은 정보를 얻기 위한 숭고한 희생이라고 생각하려 했으나 비위가 뒤틀리는 것은 어쩔 수 없었다.

레벨 숫자를 잊어버릴 정도로 깊숙이 내려왔는데도 여전히 상당히 신선한 공기가 존재하는 것 같아서 셀던은 소나기43에게 물어보았다.

"언제 미생물 농장이 있는 레벨에 도착합니까?"

"다 왔어요."

셀던이 숨을 깊게 들이쉬며 말했다.

"미생물 농장 냄새가 안 나는데요?"

"냄새라니 그게 무슨 말입니까?"

소나기43은 모욕당했다는 듯이 아주 커다란 소리로 반문했다.

"내 경험에 비추어 볼 때 미생물 농장이 있는 곳에는 항상 썩는 듯한 악취가 있었거든요. 박테리아와 효모, 버섯류, 사물기생균 등에 일반적으로 필요한 비료 냄새 말이에요."

그녀 목소리가 다시 낮아졌다.

"당신 경험에 비추어 봐서요? 어디 있는 농장인데요?"

"내 고향 행성에요."

소나기43은 불쾌감으로 얼굴을 찌푸리며 물었다.

"당신네 동포는 게벨에서 뒹굴고 있나요?"

셀던은 '게벨'이라는 표현을 처음 들었으나 그녀의 표정과 말투를 통해 무슨 뜻인지 짐작할 수 있었다.

"일단 판매할 준비가 완료되면 그런 냄새는 안 나요."

"여기서는 처음부터 그런 냄새가 안 납니다. 우리 생물공학자들은 완벽한 배양 조건을 개발해 왔어요. 조류만 해도 가장 깨끗한 빛과 가장 엄격하게 배합된 전해액 속에서 배양된답니다. 사물기생균에는 훌륭하게 결합된 유기질이 투여됩니다. 우리가 사용하는 제조법과 처방법은 어떤 외부인도 이해할 수 없지요. 자, 이제 다 왔군요. 마음껏 숨을 들이켜 보세요. 불쾌한 냄새는 전혀 없을 겁니다. 바로 그게 은하 세계 전반에 걸쳐서 우리 식품이 가장 인기가 좋고, 들리는 말에 의하면 황제조차도 우리 식품만 먹는다는 이유 가운데 하나지요. 하지만 설사 황제라고 자칭하는 사람일지라도 이방인이 먹기에는 너무나 아까운 식품입니다."

그녀는 직접 셀던을 겨냥하면서 힐난조로 말했다. 그러고 나서 마치 셀던이 자기 말을 못 알아들을까 봐 걱정된다는 듯이 덧붙였다.

"귀빈이라고 자칭하는 사람에게도 마찬가지지요."

두 사람은 폭이 좁은 긴 복도로 들어갔는데, 양쪽에는 두꺼운 유리로 만든 거대한 탱크가 있었다. 그 안에는 밑에서부터 솟구쳐 오르는 가스 거품의 힘에 의해 불투명한 초록색 물이 소용돌이치고 있었고 물속에는 거칠게 휩쓸리며 배양되는 조류가 가득 들어 있었다. 가스 거품에 이산화탄소가 풍부하게 들어 있는 것 같았다.

복도를 밝히는 빛보다 훨씬 밝고 불그스레한 빛이 강렬하게 탱크

속을 내리쪼이고 있었다.

소나기43이 말했다.

"이 조류들은 스펙트럼 끝에 있는 빨간 빛을 받을 때 가장 활발히 활동합니다."

"모든 것이 자동화되었나 보죠."

소나기43은 어깨만 움찔할 뿐 아무 대답도 하지 않았다.

셸던은 계속 고집스럽게 물었다.

"형제자매들이 별로 눈에 띄지 않는데요?"

"손으로 직접 해야 할 일도 있으니 지금 눈에 보이지 않는다 해도 어디선가 작업하고 있을 거예요. 자세한 내용은 얘기해 줄 수 없습니다. 괜히 쓸데없는 것을 물어보면서 시간 낭비하지 마세요."

"화내지 마세요. 내가 극비 사항을 말해 달라는 것도 아니잖아요. 그러지 마세요."

셸던 자신도 모르게 이 말이 튀어나왔다.

소나기43이 당혹스러워 급히 걸음을 옮기려고 하자 셸던은 재빨리 그녀의 팔을 잡았다. 그녀는 그 자리에 가만히 있었다. 하지만 온몸이 미세한 경련을 일으키는 것을 느끼고 셸던은 당황하며 팔을 풀어 주었다.

셸던이 말했다.

"자동화된 것 같다고 말했을 뿐이잖아요."

"당신 마음대로 생각하세요. 하지만 꼭 인간의 지혜와 판단을 필요로 하는 곳이 있답니다. 모든 형제자매가 때때로 이곳에서 일해야 할 때가 있어요. 이 일을 전문적으로 하는 사람도 있고요."

소나기43은 이제 아주 스스럼없이 말했다. 그러나 셸던이 그녀를 꼬집기라도 했다는 듯 그가 잡았던 오른팔에 슬그머니 왼손을 갖다 대고 문지르는 모습을 발견하고 그는 민망한 마음을 금할 수 없었다.

"이 물탱크는 수십 킬로미터 길이로 계속 이어진답니다. 그리고 이 곳으로 돌아가면 버섯류를 기르는 구역을 볼 수 있을 거예요."

두 사람은 계속 걸었다. 셀던은 모든 것이 아주 깨끗하게 정돈되어 있는 주변을 유심히 바라보았다. 유리는 번쩍번쩍 빛났다. 타일을 깐 바닥은 습기가 있는 것 같았으나 셀던이 허리를 굽혀 만져 보니 그렇지 않았다. 잘 미끄러지는 샌들을 신고 있었는데도 미끄럽지 않았다. 그는 일반 마이코젠 주민처럼 엄지발가락이 툭 튀어나오는 샌들을 신고 있었다.

소나기43이 한 말이 옳았다. 여기저기서 형제자매들이 혼자서 측정기를 재거나 계기판을 조종하거나 또는 기계를 닦는 단순한 일을 하고 있었다. 모든 사람이 자신이 하는 일에 대단히 열중하고 있는 것 같았다.

소나기43이 모르는 것을 질문해서 창피를 주거나 자신이 알면 안 되는 것을 물어서 화를 돋우고 싶지 않았기 때문에 셀던은 그 사람들이 무슨 일을 하는지 물어보지 않았다.

두 사람이 가볍게 열리고 닫히는 문으로 들어가자 갑자기 과거에 경험했던 악취가 약간 나는 것 같아 셀던은 소나기43을 쳐다보았으나 그녀는 냄새를 못 맡는 것 같았다. 셀던도 금방 그 냄새에 익숙해졌다.

빛의 성질이 갑자기 바뀌었다. 불그스레한 빛과 밝은 빛이 사라졌다. 장비가 있는 곳만 조명이 밝게 비출 뿐 다른 지역은 모두 희미한 빛이었다. 조명이 밝게 비추는 곳에는 어디든지 형제나 자매가 한 명씩 있는 것 같았다. 그중에는 진주색 불빛이 이글거리는 전등을 머리에 쓰고 있는 사람도 있었다. 여기저기 불규칙적으로 깜빡거리고 있는 조그만 전등들도 눈에 띄었다.

걸어가면서 셀던은 소나기43의 옆얼굴을 힐끗 보았다. 셀던이 판단할 수 있는 것은 그녀의 옆얼굴뿐이었다. 이전에는 그녀의 반짝이는 대머리와 눈썹 없는 두 눈, 그리고 특징 없는 얼굴 등을 볼 수밖에 없었다. 이것들은 그녀의 개성을 압도해 버려 윤곽 자체를 애매하게 만들어 버렸다. 그러나 옆얼굴을 보면 코와 턱, 도톰한 입술, 균형 잡힌 아름다움 등이 뚜렷하게 드러났다. 게다가 주변이 어둠침침해서 그녀의 광활한 대머리가 그다지 끔찍하게 보이지 않았다.

셀던은 뜻밖에도 만약 그녀가 머리를 길러 잘 가꾼다면 아주 아름다운 여인이 될 거라고 생각했다.

그리고 나서 셀던은 그녀가 머리를 기를 수 없다는 사실을 떠올렸다. 그녀는 평생 대머리로 지내야 할 것이다.

왜 그런가? 왜 사람들은 그녀에게 그렇게 할 것을 강요하는가? 태양정복자는 마이코겐 주민들이 평생 스스로 마이코겐 주민임을 잊지 않기 위해서 그렇게 해야 한다고 했다. 끔찍한 대머리가 자기 인식의 징표라니!

셀던은 상반된 두 견해를 마음속으로 따져 보던 평소 습관대로, 다른 견해를 생각해 냈다. 관습은 제2의 천성이다. 대머리에 익숙해지면, 충분히 익숙해지면, 머리에 난 머리카락이 괴상하게 보여 구역질이 날 수도 있을 것이다. 셀던 자신도 매일 아침 얼굴에 난 털을 모두 면도해 왔으며 수염이 조금만 자라도 불편했다. 그러면서도 아직까지 자기 얼굴이 민숭민숭하다거나 부자연스럽다고 생각해 보지 않았다. 물론 자신은 마음만 먹으면 언제라도 얼굴에 수염을 기를 수 있다. 하지만 그러고 싶지 않았다.

셀던은 사람들이 면도하지 않는 행성들도 있다는 사실을 알고 있다. 몇몇 행성에서는 사람들이 면도는 고사하고 전혀 다듬지도 않은 채 수염이 자라는 대로 놔두고 있다. 만약 그 사람들이 턱과 뺨에 털이 하나도 없는 자신의 민숭민숭한 얼굴을 본다면 뭐라고 할까?

셀던은 이런 생각들을 하면서 소나기43과 함께 끝없이 걸어갔다. 가끔 그녀는 팔을 들어 무언가를 가리키면서 설명하기도 했다. 올린 손을 서둘러 내리지 않는 것을 보니 그녀도 점차 그런 행동에 익숙해지는 것 같았다. 거의 1분 동안이나 팔을 올린 상태에서 말할 때도 가끔 있었다.

그녀가 소리쳤다.

"이리요! 이리 오세요!"

"그게 뭔데요?"

셀던이 물어보았다.

두 사람은 작은 쟁반 앞에서 멈추었다. 그 안에는 동그랗게 생긴 조그만 물체가 가득 들어 있었다. 이 물체들은 각각 직경 2센티미터 크기였다. 그 구역을 관리하는 형제가 쟁반을 막 그 자리에 놓고 나서 온화한 눈으로 왜 그러느냐고 묻는 듯이 쳐다보았다.

소나기43이 낮은 목소리로 셀던에게 말했다.

"몇 개만 달라고 하세요."

셀던은 그녀가 형제에게 말할 수 없다는 사실을 상기하곤 애매한 목소리로 말했다.

"몇 개 얻을 수 있습니까, 혀, 형제?"

"한 주먹 집어 가세요, 형제."

상대편은 기꺼이 허락했다.

셀던이 동그란 물체를 하나 집어 소나기43에게 주려고 하면서 보니 그녀는 셀던에 대한 허락이 자신에 대한 허락과 마찬가지라는 듯 두 주먹 가득 집어 들었다.

동그란 물체는 번들번들하면서도 부드러웠다. 그곳에서 관리하는 형제가 듣지 못할 정도로 거리가 멀어지자 셀던은 소나기43에게 물어보았다.

"이건 먹는 건가요?"

셀던은 조심스럽게 코로 가져가 냄새를 맡아 보았다.

그녀가 날카로운 목소리로 핀잔을 주었다.

"냄새는 나지 않아요!"

"이것들이 뭔데요?"

"진미의 원료예요. 외부 판매용에는 여러 가지 방식으로 향취가 곁들여지지만 이곳 마이코겐에서 먹을 때는 이것만 그냥 먹는답니다."

그녀는 하나를 입안으로 넣고 나서 말했다.

"이것은 아무리 먹어도 더 먹고 싶어요."

셀던도 들고 있던 것을 입안에 넣었다. 그것은 재빨리 녹으면서 사라지는 듯했다. 입안에 액체가 잠시 고이더니 저절로 목구멍 안으로 흘러 들어갔다.

셀던은 잠시 멍하니 서 있었다. 약간 달콤한 맛이 나면서도 뒷맛은 약간 씁쓸한, 뭐라고 형용할 수 없는 맛이었다.

"하나 더 먹어도 돼요?"

셀던이 물어보았다.

"여섯 개만 가져가세요."

소나기43이 손을 내밀면서 말했다.

"이것들은 각각 색다른 맛이 난답니다. 똑같은 맛을 가진 게 하나도 없어요. 칼로리도 없고 맛만 있을 뿐이죠."

그녀 말이 맞았다. 셀던은 진미를 입속에 넣고 오랫동안 음미하기도 하고, 조심스럽게 혀로 핥아 보기도 하고, 깨물어 보기도 했다. 그러나 아무리 조심스럽게 핥아도 금세 흩어져 버렸다. 깨물어서 조각을 내도 즉각 녹아 버렸다. 저마다 맛이 달랐지만 뭐라고 설명하기도 애매했다.

그녀는 명랑한 목소리로 말했다.

"유일한 문제점이 있다면, 가끔 아주 특이한 맛을 느껴 결코 잊을 수 없게 되는 것이랍니다. 나도 아홉 살 때 그런 맛을 느낀 적이 있어요."

그녀는 갑자기 쾌활한 표정을 거두면서 우울하게 말했다.

"진짜 황홀한 맛이었어요. 그러고 보면 세상일이란 게 진짜 덧없게 느껴져요."

셀던은 이제 분위기가 무르익었다고 생각했다. 지금까지 정처 없이 얼마나 걸었던가! 그녀는 셀던에게 익숙해져 스스럼없이 얘기하고 있다. 이제 대화가 본질적인 것으로 접어들고 있다. 이제 기회가 왔다!

44

셀던이 말했다.

"내가 살던 행성은 하늘이 열려 있어요. 트랜터를 제외한 모든 행성이 그렇지요. 비가 오기도 하고 안 오기도 하고, 강물이 마르기도 하고 넘치기도 하고, 기온이 높기도 하고 낮기도 하죠. 따라서 수확이 좋을 때도 있고 나쁠 때도 있답니다. 그러나 이곳에서는 주변 환경이 적절하게 통제되니까 언제나 수확이 좋을 수밖에 없겠네요. 이곳은 진짜 복 받은 곳이에요."

셀던은 기다렸다. 여러 가지 대답이 나올 가능성이 있기 때문에 어떻게 대응해야 할지는 그녀에게서 어떤 대답이 나오는가에 달려 있었다.

이제 그녀는 셀던이 남성이라는 것에 구애받지 않고 아주 자유롭게 말하고 있으니 오랜 시간 동안 단둘이 여행한 목표가 달성되었다고 믿을 수 있었다.

소나기43이 대답했다.

"주변 환경을 통제하기가 그렇게 쉽지는 않아요. 바이러스에 감염될 때도 있고, 전혀 기대하지 않았던 탐탁지 않은 돌연변이가 발생할 때도 있어요. 때때로 방대한 지역 전체가 말라 버려 쓸모없어질 때도 있고요."

"진짜 끔찍하군요. 그러면 어떻게 하는데요?"

"조금이라도 감염되었다고 추정되면 해당 지역을 모두 파괴할 수밖에 없어요. 그리고 접시와 물탱크 모두 철저하게 소독하죠. 물론 다 버려야 할 때도 있고요."

"수술에 해당하는 거군요. 병든 조직을 잘라 내는 것처럼."

"그래요."

"그러면 그런 일이 일어나지 않도록 예방하기 위해서는 어떻게 하나요?"

"우리가 할 수 있는 일이야 뻔하지요. 돌연변이가 발생할 가능성과 바이러스에 감염될 가능성, 그리고 주변 환경이 감염되거나 변질될 가능성을 찾기 위해 끊임없이 조사하는 정도지요. 그러나 바람직하지 못한 것이 발견되는 경우는 그리 많지 않답니다. 게다가 일단 그런 것이 발견되면 철저한 조치를 취하지요. 따라서 흉년이 별로 없고, 흉년이라 하더라도 약간 영향을 받을 뿐이에요. 지금까지 있었던 흉년 중 가장 심한 흉년이라고 해 봤자 평작에서 단지 12퍼센트 감소한 정도였어요. 아주 세세한 예상 아래 컴퓨터 프로그램을 아무리 훌륭하게 만든다 해도 본질적으로 예언 불가능한 것은 알아맞힐 수 없어요."

셀던은 무심결에 전율 같은 것을 느꼈다. 그녀는 마치 심리역사학에 대해서 말하는 것 같았다. 하지만 셀던 자신이 전지전능한 은하제국을 대상으로 모든 활동을 하나하나 연구하고자 하는 데 비해, 그녀는 인류 문명의 극히 일부에 불과한 미생물 농장 생산에 대해 말하고 있을 뿐이었다.

셀던은 의기소침한 목소리로 말할 수밖에 없었다.

"확실히 예상 불가능한 일이 있긴 있어요. 우리 모두를 보살피며 인도해 주는 여러 힘이 있는 것 같아요."

소나기43의 표정이 굳어졌다. 그녀는 몸을 돌려서 꿰뚫을 듯한 시선으로 셀던을 살펴보았다.

하지만 그녀가 한 말은 극히 짧았다.

"뭐라고요?"

셀던은 불안감을 느꼈다.

"바이러스와 돌연변이에 대해 얘기하는 것이 마치 자연법칙에 종속되는 자연현상에 대해 말하는 것처럼 느껴졌어요. 거기에도 초자연적인 것이 개입될 여지가 있잖습니까? 자연법칙에 종속되지 않고 오히려 자연법칙을 통제하는 초자연적인 것 말입니다."

그녀는 계속 셀던을 응시했다. 마치 셀던이 은하계 표준어가 아닌 방언으로 말하여 무슨 뜻인지 도저히 이해할 수 없다는 표정이었다.

그녀는 또다시 속삭이는 듯한 목소리로 물었다.

"뭐요?"

셀던은 약간 당황하여 익숙하지 못한 단어를 더듬거리면서 계속 말했다.

"당신네가 어떤 위대한 본질, 어떤 위대한 영혼, 어떤……. 뭐라고 표현하긴 힘들지만, 그런 것들에 호소한다는 거지요."

소나기43은 높은 음역의 목소리로 작게 말했다.

"그럴 줄 알았어요. 나도 당신이 뜻하는 바가 그거라고 생각했지만 차마 믿을 수 없었어요. 당신은 우리가 종교를 갖고 있다고 비난하고 있군요. 왜 노골적으로 얘기하지 않는 거죠? 왜 종교라는 단어를 쓰지 않는 거냐고요?"

그녀는 말을 멈추고 대답을 기다렸다. 셀던은 그녀의 갑작스러운 맹공에 약간 당황하여 대답했다.

"그 단어는 내가 사용하는 단어가 아니기 때문이지요. 나는 그것을 '초자연주의'라고 불러요."

"당신이 뭐라고 부르든지 그것은 종교입니다. 하지만 우리는 그런 것을 섬기지 않아요. 종교는 이방인들이나 가지고 있는 거예요. 우글대는 인간쓰……."

그녀는 숨이 막힌다는 듯이 말을 꿀꺽 삼켜 버렸다. 하지만 셀던은 그녀가 삼켜 버린 말이 '인간쓰레기'라는 단어임을 확실히 알 수 있었다.

그녀는 다시 냉정을 찾았다. 평소의 소프라노보다 약간 낮은 목소리로 천천히 말했다.

"우리는 종교를 믿는 사람들이 아닙니다. 우리 왕국은 이 은하계에 있어요. 그건 과거에도 마찬가지였고요. 만약 당신이 종교를 믿는다면……."

셀던은 곤란해졌다. 이렇게 되리라고는 예상하지 못했다. 셀던은 팔을 흔들며 부인했다.

"그렇지 않아요. 나는 수학자고 내 왕국도 이 은하계에 있어요. 단지 당신네들의 엄격한 관습을 보고 혹시 당신네 왕국이……."

"그렇게 생각하지 마세요, 이방인. 우리 관습이 엄격하다면 그것은 우리의 인구가 수백만에 불과하고 주변에는 수십억 인구가 둘러싸고 있기 때문입니다. 우리는 소수이기에 우리 자신을 특별하게 만들어 우글대는 당신네 이방인 무리에 흡수되는 것을 막아야 해요. 우리는 스스로 우리의 풍습과 우리 생활 방식을 지켜 당신네 이방인들과 구분 짓는 거지요. 우리는 우리가 누구인지 이방인들에게 알려 주어야만 해요. 당신네들이 우리들을 귀중하게 여겨서 간섭하지 않고 그냥 놔두도록 만들기 위해서 우리는 농장에서 열심히 작업한답니다. 우리가 당신네들에게 바라는 것은 단지 하나……. 우리를 간섭하지 말고 그냥 내버려 두라는 겁니다."

"당신이나 당신네 동족에게 해를 끼칠 의도는 조금도 없습니다. 나는 다른 곳에서와 마찬가지로 이곳에서도 지식을 얻고자 할 뿐입니다."

"당신은 마치 우리가 불가사의하고 비현실적인 종교에 스스로 할 수 없는 일들을 해 달라고 호소하기라도 하는 것처럼 질문해서 우리를 모욕했어요."

"이러저러한 형태로 초자연주의를 믿는 사람들은 수많은 행성에 수 없이 많이 존재하고 있습니다. 당신이 원한다면 종교라고 표현하지요. 우리는 여러 가지 측면에서 그들과 견해를 달리할 수 있습니다. 하지만 그들의 믿음이 잘못될 수 있는 만큼 우리의 불신도 틀릴 수 있습니다. 따라서 믿음을 가지고 있다고 해서 부끄러운 것은 아니며, 나도 모욕하려는 의도에서 질문한 것이 아닙니다."

하지만 그녀는 화가 가라앉지 않았다.

"종교요? 우리에게 그런 건 필요 없어요."

대화가 계속될수록 의기소침해지던 셀던은 이제 좌절감에 빠지기 일보 직전에 놓였다. 소나기43과 단둘이 돌아다닌 모든 것이 수포로 돌아갔던 것이다.

그녀는 계속 얘기를 이어 갔다.

"우리는 훨씬 훌륭한 것을 가지고 있답니다. 우리에게는 역사가 있어요."

순간 셀던은 하늘에 오를 것 같은 기분을 느끼며 얼굴 가득 웃음을 띠었다.

제10부
'책'

넓적다리에 손댄 이야기

해리 셀던에 의하면 이 '이야기'는 심리역사학 개발 방법을 찾는 데 최초의 중요한 전환점이었다고 한다. 불행하게도 셀던이 저술한 책들에는 이 '이야기'가 어떤 내용인지 나와 있지 않다. 따라서 오래전부터 이 '이야기'에 대한 여러 가지 추측이 난무하게 되었다. 이 '이야기'는 셀던의 경력에 관한 여러 가지 흥미 있는 미스터리 가운데 하나로 남아 있다.

—『은하대백과사전』

45

소나기43은 가쁜 숨을 내쉬며 이글거리는 눈으로 셀던을 보았다.
"더 이상 여기에 있을 수가 없어요."
그녀가 말했다.
셀던은 주위를 둘러보았다.
"우리를 귀찮게 하는 사람도 없잖아요. 우리에게 진미를 준 형제조차 아무 말도 안 했잖아요. 그 사람도 우리를 평범한 한 쌍으로 여기는 것 같던데요."

"그건 불빛도 어두웠고, 이방인 억양이 발각되지 않도록 당신도 말소리를 작게 했고, 나도 침착하게 행동해서 우리가 별로 이상하게 보이지 않았기 때문이에요. 하지만 지금은……."

그녀의 목소리가 더욱 거칠어졌다.

"지금은 왜요?"

"괜히 불안하고 긴장이 돼요. 온몸에서 식은땀이 나요."

"눈치챈 사람도 없잖아요? 마음을 편하게 하고 진정하세요."

"여기에서는 마음을 편하게 할 수가 없어요. 들킬 것 같아서 진정할 수도 없어요."

"그러면 어디로 가야 하죠?"

"저쪽에 쉴 수 있는 조그만 공간이 있어요. 여기에서 일해 왔기 때문에 이 근처 지리를 잘 알아요."

그녀는 빠른 걸음으로 걸어가기 시작했다. 셀던은 그녀 뒤를 따라갔다. 조금 걸어가니 상당한 간격을 두고 위에 조그만 램프가 달린 문들이 있었다. 그녀가 아니었다면 주변이 어둠침침해서 발견하지 못했을 것이다.

"저 끝에 있는 방으로 가요. 만약 비어 있다면 그 방으로 들어가요."

그녀가 중얼거렸다.

그 방은 비어 있었다. 조그만 장방형 발광판에 '아무도 없음'이라는 글자가 빛을 발하고 있었으며 문도 조금 열려 있었다.

소나기43은 주변을 재빨리 살펴보더니 셀던에게 안으로 들어오라고 신호하곤 먼저 안으로 들어갔다. 그녀가 문을 닫았다. 그러자 천장에 있는 불빛이 켜지더니 내부를 비추기 시작했다.

셀던이 물어보았다.

"어떻게 해야 문 위에 붙어 있는 발광판에 '사용 중'이라는 표시가 뜨죠?"

"문이 닫히고 실내에 불빛이 들어오면 자동으로 발광판 글씨가 바뀌니 걱정하지 마세요."

셀던은 작은 소리가 나며 공기가 부드럽게 순환하는 것을 느낄 수 있었다. 트랜터에서는 어디를 가나 이런 소리가 들렸다.

방은 넓지 않았으나 튼튼하고 꽤 넓게 만들어진 간이침대가 하나 있었고 그 위에는 깨끗한 침대보가 깔려 있었다. 그 외에도 의자와 탁자가 하나씩 있었으며 소형 냉장고가 한 대 있었다. 전열기같이 보이는 물건도 하나 있었다. 음식 보온용 히터 같았다.

소나기43은 의자에 앉아 몸을 꼿꼿이 펴고 호흡을 고르려 애쓰고 있었다.

셀던은 무엇을 어떻게 해야 할지 몰라 계속 서 있었으나 그녀가 약간 초조한 모습으로 침대에 앉으라고 손짓하는 바람에 그 자리에 앉았다.

소나기43은 부드러운 목소리로 마치 독백이라도 하듯이 말했다.

"이방인 남자든 형제든 상관없이 남자와 함께 이곳에 있다는 사실이 발각되면 나는 추방될 거예요."

셀던은 재빨리 일어서며 말했다.

"그러면 빨리 이곳에서 나갑시다."

"앉으세요. 이런 기분으로는 밖으로 나갈 수가 없어요. 당신은 종교에 대해서 물어보았어요. 당신이 바라는 게 도대체 뭐죠?"

셀던의 눈에는 그녀가 완전히 바뀐 것처럼 비쳤다. 비굴하게 순종하던 수동적인 모습은 없어졌다. 남성 앞에서 수줍어하며 주저주저하는 모습도 완전히 사라졌다. 그녀는 가늘게 뜬 눈으로 셀던을 노려보고 있었다.

"지식이라고 말했잖아요. 나는 학자예요. 지식 탐구가 내 직업이며 따라서 내가 바라는 것도 지식입니다. 나는 특히 인간에 대해서 알고 싶기 때문에 역사를 배우고자 합니다. 그러나 대부분의 행성에서 오래된 역사 기록물들은, 진짜 오래된 역사 기록물들은 파손되어 신화와 전설 속에만 종교나 초자연주의의 한 부분으로 남아 있을 뿐입니다. 하지만 마이코겐에 종교가 없다면, 그러면……."

"우리는 역사를 가지고 있다고 말했잖아요."

셀던이 물었다.

"당신네들이 역사를 가지고 있다고 두 번씩이나 말하는데, 도대체 얼마나 오래된 역사입니까?"

"2만 년도 더 됐어요."

"진짜요? 우리 솔직히 얘기해 봅시다. 그게 진짜 역사입니까, 아니면 전설로 알려진 겁니까?"

"물론 진짜 역사죠."

셀던은 어떻게 장담할 수 있냐고 물어보고 싶은 것을 억누르고 좀 더 깊이 생각해 보았다. 과연 2만 년도 더 된 역사가 변질되지 않고 남아 있을 가능성이 있을까? 셀던은 역사학자가 아니기 때문에 도스와 함께 검토해 보아야 했다.

셀던은 모든 행성에 있는 오래된 역사가 교훈적인 내용을 담은 미니 드라마거나 자기 자랑만 일삼는 영웅주의 등등의 잡동사니에 불과할 뿐 신빙성이 없다고 생각했다. 헬리콘만 보더라도 그 점은 극명하게 입증된다. 헬리콘에서는 옛날부터 구전으로 전해 오는 이야기를 하는 사람치고 그 이야기 모두가 진짜 있었던 일이라고 주장하지 않는 사람이 없었다. 이 사람들은 선조들이 헬리콘을 처음 탐험하면서 흉흉한 모습으로 공중에 날아다니는 파충류를 보았다는 둥 전혀 말도 안 되는 이야기조차 진짜 있었던 일이라고 주장했다. 하지만 지금까지 인류가 탐험하고 정착한 어떤 행성에서도 비행 파충류가 살았다는 흔적은 찾을 수 없다.

셀던은 약간 돌려서 물어보았다.

"그 역사가 어떻게 시작되죠?"

소나기43의 시선은 셀던이나 방 안에 있는 어떤 물체에도 초점을 맞추지 않고 먼 곳을 바라보는 것 같았다.

"역사는 하나의 행성에서 시작됩니다. 우리의 행성, 모든 인류가 모여 살던 하나의 행성."

"모든 인류가 모여 살던 하나의 행성?"

셀던은 인류가 최초에는 하나의 행성에서 살았다는 전설이 전해지고 있다던 휴민의 이야기가 생각났다.

"모든 인류가 모여 살던 하나의 행성. 나중에 다른 유인 행성도 생겨나긴 했지만 우리 행성이 최초의 유인 행성이었어요. 하늘은 열려 있어 푸름을 맘껏 뿜내고 모든 사람이 생활할 공간과 들판은 드넓었으며 다정한 가정과 친절한 사람들이 사는 곳. 우리는 그곳에서 수천 년 동안 살다가 어느 날 갑자기 그곳을 떠나 여기저기를 방랑해야 했어요. 그러다가 동족 일부가 트랜터 한구석에 정착해 식량을 재배하면서 약간의 자유를 확보할 수 있게 되었지요. 그래서 우리는 이곳 트랜터에서 우리의 관습과 우리의 꿈을 가꾸며 살 수 있게 된 거예요."

"그러면 당신네 역사책에는 최초의 행성 이야기가 자세히 나옵니까? 모든 인류가 모여 살던 하나의 행성 말예요."

"물론이죠. 모든 내용이 한 권의 책에 자세히 들어 있을 뿐만 아니라 우리 모두가 그 책을 한 권씩 가지고 있답니다. 우리 동족 모두요. 우리는 그 책을 항상 휴대하고 아무 때나 펼쳐서 읽으며 우리가 현재는 누구이며 과거에는 누구였던가 되새기면서 언젠가 우리 행성으로 돌아갈 것을 마음속 깊이 다짐하곤 하지요."

"그 행성이 어디에 있으며 지금 누가 사는지 알고 있습니까?"

소나기43은 잠시 주저하더니 고개를 심하게 흔들며 대답했다.

"현재는 모른답니다. 하지만 언젠가 찾아낼 거예요."

"지금 그 책을 가지고 있습니까?"

"물론이죠."

"한번 볼 수 있겠습니까?"

그녀의 얼굴에 미소가 잔잔히 퍼져 나갔다.

"그러니까 당신이 바라는 게 그 책이군요. 당신이 나와 단둘이 미생물 농장을 보러 가자고 했을 때 당신이 뭔가 바라는 게 있다고 느꼈어요."

그녀는 약간 당혹스러워하면서 계속 얘기했다.

"그러나 그게 그 책이라고는 미처 생각하지 못했어요."

셀던이 솔직하게 말했다.

"내가 원하는 것은 그게 전부입니다. 그 외에는 별로 관심이 없어요. 내 생각을 오해하고 이곳으로 데리고 온 것이라면……"

그녀는 셀던이 말을 계속하게 놔두지 않았다.

"어쨌든 지금 이곳에 있잖아요. 그 책이 보고 싶어요, 보고 싶지 않아요?"

"빌려 줄 수 있습니까?"

"내 부탁 한 가지만 들어준다면요."

셀던은 멈칫하고, 만약 자신이 원래 의도했던 그 이상으로 자매가 금기 사항을 깨뜨리게 되면 심각한 일이 일어날 수도 있겠다고 생각하면서 물어보았다.

"어떤 부탁인데요?"

소나기43은 혀를 약간 내밀어 입술을 재빨리 핥았다. 그리고 나서 굉장히 떨리는 목소리로 말했다.

"분장을 벗어 주세요."

46

해리 셀던은 멍하니 소나기43을 쳐다보았다. 셀던은 잠시 그녀가 무슨 말을 하는지 이해할 수가 없었다. 셀던은 자신이 대머리 분장을 쓰고 있다는 사실을 잊고 있었던 것이다.

그래서 손을 머리로 올리자 비로소 머리에 쓰고 있는 대머리 분장을 느낄 수 있었다. 대머리 분장은 부드러웠다. 대머리 분장 아래에 있는 머리카락의 탄력이 약간 느껴졌다. 머릿결이 부드러운 데다가 머리숱이 많지 않아 탄력이 그다지 풍부하지는 않았던 것이다.

셀던은 머리를 만지면서 물어보았다.

"왜요?"

"당신의 머리카락을 보고 싶어요. 당신이 책을 보고 싶다면 내 요구를 들어주어야 해요."

"그럽시다. 당신이 굳이 보고 싶다면."

셀던은 대머리 분장을 벗기 위해 손으로 끄트머리를 찾고자 더듬었다.

하지만 그녀가 막았다.

"잠깐만, 내가 벗기게 해 주세요. 내가 할게요."

그녀는 갈망하는 눈으로 셀던을 쳐다보았다.

셀던은 두 손을 무릎에다 올려놓고 말했다.

"그럼 그렇게 하세요."

소나기43은 재빨리 일어서서 셀던이 앉아 있는 침대 옆자리에 앉았다. 그녀는 조심스럽게 천천히 대머리 분장을 들어 귀 앞까지 내렸다. 그녀는 또다시 입술을 핥고는 앞이마까지 대머리 분장을 벗기곤 가쁜 숨을 내뿜으면서 확 들어 올렸다. 그러자 대머리 분장이 완전히 벗겨져 셀던의 머리카락이 풀려나면서 자유를 만끽하겠다는 듯 약간 출렁거렸다.

셀던은 민망하다는 투로 말했다.

"계속 대머리 분장을 쓰고 있었기 때문에 머리에 땀이 많이 나 축축할 거요."

셀던이 머리가 얼마나 축축한지 만져 보기 위해서 손을 올리자 소나기43이 저지하며 말했다.

"내가 해 보고 싶어요. 이것도 부탁의 일부예요."

그녀는 주춤주춤하면서 천천히 손가락을 뻗쳐 셀던의 머리카락을 만져 보더니 재빨리 거두었다. 그러나 손가락을 다시 대고는 아주 부드럽게 머리칼을 쓰다듬었다.

"축축하지 않아요. 감촉이…… 좋군요."

"전에는 머리카락을 만져 본 적이 없나요?"

"어린애들의 머리카락은 가끔 만져 봤어요. 하지만 이 머리카락은…… 다르군요."

"어떤 점에서요?"

셀던은 아주 당혹스러운 중에도 호기심을 느끼고 물어보았다.

"뭐라고 설명할 수가 없어요. 단지…… 달라요."

잠시 후 셀던이 물어보았다.

"이제 충분히 만졌나요?"

"아니에요. 재촉하지 마세요. 당신은 원하는 방향으로 머리카락을 눕힐 수 있나요?"

"좀 힘들어요. 자연스레 눕히는 방향이 있어요. 하지만 그렇게 하려면 빗이 필요한데 지금 빗을 갖고 있지 않아요."

"빗이라고요?"

"포크처럼 갈퀴가 달린 것인데……. 하지만 갈퀴 수가 더 많을 뿐만 아니라 훨씬 부드럽지요."

"손가락으로 하면 안 되나요?"

그녀는 손가락으로 머리카락을 빗질하듯 하면서 물어보았다.

셀던이 대답했다.

"어느 정도는 가능하죠. 하지만 잘 안 되더라고요."

"뒤쪽 머리카락은 곤두섰어요."

"그쪽은 머리카락이 짧으니까요."

소나기43은 뭔가 기억을 더듬는 것 같았다.

그녀가 갑자기 말했다.

"눈썹 말이에요. 사람들이 그렇게 부르는 거 맞죠?"

그녀는 셀던의 눈 위를 덮고 있는 조그만 조각을 벗기더니 초승달처럼 부드럽게 선을 이룬 눈썹을 거슬러 가며 손가락으로 훑었다.

"감촉이 좋군요."

그녀는 그녀의 동생이 깔깔거릴 때처럼 높은 음조로 웃으면서 말했다.

"아주 귀여워요."

셀던은 약간 초조하게 물어보았다.

"뭘 더 하고 싶으신가요?"

어스레한 불빛 속에서 소나기43은 뭔가 아쉬운 눈치였으나 아무 말도 하지 않고 갑자기 두 손을 거두더니 코에 대고 냄새를 맡았다. 셀던은 그녀가 무슨 냄새를 맡고 있는가 의아했다.

그녀가 말했다.

"정말 이상하군요. 다시…… 나중에 다시 한 번 만져 봐도 될까요?"

셀던은 겸연쩍은 태도로 대답했다.

"내가 충분히 연구할 수 있도록 책을 빌려 준다면……."

소나기43은 셀던이 미처 알아차리지 못한 사이에 스커트 틈새에 손을 집어넣더니 안주머니에서 부드러운 물질로 약간 두껍게 제본한 책을 꺼냈다. 셀던은 흥분을 억누른 채 그 책을 받았다.

셀던이 머리에 대머리 분장을 쓰고 있는 동안 소나기43은 두 손을 다시 코에 대더니, 재빨리 손가락 하나를 입안에 넣고 빨았다.

47

"당신 머리카락을 쓰다듬었다고요?"

도스 베나빌리가 물어보았다. 도스 역시 셀던의 머리카락을 쓰다듬고 싶어 하는 듯이 보였다.

셀던이 살짝 물러서면서 말했다.

"그러지 마세요. 그 여자가 하는 짓이 마치 변태 행위같이 느껴지더라고요."

"그녀의 관점에서 보면 변태 행위라고 할 수 있죠. 당신은 쾌감을 느끼지 않았나요?"

"쾌감이 다 뭡니까. 오히려 소름 끼치던데요. 그녀가 손을 뗄 때까지 숨도 제대로 못 쉬겠더라고요. 그녀가 또 다른 조건을 제시할까 봐 계속 마음 졸이고 있었거든요."

도스가 웃으며 말했다.

"그녀가 섹스를 하자고 강요할까 봐 두려워했나요? 혹시 그러길 원했던 건 아니에요?"

"그따위 생각은 전혀 하지 않았어요. 나는 단지 책만 원했을 뿐이라고요."

두 사람은 지금 숙소에 있었다. 도스는 도청 방지기를 켜서 다른 사람이 조금도 엿듣지 못하도록 했다.

이곳 사람들이 저녁을 먹을 시간이었다. 셀던은 이미 대머리 분장과 스커트를 벗어 던지고 목욕을 하면서 두 번씩이나 잔뜩 거품을 내 머리를 감은 뒤였다. 지금 셀던은 옷장에 걸려 있던 가벼운 잠옷을 입은 채 자기 침대에 걸터앉아 있었다.

도스가 눈을 이리저리 굴리며 물어보았다.

"당신 가슴에 털이 있다는 사실을 그녀가 모르던가요?"

"그녀가 그런 생각을 할까 봐 얼마나 조마조마했는지⋯⋯."

"불쌍한 해리. 그건 아주 자연스러운 거예요. 만약 내가 형제와 단둘이 있었다 하더라도 비슷한 경우를 당했을 거예요. 형제라면 남성

중심 사회인 이곳 분위기에 젖어 여자인 내가 반항하지 않고 지체 없이 자기 명령을 따라야 한다고 생각했을 테니 더 심각했겠죠."

"아니에요, 도스. 당신이 그런 일을 아주 자연스럽다고 생각하는 것은 당신이 겪어 보지 않아서 하는 말이에요. 그 가련한 여인네는 성적으로 대단히 흥분한 상태까지 되었어요. 그녀는 모든 감각을 총동원해서…… 자기 손가락을 냄새 맡더니 입안에 넣고 빨기까지 했어요. 그녀가 만약 머리카락이 자란다는 얘기를 들었다면 정신없이 그 소리까지 들으려고 했을 거라고요."

"그게 내가 말한 '자연스럽다'는 거예요. 어떤 것이든 금지 자체로 성적 매력이 증가되니까요. 만약 여성들이 항상 가슴을 드러내 놓고 다니는 사회에서 산다면 여성들의 가슴에 무슨 호기심을 느낄 수 있겠어요? 내가 과거에 겪었던 일을 한 가지 얘기해 줄게요. 내가 고향 행성에 있는 호수 휴양지에서 겪었던 일이에요. 당신네 헬리콘에도 해변에 휴양지가 있지요?"

"물론이지요."

셀던은 약간 화가 난 투로 말했다.

"당신은 헬리콘을 도대체 어떻게 생각하는 거예요? 주변에 바위와 산만 있어서 우물이나 파야 물 구경을 하는 줄 알아요?"

"그런 뜻에서 한 말이 아니에요, 해리. 단지 당신에게 이야기의 요점을 분명하게 하고 싶었을 뿐이에요. 시너에서는 사람들이 해변에서 아주 아슬아슬한 옷을 입거나…… 완전히 벗고 다닌답니다."

"나체 해수욕장인가요?"

"그렇지는 않아요. 하지만 옷을 전혀 안 걸치고 다니는 사람이라 하더라도 별로 주목받지 않지요. 예의상 최소한의 신체 부위는 가리는 것이 관습이지만 우리가 생각하는 예의와는 거리가 멀지요."

셀던이 말했다.

"우리 헬리콘에서는 예의범절이 상당히 엄격하답니다."

"그래요. 당신이 나를 조심스럽게 대하는 것만 보더라도 잘 알 수 있어요. 어쨌든 내가 조그만 호숫가에 앉아 있는데 몇 시간 전에 처음 만나 몇 마디 나누었던 젊은 남자가 다가왔어요. 그 사람은 전혀 불량기가 없는 예의 바른 사내였어요. 그 사람은 내가 앉아 있는 의자 팔걸이에 앉더니 그저 몸의 균형을 유지하기 위해 아무것도 걸치지 않은 내 왼쪽 넓적다리에 자기 오른손을 올려놨어요.

우리가 약 1분 30초 동안 대화를 나눈 후 그가 장난기 어린 말투로 얘기했어요. '내 손이 여기에 있네? 당신과 나는 잘 모르는 사이인데도 내 손이 당신 넓적다리에 올라가 있는 게 별로 어색하지 않군요. 게다가 당신도 내 손이 여기 놓여 있다는 사실에 별로 신경 쓰지 않고 아주 자연스럽게 받아들이고 있는 것 같고요.'

나는 그 말을 듣고서야 비로소 그 사람 손이 내 넓적다리에 놓여 있다는 사실을 알아챘어요. 공공연하게 노출된 살갗은 성적 매력이 줄어드나 봐요. 아까도 얘기했듯이 시야에서 가리는 것 자체가 성적 호기심을 불러일으키는 것 같아요.

그 사나이도 이런 사실을 깨달았는지 이렇게 얘기하더라고요. '하지만 아주 의례적인 조건 속에서 정장을 하고 만난다면 당신이 과연 내가 당신의 옷을 들치고 넓적다리에 손을 얹도록 놔둘까요?'

나는 그 말을 웃어넘기고 계속해서 그 사람과 이런저런 얘기를 나누었어요. 물론 그 남자는 내가 그 손에 신경 쓰고 있으니까 계속 내 넓적다리에 손을 얹고 있는 게 더 이상 자연스럽지 않다는 것을 알고 그 손을 치웠지요.

그날 밤 나는 대단히 신경 써서 정장용 의상을 입고 식당에 갔어요. 다른 여성들이 입은 옷을 보니 내가 필요 이상으로 정장을 했다는 것을 느낄 수 있었어요. 내가 다가가 인사를 하며 말했죠. '정장을 하긴 했지만 치마 속 왼쪽 넓적다리에는 아무것도 걸치지 않았어요. 당신에게 허락하겠어요. 내 치마를 들춰서 아까처럼 내 왼쪽 넓적다리에 당신 손을 얹어 보세요.'

그 사람은 그렇게 하려고 했어요. 나도 그 사람이 할 수 있을 줄 알았지요. 하지만 모든 사람이 보고 있었어요. 그를 제지하는 사람은 아무도 없었지만 결국 그 사람은 그렇게 할 수 없었어요. 오후나 저녁이나 주위에 있었던 사람들은 똑같은 사람들이었지만 오후에는 아슬아슬한 옷차림을 하고 있었고 저녁에는 정장을 하고 있었다는 게 달랐죠. 내가 자청했기 때문에 치마를 들치고 넓적다리에 손을 얹어도 별문제가 없었을 텐데, 그 사내는 감히 주변 분위기에 어긋나는 행위를 할 수 없었던 거예요. 오후에는 넓적다리에 손을 얹어 놓을 수 있었던 분위기가 저녁에는 넓적다리에 손을 올려놓을 수 없는 분위기로 바뀐 거지요. 여기에는 논리적으로 설명할 수 없는 그 이상이 있답니다."

셀던이 말했다.

"나라면 당신 넓적다리에 손을 얹어 놓을 수 있겠어요."

"자신 있어요?"

"물론이죠."

"해변에서 입는 옷차림의 기준이 우리보다 엄격할 텐데?"

"상관없어요."

도스는 자기 침대에 앉더니 팔베개를 하고 누우며 말했다.

"그래서 내가 속옷을 거의 안 입은 채 잠옷을 걸치고 있어도 별로 신경 쓰지 않았군요?"

"별다른 충격은 안 받았지요. 신경 쓴다는 것이 무엇을 의미하는가에 따라 다르겠죠. 당신이 어떤 옷을 입는지 잘 알고 있으니까요."

"뭐, 우리가 상당 기간 이곳에서 함께 묵어야 한다면 그런 것쯤은 무시하는 방법을 배워야겠지요."

"그런 것을 활용하는 방법도 배우면 더 좋죠."

셀던이 싱긋이 웃으며 말했다.

"게다가 당신 머리도 멋있게 보이고 말입니다. 하루 종일 대머리만 보다가 당신 머리카락을 보니 아주 아름다워요."

"어머, 만지지 마세요. 아직 머리를 안 감았단 말이에요."

도스는 눈을 반쯤 감은 상태에서 말을 이었다.

"아주 흥미 있어요. 당신네 헬리콘 사람들은 예의범절을 공식·비공식 차원으로 나누나 봐요. 당신 말을 들어 보니 비공식적인 자리에서는 헬리콘이 시너보다 훨씬 더 예의범절에 깍듯한데 공식적인 자리에서는 시너가 더 깍듯한 것 같아요. 내 말이 맞나요?"

"나는 단지 당신의 넓적다리에 손을 얹어 놓은 사내와 나에 대해서 말한 것뿐이에요. 나와 그 남자가 각각 헬리콘과 시너를 대변할 수 있을지는 장담할 수 없군요. 하지만 두 행성에서 가장 일반적인 인간의 행태가 어떠할까는 쉽게 상상할 수 있을 것 같아요. 물론 바람둥이도 포함해서요."

"우리는 사회적 압력에 대해 얘기하고 있는 거예요. 나는 은하 세계를 별로 여행하지 않았지만 사회 역사를 상당히 많이 연구했지요. 데로드 행성에서는 혼전 섹스가 대단히 자유분방하게 이루어졌던 시절

이 있었어요. 미혼자에 한해서는 다양한 섹스가 허용되었으며 공공장소에서의 섹스 행위도 교통에 방해되지 않는 한 문제가 되지 않죠. 하지만 결혼한 후에는 일부일처제가 철저하게 지켜져요. 모든 사람이 모든 환상을 결혼 전에 떨쳐 버릴 수 있어야만 인생을 진지하게 살아갈 수 있다고 생각한 것이지요."

"그게 효과가 있나요?"

"약 300년 전에 그런 관행이 없어졌어요. 몇몇 동료가 말하길 데로드 행성에만 관광객이 몰리자 관광산업이 위축된 다른 행성들이 압력을 가해 없어졌다고 그러더군요. 결국 은하 세계 전반에 걸친 사회적 압력이 존재하고 있다는 사실도 확인할 수 있었죠."

"그런 경우라면 경제적 압력도 있었겠군요."

"그럴지도 모르죠. 어쨌든 대학에 있었기 때문에 은하 세계를 여행하지 않고도 사회적 압력을 연구할 수 있었어요. 트랜터 안팎으로 수십 군데에서 온 사람들을 만날 수 있었기 때문에 사회과학 분야에서 가장 흥미 있었던 것 가운데 하나가 여러 가지 사회적 압력에 대한 비교 검토였어요.

예를 들어 이곳 마이코겐에서는 섹스 행위가 아주 확실한 관계에서만 허용되는 데다가 공공연하게 토론할 수 없기 때문에 훨씬 더 엄격하고 죄악시되는 것 같아요. 스트릴링 구역에서도 섹스 행위에 관해 토론하지 않기는 마찬가지지만 그렇다고 해서 죄악시하지는 않거든요. 내가 조사 작업을 하느라고 제닛 구역에 일주일 동안 머무른 적이 있는데 그곳에서는 섹스 행위에 대해 끝없이 논의하긴 하지만 죄악시하기 위해서 논의할 뿐이에요. 트랜터 내부의 각 구역과 트랜터 외부의 수많은 행성 중 섹스 행위에 대한 태도가 완전히 일치하는 곳은 한 군데도 없을 것 같아요."

셀던이 말했다.

"당신 말이 어떻게 들리는지 알아요? 그 말은 마치……"

도스가 가로채서 말했다.

"그 말이 무엇을 의미하는지 내가 말하죠. 섹스 행위에 대해 말하면서 머릿속에 확실히 떠오르는 게 한 가지 있었어요. 이제 당신을 더욱 철저히 감시해서 내 시야에서 벗어나지 못하게 하겠다는 거죠."

"뭐라고요?"

"당신을 홀로 내버려 둔 게 두 번인데 첫 번째는 내가 판단을 잘못해서 그렇게 되었고 두 번째는 당신이 나를 협박했기 때문에 그렇게 되었어요. 둘 다 실수였음이 확실해요. 첫 번째의 경우 어떤 일이 일어났는지 당신도 잘 알잖아요?"

셀던이 화난 목소리로 말했다.

"그래요, 하지만 두 번째는 아무 일도 일어나지 않았잖아요."

"커다란 문제에 봉착할 뻔했잖아요. 당신이 자매와 성적 탈선 행위를 저지르는 게 발각되었다고 상상해 보세요."

"그것은 성적 탈선 행위가 아니었어요!"

"그녀가 성적으로 대단히 흥분한 상태였다고 당신 입으로 말했잖아요."

"하지만……"

"그건 잘못한 거예요. 찬찬히 생각해 보세요, 해리. 이제부터 내가 동반하지 않으면 당신은 어디도 갈 수 없어요."

셀던이 냉담하게 말했다.

"여보세요, 내 목적은 이곳에 있는 역사 기록을 찾는 거예요. 따라서 그녀와 함께 소위 성적 탈선 행위를 한 결과 책을 구할 수 있었다고요. 역사책을요."

"역사책! 맞아, 책이 있었지. 어디 한번 봐요."

셀던이 책을 꺼내자 도스가 조심스레 들어 보았다.

도스가 말했다.

"아무 소용이 없겠어요, 해리. 전에 사용했던 스캐너에는 맞지 않을 것 같아요. 이 책에 맞는 스캐너를 구해야 할 텐데, 당신에게 왜 그것이 필요한지 이곳 사람들이 의심하지 않겠어요? 결국 당신에게 그 책이 있다는 사실을 발견하고 압수할 거예요."

셀던이 미소를 지으며 대답했다.

"만약 당신의 가정이 올바르다면 당신이 내린 결론도 맞을 수 있겠지만 이 책은 당신이 생각하는 그런 종류의 책이 아니에요. 이 책은 투사해서 보도록 만들어지지 않았어요. 내용을 수많은 지면에 인쇄해서 한 장 한 장 넘기면서 보도록 되어 있지요. 소나기43이 설명해 주었답니다."

"인쇄된 책이라고요!"

셀던은 도스가 쇼크를 받은 건지 아니면 기뻐하는 건지 판단할 수가 없었다.

"그런 책은 석기시대 유물이에요."

"제국 이전에 나온 것은 확실하겠지요. 하지만 꼭 그렇지만은 않아요. 인쇄된 책을 본 적이 있어요?"

"내가 역사학자라는 사실을 잊어버렸어요? 당연히 본 적이 있지요, 해리."

"그래요? 하지만 이런 책은 아닐걸?"

셀던이 책을 건네주자 도스는 싱긋이 웃으며 책을 펴서 한두 쪽을 펼쳐 보더니 한꺼번에 쭈르륵 넘겨 보면서 얘기했다.

"아무것도 없이 공백만 있어요."

"공백만 있는 것처럼 보이죠. 마이코겐 사람들은 원시적인 행태를 고집하긴 하지만 전적으로 그것만 고집하진 않아요. 본질적으로 원시적인 형태를 유지하면서도 현대적인 과학기술 문명을 이용하여 사용하기 편리하게 변경시켜 사용하고 있어요."

"그럴지도 모르죠, 해리. 하지만 당신 말이 무슨 뜻인지 정확히 이해가 안 되는군요."

"지면은 공백이 아니에요. 각 장에는 마이크로 인쇄가 되어 있어요. 자, 이리 줘요. 표지 안쪽 구석에 있는 이 조그만 꼭지를 누르면, 자, 보세요!"

펼쳐져 있는 지면에 갑자기 인쇄된 문자열이 나타나더니 위쪽으로 천천히 올라가고 있었다.

셀던이 말했다.

"이 꼭지를 양쪽 방향으로 조금씩 돌리면서 위로 올라가는 속도를 조절하면 자신의 독서 속도에 맞출 수 있지요. 인쇄된 문자열이 꼭대기에 이르면, 즉 제일 끝줄까지 다 읽으면 문자열이 다시 밑으로 내려온 다음 자동으로 꺼집니다. 그러면 지면을 넘기고 계속 읽어 가면 되지요."

"에너지가 어디에서 나오기에 이렇게 작동하는 거죠?"

"소형 핵융합 배터리가 내장되어 있어서 이 책이 수명을 다할 때까지 에너지를 공급하는 거예요."

"그러다가 에너지원이 고갈되면……."

"책을 버려야 하겠죠. 하지만 에너지원이 고갈되기 전에 책이 닳거나 찢어져서 새 책을 구하게 될 거예요. 배터리를 교환하는 경우가 전혀 없답니다."

도스는 재차 그 책을 들여다보면서 이리저리 자세히 살펴보고는 말했다.

"이런 책은 생전 듣지도 보지도 못했어요."

"나도 마찬가지예요. 은하 세계가 일반적으로 너무나 급속하게 홀로그램 시대로 접어들면서 이런 책을 만들 가능성 자체를 없애 버렸지요."

"이것도 영상 책자인데요, 뭐."

"그래요. 하지만 일반적으로 사용하는 형태는 아니잖아요? 이런 형태의 책자는 장점이 많아요. 우선 다른 일반 영상 책자에 비해서 수명이 훨씬 길잖아요."

도스가 말했다.

"전원이 어디에 있죠? 아, 나도 할 수 있나 한번 해 봐요."

도스는 아무 쪽이나 펼쳐 문자열이 위로 올라가는 속도를 맞추고 나서 말했다.

"이 책은 별로 도움이 되지 않을 것 같군요, 해리. 은하제국 이전에 나온 거예요. 내 말은 이 책 내용이 아니라, 인쇄된…… 언어 말이에요."

"그 문자를 읽을 수 있겠어요, 도스?"

"나는 역사학자로서 고어를 많이 다루어 보긴 했지만 한계가 있어요. 이 문자는 너무 오래된 고어이기 때문에 해독할 수 없어요. 여기저기에 아는 문자가 몇 개 나오기는 하지만 내용을 전반적으로 이해하는 데는 전혀 도움이 안 돼요."

"잘됐군요. 진짜 그렇게 오래된 것이라면 많은 도움이 될 거예요."

"하지만 읽을 수 없다면 아무 도움도 안 되잖아요."

"물론 읽을 수 있으니까 걱정하지 마세요. 이 책은 두 개의 언어로 되어 있어요. 당신도 소나기43이 고어로 쓰인 책을 읽을 수 있다고 생각하지는 않잖아요, 그렇죠, 도스?"

"그녀가 적절한 교육만 받았다면 읽을 수도 있지 않겠어요?"

"이곳 여자들은 가사에 종사해야 하기 때문에 교육받을 여유가 없을 거예요. 교육을 많이 받은 일부 남자들은 이 문자를 읽을 수 있겠지만 그 외 사람들은 은하계 언어로 번역된 것을 읽을 수밖에 없을 거예요."

셀던은 또 다른 꼭지를 누르면서 말했다.

"이것을 누르면 나와요."

인쇄된 문자열이 은하 세계 표준어로 바뀌었다.

"놀랍군요!"

도스의 감탄에 셀던이 말했다.

"바깥세상 사람들이 이런 방식을 이곳 사람들에게 배웠어야 했는데 그러지 못해 안타깝군요."

"아는 사람이 없었겠죠."

"내 생각은 달라요. 나도 이것을 알았어요. 그리고 당신도 알게 되었고요. 가끔 정치적·경제적 이유 때문에 이곳을 방문하는 외부인이 없지는 않을 거예요. 그렇지 않다면 그렇게 많은 대머리 분장을 준비했을 리가 없지요. 그러니 간혹 이런 종류의 인쇄 책자를 발견해서 작동법을 파악한 외부인이 있었을 텐데, 호기심은 생기지만 마이코겐 주민들이 만들었다는 이유 때문에 깊이 연구할 가치가 없다고 무시해 버렸을 거예요."

"이게 깊이 연구할 가치가 있다고 생각하세요?"

"물론이죠. 모든 게 연구할 가치가 있어요. 그렇지 않다 하더라도 연구해야만 해요. 휴민도 이런 책들에 대한 관심의 부재야말로 제국이 퇴보해 가는 증거라고 비판할 거요."

셀던은 그 책을 집어 들면서 흥분에 찬 목소리로 말했다.

"하지만 나는 호기심 때문에 이 책을 탐독할 거예요. 이 책은 나를 심리역사학의 세계로 이끌고 갈 거예요."

"그럴 수 있기를 바라요. 하지만 우선 잠을 자고 아침에 새로운 기분으로 시작하는 게 나을 거예요. 졸면서 공부해 봤자 별로 이해되는 게 없을 테니까요."

셀던은 잠시 망설이더니 말했다.

"어머니 같은 말만 하는군요!"

"당신을 보살피고 있으니까요."

"하지만 헬리콘에 어머니가 살아 계시니 당신은 친구 역할을 하는 게 더 좋겠군요."

"나는 당신을 처음 만난 이래 계속해서 당신을 친구로 생각해 왔어요."

도스가 자신을 바라보고 웃으며 얘기하자 셀던은 어떻게 대답해야 좋을지 모르겠다는 듯이 주저하다가 마침내 입을 열었다.

"그러면 친구로서 당신의 충고를 받아들이죠. 먼저 자고 나서 책을 보겠어요."

셀던은 두 침대 사이에 있는 조그만 탁자에 그 책을 올려놓으려다가 잠시 망설이더니 몸을 돌려 자기 베개 밑에 집어넣었다.

도스 베나빌리가 다정하게 웃으며 말했다.

"내가 잠을 안 자고 있다가 당신보다 먼저 그 책을 읽을까 봐 걱정되나 봐요?"

"뭐……."

셀던은 창피스럽다는 표정을 감추려고 노력하며 대답했다.

"그럴지도 모르죠. 우정이 아무리 중요하다 하더라도 이 책은 내 책이며 내 심리역사학에 지대한 영향을 끼칠 중요한 책이니까."

"동의해요. 따라서 앞으로 그 문제에 관해선 이의를 제기하지 않겠어요. 그건 그렇고, 아까 내가 당신에게 처음 말을 걸 때 뭔가 말하려고 했잖아요. 기억나요?"

셀던은 잠시 생각하더니 대답했다.

"기억 안 나요."

셀던은 어둠 속에서 그 책에 대해서만 생각했다. 넓적다리에 손댄 이야기는 전혀 생각나지 않았다. 사실 셀던은 의식적으로 그 이야기를 이미 뇌리에서 지워 버렸다.

48

도스 베나빌리가 잠자리에서 일어나 타임밴드를 보곤 수면 시간이 30분이나 지났다는 것을 알았다. 도스는 셀던이 코 고는 소리가 들리지 않자 셀던의 침대가 비어 있을 거라고 짐작했다. 아파트 밖으로 나가지 않았다면 화장실에 있을 수밖에 없었다.

도스는 화장실 문을 가볍게 두드리며 다정하게 불렀다.

"해리?"

해리 셀던이 "들어오세요." 하고 모호하게 대답하자 도스는 문을 열고 들어갔다.

셀던은 변기 뚜껑을 내리고 그 위에 앉아 무릎에 책을 펴 놓고 있었다. 셀던은 전혀 불필요한 말을 했다.

"책을 읽고 있어요."

"그래요, 내 눈에도 보이네요. 그런데 왜죠?"

"잠을 잘 수 없었어요. 미안해요."

"그런데 왜 이 안에서 보는 거예요?"

"내가 방 안에 있는 불을 켜면 당신이 깨게 되잖아요."

"그 책에는 조명 장치가 없어요?"

셀던은 불만스러운 목소리로 대답했다.

"네, 소나기43이 작동법을 설명해 줄 때 조명에 대해선 아무 말도 하지 않았어요. 게다가 조명이 있다면 에너지가 너무 많이 들어 책이 닳기도 전에 배터리 수명이 다하지 않겠어요?"

"그럼 이제 나가세요. 들어온 김에 볼일 좀 봐야겠어요."

도스가 밖으로 나오자 불이 켜진 방 안에서는 셀던이 자기 침대에 다리를 꼬고 앉아 계속 독서를 하고 있었다.

도스가 물어보았다.

"얼굴이 안 좋아 보이는군요. 이 책을 보고 실망했나 보죠?"

셀던은 눈을 깜빡거리며 도스를 쳐다보고 대답했다.

"네, 그래요. 여기저기를 발췌해서 보았어요. 시간이 별로 없어서요. 사실상 이 책은 백과사전이더군요. 하지만 색인에 인명이나 지명이 대부분이라 내 목적에는 별로 도움이 되지 않아요. 은하제국이나 제국 이전의 여러 왕국에 대한 내용이 전혀 없어요. 이 책에는 주로 단일 행성에 대한 이야기만 서술되어 있어요. 내가 지금까지 읽은 바에 의하면 이 책은 내부 정치 문제만 끝없이 다룬 논설에 불과해요."

"그 책이 쓰인 시대를 간과한 것 아니에요? 어쩌면 그 책이 유인 행성이라곤 하나밖에 없었던 시대를 다룬 책일지도 모르잖아요?"

셀던은 약간 초조하게 말했다.

"그래요, 나도 알아요. 내가 원하는 게 바로 그런 책이니까. 이 책이 전설을 다룬 책이 아니라 실제 역사를 다룬 책이라면 얼마나 좋겠어요? 별생각이 다 들어요. 하지만 내가 믿고 싶다는 이유 때문에 믿을 순 없어요."

도스가 말했다.

"요즘은 단일 행성 기원설을 주장하는 사람들이 많이 있답니다. 은하 세계 전체에 퍼져 있는 인류는 단일한 종을 이루고 있지요. 따라서 인류는 어느 한곳에서 발생했음이 틀림없어요. 최소한 많은 학자가 현재 그렇게 생각하고 있답니다. 여러 행성에서 동일한 종이 발생한다는 설을 믿을 순 없지 않겠어요?"

셀던이 반론을 제기했다.

"하지만 나는 단일 행성 기원설이 불가피하다고 생각해 본 적이 한 번도 없는데요. 인류가 여러 행성에서 여러 종으로 발생해 서로 교배함으로써 단일한 중간 종으로 변화했을 수도 있지 않겠어요?"

"하지만 다른 종은 서로 교배할 수 없잖아요. 그래서 종으로 구분되는 거예요."

셀던은 잠시 생각하는 듯하더니 어깨를 으쓱했다.

"어휴, 그런 문제는 생물학자들에게 미루어야겠군요."

"바로 생물학자들이야말로 지구 가설을 가장 열렬하게 주장하는 사람들이에요."

"지구? 그게 인류가 발생했다고 추정하는 행성 이름인가요?"

"대체로 그렇다고 믿으면서 쓰는 이름이지요. 하지만 그런 행성이 실제로 존재했다 하더라도 진짜 이름이 무엇이었는지 알아낼 방법이 없답니다. 게다가 그곳이 어디에 위치하고 있었다는 증거를 찾은 사람도 전혀 없지요."

셀던은 빈정거리는 투로 말했다.

"지구라! 이상한 이름이군요. 어쨌든 이 책이 인류가 발생한 행성에 대해 다룬 책일지도 모르지만 내 눈에는 그런 사실이 발견되지 않네요. 지구의 철자가 어떻게 되지요?"

도스가 알려 주자 셀던은 재빨리 책을 뒤져 보았다.

"그럼 그렇지. 이 색인에는 그런 철자나 비슷한 철자로 쓰인 이름이 없어요."

"진짜요?"

"게다가 가끔 다른 행성에 대한 언급도 나와요. 이름도 언급하지 않은 것을 보니 이 책을 저술한 사람들은 자신들이 말하는 지방 행성에 직접적인 영향을 끼치지 않는 이상 다른 행성에는 관심이 없었나 봐요. 최소한 내가 지금까지 읽은 바에 의하면 그래요. '50'이라고 적힌 곳도 있긴 있었는데 무슨 뜻인지 모르겠어요. 50명의 지도자? 50개의 도시? 나는 50개의 행성으로 생각하지만……."

도스가 물어보았다.

"저술가들의 주된 관심사였던 행성, 그들이 살았던 행성에 대한 이름이 그 책에 나오지 않나요? 만약 그들이 그 행성을 지구라고 부르지 않는다면 뭐라고 부르던가요?"

"당신이 뻔히 예상하듯이 그 사람들은 그곳을 '세계' 또는 '행성'이라고 불러요. 가끔 '가장 오래된 세계' 또는 '해가 지는 세계'라고 부르기도 하지만 그런 시적인 표현으로야 무엇을 가리키는지 알 수가 있나요? 그 책을 철저히 탐독해야만 일부 내용이 약간이라도 이해될 것 같아요."

셀던은 아주 짜증스러운 눈초리로 손에 들고 있는 그 책을 내려다보았다.

"하지만 탐독하려면 아주 오랜 시간이 걸릴 거예요. 게다가 오랜 시간을 투자해 다 읽는다 하더라도 과연 역사에 대한 이해력이 증진될 수 있을지 의심스럽군요."

도스가 한숨을 내쉬며 말했다.

"정말 안타까워요, 해리. 당신 굉장히 실망한 것 같네요."

"실망한 것 같은 게 아니라 실망했어요. 하지만 내 잘못이에요. 원래부터 기대를 크게 가지면 안 되는 건데……. 아참, 이제 생각나는데 자신들이 사는 행성을 '오로라'라고 표현한 곳이 한 군데 있었어요."

"오로라?"

도스가 눈썹을 곤두세우며 반문했다.

"그 행성을 가리키는 이름 같아요. 내가 본 바에 의하면 다른 의미로 해석될 가능성은 없어요. 들어 본 적이 있나요, 도스?"

"오로라……."

도스는 얼굴을 살짝 찌푸린 채 잠시 생각해 보고 나서 대답했다.

"은하제국이나 제국의 성장 과정에 대한 역사를 공부하면서 그런 이름을 가진 행성에 대해서는 들어 본 적이 없는 것 같아요. 하지만 내가 2500만 개에 달하는 행성의 이름을 일일이 다 알 수는 없겠지요.

우리가 스트릴링으로 돌아간다면 대학 도서관에서 찾아볼 수 있을 텐데……. 이곳 마이코겐에서는 도서관을 찾으려고 헛고생할 필요가 없어요. 이곳 사람들의 지식은 이 책 안에 들어 있는 게 전부인 것 같으니까요. 이 책에 없는 지식이라면 이곳 사람들은 전혀 관심을 기울이지도 않을 거예요."

셀던이 하품을 늘어지게 하며 말했다.

"당신 말이 옳은 것 같군요. 어쨌든 계속 읽어 보았자 소용도 없을 것 같고 눈도 더 이상 못 뜨고 있겠어요. 불을 꺼도 괜찮아요?"

"물론 괜찮고말고요, 해리. 아침 늦게까지 자자고요."

어둠 속에서 셀던이 부드럽게 말하는 목소리가 들려왔다.

"물론, 그 책에 쓰여 있는 내용 가운데 말도 안 되는 내용이 종종 나오기도 해요. 그 행성 사람들의 평균수명은 삼사백 년에 달한다는 내용도 있더라고요."

"몇백 년이라고요?"

"네, 그 사람들은 나이를 1년 단위가 아니라 10년 단위로 세더라고요. 그 사람들이 이처럼 엉뚱한 내용을 사실처럼 적어 나갔기 때문에 나도 모르게 믿게 되면서 아주 기묘한 느낌이 들기도 했어요."

"당신이 그런 내용을 믿기 시작했다고 느낀다면 원시시대를 다룬 수많은 전설에서 초기 지도자들의 수명이 아주 길게 묘사된다는 사실을 기억해야만 해요. 초기 지도자들을 상상하기조차 어려운 영웅으로 묘사하려면 나이를 과장할 수도 있잖아요?"

"그래요?"

셀던은 다시 하품이 터지는 입을 막으며 반문했다.

"그래요. 그리고 고차원적인 사기에 속지 않는 방법은 충분한 수면을 취한 후 내일 그 내용을 다시 생각해 보는 거예요."

셀던은 은하계 인류를 연구하려는 사람에게는 긴 수명이 일차적인 필수 조건이겠다고 생각하자마자 곧바로 잠에 곯아떨어졌다.

49

다음 날 아침 셀던은 온몸에 힘이 솟아나는 듯한 유쾌함 속에서 또 다시 책을 탐독하고 싶은 갈증을 느끼며 도스에게 물어보았다.

"당신은 소나기 자매가 몇 살이나 된다고 생각해요?"
"확실히 모르겠어요. 스물…… 스물둘?"
"그들 수명이 삼사백 살이라고 가정해 봐요."
"해리, 그건 말도 안 돼요."
"그래서 '가정'이라는 말을 썼잖아요. 우리는 수학을 연구하면서 항상 '가정'이라는 단어를 붙여 어떤 명제가 확실한 부정 혹은 자기모순이 있는지 없는지를 밝혀낸답니다. 수명이 길다는 것은 성장 기간이 오래 걸린다는 뜻으로 해석해도 될 거요. 두 자매가 20대 초반으로 보일지라도 실제로는 60대일 가능성도 있어요."
"그들더러 몇 살이냐고 직접 물어보지그래요?"
"그들이 거짓말할 수도 있어요."
"그러면 그들의 출생증명서를 보면 되잖아요."

셀던은 쓴웃음을 지으며 말했다.

"그러면 그들은 그런 기록이 없다거나 이방인들에겐 보여 줄 수 없다고 할걸요. 원한다면 무엇이든 내기해도 좋아요."

도스가 말했다.

"기권하겠어요. 당신 말이 맞는다면 그들의 나이를 추측하는 것 자체가 불가능하잖아요."

"아, 그렇지는 않아요. 이런 식으로 생각해 봅시다. 만약 이곳 사람들의 수명이 일반 사람들보다 네댓 배나 길다면 인구 증가를 억제하기 위해서 아기를 별로 안 낳을 거예요. 태양정복자가 인구 증가를 억제하는 이야기를 하다가 화난 듯이 중단한 일 기억나지요?"

도스가 반문했다.

"거기서 무엇을 알 수 있는데요?"

"내가 소나기43과 있는 동안 아이들을 한 명도 발견하지 못했어요."

"미생물 농장에서요?"

"네."

"그런 데서 아이들을 볼 수 있을 거라고 생각했어요? 나는 소나기45와 여러 거주 레벨에 있는 상점들을 돌아다니면서 유아를 포함해 나이가 달라 보이는 여러 아이를 보았어요. 그들은 극히 일부에 불과해요."

셀던은 분하다는 표정으로 말했다.

"아! 그러면 이 사람들 수명도 특별히 긴 것은 아니라고 얘기할 수밖에 없군요."

도스가 물어보았다.

"당신의 논리에 따른다면 그렇다고 봐야 하겠지요. 당신은 진짜 그들의 수명이 그렇게 길다고 생각했나요?"

"꼭 그런 것은 아니에요. 하지만 여러 방식으로 시험해 보지도 않고 단정 지을 수 없어서 그런 거예요."

"겉으로 보기에도 말도 안 되는 것들을 심사숙고한다면 괜히 시간만 낭비하게 되잖아요.”

 "하지만 겉으로 보기엔 말도 안 되는 것들 가운데 깊이 관찰해 보면 의외의 수확을 얻게 되는 것도 상당히 있다고요. 그게 전부예요. 진짜, 이런 말을 하니까 생각나는데 당신은 역사학자니 전공을 연구하다가 혹시 '로봇'이라는 물질이나 현상에 대해서 들어 본 적이 있어요?"

 "이젠 아주 유명한 다른 전설로 말머리를 돌리시는군요. 선사시대에 인간의 모습을 닮은 기계가 있었다고 믿는 행성이 아직도 많답니다. 그 기계들을 '로봇'이라고 부르죠.

 로봇에 대한 이야기들이 대체로 비슷한 것을 보면 그럴듯한 하나의 전설에서 유래한 것 같아요. 로봇이 발명되고 세월이 흐르면서 숫자도 증가하고 능력도 인간을 초월할 정도에 이르게 되었어요. 결국 로봇은 인류를 위협하게 되어 모두 파괴되었다는 줄거리죠. 어떤 이야기를 보더라도 로봇을 파괴한 시점은 오늘날 우리가 참고할 수 있는 믿을 만한 역사 기록물이 나오기 전이에요. 많은 사람이 그 이야기를, 인류가 자신들이 원래 살던 고향 행성 혹은 고향 행성들을 떠나 다른 행성으로 확장하던 시기에 은하계를 탐험하는 일이 얼마나 위험했는가를 상징적으로 묘사한 이야기라고 생각하지요. 그 당시에는 다른 우수한 지적 생물체를 만날까 봐 항상 두려워한 듯해요.”

 "어쩌면 한 번쯤 정말 그런 일이 있어서 그것이 전설로 승화되었을지도 모르잖아요?”

 "하지만 인간이 정착한 행성 가운데 인류 이전의 지적 생물체나 인류가 아닌 지적 생물체가 있었던 흔적이나 기록은 전혀 없답니다."

 "그러면 '로봇'은 왜 나왔을까요? 이 단어에 어떤 뜻이 있나요?"

 "자세히는 모르겠지만 현재 널리 쓰이는 '자동 인형'과 같은 뜻이랍니다."

"자동 인형이라고! 그렇다면 왜 그런 단어를 사용하지 않았을까?"

"사람들이 오래된 전설을 얘기할 때 분위기를 그럴싸하게 만들기 위해 고어 사용하기를 좋아해서 그렇겠지요. 그건 그렇고, 당신이 그걸 물어보는 이유가 무엇이죠?"

"오래된 이 마이코겐 책에서 로봇이라는 말이 우호적인 뜻으로 사용되기 때문이에요. 참, 오늘 오후에도 소나기45와 밖으로 나갈 거예요, 도스?"

"아마 그럴 거예요. 그녀가 온다면."

"그녀에게 몇 가지 답변을 듣고 올 수 있을까요?"

"한번 해 보죠. 질문이 뭔데요?"

"이곳 마이코겐에 과거와 관련해서 신화적인 가치가 있는 아주 중요한 건물이 있는가 하는 거예요. 가능한 한 조심스럽게 알아보고……"

도스가 말을 가로채고 미소를 띠며 얘기했다.

"당신이 알아보려고 하는 게 마이코겐에 신전이 있는가 하는 내용인 것 같군요."

셀던은 멍한 표정으로 반문했다.

"신전이 뭐예요?"

"기원이 불확실한 고어예요. 당신이 말한 모든 특징, 즉 과거와 신화 그리고 중요성 등을 의미하죠. 좋아요. 질문해 보죠. 하지만 이곳 사람들은 그런 질문에 대해 이방인들에게 대답하지 않으려고 할 거예요."

"그래도 한번 시도해 보세요."

제11부

세크라토리움

오로라

원시시대, 항성 간 여행의 여명기에 인류가 살았다고 추측되는 신화의 세계. 이것이 인류의 신화 속 '발상지'인 '지구'의 별명이라고 생각하는 사람도 있다. 전해지는 이야기로는 고대 트랜터의 마이코겐 구역 주민은 스스로를 오로라의 자손이라고 생각하며 이 교의를 신앙 체계의 중심에 두었다고 하는데, 그들의 종교에 대해서는 그 외에는 거의 아무것도 알려져 있지 않다.

—『은하대백과사전』

50

소나기 자매는 아침나절께 도착했다. 소나기45는 언제나 그렇듯 쾌활했다. 그러나 소나기43은 문 바로 안쪽에 멈추어 서서 찡그린 얼굴로 조심스레 있었다. 그녀는 눈을 내리깐 채 셀던을 보려고도 하지 않았다.

셀던은 모호한 얼굴로 도스에게 신호했다. 도스는 쾌활하고 실무적인 말투로 말했다.

"잠시 기다리시죠, 자매들. 이 사람한테 지시를 해 줘야 해요. 그렇지 않으면 그는 오늘 무엇을 해야 할지 모르거든요."

도스와 셀던은 욕실로 들어갔다. 도스가 재빨리 속삭였다.

"왜 그러세요?"

"소나기43이 눈에 띄게 초췌해졌어요. 되도록 빨리 '책'을 돌려주어야겠어요."

도스는 깜짝 놀란 표정으로 셀던을 물끄러미 바라보았다.

"해리. 당신은 다정하고 좋은 사람이지만 융통성이 없어요. 만일 내가 저 애처로운 여자에게 '책'에 관해 뭐라고 하면 당신이 어제 일을 전부 내게 말했다고 생각할 거예요. 그럼 그녀는 정말로 맥이 탁 풀리겠지요. 그냥 변함없는 태도로 대할 수밖에 없을 것 같아요."

셀던은 고개를 끄덕이며 의기소침해져서 말했다.

"당신 말이 맞는 것 같군요."

도스가 저녁 식사 때에 맞춰 돌아왔을 때 셀던은 침대에 앉아 여전히 그 '책'을 훌훌 넘기고 있었는데 아까보다 더 초조한 모습으로 말했다.

"만일 얼마 동안 여기 머무르게 된다면 서로 연락을 취할 통신기 같은 게 필요하겠어요. 당신이 언제 돌아올지 잘 모를 땐 좀 걱정돼요."

"지금은 여기 있잖아요."

그녀가 대꾸하며 대머리 분장을 조심스레 벗어 상당히 혐오하는 눈빛으로 바라보았다.

"걱정해 줘서 정말 고마워요. 오히려 그 '책'에 열중해서 내가 없는 것도 모르지 않을까 싶었는데."

셀던이 그 말에 코웃음을 치자, 도스가 말했다.

"마이코겐에서는 통신기를 쉽게 구할 수 없어요. 그런 게 있으면 외부 이방인하고 쉽게 통신할 수 있잖아요? 마이코젠의 지도자들은 주민들이 외부 행성와 교류하는 것을 막으려는 것 같거든요."

"그래, 맞아요."

셀던은 '책'을 옆으로 던지며 말했다.

"'책'에 쓰여 있는 내용에서 눈치챘어요. 거, 뭐였더라……. 사원이었던가……. 그건 알아냈나요?"

그녀는 눈썹 가리개를 떼면서 말했다.

"그래요. 있더라고요. 이 구역 일대에 많은가 봐요. 게다가 아주 중요해 보이는 중심 건물도 있더군요. 참, 그런데 한 여자가 내 속눈썹을 알아차리고 대중 앞에 나타나서는 안 된다고 했다면 믿겠어요? 어쩌면 외설죄로 고소될지도 모른다는 기분이 들더라고요."

셀던이 초조해하며 말했다.

"신경 쓰지 마요. 그 중앙 사원의 위치를 알고 있어요?"

"방향은 알아요. 하지만 소나기45는 특별한 경우가 아니면 여성은 안에 들어갈 수 없다고 했어요. 그런데 그런 일은 당분간 없을 거라고 하더군요. 그 사원은 '세크라토리움'이래요."

"뭐라고?"

"세크라토리움."

"굉장히 이상한 말이군. 어떤 의미지요?"

도스는 고개를 흔들었다.

"나도 처음 들었어요. 소나기도 무슨 뜻인지 몰라요. 그녀들에게 세크라토리움이란 그 건물의 호칭이 아니라 그 자체예요. 왜 그렇게 부르냐고 묻는다면 왜 벽을 벽이라고 부르냐는 말과 거의 비슷하게 들리겠지요."

"그것에 대해 그녀들이 '뭔가' 알고 있는 게 있던가요?"

"물론이죠, 해리. 무엇을 위한 곳인지 알고 있어요. 마이코겐의 일상과는 동떨어진 특별한 장소로 받들어지고 있죠. 다른 세계, 과거의 더 좋은 세계로서 받들어지고 있어요."

"과거 그들이 살았던 세계라는 뜻인가?"

"그렇죠. 소나기45가 거의 그렇게 말했다고 할 수 있어요. 정확히 말한 건 아니지만. 어쨌거나 자매들은 그 말을 감히 입에 담을 수 없으니까요."

"오로라?"

"바로 그 말이에요. 당신이 마이코겐 사람들 앞에서 그 말을 하면 그들은 충격을 받고 두려워하지 않을까요? 소나기45는 '세크라토리움이 받들어지는 건'까지만 말하고 그다음은 손가락으로 조심스레 한 자 한 자 손바닥에 써서 보여 주었어요. 그러곤 마치 외설 행위라도 한 듯이 얼굴을 붉혔죠."

"이상하군. 만일 '책'이 정확한 지침이라면 오로라는 그들의 가장 중요한 기억이자 마이코겐 전체가 돌아가는 중심일 텐데, 왜 그 말을 하는 걸 외설이라고 여길까? 당신이 그 자매의 마음을 잘못 읽은 것 아니에요?"

"아니, 확실해요. 그리고 아마 이건 수수께끼가 아닐 거예요. 그들이 그 말을 너무 많이 하다 보니 이방인에게 알려질까 봐 자기들만의 비밀로 해 두기 위해서 입에 담는 것 자체를 터부시하는 거예요."

"터부?"

"인류학 용어예요. 어떤 종류의 행위가 금지된다는 사실을 마음에 새기는 데 효과적인 사회적 압력이죠. 여성이 세크라토리움에 출입할 수 없도록 되어 있다는 건 아마 터부의 힘이겠죠. 경내에 침입한단 얘기 들으면 자매는 부들부들 떨 거예요."

"당신이 알고 있는 방향만 일러 준다면 나 혼자서도 세크라토리움에 들어갈 수 있을까요?"

"우선 첫째로, 당신을 혼자 보낼 수 없어요. 내가 함께 갈 거예요. 그 얘기는 이미 끝난 것 같은데요? 떨어져 있으면 소나기처럼 야수 같은 여자로부터 당신을 보호할 수 없다는 게 확실해졌잖아요? 둘째로 거기까지 걸어서 가려는 생각은 정말 무리예요. 마이코겐은 작은 구역이지만 그렇다고 그렇게 작지도 않거든요."

"그럼 고속도로로 가지요."

"마이코겐 구역을 통과하는 고속도로는 없어요. 그런 게 있으면 마이코겐 사람과 이방인의 접촉이 너무 쉬워지겠죠. 하지만 미개발 행성에 있는 것 같은 공공 교통수단은 있어요. 사실 마이코겐은 행성의 후진적인 일부분이죠. 꼭 가시처럼 트랜터의 몸에 박혀 있는 거예요. 그것만 없으면 트랜터는 선진사회가 오밀조밀 모인 게 되겠죠. 참, 해리, '책'은 되도록 빨리 읽어요. 당신이 그걸 갖고 있는 한 소나기43이 곤란해지고 만에 하나 발견되면 우리도 곤란하니까요."

"이방인이 이걸 읽는 건 터부라는 얘기예요?"

"그렇고말고요."

"이제 돌려줘도 별로 문제 될 게 없어요. 이 책의 95퍼센트쯤은 믿을 수 없으리만치 따분하거든. 정치 그룹 간 끝없는 내부 투쟁, 나로서는 도저히 그 뜻을 이해할 수 없는 갖가지 정책의 끝없는 정당화, 윤리 문제에 관한 끝없이 장황한 설교……. 내용이 훌륭하다손 치더라도 머리가 아플 정도로 독선적인 표현들이에요. 나 같으면 차라리 위반하고 싶어질 것 같아요."

"그렇다면 당신이 그 책을 입수하게 된 건 불운인가요?"

"하지만 나머지 5퍼센트에 결코 입에 담을 수 없다는 오로라 이야기가 쭉 쓰여 있어요. 그 부분에 뭔가가 있고 그게 쓸모가 있을지도 모른다고 계속 생각했는데, 그 때문에 세크라토리움에 대한 궁금증이 생겼지요."

"책에 나온 오로라의 개념을 뒷받침할 만한 것이 세크라토리움에 있기를 기대하는 건가요?"

"그래요. 그리고 책에 자동 인형, 그들의 용어로는 로봇 얘기가 쓰여 있는 걸 보고 마음이 끌렸어요. 그 개념에 끌린 거지."

"설마 진심은 아니겠죠?"

"거의 진심이에요. 책의 문장을 문자대로 받아들이면, 어떤 로봇은 인간 같은 모습을 하고 있었대요."

"당연해요. 인간의 모양을 본떴다면 인간과 비슷하게 만들었겠죠."

"그렇겠죠. 모조물이란 '닮았다'는 뜻이니까. 하나 닮았다고 해도 실제로는 조잡한 것도 있을 수 있어요. 화가가 대강 스케치한 그림만 보고도 인간을 표현했다는 것을 알 수 있잖아요, 동그란 것은 얼굴, 줄기는 몸, 또 네 개의 굽은 선은 팔다리 하는 식으로 말이죠. 하지만 내가 얘기하고 있는 것은 '실제로' 세세한 부분 하나하나까지 인간을 똑 닮은 로봇이에요."

"어리석군요, 해리. 금속으로 인간 근육의 매끄러운 곡선까지 완전하게 만들려면 얼마나 많은 시간이 필요한지 상상해 봤어요?"

"'금속'이라고 누가 그랬나요? 내가 받은 인상에 의하면 그런 로봇은 유기적인 것이거나 또는 그와 유사한 거예요. 아무리 자세히 봐도 사람과 쉽게 구별되지 않는 피부로 되어 있고."

"'책'에 그렇게 쓰여 있어요?"

"많은 말을 쓰고 있지는 않아요. 하지만 추리하자면……."

"당신의 추리예요, 해리. 받아들이진 않겠지만."

"어쨌든 들어줘요. 로봇에 대해 '책'에 쓰여 있는 내용으로 보면, 물론 색인에서 모든 참고사항을 검토하고 나서 하는 말인데, 추론할 수 있는 사실이 네 가지 있어요. 첫째로 지금 말한 대로 로봇은 적어도 그중 몇 개는 사람하고 똑 닮았다는 점, 둘째로 대단히 수명이 길다는 점, 수명이라고 말해도 된다면 말이에요."

"'유효기간'이라고 하는 편이 더 나아요. 안 그러면 로봇을 인간 그 자체라고 생각하는 식이 돼 버리니까."

셀던은 그녀의 말을 무시하고 계속 말했다.

"셋째, 그중 몇 개는 아니, 어쨌든 적어도 하나는 오늘날까지 살아 있어요."

"해리, 그건 가장 널리 유포된 전설 가운데 하나예요. 고대 영웅은 죽지 않고 동면 상태로 남아 있다가 민중이 곤경에 빠질 때 다시 구원해 준다는 생각 말이에요, 해리."

셀던은 여전히 그 미끼에 걸려들지 않고 말했다.

"넷째, 그 로봇이 중앙 사원에 있다. 책에 세크라토리움이란 말이 있는 건 아니지만 만일 세크라토리움이 중앙 사원이라면 거기에 실제로 그것이 있다는 걸 시사하는 몇몇 문장이 있었어요."

그는 말을 끊었다가 다시 말했다.

"이해하겠나요?"

도스가 말했다.

"아니, 무엇을 이해하라는 거죠?"

"이 네 가지를 종합하면 필시 인간을 똑 닮았으면서 아직까지 살아 있는 녀석, 지금까지 2만 년을 살아온 로봇이 세크라토리움에 있을 거라는 얘기가 돼요."

"자아, 해리. 그런 일은 믿을 수 없어요."

"실제로 믿고 있는 건 아니지만 그렇다고 내버려 둘 수도 없죠. 만일 사실이라면 어쩌게요? 만일 100만 분의 1이라는 가능성밖에 없긴 하지만 사실이라면? 그 로봇이 내게 어떤 식으로 도움을 줄지 누가 알아요? 믿을 수 있는 역사적 기록이 존재하기 훨씬 이전의 은하계를 기억하고 있을 가능성도 있지요. 그 녀석은 심리역사학이 가능하게끔 도와줄지도 몰라요."

"가령 그게 사실이라 해도 당신이 그 로봇을 만나 인터뷰하는 걸 마이코겐 사람들이 허락할 거라고 생각해요?"

"허락받을 생각 없어요. 적어도 세크라토리움에 들어가서 인터뷰할 만한 게 있는지 어떤지 확인할 수는 있을 거예요."

"지금은 안 돼요. 아무리 일러도 내일이에요. 그리고 내일 아침까지 더 좋은 생각이 떠오르지 않으면 함께 가요."

"여성은 들어갈 수 없다고 해 놓고……."

"여성이라도 바깥에서 보는 건 허락해요. 우린 결국 거기까지밖에 할 수 없겠죠."

이 점에서 그녀는 매우 단호했다.

51

도스가 앞장서서 걷는 데 대해 해리 셀던은 전혀 이의가 없었다. 그녀는 이미 마이코겐의 주요 노선을 돌아본 경험이 있고 셀던보다 외출에 더 익숙했기 때문이다.

이 일을 별로 낙관적으로 생각하지 않는 도스 베나빌리는 눈살을 찌푸렸다.

"헤매기 딱 십상이에요."

"이 팸플릿이 있으면 괜찮아요."

셀던이 말했다.

말이 끝나기가 무섭게 그녀는 그를 올려다보았다.

"여기는 마이코겐이라는 걸 잊고 있군요, 해리. 지금 필요한 건 컴퓨터 지도예요. 물으면 대답해 주는 지도 말이죠. 그런데 이 마이코겐 지도는 단지 둘둘 만 플라스틱일 뿐이에요. 이걸로는 지금 어디에 있는지 도저히 알 수 없죠. 그걸 말로 전달받지도 못하고 필요한 키를 눌러서 알아낼 수도 없어요. 더구나 이 지도는 어떤 식으로든 길을 알려 줄 수 없어요. 단지 인쇄물이니까."

"그럼 거기 쓰여 있는 걸 읽어 보면 되잖아요."

"지금 그렇게 하고 있어요. 하지만 그래 봤자 이건 원래 여기 시스템을 잘 아는 사람들을 위해 쓰인 거예요. 사람들에게 물어봐야겠어요."

"안 돼, 도스. 그건 마지막 수단이에요. 사람들 주의를 끌고 싶지 않아요. 되든 안 되든 혼자 힘으로 찾아내고 싶다고요. 설혹 교차로 한두 군데를 더 헤맨다고 하더라도······."

도스는 아주 주의 깊게 팸플릿을 넘기다가 마지못해 말했다.

"아하, 이 속에서 세크라토리움은 아주 중요하게 다뤄지고 있어요. 하기야 지극히 당연하죠. 마이코젠 사람이라면 누구나 언젠가는 그곳에 가고 싶을 테니까."

그리고 다시 주의를 집중하여 읽고 나서 말했다.

"저, 여기서 그곳으로 가는 교통수단은 없어요."

"뭐라고요?"

"흥분하지 마요. 어쩌면 여기서 어떤 곳까지 타고 가서 거기서부터 다시 그곳까지 가는 차로 갈아탈 수 있을 것 같아요."

셀던은 마음이 놓였다.

"그러면 그렇지! 고속도로라고 해도 갈아타지 않으면 트랜터의 반도 갈 수 없을 테니."

도스는 초조하게 셀던을 바라보았다.

"알고 있어요. 그렇게 말하기는 쉽죠. 늘 그런 식으로 말하니까. 하지만 스스로 찾아내려고 하면 가장 단순한 것조차 놓칠 수가 있죠."

"알았어요. 그만 좀 하세요. 이제 가는 법을 알았으니까 데려가 줘요. 고분고분 따라갈 테니……."

그러고 나서 그는 얌전히 뒤따라갔다. 어느 교차로에 이르자 둘은 멈추어 섰다.

흰 가운을 걸친 세 남자와 회색 가운을 걸친 두 여자가 교차로에 있었다. 셀던은 그들을 향해 어디서나 누구에게나 하듯 미소를 지어 보였다. 그렇지만 그들은 무표정하게 돌아보더니 싹 외면해 버렸다.

이윽고 차가 왔다. 셀던의 고향 헬리콘에서라면 그래비 버스쯤으로 불릴, 시대에 뒤떨어진 타입이었다. 안에는 약 스무 개쯤 되는 칸막이 의자가 있고 각각 네 사람씩 앉을 수 있게 되어 있었다. 각각의 의자 양쪽에는 문이 달려 있었다. 버스가 멈추자 차체 양쪽에서 승객이 내렸다(순간 셀던은 차가 다니는 쪽으로 내린 승객들이 걱정되었지만 양쪽에서 달려오는 차들은 전부 버스 옆에 오자 정지했다. 버스가 서 있는 동안 차들은 한 대도 통과하지 않았다.).

도스가 몸이 달아 셀던을 밀었기 때문에 그는 두 사람이 나란히 앉을 수 있는 의자 쪽으로 올라탔다. 도스가 뒤따라 탔다(주의 깊게 보면 남성이 항상 앞장서서 오르내리는 걸 알 수 있었다.).

도스가 작은 소리로 말했다.

"사람들 관찰은 그만두고 주위나 잘 살펴요."

"그렇게 할게요."

"예를 들면······."

그녀는 각각의 의자 뒤에 붙은 매끈한 사각 부분을 가리켰다. 차가 움직이기 시작하자 곧 거기에 밝은색 문자가 나타나 다음 정류장의 이름과 부근의 중요한 건물이나 교차로를 알려 주었다.

"자, 보세요, 이걸 보면 이제 우리가 갈아탈 곳이 가까워졌음을 알 수 있어요."

"훌륭하군요."

셀던이 끄덕거렸다. 잠시 후 그는 도스 쪽에 몸을 바싹 대고 속삭였다.

"아무도 우리를 보지 않는군요. 혼잡한 곳에서는 인위적인 경계를 만들어 개인의 프라이버시를 지키는 모양이에요. 눈치채고 있었어요?"

"그건 당연한 것 아니에요? 가령 그 사실이 당신 심리역사학 법칙의 하나가 된다 해도 아무도 감탄할 사람은 없을걸요."

도스가 말한 대로 마침내 눈앞의 지시판은 세크라토리움으로 가는 직행으로 갈아탈 환승역이 가까웠음을 알려 주었다.

두 사람은 하차해서 다시 기다려야 했다. 전에 있던 몇 대의 버스는 이미 교차로에서 떠나 버렸지만 잠시 후 또 한 대의 그래비 버스가 다가왔다. 이곳은 통행량이 많은 길이었는데 그도 그럴 만했다. 세크라토리움은 틀림없이 이 구역의 중심이고 활력의 근원일 테니까.

두 사람은 그 버스에 올라탔다. 셀던이 소곤거렸다.

"요금을 안 내는데요?"

"이 지도를 보면 공공 교통수단은 무료예요."

셀던이 아랫입술을 내밀었다.

"어쩌면 이렇게 문명화되어 있을까. 모든 부분이 다 후진적이거나 야만적이지는 않군요."

그렇지만 도스가 그를 쿡 찌르며 속삭였다.

"당신 법칙은 깨졌어요. 우린 감시받고 있어요. 당신 오른쪽 사람!"

52

셀던은 살짝 눈을 들었다. 오른쪽 남자는 여윈 편이고 제법 나이 들어 보였다. 눈은 암갈색이고 얼굴색은 가무잡잡했다. 머리카락이 있다면 검을 거라는 생각이 들었다.

그는 다시 앞을 보며 생각했다. 이 형제는 일반적인 인상이 아니다. 지금까지 주의해서 보았던 소수의 형제는 오히려 키가 크고 피부가 희고 눈은 푸르거나 회색이었다.

얼마 안 있어 그의 가운 오른쪽 소매에 뭔가 가볍게 닿는 느낌이 들었다. 셀던이 머뭇거리며 그쪽을 바라보자 눈앞에 한 장의 카드가 내밀어져 있었다. 거기에는 "주의하시오, 이방인!"이라는 글씨가 갈겨져 있었다.

셀던은 움찔했다. 그리고 무의식적으로 대머리 분장에 손을 댔다. 옆에 앉은 남자는 소리를 내지 않고 입 모양으로만 "머리카락."이라고 말했다.

손으로 만져 보니 관자놀이 부근에 머리카락이 조금 삐져나와 있었다. 틀림없이 대머리 분장이 움직였을 것이다. 그는 될 수 있는 한 재빨리 사람들 눈에 띄지 않도록 대머리 분장을 잡아당기고 머리를 어루만지는 척하며 머리카락이 다시 감춰진 것을 확인했다.

그러고 나서 오른쪽 승객을 향해 입 모양으로 "고맙습니다."라고 말했다.

상대방은 빙긋이 웃으며 보통 말소리로 물었다.

"세크라토리움에 가십니까?"

셀던이 끄덕거렸다.

"네, 그렇습니다."

"아, 그렇군요. 저도 그렇습니다. 함께 내리시겠어요?"

그는 친절하게 웃었다.

"저, 저, 동행이······."

"아아, 당신 여자군요. 그럼 셋이 함께 내리죠."

셀던은 뭐라고 대답해야 좋을지 알 수 없었다. 잽싸게 반대편을 보니까 도스는 앞을 똑바로 보고 있었다. 남자들의 대화에는 아무런 관심도 없다는 듯한 태도였다. 그것이 자매로서 취해야 할 태도였다. 그러면서 왼쪽 무릎을 가볍게 치는 것을 셀던은 느꼈다. 그는 그게 아마 '좋아요'라는 신호일 것이라고 해석했다.

어쨌든 타고난 예절 감각은 도스 쪽이 나았다. 그는 곧 대꾸했다.
"네, 그렇게 하죠."
그러고는 대화가 끊겼다.
지시판이 세크라토리움 도착을 알렸다. 마이코겐 남자가 하차하려고 일어섰다.
그래비 버스는 세크라토리움의 광대한 부지 가장자리에서 크게 커브를 틀며 정차했다. 모두들 내리기 시작했다. 남자가 먼저 출구로 나가고 여자가 뒤를 따랐다.
차 안에서 만난 마이코겐 사람의 목소리는 나이 때문인지 약간 잠긴 듯했으나 쾌활했다.
"점심 식사는 좀 이르지만……. 잠시 후면 곧 혼잡해져요. 지금 뭔가 간단한 걸 사서 밖에서 드시지 않겠어요? 이 부근을 훤히 알고 있거든요. 좋은 데가 있어요."
셀던은 이게 무지한 이방인을 속여서 안 좋은 물건이라든가 비싼 물건을 사게 하려는 수작이 아닌가 의심했다. 그러나 어떻게 되든지 따라가 보기로 했다.
셀던이 말했다.
"아주 친절하시군요. 우리는 이곳을 전혀 모르니까 기꺼이 받아들이겠습니다."
그들은 노점에서 샌드위치와 우유 비슷한 음료수 등 먹을 것을 샀다. 늙은 마이코겐 사람은 날씨도 좋고 구경거리도 있으니 세크라토리움 경내에 있는 야외에서 먹자고 제의했다. 그편이 주변 모습과도 잘 어울린다면서.
먹을 것을 들고 걸어가는 동안 셀던은 세크라토리움이 규모는 매우 작지만 황제 궁과 비슷하고, 주위 부지 역시 규모는 작지만 황궁 구역과 유사하다는 사실을 알아차렸다. 마이코겐 사람들이 제국의 건물을 비방하거나 경멸하기는커녕 오히려 저항 없이 그 문화의 매력을 받아들이고 있다는 것은 거의 믿어지지 않는 사실이었다.

"아름답지요?"

마이코겐 사람은 아주 자랑스럽게 말했다.

"대단합니다. 햇빛이 반짝반짝 빛나고 있어요."

셀던이 대꾸했다.

"주위의 부지는…… 우리 '새벽의 세계' 정부 부지를 모방해서 만든 거예요. 물론 축소판이지만요."

"황제가 사는 부지에 가 본 적이 있습니까?"

셀던은 경계하면서 물었다.

마이코겐 사람은 질문에 담긴 뜻을 깨닫고 조금도 당황하지 않고 말했다.

"그들도 '새벽의 세계'를 똑같이 닮으려고 무척 애쓰지요."

셀던은 설마 하고 생각했지만 잠자코 있었다.

그들은 흰 반원형 의자 쪽으로 갔다. 의자는 세크라토리움과 마찬가지로 빛을 흠뻑 쬐어 아름답게 빛나고 있었다.

"좋지요?"

마이코겐 사람은 즐거운 듯 검은 눈을 빛내며 말했다.

"아무도 이용하지 않아요. 이곳을 나는 내 자리라고 부르지요. 아주 마음에 드는 곳이니까요. 이곳에서는 나무 사이로 숨은 세크라토리움의 아름다운 측면이 바라다보이지요. 자, 앉으세요. 별로 차갑지 않아요. 그리고 동행인도 앉으라고 하세요. 그녀도 이방인이지요? 알 수 있어요. 그러니까 우리완 풍습이 다르겠죠. 그녀도…… 말을 하고 싶으면 해도 좋아요."

도스는 잠시 엄숙하게 바라보고 나서 자리에 앉았다.

셀던은 이 늙은 마이코젠인과 당분간 함께 있게 될 것 같다고 생각하며 손을 내밀었다.

"저는 해리라고 합니다. 그리고 동행하고 있는 이 여자는 도스입니다. 유감스럽지만 우리는 숫자를 사용하지 않아요."

"각자 이름이 있군요."

상대는 별로 거북스러운 빛을 띠지 않으며 말을 받았다.

"나는 '균사체72'요. 우리는 공동체지요."

"식물의 균사체라고요?"

셀던은 조금 주저하면서 말했다.

"놀란 모양이죠? 그럼 여기서 옛날 가문 사람들밖에 만나지 않았나 보군요. 그들은 모두 구름이라든지 햇빛이라든지 별빛이라든지 하는 천문학적인 이름을 갖고 있죠."

"실은……"

"아, 낮은 계급 사람도 만나세요? 우린 땅이나 기르고 있는 미생물로부터 이름을 따옵니다. 아주 유서가 깊지요."

"네, 그렇군요. 이미 인사를 드렸지만……. 그래비 버스에서 꼴사나운 모습을 했을 때 주의를 주셔서 감사합니다."

"아, 그거요. 큰 혼란을 막았지요. 내가 알아차리기 전에 다른 자매가 알아차렸다고 생각해 보십시오. 틀림없이 비명이 터지고 당신 옆 형제들이 당신을 버스 밖으로 밀어냈을 거예요. 물론 차가 멈추기를 기다리지 않고 말입니다."

도스는 셸던 맞은편에 앉은 남자를 보기 위해 몸을 앞으로 기울이면서 말했다.

"댁은 어째서 그렇게 하지 않았어요?"

"나 말이에요? 나는 이방인한테 악의가 없어요. 학자니까."

"학자라고요?"

"우리 집단에서는 최초의 학자라고 할 수 있지요. 세크라토리움 학교에서 공부했는데 성적이 아주 좋았어요. 고대 학문과 예술을 모두 배웠고 부족 도서관에 들어갈 면허증도 있어요. 부족 도서관은 이방인의 필름책이나 책을 보관하고 있습니다. 나는 보고 싶은 필름을 보고, 읽고 싶은 책을 읽을 수 있지요. 컴퓨터화된 참고도서관도 있고 난 그걸 다룰 수도 있어요. 이런 일은 마음의 양식을 넓혀 주지요. 나는 털이 좀 보여도 아무렇지도 않다고 생각해요. 털이 자란 남자 사진을 몇 번이나 봤고 여성도 봤거든요."

그는 도스를 힐긋 보았다.

그들은 잠시 말없이 먹었다. 이윽고 셸던이 말을 꺼냈다.

"세크라토리움에 출입하는 형제들은 붉은 장식을 하고 있군요."

균사체72가 말을 받았다.

"네, 그렇습니다. 왼쪽 어깨에서 오른쪽 허리까지 걸치고 있죠. 아주 정성껏 자수가 놓여 있는 장식이랍니다."

"왜죠?"

"저것은 오비아라고 해요. 세크라토리움에 들어가는 기쁨과 그것을 보존하기 위해 쏟는 피를 상징하죠."

"피라고요?"

도스가 눈살을 찌푸렸다.

"단지 상징입니다. 누군가가 정말로 세크라토리움에서 피를 흘렸다는 얘긴 들어 보지 못했어요. 그런 건 그다지 기분 좋지 않으니까요. 대개 '잃어버린 세계'를 한탄하고 슬퍼하며 바닥에 꿇어 엎드릴 뿐이지요."

그는 이 대목에서 목소리를 낮추고 가만히 속삭였다.

"대단히 어리석은 일입니다."

도스가 끼어들었다.

"당신은…… 신자가 아닌가요?"

"나는 학자입니다."

균사체72의 목소리는 자신감에 차 있었다. 그가 웃자 얼굴에 주름이 지면서 더욱 나이 든 사람다운 표정이 되었다. 이 사람은 몇 살쯤 되었을까? 셸던은 혼자서 생각했다. 몇 세기나? 아니 그 가설은 포기했다. 그런 일은 있을 수 없다.

"연세가 얼마나 되시나요?"

불쑥 셸던의 입에서 자기도 모르게 말이 튀어나왔다.

균사체72는 화를 내지도, 주저하지도 않고 대답했다.

"예순일곱이에요."

셸던은 어떻게 해서든 알아내고 싶었다.

"아주 옛날에는 모두들 몇 세기나 살았다고 믿고 있다던데요, 당신들은……."

균사체72가 이상하다는 듯 셸던을 쳐다보았다.

"어, 그걸 어떻게 알고 있죠? 누가 또 분별없이 지껄여 댔군, 쯧쯧. 하지만 사실입니다. 그렇게 믿고 있어요. 무지한 사람들만 그걸 믿고 있긴 하지만. 그 생각이 우리의 우월성을 보여 주기 때문에 장로들은 장려하고 있죠. 사실 우리는 비교적 영양가가 많은 걸 먹기 때문에 다른 데보다 평균수명이 길 겁니다. 그래도 1세기 이상 사는 사람은 드물어요."

"그럼 당신은 마이코겐인이 우월하다고 생각하지 않으세요?"

균사체72가 말했다.

"마이코겐인에게 특별히 나쁜 점은 없어요. 확실히 열등하지는 않지요. 그래도 나는 모든 인간이 평등하다고 생각해요. 가령 여자라고 해도요."

그는 또 도스 쪽을 흘긋 보았다.

셀던이 말했다.

"여기 사람들 대부분은…… 그런 생각에 찬성하지 않을 것 같은데요."

균사체72가 조금 화가 난 듯 말했다.

"그건 당신네들도 마찬가지요. 그래도 나는 그렇게 믿고 있어요. 학자라면 그래야지요. 나는 이방인의 위대한 문학을 죄다 찾아보고 읽기까지 했어요. 당신들의 문화를 이해하고 있지요. 그에 관한 논문도 썼으니까요. 당신들과 이렇게 앉아서 마치…… 내 동포하고 앉아 있는 것처럼 편안하게 있을 수 있어요."

도스가 짐짓 날카롭게 말했다.

"이방인의 풍습을 이해하는 것처럼 말씀하시는데, 마이코겐 밖을 여행한 적이 있으세요?"

균사체72는 몸을 약간 움직였다.

"아니요."

"왜죠? 그렇게 하면 우리 세계를 더 잘 알 수 있을 텐데."

"맘에 들지 않아요. 분장을 써야 할 텐데. 부끄러워요."

도스가 말했다.

"왜 분장을? 대머리 그대로도 괜찮아요."

"아니요."

균사체72가 말했다.

"그런 바보 같은 짓은 하고 싶지 않아요. 머리카락이 있는 사람들에게 학대받을 텐데요."

도스가 이해할 수 없다는 듯이 말했다.

"학대? 왜? 트랜터뿐만 아니라 다른 세계에서도 자연적으로 머리가 벗어진 사람들은 많아요."

셀던이 한숨을 쉬며 말했다.

"우리 아버지는 완전히 대머리예요. 나도 이제 몇십 년이 지나면 머리가 벗어지겠지요. 벌써 머리숱도 옛날처럼 많지 않고요."

균사체72가 말했다.

"그건 대머리는 아니죠. 당신 머리카락은 머리 주위에도 눈 위에도 남아 있어요. 나는 완전히 벗어진 걸 말하는 거예요. 완전한 대머리를."

도스가 우스운 듯이 말했다.

"몸 전체가?"

그러자 이번에는 균사체72가 울컥하여 말을 삼켜 버렸다.

셀던은 빨리 원래 이야기로 돌아가고 싶었다.

"저, 균사체72 씨, 이방인도 구경꾼으로 세크라토리움에 들어갈 수 있나요?"

균사체72가 격렬하게 머리를 흔들었다.

"절대로 안 돼요. 그건 '새벽의 아들'만의 일입니다."

도스가 물었다.

"아들만요?"

균사체72는 순간 쇼크를 받은 것 같았지만 곧 너그럽게 말했다.

"당신은 이방인이니까……. '새벽의 딸들'은 특정한 때만 들어갈 수 있어요. 그렇게 되어 있지요. 나는 그게 옳다고 말하는 건 아닙니다. 만일 나에게 맡겨진다면 이렇게 말할 겁니다. '들어가세요. 즐길 수 있으면 즐기세요.'라고. 사실 다른 사람은 더하겠죠."

"당신은 들어갈 수 없어요?"

"어린 시절, 부모님을 따라 들어갔죠. 그러나……."

그는 머리를 흔들었다.

"사람들은 단지 '책'을 바라보고 한 자 한 자 정독하며 옛날을 생각하고 한숨을 짓거나 훌쩍거리거나 할 뿐이었어요. 대단히 침울한 분위기였죠. 서로 말을 주고받을 수도 없었고 웃을 수도 없었어요. 서로 얼굴도 볼 수 없었죠. 마음을 완전히 '잃어버린 세계'에 내주어야 했어요. 완전히."

그는 뿌리치듯 손을 흔들었다.

"그런 건 딱 질색입니다. 나는 학자고 세계 전체가 나한테 열려 있기를 바라거든요."

돌파구를 발견한 셀던이 말했다.

"좋습니다. 우리도 똑같이 느끼고 있었습니다. 우리도 학자입니다. 도스도 나도요."

"압니다."

균사체72가 말했다.

"알고 있었어요? 어떻게요?"

"알 수 있어요. 마이코젠에 들어올 수 있는 건 제국의 관리와 외교관, 중요한 상인, 그리고 학자뿐이니까요. 게다가 당신들은 학자처럼 생겼어요. 그래서 당신들에게 흥미를 느낀 거죠. 학자끼리니까."

그는 즐거운 듯이 웃었다.

"우리도 그렇습니다. 저는 수학자, 도스는 역사학자. 당신은?"

"내 전공은…… 문학입니다. 이방인 문학의 중요한 작품은 모두 읽었어요. 리사워, 멘톤, 노비거……."

"그리고 우리는 당신들의 위대한 작품을 읽었지요. 예를 들면 '책'을……. '잃어버린 세계'의 일을요."

균사체72의 눈이 휘둥그레졌다. 가무잡잡한 얼굴이 순간 잿빛에 가까워졌다.

"당신들이? 어떻게? 어디서?"

"우리 대학에 복사본이 있어서 허가를 받으면 읽을 수 있습니다."

"'책'의 복사본을?"

"네."

"장로들이 그걸 알고 있을까?"

셀던은 못 들은 척 계속 말했다.

"로봇 이야기도 읽었습니다."

"로봇?"

"네. 그래서 세크라토리움에 들어갈 수 있으면 좋겠다고 생각했어요. 로봇을 보고 싶습니다."

도스가 셀던의 복사뼈를 가볍게 찼지만 셀던은 아랑곳하지 않았다.

균사체72는 불안해진 얼굴이었다.

"난 믿지 않아. 학문하는 사람들은 그런 건 믿지 않아요."

하지만 그의 두 눈은 누가 엿듣지 않을까 걱정스러운 듯 주위를 두리번거리고 있었다.

셸던이 말했다.

"세크라토리움 안에 아직 로봇이 있다는 내용을 읽었습니다."

균사체72가 말했다.

"그런 바보 같은 일은 말하고 싶지 않아요."

셸던은 끈질기게 물고 늘어졌다.

"만일 로봇이 세크라토리움에 있다면 그 속 어디에 있을까요?"

"설령 있다손 쳐도 가르쳐 줄 수가 없어요. 어린 시절 이래 한 번도 들어가지 않았으니까."

"특별한 장소나 무엇을 숨길 만한 장소는 없을까요?"

"장로의 '에어리'란 곳이 있지. 장로만 들어가게 되어 있지만 안엔 아무것도 없어요."

"들어가 본 적이 있나요?"

"아니, 물론 없지."

"그럼 어떻게 아시죠?"

"거기에 석류나무가 없다는 걸 모른다, 레이저 오르간이 없다는 걸 모른다, 100만 개의 서로 다른 물건이 없다는 걸 모른다, 그런 말들은 그것들이 모두 있다는 말이 되지 않나요?"

갑자기 셸던은 뭐라고 해야 좋을지 알 수 없었다.

균사체72의 걱정스러운 얼굴에 희미한 웃음이 지나갔다.

"이것이 학자의 추론이라는 겁니다. 나는 그다지 적극적인 사람은 아닙니다. 그러니 당신더러 장로의 에어리에 올라가 보라고 권하지는 않겠어요. 만일 이방인이 안에 있는 게 발각되면 당신에게 좋지 않은 일이 일어납니다. 그럼 '새벽의 최선'이 당신과 함께하기를……."

그는 그렇게 말하고 갑자기 일어났다.

셀던이 오히려 더 놀라 그의 뒷모습을 바라보았다.

"왜 저렇게 급히 가 버릴까요?"

도스가 말했다.

"아마……. 누군가 이쪽으로 오고 있기 때문이겠죠."

확실히 누군가 오고 있었다. 공들여 만든 흰 가운에 정성스레 치장한 붉은빛 장식을 비스듬히 걸친 키 큰 남자였다. 그는 엄숙한 발걸음으로 미끄러지듯이 다가오고 있었다. 그는 틀림없이 권위 있는 사람이면서 또한 기분 나쁜 인간임을 짐작하게 하는 표정을 짓고 있었다.

53

해리 셀던은 새로운 마이코겐 사람이 다가오자 자리에서 일어났다. 적절하고 예의 바른 행동인지는 확신할 수 없었지만 잘못된 것은 아닐 거라는 느낌이 들었다. 도스 베나빌리도 함께 일어나 경계하듯 고개를 숙이고 있었다.

상대방이 앞에 멈춰 섰다. 그도 역시 노인이었지만 균사체72보다 조금 더 나이가 들어 보였다. 윤곽이 뚜렷하고 잘생긴 얼굴이었다. 나이는 그런 용모에 기품을 더해 주고 있었다. 머리카락 없는 머리는 둥그런 것이 나름대로 아름다웠고 눈은 깜짝 놀랄 만큼 푸르렀다. 그 빛은 타오르는 듯한 장식의 선명한 붉은빛과 선명하게 대조를 이루고 있었다.

새로 온 남자가 말했다.

"당신들은 이방인이군."

그 소리는 셀던이 예상했던 것보다 훨씬 날카로웠지만 마치 내뱉는 한마디 한마디에 권위의 무게를 실으려는 듯 느릿느릿했다.

"그렇습니다."

셀던은 정중하면서도 단호하게 말했다.

상대의 지위에 경의를 표하지 않을 의도는 없었지만 그렇다고 해서 자신의 존엄을 내팽개치고 싶지도 않았다.

"이름은?"

"나는 헬리콘의 해리 셀던이고 동행인은 시너의 도스 베나빌리입니다. 당신은 마이코겐 분?"

남자는 불쾌한 듯 눈살을 찌푸렸다. 하지만 이쪽에서 권위의 냄새를 풍기면 알아차릴 정도의 분별은 있는 것 같았다.

그는 머리를 꼿꼿이 세웠다.

"나는 맑은하늘2다. 세크라토리움의 장로지. 자네의 지위는, 이방인?"

"우리는……."

셀던은 '우리'라는 말을 강조했다.

"스트릴링 대학의 학자입니다. 저는 수학자고 이쪽은 역사학자죠. 마이코겐의 풍습을 연구하기 위해 이곳에 왔습니다."

"누구 허락을 받고?"

"태양정복자14의 허락을 받았습니다. 우리가 도착했을 때 그 사람이 마중 나왔어요."

순간 맑은하늘2는 입을 다물었다. 그리고 나서 잠시 후 얼굴에 희미한 웃음이 떠오르더니 자세를 고쳐 잡으며 정중하게 말했다.

"대장로로군. 나는 그를 잘 알지."

셀던은 정중하게 말했다.

"그렇겠지요. 그 밖에 또 궁금한 게 있으신가요, 장로님?"

장로는 다시 우월한 위치를 회복하려고 했다.

"아……. 아까 내가 오니까 서둘러 떠난 사람은 누구지?"

셀던은 고개를 가로저었다.

"처음 본 사람입니다, 장로. 그 사람에 관해선 아무것도 모릅니다. 아주 우연히 만나서 세크라토리움에 대해 물어보았죠."

"무엇을 물었지?"

"두 가지를 물었습니다. 저 건물이 세크라토리움이 아닌지, 또 이방인이 저곳에 들어가는 게 허락되는지 말이죠. 그는 첫 번째 질문에는 그렇다고 했고 두 번째에는 아니라고 했죠."

"그 말이 맞아. 자네는 어째서 세크라토리움에 흥미를 갖고 있지?"

"아, 우리는 마이코겐의 풍습을 연구하러 왔어요. 세크라토리움은 마이코겐의 심장이고 두뇌잖아요?"

"그래, 그것은 완전히 우리 것이고 우리를 위해 존재하지."

"가령 장로가, 대장로가 우리 일의 학문적인 성격을 감안해서 허락해 주었다고 해도 말입니까?"

"진짜 대장로의 허가를 받았나?"

셀던은 순간 망설였다. 도스가 곁눈으로 흘긋 보았다. 그가 이처럼 큰 거짓말을 모를 리는 없다고 셀던은 판단했다.

"아니요. 아직입니다."

"음, 아니겠지. 자넨 권위자의 허가를 받아서 마이코겐에 왔지. 하나 최고 권위자라 해도 대중을 완전히 통제할 수는 없어. 우리는 세크라토리움을 소중하게 지키고 있어. 민중은 마이코겐 어디서나 이방인이 눈에 띄면 쉽게 흥분하지. 특히 세크라토리움 부근에서는 더 심할 거야. 흥분 잘하는 사람이 '침입자다!'라고 소리를 지르면 지금 이곳에 있는 온순한 군중이 눈 깜짝할 사이에 자네들을 갈기갈기 찢으려 들 거야. 자네들을 위해서 말해 주겠네. 설혹 대장로가 친절을 보였다 해도 당장 떠나게. 당장!"

"그러나 세크라토리움은······."

도스가 가운을 살짝 잡아당겼지만 셀던은 고집스레 말했다.

"도대체 세크라토리움의 무엇에 관심이 있나? 이미 보았겠지? 안에는 자네가 볼 만한 게 아무것도 없어."

장로는 답답하다는 듯이 소리쳤다.

"로봇이 있습니다."

셀던은 말했다.

장로는 가슴이 철렁한 듯 셀던을 바라보았다. 그러고는 몸을 굽혀 셀던의 귓가에 입술을 바싹 대고 잠긴 소리로 속삭였다.

"즉시 떠나. 안 그러면 내가 '침입자가 있다!'라고 소리 지르겠어. 아니, 대장로만 아니라면 이렇게 떠나갈 기회조차 주지 않았을 거야."

그러자 도스는 어디서 그런 힘이 나왔는지 셀던을 거의 매달다시피 해서 다급하게 자리를 떴다. 그가 몸을 추스려 허둥지둥 뒤따라갈 때까지 그녀는 그를 질질 끌고 갔다.

54

도스가 이 얘기를, 그것도 셀던이 가장 마음 상할 말로만 골라 끄집어낸 것은 다음 날 아침, 밥을 먹고 있을 때였다.

그녀가 대뜸 말했다.

"휴, 어제는 대실패였어요."

그 사건은 별말 없이 지나갈 모양이라고 여기고 있던 셀던은 얼굴을 찌푸렸다.

"왜 실패라고 생각해요?"

"쫓겨났잖아요. 게다가 무엇 때문에? 우린 뭘 얻었죠?"

"오직 그곳에 로봇이 있다는 지식뿐이죠."

"균사체72는 없다고 했어요."

"물론 그랬죠. 하지만 그는 학자예요. 아니, 어쨌든 그렇게 생각하고 있잖아요. 그러나 세크라토리움에 대해서 그가 모르는 내용이 아마 그가 다닌 도서관에 꽉 차 있을걸? 그 장로의 반응을 보았어요?"

"보았지요, 분명히."

"만일 내부에 로봇이 없다면 그런 반응은 보이지 않았을 거예요. 그들은 우리가 알고 있기 때문에 두려워했어요."

"당신 추측일 뿐이에요, 해리. 설령 로봇이 그곳에 있다고 해도 우린 못 들어가요."

"시도해 볼 수는 있겠지요. 아침 식사가 끝나면 밖으로 나가서 내게 맞는 장식띠 오비아를 하나 사요. 나는 그걸 걸치고 신앙이 깊은 사람처럼 고개를 푹 수그리고 곧장 들어갈 거예요."

"대머리 분장까지 죄다 걸치고? 금방 탄로 나요."

"아니, 그렇지는 않을 거예요. 이방인의 자료가 전부 들어 있는 도서관에 들어가는 거예요. 어쨌든 그걸 보고 싶어요. 도서관은 아마 세크라토리움의 별관일 거고 그 도서관에는 아마 세크라토리움으로 들어가는 입구가 있을 거예요."

"거기서 금방 들킬 거예요."

"천만에. 균사체72가 한 말을 들었죠? 누구나 눈을 내리깔고 그들의 위대한 '잃어버린 세계' 오로라에 대해서 명상하고 있다고. 아무도 다른 사람을 쳐다보지 않아요. 다른 사람을 보는 건 아마 개탄스러운 법률 위반일걸요. 그러면 나는 장로 에어리를 찾아낼 거예요."

"그렇게 요행스러울까요?"

"균사체72는 이야기 도중에 장로의 에어리에 올라가 보라고 하지는 않겠다고 했어요. '올라간다'는 얘기로 미루어 볼 때 그건 세크라토리움 중앙의 탑 속 어딘가 있는 게 틀림없어."

도스는 머리를 흔들었다.

"나는 그 사람 말이 정확하게 기억나지 않아요. 그건 당신도 마찬가지일걸요? 그것은 빈약한 근거……. 아, 잠깐만."

그녀는 갑자기 말을 끊고 눈살을 찌푸렸다.

"왜요?"

"고대어에 '에어리'라는 말이 있어요. '높은 곳에 있는 집'이라는 뜻을 가진……."

"거봐요! 자, 당신은 대실패라고 했지만 우리는 그 사건으로 어떤 중대한 사실을 안 거라고요. 또 만약 2만 년 전부터 살아왔다는 그 로봇이라는 녀석이 우리에게 가르쳐 준다면……."

"믿어지지 않지만 만일 그런 일이 일어난다고 해도 당신이 얼마나 오랫동안 발각되지 않고 로봇과 이야기할 수 있을 것 같아요?"

"모르죠. 하지만 그 존재를 증명할 수 있고 발견해 낼 수 있다면 이야기할 방법을 생각해 낼 거예요. 여기까지 왔는데 무슨 일이 있어도 손을 뗄 수는 없어요. 휴민은 내가 심리역사학을 완성할 길이 없다고 했을 때 나를 내버려 두었어야 해요. 하지만 지금은 가능할지도 모른다는 확신이 들고 무슨 일이 있어도 해낼 작정이에요. 최소한 죽지만 않는다면."

"마이코겐 사람은 소원을 들어줄지도 몰라요, 해리. 그러니 그런 위험을 무릅쓰지 마세요."

"할 수 있어요. 해 볼래요."

"안 돼요, 해리. 나는 당신을 돌봐야 해요, 그런 일을 하게 할 수는 없어요."

"허락해야만 해요. 심리역사학의 방법론을 발견하는 건 내 안전보다 중요해요. 내 안전이 중요한 건 오로지 내가 심리역사학을 완성할지도 모르기 때문이니까. 이 시도를 막는 건 당신의 임무를 완전히 무의미하게 할 뿐이에요. 그걸 생각해 줘요."

셀던은 사명감이 가슴속에서 되살아남을 느꼈다. 심리역사학, 바로 조금 전까지 결코 증명할 수 없다고 단념하고 있었던 그의 혼탁했던 가설이 보다 확실해지면서 현실감을 띠었다. 셀던은 온몸으로 그렇게 느꼈다. 몇몇 단편이 하나로 모이면서, 아직 전체상은 볼 수 없지만 세크라토리움이 이 수수께끼에 새로운 한 부분을 던져 주고 있다고 확신했다.

"곤란한 분이군요. 정 그렇다면 만일의 경우에 당신을 도와야 하니까 나도 함께 가겠어요."

"여자는 들어갈 수 없어요."

"내가 여자란 걸 어떻게 알 수 있죠? 뚜렷한 증거는 이 회색 가운뿐이에요. 가운을 입으면 가슴도 나타나지 않고 대머리 분장을 쓰면 헤어스타일도 보이지 않고요. 남자하고 똑같은 특징 없는 평범한 얼굴일 뿐이잖아요? 더욱이 여기 남자들은 수염을 깎은 흔적조차 없으니까요. 필요한 건 흰 가운과 장식띠뿐이에요. 그것만 있으면 안에 들어갈 수 있죠. 어떤 자매라도 터부에 의해 제지당하지 않으면 그렇게 할 수 있죠. 난 제지 같은 건 당하지 않으니까……."

"난 당신을 제지할 수 있다고요. 당신을 가게 할 수는 없어요. 너무 위험해요."

"당신이 위험하지 않다면 나도 안 위험해요."

"그러나 이 위험은 내가 떠맡지 않으면 안 되는 거예요!"

"그러면 나도 마찬가지예요. 왜 당신의 임무가 내 임무보다 더 크다는 거죠?"

셀던은 말을 끊고 생각했다.

"왜냐하면……."

그녀가 확신에 찬 목소리로 말했다.

"이것만 명심하세요. 나를 빼놓고 당신 혼자 갈 수는 없어요. 그렇게 하고 싶다면 나를 때려 정신을 잃게 하세요. 그리고 묶어 버려요. 그게 아니라면 혼자서 갈 생각은 버려요."

셀던은 망설이며 침울한 표정을 지었다. 적어도 지금은 더 다툴 수가 없었던 것이다.

55

하늘에는 구름이 거의 없었다. 하지만 빛깔은 연푸른색이어서 마치 높은 하늘에 엷은 안개가 끼어 있는 것처럼 느껴졌다. 셀던은 좋은 날씨라고 생각했다. 하지만 태양이 보이지 않는 게 안타까웠다. 트랜터 사람은 누구나 '지붕'에 올라가야만, 또 자연의 구름층이 파괴되었을 때라야만 이 행성의 태양을 볼 수 있었다.

트랜터에서 태어난 사람들은 태양이 보이지 않아서 섭섭하다고 생각할까? 태양을 조금이라도 생각할까? 그들은 자연의 태양이 보이는 다른 세계로 간다면 아마 외경스러운 마음으로 거의 반장님이 되어 태양을 바라보겠지?

그는 생각했다. 왜 의문에 대한 해답을 찾으려고도 하지 않고 애초부터 의문을 품지도 않은 채 일생을 보내는 사람이 저토록 많을까? 인생에서 의문을 풀어 가는 일만큼 흥분되는 일이 또 있을까?

그의 시선은 지면으로 옮겨졌다. 넓은 길 양쪽으로 낮은 건물이 늘어서 있었다. 대부분 상점이었다. 수많은 개인용 육상 자동차가 각각 우측으로 달리고 있었다. 그것은 꼭 골동품을 수집해 놓은 것 같았다. 하지만 차는 전기로 움직이고 있어 거의 소리가 나지 않았다. '골동품'이란 언제부터 경멸스러운 말이 되었을까 하고 셀던은 생각했다. 조용함은 느림을 보완해 주는 걸까? 과연 인생에서 특별히 서둘러야 할 일이란 게 있을까?

길가에 아이들이 많았으므로 셀던은 불쾌한 듯 입술을 오므렸다. 유아 살해에 탐닉하지 않는 한, 마이코겐 사람들의 장수는 불가능할 거라고 셀던은 생각했다. 남자아이도 여자아이도(아이들조차 남자와 여자를 구별하는 것이 어려웠다.) 무릎 아래 몇 센티미터밖에 안 오는 가운을 입고 어린애다운 활달한 동작으로 놀고 있었다.

아이들은 아직 머리카락이 있었다. 그래 봤자 3센티미터나 될까? 아주 짧게 잘려 있었다. 하지만 그렇게 짧게 하고 있어도 좀 자란 아이는 가운에 달린 두건을 뒤집어써서 이마 위를 완전히 감추고 있었다. 그것은 머리카락이 외설로 보이는 나이가 되거나 머리카락을 숨기고 싶어 할 나이가 되면 찾아올 탈모라는 의식을 일깨워 주는 듯했다.

셀던에게 문득 어떤 생각이 떠올랐다.

"도스, 당신이 쇼핑하러 나갔을 때 누가 돈을 지불했죠? 당신요, 소나기 자매요?"

"물론 내가 지불했어요. 소나기 자매는 1크레디트 타일도 내지 않았어요. 당연하지요. 산 물건은 우리 것이고 그네들 물건은 아니니까."

"그러나 당신이 갖고 있는 건 트랜터의 크레디트 타일, 즉 이방인의 크레디트 타일 아닌가요?"

"물론 그렇죠, 해리. 그래도 문제는 없어요. 마이코겐 사람들은 자신들이 원하는 대로 독자적인 문화, 사고방식, 풍습을 간직하고 있지만 그들도 돈만은 꼭 이 세계, 트랜터의 크레디트를 사용해야만 하거든요. 안 그러면 무역이 두절되어 버리지요. 양식 있는 사람들이라면 그런 일은 바라지 않을 거예요. 크레디트는 활력의 기본이에요, 해리."

그녀는 마치 눈에 보이지 않는 크레디트 타일을 갖고 있는 것처럼 손을 쳐들었다.

"그래서 그들이 당신 크레디트 타일을 받았다고요?"

"한마디도 하지 않았어요. 내 대머리 분장에 대해서도요. 크레디트는 모든 걸 맑고 깨끗하게 하죠."

"흐음, 그거 좋군. 그럼 나도 살 수 있겠군."

"안 돼요. 쇼핑은 내가 해요. 크레디트는 모든 걸 깨끗하게 하지만 특히 이방인 여자를 깨끗하게 하죠. 그들은 여자에 대해서 거의 주의를 기울이지 않는 습관이 있으니까 내게도 마찬가지일걸요. 아, 여기가 내 단골 옷가게예요."

"그럼 나는 밖에서 기다리지. 근사하게 보이는 최고급 붉은 장식띠를 하나 사 줘요."

"우리 결정을 잊은 체하지 마요. 두 개 사는 거예요. 또 흰 가운도 한 벌, 내 치수에 맞는 걸로."

"여자가 흰 가운을 사면 이상하게 생각하지 않을까?"

"물론 그런 일은 없어요. 마침 나와 사이즈가 비슷한 남자하고 같이 왔으니까 산다고 생각하겠죠. 사실 내 크레디트가 진짜인 한 그들은 어떤 상상도 하지 않을 거예요."

셀던은 누군가 가까이 와서 "이방인이군."이라고 할까 봐 염려하며 기다리고 있었다. 하지만 아무도 다가오지 않았다. 지나가는 사람들은 셀던을 보지도 않고 지나쳤고 또한 이쪽을 우연히 보았던 사람도 거의 아무것도 느끼지 못한 듯 지나쳤다. 그는 회색 가운, 즉 여성이 둘씩 함께 걸어가는 경우가 신경 쓰였다. 남성과 함께 걸어가고 있는 경우는 특히 더 마음에 걸렸다. 그녀들은 학대받고 냉대받고 홀대받고 있었다. 이방인의 모습을 보고 여자들이 비명을 질러서 잠시 유명해지는 걸 좋아할 사람이 어디 있을까? 하지만 그녀들은 그냥 지나가 버렸다.

사람들은 이방인을 만나리라고 생각하지 않을 것이다. 그러니 이방인이 있어도 볼 수 없는 거라고 셀던은 생각했다.

이건 자신들이 지금부터 시도할 세크라토리움 침입에 바람직한 징조라고 그는 판단했다. 그곳은 이방인을 보리라는 기대가 여기보다 훨씬 더 적은 곳이 아닌가? 그러니 얼마나 효과적이겠는가!

도스가 나왔을 때 그는 꽤 기분이 좋아져 있었다.

"다 됐어요?"

"완벽해요."

"그럼 방으로 돌아가서 갈아입읍시다."

흰 가운은 회색 가운만큼 그녀에게 잘 맞지는 않았다. 그녀는 그것이 맞는지 미리 입어 볼 수도 없었다. 그런 짓을 하면 아무리 머리가 둔한 가게 주인이라도 기절초풍할 테니까.

그녀가 물었다.

"어때요, 해리?"

셀던이 말했다.

"꼭 소년 같아요. 자, 장식띠, 아니 오비아를 걸쳐 봅시다. 오비아라고 부르는 데 익숙해지는 게 좋겠군."

도스는 대머리 분장을 벗고 머리카락을 우아하게 흔들어 흐트러뜨렸다. 그녀가 날카롭게 말했다.

"지금 이건 두르지 마요. 장식띠를 하고 마이코겐 마을을 퍼레이드할 작정은 아니니까요. 절대로 사람들의 주의를 끌고 싶진 않겠죠?"

"아니, 아니요. 잘 맞는지 보고 싶었을 뿐이에요."

"아니, 그쪽 건 아니에요. 이게 품질이 좋고 정교해요."

"진짜 그렇군요, 도스. 사람들의 주의를 내 쪽으로 끌면…… 당신이 여자인 게 탄로 나면 재미없으니까."

"그 점은 생각하고 있지 않아요, 해리. 단지 당신이 멋지게 보이면 좋겠어요."

"아주 고맙군요. 하나 그런 일은 별로 필요 없을 거예요. 자, 그럼 어떻게 입는 거죠?"

해리와 도스는 몇 번이나 연습을 되풀이해서 마침내 오비아를 매끄럽게 입고 벗을 수 있게 되었다. 도스가 해리에게 방법을 가르쳐 주었다. 전날 세크라토리움에서 만난 남자가 하는 행동을 눈여겨보았던 것이다.

해리가 그녀의 예리한 관찰력을 칭찬하자 그녀는 얼굴이 빨개졌다.

"정말 아무것도 아니에요, 해리. 그냥 생각이 났어요."

해리가 대꾸했다.

"그럼 당신은 기억력 천재로군요."

그들은 마침내 만족해하며 서로 충분한 거리를 두고 서서 상대의 모습을 살폈다. 해리의 오비아는 번쩍번쩍 빛나고 진홍빛 용 모양이 연한 색 바탕에 떠 있는 듯이 보였다. 도스의 것은 중심에 단순한 선이 하나 그어져 있는, 전체적으로 매우 밝고 수수한 디자인이었다.

그녀가 감탄했다.

"와! 굉장히 멋있어 보여요."

그녀는 오비아를 벗었다.

셸던이 말했다.

"이건 싸서 안주머니에 넣기로 하죠. 크레디트 타일, 실은 휴민 거지만, 이것과 이 방 열쇠는 여기 이 안주머니에 넣고, 또 책은 반대쪽에 넣어요."

"책? 그걸 가지고 가야 해요?"

"네, 세크라토리움에 가는 사람은 다 책을 한 권 가지고 갈 것 같아요. 문장을 암송하거나 낭독하거나 할지도 몰라요. 필요하면 이걸 둘이서 사용하자고요. 아무도 못 알아차리겠지. 준비 다 됐죠?"

"글쎄 잘 모르겠네요. 하지만 함께 가요."

"지루한 여행이 되겠지. 내 대머리 분장을 다시 봐 주지 않을래요?

이번에는 머리카락이 삐져나오면 안 돼요. 자, 머리 긁지 마세요."

"걱정하지 마세요. 당신 괜찮아 보이는데요!"

"당신도 그래요."

"좀 불안한데요."

"왜 불안하겠어요!"

셀던이 짜증스레 말하자 도스는 충동적으로 손을 뻗어 셀던의 손을 꽉 쥐었다. 그러나 자신의 행동에 놀란 듯이 얼른 손을 뺐다. 그녀는 쑥스러운 듯 흰 가운을 바로잡으며 딴청을 했다. 셀던도 약간 놀랐지만 한편으론 야릇한 즐거움을 느끼면서 헛기침을 했다.

"좋아! 자, 가자고요."

제12부

에어리

로봇

몇몇 세계의 고대 전설 속에서 사용되는 단어. 보통 '자동 인형'이라고 불린다. 로봇은 일반적으로 인간의 형상을 하고 있고 금속으로 만들어졌다고 알려져 있지만 그중에는 유기물과 같은 특성을 지닌 것도 있다고 추정된다. 해리 셀던이 '탈출' 중에 진짜 로봇을 보았다고 알려져 있는데 이 설의 출처도 사실은 애매하다. 셀던의 방대한 저작 가운데 로봇에 대한 언급은 한 군데도 없기 때문이다…….

—『은하대백과사전』

56

그들은 알아차리지 못했다.

해리 셀던과 도스 베나빌리는 전날과 같은 코스를 지나가고 있었다. 이번에는 아무도 뒤돌아보지 않았다. 그들은 이따금 무릎을 한쪽으로 당겨, 안쪽 좌석에 앉았다가 하차하는 사람에게 길을 내주어야 했다. 또한 누군가가 올라탈 때 안쪽에 빈자리가 있으면 그쪽으로 옮겨 앉아야 했다.

이번에는 창밖 경치에 마음을 빼앗기지 않았기 때문에 세탁한 지

꽤나 오래된 가운 냄새가 몸서리가 날 정도로 코를 찌르는 것을 느껴야 했다.

그러나 결국 목적지에 도착했다.

"저게 도서관이에요."

셀던이 나지막이 말했다.

"그런 것 같군요. 적어도 어제 균사체72가 가리켰던 건물은 맞아요."

도스가 대답했다.

그들은 건물 쪽을 향해 어슬렁어슬렁 걸어갔다.

"깊이 숨을 들이마셔요. 이게 첫 장애물이에요."

셀던이 말했다.

앞쪽 문이 열리고 안의 조명이 어두워졌다. 폭이 넓은 다섯 개의 돌 계단이 위로 통하고 있었다. 그들은 맨 아래 계단에 올라가 잠시 기다렸지만 체중을 실어도 이 계단은 위로 움직이지 않았다. 도스는 살짝 찌푸린 얼굴로 셀던에게 올라가자고 신호했다.

두 사람은 마이코겐의 후진성에 당혹감을 느끼면서 나란히 걸어 올라갔다. 잠시 후, 문을 빠져나가자 바로 안쪽 책상에 한 남자가 지금까지 본 적이 없을 만큼 단순하고 볼품없는 컴퓨터 앞에 웅크리고 있었다.

그는 그들을 쳐다보지 않았다. 셀던은 그럴 필요가 없나 보다고 생각했다. 모든 마이코겐 사람은 흰 가운, 반들반들한 머리 등 외모가 거의 비슷하기 때문에 그들의 변장한 모습이 눈에 별로 띄지 않는 것 같았다. 이것은 이방인에게 매우 유리한 점이 아닐 수 없었다.

책상에서 뭔가 연구하고 있는 듯한 남자가 말했다.

"학자입니까?"

"학자입니다."

셀던이 말했다.

그 남자는 한쪽 문 방향으로 머리를 휙 돌리며 말했다.

"들어가십시오."

그들은 안으로 들어갔다. 도서관에는 그들 외엔 아무도 없었다. 도서관을 찾는 학자들이 별로 없든지 또는 학자의 수가 적든지 분명히 둘 중 하나인 것 같았다.

셀던이 속삭였다.

"반드시 면허증이나 허가증을 보여 줘야 할 거라고 생각했어요. 그럼 난 잃어버렸다고 애원해야 했을 거고요."

"그는 아마 어떤 조건에서라도 우리가 오는 걸 환영하겠지요. 이런 장소 본 적 있어요? 만일 장소가 인간처럼 죽을 수 있다면 우린 시체 속에 있는 것이겠죠?"

이곳의 책은 대부분 셀던의 안주머니에 들어 있는 '책' 같은 인쇄본이었다. 도스는 선반에 다가가 그것들을 조사하면서 어슬렁어슬렁 걸어 다녔다. 그녀가 말했다.

"대부분 오래된 책이에요. 일부는 고전, 일부는 가치가 없는 것들이군요."

"외부 행성 책인가요?"

"네, 그래요. 그들이 독자적인 책을 가지고 있다면 다른 장소에 보관하는 게 틀림없어요. 이건 어제 만났던 사람 같은 자칭 학자를 위한 외부 연구실이에요. 여기는 참고도서실…… 호오, 제국 백과사전이 있군요. 적어도 50년 전에 만든…… 또 컴퓨터가 있네요."

도스가 키에 손을 대자 셀던이 만류했다.

"기다려요. 뭔가 잘못 건드렸다간 공연히 시간이 지체될지도 몰라."

그는 선반 위의 작은 표식을 손가락질했다. 그곳에는 '세크 토리움 으로'라는 빛나는 문자가 있었다. 세크라토리움의 '라' 자는 지워져 있었다. 아마 최근에 지워졌거나 지워져 있어도 아무도 신경 쓰지 않 았거나 했으리라고 셀던은 생각했다. 제국은 실제로 쇠퇴하고 있다. 모든 부분에서. 마이코겐도.

그는 주위를 둘러보았다. 이 빈약한 도서관은 마이코겐 사람의 긍지라는 점에서도, 또한 장로들이 자신의 신념을 강화하기 위한 지식의 단편을 찾아내고 그것을 약아빠진 이방인의 이야기로 바꾸어 제출하는 데에도 대단히 요긴한 장소일 것이다. 그러나 지금은 완전히 비어 있었다. 그들이 들어온 뒤로는 아무도 이곳에 들어오지 않았다.

셀던이 말했다.

"이곳에 숨으면 입구에 있는 남자의 눈이 미치지 않아요. 자, 장식 띠를 걸칩시다."

문 입구에 선 셀던의 머리에 번개처럼 한 가지 생각이 스쳤다.

'만일 이 두 번째 장애물을 넘으면 이제 다시 돌아올 수 없다.'

그는 다급히 말했다.

"도스, 당신은 가면 안 돼요."

그녀는 눈썹을 찌푸렸다.

"왜 안 되죠?"

"위험하니까. 당신을 위험하게 하고 싶지는 않아요."

"나는 당신을 보호하기 위해서 가는 거예요."

그녀는 온화하지만 단호하게 말했다.

"어떻게 보호할 수 있지요? 당신은 믿어 주지 않을지 모르지만 나는 스스로 지킬 수 있어요. 하나 당신까지 보호해야 한다면 약점이 생겨요. 그걸 모르겠어요?"

"내 걱정은 하지 않아도 돼요, 해리. 걱정하는 건 내 역할이니까."

그녀는 장식띠 속에 감춰진 가슴팍을 툭툭 쳤다.

"휴민이 그렇게 하라고 했기 때문인가요?"

"그렇게 명령받았기 때문이죠."

그녀는 그의 팔꿈치 바로 위를 꽉 쥐었다. 언제나 그렇듯 그는 깜짝 놀랐다. 그녀가 말했다.

"나는 이 일에 반대했어요, 해리. 그래도 당신이 들어가야 한다고 느낀다면 나도 들어가야 해요."

"그럼, 좋아요. 그러나 무슨 일이 일어나거든 잽싸게 움직여야 해요. 탈출할 수 있으면 혼자라도 탈출하고. 난 걱정하지 않아도 돼요."

"말은 필요 없어요, 해리. 게다가 그런 말은 날 모욕하는 거예요."

셀던은 입실 패널을 건드렸다. 그러자 문이 미끄러지며 입구가 열렸다. 둘은 함께 발을 맞추어 걸어 들어갔다.

57

커다란 방은 가구가 전혀 없었기 때문에 더욱 크게 보였다. 의자도 없었다. 긴 의자도 없었고 앉을 것이라고는 아무것도 없었다. 무대도 없고 장막도 없었다. 장식도 등도 없었다. 단지 은은하고 초점 없는 한결같은 빛만 있을 뿐이었다. 그러나 벽 전체가 공백 상태는 아니었다. 원시적인 2차원 텔레비전 화면이 불규칙한 높이로 여기저기 배치되어 있고 모든 화면에는 그림이 나타나 있었다. 도스와 셸던이 서 있는 곳에서 보아도 3차원의 착각은 일어나지 않았으며 진짜 홀로비전과는 너무나 달랐다.

이곳에는 몇몇 사람들이 드문드문 떨어져 있었다. 그들은 한 사람씩 텔레비전 모니터 앞에 잠시 멈춰 섰다. 모두 흰 가운을 입고 장식띠를 걸치고 있었다.

모든 곳이 아주 조용했다. 아무도 말하지 않았다. 다만 몇몇 사람이 입술을 움직이고 작은 소리로 중얼거리고 있을 뿐. 걷는 사람은 발소리를 죽이고 시선을 떨구고 있었다.

그야말로 장례식장 같은 분위기였다.

셀던은 도스에게 바싹 붙었다. 그녀는 즉시 입술에 손가락을 대고 나서 텔레비전 모니터 하나를 가리켰다. 그 화면에는 꽃이 만발한 목가적인 정원이 비치고 카메라가 서서히 이동 촬영하고 있었다.

그들은 다른 사람을 흉내 내어 느릿느릿한 걸음걸이로 발소리를 죽이며 모니터 쪽으로 가까이 갔다.

스크린에서 반 미터 이내 거리에 들어오자 포근하고 부드러운 목소리가 들려왔다.

"이것은 에오스 교외에 있는 안테닌의 정원으로 과거의 안내 책자나 사진에서 재생한 것입니다. 보십시오."

도스가 속삭였다. 그렇지만 그 소리는 기계 소리에 가려져 셀던은 알아듣기가 힘들었다.

"이건 사람이 가까이 가면 스위치가 켜지고 멀어지면 꺼지는 거예요. 우리가 바싹 붙어 있으면 다른 사람한테 들리지 않게 이야기할 수 있어요. 그래도 나를 봐서는 안 돼요. 그리고 누군가 옆에 오면 이야기를 멈춰요."

셀던은 머리를 떨구고 양손 손가락을 앞으로 모으고(이것은 그들이 즐겨 취하는 자세였다.) 말했다.

"언제 어느 때 누가 울기 시작할지 알 수 없군요."

"그럴지도 몰라요. 모두 '잃어버린 세계'를 한탄하며 슬퍼하고 있어요."

"필름이 때때로 바뀌었으면 좋겠군요. 똑같은 걸 계속 보는 건 끔찍해요."

도스가 이리저리 눈을 굴리며 말했다.

"전부 다른 거예요. 정기적으로 교환하는지도 모르겠군요."

"잠깐만!"

셀던이 조금 지나치게 큰 소리로 말했다. 그러고는 금방 작은 소리로 되돌아갔다.

"이리 와 봐요."

도스가 그 말을 잘못 알아듣고 눈썹을 찌푸리자 셀던은 보일 듯 말 듯하게 고갯짓을 했다. 다시 두 사람은 조용한 발걸음으로 걸어갔다. 하지만 셀던은 마음이 조급해서 보폭이 커졌다. 도스가 따라붙어 그의 가운을 아주 약간이지만 날카롭게 잡아당겼다. 그는 걸음을 늦췄다.

"여기에 로봇이 나와요."

그의 목소리는 텔레비전 소리에 뒤섞였다.

그것은 주거지 한 귀퉁이를 보여 주는 화면으로 전경에 굽이치는 잔디밭과 한 줄기 울타리가 있고 로봇이라고 할 수밖에 없는 듯한 물체가 셋이나 보였다. 그것들은 분명히 금속이고 대강이나마 인간의 모습을 하고 있었다.

녹음된 목소리가 말했다.

"이것은 최근 건설된, 3세기의 유명한 웬덤 사유지의 건물 경관입니다. 가운데 보이는 로봇의 이름은 벤더고 고대 기록에 따르면 22년 동안 봉사한 뒤 교환되었다고 합니다."

도스가 바로 뒤이어 말했다.

"'최근 건설된'이라니, 저 표현은 바꿔야 해요."

"과거 1000년 동안 '최근 건설된'으로 이야기해 온 게 아닌 다음에야."

한 마이코겐 사람이 이 화면의 음향 범위 속으로 들어와서 셀던과 도스가 속삭이는 소리만큼 낮지는 않지만 나지막한 소리로 말했다.

"안녕하십니까, 형제들."

그는 셀던과 도스를 보지 않았다. 셀던은 깜짝 놀라서 엉겁결에 그쪽을 보았지만 곧 외면했다. 도스는 완전히 무시했다.

셀던은 초조했다. 군사체72는 세크라토리움 속에서는 말을 하지 않는다고 했다. 그것은 아마 과장이었을 것이다. 게다가 그는 어린 시절 이래 세크라토리움에 들어와 본 적이 없다고 하지 않았는가?

셀던은 어쩔 줄 몰랐지만 뭔가 말을 해야 한다고 생각했다. 그래서 자기도 모르게 속삭였다.

"당신도……. 형제, 안녕하십니까."

이것이 제대로 된 대답인지 알 수 없었고 또 다른 정해진 대답이 있는지도 알 수 없었다. 그렇지만 그 마이코겐 사람은 특별히 책망하는 기미를 보이지 않았다.

"오로라의 당신에게."

그가 말했다.

"당신도."

셀던이 말했다. 그리고 상대방이 다음 말을 기다리고 있는 것 같아서 덧붙였다.

"오로라의 당신에게."

그러자 긴장이 미묘하게 풀리는 것이 느껴졌다. 셀던은 이마에 땀이 나는 걸 느꼈다.

그 마이코젠 사람이 말했다.

"아름답지요! 이런 것은 지금까지 본 적이 없습니다."

"멋집니다."

셀던이 되받았다. 그리고 고심 끝에 덧붙였다.

"결코 잊힐 수 없는 손실입니다."

상대방은 깜짝 놀란 듯하더니 다시 말했다.

"네, 정말입니다."

그리고 그는 떠나갔다.

도스가 눈치를 살피며 말했다.

"엉뚱한 짓 하지 마요. 쓸데없는 말 하지 말라니까."

"자연스럽지 않아요? 어쨌든 이건 최근 거예요. 그러나 로봇은 정말 실망스럽군요. 자동 인형이란 이런 거겠지 싶은 모습을 대강 그려 놓은 것에 불과해요. 유기적인 것을, 휴머노이드를 보고 싶은데."

도스는 조금 머뭇거리며 말했다.

"설사 그런 게 있다 해도…… 정원사로는 사용하지 않을 거예요."

셀던이 살짝 고개를 끄덕였다.

"응, 그렇겠군. 장로가 있는 에어리를 찾아야 해요."

"만에 하나 '그것'이 존재한다 해도 이 텅 빈 동굴 속에는 텅 빈 동굴밖에 없을 것 같아요."

"살펴봅시다."

그들은 벽에 다가가 이 화면 저 화면 보면서 계속 앞으로 나아갔다. 이윽고 도스가 셀던의 팔을 잡았다. 두 개의 화면 사이에 희미하게 직사각형을 그리고 있는 선이 보였다.

도스가 말했다.

"문이에요."

셀던은 몇 번이나 주위를 둘러보았다. 사람들은 텔레비전을 보고 있지 않을 때는 비통하게 고개를 숙이고 바닥이 뚫어져라 보고 있었다. 두 사람에게 더할 나위 없이 좋은 상태였다.

셀던은 말했다.

"어떻게 하면 열릴까요?"

"입실 패치를 찾아야죠."

"아무것도 보이지 않는데."

"표시가 있는 건 아니지만 저기 희미하게 색이 바랜 부분이 있어요. 자, 보이지요? 얼마나 많은 손바닥이 닿았으면……."

"시도해 봅시다. 잘 보고 있다가 누군가 이쪽을 보면 발로 차요."

그는 잠시 숨을 멈추고 퇴색한 부분에 손을 댔지만 아무 일도 일어나지 않았다. 그는 손바닥 전체를 대고 밀어 보았다.

문은 조용히 삐걱거리는 소리도, 스치는 소리도 없이 열렸다. 셀던이 재빨리 안으로 들어가고 도스가 뒤를 따랐다. 문은 등 뒤에서 닫혔다.

도스가 말했다.

"문제는…… 누군가 우리를 보았을지도 모른다는 거예요."

셀던이 말했다.

"장로들은 이 문으로 종종 출입할 거예요."

"우리를 장로라고 생각하는 사람이 있을까요?"

셸던은 기다려 보고 나서 말했다.

"만일 누군가 우리를 보고 이상하게 생각했다면 이 문은 우리가 들어온 지 15초 이내에 다시 열렸겠지요."

도스는 착 가라앉은 목소리로 말했다.

"어쩌면……. 이 문의 안쪽에 보고 자시고 할 것도 없기 때문에 우리가 들어가도 신경 쓰지 않았는지도 모르죠."

"그건 들어가 보지 않으면 알 수 없죠."

셸던이 중얼댔다.

그들이 들어간 방은 좁고 어둠컴컴했다. 그렇지만 안으로 걸어 들어가자 조명이 밝아졌다.

폭이 넓고 안락해 보이는 의자와 작은 테이블이 몇 개, 그리고 몇 개의 침대 겸용 대형 소파, 넓고 키가 큰 냉장고, 식기 찬장 등이 있었다.

셸던이 말했다.

"만일 이것이 장로의 에어리라면…… 세크라토리움의 검소함과 달리 장로들은 쾌적하게 생활하고 있나 보군."

"그건 예상했던 바예요. 지배계급의 금욕주의는 대중의 눈이 미치지 않는 곳에서는 극히 이루어지기 어렵지요. 이 말을 당신의 심리역사학 경구 노트에 적어 두세요."

그녀는 주위를 둘러보았다.

"그래도 로봇은 없네요."

셸던이 말했다.

"아니요. 에어리는 높은 장소잖아요. 하지만 이 천장은 높지 않아요. 위층이 있는 게 틀림없다고요. 저게 틀림없이 에어리로 통하는 길일 거예요."

그는 멋들어진 카펫이 깔린 근사한 계단을 가리켰다. 그러나 그쪽으로 가는 대신 주위를 둘러보기만 했다.

도스는 그가 무엇을 찾고 있는지 짐작이 갔다.

"엘리베이터 같은 건 잊어요. 마이코겐에는 원시주의를 예찬하는 경향이 있어요. 그걸 잊은 건 아니겠죠? 엘리베이터는 없을 거고 더군다나 저 계단에 체중을 싣는다 해도 위로 올라가지는 않을 거예요. 걸어 올라갈 수밖에 없어요. 아마 여러 층 계단을 올라가야 할지도 모르죠."

"걸어 올라간다?"

"저것이 어딘가로 통하고 있다면 당연히 에어리로 통하겠죠. 당신 정말 에어리를 보고 싶어요?"

두 사람은 함께 계단을 걸어 올라가기 시작했다.

세 층의 계단을 지났다. 셸던은 점점 숨이 가빠지는 것을 느꼈다.

"나는 아주 건강하다고 자신했는데 이건 영 아니군."

"당신이 특히 이런 식의 운동에 익숙하지 않은 거예요."

그녀는 힘든 기색이 전혀 없었다.

세 번째 층에 이르자 계단은 끝나고 다시 앞에 문이 나타났다.

셸던은 도스보다는 오히려 자기 자신에게 말했다.

"그런데 만일 이게 잠겨 있다면? 넘어뜨리고 안에 들어갈까?"

그렇지만 도스가 말을 끊었다.

"밑의 문이 열려 있는데 왜 이게 잠겨 있겠어요? 만일 이게 장로의 에어리라면 장로를 제외한 모든 사람의 출입은 터부시되고 있을 거예요. 터부가 어떤 열쇠보다도 강할 테니까요."

"그 터부를 받아들인 사람들에게만 그렇겠죠."

셀던은 이렇게 말하면서도 문에 다가가려고 하지 않았다.

도스가 말했다.

"주저하고 있군요. 아직 되돌아갈 시간은 있어요. 사실 되돌아가자고 충고하고 싶어요."

"안에 뭐가 있을지 알 수 없으니까 주저하고 있을 뿐이에요. 만일 텅 비었다면……."

그는 소리를 높였다.

"그래, 텅 비어 있을 거야!"

그는 성큼성큼 나아가 입실 패널을 눌렀다.

문은 소리도 없이 살며시 안쪽으로 열렸다. 그러자 내부에서 놀랄 만큼 밝은 빛이 비쳤다. 셀던은 놀라서 한 걸음 뒤로 물러났다.

그의 앞에 사람의 형상을 한 물체가 서 있었다. 눈은 빛을 받아 반짝반짝 빛나고 팔을 반쯤 올린 채 한쪽 다리를 앞으로 조금 내밀고 있었다. 언뜻 보면 딱 맞는 윗옷을 입고 있는 것처럼 보이지만 더 자세히 보면 윗옷은 그 물체의 일부임을 알 수 있었다.

셀던은 두려운 듯이 말했다.

"로봇이다! 그런데 금속이야."

"더 나쁜 건……."

도스는 날쌔게 좌우로 움직이며 말했다.

"눈이 이쪽의 움직임을 좇지 않아요. 팔도 흔들리지도 않고요. 살아 있지 않은 거예요. 물론 로봇에 대해 살아 있다는 말을 사용해도 되는지 모르겠지만."

로봇 뒤에서 한 사람의 인간이, 착각이 아니라 진짜 인간이 걸어 나와 말했다.

"아마 그렇겠지. 하지만 나는 살아 있어."

도스는 거의 무의식적으로 튀어나가 셀던과 갑자기 나타난 그 남자 사이에 끼어들었다.

58

셀던이 도스를 밀어냈다. 의도했던 것보다는 좀 세게 밀었는지 도스가 뒤로 휘청했다.

"지켜 줄 필요 없어요. 이 사람은 우리 친구 태양정복자14예요."

그들과 대면한 남자는 이중 장식띠를 하고 있었다. 아마 대장로의 권리일 것이다. 그가 말했다.

"자네는 이방인 셀던이지?"

"그래요. 그리고 이쪽은 남성 복장을 하고 있지만 이방인 여성 베나빌리예요."

도스는 한마디도 하지 않았다.

태양정복자14가 말했다.

"물론 자네가 말한 대로요, 이방인. 자네가 나에게 육체적인 위해를 가할 염려는 없겠지? 앉으시오, 두 사람 다. 이방인 여성, 그대는 자매가 아니니까 뒤에 앉을 필요는 없소. 그대를 위한 좌석도 있지. 이런 차별을 어떻게 평가할지 모르지만 그대는 여기에 앉은 최초의 여성이오."

"그런 차별은 평가도 하고 싶지 않아요."

도스는 단어 하나하나에 힘을 주어 말했다.

태양정복자14는 고개를 끄덕였다.

"좋으실 대로. 나도 앉겠소. 자네들에게 질문해야 할 게 있는데 서서 묻는다면 별로 기분이 좋지 않을 테니까."

그들은 이제 방 한구석에 앉아 있었다. 셀던은 눈으로 금속 로봇을 흘끔거리고 있었다.

태양정복자14가 말했다.

"틀림없이 로봇이야."

셀던이 퉁명스럽게 말했다.

"알고 있어요."

태양정복자14도 마찬가지로 퉁명스럽게 말했다.

"자네가 알고 있다는 건 알아. 그 문제는 접어 두기로 하고……. 왜 여기에 왔지?"

셀던은 태양정복자14를 물끄러미 보며 말했다.

"로봇을 보려고……."

"장로 외에는 누구도 에어리에 들어올 수 없다는 걸 알고 있나?"

"몰랐지만 그렇지 않을까 생각하고는 있었죠."

"이방인은 세크라토리움에 들어오는 게 금지되어 있다는 사실은?"

"그건 들었어요."

"그런데 무시했다는 건가?"

"지금 말한 대로 로봇을 보고 싶었거든요."

"이방인 여성은 우리 자매라 할지라도 특정한 의식이 있을 때 외에는 세크라토리움 출입을 금하고 있다는 걸 알고 있나?"

"네, 들었어요."

"또, 여성은 항상, 그리고 무슨 이유가 있어도 남성의 의복을 입어서는 안 된다는 걸 알고 있나? 이 규율은 마이코겐에서는 자매만이 아니라 이방인 여성에게도 해당하네."

"그 얘긴 못 들었지만 놀랍진 않군요."

"좋아. 다 이해하기를 바랐네. 그런데 왜 로봇을 보고 싶어 하나?"

"호기심요. 로봇은 한 번도 본 적이 없고 그런 게 있는지도 몰랐어요."

"그게 실재한다는 걸 어떻게 알았지? 더구나 여기에 있다는 사실을?"

셀던은 한동안 대꾸를 하지 않았다. 그러고 나서 말했다.

"그 질문에는 대답하고 싶지 않군요."

"자네는 이방인 휴민에게 임무를 부여받고 마이코겐에 왔지? 로봇을 조사하기 위해서?"

"아니요, 이방인 휴민이 우리를 이곳에 데려온 건 우리의 안전을 확보하기 위해서였어요. 하나 우리는 학자입니다. 베나빌리 박사도 나도. 지식을 추구하는 것이 우리의 본분이고 지식을 얻는 것이 우리의 목적이에요. 마이코겐은 외부 행성 사람들에겐 거의 이해할 수 없는 곳이에요. 우리는 당신들의 풍습이나 사고방식을 알고 싶어요. 이건 자연스러운 욕망이고 무해한, 오히려 칭찬받을 만한 바람이라고 생각하는데."

"아, 하지만 우리는 이방인이나 외부 행성이 우리의 일을 아는 걸 바라지 않아. 이건 '우리'의 자연스러운 욕망이야. 무엇이 무해하고 무엇이 유해한지는 '우리'가 판단할 거야. 그래서 다시 한 번 묻겠네, 이방인. 마이코겐에 로봇이 실재하고 그것이 이 방에 있다는 사실을 자네가 어떻게 알았지?"

셀던은 결국 말했다.

"일반적인 소문이지요."

"끝까지 그렇게 우겨 댈 건가?"

"일반적인 소문이라고요, 어디까지나."

엄하고 푸른 눈이 날카로워지며 태양정복자14가 가라앉은 목소리로 말했다.

"이방인 셸던, 우리는 오랫동안 이방인 휴민과 협력해 왔어, 이방인이지만 그는 믿을 만한 인물로 보였어. '이방인'치고는! 자네들 두 사람을 우리에게 보호해 달라고 요청했을 때 우리는 허락했어. 하지만 이방인 휴민이 어떤 장점이 있다 해도 역시 이방인이고 우리는 의심을 품고 있었지. 자네나 그 친구의 진짜 목적이 뭔지 우리로서는 의심하지 않을 수 없었네."

셸던이 말했다.

"우리 목적은 지식이에요. 학문적인 지식 말이에요. 이방인 여성 베나빌리는 역사학자고 나 또한 역사에 흥미가 있어요. 왜 우리가 마이코겐 역사에 흥미를 가지면 안 되지요?"

"첫째는 우리가 원하지 않기 때문이지. 어쨌든 믿을 만한 자매 두 사람을 자네들이 있는 곳으로 파견했어. 자네들을 도와주면서 자네들이 무엇을 바라고 있는지 살피려고. 그래서 자네들과 같이, 이방인들 표현 방식으로 말하자면 놀러 다니게 된 거지. 단, 자네들이 사태를 알아차리지 못하도록 조심하면서 말이야."

태양정복자14는 가늘게 웃었지만 그것은 냉엄한 미소였다.

태양정복자14는 계속했다.

"소나기45는……. 이방인 베나빌리와 쇼핑하러 나갔어. 하지만 그들의 외출에서는 조금도 의심스러운 일이 일어나지 않았어. 당연히 우리는 완전한 보고를 받고 있었지. 소나기43은 자네에게 우리의 마이크로필름을 보여 주었어. 그녀가 자네와 기꺼이 둘이서만 가겠다고 승낙한 부분을 자네가 혹시 의심스럽게 여겼는지도 모르지만……. 사실 그런 일은 우리에게 거의 문제 밖이라네. 하나 자네는 형제에게 적용되는 것이 이방인에게는 적용되지 않는다고 억지를 썼고 그 억지가 그녀를 설득했다고 믿었던 모양이더군. 그녀는 마음속으로 꽤 부담되었지만 자네 의견을 따랐어. 결국 자네는 '책'을 요구했네. 그것을 너무 쉽게 전달하면 자네의 의혹을 부를지 몰라서 그녀는 자네만이 만족할 수 있는 잘못된 욕망을 품고 있는 척했던 거야. 그녀의 자기희생은 오래 기억될 걸세. 내가 알기로는 형제, 자네가 '책'을 갖고 있어. 그리고 지금 소지하고 있을 걸세. 그것을 넘겨주겠나?"

셀던은 잠자코 앉아 있었다.

태양정복자14는 쭈글쭈글한 손을 뻣뻣하게 내민 채 말했다.

"폭력으로 뺏는 것보다는 자네가 순순히 건네주는 게 좋지 않을까?"

셀던은 마지못해 건네주었다. 태양정복자14는 그것이 훼손되었는지 확인하려는 듯 몇 장을 넘겼다.

그는 작게 한숨을 쉬며 말했다.

"이것은 승인된 절차에 따라 조심스럽게 폐기해야겠지. 슬픈 일이야! 그러나 일단 '책'을 손에 넣은 이상 자네가 세크라토리움 안에 들어왔다 해도 우리는 놀라지 않아. 자네들은 쭉 감시받고 있었네. 어떤 형제자매도 어지간히 다른 일에 정신을 빼앗긴 게 아니라면 얼핏 보아도 자네들이 이방인임을 모를 리 없어. 대머리 분장은 흘긋 봐도 금방 알 수 있는 거야. 게다가 마이코겐에는 그게 일흔 개도 채 안 되지. 거의 공적으로 관계해 온 이방인에게 대여하고 있어. 그리고 그들은 여기서 머무르는 동안 대개 종교와 무관한 정부 건물에만 있거든. 그러니까 당신들은 남의 눈에 띄었을 뿐만 아니라 계속해서 확실하게 식별되고 있었던 거야.

자네들과 우연히 만났던 나이 든 형제는 세크라토리움의 일만이 아니라 도서관의 일도 주의 깊게 자네들에게 이야기했어. 그뿐만 아니라 자네들이 하려는 일이 금지된 것이라는 점도 주의 깊게 이야기했지. 우리는 자네들이 덫에 걸리는 것을 원치 않았으니까. 맑은하늘2도 역시 자네들에게 경고했어. 매우 강력하게 말이야. 그런데도 자네들은 단념하지 않았어.

자네들이 흰 가운과 두 개의 장식띠를 샀던 상점에서 즉각 우리에게 그 사실을 알려 와 자네들이 무엇을 노리고 있는지 잘 알 수 있었지. 일부러 도서관을 비우고 관리에게는 자신의 일에만 몰두하도록 지시를 해 두었어. 세크라토리움엔 사람이 너무 많이 들어가지 않게 해 두었고. 우연히 자네에게 말을 걸었던 형제는 그것을 깜빡 잊었다가 자네들이 누군지 알고서는 당황해서 물러갔지. 그 뒤 자네들이 이리로 올라온 거야.

그러니까, 알겠나? 이리로 올라온 건 자네들의 의지고 우리는 결코 유인한 게 아니야. 자네들은 스스로의 행위와 의지의 결과로 여기까지 온 거야. 그래서 내가 다시 한 번 묻고 싶은 건 왜, 무슨 목적으로 여기까지 왔냐는 거야."

이번에는 도스가 대답했다. 그 소리는 분명했고 눈은 칼날처럼 예리했다.

"그럼 다시 말씀드리죠, 마이코겐인. 우린 학자예요. 지식을 신성하게 생각하고 지식만을 추구하고 있습니다. 당신들은 우리를 이리로 유인한 게 아니라지만 우리를 말리지도 않았어요. 우리가 이 건물에 가까이 오기 전에 말릴 수도 있었는데 말이죠. 당신들은 우리가 지나는 길을 매끄럽게 닦아서 우리가 여기 오기 쉽게 했어요. 이건 유인이라고 할 수 있지요. 그리고 우리가 도대체 어떤 해를 입혔나요? 우리는 이 건물에도 이 방에도 당신에게도, 아니 '저것'에조차 결코 해를 입히지 않았어요."

그녀는 로봇을 가리켰다.

"저건 당신들이 여기에 숨기고 있는 죽어 버린 쇳덩이예요. 우리는 이제 저것이 죽어 있음을 알았어요. 이게 다예요. 이게 우리가 찾고 있던 지식의 전부예요. 더 의의가 있을 거라고 생각했는데 실망이군요. 그러나 지금은 별게 없다는 걸 알았으니까 떠나겠어요. 원하신다면 마이코겐에서도 떠나지요."

태양정복자14는 무표정한 얼굴로 듣고 있다가 그녀가 이야기를 끝마치자 셸던을 향해 말했다.

"본 대로 이 로봇은 상징이지. 우리가 잃어버린 모든 것의, 또 우리가 잃은 모든 것의, 그리고 몇천 년이 지나도 잊지 못한 모든 것의, 언젠가는 되돌아가고자 하는 모든 것의 상징이야. 이것이 우리에게 남아 있는 구체적이며 진정한 것의 전부라네. 우리에게는 귀중한 거야. 그런데도 자네 여자에게는 이것이 '죽은 쇳덩이'에 불과해. 그 판단에 당신도 동의하나, 이방인 셸던?"

셸던이 입을 열었다.

"우리가 속한 사회는 이곳처럼 몇천 년이나 지난 과거에 스스로를 연결 짓고, 그 과거와 자기 자신 사이에 존재하는 현실을 무시하고 외면하는 사회가 아니거든요. 우리는 현재에 살고 있어요. 그리고 우리는 현재가 모든 과거의 산물이라고 인식하지, 우리가 가슴속에 품고 있는 아주 오랜 옛날 가운데 어느 특정한 시대만의 산물이라고는 생각하지 않아요. 로봇이 당신들에게 어떤 의미인지 우리는 머리로만 이해할 수 있어요. 그리고 당신들의 생각이 이어질 수 있기를 바라요. 그러나 우리는 우리 자신의 눈으로밖에 그것을 볼 수 없어요. 당신들이 당신들 자신의 눈으로밖에 그것을 볼 수 없는 것과 마찬가지지요. 우리가 그것을 죽은 쇳덩이로 보는 것도 무리는 아니죠."

도스가 말했다.

"그럼 이제…… 떠나겠습니다."

태양정복자14가 말했다.

"안 돼! 당신들은 이미 여기에 들어옴으로써 죄를 범했어. 그것은 우리들의 시각으로 볼 때만 범죄라고 말하고 싶겠지?"

그는 입술을 비틀며 차갑게 웃었다.

"그렇다면 이렇게 대답하지. 여긴 우리 영토고 이 내부에서는 우리가 모든 것을 규정해. 그리고 이 범죄는 우리 규정에 의하면 죽음으로 처벌되지."

도스가 위협하듯이 소리 높여 말했다.

"그래서 우리를 죽일 작정인가요?"

태양정복자14는 경멸하는 표정을 지으며 셀던에게만 말했다.

"우리를 어떻게 생각하는 거지, 이방인 셀던? 우리 문화는 자네들 문화와 마찬가지로 오래되고 복잡한 문명이며 자비심이 깊지. 나는 무장하지 않았어. 자네들은 재판에 회부되고 유죄로 결정되면 법률에 따라 신속하게 고통 없이 처형될 거야. 만일 지금 떠나겠다고 하면 말리지는 않아. 그렇지만 밑에 많은 형제가 있네. 자네가 세크라토리움에 들어왔을 때보다 훨씬 많은……. 그들은 자네의 행위에 격노하여 자네들에게 폭력을 가할지도 몰라. 그렇게 이방인이 죽은 전례가 있거든. 그건 유쾌한 죽음은 아니지. 고통 없이 죽는 길이 아닌 건 확실하다네."

도스가 끼어들었다.

"그 점은 맑은하늘2에게…… 경고를 받았습니다. 당신들의 복잡하고 문명화된, 자비심 깊은 문화란 바로 그런 것이군요."

태양정복자14가 조용히 말했다.

"민중은 아무리 자비심이 깊어도…… 감정에 사로잡히면 폭력을 휘두를 수 있지. 이는 모든 문명에 공통으로 흐르는 진리야. 자네 여자는 역사가니까 분명히 알고 있겠지?"

셀던이 말했다.

"이성적으로 이야기합시다, 태양정복자14. 당신이 마이코겐의 문제에 관해서는 법률 그 자체일지도 모르지요. 그러나 우리에 대해서는 그렇지 않아요. 그건 당신도 알고 있을 거예요. 우리는 둘 다 제국 시민이고 중죄를 재판하는 건 어디까지나 황제나 황제가 임명한 법관이지요."

태양정복자14는 말했다.

"규칙이나 신문이나 홀로비전에서는 그럴지도 모르지. 그러나 우리는 지금 이론을 얘기하고 있지 않아. 예로부터 대장로에게는 황제에게 간섭받지 않고 신성모독죄를 처벌할 권리가 있어."

셀던이 말했다.

"만일 범죄자가 당신의 동포라면 그렇겠지요. 그러나 외부인이라면 전혀 다른 문제지요."

"이 경우는 다르다고 생각하네. 이방인 휴민은 자네를 도망자로서 여기 데려왔어. 우리 마이코겐 사람은 자네가 황제의 법률로부터 도망쳐 왔음을 눈치채지 못할 만큼 어리석지 않아. 우리가 황제 대신에 자네를 처벌한다면 황제가 반대할까?"

"그것은…… 반대할걸요. 설령 우리가 황제로부터 도망쳐 온 사람이라 해도, 또한 황제가 우리의 처벌을 바라고 있다고 해도, 역시 자신이 체포하고 싶어 할 겁니다. 어떤 방법이든 어떤 이유로든 적절하게 '제국'의 절차를 밟지 않고 비마이코겐인을 죽이는 건 황제의 권위를 무시하는 짓이고, 그런 사태를 어떤 황제가 허락할 수 있겠어요? 마이코겐과의 무역이 방해받지 않도록 황제가 아무리 열심히 선처하려고 해도 역시 황제의 권위를 세울 필요성을 더 느끼겠지요. 당신이 아무리 우리를 죽이고 싶기로서니 제국 군대의 사단이 이곳 농장이나 주거지를 약탈하고 세크라토리움을 모독하고 자매들을 능욕하는 모습까지 보고 싶지는 않겠지요? 잘 생각해 보세요."

태양정복자14는 다시 웃음을 띠었지만 다정함은 보이지 않았다.

"실은 이미 생각했네. 선택의 여지가 하나 있지. 사형 판결을 내린 후 처형을 연기하고 당신들이 황제에게 재심을 청구하는 걸 허락하겠네. 그렇게 하면 황제는 우리가 그의 권위에 복종한다고 기뻐할 것이고, 또 어떤 이유인지는 몰라도 자네들 두 사람을 손아귀에 다시 넣은 것을 기뻐하겠지. 이건 마이코겐에 이익이 될지도 몰라. 자넨 그렇게 되기를 바라나? 그런 수순을 밟아서 황제에게 보내지길 바라나?"

셀던과 도스는 잠시 서로 얼굴을 쳐다보며 잠자코 있었다.

태양정복자14는 말했다.

"자네들은 죽기보다 오히려 황제에게 인도되기를 바라는 것 같군. 그러나 그 선택에 아슬아슬한 가능성밖에 없을 거라는 인상을 받는 건 어째서일까?"

"사실……."

새로운 목소리가 끼어들었다.

"어느 쪽의 선택도 받아들일 여지가 없으니 제3의 길을 찾아야 한다고 생각하오."

59

새로운 인물이 누군지 제일 먼저 알아차린 건 도스였다. 그것은 아마 그 인물이 올 것을 기대하고 있었기 때문이리라.

"휴민! 정말, 찾아와 주셨군요!"

두 팔을 활짝 펴는 그녀의 태도와 목소리에는 반가움이 깃들어 있었다.

"해리가 단념하지 않으리라는 걸 깨닫고 곧 당신에게 연락했어요."

희미한 웃음, 타고난 듯한 엄한 표정. 휴민은 조금도 변함이 없었다. 그는 약간 피로한 모습이었다.

"자……. 나는 다른 일에 종사하고 있었어요. 연락을 받고도 즉시 오기는 어려웠지. 그리고 이곳에 도착해서는 당신들 두 사람과 마찬가지로 대머리 분장은 말할 것도 없고 가운과 장식띠를 사 입고 와야 했거든요. 더 일찍 왔으면 이 일을 저지할 수 있었을 테지만, 아직 때가 늦었다고 생각하진 않아요."

태양정복자14는 심한 충격을 받은 것 같았지만 곧 회복했다. 그리고 평소와는 달리 깊은 울림이 사라진 목소리로 말했다.

"어떻게 해서 이곳까지 들어왔지, 이방인 휴민?"

"쉽진 않았소, 대장로. 하지만 이방인 여성 베나빌리가 항상 말하듯이 나는 대단히 설득력이 있는 인물이니까요. 이곳 시민 중 몇 사람인 가는 내가 누군지, 과거에 마이코겐에서 무엇을 했는지, 그리고 명예 형제인 것까지도 기억해 주더군요. 당신은 잊었소, 태양정복자14?"

장로는 대답했다.

"잊지 않았어. 그러나 가장 호의적인 기억도 어떤 종류의 행동 앞에 서는 무릎을 꿇는 수가 있어. 여기에 이방인과 이방인 여성이 와 있네. 이 이상의 범죄는 없어. 당신이 했던 모든 공헌도 이에 비할 바가 아니야. 나의 민중은 은혜를 모르진 않아. 당신에게 달리 보답할 길이 있겠지. 그러나 이 두 사람은 죽이든가 황제에게 넘길 수밖에 없네."

휴민은 냉정하게 말했다.

"나도 여기에 들어왔소. 이것도 범죄가 아니오?"

"당신은…… 일종의 명예 형제로서 한 번은…… 눈감아 주는 것도 가능해. 하지만 이 두 사람은 그렇지 않아."

"황제에게 보상을 기대하는 거요? 뭔가 호의를? 양보를? 이미 황제와, 아니지 총리 에토 데머즐과 접촉했소?"

"그건 의논할 만한 사항이 아니야."

"그것 자체가 이야기의 실마리요. 자, 보시오. 황제가 무엇을 약속했는지 묻고 있는 게 아니오. 어차피 대단한 약속은 없었을 테니. 이런 난세에 황제가 줄 만한 건 많지 않으니까. 내 쪽에서 제시하겠소. 이 두 사람이 스스로 학자라고 밝혔소?"

"말했어."

"말 그대로요. 거짓이 아니오. 이 여성은 역사학자고 이 이방인은 수학자요. 두 사람은 서로 협력해서 역사의 수학을 만들려고 하는 거요. 그 공동의 주제를 '심리역사학'이라 부르고 있소."

태양정복자14가 말했다.

"그 심리역사학에 대해서는 아무것도 모르고 알고 싶지도 않아. 그 학문에도, 그 밖에 당신들 이방인 학문 어떤 것에도 나는 흥미가 없어."

"그렇지만 내 말을 듣는 게 좋을 거요."

휴민은 약 15분에 걸쳐 사회의 자연법칙(그가 이 단어를 말할 때면 항상 인용부호가 붙어 있는 것처럼 들렸다.)을 조직화할 가능성이 있고, 이 법칙을 통해 미래는 아주 정확하게 예언될 수 있다고 말했다.

설명이 끝나자 무표정하게 듣고 있던 태양정복자14가 말했다.

"거의 개연성이 없는 추론이군."

셀던은 분한 표정으로 입을 열었다. 반박하려 했지만 그의 무릎에 가볍게 얹혀 있던 휴민의 손에 힘이 들어가 있음을 느끼고는 입을 다물었다. 대신 휴민이 입을 열었다.

"그럴지도 모르지, 대장로. 그러나 황제는 그렇게 생각하지 않소. 아, 황제는 마음씨 좋은 인물이니까, 사실 내가 말하는 것은 데머즐이오. 그의 야심에 대해서는 말할 필요도 없겠지. 그들은 이 두 학자를 몹시 탐내고 있소. 그러니까 나는 이들을 그들로부터 보호하려고 이곳에 데려온 거요. 이 학자들을 데머즐에게 넘겨주는 건 그를 위해 일하는 거나 마찬가지요. 당신이 그런 일을 하리라고는 생각해 보지도 않았소."

"그들은 죄를 범했어."

"아, 알고 있소, 대장로. 그러나 이건 당신이 범죄라고 부르기로 결정함으로써 범죄가 된 거요. 실질적인 피해는 아무것도 없었소."

"실은 있었지. 우리의 신앙에 대해서 우리 마음 깊은 곳의······."

"그러나 심리역사학이 데머즐의 손에 넘어가면 어떤 나쁜 결과를 초래할지 상상해 보시오. 그렇소, 아무런 성과도 없을지 모른다는 건 인정하오. 그러나 뭔가 성과가 있을 경우를, 제국 정부가 그걸 이용할 경우를 좀 생각해 보시오. 정부는 미래를 예언할 수 있소. 다른 누구도 가질 수 없는 그 지식을 이용해서 대책을 강구할 수도 있고. 사실 황제에게 보다 유리한 미래를 가져올 의도로 사용할 수 있는 거요."

"그래서?"

"황제에게 보다 유리한 미래란 틀림없이 중앙집권이 보다 강화된 미래요. 당신도 잘 알고 있듯이 제국의 중앙집권은 이미 몇 세기 동안 약화 일로를 걷고 있소. 지금은 많은 세계가 황제에 대해서 말로만 호의를 보일 뿐이고 사실상은 자치를 하고 있소. 이 트랜터에서조차도 중앙집권이 약화되고 있소. 하지만 예를 들어 봅시다. 마이코젠은 거의 황제의 간섭을 받지 않고 있소. 당신이 대장로로서 통치하고 있고 당신의 행위나 결정을 감독하는 제국의 관리는 옆에 붙어 있지 않지. 만일 데머즐 같은 무리가 자신들에게 유리하도록 미래를 조정한다면 이 상태가 얼마나 오래 계속될 것 같소?"

태양정복자14가 말했다.

"그래도 역시 대단히 미약한 추론이야. 하지만 걱정스러운 추론인 건 인정하겠소."

"있을 수도 없는 가정이라고 할지도 모르지만, 만일 이 학자들이 그 임무를 완성할 수 있으면, 그날 이들은 당신이 본의 아니게라도 자신들을 구명해 주었다는 사실을 생각해 내겠지. 그리고 예를 들면 마이코젠인들이 바라는 대로 '잃어버린 세계'를 복제한 세계도 가져다줄 수 있을지 모르지. 그리고 설령 이 두 사람이 당신의 친절을 잊는다

해도 내가 기억시켜 주겠소."

"으음."

태양정복자14는 숙고했다.

휴민이 말을 이어 나갔다.

"자, 당신이 무엇을 생각하고 있는지 잘 알고 있소. 모든 이방인 중에서 데머즐은 가장 믿을 수 없는 사람이오. 또 심리역사학의 가능성이 아무리 작다 해도 당신을 속일 작정으로 이런 말은 하지 않소. 그 가능성도 제로는 아니오. 그리고 만일 그것이 '잃어버린 세계'의 회복을 가져온다면 그 이상 바랄 게 있겠소? 아주 작은 가능성이라도 믿어 보는 게 좋지 않을까? 자, 내가 약속하지요. 내 약속은 가벼운 게 아니오. 이 두 사람을 석방하고 작으나마 소원이 이루어질 가능성을 택하길 바라오."

침묵이 흘렀다. 태양정복자14는 한숨을 쉬었다.

"뭐가 뭔지 모르겠네, 이방인 휴민. 난 당신을 만날 때마다 당신에게 설득당해 내가 정말로 원하지 않는 일을 하게 돼."

"그렇다고 내가 지금까지 당신 일을 그르친 적이 있었소, 대장로?"

"이런 희박한 가능성을 제시한 적은 일찍이 없었어."

"그 대신 갖게 될 보답은 대단히 엄청날 거요."

태양정복자14는 고개를 끄덕였다.

"당신 말대로야. 이 두 사람을 데리고 마이코겐에서 나가게, 두 번 다시 내 앞에 나타나지 않도록 해 주게나. 단 성공의 그날에는, 아니 내가 살아 있는 동안은 무리겠지?"

"아마 무릴 거요, 대장로. 그러나 당신의 민중은 2만 년 가까이 참을성 있게 기다려 왔소. 그런데 앞으로 100년이나 200년 정도를 못 기다린단 말이오?"

"나는 한시도 기다리고 싶지 않아. 그러나 민중은 필요한 만큼 기다리겠지."

그는 일어서면서 말했다.

"길을 열어 주겠네. 그들을 데리고 가!"

60

그들은 결국 터널로 되돌아왔다. 휴민과 셀던은 전에 이런 터널을 통과한 적이 있었다. 비행택시로 황제가 사는 곳에서 스트릴링 대학까지 갈 때였다. 지금 달리고 있는 건 다른 터널이었지만. 마이코겐에서…… 어디로 가고 있는지 셀던은 알지 못했다. 물어보고 싶었지만 망설여졌다. 휴민의 얼굴은 마치 화강암에 새겨 놓은 것처럼 굳어 있어서 말을 걸기가 어려웠다.

휴민은 4인승 차 앞자리에 앉고 셀던과 도스는 뒷자리에 앉아 있었다.

셀던은 울적해하는 도스에게 웃어 보였다.

"다시 보통 옷차림으로 돌아가는 건 역시 기분 좋은 일이군요."

"이제 다시는…… 가운 같은 것은 걸치고 싶지도 않고 보고 싶지도 않아. 어떤 사정이 있어도 절대 대머리 분장 같은 건 뒤집어쓰지 않을 거예요. 어휴, 진짜 대머리만 보아도 기분이 이상해질 것 같아."

셀던이 망설이고 있던 질문을 한 건 결국 도스였다.

조금 비꼬는 듯한 말투였다.

"체터……. 어디로 가는지 왜 가르쳐 주지 않죠?"

휴민은 몸을 틀어 엄한 얼굴로 도스와 셀던을 보았다.

"어딘가 당신들이 곤경에 빠지지 않을 곳으로. 그런 장소가 있기는 할지 모르겠지만."

도스는 갑자기 풀이 죽었다.

"실은 체터, 이건 내 잘못이에요. 스트릴링 대학에서 해리 곁에 붙어 있지 않고 혼자서 '지붕'에 가게 내버려 뒀지 뭐예요. 마이코젠에서는 적어도 같이 있긴 했지만 애초에 그를 세크라토리움에 못 들어가게 했어야 해요."

셀던이 따뜻하게 말했다.

"나는 결심을 굳히고 있었어요. 결코 도스의 잘못이 아니에요."

휴민은 누구의 책임인지 추궁하려고 하지 않았다. 그냥 이렇게만 이야기했다.

"꼭 로봇을 보고 싶었겠죠. 그렇게 하고 싶은 이유가 있었나요? 가르쳐 주지 않겠어요?"

셀던은 얼굴이 새빨개졌다.

"그 점에서 내가 잘못했어요, 휴민. 무엇을 볼 수 있는 건지 무엇을 보고 싶은 건지 스스로도 알 수 없었어요. 만일 에어리의 내용을 알고 있었다면 일부러 그곳에 가지는 않았겠죠. 완전한 대실패라고 말해도 좋아요."

"그러니까 셀던, 왜 보고 싶다고 생각했죠? 말해 줘요. 원한다면 충분히 시간을 들여도 좋아요. 긴 여행이니 나는 기꺼이 듣겠어요."

"실은 휴민, 나는 인간형 로봇이 있다고 생각했어요. 그들은 장수하기 때문에 적어도 하나는 살아 있으며 그것이 에어리에 있을지도 모른다고 생각한 거죠. 정말로 그곳에는 로봇이 있었어요. 하지만 그것은 금속이었고 죽어 있는 상징에 지나지 않았지요. 그 사실을 미리 알고 있었다면……."

"됐어요. 우리 모두 알고 있었다면 물을 필요도 없었을 거고 어떤 종류의 조사도 필요치 않았겠죠. 인간형 로봇에 대한 정보는 어디서 얻었나요? 그것을 당신에게 알려 줄 마이코겐인은 없었을 텐데. 아! 단 하나의 출처를 생각할 수 있지. 마이코겐의 '책'. 고대 오로라어와 현대 은하어로 쓰인 전기로 만든 인쇄본. 그렇죠?"

"그래요."

"그걸 어떻게 손에 넣었어요?"

셀던은 잠시 침묵하고 나서 말했다.

"좀 말하기 어렵군요."

"나는 여간해서 놀라지 않아요, 셀던."

휴민은 굳은 얼굴로 어렴풋이 웃었다.

"그 사건이 좀 수상하지 않았나요? 자매가 지시를 받거나 강압에 시달리지 않고서야 그런 일을 할 리가 없잖아요."

셀던은 미간을 찌푸리고 통명한 어조로 말했다.

"그런 건 전혀 알 수 없죠. 인간은 때때로 도착 증세를 보이지요. 우스우면 맘껏 웃어도 좋아요. 그러나 당신이 갖고 있는 정보가 나에겐 하나도 없었고 도스도 마찬가지였어요. 내가 덫에 걸리는 걸 바라지 않았다면 당신이 미리 덫이 있다고 경고해 주었어야죠."

"맞아요. 앞의 말은 취소하죠. 어쨌든 이제 '책'은 갖고 있지 않은 거죠?"

"후유, 태양정복자14에게 빼앗겼어요."

"얼마나 읽었어요?"

"아주 일부분. 시간이 없었거든요. 엄청나게 방대하고 지루한 책이었어요."

"아, 알아요. 아마 내가 더 많이 읽었을걸요. 그건 지루한 정도가 아니라 전혀 신뢰할 수가 없는 얘기죠. 한쪽으로 치우친 마이코겐의 공식 역사관이고. 객관적 사실을 논리적으로 서술하기보다는 역사관을 서술하는 데 전념하고 있어요. 여기저기 애매하게 쓰여 있어서 외부 행성 사람이 읽으면 의미를 잘 알 수 없게 되어 있죠. 당신이 말한, 로봇에 대해 쓰여 있는 부분에서 흥미를 끈 건 어떤 내용이었죠?"

"앞에서 말했듯이 그들이 말하는 인간형 로봇에 관한 것이지요. 겉보기에는 인간과 구별이 안 되는……."

"그것들이 몇이나 존재한답디까?"

휴민이 물었다.

"쓰여 있지 않았어요. 적어도 그 숫자가 쓰여 있는 곳은 못 찾았어요. 아주 극소수밖에 없을지도 모르죠. 그러나 그중 하나를 '책'은 '레네게이드'라고 불렀어요. 거기에 별로 유쾌하지 않은 의미가 있는 것 같던데 어떤 의미인지는 알 수가 없었죠."

도스가 말참견을 했다.

"이야기해 달라면 가르쳐 주지요. 그건 고유명사가 아니에요. 그 말도 고대 언어인데 의미는 대충 은하어의 '반역자'에 해당해요. 고대 언어에는 훨씬 더 공포스러운 분위기가 있죠. '반역자'는 몰래 모반을 일으키는 느낌이지만 '변절자'는 공공연히 하는 느낌이죠."

휴민이 말했다.

"고대어의 세부 사항은 당신에게 맡기죠, 도스. 그렇지만 어느 쪽이라 해도 만일 레네게이드가 실제로 존재하고 또 만일 그것이 인간형 로봇이었다면 분명히 그건 반역자이자 적이니까 장로 에어리에 보존되어 숭배될 리는 없지 않겠어요?"

셀던이 말했다.

"나는 레네게이드의 의미를 몰랐어요. 그러나 지금 말한 것처럼, 그 레네게이드라는 것이 적인 것 같다는 인상은 확실히 받았어요. 그것이 패배해서 마이코겐의 승리 기념품으로 보존되었을지도 모른다는 생각이 드는군요."

"책에서 레네게이드가 패했다고 했나요?"

"아니요. 하지만 그 부분을 못 보고 지나쳤을지도 모르죠."

"그렇지는 않을 것 같군요. 마이코겐의 승리는 하나도 빠짐없이 '책'에 기록되어 있고 몇 번이나 되풀이해서 언급될 텐데."

셀던은 주저하면서 말했다.

"레네게이드에 대해서 '책'이 말하고 있는 게 또 하나 있었어요. 하지만 정확히 이해한 건지 어떤지 도통 자신이 없군요."

휴민이 말했다.

"당신 말처럼…… 그들은 때때로 의도적으로 애매하게 쓰니까요."

"그렇지만 어쩐지 레네게이드는 인간의 감정을 움직이고 인간의 감정에 영향을 미칠 수 있다는 것 같았어요."

휴민은 어깻짓을 하며 말했다.

"그건 어떤 정치가라도 할 수 있죠. 그런 능력을 카리스마라고 해요."

셀던은 한숨을 쉬었다.

"어쨌든 나는 믿고 싶어요. 그래요, 아직 살아 있고 질문할 수 있는 고대 인간형 로봇을 어떻게 해서든 찾아내고 싶어요."

"어떤 목적으로?"

휴민이 물었다.

"아직 극소수 세계에 남아 있는 고대 은하 사회를 상세히 알기 위해서죠. 그런 작은 우주라면 심리역사학을 더 쉽게 이끌어 낼 수 있을 테니까요."

휴민이 말했다.

"로봇에게 들은 걸 정말로 믿을 수 있을까요? 몇천 년이나 된 로봇의 초기 기억을 믿을 셈이에요? 얼마나 많은 왜곡이 뒤얽혀 있을지도 모르면서?"

도스가 불쑥 끼어들었다.

"맞아요. 그건요, 해리, 전에 말했던 컴퓨터 기록 같은 거예요. 로봇의 기억은 서서히 지워지고 왜곡되었을 거예요. 어느 정도까지 거슬러 올라갈 수는 있지만 거슬러 올라갈수록 당신이 활용하려고 하는 정보는 점점 신용할 수 없어지죠."

휴민이 고개를 끄덕였다.

"정보이론에서 그게 일종의 불확정성의 원리에 속한다는 얘길 들은 적이 있어요."

셀던은 생각에 잠겨 말했다.

"그러나……. '어떤 종류'의 정보는 특별한 이유 때문에 보존될 수 있지 않을까요? 마이코겐의 '책'에서 2만 년 전 사건을 언급하고 있는 어떤 부분은 대부분 원문 그대로 남아 있기도 해요. 중요하다고 평가되어 특별히 보존된 특정한 정보는 그만큼 더욱 오래가고 정확할지도 모르지요."

"문제는 '특정한'이라는 말이에요. '책'이 주의 깊게 보존하고 있는 내용은 당신이 바라는 내용이 아닐지도 모르죠. 또 로봇이 제일 잘 기억하고 있는 내용이 어쩌면 당신이 가장 바라지 않는 내용인지도 모르고."

셀던은 실망스러운 얼굴을 했다.

"심리역사학을 완성할 방법을 찾아서 어느 쪽을 향해 가 보아도 그게 불가능할 것 같은 예감이 들어요. 노력해도 소용없는 게 아닐까?"

휴민은 담담하게 말했다.

"지금은 절망스럽게 보일지 모르지만……. 그러나 필요한 천재성이 나타나면 지금 이 시점에서 우리 중 누구도 기대하지 못한 심리역사학으로의 길이 발견될지도 모르죠. 느긋하게 생각하세요. 이크, 휴게소에 다 왔군요. 잠시 쉬면서 식사나 합시다."

양고기를 별로 입에 맞지 않는 빵(마이코젠의 음식을 먹은 뒤로는 먹기가 싫어진)에 끼워 먹으면서 셀던이 우물거렸다.

"당신은 나를 '필요한 천재성'의 소유자라고 생각하고 있는 것 같은데, 그렇지 않을 수도 있어요."

휴민이 말했다.

"사실이에요. 아닐지도 모르지요. 하지만 다른 후보자가 없어요. 그러니 당신에게 매달릴 수밖에."

셀던은 한숨을 지으며 말했다.

"후유, 노력해 보지요. 그러나 희망의 불꽃이 사라지고 있어요. 가능하긴 하지만 실제적이지 않다고 처음에 내가 말했죠. 지금은 전보다 더 그게 확실해지고 있는 것 같아요."

제13부

열 저장실

유고 애머릴

심리역사학의 세부적인 부분을 완성하는 데 해리 셀던 다음으로 중요한 역할을 했다고 여겨지는 수학자로…….

그렇지만 그가 새 인생을 시작한 상황은 수학상의 업적보다도 오히려 극적이다. 고대 트랜터 다알 구역 하층 계급의 절망적인 빈곤 속에서 태어난 그가 '탈출' 중이던 셀던을 만난 것은 거의 우연에 가까운 일이었다. 그러한 만남이 없었다면 그는 이름 없는 생애를 마치고 말았을 것이다.

— 『은하대백과사전』

61

은하계의 황제는 피로를, 그것도 육체적인 피로를 느꼈다. 매일 의례적으로 열리는 만찬에서 마음에도 없는 인자한 미소를 주기적으로 짓느라 입술이 아팠다. 관심을 보이는 체하며 머리를 이리저리 기울이다 보니 목도 뻣뻣해져 버렸다. 이야기를 주의해서 들어야 하니까 귀도 아팠다. 서거나 앉거나 뒤돌아보거나 손을 내밀거나 끄떡이거나 해야 하기 때문에 몸 전체가 욱신욱신 쑤셨다.

이러한 국가 행사 외에도 트랜터 도처에서 온 시장이나 총독이나 그 아내나 남편을 만나야 했다. 1000명 가까운 참석자 모두는 화려한 옷차림에서부터 기괴하다고밖에 할 수 없는 옷차림에 이르기까지 다양한 옷을 걸치고 있었다. 그는 가지각색의 사투리가 섞인 말에 귀를 기울여야 했는데 모두 은하 대학에서 쓰는 황제 은하어를 쓰려고 하기 때문에 더욱더 사투리가 기괴했다. 가장 귀찮은 것은 실질적으로는 내용이 없는 외교적 언사를 구사하되 구체적인 언질을 주지 않도록 유의해야 한다는 사실이었다.

영상도 음성도 모두 대단히 신중히 기록되고, 클레온이라는 이름을 지닌 최초의 황제가 예의 바르게 행동했는지 살피기 위해 에토 데머즐이 그 일부를 검사했다. 물론 예의 바르다는 건 황제가 자기 자신에게만 사용하는 말이었다.

'데머즐은 속 편해!'

황제는 황궁 밖으로 나갈 수 없는데 데머즐은 마음 내키는 대로 은하계 어디든지 돌아다닐 수 있다. 황제는 항상 남의 이목에 시달리고 늘 사교적이어야 하는 데다가, 중요한 방문객에서부터 사악한 저의만을 가진 사람까지도 뻔질나게 접견해야 한다. 그런데 데머즐은 공식 석상에 거의 나타나지 않으며 특히 황궁 안에서는 결코 사람들 눈에 띄지 않는다. 그는 단지 공포스러운 이름만으로 존재함으로써 그만큼 더 공포스러운 존재로 남아 있다.

황제는 권력의 복장과 재산을 모두 갖춘 '안쪽 사람'이고 데머즐은 확실한 것을 하나도 갖지 않고 공식 직위조차 없는 '바깥쪽 사람'이다. 그는 몸과 마음으로 온갖 곳을 살피기 위해 지칠 줄 모르고 뛰어다니는 정력적인 사람으로서 오직 현실적인 권력을 추구하는 것 외에는 아무것도 바라지 않는다.

황제는 그의 그런 점이 걱정되면 언제라도 한마디 경고 없이 꾸며낸 구실이나 아니면 전혀 구실 없이도 데머즐을 체포하고 투옥하고 추방하고 고문하고 또 처형할 수 있다. 그 점을 생각하면 왠지 클레온은 즐거워졌다. 뭐니 뭐니 해도 이런 불안이 계속되는 난세에는 자칫 제국의 여러 행성이나 트랜터 내의 여러 구역에까지 황제가 자기 뜻을 마음대로 펼치지 못할 수도 있었다. 그곳에는 오합지졸 같은 지방 행정관이 있고 입법부가 있어서, 황제는 골치 아픈 법률, 명령, 의례, 조약, 행성 간 법적 관례 등의 미로 속에서 옴짝달싹 못했다. 그러나 적어도 황제가 사는 곳과 그 땅에서 그의 권력은 아직까지 절대적이었다.

그런데도 권력에 대한 자신의 꿈은 헛된 것이라고 클레온은 생각했다. 데머즐은 클레온의 아버지를 섬겼다. 클레온은 데머즐에게 의지하지 않는 경우를 생각할 수 없었다. 모든 것을 알고 모든 것을 계획하고 모든 것을 처리하는 건 역시 데머즐이었다. 그러나 일이 잘못되면 책임을 전가할 수 있는 대상도 역시 데머즐이었다. 황제 자신은 비판의 대상이 될 수 없기 때문에 어떤 것도 두려울 게 없었다. 물론 최근 벌어진 친자식에 의한 궁정 혁명과 암살은 달랐지만. 그가 데머즐을 가장 신뢰할 수 있게 된 것도 바로 그 일을 사전에 막았기 때문이었다.

데머즐 없이 뭘 해 보겠다는 생각을 하기만 해도 클레온 황제는 몸서리가 쳐졌다. 스스로 제국을 통치했던 황제는 지금까지 몇 명 있었다. 그들은 무능한 '재상'들을 고용하고 적임자가 못 되는 자들을 그 부서에 앉혀 길렀다. 그리고 한동안 그럭저럭 간신히 꾸려 나갔다.

그러나 클레온은 그렇게 할 수 없었다. 그는 데머즐이 필요했다. 사실 여기서 암살이라는 말이 나왔으니 말이지만 제국 근대사에 비추어 보면 자신에 대한 암살 음모는 있을 수 있는 일이었다. 그러나 데머즐을 추방하는 건 불가능한 일이었다. 그런 일은 생길 수가 없었다. 클레온이 아무리 교묘하고 은밀하게 꾀하려 해도 데머즐은 반드시 그 움직임을 사전에 알 것이며 훨씬 더 교묘한 방법으로 궁정 혁명을 해치울 능력이 있었기 때문이다. 모르긴 몰라도 클레온은 데머즐이 감옥에 갇히기 전에 살해되고 데머즐이 봉사할, 아니 지배할 다른 황제가 만들어질 것이다.

그렇지 않으면 데머즐은 이 유희에 싫증이 나서 스스로 황제가 될까? 절대로 그런 일은 없어! 그는 익명을 쓰는 습관이 몸에 배어 있어. 만일 데머즐이 세상에 모습을 나타내면 그의 권력, 지혜, 행운(그것이 어떤 것이든)은 반드시 그를 버릴 거야. 클레온은 그렇게 확신했다. 그 점은 논쟁의 여지가 없는 것 같았다.

그러니까 예의 바르게 있는 한 클레온은 편하고 태평했다. 데머즐은 야심이 없으니까 황제에게 충실히 봉사하겠지.

그리고 지금 이곳에 데머즐이 있다. 그가 너무나 간단한 옷차림을 하고 있기 때문에 클레온은 두 시종의 도움으로 벗어 버린 예복의 쓸데없는 장식이 쑥스럽게 여겨질 정도였다. 당연한 일이지만 클레온이 혼자가 되고 실내복을 입고 있지 않으면 데머즐은 알현하러 오지 않는다.

은하계의 황제가 말했다.

"데머즐, 나는 피곤해!"

"국사는 피곤한 일입니다, 폐하."

데머즐이 중얼거렸다.

"그럼, 매일 밤 그들을 만나야 하나?"

"매일 밤은 아닙니다. 그러나 그것은 불가피한 일입니다. 그 사람들은 폐하를 알현하고 폐하의 관심을 받는 걸 기뻐하기 때문입니다. 그것은 제국을 원활하게 유지하는 데 도움이 됩니다."

황제는 어두운 표정으로 말했다.

"과거 제국은 권력에 의해 원활히 유지되었어. 그렇지만 지금은 미소를 머금은 채 손을 흔들고 무어라고 중얼대고 훈장이나 기념패를 줘야 유지할 수 있으니……."

"이 모든 일이 평화를 지켜 준다면 이런 일들을 높이 평가하셔야 합니다. 이런 일들로 해서 폐하의 치세는 평안히 이어지기 때문입니다."

"그건 그대가 내 곁에 붙어 있기 때문이야. 나의 유일하고도 진정한 재능은 그대의 중요성을 알고 있다는 점일세."

그는 교활하게 데머즐을 보았다.

"내 아들을 후계자로 할 필요는 없어. 그 아이에게는 재능이 없어. 내가 그대를 후계자로 하면 어떨까?"

데머즐은 냉정하게 잘라 말했다.

"당치도 않습니다, 폐하. 제위 찬탈 같은 건 생각도 할 수 없는 일입니다. 저는 폐하의 정통 후계자로부터 제위를 가로챌 생각은 추호도 없습니다. 만일 제가 폐하의 비위를 건드렸다면 가차 없이 처벌해 주십시오. 제가 했던 일, 또는 할 수 있는 일은 절대로 제위에 앉는 벌을 받을 만한 것이 아닙니다."

클레온은 웃었다.

"제위의 가치를 올바로 평가했으니 용서하겠네. 그대를 벌한다는 생각은 버리기로 하지. 자, 뭔가 얘기를 하게. 자도 되지만 아직 잘 준비를 할 기분은 아니야. 이야기를 하세."

"무엇에 대해서이옵니까, 폐하?"

"뭐라도 좋아. 그 수학자와 심리학자에 대해서 이야기하지. 나는 때때로 그 사람들을 생각하곤 해. 오늘 밤 만찬 때 생각이 떠올랐어. 그래서 생각했어. 만일 심리역사학 분석이 말이지, 만찬을 끝없이 벌이지 않아도 황제 자리를 유지할 길을 예언할 수는 없을까?"

"폐하, 아무리 뛰어난 심리역사학자라도 그럴 수는 없다고 생각합니다."

"음, 그럼 최신 뉴스를 들려주게. 그는 아직 마이코젠의 우스운 대머리들 속에 숨어 있나? 자넨 그 친구들을 그곳에서 싹 도려 내겠다고 약속했는데……."

"그렇게 약속했습니다, 폐하. 그리고 그쪽으로 노력했습니다. 하오나 유감스럽게도 실패했다고 말씀드리지 않을 수 없습니다."

"실패했다고? 그건 좋지 않은데."

황제는 얼굴을 찌푸렸다.

"저도 그렇습니다, 폐하. 저는 그 수학자가 뭔가 모독 행위를, 엄중한 처벌을 받아야 할 행위를 저지르도록 했습니다. 그런 행위는 마이코젠에서 특히 외부인들이 범하기 쉽지요. 그렇게 하면 그 수학자가 황제에게 제소할 수밖에 없으니 결국 이쪽 손안으로 넘어올 거라는 계산이었습니다. 이런 조치의 대가로 우리 측으로서는 별 의미 없는 양보를, 물론 마이코젠으로서는 중요한 양보를 했습니다. 더구나 제가 직접 손을 쓰지 않는 방법으로 조치했습니다. 은밀히 일을 처리해야 하니까요."

클레온이 말했다.

"그렇겠지. 그러나 실패했어. 마이코겐 시장이……."

"그곳에선 대장로라고 불립니다, 폐하."

"직함은 어쨌든 좋아. 그 대장로가 거절한 건가?"

"당치도 않습니다, 폐하. 그는 동의했습니다. 수학자 셀던은 보기 좋게 덫에 걸려들었고요."

"그런데 어떻게 했나?"

"그는 결백하니 떠나도 된다는 허락을 받았습니다."

"왜지?"

클레온은 몹시 거슬리는 듯이 말했다.

"그 점에 대해서는 상세하지 않습니다, 폐하. 그러나 우리 측이 경쟁에서 패한 게 아닌가 하는 추측이 들었습니다."

"누구에게? 와이의 시장에게?"

"그럴 가능성은 있지만 실은 그렇지 않을 겁니다. 와이는 항상 감시를 받고 있습니다. 만일 그들이 수학자를 손에 넣으면 곧바로 정보가 들어옵니다."

황제는 그냥 얼굴을 찌푸리기만 한 게 아니라 분명히 격노하고 있었다.

"데머즐, 그건 좋지 않아. 몹시 기분이 상하는구먼. 이런 실패를 하다니, 왠지 그대답지 않다고 생각되는군. 황제의 뜻에 공공연히 반항하는 저 마이코겐에 어떤 조치를 취할 셈인가?"

데머즐은 폭풍의 도래를 느끼고 고개를 떨구었다. 그러나 그의 말소리는 무정했다.

"지금 마이코겐에 대해서 행동을 일으키는 건 잘못이라고 사료됩니다, 폐하. 그에 따르는 혼란은 와이의 승리에 기여하게 됩니다."

"그러나 뭔가 해야 하지 않나?"

"아마 그런 일은 없을 겁니다, 폐하. 보기보다 그렇게 나쁜 상황은 아닙니다."

"어째서 보기보다 나쁜 상황이 아니라고 할 수 있나?"

"기억하고 계시겠지만, 폐하, 그 수학자는 심리역사학이 비실용적이라고 확신하고 있습니다."

"물론 기억하고 있지. 하지만 문제가 없을까, 우리 목적에?"

"아마 없겠지요. 하나 만일 실용화된다면 그 범위는 무한할 것이고 또 우리 목적에 유용하겠지요, 폐하. 그리고 제가 알아낸 바에 의하면 그 수학자는 이미 심리역사학을 실용화하고자 꾀하고 있습니다. 제가 이해한 바로, 마이코겐에서 저지른 그의 모독 행위는 심리역사학의 문제를 해결하고자 하는 계획의 일부입니다. 그러니 그를 내버려두는 것이 아마 우리의 이익일 테고, 그가 목표에 가까이 갈 때나 목표에 도달할 때 붙잡는 쪽이 우리에게 도움이 되겠지요."

"와이 쪽이 먼저 그를 붙잡게 되면……."

"그렇게 되지 않도록 주의하겠습니다."

"그 수학자를 마이코겐에서 도려 내는 데 성공했듯이?"

"이번에는 실수하지 않습니다, 폐하."

데머즐은 차갑게 말했다.

황제가 잘라 말했다.

"데머즐, 실수는 없는 편이 좋아. 이 일에서 다시 한 번 실패하면 용서치 않을 거야."

그러고 나서 비꼬듯이 덧붙였다.

"오늘 밤 자기는 다 틀렸군."

62

다알 구역의 지라드 티살버는 키가 작았다. 머리가 셀던의 코에 닿을 정도로 작았지만 별로 신경 쓰는 것 같지 않았다. 그는 준수한 용모에 잘 웃는 성품이었고 짙은 검은 콧수염과 검은 곱슬머리를 자랑스러워했다.

그는 아내와 아직 미성년인 딸과 함께 작은 방이 일곱 개 딸린 아파트에 살고 있었다. 집은 매우 깔끔하게 청소되어 있었으나 가구는 거의 없었다.

티살버가 말했다.

"셀던 씨, 베나빌리 양, 집이 변변치 못해서 죄송하군요. 당신들은 더 호화스러운 생활에 익숙할 텐데요. 하지만 다알은 가난한 구역이랍니다. 게다가 이곳 주민 중에서도 나는 생활이 넉넉한 편이 아니거든요."

셀던이 대답했다.

"아니에요, 고마운 건 오히려 우리죠. 같이 있는 게 매우 부담스러울 텐데."

"부담이라니 말도 안 돼요. 이 변변찮은 방을 당신들에게 빌려 주면 휴민 씨가 충분한 대가를 지불한다고 했어요. 후후, 설사 싫은 사람이라 하더라도 돈을 주면 환영할 판인데 하물며 당신들처럼 좋은 사람들이라면 대환영이죠, 뭐."

셀던은 다알에 도착한 직후 휴민과 헤어질 때 그가 했던 말이 생각났다.

그는 이렇게 말했다.

"여기가 은신처로 택한 세 번째 장소예요. 처음에 고른 두 곳은 황권이 미치지 않기로 악명 높은 곳이에요. 그래서 그들의 주위를 끌더라도 큰 무리는 없었죠. 뭐니 뭐니 해도 그곳들은 당신에게 꼭 맞는 장소였으니까. 그러나 이곳은 달라요. 이곳은 가난하고 평범할 뿐만 아니라, 사실대로 말하면 그다지 안전하지 않거든요. 당신에게 적합한 은신처는 아니지요. 그러니까 오히려 황제와 재상은 이쪽에 눈을 돌리지 않을지도 몰라요. 그러니 이번에는 문제를 일으키지 말고 얌전히 있어요."

"노력할게요. 휴민."

셸던은 조금 기분 나쁘다는 듯이 덧붙였다.

"내가 구태여 문제를 일으키고 싶어 하는 것은 아니라는 사실을 알아줬으면 좋겠어요. 당신도 알다시피 서른 세대가 걸려도 해결될까 말까 하는 심리역사학을 빨리 실용화시키려고 애쓰다 생긴 일이라고요."

"알겠어요. 학문적 욕구 때문에 스트릴링에서는 지붕에 오르고 마이코겐에서는 장로의 에어리에 들어갔겠죠. 또 다알에서는 어디로 갈지 누가 알겠어요? 그리고 베나빌리 박사, 당신이 셸던을 보살피려고 애써 온 점은 알고 있지만 더 힘을 써 줘야만 해요. 셸던은 트랜터에서 가장 중요한 인물, 아니 은하계에서 가장 중요한 인물이니까 어떤 희생을 치르더라도 안전하게 지켜야 한다는 점을 머리에 새겨 두세요."

"계속 최선을 다할게요."

도스는 딱딱하게 말했다.

"또 이 집주인 말인데……. 난 예전부터 사귀어 와서 잘 알고 있는 사람이에요. 묘한 구석이 있긴 하지만 근본적으로 좋은 사람들이지요. 집주인과는 절대로 문제를 만들지 말아 주세요."

그렇지만 티샬버는 적어도 새로운 거주자가 어떤 문제를 일으키리라고는 전혀 생각하지 않는 듯했고 집세와는 상관없이 이 새로운 만남을 기뻐하는 것 같았다.

그는 다알 바깥으로는 한 번도 나가 본 적이 없기 때문에 먼 곳의 이야기를 너무나 듣고 싶어 했다. 그 아내 역시 외부 행성의 얘기를 듣고 싶다고 했고 딸은 손가락을 빨면서 문 뒤에 숨어 훔쳐보고 있었다.

셀던과 도스는 가족들이 전부 모이는 저녁 식사 뒤엔 붙잡혀서 바깥세상 이야기를 해 주어야만 했다. 음식 종류는 아주 많았지만 밋밋하고 씹는 맛이 그다지 좋지 않았다. 마이코젠의 훌륭한 음식을 먹고 난 이후부터 셀던은 거의 아무것도 입에 댈 수가 없었다. 식탁은 벽에 붙어 있는 기다란 선반으로, 서서 식사를 하도록 되어 있었다.

실례가 안 되도록 조심스럽게 물어본 결과 셀던은 다음과 같은 사실을 알 수 있었다. 다알에서는 이런 식사 방식이 일반적이었는데, 그것이 반드시 심한 빈곤 탓만은 아니었다. 또 티샬버 부인이 설명한 바에 따르면, 다알 정부의 고관 중에는 의자(그녀는 이것을 '몸선반'이라고 불렀다.)를 사용하는 등 피곤한 습관을 가진 사람들도 있지만 그들의 그런 행동은 건실한 중류계급으로부터 경멸받고 있다는 것이다.

티샬버 가족은 불필요한 사치를 혐오하고 있었지만 그에 관한 얘기를 듣는 것은 아주 좋아했다. 다리가 있는 매트리스(침대)라든가 장식이 있는 상자나 옷장, 사치스러운 그릇 이야기 등이 나오면 폭풍 같은 질타를 보내면서도 열심히 들었다.

또한 마이코젠의 습관에 관한 설명을 들으면서 지라드 티샬버는 만족스레 머리를 어루만졌다. 그는 머리털을 뽑느니 차라리 죽는 편이 낫다고 생각하는 것 같았다. 티샬버 부인은 여성이 종속된다는 이야기가 나올 때마다 분개하면서 자매들이 묵묵히 그것을 받아들였을 리가 없다고 우겨 댔다.

셀던이 황제 궁에 관해서 잠깐 언급하자 그들은 큰 관심을 드러냈다. 셀던이 실제로 황제를 알현하고 얘기를 나눈 사실을 알자 그들 가족은 경외감에 휩싸였다. 그들은 꽤 시간이 흐르기까지 감히 질문조차 못 했다. 그러나 셀던은 자신이 그들을 충분히 만족시킬 수 없음을 깨달았다. 셀던은 황제 궁을 별로 주의 깊게 보지 않았고 궁전 내부는 더 본 것이 없기 때문이었다. 티샬버 일가는 실망스러워하면서도 더 캐내기 위해 애썼다. 셀던이 황궁 지구에서의 모험담을 들려주면서 도스조차도 황궁 지구에 전혀 들어가 보지 못했다는 이야기를 하자 믿어지지 않는다는 표정을 했다. 특히 황제의 말하는 방식이나 움직이는 몸짓이 보통 사람과 다름없다고 무심코 말하자 그들은 즉시 반발하고 나섰다. 티샬버 가족들에게 그런 것은 도저히 있을 수 없는 일이었다.

이런 일이 사흘 밤이나 계속되자 셀던은 지쳐 버렸다. 그러나 처음으로 아무것도 하지 않고, 낮에나마 도스가 권해 주는 역사 필름책을 보고 있는 것만으로도 셀던은 만족했다. 티샬버 일가는 친절하게도 낮 동안은 손님에게 자신의 책 스캐너를 빌려 주었다. 반면 어린 딸은 무척 불만스러워했다. 딸은 숙제를 하려면 이웃 아파트에 가 있어야 했다.

셀던은 방에 두 사람만 남게 되었을 때 남이 엿듣지 못하도록 음악을 틀고는 낙담한 얼굴로 말했다.

"도움이 안 돼요. 당신이 역사에 심취해 있는 건 알아요. 하지만 역사는 무한히 세밀한 부분의 집합에 지나지 않잖아요. 산더미 같은, 아니 은하수 같은 자료가 쌓여 있잖아요. 나는 그 가운데에서 기본 법칙을 찾아낼 수가 없단 말이에요."

도스가 말했다.

"인간이 하늘에 떠 있는 별들의 법칙을 발견하지 못했던 시대가 있었던 게 틀림없어요. 그러나 결국 인류는 은하계의 구조를 발견했어요."

"그것이 이루어지기까지는 몇 주가 아니라 몇 세대가 걸렸지요. 자연과학의 중심적인 법칙이 발견되기 전 물리학이 아무런 내적 상관관계도 없는 단순한 관찰자료 더미처럼 보였던 시대가 분명히 있었을 거예요. 또 그것을 해결하는 데도 여러 세대가 걸렸겠죠. 참, 그런데 티샬버 일가는 어때요?"

"그들이 어떠냐고요? 아주 좋은 사람들이라고 생각해요."

"호기심이 너무 강해요."

"물론 그래요. 당신이 그들 입장이었어도 역시 그랬겠죠?"

"그러나 저쪽은 단지 호기심이잖아요? 내가 황제와 만난 일에 엄청난 관심을 가진 것 같았어요."

도스는 초조해졌다.

"그것도…… 매우 자연스러운 일이 아니에요? 입장을 바꾸어 생각해 봐요."

"그게 자꾸 마음에 걸려요."

"휴민이 이곳을 택했어요."

"하지만 그는 완전하지 않아요. 그가 주선해 준 대학에서 난 꼼에 넘어가 지붕에 갔지요. 다음에는 태양정복자14가 있는 데로 보내져서 우리는 덫에 걸렸지. 둘 다 그가 선택했어요. 난 두 번 다 속은 게 부끄럽기 짝이 없어요. 이제 질문 받는 건 지긋지긋해요."

"그럼 당신이 역습해요, 해리. 다알에 흥미를 느끼지 않아요?"

"물론 느끼죠. 우선 당신이 알고 있는 게 뭐예요?"

"아무것도 없어요. 이곳은 그저 800개도 넘는 구역 중에 별로 특별하지 않은 곳일 뿐만 아니라 내가 트랜터에 온 지도 2년 정도밖에 안 돼서요."

"그렇겠지요. 더 나아가 2500만의 다른 행성이 있고, 내가 이 문제와 씨름한 지는 고작 2개월쯤 지났을 뿐이고……. 후유, 나는 헬리콘에 다시 돌아가서 '혼란'의 수학을 연구하고 싶어요. 이건 내 박사 논문 주제야. 난 혼란을 통해 인간 사회에 대한 통찰력을 확보할 수 있으리라고 여겼어요. 그러나 이젠 그런 일은 잊어버리고 싶어요."

그러나 그날 저녁 그는 티샬버에게 말했다.

"그런데 말이죠, 티샬버 씨. 당신은 무슨 일을 하는지, 이 구역에서 어떤 임무를 맡고 있는지 전혀 말해 주지 않았어요."

"나 말이에요?"

티샬버는 손가락으로 자신의 가슴을 가리켰다. 위에는 간단한 흰 티셔츠만 걸친 채 속에는 아무것도 입지 않았다. 이것이 다알의 표준 남성복인 것 같았다.

"대단한 일은 아니에요. 지방 홀로비전 방송국 편성부에서 일하고 있어요. 매우 따분하지만 먹고살아야 하니까요."

티샬버 부인이 말했다.

"그래도 존경할 만한 일이죠. 그건 열 저장실에서 일하지 않아도 된다는 얘기니까요."

도스는 가볍게 눈썹을 치키고 흥미를 나타냈다.

"열 저장실이라고요?"

티살버가 말했다.

"아, 말하자면……. 다알은 그걸로 가장 유명하죠. 확실치는 않지만 400억의 트랜터 주민이 필요로 하는 대부분의 에너지를 우리 다알에서 공급하고 있어요. 사례를 받을 일은 아니겠지만 우리가 상급 구역에 에너지를 공급하지 않으면 어떤 사태가 발생할지 보고 싶네요."

셀던은 당황했다.

"트랜터는 궤도를 돌고 있는 태양 발전소에서 에너지를 얻고 있지 않나요?"

티살버가 말했다.

"일부는 그렇지요. 또 일부는 바다 섬에 있는 핵융합 기지의 마이크로 퓨전 모터에서, 그리고 지붕에 있는 풍력 발전소에서도 얻고 있습니다. 그러나 절반은……."

티살버는 강조하기 위해선지 한 손가락을 세우고 이상스러우리만치 엄숙한 표정으로 말했다.

"절반은 열 저장실에서 얻어지죠. 많은 곳에 열 저장실이 있지만 다알만큼 풍부한 곳은 하나도, 단 하나도 없죠. 그런데 열 저장실을 모른다니 사실입니까? 놀리는 건 아니겠죠?"

도스가 허둥대며 말했다.

"우리는 저, 다른 행성 사람이에요.(그녀는 거의 '이방인'이라고 말할 뻔했지만 아슬아슬하게 표현을 바꾸었다.) 특히 셀던 박사는 그렇죠. 바로 이 삼 개월 전에 트랜터에 왔으니까요."

"그래요?"

티샬버 부인이 말했다. 그녀는 남편보다 좀 키가 작고 그다지 살이 찌지는 않았지만 통통한 편이었다. 검은 머리는 뒤로 꼭 묶었고 까맣고 꽤 예쁜 눈을 가지고 있었다. 그리고 남편과 마찬가지로 30대로 보였다. 도스는 마이코겐에 잠시 있었던 뒤로는(실제로 길지는 않았지만 무척 긴장했던 시간이었기 때문에) 여자가 자유롭게 대화에 끼어드는 모습이 이상하게 느껴졌다. 그녀는 속으로 관습이나 예절이 얼마나 쉽게 사람 마음을 변하게 하는지에 놀라면서 셀던에게 이 점을 말해 줘야겠다고 마음에 새겼다. 심리역사학의 완성을 위해 또 한 가지 법칙이 발견되었다고 말이다.

"아, 맞다. 셀던 박사는 헬리콘 사람이죠."

티샬버 부인은 교양 없는 티를 드러냈다.

"그런데 그건 어디에 있죠?"

도스가 셀던에게 도움을 청했다.

"그건……. 어디에 있죠, 셀던?"

셀던은 당황했다.

"솔직히 나도 좌표를 조사해 봤지만 은하 모형의 위쪽에서 그곳을 쉽게 지적할 수는 없을 거예요. 대강 트랜터에서 보면 중심 블랙홀의 반대쪽에 있고 하이퍼 우주선으로 가도 꽤 지루할 정도로 멀다고 이야기할 수 있지요."

티샬버 부인이 말했다.

"지라드도 나도 하이퍼 우주선을 타 본 적이 없어요."

티샬버가 쾌활하게 말했다.

"언젠가는 탈 수 있을 거야, 카실리아. 그래도 헬리콘 얘기를 해 주세요, 셸던 씨.”

셸던은 고개를 흔들었다.

"별로 설명할 것이 없어요. 여느 별과 다를 바 없는 흔한 곳이죠. 트랜터만이 나머지 다른 별들과 다른 거랍니다. 헬리콘에는 열 저장실이 없습니다. 아마 트랜터 말고는 어디에도 없겠죠. 열 저장실의 이야기를 해 주세요.”

"트랜터만이 다릅니다.”라는 말이 셸던의 마음속에서 메아리쳤다. 순간 그는 그것을 붙잡으려 했다. 그리고 무슨 까닭인지 도스의 '넓적다리에 손댄 이야기'가 갑자기 떠올랐다. 그러나 티살버가 말을 시작했기 때문에 그것은 떠오를 때와 마찬가지로 순식간에 사라져 버렸다.

티살버가 말했다.

"정말로 열 저장실에 관해서 알고 싶으시다면 안내해 드리지요.”

그리고 부인에게 말했다.

"카실리아, 내일 저녁에 셸던 씨를 열 저장실로 데려가도 괜찮겠지?”

"저도요.”

도스가 얼른 말했다.

티살버 부인이 눈살을 찌푸리고 날카롭게 대꾸했다.

"베나빌리 양도? 그건 좋은 생각이 아니에요. 손님들은 지루하실 거예요.”

셸던이 상대방의 기분을 풀어 주며 말했다.

"그렇게 생각지 않습니다, 티살버 부인. 열 저장실을 무척 보고 싶어요. 당신도 함께 가 주시면 대단히 기쁘겠습니다만. 좋으시다면 저 어린 아가씨도요.”

티살버 부인은 한심하다는 표정으로 말했다.

"열 저장실로 말이에요? 거긴 참한 여성이 들어갈 만한 데가 아니에요."

이것은 대단한 실수였다. 셀던이 허둥대며 말을 주워담았다.

"나쁜 뜻으로 말했던 것은 아닙니다, 티살버 부인."

티살버가 말했다.

"괜찮습니다. 카실리아는 열 저장실에서 일하는 사람들이 우리보다 하층이라고 생각하고 있고, 사실 그렇습니다. 하나 저는 그곳에서 일하는 것도 아니고 그저 손님을 안내할 뿐이니 별로 고통스럽지 않아요. 그래도 사실 기분은 좋지 않습니다. 그래서 카실리아에게는 결코 그런 일을 하게 할 수 없어요."

그들은 쭈그린 자세에서 일어났다. 다알의 '의자'는 작은 바퀴가 달린 플라스틱 방석에 지나지 않았다. 셀던은 거기에 앉으면 무릎이 무척 아팠고 약간이라도 몸을 움직이면 흔들거리는 것처럼 느껴졌다. 그러나 티살버 집안 사람들은 편안하게 앉는 법을 터득하고 있었다. 그들은 아무런 문제도 없이 일어났다. 물론 셀던처럼 팔을 사용하지도 않았다. 게다가 도스도 별 고생하지 않고 일어났기 때문에 셀던은 새삼 그녀의 타고난 재능에 감동했다.

밤이 늦어 각자 방으로 헤어지기 전 셀던이 도스에게 물었다.

"당신 정말 열 저장실 일을 모르는 거예요? 티살버 부인은 매우 불쾌한 장소라는 투로 말하던데."

"그만큼 불쾌한 곳은 아닐 거에요. 그렇지 않으면 티살버가 우리를 데려가 주겠다고 했겠어요? 필요하면 기꺼이 놀라 주죠, 뭐."

63

티살버가 말했다.

"적당한 옷이 필요하겠군요."

티살버 부인은 뒤에서 그것 보란 듯이 콧방귀를 뀌었다.

셀던은 짧은 겉옷을 걱정스러워하며 조심스럽게 물었다.

"적당한 옷이라니 무슨 뜻이죠?"

"좀 가벼운, 내가 입고 있는 것 같은 옷이죠. 아주 소매가 짧은 티셔츠, 헐렁한 슬랙스, 느슨한 팬티, 짧은 양말, 발을 감싸지 않는 샌들……. 당신에게 필요한 게 전부 내게 있답니다."

"별로 나쁜 소리 같지는 않군요."

"베나빌리 양에게도 마찬가지죠. 맞으면 좋겠는데."

티살버가 빌려 준 옷은 셀던과 도스에게 잘 맞았다. 물론 그 옷은 티살버의 옷이었다. 약간 작으면 더 좋았을 테지만. 준비가 다 되자 그들은 티살버 부인에게 인사를 했다. 그녀는 여전히 내키지 않지만 체념한 듯한 모습으로 배웅했다.

아직 초저녁이어서 머리 위에 아름다운 황혼빛이 감돌았다. 잠시 후면 다알 거리에 불빛이 하나둘 켜지기 시작할 것이다. 기온은 적당하고 거리에는 교통수단이 하나도 보이지 않았다. 모두들 걷고 있었다. 멀리 떨어져 있는 고속도로에선 끊임없이 소음이 들리고 이따금 불빛이 눈에 들어오곤 했다.

이윽고 셀던은 다알 사람들이 어떤 특정한 목표를 향해 움직이고 있지 않다는 사실을 깨달았다. 오히려 산책을 즐기기 위해 걷는 사람들처럼 보였다. 만일 다알이 티살버가 말한 대로 가난한 지역이어서 돈이 별로 안 드는 오락만 성행한다면 저녁 산책처럼 유쾌하고 값싼 오락이 또 있겠는가.

어느새 셸던 자신도 사람들의 걸음걸이를 닮아 가고 있음을 깨달았다. 따뜻하고 친밀한 느낌이 주위를 감싸고 있었다. 사람들은 서로 스치고 지나갈 때마다 인사하고 말을 붙였다. 가는 곳마다 갖가지 모양의 검고 짙은 콧수염이 번득였다. 그건 다알 남성의 상징인 것 같았다. 마이코겐에서 가는 곳마다 형제들의 대머리가 있었듯이.

산책은 또 하루가 무사히 지나갔으며 친구들 역시 건강하다는 사실을 서로 확인하는 저녁 의식이었다. 도스는 곧 모든 이의 시선을 사로잡았다. 해 질 녘 황혼빛 속에서 도스의 붉은 머리카락은 불타오르는 듯했고, 그 머리카락이 온통 검은(간혹 잿빛도 섞여 있지만) 머리뿐인 곳에서 석탄 더미 위를 반짝거리며 굴러가는 한 닢 금화처럼 눈에 띄었기 때문이다.

셸던이 말했다.

"산책이란 아주 즐거운 일이군요."

"네, 정말 그렇지요. 평소에는 아내와 함께 걷습니다. 그럼 그녀는 물을 만난 물고기처럼 변하죠. 아마 그녀가 이름과 직업을 모르는 사람은 사방 1킬로미터 이내에 한 사람도 없을 거예요. 난 그렇지 못하죠. 방금 나에게 인사한 사람의 절반도 이름을 댈 수가 없을 정도거든요. 자, 어쨌든 너무 느려선 안 됩니다. 엘리베이터까지 가야 하니까요. 이 아래는 매우 바쁜 세계입니다."

밑으로 내려가는 엘리베이터를 타자 도스가 말했다.

"티살버 씨, 열 저장실은 트랜터의 지열을 이용해서 수증기를 만들고 그것으로 터빈을 돌려 전기를 만드는 곳이겠지요?"

"아니, 그렇지 않아요. 아주 효율성이 높은 대단위 열전지로 직접 발전하는 겁니다. 부디 자세한 얘기는 묻지 말아 주세요. 난 단지 홀로비전 프로그래머일 뿐이니까요. 아래에 있는 누구에게도 세부적인 사항들을 질문해선 안 돼요. 전체가 하나의 거대한 블랙박스거든요. 움직이고는 있지만 과정은 아무도 몰라요."

"고장이 나면 어떻게 합니까?"

"그런 일은 거의 없어요. 하지만 만일 고장이 생기면 어디선가 전문가가 옵니다. 컴퓨터를 잘 아는 누군가가 말입니다. 물론 모든 것이 고도로 컴퓨터화되어 있죠."

엘리베이터가 멎고 그들은 밖으로 나왔다. 엄청난 열기가 확 몰아닥쳤다.

"뜨겁군."

셀던이 아무 짝에도 쓸모없는 말을 했다.

"네, 그렇습니다. 바로 그래서 다알을 에너지원으로 꼽고 있는 겁니다. 이곳은 트랜터의 그 어느 곳보다 마그마층에 가까워요. 그러니까 모두 열 속을 걷고 있는 셈이죠."

"에어컨은요?"

도스가 물었다.

"에어컨은 있습니다. 하지만 비용이 문제죠. 환기를 시키고 습기를 제거하고 냉방도 하지만 너무 지나치면 에너지가 많이 소모되어 비용이 너무 많이 들거든요."

티살버는 첫 번째 문에서 멈추고 신호를 했다. 문이 열리자 차가운 공기가 몰려들었다. 그는 중얼거렸다.

"안내해 주는 사람이 있을 거예요. 그 사람이 무례한 말을 막아 줄 거예요. 안 그러면 베나빌리 양은 표적이 돼 버려요. 최소한 남자들로부터."

"무례한 말씀이야 별문제 없어요."

도스가 말했다.

"제가 미안하니까 그래요."

티살버가 되받았다.

사무실에서 한 젊은 남자가 걸어 나와 하노 린더라고 자기를 소개했다. 그는 티살버와 아주 닮은 모습이었다. 그러나 셀던은 이곳 사람의 거의 획일적인 모습, 즉 작은 키와 까무잡잡한 얼굴, 검은 머리카락, 기름진 콧수염에 익숙해질 때까지 개개인을 식별한다는 건 쉽지 않을 거라고 생각했다.

린더가 말했다.

"안내해 드리게 되어서 기쁩니다. 여러분이 즐기는 텔레비전 쇼와는 다르지만요."

모두를 향해 말했지만 그의 눈은 도스에 고정되어 있었다.

"쾌적하진 않을 겁니다. 우리 모두 셔츠를 벗죠."

"여기는 쾌적하고 시원해요."

셀던이 말했다.

"물론입니다. 그러나 여기가 시원한 건 우리가 관리직이기 때문이죠. 계급에는 그 나름의 특권이 따르는 법이니까요. 저 아래쪽에선 냉방을 이 수준으로 유지할 수 없습니다. 그래서 그들이 우리보다 월급을 많이 받고 있는 겁니다. 사실 그 일은 다알에서 가장 보수가 높죠. 그 때문에 일꾼들도 모이는 거고요. 그래도 점점 사람 구하기가 어려워지고 있습니다만……."

그는 깊은 한숨을 내쉬었다.

"좋아요. 그럼 안으로 들어가죠."

그는 셔츠를 벗어 허리띠에 찼다. 티살버에 이어 셀던도 따라 했다. 린더가 흘끗 도스를 보았다.

"당신 편의를 위해선데요, 아가씨. 강요는 하지 않아요."

"좋아요."

도스가 셔츠를 벗었다.

그녀의 브래지어는 희고 패드가 붙어 있지 않아서 가슴의 굴곡이 유난히 드러나 보였다.

"아가씨. 그것까진……."

린더는 잠시 생각하고는 어깨를 으쓱했다.

"좋아요. 어떻게 되겠죠."

처음에 셀던은 컴퓨터와 기계장치, 거대한 파이프, 깜빡이는 불빛, 그리고 번쩍거리는 스크린밖에 알아볼 수 없었다.

전체 조명은 상대적으로 어두워서 기계 하나하나를 간신히 알아볼 수 있을 정도였다. 셀던은 거의 암흑에 가까운 공간을 보며 말했다.

"왜 조명을 밝게 하지 않아요?"

"충분히 밝게 하고 있습니다. 필요한 곳은요."

린더가 말했다. 그의 목소리는 잘 조절되고 빠른 편이었지만 약간 거칠었다.

"전체 조명은 심리적인 이유로 낮게 하고 있습니다. 너무 밝은 건 심리적으로 뜨겁게 느껴지지요. 그래서 온도를 내려도 조명을 올리면 불평이 나온답니다."

도스가 말했다.

"고도로 컴퓨터화되어 있는 것 같군요. 조작은 완전히 컴퓨터에 맡기고 있는 듯한데, 이런 종류의 환경은 인공지능으로 유지되고 있는 건가요?"

린더가 지체 없이 말을 받았다.

"정확하게 말씀하셨습니다. 하지만 어떤 실수도 있어선 안 되죠. 만에 하나 고장이 일어나는 곳에는 인간이 있어야 합니다. 컴퓨터가 잘못 작동되면 2000킬로미터 떨어진 곳에까지 문제를 일으킬 수 있으니까요."

"인간의 과실도 마찬가지겠지. 그렇지 않아요?"

셀던이 말했다.

"네, 그렇죠. 그러나 인간과 컴퓨터 양쪽이 일에 관계하고 있다면 인간이 컴퓨터의 실수를 더 빨리 알아내어 수정할 수 있고 인간의 실수도 컴퓨터에 의해 더 빨리 고쳐집니다. 결국 인간과 컴퓨터의 실수가 동시에 일어나지 않는 한 중대한 사태는 발생할 수 없고, 그런 일은 거의 없죠."

"거의 일어나지 않지만 전혀 안 일어난다고는 할 수 없잖아요?"

셀던이 말했다.

"물론 전혀 일어나지 않으리라는 건 아닙니다. 컴퓨터는 옛날 같지 않고 사람도 역시 그러니까요."

"언제나 그래 왔던 것처럼……."

셀던이 빙그레 웃었다.

"아니, 기억을 말하는 게 아닙니다. 좋았던 옛날을 말하는 게 아니에요. 나는 통계를 말하는 겁니다."

이 말을 듣고 셀던은 휴민이 시대의 퇴보라고 말했던 것을 떠올렸다.

린더는 소리를 낮추고 말했다.

"내 말뜻을 아시겠습니까? 저치들이 보이죠? C-3 레벨에 있는 패거리인데 보시다시피 마시고 있어요. 아무도 자기 자리를 지키고 있지 않아요."

"뭘 마시고 있죠?"

도스가 물었다.

"잃어버린 전해질을 보충해 주는 특별한 액체죠. 과일 주스입니다."

"그들을 비난할 수는 없겠죠. 이 건조한 더위에선 당신이라도 마시지 않고 못 배길 테니까요."

도스는 분개하며 말했다.

"C-3 레벨의 숙련공이 한 잔의 음료수를 마시는 데 얼마나 시간이 걸리는지 알고 계십니까? 더구나 어떻게 손댈 수도 없어요. 만일 음료수 마시는 휴식 시간을 5분만 주고, 더구나 둘 이상 모이지 않도록 서로 엇갈리게 해 보세요. 당장 반란이 일어납니다."

현재 그들은 그 사람들에게 다가가고 있었다. 그들 무리에는 남성도 여성도 있고(다알은 어쨌든 남녀가 평등한 사회처럼 보였다.) 양쪽 모두 셔츠를 입지 않았다. 여성은 브래지어라고 불림 직한 것을 몸에 걸치고 있었다. 하지만 그것은 완전히 기능적인 것으로서 가슴을 들어 올려 통풍을 시키고 땀이 나지 않게 하는 데는 쓸모가 있지만 가슴을 가리는 데는 아무런 역할도 하지 못했다.

도스는 셀던에게 속삭였다.

"저건 이치에 맞는군요, 해리. 나는 땀에 흠뻑 젖었거든요."

"그럼 브래지어를 벗도록 해요. 말릴 생각은 추호도 없으니까."

"하지만…… 그건 당신의 진심이 아닐 거예요."

그녀는 브래지어를 벗지 않았다.

그들은 모여 있는 열댓 명의 사람에게 다가갔다.

도스가 말했다.

"누가 버릇 없는 말을 해도 견딜 수 있을 거예요."

"고맙습니다. 그들이 함부로 말하지 않는다고 약속할 수는 없지만 당신을 소개해야 합니다. 만일 당신들 둘을 검사관이라고 여긴다면 그들은 제멋대로 하기 십상일 테니 말입니다. 검사관에 대해 경영자 쪽의 감독도 받지 않으면서 제멋대로 들쑤시고 다니는 사람이라고 생각하고 있거든요."

린더가 두 팔을 올렸다.

"열 저장실 여러분, 두 사람을 소개한다. 이 손님들은 바깥세상에서 온 학자들이다. 그곳에는 에너지가 부족한 구역이 더러 있기 때문에 우리 다알에서 어떻게 하고 있는지를 배우려고 온 것이다."

"땀 빼는 법을 배우겠지!"

한 사람이 소리치자 떠들썩한 웃음소리가 터져 나왔다.

"저 여자의 가슴은 지금 땀에 흠뻑 젖었군요. 저렇게 가리고 있으니."

한 여자가 외쳤다.

"벗고 싶은 생각은 간절하지만 아무래도 당신 것보다 클 것 같지가 않거든요."

도스가 되받아쳤다.

웃음소리가 기분 좋게 변했다.

그때 한 남자가 퀭한 눈으로 진지하게 셀던을 바라보며 웃음기라곤 전혀 없는 가면 같은 얼굴을 하고 앞으로 걸어 나왔다.

"당신을 알아요. 수학자시죠."

그는 달려 나와 셀던의 얼굴을 열심히 보았다. 도스가 반사적으로 셀던 앞으로 나섰다. 린더가 다시 그 앞으로 걸어 나가 소리쳤다.

"돌아가, 이 녀석! 예의를 지켜."

셀던이 말했다.

"기다려요, 그의 말을 듣게 해 주세요. 왜 모두 내 앞을 막아서지?"

린더가 낮은 소리로 말했다.

"저치들이 옆에 가까이 오면 온실의 꽃 같은 향기가 나는 건 아니거든요."

셀던은 무뚝뚝하게 말했다.

"견디겠습니다. 젊은이, 무슨 일인가?"

"저는 애머릴, 유고 애머릴이라고 합니다. 당신을 홀로비전에서 봤어요."

"봤을지도 모르지. 한데 그게 어떻다고?"

"당신 이름은 기억할 수 없습니다."

"기억할 필요 없네."

"심리역사학인가에 관해서 말씀하셨어요."

"그런 말을 하고서 내가 얼마나 후회했는지 자넨 몰라."

"무슨 말씀이시죠?"

"아무것도 아니야. 용건이 뭐지?"

"얘기 좀 하고 싶은 겁니다. 아주 잠깐이라도……."

셀던은 린더를 보았다. 린더는 단호하게 고개를 가로저었다.

"근무 중엔 곤란합니다."

"근무 시간이 언제부터지, 애머릴?"

셀던이 물었다.

"오후 4시입니다."

"내일 오후 2시에 볼 수 있을까?"

"물론 볼 수 있지요. 어디서요?"

셀던은 티살버에게 말했다.

"당신 집에서 저 사람과 만나도록 허락해 주시겠어요?"

티살버는 아주 곤혹스러운 표정을 지었다.

"그럴 필요는 없습니다. 저자는 열 저장실 일꾼에 불과해요."

셀던이 말했다.

"그는 내 얼굴을 알아요. 나에 관해서 뭔가 알고 있어요. 그냥 아무 일도 아닐 리가 없어요. 내 방에서 만날게요."

그는 티살버의 표정이 누그러지지 않는 것을 보고 덧붙였다.

"내 방 말예요. 방세를 지불하고 있잖아요. 또 당신은 일하러 나가고 아파트에 없잖습니까?"

티살버가 소리를 낮추어 말했다.

"문제는 내가 아닙니다, 셀던 씨. 내 아내 카실리아죠. 아내는 참지 못할걸요."

"내가 그녀에게 말하지요. 꼭 허락받을 거예요."

셀던은 딱 잘라 말했다.

64

카실리아 티살버는 눈이 휘둥그레졌다.

"열 저장실 일꾼을 내 아파트에 데려오다니, 싫어요!"

셀던이 말했다.

"왜 안 되지요? 내 방으로 올 텐데. 오후 2시에……"

"난 싫어요."

티살버 부인은 펄쩍 뛰었다.

"이런 일이 일어나는 것도 열 저장실에 내려갔기 때문이에요. 지라드가 바보죠."

"전혀 그렇지 않아요, 티살버 부인. 내가 부탁해서 간 거고 내 마음이 움직인 거니까요. 무슨 일이 있어도 꼭 그 젊은이와 만나야 해요. 내 학문에 필요하기 때문이에요."

"그렇다고 해도 할 수 없어요. 난 싫어요."

도스 베나빌리가 손을 들었다.

"해리, 나에게 맡겨요. 티살버 부인, 만일 셀던 박사가 오늘 오후에 그의 방에서 누군가와 꼭 만나야 한다면 그 사람에 대해서 당연히 추가 방세를 받아야 한다고 생각하시는 그 마음 이해해요. 그러니까 셀던 박사의 오늘분 방세는 두 배로 하죠."

티살버 부인은 잠시 생각했다.

"마음은 고맙군요. 그렇지만 이건 돈 몇 푼의 문제가 아니에요. 이웃 사람들도 생각해야죠. 땀투성이에 냄새도 고약한 열 저장실 사람이……."

"오후 2시에도 그 사람이 땀투성이에 고약한 냄새를 풍기는 채로 올까요? 셀던 박사는 그 사람하고 꼭 만나야 해요. 그러니까 만일 여기서 만날 수 없다면 딴 데서 만나야 하는 거지요. 하지만 우린 여기저기 돌아다닐 수 없어요. 그건 너무 불편하니까 말이에요. 그렇기 때문에 딴 데서라도 방을 빌려야 해요. 그런 일은 쉽지도 않고 또 하고 싶지도 않지만 정 허락하시지 않는다면 어쩔 수 없죠. 결국 오늘분까지만 방세를 지불하고 방을 옮겨야겠어요. 물론 당신이 휴민 씨에게 그가 친절하게도 우리를 위해 정해 주었던 거처에서 굳이 나와야 했던 이유를 설명해야 하겠죠."

티살버 부인은 뭔가 계산을 하는 표정이 되었다.

"잠깐만요. 휴민 씨의 뜻을 거스르고 싶지는 않아요. 당신들 두 사람의 뜻도 거스르고 싶지 않고요. 그놈은 얼마나 오래 있어야 하죠?"

"오후 2시에 올 겁니다. 오후 4시에는 일하러 들어가야 하죠. 그러니까 여기에 있는 건 두 시간도 채 안 돼요. 아마 더 짧을 거예요. 우리가 밖에서 그를 만나 셸던 박사의 방으로 데려온다면, 이웃 사람이 봐도 외부 행성 사람이 우리를 방문하러 왔다고 생각하겠죠."

티살버 부인이 고개를 끄덕였다.

"그럼 말씀하신 대로 하세요. 셸던 씨의 방세를 오늘은 두 배로 하고 열 저장실 사람의 방문은 이번 한 번으로 하죠."

"물론 오늘 한 번만이에요."

도스가 말했다.

하지만 이윽고 셸던과 도스가 그녀의 방으로 돌아왔을 때, 도스는 그의 얼굴을 빤히 쳐다보며 물었다.

"왜 그 사람을 꼭 만나야 하죠, 해리? 열 저장실 사람과 인터뷰하는 일도 심리역사학에 필요해요?"

도스의 목소리에 약간의 빈정거림이 담겨 있어서 셸던은 불쾌한 얼굴이 되었다.

"모든 게 내 장대한 프로젝트의 기반이 된다고 생각하는 건 아니에요. 그 프로젝트가 실현될 거라고는 별로 기대하지 않으니까. 난 인간적인 호기심을 가진 사람이기도 해요. 열 저장실에 몇 시간 내려가서 노동자가 어떤 사람들인지를 보았어요. 그들은 분명히 교육을 받지 않았죠. 잘은 몰라도 신분이 낮은 사람들이 분명하다고요. 그런데도 나를 알아본 사람이 있었어요. 그는 수학자 총회 때 홀로비전에서 나를 본 게 틀림없어요. 그리고 '심리역사학'이라는 말도 기억하고 있었고요. 좀 이상한 사람이라고 생각했죠. 어쩐지 그 자리에 어울리지 않는 사람이라고. 그래서 그와 얘기를 해보고 싶은 거예요."

"다알의 열 저장실 사람에게까지 알려졌다는 사실이 당신의 공명심을 만족시켜 줬단 말이죠?"

"아마……. 그럴 수도 있겠죠. 하지만 호기심도 발동했어요."

"지난번에 그랬던 것처럼 그가 지시를 받고 당신을 곤경에 빠뜨릴 사람이 아니라고 어떻게 장담하죠?"

셀던은 어깨를 움츠렸다.

"그에게 내 머리카락 한 올이라도 손대게 할 생각은 없어요. 어쨌든 우린 지금 충분히 대비하고 있지 않아요? 당신은 나와 함께할 거고요. 과거에는 지붕에 혼자 가게 하고 소나기43과 둘이만 미생물 농장에 가게 했지만 두 번 다시 그렇게 할 생각은 아닐 테지요?"

"절대 그렇게 하진 않아요."

도스가 말했다.

"그럼, 나는 그 젊은 친구와 얘기할 테니, 당신은 내가 덫에 걸리지 않도록 감시해 주세요. 난 당신을 전폭적으로 신뢰하니까요."

65

애머릴은 오후 2시 몇 분 전에 와서 주의 깊게 주위를 둘러보았다.

머리카락은 가지런히 정돈되어 있고 차분히 빗질한 짙은 콧수염의 양 끝은 조금 올라가 있었다. 티셔츠는 깜짝 놀랄 만치 희었다. 분명히 무슨 냄새인가 났지만 그건 틀림없이 좀 지나치게 뿌린 과일 향수 냄새였다. 그는 가방을 들고 있었다.

밖에서 기다리던 셀던이 그의 팔꿈치를 가볍게 잡자, 남은 한쪽 팔꿈치를 도스가 잡고서 재빨리 엘리베이터에 올라탔다. 목적한 층에 이르자 그들은 곧장 셀던 방으로 들어갔다.

"집에는 아무도 없나요?"

애머릴은 낮은 목소리로 쭈뼛쭈뼛 말했다.

"모두 바쁘다네."

셀던은 모호하게 말하고 방에 하나밖에 없는 의자, 즉 바닥에 놓아둔 방석을 손가락질했다.

애머릴이 말했다.

"나는 괜찮아요. 다른 분이 쓰세요."

그는 우아한 동작으로 허리를 낮추며 바닥에 쭈그리고 앉았다.

도스도 그 동작을 흉내 내며 바닥에 놓인 셀던의 의자 끝에 앉았다. 그렇지만 셀던은 두 손의 도움을 빌리지 않으면 잘 쭈그리고 앉을 수 없었고 발을 편히 둘 만한 곳도 찾지 못했다.

셀던이 말을 꺼냈다.

"자, 자네는 왜 나와 만나고 싶어 했나?"

"당신이 수학자여서죠. 처음으로 만난 수학자거든요. 당신을 손이 닿을 만큼 가까이에서 만나게 되다니!"

"다른 사람들은 수학자를 좋아하지 않아."

"전 다릅니다. 세…… 세…… 셀던 박사님?"

"그게 내 이름이네."

애머릴은 기쁜 표정을 지었다.

"마침내 기억났어요. 저, 사실은 저도 수학자가 되고 싶습니다."

"아주 좋은 생각이야. 그런데 무엇이 자넬 가로막고 있지?"

애머릴은 갑자기 미간을 찌푸렸다.

"지금 농담하시는 거예요?"

"뭔가가 자네를 가로막고 있다고 생각해. 진담일세."

"저를 가로막고 있는 건 다알 사람이라는 사실, 다알의 열 저장실 일꾼이라는 사실입니다. 교육을 받을 돈이 없고 교육을 받을 크레디트를 손에 넣을 수도 없습니다. 제대로 교육을 받을 수가 없다는 말이죠. 그들이 가르쳐 준 것은 읽기, 쓰기와 컴퓨터 사용법뿐이었습니다. 열 저장실 사람이 되는 데는 그것만 알면 충분하죠. 하지만 전 더 배우고 싶었습니다. 그래서 혼자 공부하고 혼자 익혔습니다."

"어떤 의미에서는 그것이 최선의 교육이지. 어떻게 할 수 있었나?"

"도서관 직원을 한 명 알고 있어요. 그녀가 기꺼이 협력해 주었지요. 아주 좋은 여자라서 수학을 배우는 데 필요한 컴퓨터 사용법을 가르쳐 주고 다른 도서관과 정보 교류를 할 수 있는 소프트웨어 시스템을 만들어 주었습니다. 나는 휴일이나 야근한 다음 날 아침에 도서관에 가지요. 그녀는 다른 사람이 들어와서 방해하지 않도록 저를 자기 개인 사무실에 들여보내고 열쇠를 채워 주거나 폐관할 때 도서관에 들어가게 해 줘요. 그녀 자신은 수학을 잘 모르지만 힘닿는 데까지 도와주었습니다. 그녀는 연상의 여인이고 미망인이에요. 아마도 저를 자식처럼 생각하는지 모르죠. 아이가 없으니까요."

셀던은 잠시 다른 감정도 포함되어 있을지 모른다고 생각했지만 곧 지워 버렸다. 자신과는 상관없는 일이므로.

애머릴이 말했다.

"나는 수의 이론을 좋아해요. 컴퓨터가 가르쳐 준 사실이나 컴퓨터가 수학을 가르치기 위해 사용한 필름책으로부터 나는 몇 가지를 생각해 냈습니다. 필름책에 쓰여 있지 않은 새로운 사실을 발견했죠."

셀던은 눈썹을 치켰다.

"재미있군. 어떤 사실을?"

"그래서 몇 가지를 가져왔습니다. 누구에게도 보여 주지 않은 거죠. 주위 사람들은……."

그는 어깨를 으쓱했다.

"비웃거나 성가시게 할 뿐이죠. 언젠가 한번 아는 여자에게 보여 주려고 하니까 만나 주지도 않았어요. 박사님은 봐 주시겠죠?"

"물론이고말고. 날 믿게."

셀던이 손을 내밀자 애머릴은 잠시 망설이다가 가져온 가방을 건네주었다.

셀던은 오랫동안 애머릴의 논문을 검토했다. 그 연구는 지극히 소박한 것이었지만 셀던은 웃지 않았다. 물론 새로운 내용은 하나도 없었다. 중요한 내용도 없었다. 그러나 그런 건 문제가 아니었다.

셀던은 눈을 들었다.

"이걸 전부 혼자서 했나?"

애머릴은 몹시 겁에 질린 표정으로 고개를 끄덕였다.

셀던이 몇 장의 종이를 꺼냈다.

"어떻게 이런 사실을 생각했지?"

그는 손가락으로 수학적 추론의 줄기를 더듬었다.

애머릴은 그것을 바라보고 미간을 모으며 생각했다. 그러고 나서 자신의 사고 과정을 설명했다.

셀던은 귀를 기울이며 말했다.

"아나트 비겔이 쓴 책을 읽어 보았나?"

"수학 이론에 관한 책입니까?"

"제목은 『수학적 연역법』이지. 특별히 수학 이론에 관한 책은 아니지만……."

애머릴은 고개를 흔들었다.

"그 사람 얘긴 전혀 못 들어 봤어요. 미안합니다."

"그는 자네가 정리한 이 내용을 300년 전에 생각해 냈어."

애머릴은 깜짝 놀랐다.

"그런 줄은 몰랐어요."

"그럴 거야. 하지만 자네는 그걸 더 교묘한 방법으로 발전시켰군. 정밀하진 않지만……."

"'정밀'이라고요?"

"아니야, 신경 쓰지 말게."

셀던은 논문을 한데 모아 가방에 도로 넣고 말했다.

"이 전부를 컴퓨터에 몇 부 복사해 주게. 그리고 복사물에 공식 컴퓨터로 날짜를 치고 컴퓨터 실을 달게. 여기에 있는 내 친구 베나빌리 박사가 자네를 스트릴링 대학에 넣어 주고 얼마간 장학금을 얻어서 무료로 공부할 수 있게 해 줄 거야. 자네는 기초부터 공부해야 해. 또 수학 말고 다른 수업도 받아야 할 것이고."

그러나 애머릴은 고개를 흔들었다.

"스트릴링 대학에요? 들여보내 주지 않을 거예요."

"왜? 도스, 준비할 수 있겠지?"

"네, 할 수 있어요."

애머릴은 흥분하고 있었다.

"아니, 불가능해요. 나를 받아 주지 않을 거예요. 나는 다알 사람이에요."

"그래서?"

"다알 사람은 받아 주지 않아요."

셀던은 도스를 보았다.

"이 친구가 무슨 말을 하고 있지?"

도스는 머리를 흔들었다.

"저도 모르겠어요."

애머릴이 말했다.

"당신은 외부 행성인입니다, 도스 박사님. 스트릴링 대학에 온 지 몇 년 되셨죠?"

"2년 좀 더 됐어요, 애머릴 씨."

"그곳에서 다알 사람을 본 적이 있으세요, 키가 작고 까만 고수머리에 커다란 콧수염을 기른 사람을?"

"여러 곳에서 온 학생이 있어요."

"그래도 다알 사람은 없습니다. 다음에 거기에 가시면 다시 한 번 살펴보세요."

셀던이 물었다.

"왜 없지?"

"그들은 우리를 혐오해요. 우린 모습이 다르죠. 우리 콧수염을 싫어해요."

"수염을 깎으면……."

그러나 셀던의 소리는 상대방의 성난 눈길 때문에 잦아들었다.

"당치도 않아요. 왜 내가 수염을 깎아야 하죠? 이 콧수염은 남성의 상징이에요."

"턱수염은 깎잖아. 그것 역시 남성의 상징인데."

"우리에게는 콧수염이 상징이에요."

셀던은 다시 도스를 바라보며 중얼거렸다.

"대머리, 콧수염……. 꼭 미치광이 같군."

"뭐라고요?"

애머릴은 분통을 터뜨렸다.

"아무것도 아니야. 그들이 다알 사람을 싫어하는 이유를 또 말해 보게."

"그들은 굳이 혐오스러운 것들을 만들어 내죠. 우리에게서 냄새가 난다나요. 더럽다고도 하고 도둑질한다고도 하죠. 난폭하다고도 해요. 말을 잘 못한다고 하기도 합니다."

"왜 그런 말들을 하지?"

"말하기 쉽고 또 그렇게 말하면 그들의 기분이 좋아지니까요. 확실히 우리는 열 저장실에서 일하니까 더럽기도 하고 냄새도 납니다. 가난하고 억압받으면 도둑질을 하기도 하고 난폭하게 구는 사람도 있습니다. 그러나 우리 모두가 그런 건 아닙니다. 은하계를 소유하고 있다고 생각하는, 아니 실제로 은하계를 지배하고 있는 황제가 사는 구역의 키가 큰 노랑머리 패들은 어떻습니까? 그들은 난폭하게 굴지 않습니까? 그들은 도둑질하지 않습니까? 만일 그들이 내가 하는 일을 하게 되면 나처럼 악취가 나겠지요. 내가 하고 있는 생활과 똑같은 생활을 하게 하면 그들 역시 더러워질걸요."

"이 세상 온갖 곳에 온갖 부류의 사람이 있다는 사실을 누가 부정하겠나?"

셀던이 말했다.

"그 사실을 문제 삼는 사람은 없어요. 모두 당연하다고 생각하죠. 셀던 씨, 나는 트랜터에서 무슨 수를 써서든 나가야 합니다. 트랜터에 있으면 기회가 없어요. 크레디트를 구할 길도 없고……. 교육을 받을 길도 없을뿐더러 수학자가 될 길도 없고 그들이 말하는 가치 없는 존재밖에 될 수 없죠."

이 마지막 말에는 불만과 절망이 담겨 있었다.

셀던은 이성을 지키려고 애썼다.

"이곳 집주인은 다알 사람이지만 말쑥한 일을 하고 교육도 받고 있어."

애머릴의 얼굴이 벌겋게 달아올랐다.

"그건 그렇겠죠. 그런 사람도 있어요. 그런 일이 가능하다고 주장하기 위해서 소수의 사람에겐 그렇게 시키고 있죠. 이들 소수는 다알에 살고 있는 한 괜찮은 생활을 할 수 있어요. 하지만 밖에 나가 보라죠. 자신들이 어떤 취급을 받는지 알게 될 거예요. 그들은 이 내부에 있는 동안 다른 사람들을 쓰레기처럼 취급함으로써 자기 기분을 만족시키겠죠. 그렇게 하면 자신들이 노랑머리 패거리로 여겨지나 봐요. 당신 집주인이라는 그 좋은 사람은 당신이 열 저장실 사람을 데려온다고 했을 때 어떻게 했죠? 내가 어떤 사람이라고 말합디까? 지금 그 사람들은 외출하고 없다지만 나하고 같은 장소에 있고 싶지 않았던 거죠?"

셀던은 입맛을 다셨다.

"자네 일을 잊지 않겠네. 자네가 트랜터에서 나갈 수 있도록, 그리고 헬리콘에 있는 우리 대학에 들어갈 수 있도록 애쓰겠네, 내가 그곳에 다시 돌아가면."

"약속해 주시겠어요? 명예를 걸고 약속해 주시겠어요? 내가 다알 사람이라도?"

"자네가 다알 사람이라는 건 중요하지 않아. 중요한 건 자네가 이미 수학자라는 사실이야! 하지만 아직도 자네가 한 말을 정확히 이해할 수 없어. 전혀 해롭지 않은 사람에게 그런 불합리한 감정을 품는다는 사실이 도무지 믿어지지 않네."

애머릴은 고통스럽게 말했다.

"그건 당신이 지금까지 이런 일에 관심을 가질 기회가 한 번도 없었기 때문이에요. 당신에게 아무런 영향도 주지 않으니까 바로 코앞을 지나쳐도 냄새를 전혀 못 느끼는 거죠."

도스가 끼어들었다.

"애머릴 씨, 셀던 박사는 당신 같은 수학자예요. 그래서 박사의 머리는 세상사에 초연할 때가 있어요. 그걸 이해해야 해요. 하지만 난 역사학자예요. 어떤 다알 사람이 다른 다알 사람들을 업신여기는 일이 그리 드물지 않다는 건 이미 알고 있어요. 정당성이 전혀 없는, 특수하고 거의 의식적인 증오라는 게 있고, 그것이 심각한 역사적 영향을 미치는 경우가 있다는 것을요. 유감스러운 일이죠."

애머릴이 말했다.

"뭔가가 유감이라는 얘기는 쉬워요. 당신은 찬성하지 않는다고 말하기만 하면 그것으로 좋은 사람이 됩니다. 그러고는 잊어버리고 자기 일에 전념하죠. 그건 '유감'보다도 더 나쁩니다. 온당하고 자연스러운 모든 것에 어긋나죠. 노랑머리든 검은 머리든, 키가 크든 작든, 동양인이든 서양인이든 남양인이든 외부 행성인이든 모두 똑같습니다. 우리는 전부, 당신도 나도 황제조차도 지구인의 자손이죠. 그렇죠?"

"누구의 자손이라고?"

셀던은 눈을 동그랗게 뜨고 도스를 보았다.

"지구인들의 자손이죠! 인류가 발생한 단 하나의 행성, 지구 말입니다."

애머릴이 소리쳤다.

"단 하나의 행성? 단지 '하나의' 행성이라고?"

"네, 유일한 행성, 지구죠."

"지구란 오로라를 뜻할 테지?"

"오로라? 그게 뭐죠? 지구라고요. 지구에 대해서 들어 본 적 없으신가요?"

"없어. 정말 금시초문이라니까."

셀던이 말했다.

"그건 신화의 세계죠. 그리고……"

도스가 이야기를 시작했다.

"아니, 신화가 아닙니다. 현실의 행성이죠."

셀던이 한숨을 쉬었다.

"전에 똑같은 얘기를 들어 본 적이 있어. 자, 다시 한 번 들어 보자고. 지구에 관해서 얘기하고 있는 책이 다알에 있나?"

"네?"

"그럼, 컴퓨터 소프트웨어 같은 건?"

"무슨 말씀을 하시는지 통 모르겠어요."

"자네는 지구 이야기를 어디서 들었나?"

"아버지께서 말씀해 주셨어요. 이 이야기는 아무도 몰라요."

"그걸 특별히 알고 있는 사람이 없나? 학교에서 그걸 가르치지는 않나?"

"학교에서는 한마디도 하지 않아요."

"그럼 사람들은 어떻게 그 사실을 알지?"

애머릴은 아무 내용도 없는 얘기를 쓸데없이 하고 있다는 표정을 지었다.

"아무도 몰라요. 정 그 얘기가 듣고 싶으면 리타 어머니를 만나 보세요. 아직은 살아 계실 텐데."

"자네 어머니신가?"

"우리 어머넌 아니에요. 모두가 그냥 그렇게 부르죠. 리타 어머니라고 나이가 많은 분인데 빌리보턴에 사세요. 어쩌면 옛날부터 거기에 사셨거나."

"어디지?"

"저 아래쪽이에요."

애머릴은 그렇게 말하면서 막연하게 손가락질을 했다.

"그곳으로 어떻게 가지?"

"거기에 간다고요? 가지 마세요. 두 번 다시 못 돌아와요."

"어째서?"

"내 말을 믿으세요. 가면 안 돼요."

"하지만 리타 어머니를 만나고 싶은데……."

애머릴은 머리를 흔들었다.

"칼을 쓸 줄 아세요?"

"무슨 목적으로? 어떤 칼이지?"

"베는 칼요. 이런 거."

애머릴은 허리에 매고 있는 벨트에 손을 가져갔다. 그러자 벨트 일부가 벗겨지고 한쪽 끝에서 휙 칼이 나타났다. 가늘고 반짝반짝 빛나는 아주 잘 벼려진 칼이.

도스는 엄청난 힘으로 그의 오른쪽 손목을 날쌔게 덮쳐 눌렀다.

애머릴이 웃었다.

"쓸 생각은 없었어요. 보여 드리려고 했을 뿐이에요."

그는 칼을 다시 벨트에 집어넣었다.

"당신도 몸을 지키기 위해서는 한 자루쯤 필요할 거예요. 그걸 지니고 있지 않거나 혹은 지니고 있어도 쓸 줄을 모르면 빌리보턴에서 두 번 다시 살아 돌아올 수 없어요. 어쨌든······."

그는 갑자기 엄숙하고 진지해졌다.

"진심입니까, 셀던 씨, 내가 헬리콘에 갈 수 있도록 도와준다는 게?"

"정말로 진심이야. 약속해. 자네 이름과 하이퍼 컴퓨터로 연락할 수 있는 방법을 써 주게. 자네 코드가 있겠지?"

"열 저장실 근무 코드가 있는데 괜찮아요?"

"괜찮아."

"그러면······."

애머릴은 말하면서도 열심히 셀던을 쳐다보았다.

"내 미래를 전부 당신에게 겁니다, 셀던. 그러니 부탁하건대 빌리보턴으로 가지 말아 주세요. 이제 당신을 잃을 수 없어요."

그는 애원하듯 도스를 바라보며 애원했다.

"베나빌리 양, 박사님이 당신 말을 듣는다면 제발 박사님을 못 가게 해 주세요. 부탁이에요."

제14부

빌리보턴

다알

아주 이상하게도 이 구역 중 가장 잘 알려져 있는 곳은 수많은 이야기에 둘러싸여 있는 전설적인 곳, 빌리보턴이다. 오늘날 대부분의 문헌 속에는 영웅이나 모험가 들이 위험을 무릅쓰고 빌리보턴을 통과했으나 많은 사람들이 이곳에서 목숨을 잃었다는 기록이 남아 있다.

이 문헌들에 나오는 이야기는 매우 정형화되어 있기 마련인데, 그중에서도 해리 셸던과 도스 베나빌리가 이곳 빌리보턴을 통과한 이야기가 가장 유명하다. 그 환상적인 이야기들은 실화라고 전해지는데…….

—『은하대백과사전』

66

해리 셸던과 둘만 남게 되자 도스가 심각하게 물었다.

"당신, 정말 그 어머니라는 사람을 만나러 갈 생각이에요?"

"그래요, 도스."

"해리, 당신은 정말 이상한 사람이에요. 당신 처지는 점점 나빠져 가고 있는 것 같아요. 스트릴링에 있을 때 당신은 지붕에 올라갔어요. 그때는 전혀 나쁘다는 생각이 들지 않았어요. 목적도 합리적이었고요.

그 후 마이코겐에 있을 때는 장로의 에어리로 들어갔어요. 그 일은 전보다 훨씬 위험한 일이었고, 의도도 전보다 훨씬 어리석었어요. 그리고 이번 다알에서는 훨씬 더 위험한 곳으로 가고 싶어 하고 있군요. 그 젊은이도 이 일은 전혀 의미 없는 데다 자살하는 것이나 다름없다고 말했잖아요."

"내가 호기심을 가지고 있는 것은 지구에 대해 언급한 부분이에요. 만약 거기에 지구에 관한 무엇인가가 있다면 그걸 알아내야지요."

도스는 말했다.

"그건 전설일 뿐이에요. 모든 행성은 저마다 이름은 다르지만 그 내용은 모두 같아요. 모든 행성에는 저마다 원시 세계와 황금시대에 대한 이야기가 있어요. 복잡하고 불완전한 사회에 살고 있는 인간들 사이에는 단순하고 고결했다고 여겨지는 과거에 대한 기억이 남아 있게 마련이에요. 어쨌든 이것은 모든 사회에 공통된다고 할 수 있어요. 왜냐하면 아무리 단순한 사회에 살고 있다 할지라도 누구나 자신의 사회가 복잡하고 불완전하다고 생각하기 때문이지요. 그러나 사실 따지고 보면 그 사회는 단순하기 짝이 없지요. 이것도 당신의 심리역사학을 위해 기록해 두는 것이 좋을 것 같군요."

"그렇지만……. 단 하나의 세계가 과거에 존재했을 가능성을 간과해서는 안 돼요. 오로라나 지구 같은 이름들이 문제가 아니에요. 사실……."

그는 말을 끊었다. 결국 도스가 입을 열었다.

"그래서요?"

셀던은 고개를 저었다.

"마이코겐에서 내게 해 준 '넓적다리에 손댄 이야기'를 기억해요?

내가 소나기 자매에게 '책'을 빌린 직후에 했던 말 말이에요. 어쨌든 우리가 티살버 부부와 이야기를 하고 있을 때 문득 어떤 생각이 떠올랐어요. 무슨 말을 하던 중에 갑자기 생각이 났던 거예요."

"어떤 생각이 들었죠?"

"지금은 생각이 나질 않아요. 순간 머릿속에 떠올랐다가 다시 사라졌어요. 그건 그렇고, 아무튼 단일한 세계에 대한 생각을 할 때마다 난 뭔가가 손가락 끝에 잡혔다가도 이내 빠져나가는 느낌을 받아요."

도스는 놀란 눈으로 셀던을 바라보았다.

"도대체 무슨 말을 하고 있는지 모르겠어요. '넓적다리에 손댄 이야기'는 지구와도 오로라와도 전혀 상관없는 것 아니에요?"

"알아요. 하지만 그 이야기는 끊임없이 내 머릿속을 떠돌고 있어요. 이놈의 것이 좌우간 이 단일한 세계와 관련되어 있는 것처럼 생각돼요. 어떤 희생을 치르는 한이 있더라도 그것에 대해 좀 더 깊이 찾아봐야만 하겠어. 그것과 로봇에 대해서."

"로봇이라고요? 그건 마이코젠에서 끝난 문제라고 생각했는데요."

"그렇지 않아요. 난 아직도 그것들에 대해 생각하고 있어요."

그는 괴로운 표정으로 오랫동안 도스를 쳐다보았다.

이윽고 그가 말했다.

"그러나 확실하진 않아요."

"확실하지 않다니, 뭐가요?"

그러나 셀던은 고개만 가로저을 뿐 아무 말도 하지 않았다.

도스가 눈살을 찌푸리며 말했다.

"해리, 한 가지 물어볼게요. 역사학에는 단일한 원시 세계라는 이야기가 없어요. 역사학은 확실한 것만 다루기 때문에 저는 그것을 믿고 있어요. 그러나 단일한 원시 세계에 관한 이야기가 전설이고 일반적인 믿음이 되었다는 점은 인정해요. 마이코겐인이나 다알의 열 저장실 일꾼들과 같이 천진난만하게 전설을 애호하고 있는 사람들뿐만 아니라, 생물학자들 중에도 역사학자인 저로서는 이해할 수 없는 이유들을 근거로 해서 단일한 원시 세계가 있었다는 것을 믿고 있는 사람들이 있어요. 또 다소 신비주의적인 역사가들도 그런 세계에 대해서 추측하지요. 그리고 유한계급에 속한 인텔리들 가운데도 그와 같은 추측이 유행하고 있어요. 저는 이런 것들을 이해해요. 그런데도 학문으로서의 역사는 그 점을 전혀 인정하지 않는단 말이에요."

셀던은 말했다.

"아마 학문으로서 역사를 초월할 만한 충분한 이유가 있을 거예요. 내가 찾고 있는 것은 심리역사학을 단순화시킬 수단이에요. 그게 어떤 수단이든 상관없어요. 그것이 수학적 트릭이 됐든 역사적 트릭이 됐든, 아니면 완전히 상상 속의 것이든 말이오. 우리가 방금 전에 말한 젊은이가 약간의 정규교육을 받으면, 그 젊은이를 이 문제에 접근시켜 보고 싶어요. 그의 생각에서 상당한 창조성과 독창성이 느껴지거든."

도스는 말했다.

"당신은 정말 그 사람을 도와줄 생각이세요?"

"정말이에요. 내가 그럴 수 있는 자리에 서게 되는 대로 곧."

"그렇지만 지킬 수 없을지도 모를 약속을 구태여 할 필요가 있어요?"

"난 그 약속을 지키고 싶어요. 당신이 자꾸 지키지 못할 약속이 아니냐며 귀찮게 굴고 싶다면 휴민이 태양정복자14에게 말했던 사실, 즉 내가 심리역사학을 이용하여 마이코겐인들에게 과거 세계를 회복시켜 주겠다고 말했던 것을 상기해 보는 게 좋겠군요. 그 가능성은 더욱 제로에 가까워요. 아무리 심리역사학을 완성한다 해도 그같이 협소하고 특수한 목적에 그것을 이용할 수 있을지 없을지 그 누가 아나요? 그것이야말로 지킬 수 없는 약속의 전형이에요."

그러자 도스가 격분해서 말했다.

"체터 휴민은 우리의 생명을 구해 주려고 했어요. 데머즐과 황제에게 체포되지 않도록 하기 위해 노력했던 거예요. 그 사실을 잊으면 안 돼요. 그리고 그에게는 실제로 마이코겐인들을 도울 생각이 있었고요."

"그리고 난 정말로 유고 애머릴을 돕고 싶어요. 그리고 마이코겐인들보다는 내가 그를 도와줄 가능성이 더 크다고요. 그러니 당신이 휴민의 약속을 정당화한다면 내 약속을 비난하지 마세요. 꼭 그래야 해요, 도스."

그의 눈은 화가 난 듯 반짝거렸다.

"나는 정말 리타 어머니를 꼭 찾고 싶어요. 혼자서라도 갈 준비가 되어 있어요."

"그건 절대로 안 돼요! 당신이 꼭 가겠다면 저도 따라가겠어요."

도스는 단호하게 말했다.

67

티살버 부인은 애머릴이 직장으로 떠난 지 한 시간 뒤에 딸의 손을 잡고 집으로 돌아왔다. 그녀는 셀던에게도 도스에게도 말을 걸지 않았다. 그러나 두 사람이 그녀에게 인사하자 그녀는 마지못해 고개를 끄덕였다. 두 사람은 마치 열 저장실 일꾼이 무슨 흔적이라도 남겼을 것이라고 확신하고 있는 사람들처럼 유심히 실내를 살펴보고 있었다.

그녀는 셀던을 나무라듯 날카롭게 노려보았다. 그러고는 거실을 거쳐 가족 침실로 들어가 버렸다.

잠시 후 티살버가 집에 돌아왔다. 셀던과 도스가 저녁 식사를 하기 위해 식탁에 왔을 때, 티살버는 아내가 아직 식사 준비를 끝내지 않은 틈을 이용해 낮은 목소리로 말했다.

"그 사람이 여기에 왔어요?"

셀던이 점잖게 말했다.

"네, 왔다가 곧 돌아갔어요. 당신 아내는 그 사람이 오기 바로 전에 나갔고요."

티살버는 고개를 끄덕이며 말했다.

"당신은 또 이런 일을 할 생각입니까?"

"그렇지는 않습니다."

"다행이로군요."

침묵 속에서 그들은 저녁을 먹었다. 그러나 저녁 식사를 마치고 티살버의 딸이 컴퓨터 연습을 하려고 자기 방으로 올라가자 셀던은 느긋하게 말했다.

"빌리보턴에 대한 이야기 좀 해 주십시오."

티살버는 깜짝 놀라 그를 바라보았다. 그러고는 입을 크게 벌렸으나 아무 소리도 내지 못했다. 카실리아는 차마 입도 열지 못하고 있었다.

이윽고 그녀가 기가 막힌다는 듯 물었다.

"당신의 새로운 친구가 그곳에 살고 있나요? 그곳을 방문하실 예정이세요?"

셀던은 조용히 말했다.

"전 그저 빌리보턴에 대해 물어본 것뿐인데요."

카실리아가 새된 소리로 말했다.

"그곳은 빈민가예요. 사회의 찌꺼기들이 사는 곳이죠. 그곳에 사는 쓰레기 같은 자들을 제외하고 그곳에 가는 사람은 아무도 없어요."

"리타 어머니가 거기에 살고 계실 겁니다."

"그런 사람이 있다는 소리는 들어 보지 못했는데요."

카실리아는 그렇게 말하고는 입을 꾹 다물었다. 그녀가 빌리보턴에 살고 있는 사람의 이름을 알고 싶어 하지 않는 것은 확실했다. 티살버는 아내를 불안스럽게 쳐다보다가 말했다.

"그녀의 이름을 들어 본 적이 있습니다. 그녀는 점을 치는 미치광이 노파입니다."

"어쨌든 그녀가 빌리보턴에 살고 있습니까?"

"셸던 씨, 그건 잘 모르겠습니다. 저는 그 여자를 본 적이 없습니다. 가끔 그녀가 예언을 할 때면 빌리보턴의 언론이 시끄럽게 그 뉴스를 취급하곤 합니다."

"들어맞습니까?"

티살버는 콧방귀를 뀌었다.

"언제 예언이 맞은 적 있습니까? 그 여자의 예언은 아무런 의미도 없어요."

"그녀가 지구에 대해 언급한 적이 있습니까?"

"저는 모릅니다. 설사 말했다 해도 놀라울 건 없습니다."

"지구에 대한 얘기가 당신에게는 전혀 수수께끼가 아닐 것입니다. 당신은 지구를 알고 계십니까?"

이번에는 티살버가 놀라서 바라보았다.

"있고말고요, 셸던 씨. 지구는 전 인류의 기원이라고 추정되고 있죠."

"추정이라고요? 그럼 당신은 그 사실을 믿지 않는단 말입니까?"

"제가 믿느냐고요? 전 그저 그렇게 배웠을 뿐입니다. 그러나 많은 지식인이 그 사실을 믿고 있지요."

"혹시 집에 지구에 대한 필름책이 있습니까?"

"가끔 동화에서 지구를 언급하곤 합니다. 제가 어렸을 때 좋아했던 이야기는 이렇게 시작이 되었던 것 같습니다. '옛날 옛적에 지구가 유일한 행성이었을 때 지구에서…….' 기억나, 카실리아? 당신도 좋아했잖아."

카실리아는 아직도 마땅치 않는다는 표정을 지을 뿐이었다.

셸던이 말했다.

"나도 가끔 그것이 보고 싶어질 때가 있습니다. 하지만 저는 진짜 필름책을 말하고 있는 겁니다. 학문적인 사진이라든가 인쇄물이라든가 하는 것들 말입니다."

"그런 것들에 대해서는 전혀 들어 본 바가 없습니다. 그렇지만 도서관에 가면……."

"도서관에도 가 볼 생각입니다. 혹시 지구에 대해 말하는 것을 터부시하고 있는 그 무엇이 있는 것은 아닙니까?"

"터부시하다니, 뭘 말입니까?"

"이를테면 지구에 대해서 말해서는 안 된다든가, 외부 행성 사람들에게 그것에 대해서 이야기해 줘서는 안 된다든가 하는 식의 강한 관습 같은 것이라도 있느냐는 말입니다."

티살버는 짐짓 놀란 표정으로 그를 바라보았다. 질문에 대한 대답도 잊어버린 듯했다.

도스가 대화에 끼어들었다.

"외부 행성 사람들이 빌리보턴에 가서는 안 된다는 규정이라도 있습니까?"

"아뇨. 아무런 규정도 없습니다. 하지만 누가 됐든 거기에 가는 것을 좋게 생각할 수는 없지요. 전 가고 싶지 않습니다."

도스가 물었다.

"그건 왜죠?"

"위험하니까요! 흉포하고요! 그곳 사람들은 모두 무기를 소지하고 있어요. 내가 알기로 다알은 어느 거리의 사람이든지 무기를 가지고 있는 곳입니다. 그러나 빌리보턴에서는 사람들이 실제로 무기를 사용합니다. 이 마을 근처에 머물도록 하세요. 그게 안전합니다."

카실리아가 어둡게 말했다.

"그 말이 맞아요. 여기 우리와 함께 계시는 게 좋겠어요. 최근 들어서는 열 저장실 일꾼들이 어디든지 돌아다니거든요."

그렇게 말하고 그녀는 셀던의 표정을 살폈다.

셀던이 말했다.

"다알이 무장 구역이라니, 그게 무슨 소리입니까? 여기는 무장을 금하는 제국의 강력한 법이 미치는 곳이잖아요."

티살버가 말했다.

"그건 알고 있습니다. 물론 여기에는 간담을 서늘케 할 만한 총이나 타격기나 정신탐침 같은 무기는 없지요. 그렇지만 칼은 있습니다."

도스가 물었다.

"당신도 칼을 가지고 다닙니까, 티살버 씨?"

"저 말이에요?"

그는 정말로 두려운 표정으로 도스를 바라보았다.

"저는 평화주의자입니다. 그리고 여기는 안전한 마을이고요."

"저희 집엔 칼이 몇 자루 있어요. 여기도 안전한 곳이라고는 말할 수 없어요."

카실리아가 다시 콧방귀를 뀌며 말했다.

"누구나 칼을 가지고 다닙니까?"

도스가 물었다.

"베나빌리 양, 거의 모두가 가지고 다닌다고 말할 수 있어요. 거의 관습처럼 되어 있습니다. 그렇다고 모든 사람이 그 칼을 사용한다는 뜻은 아닙니다."

티살버가 대답했다.

"하지만 빌리보턴에서는 사용하겠지요?"

도스가 물었다.

"때론 그렇지요. 그들은 흥분하면 곧잘 싸우거든요."

"정부가 그걸 그냥 내버려 둡니까? 제국 정부가?"

"가끔 그들은 빌리보턴을 말끔히 청소하려고 하죠. 그러나 칼을 숨기기는 너무나 쉬워요. 관습은 대단히 강하게 작용하고 있고요. 게다가 살해되는 사람들은 대부분 다알 사람들이고⋯⋯. 그러다 보니까 제국 정부가 과히 신경을 안 쓰고 있는 것 같아요."

"죽은 사람이 외부 행성 사람이면 어떻게 합니까?"

"그런 보고를 받게 되면 제국 정부 직원들은 흥분하죠. 그러나 그 장면을 목격한 사람은 아무도 없고, 그 일에 대해서 알고 있는 사람 역시 하나도 없다는 식으로 처리되고 맙니다. 때론 일반적인 법률 규정에 따라 제국 정부가 일제 검거에 나서지만 그래 봤자 빌리보턴 사람들의 유죄를 증명할 수 있는 건 아무것도 없습니다. 추측하건대 그들은 그 자리에 있던 외부 행성 사람의 잘못으로 결론을 내리고 마는 것 같습니다. 그러니 빌리보턴에 가지 말라는 겁니다. 설사 당신이 칼을 갖고 있다 하더라도 말입니다."

셀던은 더욱 거세게 머리를 저었다.

"저는 칼을 가지고 갈 생각은 없습니다. 칼을 사용할 줄도 모릅니다. 전혀 재주도 없고요."

"셀던 씨, 그렇다면 일은 아주 간단합니다. 여기 계세요."

티살버가 불안한 듯이 고개를 저었다.

"그럴 생각은 없습니다."

셀던이 말했다.

도스가 화가 나서 셀던을 노려보다가 티살버에게 말했다.

"칼을 사려면 어디로 가면 되죠? 혹시 당신 것을 빌려 주면 안 될까요?"

카실리아가 재빨리 말했다.

"아무도 다른 사람의 칼을 가질 순 없어요. 당신 걸 사도록 하세요."

티살버가 말했다.

"온 천지가 칼 파는 가게입니다. 칼을 구경할 수는 없겠지만…….
당신도 알다시피 명목상으로는 그게 불법이거든요. 그렇지만 공구상에 가시면 그걸 팔 겁니다. 진열대에 놓인 세탁기를 보고 계시면 그것이 확실한 신호가 될 겁니다."

"그건 그렇고, 빌리보턴에는 어떻게 가야 하지요?"

셀던이 물었다.

"고속도로로요."

도스의 시무룩한 표정을 본 티살버가 반신반의하면서 대답했다.

셀던이 말했다.

"그럼 고속도로까지는 어떻게 가면 됩니까?"

"셀던 씨, 꼭 가야 한다면 동쪽으로 가는 차를 타고 도로 표지판을 주의해서 보십시오."

티살버는 주저하다가 말을 이었다.

"베나빌리 양을 데려가서는 안 됩니다. 간혹 여자들에겐 좋지 않은 일들도 일어나니까요."

"그녀는 가지 않을 겁니다."

셀던이 말했다.

"간다고 할까 봐 걱정인가요?"

도스는 결심한 듯 단호히 말했다.

68

공구상 주인의 콧수염은 젊은 시절 그대로인 듯 숱이 아주 많았다. 그러나 머리털은 거의 반백이었다. 도스를 응시하며 그는 완전히 습관이 되어 버린 듯 콧수염을 만지작거리고 있었다. 그러고는 양쪽을 잘 매만져서 넘겼다.

그는 말했다.

"당신은 다알 사람 같지 않은데요?"

"그래요. 하지만 전 칼을 사고 싶습니다."

"칼을 사는 건 법에 저촉되는 일입니다."

"전 경찰이 아니에요. 또 정부 부서에서 일하는 것도 아니고요. 저는 빌리보턴에 가려고 합니다."

그는 유심히 그녀를 살펴보았다.

"혼자서요?"

"친구와 같이요."

그녀는 밖에서 시무룩하게 기다리고 있는 셀던 쪽을 가리키며 어깨 너머로 엄지손가락을 흔들었다.

"저 사람에게 칼을 사 주려고요?"

그는 셀던을 응시하다가 곧 결심을 굳혔다.

"저 사람 역시 외부 행성 사람이로군요. 이리 와서 직접 사라고 하세요."

"그 역시 정부 쪽 사람이 아닙니다. 그리고 전 저 자신을 위해 칼을 사려는 것뿐이에요."

주인은 고개를 저었다.

"이방인들은 믿을 게 못 돼요. 그렇지만 당신이 크레디트를 지불할 의향이 있다면 당신 부탁을 받아들이도록 하죠."

그는 계산대 밑으로 손을 뻗어 토막 하나를 끄집어냈다. 그가 민첩하고 노련한 동작으로 그것을 돌리자 칼날이 드러났다.

"그게 가장 큰 겁니까?"

"최고급 여성용 칼이죠."

"남자용도 좀 보여 주실 수 없을까요?"

"당신에겐 너무 무거울 겁니다. 그런데 당신은 이런 칼을 사용하는 법을 알고 계십니까?"

"지금부터 배워야지요. 무겁다고 해서 겁날 건 없어요. 남자용을 좀 보여 주세요."

주인은 웃었다.

"좋습니다. 원한다면."

그는 계산대 아래 더 깊숙한 곳으로 손을 넣어 아주 뭉툭한 토막을 꺼냈다. 그것을 비틀자 이번에는 푸줏간 칼처럼 보이는 칼날이 드러났다.

그는 여전히 미소를 지으면서 처음에 보여 주었던 칼의 손잡이를 그녀에게 건네주었다.

그녀는 말했다.

"방금 전에 비틀었던 칼을 다시 한 번 보여 주시겠어요?"

그는 이번에는 천천히 칼날이 드러나도록 비틀면서 두 번째 꺼낸 칼을 그녀에게 보여 주었다. 그리고 다시 반대 방향으로 돌리자 칼날이 사라졌다.

"비틀면서 꽉 쥐세요."

그는 말했다.

"한 번만 더 해 보세요."

주인은 그렇게 해 보였다.

도스가 말했다.

"좋아요. 그걸 칼집에 넣고 손잡이를 제게 줘 보세요."

그는 천천히 원을 그리면서 거꾸로 동작을 취한 뒤 손잡이를 그녀에게 넘겨주었다. 그녀는 그것을 잡았다가 도로 주인에게 주면서 말했다.

"더 빨리 해 보세요."

그는 눈을 치켜뜨더니 아무런 사전 경고도 없이 그것을 그녀의 왼쪽으로 던졌다. 그러나 그녀는 오른손을 내밀지 않고 왼손으로 칼을 쥐었다. 금방 칼날이 번쩍했다가 사라졌다. 주인의 입이 벌어졌다.

"그런데 이것이 여기 있는 것 중에서 제일 큰 건가요?"

"네, 그렇습니다. 그걸 다시 사용하려고 해도 이젠 지쳤을 겁니다."

"심호흡을 한번 하면 돼요. 이 두 번째 칼도 사겠어요."

"친구 주게요?"

"아뇨, 제가 쓸 거예요."

"칼 두 개를 다 쓸 생각이라고요?"

"손이 두 개니까요."

주인은 숨을 몰아쉬었다.

"아가씨, 빌리보턴에는 가지 마세요. 그곳 사람들이 여자들에게 어떻게 하는지 당신은 몰라요."

"대강 짐작할 수는 있어요. 이 칼을 벨트에 차려면 어떻게 하면 되죠?"

"당신이 차고 있는 벨트에 매면 안 됩니다. 그건 칼을 차는 벨트가 아니에요. 파는 물건은 아니지만 당신에게 하나 팔도록 하지요."

"칼 두 개를 다 걸 수 있을까요?"

"어딘가에 두 개의 칼을 찰 수 있게 만든 벨트가 있을 겁니다. 하지만 그걸 찾는 사람은 없어요."

"저는 그런 걸 사고 싶어요."

"여기에도 그런 것이 있지만 아마 당신 허리에는 맞지 않을 텐데."

"그럼 아래쪽이든 어디든 자르면 되지 않아요?"

"크레디트를 많이 지불해야 합니다."

"제 신용카드가 그 정도는 지불할 수 있을 거예요."

드디어 그녀가 나타나자 셀던은 심술궂게 말했다.

"당신, 그 엄청난 벨트를 차고 있는 꼴이 참 볼만하군요."

"해리, 성말이에요? 너무 우스꽝스러워서 당신과 같이 빌리보턴에 갈 수 없을 것 같아요? 그럼 우리 둘 다 아파트로 돌아가도록 해요."

"천만에! 나 혼자 갈 거예요. 나 혼자 가는 게 안전해요."

"해리, 아무리 그런 말 해 봐야 소용없어요. 둘 다 돌아가든지 아니면 둘 다 같이 가는 거예요. 그 무엇도 우리를 갈라 놓지 못해요."

결의에 찬 푸른 눈, 굳게 다문 입술, 두 손으로 벨트의 칼 손잡이를 움켜쥔 그녀의 모습은 셸던을 감동시켰다.

"좋아요. 하지만 당신이 살아남으려면, 그리고 내가 다시 휴민을 만나려면, 또 심리역사학 연구를 계속하려면, 내가 당신을 아무리 좋아한다 하더라도 내게서 당신을 떼어 놓는 대가를 치러야 할 수도 있어요. 내 말 알아듣겠어요?"

그 말이 끝나자 도스는 금방 미소를 지었다.

"잊지 마세요. 내게 기사도 정신을 발휘할 생각일랑 아예 마세요. 그 무엇도 당신에게서 나를 떼어 놓지는 못할 거예요."

69

두 사람은 고속도로를 타고 가다가 공중에서 '빌리보턴'이라고 쓴 도로 표지판이 깜빡거리는 곳에서 내렸다. 도로 표지판의 두 번째 'i'자가 더럽혀지고 불빛도 얼룩처럼 희미한 것이 예상했던 대로였다.

그들은 차에서 내려 도로 아래 보도로 내려갔다. 이른 오후쯤이었다. 얼핏 거리를 보니 빌리보턴은 그들이 떠나온 다알의 도시와 매우 흡사했다.

그러나 공기는 코를 찌르는 얼얼한 냄새를 풍겼고 보도에는 쓰레기들이 어지럽게 널려 있었다. 이 마을엔 자동 청소기가 없다는 것을 알리려는 듯했다.

보도는 별반 달라 보이지 않았지만 풍기는 분위기가 왠지 불안을 느끼게 했으며 지나치게 감긴 용수철처럼 긴장이 감돌고 있었다.

그것은 아마 거리의 사람들 때문일 것이다. 길을 가는 사람들의 수는 별로 다르지 않았다. 그러나 그들은 다른 곳 사람들 같지 않았다. 아무튼 셀던에게는 그렇게 느껴졌다. 보통 용무를 보는 사람은 자기 일에 몰두해 있었을 테고, 끝이 안 보이는 트랜터의 거리를 걷는 수많은 군중은 그저 서로 무시하는 것만이 심리적으로라도 살아남을 수 있는 유일한 길이라도 되는 듯이 눈을 내리깔고 있었다. 사람들은 각자 스스로 만든 벨벳 안개에 둘러싸인 인위적인 사생활을 가지고 있을 뿐이었다. 그렇지 않으면 저녁 산책을 즐기는 이웃들에게나 나누는 의례적인 친절이 있을 따름이었다.

그러나 여기는 빌리보턴이었다. 친절은커녕, 보통의 태도조차 기대할 수 없었다. 적어도 여기는 외부 행성 사람들에게 관심을 기울이는 곳은 아니었다. 거리를 지나는 사람들은 한결같이 셀던과 도스를 보기 위해 가던 길을 멈추고 돌아보았다. 마치 보이지 않는 끈이 두 이방인에게 연결되어 있기라도 한 듯 그들의 두 눈은 적의를 품고 이들 두 이방인의 뒤를 따라갔다.

빌리보턴 사람들이 입고 있는 옷은 전반적으로 더럽고 낡았으며, 때로는 찢어져 있었다. 그들은 빨지 않아 땟국물이 줄줄 흐르는 옷을 입고 있었다. 셀던은 자신이 입고 있는 말쑥한 새 옷이 오히려 어색하게 느껴졌다.

그가 말했다.

"빌리보턴 어디쯤에 리타 어머니가 살고 있을까요?"
"모르겠어요. 당신이 절 여기로 데려왔잖아요. 그러니 당신이 맞혀 보세요. 저는 저 자신을 보호하는 일에나 신경 쓰겠어요. 전 지금 바로 그것이 필요하다는 사실을 깨닫는 중이에요."

셸던이 말했다.

"길 가는 사람에게 물어봐야 할 것 같아요. 하지만 용기가 나질 않는군요."

"무리도 아니에요. 선뜻 당신을 도와줄 사람을 찾게 될 것 같지가 않네요."

"저기 어린애처럼 보이는 사람이 있군요."

그는 한 손을 들어 손가락으로 재빨리 한 남자를 가리켰다. 열두 살 가량 되어 보이는 한 소년이, 보통 성인 남자라면 으레 붙이고 있는 콧수염이 몇 가닥 안 될 만큼 어린 소년이 성큼성큼 걸어오다가 발을 멈추고 그들을 노려보았다.

도스가 말했다.

"당신은 빌리보턴 사람들이 이방인에게 가지고 있는 혐오감이 그 소년에겐 충분히 발달해 있지 않을 거라고 생각하는 거죠?"

"어느 정도는. 저 소년은 빌리보턴인들의 폭력 취미가 아직 완전히 발달해 있지 않을 나이인 것 같아요. 우리가 가까이 가면 아마 저만치 도망가서 우리에게 모욕적인 욕을 해 대겠지. 그렇지만 공격하지는 않을 거예요."

셸던이 큰 소리로 불렀다.

"얘야."

소년은 주춤하다가 한 걸음 뒤로 물러섰다. 그러고는 계속 노려보왔다.

셸던은 손짓했다.

"이리 와 봐."

소년이 말했다.

"왜요?"

"길 좀 물어봐도 되겠니? 이리 더 좀 가까이 와 봐라. 내가 소리를 지르지 않아도 되게 말이야."

소년은 두 발짝을 떼었다. 아이의 얼굴은 더러웠다. 그러나 눈만은 맑고 날카롭게 빛났다. 짝이 맞지 않는 샌들을 신고 있었으며 바짓가랑이를 커다란 헝겊으로 기운 바지를 입고 있었다.

"어디요?"

"우린 리타 어머니를 만나러 왔단다."

소년의 눈이 번뜩였다. 빌리보턴 특유의 억양이 강하게 묻어나왔다.

"그건 왜요?"

"난 학자야. 학자가 뭐 하는 사람인지 아니?"

"학교에 나가세요?"

"그래, 넌 학교 안 다니니?"

소년은 경멸하듯 말을 뱉었다.

"빌어먹을!"

"난 말이야, 리타 어머니에게 조언을 듣고 싶거든. 네가 날 그녀에게 데려다 줄 수 있겠니?"

"운세를 보고 싶으세요? 그렇게 별스러운 옷을 입고 빌리보턴에 오다니⋯⋯. 내 보기에 당신의 운세는 영 틀렸어요."

"애야, 네 이름이 뭐지?"

"그건 알아서 뭐하게요?"

"이름을 알아야 우리가 더 편하게 말할 수 있잖아. 또 우리가 친구처럼 돼야 네가 나를 리타 어머니가 있는 곳에 데려다 줄 수 있을 테고. 그녀가 살고 있는 곳을 넌 알지?"

"알 수도 있고 모를 수도 있죠. 내 이름은 레이치예요. 당신을 데려다 주면 그 대가로 뭘 주시겠어요?"

"뭘 좋아하지, 레이치?"

소년의 눈이 도스가 차고 있는 벨트에서 멈추었다.

"여자가 쌍칼을 차고 있군요. 그중에 하나만 주세요. 그러면 리타 어머니가 있는 곳으로 안내하죠."

"레이치, 이건 어른들이 차는 칼이야. 넌 아직 어려."

"그래요. 난 너무 어려서 리타 어머니가 있는 곳을 몰라요."

그는 그렇게 말하고 눈을 덮고 있는 텁수룩한 머리카락 사이로 셀던을 교활하게 쳐다보았다.

셀던은 난처해졌다. 계속 이렇게 하고 있으면 길 가는 사람들의 시선을 끌지도 몰랐다. 몇몇 사람은 벌써 발걸음을 멈췄다. 그러나 흥미를 끌 만한 일이 아무것도 일어나지 않자 곧 다시 움직였다. 그러나 만약 소년이 화를 내고 이런저런 욕을 퍼부어 대기라도 하면 틀림없이 사람들이 모여들 것이다.

그는 빙그레 웃으면서 말했다.

"레이치, 글을 읽을 줄 아니?"

레이치가 다시 내뱉었다.

"제기랄! 읽고 싶어 하는 사람이 어딨어요?"

"컴퓨터는 사용할 수 있니?"

"말하는 컴퓨터 말이에요? 그건 누구나 할 수 있는걸요."

"그럼 내 말을 들어 봐. 나를 컴퓨터 가게에 안내해 주렴. 그러면 내가 순전히 네 걸로 컴퓨터를 하나 사 주지. 너에게 읽는 걸 가르쳐 줄 소프트웨어까지 함께 말이야. 몇 주만 지나게 되면 넌 읽을 수 있게 될 거다."

소년의 눈에서 잠시 불꽃이 튀는 것 같았다. 그러나 곧 소년의 눈빛은 냉정을 되찾았다.

"아니요. 칼이 아니면 다 싫어요."

"레이치, 이 점이 중요하다. 넌 읽는 걸 배우게 될 거고, 그렇게 되면 넌 아무에게도 말하지 않고 사람들을 놀라게 해 줄 수 있어. 얼마만 지나면 넌 사람들과 네가 읽을 수 있는지 없는지를 가지고 내기를 걸 수가 있게 돼. 그 사람들에게 5크레디트를 걸어라. 넌 5크레디트를 따게 될 거야. 그렇게 되면 넌 칼을 살 수가 있게 되지."

소년은 주저했다.

"싫어요. 아무도 나와 내기를 하지 않을 거예요. 크레디트를 가지고 있는 사람도 없고요."

"만약에 네가 읽을 수 있게 되면 칼 가게에 취직을 할 수도 있고 또 월급을 저축할 수도 있어. 그리고 정가보다 싸게 칼을 살 수도 있지. 어때?"

"언제 컴퓨터를 사러 갈 거예요?"

"지금 당장. 리타 어머니를 만나게 되면 곧장 너에게 그걸 줄게."

"당신은 크레디트를 갖고 있어요?"

"신용카드가 있지."

"컴퓨터 사러 가요."

거래는 즉각 이행되었다. 그러나 소년이 컴퓨터로 손을 뻗자 셀던은 고개를 가로젓고 그것을 호주머니에 집어넣어 버렸다.

"레이치, 우선 나를 리타 어머니에게 데려다 줘야지. 어머니를 만나려면 어디로 가야 하는지 넌 확실히 알고 있지?"

레이치는 경멸 섞인 표정으로 셀던의 얼굴을 빤히 쳐다보았다.

"물론 알고 있어요. 그곳으로 안내하지요. 그곳에 도착하는 대로 컴퓨터를 제게 건네주시는 게 좋을 거예요. 그렇지 않으면 내가 알고 있는 사람들을 불러 당신과 부인에게 덤벼들게 할 테니까요."

"우릴 협박하려는 건 아니겠지? 우리는 약속을 지킨다."

셀던이 말했다.

레이치는 그들을 데리고 호기심 어린 얼굴로 보도를 따라 급히 걸었다.

걷고 있는 동안에 셀던은 아무 말도 하지 않았다. 도스 역시 아무 말이 없었다. 그러나 도스는 생각에 몰두하고 있는 것이 아니었다. 그녀는 줄곧 주위 사람들을 의식하고 있었다. 쏟아지는 통행인들의 시선을 그녀는 경계의 눈빛으로 받아 내고 있었다. 가끔 뒤에서 발소리가 들리면 그녀는 공격적으로 뒤를 돌아보았다.

마침내 레이치가 발을 멈추었다. 그러고는 말했다.

"여기요. 그녀는 자기 집이 없어요. 당신도 알겠지만."

그들은 소년을 따라 어느 복합 주택으로 들어갔다. 셀던은 나중에 되돌아갈 때를 생각해 길을 잘 봐 두면서 소년의 뒤를 따라가려 했지만 금방 길을 잃고 말았다.

"레이치, 이 좁은 골목길을 어떻게 알고 있니?"

소년은 어깨를 으쓱했다.

"난 어렸을 때부터 이 길을 헤매고 다녔어요. 그런 데다가 아파트에는 번호가 매겨져 있고, 아파트가 붕괴하기 전까지는 화살표나 표시가 될 만한 물건들이 있죠. 당신도 조금만 요령을 익히면 길을 잃어버리지 않을 수 있어요."

레이치는 분명히 요령을 터득하고 있었다. 그들은 방금 전보다 더 복잡한 복합주택을 헤매고 다녔다. 이윽고 근방에 당도했다. 그 일대는 완전히 폐허 같았다. 붕괴된 건물의 파편들이 그대로 방치되어 있는가 하면, 주민들은 외부 행성에서 온 사람들의 침입에 뚜렷한 적개심을 드러내며 살금살금 달아났다. 게임인지 뭔지를 하고 있는 어린 애들이 좁은 골목길을 따라 난폭하게 뛰어갔다. 날아오던 공이 도스를 살짝 피해 가자 그들 중 몇 명이 소리를 질렀다.

"이봐, 꺼져 버려."

그러는 사이에 레이치는 2782라고 쓰인 번호가 희미하게 비치는 어둡고 허술한 집 문앞에서 걸음을 멈췄다.

"이 집이에요."

그는 손부터 불쑥 내밀었다.

"먼저 이 안에 누가 있는지 보자."

셀던이 부드럽게 말했다. 그가 벨을 눌렀다. 그러나 아무도 나오는 사람이 없었다.

"소용없어요. 탕탕 두드리세요. 크게요. 그녀는 귀가 아주 어두워요."

레이치가 말했다.

셀던은 주먹으로 문을 쾅쾅 쳤다. 그러자 안에서 인기척이 들렸다. 잠시 후 날카로운 여자 목소리가 들려왔다.

"리타 어머니를 찾는 사람이 누구요?"

셸던이 외쳤다.

"학자 두 명입니다!"

그는 작은 컴퓨터와 그 부속인 소프트웨어가 들어 있는 작은 주머니를 레이치에게 건네주었다. 소년은 그 주머니를 재빨리 낚아채고는 기분이 좋아져서 싱글벙글 웃더니 날쌔게 달아났다. 셸던이 고개를 돌리자 열린 문틈으로 리타 어머니가 얼굴을 내밀고 있었다.

70

리타 어머니는 일흔 살이 넘어 보였다. 그러나 얼핏 보면 그 정도로 나이가 들어 보이는 얼굴은 아니었다. 통통하게 살이 찐 볼, 작은 입술, 약간 겹쳐서 두 개로 보이는 작고 둥근 턱, 그리고 뚱뚱한 몸집을 하고 있었다. 그녀는 키가 아주 작아서 1.5미터도 안 돼 보였다.

그녀는 처음에 그들을 보고 웃었다. 눈가에는 잔주름이 많고 웃을 때면 무수한 주름살이 얼굴에 나타났다. 그녀는 거동이 조금 불편한 것 같았다.

"이리 오게, 이리 와."

그녀는 부드럽고 높은 억양으로 말했다. 비록 시력이 떨어지긴 했어도 그녀는 그들을 눈여겨보았다.

"이방인이라……. 그것도 외부 행성인, 내 말이 맞나? 당신들한테서는 트랜터인 냄새가 나지 않는걸?"

셸던은 그녀가 냄새라는 말을 쓰지 않았으면 싶었다. 뿌옇고 더러운 잡동사니들이 널브러져 있는 아파트는 지독한 음식 냄새로 꽉 차 있었다. 공기가 하도 혼탁하고 끈적끈적해서 그가 아파트를 나설 때쯤에는 옷이 방에서 나는 냄새로 절어 있을 것만 같았다.

"당신 말이 맞습니다, 리타 어머니. 저는 헬리콘에서 온 해리 셀던입니다. 제 친구는 시너에서 온 도스 베나빌리고요."

"그러면……."

그녀는 이야기를 계속하면서 그들이 앉을 만한 자리를 찾아보았지만 적당한 자리가 없었다.

도스가 말했다.

"저희들은 서 있어도 됩니다, 어머니."

리타는 도스를 올려다보았다.

"뭐라고 했나? 아주 활기차게 말하는구먼. 아가씨 나이쯤부터 난 귀가 어두워졌지."

"왜 보청기를 사용하지 않으세요?"

셀던이 목소리를 높이면서 물었다.

"셀던 씨, 그건 도움이 안 돼. 신경이 쇠약해져 있기 때문이야. 신경을 복원시킬 돈이 내겐 없거든. 당신들은 이 늙어 빠진 리타 어머니에게 미래에 대한 뭔가를 듣고 싶어 온 거지?"

"아, 아닙니다. 그게 아니라 오히려 과거에 대해서 배우러 온 겁니다."

셀던이 말했다.

"훌륭하구먼. 사람들이 무엇을 듣고 싶어 하는지를 알아맞히는 건 그만큼 어려운 게야."

"그건 예술이라고까지 말할 수 있을 거예요."

도스는 미소를 지으면서 말했다.

"얼핏 보면 쉬운 일처럼 보이지. 하지만 손님을 적당히 납득시킬 수 있어야 하거든. 그래야 사례비를 제대로 받을 수 있으니까."

"당신이 지구에 관한 얘기만 들려주신다면 섭섭하지 않을 만큼 사례를 하겠습니다. 우리가 듣고 싶어 하는 것에 맞추어 당신이 교묘하게 꾸며 얘기하지 않는 한 말입니다. 저희들은 진실을 알고 싶습니다."

셀던이 말했다.

중요한 방문자들에게 좀 더 멋지고 아름답게 보이고 싶은 듯 노파는 발을 질질 끌면서 방 안을 이리저리 정돈하였다.

"지구의 무엇에 대해 알고 싶은 거지?"

"그 자체에 대해서요. 어떻게 생성되었죠?"

노파는 몸을 돌려 허공을 응시했다. 다시 입을 열었을 때 그녀의 목소리는 낮고 차분해져 있었다.

"그것은 하나의 세계야. 아주 오래된 행성이지. 그렇지만 그것은 사람들에게서 잊혔고 또 없어져 버렸어."

도스가 말했다.

"그건 역사의 일부가 아니에요. 우린 그 지구에 대해 그 정도만 알고 있습니다."

"아가씨, 지구는 역사 이전부터 존재하고 있었던 거야."

리타 어머니는 단호하게 말했다.

"그것은 은하계의 여명기에도 있었고, 그 이전에도 있었어. 인류가 살고 있던 유일한 세계였지."

그녀는 고집스러운 표정을 지으며 고개를 끄덕거렸다.

셀던이 말했다.

"지구의 다른 이름은 없었습니까? 이를테면 오로라라든가……."

그러자 이번에는 리타 어머니의 얼굴이 불쾌하다는 듯이 일그러졌다.

"자넨 그 이야기를 어디서 들었나?"

"여기저기를 떠돌아다니던 중에요. 저는 원시시대에 인류가 평화롭게 살았던 오로라라고 불리는 오래되고 잊힌 세계에 대해 들은 적이 있습니다."

"그건 거짓말이야."

그녀는 방금 들은 이야기를 지워 버리기라도 하려는 듯 입을 문질렀다.

"자네가 지금 말한 그런 이름은 사악한 곳에 가기 전에는 결코 입 밖에 내서는 안 돼. 그것은 재앙의 시작이었어. 지구는 그 자매 세계를 따라온 재앙이 덮치기 전까지는 혼자였어. 재앙은 지구를 거의 파괴해 버릴 것 같았지. 그렇지만 지구는 기력을 다시 회복하여 그 재앙을 섬멸해 버렸어. 영웅들의 도움을 받아서 말이야."

"당신은 지구가 그 재앙이 있기 훨씬 이전부터 있었다고 말씀하셨습니다. 그건 확실합니까?"

"오래전부터 있었지. 지구는 수천 년 동안, 아니 수백만 년 동안 은하계에서 유일한 것이었어."

"수백만 년이라고요? 어떤 다른 세계에는 아무도 살지 않았던 수백만 년 동안 인류가 지구에 살고 있었단 말입니까?"

"그건 사실이야. 사실이지. 암, 사실이고말고."

"그렇지만 그런 것들을 당신은 어떻게 알았습니까? 그것이 모두 컴퓨터 프로그램에 들어 있습니까? 아니면 인쇄되어 있기라도 합니까? 혹시 제가 볼 만한 것을 좀 가지고 계십니까?"

리타 어머니는 고개를 저었다.

"나는 내 어머니에게서 옛날이야기를 들었지. 내 어머니는 어머니의 어머니에게서, 어머니의 어머니는 어머니의 어머니의 어머니에게서. 그렇게 거슬러 올라가는 거야. 난 자식이 없어. 그래서 난 그 이야기를 다른 사람들에게 해 주었지. 하지만 그 이야기도 끝날 때가 왔어. 지금은 불신 시대거든."

도스가 말했다.

"꼭 그런 것만은 아니에요, 어머니. 선사시대에 대해 추측하거나 잃어버린 세계에 대한 몇 가지 이야기를 가지고 연구하는 사람들이 있어요."

리타 어머니는 그 말을 부정이라도 하는 것처럼 손을 내저었다.

"그들은 냉정한 눈으로 그것을 바라보고 있어. 학문적으로 말이야. 그들은 자기들이 가지고 있는 의식에 그것을 꿰맞추려고 하지. 난 위대한 바리의 이야기를 자네들에게 1년 동안이나 들려줄 수 있어. 하지만 자네들은 들을 시간이 없을 거야. 나도 이야기할 기력이 없고."

셸던이 말했다.

"로봇에 대해 들어 보신 적이 있습니까?"

노파는 몸을 떨었다. 그녀의 목소리는 거의 비명에 가까웠다.

"왜 자네는 그런 것들을 묻는 거지? 그것은 인조인간이야. 그 안에는 악마가 들어 있다고. 그리고 그것들은 사악한 세계에서 일하던 것들이야. 그것들은 전멸되었어. 로봇에 대한 말을 다시는 입 밖에 내서는 안 돼."

"특별한 로봇이 하나 있었습니다. 사악한 세계가 증오했던……."

리타 어머니는 셸던 쪽을 향해 비틀거렸다. 그러고는 그의 눈을 노려보았다. 그는 그녀가 뜨거운 숨을 내쉬고 있는 것을 느낄 수 있었다.

"당신은 날 조롱하러 온 거야? 당신은 이미 그런 것들을 알고 있어. 아직도 물어볼 게 더 있나? 도대체 그런 건 왜 묻는 거야?"

"알고 싶기 때문입니다."

"지구를 도와주었던 인조인간이 하나 있었어. 그의 이름은 '다니'야. '바리'의 친구였지. 그는 절대로 죽지 않아. 지금도 어디엔가 살아 있을 거야. 그의 시대가 다시 오기를 기다리면서 말이야. 그 시대가 언제 오게 될지는 아무도 몰라. 그러나 언젠가 그는 올 거야. 그리하여 위대한 옛 시절이 회복되고 모든 잔학성과 부정, 비참함은 사라지게 될 거야. 그것은 약속이지."

이 말을 하면서 그녀는 눈을 지그시 감고 미소를 지었다. 마치 기억을 더듬기라도 하는 것처럼…….

셀던은 잠시 말없이 기다렸다. 그러고 나서 한숨을 쉬며 말했다.

"감사합니다. 리타 어머니. 많은 도움이 됐습니다. 얼마를 드리면 될까요?"

"외부 행성 사람을 만나서 기뻐. 10크레디트야. 뭐 시원한 거라도 좀 줄까?"

셀던은 진심으로 말했다.

"아닙니다. 아무튼 감사합니다. 20크레디트를 받으세요. 여기서 고속도로까지 가는 법만 가르쳐 주시면 됩니다. 그리고 리타 어머니, 지구에 관한 이야기들을 디스켓에 입력해도 좋다고 허락하신다면 그에 대한 충분한 보상을 하겠습니다."

"그러려면 상당한 체력이 필요한데. 그래, 얼마나 주겠나?"

"그거야 그 이야기가 얼마나 긴가, 또 얼마나 좋은 얘기인가에 달려 있죠. 1000크레디트를 드리도록 하겠습니다."

리타 어머니는 입술을 핥았다.

"1000크레디트? 이야기를 하고 싶으면 당신을 어떻게 찾으면 되지?"

"제게 연결되는 컴퓨터 코드 번호를 드리도록 하겠습니다."

셀던은 리타 어머니에게 컴퓨터 코드 번호를 주고 나서 도스와 함께 그 집을 나왔다. 집 밖 골목길로 나오니 안에 비해 비교적 냄새가 덜했다. 그들은 노파가 가르쳐 준 쪽을 향해 유쾌하게 걸어갔다.

71

도스가 말했다.

"아주 긴 대화는 아니었어요, 해리."

"나도 알아요. 분위기는 좀 불쾌했지만……. 그렇기는 해도 충분히 배운 것 같아요. 어떻게 이런 옛날이야기들이 널리 퍼지는지 놀랍기만 하군요."

"무슨 뜻이에요? '널리 퍼진다'는 건?"

"글쎄. 마이코겐인들은 자기네들 오로라에 수 세기 동안 인류가 살았다고 했고, 다알인들은 자기네들 지구에 수백만 년 동안 인류가 살았다고 했어요. 그리고 두 구역 사람들 모두 영원히 살아 있는 하나의 로봇 이야기를 하고 있잖아요. 아직 생각해 봐야 할 한 가지 문제가 남아 있긴 하지만……"

"수백만 년이라고 하는 건 의문의 여지가 있어요. 그러나저러나 우린 지금 어디로 가는 거예요?"

"리타 어머니는 이 방향으로 계속 가다 보면 휴게소가 나올 거라고 했어요. 그러니 '중앙 보도'라는 표지판을 따라 왼쪽으로 쭉 가면 돼요. 휴게소를 벌써 지나진 않았죠?"

"올 때와는 다른 길을 지나고 있는 것 같아요. 휴게소를 지나왔는지 안 지나왔는지 모르겠어요. 도로를 주의해 보면서 걷지 않았거든요. 제 눈은 온통 지나가는 사람들에게 쏠려 있었어요. 그리고…….”

그녀의 목소리가 갑자기 수그러들었다. 좁은 골목길 바로 앞 양편으로는 넓게 뚫린 도로가 펼쳐져 있었다.

셀던은 그제야 생각이 났다. 그들이 지나온 바로 그 길이었다. 양쪽 보도의 노면에 초라한 침대 의자가 놓여 있었다.

이제 도스는 올 때처럼 지나는 통행인들을 바라볼 필요가 없었다. 통행자가 한 사람도 없었기 때문이다. 그러나 휴게소 바로 앞에 무리를 이룬 남자들이 보였다. 그들은 보통 다알인들보다 덩치가 좀 컸고 콧수염이 빳빳하게 곤두서 있었으며, 노출되어 있는 팔뚝은 근육질인데다 노란 가로등 불빛을 받아 번들거리고 있었다.

그들은 외부 행성인들을 기다리고 있는 게 분명했다. 셀던과 도스는 거의 본능적으로 걸음을 멈췄다. 순간 정적이 흘렀다. 이윽고 셀던이 뒤를 돌아보았다. 새로 두세 사람이 걸어오는 것이 보였다.

셀던이 이 사이로 말을 뱉었다.

“덫에 걸렸군. 당신을 이곳에 데려오는 게 아니었는데, 도스.”

“오히려 그 반대겠지요. 이게 바로 제가 온 이유예요. 하지만 당신이 리타 어머니를 만나 본 가치는 있었던 거예요?”

“우리가 여길 벗어날 수 있다면 그렇겠지요.”

셀던은 크고 단호한 목소리로 말했다.

“지나가도 되겠소?”

그들 중 한 사람이 걸어 나왔다. 그의 키는 셀던과 거의 비슷했다. 그러나 어깨는 셀던보다 넓었고 근육이 발달되어 있었다. 하지만 셀던은 그의 허리가 연약해 보인다고 생각했다.

"난 마론이야."

마치 그 이름이 무슨 의미라도 있는 듯 그는 우쭐거리며 말했다.

"그리고 난 이곳 사람들이 외부 행성 사람들을 좋아하지 않는다는 것을 당신들에게 말해 주려고 왔어. 당신들은 당신네들이 좋아서 이곳에 왔어. 그것까지는 좋아. 그렇지만 당신들이 여기를 떠나려면 마땅히 응당한 대가를 지불해야지."

"좋소, 얼마면 되겠소?"

"당신네들이 가지고 있는 것을 전부 내놓아. 당신들은 신용카드를 가지고 있는 부유한 외계인들이야. 내 말이 맞지? 당장 내놓으시지."

"나를 죽이든지 더 이상 대항 못 하게 때려눕히지 않는 한 내게서 그것을 가져갈 수 없을 거요. 게다가 그것은 내 음성 프린트 없이는 작동할 수가 없어."

"그렇지 않아, 선생. 이거 봐. 나는 점잖은 사람이야. 우리는 당신을 적당히 주물러 놓고 모조리 뺏을 수 있어."

"당신네들 몇이 덤빌 거요? 아홉 명? 아니면……."

셀던은 재빨리 숫자를 세었다.

"열 명?"

"나 혼자."

"누구의 도움도 받지 않고 말이오?"

"바로 나 혼자서."

"마론, 당신네 나머지 사람들이 깨끗이 사라지고 자리를 비워 준다면, 당신이 어떻게 하는가를 보고 싶구려."

"당신은 칼을 갖고 있지 않구먼. 선생, 칼 하나 줄까?"

"아니요. 그럴 필요는 없소. 그건 당신이 싸울 때나 쓰시오. 난 그런 것 없이 싸우겠소."

마론은 다른 사람들을 쳐다보고는 말했다.

"이것 좀 봐라, 이 하찮은 녀석이 사람 웃기고 있어. 겁먹지도 않는군. 멋있어! 이거 실례했소, 선생. 당신에게 한마디 하지. 난 여자를 데려가야겠어. 그러지 않기를 바란다면 당신과 이 여자의 신용카드를 이리 넘기시오. 당신의 고운 목소리로 작동시켜서 말이야. 당신이 만약 아무 말도 하지 않으면 나는 이 여자를 없애 버릴 거야. 그러고 나서는……."

그는 큰 소리를 내며 웃었다.

"즉시 당신을 해치우겠지."

셀던이 말했다.

"그러지 마시오. 여자는 그냥 보내요. 당신에게 결투를 신청하겠소, 1대1로. 당신은 칼을 가지고, 그리고 난 맨손으로. 당신이 그보다 더 큰 칼을 하나 더 쓰겠다면 그것도 좋소. 그렇지만 여자는 가게 해 주시오."

도스가 소리를 질렀다.

"해리, 그만둬요! 이 사람이 나를 원한다면 어디 한번 와서 데려가 보라지요. 해리, 당신은 오른쪽으로 물러나세요. 그리고 움직이지 마세요."

경멸에 찬 듯 이를 드러낸 채 싱글싱글 웃으면서 마론이 말했다.

"당신, 지금 한 말 들었어? '해리, 당신은 오른쪽으로 물러나세요. 그리고 움직이지 마세요.' 이 작은 숙녀는 당신을 원하고 있구먼. 당신네 둘, 얌전히 있어."

셀던의 양쪽 팔에 쇠로 된 손잡이가 느껴졌다. 그리고 등 뒤에 날카로운 칼끝이 와 닿았다. 그의 귀에 거친 속삭임이 들렸다.
"움직이지 마. 보기만 해. 숙녀는 당신이 그렇게 하는 것을 좋아할 거야. 아무래도 마론은 행운아야."
도스가 다시 한 번 외쳤다.
"해리, 움직이지 마세요!"
그녀는 얼굴을 돌려 물끄러미 마론을 바라보았다. 그녀의 반쯤 쥔 손이 벨트 가까이에서 균형을 잡았다. 그는 도스의 의도대로 그녀에게 다가갔다. 그녀는 그가 자기의 팔 길이 안으로 올 때까지 기다렸다. 그러다가 갑자기 그녀의 팔이 번쩍했고, 마론은 두 개의 커다란 칼을 마주하고 있는 자신을 발견했다.
순간 그는 흠칫하며 엉겁결에 몸을 뒤로 뺐다. 그러고 나서 소리 내어 웃었다.
"어린 숙녀가 두 개의 칼을 가지고 있군. 커다란 남자들이나 가지고 다니는 칼을 말이야. 그런데 난 칼이 한 개밖에 없군. 그렇지만 이걸로 충분해."
그는 칼을 날쌔게 뽑았다.
"난 당신을 죽이고 싶지 않아, 작은 아가씨. 그렇게 하지 않는 것이 우리 둘에게 더 좋기 때문이지. 당신 손에서 그 칼을 가져가도 될까?"
도스가 말했다.
"이봐요, 난 당신을 죽이고 싶지 않아요. 나는 당신을 죽이지 않기 위해 최선을 다할 겁니다. 그리고 여기 있는 모든 사람이 목격자가 될 거고 말이에요. 만약 내가 당신을 죽인다면 그것은 내 친구를 지키기 위해서입니다. 난 명예를 걸고 이 사람을 지키겠어요."
마론은 두려움을 느끼는 척하며 도스를 놀려 댔다.

"오, 제발 날 죽이진 마세요, 숙녀 아가씨."

그러고 나서 그는 한바탕 웃음을 터뜨렸다. 그 자리에 있던 다른 다 알인들도 덩달아 떠들어 댔다.

마론은 허공에 대고 아주 대범한 몸짓으로 칼을 세 번 휘둘렀다. 하지만 도스는 미동도 하지 않았다. 그녀는 실제로 자기를 겨냥한 그 어떤 공격 시도도 굳이 막으려 하지 않았다.

마론의 표정이 조금 어두워졌다. 그는 그녀가 겁에 질리는 걸 보고 싶었다. 그러나 그의 시도는 전혀 효과가 없었다. 그는 화가 나서 곧바로 그녀를 찔렀다. 동시에 도스의 왼손에 쥔 칼날이 번쩍거리며 그의 힘이 실린 칼과 부딪쳤다. 그녀의 오른손에 쥔 칼날에서 다시 불꽃이 튀는가 싶더니 그의 셔츠가 대각선으로 잘렸다. 가느다란 핏줄기가 덥수룩한 털로 덮인 피부를 약간 더럽혔다.

마론은 충격을 받고 자기 몸을 내려다보았다. 구경꾼들도 놀라 숨을 멈추고 그 광경을 지켜보았다. 셀던은 자기를 누르고 있는 칼 손잡이에서 힘이 약간 빠져나가는 것을 느꼈다.

마론은 다시 칼을 들었다. 이번에는 왼손을 뻗어 도스의 오른쪽 손목을 잡으려고 했다. 도스가 왼손에 쥔 칼로 다시 한 번 그의 칼을 가로막아 꼼짝 못하게 만들었다. 마론이 오른손으로 그녀의 오른쪽 손목을 잡는 순간, 그녀는 오른쪽 손목을 잽싸게 비틀어 아래로 끌어내렸다. 마론의 왼손이 잡은 것은 그녀의 칼날이었다. 그가 얼른 손을 펴자 손바닥에 피가 흐르고 있었다.

도스는 뒤로 몇 발짝 떨어졌다. 가슴과 손에 묻은 피를 보고 마론은 질식이라도 할 듯 고함을 질렀다.

"누구 나에게 다른 칼을 줘!"

사람들은 주저했다. 구경꾼 중 한 사람이 자기 칼을 내주었다. 마론이 그것을 잡으려고 팔을 뻗었다. 그러나 도스가 더 빨랐다. 오른손에 쥔 칼로 그 칼을 쳐서 그의 손아귀로부터 떨어뜨린 것이다. 칼은 빙빙 원을 그리며 뒤로 날아갔다.

셀던은 자기를 누르고 있는 칼 손잡이에서 힘이 더 빠져나가는 것을 느꼈다. 그는 갑자기 그들을 밀어젖혔다. 두 체포자가 돌연 고함을 지르며 그에게 돌진했다. 그러나 셀던은 재빨리 무릎으로 한 사람의 사타구니를 걷어차고 팔꿈치로 다른 사람의 명치를 쳤다. 두 사람은 벌렁 나가떨어졌다.

셀던은 무릎을 굽혀 칼을 집고는 도스처럼 두 자루의 칼로 무장하였다. 셀던은 칼을 사용할 줄 몰랐지만 다알 사람들이 그 사실을 알지는 못할 것이라고 생각했다.

도스가 말했다.

"해리, 다른 사람들을 막으세요. 아직은 공격하지 마세요. 마론, 다음에는 단순히 상처만 남기는 걸로 끝내지 않겠어."

마론은 격노하여 앞뒤가 안 맞는 소리를 질러 댔다. 그러고는 순전히 덩치로 상대방을 압도하려는지 무작정 덤벼들었다. 도스는 살짝 옆으로 발을 옮기며 몸을 굽히고는 오른발로 상대방의 오른쪽 발목을 걸어찼다. 그러자 우당탕 넘어지는 소리가 나더니 그의 칼이 공중으로 날았다.

그녀는 무릎을 굽혀 그의 목 뒤에 칼 하나, 목 앞에 또 하나를 대고는 말했다.

"항복해!"

그러나 마론은 다시 한 번 소리를 지르면서 한쪽 팔로 도스를 후려

치고 다른 팔로 그녀를 힘껏 밀어붙였다. 그리고 일어나려 했다.

마론이 아직 완전히 일어나지 않았을 때 도스는 몸을 날려 그를 덮쳤다. 그녀가 한 손에 든 칼을 휘두르자 그의 콧수염이 날아갔다. 그는 얼굴을 감싸 쥐면서 성난 짐승처럼 울부짖었다. 얼굴에서 손을 떼자 피가 뚝뚝 떨어졌다.

도스가 소리쳤다.

"마론, 수염은 이미 없어. 이제 다시는 자라지 못할 거야. 당신의 입술 한쪽이 통째로 날아가 버렸으니까. 다시 한 번 공격해 보지그래? 그땐 고깃덩이가 되고 말걸."

그녀는 잠시 동안 기다렸다. 그러나 마론은 더 이상 덤비려고 하지 않았다. 그는 비틀거리며 꽁무니를 뺐다. 신음 소리를 내면서 핏자국을 남기고…….

도스는 남아 있는 다른 사람들에게 시선을 돌렸다. 셀던이 반죽음을 만들어 놓은 두 사람은 무기를 빼앗긴 채 아직도 누워 있었다. 그들은 일어날 생각조차 못 하고 있었다. 그녀는 허리를 구부려 한쪽 칼로 그들의 벨트를 잘라 버렸다. 그리고 바지를 세로로 쭉 찢어 버렸다.

"이봐, 이젠 걸을 때 팬티를 꼭 붙잡으라고."

그녀는 아직도 안 가고 서 있는 일곱 명의 남자를 노려보았다. 그들은 어안이 벙벙해져서 그녀를 보고 있었다.

"자, 이젠 누가 칼을 뽑을 거지?"

침묵이 흘렀다.

그녀는 말했다.

"참, 그건 나하고는 상관없는 일이지. 한 번에 한 사람씩, 아니 한꺼번에 덤벼도 좋아. 하지만 내가 칼을 한 번 휘두를 때마다 누군가 한 명씩 죽을 거라는 것만 알아 둬!"

그 말이 끝나기가 무섭게 일곱 명은 일제히 몸을 돌려 쏜살같이 달아났다.

도스는 눈썹을 치키며 셀던에게 말했다.

"이렇게 되면, 휴민은 최소한 내가 당신을 보호하지 못했다고 불평하지는 못할 거예요."

"이봐요, 내가 꿈을 꾸고 있는 거예요? 아직도 내가 본 사실을 믿을 수가 없어요. 난 당신이 그런 일을…… 아니 그런 말조차 입 밖에 내지 않을 거라고 생각했는데."

도스는 다만 미소를 지을 뿐이었다.

"당신도 제법 하던데요? 우리는 훌륭한 한 쌍이에요. 아마 이 소식은 아주 빠른 속도로 널리 퍼지게 될 거예요. 그렇게 되면 우리는 아무런 방해도 받지 않고 이 빌리보턴을 무사히 빠져나갈 수 있겠지요."

그녀의 예상은 적중했다.

제15부

비밀경찰

다반

제1은하제국 말기의 몇 세기를 특징 짓는 불안정한 시대에, 사회 불안의 전형적인 원인은 정치·군사 지도자들이 '최고' 권력(시대가 흘러 감에 따라 점차 그 가치를 상실해 간 황권)을 유린한 데서 비롯되었다. 심리역사학이 출현하기 이전에는 대중 운동이라고 불릴 만한 것이 거의 없었다. 그러나 이와 관련하여 다반을 포함한 흥미로운 이야기가 하나 전해진다. 그는 실제로는 거의 알려져 있지 않은 사람이지만 언젠가 해리 셀던과 만난 적이 있다.

— 『은하대백과사전』

72

해리 셀던과 도스 베나빌리는 티살버의 집에서 아직 그런대로 쓸모 있는 구식 설비를 이용하여 온천욕을 했다. 저녁 무렵 지라드 티살버가 집으로 돌아왔을 때 그들은 옷을 갈아입고 셀던의 방에 있었다. 벨을 누르는 쪽은 약간 머뭇거리는 듯했다. 아니면 그렇게 느꼈는지도 모른다. 벨 소리는 그리 오래 울리지 않았.

셀던이 문을 열고 반갑게 말했다.

"안녕하세요, 티살버 씨? 그리고 부인."

카실리아는 눈살을 찌푸린 채 남편 뒤에 서 있었다.

티살버는 뭐라고 말해야 할지 몰라 머뭇거리면서 말했다.

"당신과 베나빌리 씨 두 분 다 별일 없으셨어요?"

그는 뭔가를 알고 있는 사람처럼 보이려는 듯 고개를 끄덕였다.

"아주 좋습니다. 빌리보턴을 출입하는 데는 아무런 문제도 없었습니다. 우리는 둘 다 몸을 씻고 옷을 갈아입었습니다. 이젠 아무 냄새도 나지 않아요."

이렇게 말하면서 셀던은 웃으며 티살버의 어깨 너머 그의 아내 쪽을 향해 턱을 내밀었다. 그러자 그녀는 냄새를 맡아 보려고 코를 킁킁거렸다. 확인이라도 하려는 듯이……. 티살버는 여전히 머뭇거리면서 말했다.

"칼싸움이 있었다는 소문을 들었습니다."

셀던의 눈썹이 치켜 올라갔다.

"무슨 얘기를 들었습니까?"

"당신과 이 아가씨가 100명의 칼잡이와 맞서 싸웠다고 들었습니다. 그래서 당신들이 그 사람들을 전부 죽였다고들 하던데, 그게 사실입니까?"

그는 억지로 존경하는 듯한 목소리를 냈다.

"절대로 그런 일은 없었습니다."

도스는 귀찮다는 표정을 지으며 말했다.

"그건 터무니없는 얘기예요. 당신은 우리를 어떻게 생각하세요? 학살자라도 된다고 생각하시나요? 그 사람들을 전부 죽이려면 상당한 시간이 걸릴 텐데 100명이나 되는 칼잡이들이 그동안 죽여 줍쇼 하고 기다릴 거라고 생각하세요? 제가 생각하기에는 당신들이 공연히 그렇게 생각하고 있는 것 같은데요."

"저는 사람들이 얘기하는 대로 말했을 뿐이에요. 이 집에서 그런 일이 일어나게 할 수는 없어요."

카실리아 티살버가 새된 소리로 단호하게 말했다.

"우선…… 그 일은 이 집에서 일어난 것이 아닙니다. 둘째로 100명이 아니라 열 명이었습니다. 또 단 한 사람도 죽지 않았습니다. 약간의 언쟁이 있기는 했지만. 그 후에 그들은 그 자리를 떠났고 우리에게 길을 열어 주었습니다."

셀던이 말했다.

"그들이 순순히 길을 열어 주었다고요? 우리가 그 말을 믿을 거라고 생각해요, 이방인 양반들?"

티살버 부인이 호전적으로 응수했다.

셀던은 한숨을 쉬었다. 아주 작은 충격만 가지고도 인류는 적대하는 그룹으로 나뉘는 모양이었다.

"그들 중의 한 사람이 칼에 약간 베였다는 사실은 인정합니다. 그렇지만 심각한 정도는 아니었습니다."

"그럼 당신들은 전혀 다치지 않았단 말입니까?"

티살버의 목소리에는 다소 감탄이 배어 나왔다.

셀던이 말했다.

"전혀 다치지 않았습니다. 베나빌리 양이 두 자루의 칼을 아주 훌륭하게 다루었거든요."

티살버 부인이 다시 끼어들었다. 그녀의 눈이 도스의 벨트를 내려다보았다.

"감히 말씀드리지만, 여기서는 그런 일을 저질러서는 안 된다는 것을 알려 드리고 있는 겁니다."

도스가 단호하게 말했다.

"우리를 공격하지 않는 한, 여기서는 당신이 원하는 대로, 결코 그런 일이 일어나지 않을 것입니다."

"그렇지만 당신들 때문에 우리 집 앞 길거리에 온갖 쓰레기가 다 모여 있잖아요?"

티살버 부인의 목소리는 여전히 높았다.

"여보, 화내지 마요."

티살버가 달래면서 말했다.

그의 부인은 경멸하듯 말을 내뱉었다.

"왜요? 이 여자 칼이 두려우세요? 이 자리에서 이 여자가 그 칼을 어떻게 사용하는지 보고 싶어요."

"저는 여기서 칼을 사용할 생각이 전혀 없습니다, 부인."

도스는 티살버 부인이 불쾌해하지 않을 정도로 가볍게 콧방귀를 뀌며 말했다. 그리고 그 쓰레기라는 말이 무엇을 뜻하는지 궁금해했다.

"당신이 방금 말한 길거리의 온갖 쓰레기란 대체 무슨 소리지요?"

티살버가 변명하듯 대답했다.

"제 아내가 말한 것은 빌리보턴에서 온 부랑아가, 적어도 겉으로 보기에는요, 당신들을 보고 싶어 하는데, 이 지역에서는 그런 일에 익숙하지 않다는 뜻입니다. 그런 일이 저희 집의 명예를 더럽히지나 않을까 하는 걱정이 돼서지요."

셸던이 말했다.

"티살버 씨, 좋습니다. 우리가 밖으로 나가겠습니다. 우리가 나가서 사정을 알아보도록 하지요. 그리고 나서 되도록 빨리 그 아이를 돌려보내도록 하겠습니다."

도스가 기분이 상해서 말했다.

"아니에요, 기다리세요. 여기에는 우리 방이 있어요. 우리는 방세를 지불하고 있고요. 방문자인지 아닌지는 우리가 결정합니다. 밖에서 기다린다는 빌리보턴에서 온 어린애는 어쨌든 다알 사람이에요. 더 중요한 것은 그가 트랜터 사람이라는 점이에요. 아직 그보다 더 중요한 문제가 남았어요. 그는 제국 시민이며 인간입니다. 무엇보다도 중요한 것은 우리에게 뭔가를 물어보러 온 바로 우리 손님이라는 점이죠. 그러니 우리는 그를 초대하겠어요."

티살버 부인은 미동도 하지 않았다. 티살버는 불안한 얼굴을 하고 있었다.

도스가 말했다.

"제가 빌리보턴에서 100명의 깡패들을 죽였다고 하셨지요? 그러니 제가 당신들 두 사람을 두려워할 거라고는 생각지 않으실 테지요?"

돌연 그녀는 차고 있는 벨트로 오른손을 가져갔다.

티살버가 갑자기 격한 목소리로 말했다.

"베나빌리 양, 우리는 당신 일을 방해할 생각이 없습니다. 물론 이 방은 당신 것이지요. 여기 초대하고 싶은 사람이 있으면 누구라도 초대할 수 있습니다."

화가 난 자기 아내를 끌어당기며 그는 되돌아갔다. 지금 받은 모욕을 언젠가는 확실히 되돌려 주리라 다짐하면서.

도스는 단호한 표정으로 그들의 뒷모습을 바라보았다.

셀던이 무미건조하게 웃었다.

"도스, 기분이 언짢아 보이는군요. 나는 스스로를 돈키호테식으로 문제에 뛰어드는 사람이라고 생각해 왔어요. 반면에 당신은 문제가 생기지 않도록 하는 것을 유일한 목표로 하는 차분하고 현실적인 사람인 것 같군요."

도스가 머리를 저었다.

"인간이 어느 특정한 계층에 속해 있다는 이유로 모멸적인 말을 듣는 것은 참을 수 없는 일이에요. 저기 있는 불량배들을 만들어 낸 것은 다름 아니라 여기 있는 이 존경스러운 사람들이란 말이에요."

"그리고 또 다른 존경스러운 사람들이 이들 존경스러운 사람들을 창조한 것이고, 이 사람들 서로 간의 증오가 인간성의 커다란 부분을 차지하고 있는 것 같군요."

"그렇다면 당신은 심리역사학 분야에서 이런 것도 다루어야 할 거예요. 안 그래요?"

"확실히 그래야 할 거예요. 심리역사학이 이미 이러저러한 것들을 다루고 있기는 하지만. 말이죠. 아참, 그 소년을 데려와 얘기를 나누도록 합시다. 아마 레이치일 거예요. 아무튼 그 아이가 나를 놀라게 하지는 않겠지."

73

레이치는 마치 협박당한 사람처럼 주변을 둘러보면서 들어왔다. 그는 자기 코밑에 보송보송 난 솜털을 만지려는 것처럼 오른손 집게손가락을 입술에 갖다 대었다.

그는 화난 기색이 완연한 티살버 부인에게 서투르게 인사했다.

"감사합니다. 부인. 좋은 집이군요."

방문이 그의 뒤에서 쾅 닫히고 난 후, 그는 셀던과 도스 쪽을 향해 감식안이라도 가진 사람처럼 말했다.

"아주 좋은 곳이에요."

셀던이 근엄하게 말했다.

"네가 좋아하는 것을 보니 기쁘구나. 우리가 여기 살고 있다는 것을 어떻게 알았니?"

"당신 뒤를 따라왔어요. 어떻게 생각하세요?"

레이치는 도스를 바라보았다.

"당신은 다른 여자들처럼 싸우지 않던데요?"

"여자들이 싸우는 것을 본 적이 있니?"

도스는 흥미를 느끼는 것처럼 물어보았다.

레이치는 코를 만지작거렸다.

"아니요. 여자들이 어떻게 싸우는지 한 번도 본 적이 없어요. 어린 애들을 겁주기 위해 만든 아주 작은 칼을 제외하면 여자들은 칼을 가지고 다니지 않아요. 그렇지만 절대로 나를 겁먹게 하지는 못했어요."

"그게 아닐 거야. 여자들은 어떤 때 칼을 뽑아 들지?"

"아무 일도 아닌데 그러지요. 조금만 놀려도 소리를 지르거든요. '어이, 아가씨! 잠깐만.' 하는 정도인데⋯⋯."

그는 잠시 그녀와 마론이 싸우던 일을 생각했다.

도스가 말했다.

"좋아, 내게는 그런 짓 하지 마라."

"당신을 놀려요? 마론과 싸운 당신을? 그러나저러나 그렇게 싸우는 법을 어디서 배웠어요?"

"내 고향에서."

"내게도 가르쳐 주실 수 있어요?"

"나를 만나러 온 이유가 그것뿐이야?"

"실은 그게 아니에요. 나는 메시지를 가지고 왔어요."

"나와 싸우고 싶다는 사람이 보낸 거야?"

"당신과 싸우고 싶어 하는 사람은 한 사람도 없어요. 당신은 이제 인정을 받은 거예요. 이제 당신은 빌리보턴 어디나 마음 놓고 다닐 수 있어요. 사람들은 당신을 보면 길을 비켜 줄 거예요. 이제 당신은 웃으면서 거리를 활보해도 된다고요. 사람들은 보나 마나 당신을 똑바로 쳐다보지도 못할 거예요. 오, 당신이 그렇게 한 거예요. 그것이 바로 그분이 당신을 만나고 싶어 하는 이유예요."

셀던이 물었다.

"레이치, 방금 누가 우리를 만나고 싶어 한다고 했니?"

"다반이라는 사람이에요."

"그 사람이 뭐 하는 사람인데?"

"좀 괴상한 사람이에요. 그는 빌리보턴에 살면서도 칼을 가지고 다니지 않아요."

"레이치, 그런 사람이 있단 말이냐?"

"그는 글을 아주 잘 읽어요. 그는 사람들이 정부 때문에 곤경에 처하게 될 때 그들을 도와줘요. 그러니까 사람들은 그를 괴롭히지 않고 혼자 내버려 두는 거지요. 그에게는 칼이 필요 없어요."

도스가 물었다.

"그렇다면 왜 그 사람이 직접 오지 않았지? 그 사람이 어째서 너를 보낸 거니?"

"그는 이런 곳을 싫어해요. 그는 이곳이 자신을 병들게 한다고 해요. 그는 여기에 사는 모든 사람이 정부의 끄나풀이라 생각하죠."

그는 말을 잠시 중단하고 두 외계 사람을 미심쩍다는 듯이 바라보다가 다시 말을 이었다.

"아무튼 그는 여기 오지 않을 거예요. 그는 내가 어린아이기 때문에 저 사람들이 들어오지 말라고 하지는 못할 거라고 했어요."

그는 히죽 웃었다.

"저 사람들이 거의 그럴 뻔했죠, 그렇죠? 여기 서 있던 부인, 그러니까 무슨 냄새를 킁킁대며 맡고 있던 그 부인 말이에요."

그는 갑자기 말을 멈추고는 무안해 어쩔 줄 몰라 하면서 자기 몸을 내려다보았다.

"내가 온 곳에서는 별로 씻을 기회가 없다고요."

도스가 조용히 웃으면서 말했다.

"괜찮아, 그런 건. 그런데 그 사람이 여기로 오지 않겠다면 우리가 어디에서 그 사람을 만나야 하니? 네가 기분 나쁠지 모르지만 아무리 생각해 보아도 우리는 빌리보턴으로 가고 싶은 생각이 전혀 없거든."

레이치는 화를 내며 말했다.

"내가 방금 전에 말했잖아요. 당신들은 빌리보턴에서 마음 놓고 다닐 수 있어요. 맹세해요. 또 그가 살고 있는 데서는 아무도 당신들을 괴롭히지 않을 거예요."

"그곳이 어디지?"

셀던이 물었다.

"제가 당신들을 그곳까지 데려다 드릴게요. 멀지 않아요."

"그런데 그 사람이 왜 우리를 만나고 싶어 하지?"

도스가 물었다.

"저는 몰라요. 그렇지만 그는 이렇게 말했어요."

레이치는 눈을 반쯤 감고 그가 한 말을 기억해 내려고 애썼다.

"'그 사람들에게 가서 다알의 열 저장실 노동자를 인간적으로 대해 준 그 남자와, 마론을 칼로 때려눕히고서 충분히 죽일 수도 있었는데 살려 준 그 여자를 내가 만나고 싶어 한다고 전해라.' 아마 이렇게 말했을 거예요."

셀던은 미소를 지었다.

"그래, 그 말이 맞을 것 같다. 지금 우리를 기다리고 있니?"

"그럼요. 그가 기다리고 있어요."

"그러면 가기로 하지."

그는 약간 의심을 담은 눈으로 도스를 바라보았다.

그녀가 말했다.

"알겠어요, 알겠다고요. 나라고 해서 반대할 이유도 없죠. 아마 함정은 아닐 거예요. 인간이란 희망을 버리지 않는 법이라잖아요."

74

그들이 밖으로 나오자 저녁노을이 무척이나 선명한 빛깔로 타오르고 있었다. 연보랏빛을 살짝 칠하고 분홍색으로 언저리를 두른 석양빛을 따라 저녁 구름이 두둥실 날고 있었다. 다알 사람들은 트랜터의 지배자에게 받는 대우는 불만이 있을 수 있겠지만, 그들을 위해 컴퓨터가 연출해 내는 날씨만은 확실히 싫어하지 않는 것 같았다.

도스가 낮은 소리로 말했다.

"우리는 저명인사들이에요. 그 점을 잊지 마세요."

셀던은 인공 하늘을 바라보다가 시선을 아래로 돌렸다. 그때 그는 문득 티살버 부부가 살고 있는 아파트 주위를 꽤 많은 군중이 에워싸고 있다는 것을 알았다. 군중은 한결같이 그들을 말똥말똥 쳐다보고 있었다. 두 외계인이 정신을 가다듬자 낮은 수군거림이 군중 사이로 퍼져 나갔다. 그 수군거림이 절정에 이르러 급기야 박수갈채로 변했다.

도스가 말했다.

"지금쯤 티살버 부인은 이 광경을 보고 짜증스러워하고 있겠군요, 그녀에게 조금은 동정이 가요."

군중은 꾀죄죄한 옷을 걸치고 있었다. 그들 중 대부분이 빌리보턴에서 왔으리라는 것을 짐작하기란 그리 어렵지 않았다.

셀던은 충동적으로 미소를 지었다. 그리고 박수갈채를 보내고 있는 군중을 향해 한 손을 들어 부드럽게 인사를 했다. 군중 사이에서 하나의 목소리가 들려왔다.

"아가씨, 칼 묘기 좀 보여 주세요!"

"안 돼요. 저는 화날 때를 제외하고는 칼을 쓰지 않아요!"

도스가 응답하자 금세 웃음이 터져 나왔다.

한 남자가 앞으로 걸어 나왔다. 분명히 빌리보턴 사람은 아닌 듯했다. 그렇다고 해서 다알 사람이라는 분명한 표시가 있는 것도 아니었다. 수염이 짧았으며 빛깔도 검은색이 아닌 갈색이었다. 그가 말했다.

"《트랜터 홀로비전 뉴스》의 말로 탄토 기자입니다. 오늘 밤 홀로비전 방송에서 당신을 뉴스 첫머리에 내보내도 되겠습니까?"

도스는 간단하게 대답했다.

"안 됩니다. 인터뷰는 안 하겠어요."

방송기자는 꼼짝도 하지 않았다.
"당신이 수많은 남자와 싸워 이겼다고 들었는데요?"
그 남자는 미소를 지었다.
"이건 아주 대단한 뉴스거리입니다, 말하자면요."
도스가 말했다.
"아닙니다. 우리는 빌리보턴에서 그저 몇 사람을 만나 얘기를 나누었을 뿐입니다. 그리고 우리는 그곳에서 곧 떠났습니다. 이것이 거기에서 일어났던 사건의 전부이자 당신이 들을 수 있는 얘기의 전부입니다."
"성함이 어떻게 됩니까? 말투로 봐서는 트랜터 사람이 아닌 것 같은데요."
"전 이름이 없습니다."
"그러면 당신 친구의 성함은 어떻게 됩니까?"
"그 사람 역시 이름 같은 것은 없습니다."
기자는 곤혹스러운 표정을 지었다.
"이것 보십시오, 아가씨. 당신은 뉴스거리고 저는 지금 직업상의 임무를 수행하려는 것일 뿐이에요."
레이치가 도스의 소맷자락을 잡아당겼다. 그녀는 몸을 뒤로 젖혀 그가 속삭이는 소리를 들었다.
그녀는 고개를 끄덕이고는 다시 똑바로 몸을 세웠다.
"탄토 씨, 당신은 방송기자가 아닌 것 같은데요. 당신은 다알에서 사건을 일으키려고 하는 제국의 스파이처럼 보입니다. 싸움은 없었습니다. 그런데도 당신은 싸움에 관한 뉴스거리를 만들려고 하고 있군요. 빌리보턴에 대한 제국의 정벌을 정당화하려고 말입니다. 제가 당신이라면 빨리 여기서 떠나겠어요. 저는 당신이 여기에 있는 이 사람들에게 좋은 인상을 주고 있다고는 생각하지 않으니까요."

군중은 도스의 말을 듣자 수군대기 시작했다. 그 소리는 점점 커졌다. 군중은 서서히, 그러나 위협적인 분위기를 감추지 않은 채 탄토 쪽으로 움직여 가기 시작했다. 그는 얼굴에 온통 불안한 표정을 짓더니 도망쳐 버렸다.

도스는 목소리가 커졌다.

"가도록 내버려 두세요. 누구든 그 사람을 건드리지 마세요. 폭동이 일어났다는 구실을 주어서는 안 됩니다."

군중은 그에게 길을 열어 주었다.

레이치가 말했다.

"아휴, 아가씨. 그 사람을 해치워 버릴 수도 있었잖아요!"

도스가 말했다.

"꼬마야, 넌 마치 피에 굶주린 것 같구나. 네 친구가 있는 곳으로 안내나 해."

75

그들은 허름한 식당 뒤로 돌아갔다. 방에는 다반이라고 소개되었던 남자가 기다리고 있었다. 방은 식당에서 멀찌감치 떨어져 있었다.

마치 헬리콘의 두더지가 지하 터널에 파고 들어가듯, 레이치는 굴처럼 파인 빌리보턴으로 들어가자 다시 편안함을 느끼는 듯했다.

그들 중 맨 처음 경계심을 드러낸 사람은 도스 베나빌리였다. 그녀는 문득 걸음을 멈추고 말했다.

"레이치, 돌아와. 도대체 우리가 지금 어디로 가고 있는 거지?"

"다반에게요. 벌써 말했잖아요."

레이치가 화가 나서 말했다.

"그렇지만 여기는 폐허가 다 된 곳이잖니. 이런 곳에는 사람이 살지 않아."

도스는 혐오스러운 표정으로 주위를 둘러보았다. 주위에서 사람이 살고 있는 기색이라고는 조금도 느낄 수가 없었으며 패널등만이 희미하게 비치고 있을 뿐이었다.

"다반은 이런 데가 좋대요. 그는 늘 이 주변을 이리저리 옮겨 다녀요. 여기에 머물다가 저기에 머물고……. 당신도 여기저기 옮겨 다니는 법을 배워야 할 거예요."

"어째서?"

"그게 더 안전할 테니까요."

"누구로부터 안전하다는 말이지?"

"정부로부터요."

"정부가 무슨 이유로 다반을 체포하려는 거지?"

"나는 몰라요. 이 말만은 할 수 있죠. 그 사람이 어디 있는지, 또 어떻게 하면 그곳에 갈 수 있는지 가르쳐 드릴게요. 그런 다음에는 당신들끼리 가도록 하세요. 만약 당신들이 내 안내를 받기 싫다면 말예요."

셀던이 말했다.

"레이치, 아니야. 네가 없다면 우리가 길을 잃을 것은 너무나 뻔하지 않니? 우리가 일을 마칠 때까지 기다렸다 돌아가는 길까지도 안내해 주는 게 좋을 것 같구나."

레이치는 즉각 이 말을 받았다.

"그렇게 하면 뭘 줄 건데요? 배가 고파도 여기 그냥 어슬렁거리고 있으라는 말이에요?"

"그래, 여기에 그냥 있어라. 물론 배가 고파지겠지. 내가 아주 맛있는 저녁을 사 주도록 하마. 네가 사 달라고 하는 것이면 무엇이든지 말이야."

"분명히 약속한 거예요? 그렇지만 그 말을 어떻게 믿죠?"

도스의 손이 휙 지나갔다. 그러자 그 손안에는 시퍼런 칼날이 쥐여 있었다.

"레이치, 설마 우리더러 거짓말쟁이라고 하지는 않겠지?"

레이치가 눈을 동그랗게 떴다.

"오, 나는 그 장면을 못 봤어요. 다시 한 번만 해 보세요."

"나중에 볼 수 있을 거야. 우리 일이 끝날 때까지 네가 여기에 있다면 말이다. 하지만 그렇지 않으면……."

도스는 그를 뚫어지게 보았다.

"너를 뒤쫓아 가서 혼내 줄 테야."

"어이구, 쫓아와 보세요. 당신들은 나를 잡지 못해요. 잡을 수가 없다고요."

그는 좀 점잔을 빼며 두 사람에게 절대 다른 일이 없을 거라고 약속했다. 그리고 두말없이 그들을 안내했다. 그들의 발소리가 텅 빈 복도에 가득 울려 퍼졌다.

그들이 방 안으로 들어서자 다반은 그들을 올려다보다가 레이치를 보더니 웃는 얼굴을 했다.

셀던이 입을 열었다.

"해리 셀던입니다. 이 젊은 아가씨는 도스 베나빌리고요."

그는 호기심 어린 눈으로 다반을 물끄러미 바라보았다. 다반은 가무잡잡한 피부에 다알 남자 특유의 굵고 까만 콧수염을 하고 있었다. 게다가 짧고 억센 턱수염까지 기르고 있었다. 그는 지금까지 셀던이 본 중에서 꼼꼼하게 면도하지 않은 최초의 다알인이었다. 빌리보턴의 불량배들조차 볼과 턱을 매끈하게 면도하고 다녔던 것이다.

셀던이 말했다.

"실례지만, 성함이 어떻게 되십니까?"

"다반이오. 레이치가 이미 말씀드렸을 텐데요."

"당신의 두 번째 이름은 무엇입니까?"

"나는 단지 다반일 뿐입니다. 셀던 씨, 여기로 오는 도중 미행은 없었습니까?"

"아뇨, 확실히 없었습니다. 미행하는 사람이 있었다면 레이치가 눈치를 챘을 겁니다. 레이치가 눈치를 채지 못했다 하더라도 베나빌리 양이 알아챘을 겁니다."

도스는 살며시 미소를 지었다.

"해리, 저를 인정해 주는군요."

"아무렴, 언제나 그런걸요."

그는 진지하게 말했다.

다반이 불편하게 몸을 움직이더니 말했다.

"당신은 이미 그 사실을 증명하셨습니다."

"증명을 했다고요?"

"그렇습니다. 저는 방송기자라고 사칭했던 사람 이야기를 들었습니다."

셀던은 약간 놀란 표정을 지었다.

"벌써요? 그렇지만 그 사람은 진짜 방송기자였을지도 모릅니다. 또 해를 끼칠 만한 사람도 아니었을 테고요. 레이치의 추측을 받아들여 그 사람을 제국의 스파이라고 부르기는 했습니다. 그때는 그것이 좋은 생각이다 싶었기 때문이지요. 결국 주변에 모였던 군중이 그 사람을 위협해서 쫓아 버렸습니다."

다반이 말했다.

"그렇지 않습니다. 그 사람은 당신이 부른 대로 제국의 스파이입니다. 우리 동료들은 그것을 알고 있어요. 그 사람은 제국을 위해 일하고 있습니다. 그렇다고 내가 하는 대로 따라 하지는 마십시오. 당신은 가명을 사용할 필요도 없고 거주지를 바꿔서도 안 됩니다. 당신은 그냥 자신의 이름을 내놓고 다녀야 합니다. 절대로 지하로 잠적할 생각은 하지 마십시오. 당신은 수학자 해리 셀던입니다."

셀던이 말했다.

"물론 그래야죠. 하지만 제가 왜 가명을 꾸며 댈 거라고 생각하셨습니까?"

"제국 정부가 당신을 잡으려고 하고 있습니다. 그렇지요?"

셀던이 어깨를 으쓱했다.

"저는 제국 정부가 데려갈 수 없는 곳에 와 있는걸요."

"물론 공개적으로는 그렇지요. 그러나 제국 정부도 공개적으로만 활동하는 것은 아닙니다. 저는 당신께 몸을 숨기라고 당부하고 싶습니다. 정말로 숨어야 합니다."

"당신 말씀대로……."

셀던은 강한 혐오감을 드러내며 주변을 살폈다. 방은 방금 전에 지나온 복도처럼 생동감이라고는 찾아볼 수가 없었고 여기저기서 죽음의 냄새가 풍기고 있었다.

다반이 말했다.

"그렇습니다. 당신은 우리에게 필요한 사람입니다."

"어째서요?"

"당신은 유고 애머릴이라는 사람과 이야기를 나눈 적이 있지요?"

"네, 그렇습니다."

"애머릴은 당신에게 미래를 예견하는 능력이 있다는 말을 제게 해 주었습니다."

셀던은 크게 한숨을 내쉬었다. 그는 이렇게 텅 빈 방에 계속 서 있어야 한다는 것이 피곤하게 느껴졌다. 다반은 방석에 앉아 있었다. 그러나 달리 쓸 만한 방석은 보이지 않았다. 방석들은 하나같이 더러웠다. 그렇다고 더덕더덕 곰팡이가 슨 벽에 기대고 싶지도 않았다.

셀던이 입을 열었다.

"당신이 애머릴의 말을 오해하고 있든가, 애머릴이 저를 오해하고 있든가 둘 중 하나일 겁니다. 제가 지금까지 해 오고 있는 일은 역사적인 예측이 오리무중으로 빠지지 않는, 말하자면 어느 한계 내에서 예측이 가능한, 그러한 출발 조건을 선택하는 것이 가능하다는 것을 증명하는 것입니다. 그러나 그 출발 조건이 무엇인지 저는 모릅니다. 그 조건을 발견한 사람 역시 한 사람도 없을 것이라고 생각합니다. 설사 많은 사람이 모인다고 하더라도 한정된 시간 안에 해내기는 불가능하다는 말입니다. 제 말이 무슨 뜻인지 이해하겠습니까?"

"아니요."

셀던은 또 한 번 한숨을 토해 냈다.

"그럼 다시 한 번 말씀드리지요. 미래를 예측하는 것은 가능한 일입니다. 그러나 그 가능성을 유리하게 이용할 조건을 찾는다는 것은 불가능한 일입니다. 이제 이해하시겠습니까?"

다반은 어두운 얼굴로 셀던을 바라보다가 다시 도스에게 고개를 돌렸다.

"그렇다면 당신이 미래를 예언할 수 있는 사람이라고 말할 수가 없군요."

"다반 선생, 이제야 제대로 이해하시는군요."

"그냥 다반이라고 불러 주십시오. 그렇지만 당신은 언젠가 미래를 예언하는 법을 찾게 될 가능성이 있는 것 아닙니까?"

"그렇게 될지도 모르죠."

"그것이 바로 제국에서 당신을 찾고 있는 이유입니까?"

셀던은 마치 설교라도 하는 사람처럼 손가락을 들었다.

"아닙니다. 저는 그것이 바로 제국 정부가 필사적으로 저를 찾지 않는 이유일 거라고 생각하고 있습니다. 아무런 문제도 일으키지 않고 저를 체포할 수만 있다면 물론 그렇게 하겠지요. 그러나 지금 당장은 내가 아무것도 모르고 있고, 그렇기 때문에 내가 머물고 있는 여기저기의 지방 권력에 간섭함으로써 그렇지 않아도 허약한 트랜터의 평화를 깨뜨릴 만한 가치가 제게 없다는 것을 그들은 잘 알고 있습니다. 그게 바로 제가 제 이름을 가지고서도 무사히 돌아다닐 수 있는 이유입니다."

다반은 잠시 두 손으로 얼굴을 감싸더니 중얼거렸다.

"이건 미친 짓이야……."

그러고는 피곤한 듯 도스에게 물었다.

"셀던의 아내입니까?"

도스가 차갑게 말했다.

"전 그의 친구이자 보호자입니다."

"그 이상은 아닙니까?"

"아니에요."

"그가 지금 말한 것이 사실이라고 생각하십니까?"

"진실을 말하고 있다고 생각해요. 당신이 그를 믿지 못하면서 저를 믿을 수가 있을까요? 만약 어떤 이유로 해리가 거짓말을 하고 있다면 저 역시 그를 돕기 위해 똑같은 거짓말을 하지 않겠어요?"

다반은 어쩔 줄 몰라 하면서 두 사람을 바라보았다.

"어쨌거나 우리를 도와주시겠습니까?"

"'우리'라니 누구를 말씀하시는 겁니까? 그리고 무슨 방법으로 당신을 도울 수가 있다는 거죠?"

다반이 말했다.

"당신은 이곳 다알의 상황을 알고 있습니다. 우리는 억압당하고 있지요. 당신은 그 사실을 알아야 합니다. 당신이 유고 애머릴을 대한 태도로 볼 때 당신에게는 우리에 대한 동정심이 틀림없이 있을 거라고 생각할 수밖에 없습니다."

"깊이 동정하고 있습니다."

"당신은 억압의 근원이 무엇인지도 알아야만 합니다."

"그것이 제국 정부라고 말씀하시려나 본데, 제 생각을 감히 말하자면 그것은 그중 일부에 불과하다고 봅니다. 저는 다알의 중류계급의 존재를 주목하고 있습니다. 그들은 열 저장실 노동자들을 멸시하고 있거든요. 다른 구역 사람들에게 테러를 자행하는 범죄자 집단도 있지요."

다반은 긴장한 나머지 입술이 팽팽해졌다. 그러나 그는 미동도 없이 그대로 앉아 있었다.

"바로 그겁니다. 그러나 제국이 그러한 분열을 조장하고 있습니다. 다알에는 심각한 문제를 야기할 가능성이 잠재되어 있습니다. 만약 열 저장실 노동자들이 파업을 일으키면 트랜터 전역은 거의 동시에 심각한 에너지 부족 사태에 직면하게 될 것입니다. 그렇게 되면 다알의 상류계급은 열 저장실 노동자들의 파업을 깨기 위해 빌리보턴이나 다른 지역의 폭력배들을 고용하려 들 것입니다. 전에도 그런 일이 있었습니다. 제국의 추종자로 만들기 위해 제국은 소수의 다알인들만 부유해질 수 있도록 뒷받침해 주고 있습니다. 한편 제국은 범죄적 요소들을 약화시키기에 효과적인 무기 규제법의 시행을 거부하고 있습니다. 제국 정부는 다알 한 곳에서뿐만 아니라 다른 어느 구역에서나 이렇게 하고 있습니다. 난폭한 직접 지배로 일관했던 옛날과는 달리 이제는 자기들 마음대로 물리적인 힘을 휘두를 수 없는 시대가 되었습니다. 오늘날 트랜터는 대단히 복잡해졌고 제국 권력이 함부로 손을 뻗칠 수 없도록 견제하는 능력도 스스로 갖추게 되었습니다."

"쇠퇴를 보여 주는 하나의 양상……."

셀던이 휴민의 불만을 회상하면서 말했다.

"뭐라고요?"

다반이 물었다.

"아무것도 아닙니다. 계속하십시오."

"제국 권력은 그저 보고 있을 수밖에 없습니다. 비록 중앙집권을 강화하고자 해도 그것이 쉽지 않다는 것은 그들 자신이 더 잘 알고 있지요. 그들은 구역 상호 간 불신을 조장하고 있습니다. 각각의 구역 내에서 경제적·사회적 계급들은 상호 간에 일종의 전쟁을 수행하게끔 부추겨지고 있습니다. 결국 트랜터 전역에 걸친 통일된 행동을 일으킬 수 없게 된 거죠. 그들은 힘을 합쳐 제국에 저항하기는커녕 서로 싸우기에 여념이 없습니다. 제국은 물리적 힘을 사용하지 않고서도 이제 전 구역을 지배할 수 있게 된 겁니다."

도스가 물었다.

"그렇다면…… 당신은 무엇을 할 수 있다고 생각하십니까?"

"저는 몇 년 동안 트랜터 사람들 간에 연대감을 조성하기 위해 노력해 왔습니다."

셀던이 무미건조하게 말했다.

"추측에 불과하긴 하지만 그 일이 불가능에 가까우리만치 어렵고 그 사람들도 크게 고마워하지 않을 거라는 걸 아시게 될 겁니다."

"당신의 추측이 맞습니다. 그렇지만 당은 점점 강해지고 있습니다. 칼잡이들 중 많은 이가 칼이라는 것은 그걸 사용하지 않을 때가 가장 최고라는 사실을 깨달아 가고 있습니다. 빌리보턴의 골목에서 당신을 공격했던 사람들은 아직도 그러한 사실을 깨닫지 못하고 있는 사람들인 셈입니다. 그러나 현재 당신을 지지하고 있는 사람들, 당신이 방송 기자라고 했던 스파이에 대항하여 당신을 지키려 했던 사람들은 제 동지들입니다. 저는 그들 속에 살고 있습니다. 이곳의 이러한 삶이 매력적이라는 건 아닙니다. 그러나 여기는 안전합니다. 그리고 우리는 이웃 구역에도 동조자가 있고 날마다 그 수를 불려 나가고 있습니다."

"그렇다면 우리가 참여할 여지가 있겠습니까?"

도스가 물었다.

"첫째, 당신들 둘 다 외부 행성에서 온 사람이고 또 학자입니다. 우리의 지도부에 당신과 같은 분들을 꼭 참여시키고 싶습니다. 우리가 갖고 있는 가장 위대하고 강력한 힘은 가난하고 못 배운 사람들에게서 나옵니다. 그들이야말로 가장 억압받고 있는 사람들이기 때문이지요. 그러나 그들에겐 지도력이 없습니다. 당신들 같은 사람 한 명은 그들 100명에 해당하는 가치가 있습니다."

"억압당하는 사람들을 지도하려는 사람에겐 어울리지 않는 이상한 관점이로군요."

셀던이 말했다.

다반이 황급히 말했다.

"민중 이야기를 하고 있는 것이 아닙니다. 저는 지금 지도력에 대해서 말씀드리고 있는 겁니다. 당 지도부에 지도력 있는 분들이 필요하다는 얘기지요."

"결국 당의 허울 좋은 체면치레를 위해 우리 같은 사람들이 필요하다, 그 말이군요."

"당신은 마음만 먹으면 언제라도 뭐든 고상하게 비웃을 수가 있겠지요. 하지만 셀던 씨, 당신은 존경스럽다든가 지적이라든가 하는 것 이상입니다. 당신이 비록 미래에 펼쳐져 있는 안개를 뚫고 나갈 수는 없다 할지라도……."

셀던이 그의 말을 막았다.

"제발, 다반. 시적으로 말씀하지 마세요. 또 제발 '무엇무엇을 할 수 있다면' 하는 식으로 말씀하지 마십시오. 그것은 할 수 있고 없고의 문제가 아닙니다. 제게는 미래를 예견할 능력이 없습니다. 눈을 막고 있는 것은 안개 정도가 아니라 크롬강철로 만들어진 장벽입니다."

"말을 마저 하지요, 선생. 심리역사학적 정확성, 당신은 그것을 뭐라고 표현하죠? 이것으로 실제 예언을 할 수는 없다 하더라도 당신은 역사를 공부했으니 결과에 대한 일종의 직관 같은 것은 가지고 있을 겁니다. 그렇지 않습니까?"

셀던은 고개를 저었다.

"수학적인 가능성에 대해서라면 저도 일종의 직관적인 이해력을 가지고 있습니다. 그러나 그것을 역사적인 의의를 갖는 그 어떤 것으로 번역할 능력은 없습니다. 실은 저는 역사를 공부하지 못했습니다. 그렇게 했으면 좋았을걸 하고 아쉬워할 뿐입니다. 그렇지 않아도 그 분야의 공부가 부족하다는 것을 뼈저리게 느끼는 중입니다."

도스가 냉랭하게 말했다.

"저는 역사학자입니다, 다반. 당신이 원하신다면 역사에 대해 잠시 말씀드리지요."

"말씀해 주세요."

다반은 반은 의례적으로 또 반은 도전적으로 말했다.

"첫째, 은하계 역사에 전제 지배를 무너뜨리려는 수많은 혁명이 있었습니다. 때로는 개별 행성에서, 때로는 행성군에서, 또 때로는 제국 자체에서, 또는 제국 시대 이전 지방 정부에서도 일어났습니다. 하지만 혁명은 종종 전제를 또 다른 전제로 바꾸는 것으로 끝나 버렸습니다. 다시 말해 결국 하나의 지배계급이 다른 지배계급으로 대치되고 만 것이지요. 그리고 가난하고 억압당하는 사람들은 여전히 가난하고 억압당한 채로 남게 되었습니다. 어떤 때는 이전보다 더욱 상태가 악화하기도 했지요."

주의 깊게 듣고 있던 다반이 말했다.

"저도 그건 알고 있습니다. 우리 모두 알고 있는 사실이지요. 아마

도 우리는 과거로부터 배울 수 있을 것이며 나아가 과거를 극복하는 방법도 배울 수 있을 겁니다. 더욱이 지금 존재하고 있는 전제는 '현실적인' 것입니다. 미래에도 그것이 존재할 수 있을지는 다만 잠재적인 가능성으로만 남아 있을 뿐입니다. 만약 그 변화가 현재보다 상황을 더 악화시킬 수도 있다는 생각 때문에 현실을 변화시키려는 노력을 외면한다면 결국 부정한 현실로부터 탈출할 가능성은 영원히 사라지고 말 것입니다."

도스가 말했다.

"우리가 염두에 두어야 할 두 번째 문제는 당신의 말이 설사 옳다고 하더라도 힘을 가지고 있는 쪽은 언제나 현실적으로 존재하는 지배 세력이기 마련이라는 점입니다. 한마디로 말한다면 지배 세력에게는 민중에 대항하여 언제라도 쓸 수 있는 동력학적·화학적·신경학적 무기를 갖춘 군대가 있습니다. 사정이 이렇다면 칼잡이들의 폭동이나 시위라는 방식으로 이길 수 있다고는 기대할 수 없을 것입니다. 억압당하고 있는 민중을, 심지어 존경할 만한 가치가 있는 사람들까지 모조리 당신 편으로 규합할 수는 있겠지요. 그러나 문제는 어떻게 해서든지 지배 세력들이 가진 치안 병력과 제국 군대를 무찔러 버리거나, 아니면 최소한 지배자들에 대한 그들의 충성심을 상당히 약화시킬 능력이 있느냐에 달려 있습니다."

다반이 말했다.

"트랜터는 여러 정부로 이루어진 연합 권력입니다. 각 정부는 자신의 지배자가 있으며, 그들 중 몇몇은 반제국적인 입장을 취하고 있지요. 만일 강력한 정부를 우리 편으로 끌어들일 수만 있다면 상황이 근본적으로 변할 수 있지 않겠습니까? 그렇게 되면 누더기를 걸친 초라한 사람들이 단순히 칼이나 돌을 들고 싸우는 것을 면할 수 있을 게 아닙니까?"

"지금 강력한 정부를 당신 편으로 끌어들인 상태라는 말인가요, 아니면 그렇게 해야 한다는 희망을 피력하는 건가요?"

다반은 아무 말도 하지 않았다.

도스가 말했다.

"와이의 시장을 염두에 두고 있는 것 같군요. 만약 그 시장이 황제를 타도할 가능성을 높이기 위한 방법의 하나로 민중의 불만을 이용할 거라고 생각한다면, 그 시장이 지향하는 목표가 제국의 황권을 단순히 계승하는 것에 있다는 것까지도 염두에 두고 있습니까? 그 시장이 현재 누리고 있는 상당한 지위를 내던져 버리고 도대체 왜 위험천만한 모험을 감수하려고 하겠습니까? 단지 정의를 회복하고 민중에게 정당한 대우를 해 주기 위해서? 그에게는 관심의 대상조차 안 되는 그런 사람들을 위해서?"

"당신 말은…… 우리를 돕고자 하는 어떤 강력한 지도자라도 결국은 배반하고 말 거라는 얘기군요."

"그것이 은하계 역사에서 나타난 공통적인 현상이니까요."

"만약 우리가 그렇게 할 의도를 갖고 있다고 한다면 우리 역시 그를 배반하는 것이 됩니까?"

"일단 그 사람을 이용하고, 그 후 결정적인 순간에 그들 세력을 틀어쥐고 있는 지도자나 어느 정도 지도적 위치에 있는 사람을 서서히 붕괴시켜 급기야 그를 암살해 버리겠다, 그 말입니까?"

"꼭 그대로 된다고는 할 수 없습니다. 그렇지만 그것이 꼭 필요한 경우가 생긴다면 그를 제거하기 위해 어떤 방법이든 써야겠지요."

"지금 혁명을 하려면 중요한 지도자들이 서로 배신할 준비가 되어 있어야 하고, 각자는 그럴 기회를 기다리고 있는 것일 뿐이라고 말씀하시는 겁니다. 거참 아이러니로군요."

"그렇다면 우리를 돕지 않겠다는 말입니까?"

다반이 말했다. 당황한 듯 눈살을 찌푸려 가며 다반과 도스가 주고받는 이야기를 듣고 있던 셀던이 말했다.

"그렇게 간단히 말할 수 있는 문제는 아닙니다. 우리는 당신을 돕고 싶습니다. 또 당신 편입니다. 상호 간의 증오와 불신을 조장함으로써 유지되어 가는 제국 체제를 지지하는 정신 나간 사람은 한 사람도 없을 것입니다. 별문제 없이 가동될 때조차 그것은 준안정 상태라고밖에 말할 수 없습니다. 다시 말해서 제국 체제가 어떤 방향으로 유지되든 그것은 곧 불안정 상태로 떨어질 수밖에 없는 심각한 지경에 놓일 것입니다.

그러나 문제는 우리가 '어떻게' 도울 수 있는가가 아니겠습니까? 심리역사학이 완성되어 있다면, 그래서 제가 앞으로 무슨 일이 일어날지를 예견할 수만 있다면, 또는 선택 가능한 여러 가능성 중에서 어떤 행동이 가장 바람직한 결과를 가져다주는지를 알 수만 있다면 제 능력을 당신 마음대로 이용할 수가 있겠지요. 그러나 유감스럽게도 지금 저에겐 그럴 만한 능력이 없습니다. 아무튼 제가 당신을 도울 수 있는 최선의 방법은 심리역사학을 발전시키는 노력을 계속해 가는 것입니다."

"그러려면 시간이 얼마나 오래 걸릴까요?"

셀던은 어깨를 으쓱했다.

"지금으로서는 단언할 수 없습니다."

"무한정 기다리라고 말할 수는 없지 않겠습니까?"

"지금은 그 말밖에 할 수 없습니다. 그러니 현재로서 저는 당신에게 필요가 없는 사람이 아니겠습니까? 하지만 이 점만은 말씀드릴 수 있습니다. 아주 최근까지 저는 심리역사학의 발전이 절대 불가능하다고 확신하고 있었습니다. 그러나 지금은 그 정도는 아닙니다."

"해결책을 찾았다는 말인가요?"

"아니요, 그런 뜻은 아닙니다. 다만 해결책이 있을지도 모른다는 예감을 가지고 있을 뿐입니다. 그 직관이 어떻게 생겼는지는 꼭 집어 말할 수 없습니다. 일종의 환상이랄까요? 그러나 그 직관이 어디로부터 온 것인지를 밝히기 위해 노력하고 있습니다. 그러니 그 노력을 계속할 수 있도록 해 주십시오. 아마 우리는 다시 만나게 될 겁니다."

"아니면 아마…… 만약 당신이 현재 머물고 있는 곳으로 돌아간다면 결국 당신 스스로 제국이 파 놓은 함정에 빠지게 될지도 모르지요. 당신이 심리역사학과 씨름을 하고 있는 동안 황제가 당신을 그냥 내버려 둘 거라고 생각하는 모양입니다만, 데머즐은 당신을 영원히 기다려 줄 마음이 없는 게 확실합니다. 아마 그는 저보다 더할 겁니다."

"그들이 서두른다고 해서 득 될 것은 하나도 없습니다. 내가 그들 편이 아니기 때문이지요. 저는 당신 편입니다. 갑시다, 도스."

셀던이 차분하게 말했다.

그들은 더러운 방에 다반을 혼자 남겨 두고 그 집을 나섰다. 레이치가 밖에서 그들을 기다리고 있었다.

76

레이치는 뭔지는 모르지만 손가락을 핥아 가면서 가방에 들어 있는 음식을 열심히 먹어 대고 있었다. 양파 냄새가 진동했다. 아마 어떤 효소가 발효된 냄새였으리라.

도스는 그 냄새를 맡지 않으려고 머리를 약간 돌리며 말했다.

"레이치, 그 음식은 어디서 났지?"

"다반의 친구한테서요. 그들이 갖다 주었어요. 다반은 멋쟁이예요."

"그럼 저녁을 사 주지 않아도 되겠구나, 그렇지?"

셀던은 몹시 배가 고픈 자신을 의식하면서 말했다.

"그 대신 다른 걸로 갚아야 해요."

레이치가 탐욕스러운 눈으로 도스를 보면서 말했다.

"그 칼은 어때요? 둘 중 하나만 주세요."

도스가 말했다.

"칼은 안 돼. 우리가 안전하게 돌아갈 수 있도록 안내를 해 주렴. 그러면 네게 5크레디트를 주마."

"5크레디트로는 칼을 살 수 없잖아요?"

레이치가 불만스럽게 말했다.

"그 이상은 한 푼도 안 돼."

"당신은 야비한 여자예요."

"그래, 나는 비호같이 칼을 쓸 수 있는 야비한 여자다. 레이치, 빨리 빨리 걸어라."

레이치는 손을 흔들었다.

"좋아요. 헉헉대지나 마세요. 이 길이에요."

텅 빈 복도를 돌아 나오고 있을 때였다. 갈 때와는 달리 이 길 저 길을 돌아보면서 걷던 도스가 갑자기 발을 멈추었다.

"레이치, 들어 봐. 누가 우리를 따라오고 있단 말이야."

레이치는 깜짝 놀랐다.

"당신이 듣고 있을 줄은 몰랐어요."

셀던이 한쪽으로 귀를 기울이면서 말했다.

"난 아무 소리도 듣지 못했는데."

"나는 들었어요."

도스가 말했다.

"레이치, 나를 바보 취급하지 마. 무슨 일인지 똑바로 말하든 한 일주일 동안 아무것도 볼 수 없을 만큼 머리를 얻어터지든 둘 중에 하나를 골라."

레이치는 방어하듯 한쪽 팔을 위로 치켜들었다.

"마음대로 하세요. 이 야비한 아가씨! 마음대로 하라고요. 그들은 다반의 동료예요. 다른 칼잡이들이 와서 해칠까 봐 우리를 지켜 주고 있는 것뿐이에요."

"다반의 동료?"

"그래요. 그들은 다른 쪽에 나 있는 복도를 따라 걷고 있는 거예요."

도스는 오른손으로 레이치의 목덜미를 잡아 들어 올렸다. 레이치가 매달리면서 소리를 질렀다.

"놔요, 이거 놔 주세요!"

셀던이 말했다.

"도스! 그러지 마."

"이 녀석이 사실대로 말할 때까지 더 심한 짓도 하겠어요. 해리, 당신을 책임질 사람은 저예요. 이 녀석이 아니란 말이에요!"

"난 거짓말하지 않았어요. 이봐요, 거짓말이 아니라고요."

레이치가 덤벼들 듯 말했다.

"거짓말하지 않았다잖아요."

셀던이 말했다.

"좋아요. 어디 한번 시험해 보죠. 레이치, 그 사람들에게 우리가 볼 수 있는 곳으로 나오라고 해."

그녀는 레이치를 내려놓고 손을 털었다.

"당신은 멍청이예요."

레이치는 기분이 상해서 투덜거렸다. 그리고 큰 소리로 외쳤다.

"여기요! 아저씨들, 이리 나오세요!"

잠시 후 복도 저쪽 어두운 출구 쪽에서 검은 콧수염을 기른 남자 둘이 나왔다. 그중 한 사람의 볼에는 흉터가 길게 나 있었고 두 사람 모두 칼을 뺀 칼집을 손에 쥐고 있었다.

"당신들 말고 저기에 몇 사람이나 더 있죠?"

도스가 냉랭한 표정으로 물었다.

"몇 명 더 있습니다. 다반의 지시예요. 우리는 당신들을 호위하고 있었습니다. 다반은 당신들의 안전을 바라고 있습니다."

그들 중 한 사람이 말했다.

"그래요? 감사합니다만 좀 조용히 따라오면 좋았을 텐데……. 레이치, 계속 가자."

레이치가 부루퉁하게 말했다.

"거짓말을 하지도 않았는데 당신은 날 괴롭혔어요."

"네 말이 맞다. 적어도 거짓말은 아닌 것 같다. 사과하마."

도스가 말했다.

"그렇게 간단히 끝낼 문제가 아니에요. 그렇지만 좋아요. 그 대신 딱 이번 한 번뿐이에요."

레이치는 몸을 길게 늘이며 말했다.

그는 걷기 시작했다.

그들이 복도 끝에 다다르자 숨어서 그들을 호위하던 사람들이 사라졌다. 예민한 도스 귀에도 그들의 발소리는 더 이상 들리지 않았다. 이제 그들은 빌리보턴의 한가운데로 들어가고 있었다.

도스가 골똘히 생각하면서 말했다.

"레이치, 내겐 네게 맞을 만한 옷이 없구나."

레이치가 말했다.

"당신에게 왜 나한테 맞는 옷이 필요하죠?"

일단 그들이 복도 밖으로 나오게 되자 그 대단한 레이치의 눈에도 존경의 빛이 서려 있었다.

"내 생각에는 네가 우리 집에 와서 목욕을 하고 싶어 할 것 같은데, 어때?"

레이치가 말했다.

"어째서요? 난 며칠 더 있다가 씻을 거예요. 그다음에 다른 셔츠로 갈아입을 거예요."

그는 다소 거만한 눈으로 도스를 올려다보았다.

"지금 나를 괴롭혔던 것을 미안해하고 있군요, 그렇죠?"

도스는 미소를 지었다.

"그래, 그런 셈이지."

레이치는 대단치 않다는 투로 거만하게 손을 흔들었다.

"그럴 필요 없어요. 당신이 날 해치지는 않았으니까요. 그런데 당신은 여자치고는 대단해요. 나를 아무것도 아니라는 듯 거뜬히 들어 올렸잖아요."

"레이치, 아까는 화가 났단다. 셸던 씨와 관계된 일이라면 나는 그렇게 해야 하거든."

"당신이 그럼 경호원이에요?"

레이치가 반신반의하면서 셸던을 바라보았다.

"당신은 여자를 경호원으로 데리고 다니세요?"

셸던은 쓴웃음을 지으며 말했다.

"어쩔 수 없었다. 그녀가 고집을 부렸거든. 도스는 자신의 임무를 확실하게 알고 있단다."

도스가 말했다.

"레이치, 다시 한 번 생각해 봐. 진짜 목욕하고 싶은 생각 없니? 아주 따뜻한 물로 말이야."

레이치가 말했다.

"그럴 기회가 없을 거예요. 저 여자가 저를 자기 집에 들이기나 하겠어요?"

도스는 고개를 들었다. 어느새 그들은 아파트에 다 와 있었다. 아파트 문 앞에는 카실리아 티살버가 외계인 여자와 빈민가에서 자란 소년을 번갈아 노려보며 서 있었다. 그녀가 어떤 때 화가 난 표정을 하는지 알아맞히기란 그리 어렵지 않은 일이었다.

"자, 안녕히 가세요. 저 여자가 당신들을 집에 들여보내 줄진 모르겠지만요."

레이치는 손을 호주머니에 푹 찔러 넣고는 어깨를 한번 으쓱거리더니 태평스러운 표정을 지으며 기운차게 걸어갔다.

"티살버 부인, 안녕하세요? 우리가 좀 늦었지요?"

셸던이 말했다.

"너무 늦었군요. 오늘 아파트 밖에서 폭동이 일어났어요. 당신이 길에서 벌레라고 떠밀어 버린 그 방송기자 때문이에요."

그녀가 대답했다.

"우리는 아무도 떠민 적이 없어요."

도스가 말했다.

"제가 그 자리에 있었습니다. 제가 그 장면을 봤다고요."

티살버가 고집스레 주장하고 나섰다.

이윽고 카실리아는 어쩔 수 없다는 듯 옆으로 몇 발짝 옮겼다. 그러나 그녀가 내키지 않아 하며 꾸물거리고 있다는 것쯤은 쉽게 알 수 있었다.

"더 이상 못 참겠다는 표정이군요."

두 사람이 각자 자기 방으로 올라갈 때 도스가 말했다.

"그렇다고 그 여자가 어떻게 할 것 같아요?"

"모르겠어요."

그것은 사실 둘 다 알 수 없는 일이었다.

제16부

경찰관

레이치

……해리 셀던의 말에 따르면, 자신과 레이치의 첫 만남은 매우 우연하게 이루어졌다고 한다. 그는 셀던이 길을 물어보았던 빈민가의 부랑아였을 뿐이었다. 그러나 셀던을 만난 순간부터 그의 삶은 위대한 수학자의 생애와 깊은 연관을 갖게 되었다.

—『은하대백과사전』

77

다음 날 셀던은 세수와 면도를 마치고 웃통을 벗은 채 그의 방 옆에 붙어 있는 도스의 방문을 노크했다. 그는 평상시 목소리로 말했다.

"도스, 문 열어요."

그녀가 문을 열었다. 붉은빛을 띤 그녀의 짧은 금발 머리는 아직 젖은 채였다. 그녀 역시 아랫도리만 걸치고 있었다.

셀던은 순간적으로 몇 걸음 뒤로 물러섰다. 도스는 풍만한 젖가슴을 내놓은 채 태연하게 머리에 수건을 감을 뿐이었다.

"무슨 일이세요?"

그녀가 물었다.

셀던은 얼굴을 오른쪽으로 돌린 채 말했다.

"당신에게 와이에 대해서 뭐 좀 물어볼 참이었어요."

도스는 아주 자연스럽게 말했다.

"와이의 무엇에 대해서요? 왜 저를 쳐다보지 않지요? 제가 당신 귀에 대고 말하라고 귀를 돌려 대신 건가요? 당신은 숫총각도 아니잖아요."

셀던은 충격을 받은 목소리로 말했다.

"난 그저 예의를 지키려 했을 뿐이에요. 마음에 들지 않는다면 그러지 않을 수도 있겠지요. 흐음…… 특별히 와이의 어떤 점에 대해 물으려는 것은 아니고 그저 와이 지역에 대해 물어보려는 거예요."

"왜 알려고 하시죠? 정확히 표현하자면 왜 하필 와이냐 그 말이에요."

"이것 봐요, 도스. 난 지금 심각해요. 항상 와이라는 곳이 화제로 등장하잖아요. 정확히는 와이의 시장이 그렇죠. 휴민도 그에 대한 이야기를 했고 당신도 그랬고 다반도 그랬죠. 그런데 난 그 구역이나 시장에 대해서 도통 알고 있는 것이 없거든요."

"해리, 저는 트랜터 출신이 아니에요. 그에 대해 아는 것도 거의 없고요. 그렇지만 알고 있는 것만이라도 기꺼이 말씀드리지요. 와이는 남극 가까이에 있어요. 대단히 크고 인구도 상당히 많아요."

"남극인데 인구가 많다고?"

"해리, 여기는 헬리콘이 아니에요. 시너도 아니고요. 여기는 트랜터예요. 모든 것이 지하에 있어요. 남극의 지하나 적도의 지하나 거의 동일하죠. 물론 지하라 밤낮의 배열이 더 극단적이기는 하지만요. 여름에는 낮이 길고 겨울에는 밤이 길지만 표면과 거의 비슷해요. 하지만 밤낮의 배열이 극단적인 것은 그냥 그런 척하고 있는 것에 불과해요. 그들은 극에 있다는 것을 과시하고 싶어 하니까요."

"하지만 그 위쪽은 확실히 추울 텐데."

"네, 그래요. 와이 위쪽은 눈이 오고 얼음이 얼어요. 그렇다고 당신이 생각하는 것처럼 눈이 많이 내리는 것도 아니고 얼음이 두껍게 어는 것도 아니에요. 그랬다가는 그 눈과 얼음이 와이의 지붕을 부숴 버릴 거예요. 하지만 그런 일은 없어요. 그것이 바로 와이가 강력한 힘을 갖게 된 근본적인 이유예요."

그녀는 거울 쪽으로 얼굴을 돌려 머릿수건을 풀고 그 위에 건조망을 씌웠다. 5초 정도 지나자 머리에서 윤기가 흘렀다.

"맨살 위에 뭔가를 씌우지 않아도 되니 얼마나 좋은지."

그녀는 그렇게 말하더니 윗옷을 입었다.

"얼음의 두께와 와이의 힘이 무슨 관계가 있나요?"

"생각해 보세요. 400억이나 되는 사람들이 섭취하는 칼로리가 얼마나 엄청날지를 말예요. 그 많은 사람이 섭취한 칼로리는 결국 열로 변하여 방출되겠지요. 열은 양쪽 극으로, 특히 남극을 통해 우주로 방출돼요. 왜냐하면 북극보다는 남극이 더 발달해 있으니까요. 그 과정에서 얼음 대부분을 녹이게 되는 것이지요. 트랜터에 구름과 비가 특히 많은 까닭은 바로 그 때문이에요. 많은 기상학자가 더 복잡한 요인이 작용하고 있다고 말하기는 하지만요."

"와이는 열을 우주로 방출하기 전에도 힘이 있었나요?"

"잘은 모르지만 아마 그랬을 거예요. 저는 열을 방출하는 데 필요한 기술에 대해서는 별로 아는 바가 없어요. 하지만 저는 지금 정치적인 힘에 대해서 얘기하고 있는 거예요. 만약 다알이 이용 가능한 에너지 생산을 중단한다면, 트랜터는 틀림없이 불편을 겪게 돼요. 그렇지만 에너지를 생산하는 곳은 다른 지역에도 있어요. 그러니 거기서 생산을 증대할 수가 있지요. 그리고 여기저기에 다양한 형태로 저장되어 있는 에너지도 있을 테고요. 결국 시간은 좀 걸리겠지만 다알은 처분 대상이 되고 말겠지요. 그러나 와이는……."

"와이는?"

"좋아요, 말하죠. 와이는 적어도 트랜터 전역에서 방출하는 열의 90퍼센트를 방출하고 있어요. 그것을 대체할 곳은 그 어디에도 없어요. 만약 와이가 열의 방출을 중단하게 되면 트랜터 전체의 기온이 올라가기 시작할 거예요."

"와이에서도 올라가겠지."

"네, 그렇지만 와이는 남극에 있기 때문에 차가운 공기를 유입할 수가 있어요. 물론 충분한 양은 안 되겠지만. 아무튼 와이는 트랜터의 다른 지역에 비해 더 오랫동안 버틸 수 있어요. 바로 이 점 때문에 황제는 와이를 대단히 신중하게 다룰 수밖에 없는 거예요. 그리고 바로 그점 때문에 와이의 시장이 엄청난 힘을 가질 수 있게 된 거죠."

"지금 와이의 시장은 누구죠?"

"그건 모르겠어요. 가끔씩 들려오는 얘기를 종합해 보면, 그는 아주 늙고 거의 일선에서 물러난 상태래요. 하지만 하이퍼 우주선의 선체만큼이나 완고한 사람이고 아직까지도 권위를 회복하기 위해 책략을 부리고 있는 게 확실해요."

"왜요? 도무지 이해가 안 가는군요. 그렇게 늙은 사람이라면 권력을 오랫동안 쥐고 있지도 못할 텐데."

"해리, 그 속을 누가 알겠어요? 오래 살겠다는 강박관념 같은 것 아니겠어요? 그것도 아니라면 일종의 게임이든지……. 권력 그 자체는 실제 갈망하지 않으면서도 권력을 차지하려는 욕심 같은 것 말이에요. 만약 그가 권력을 차지하여 데머즐이나 황제의 지위까지 탈취하게 된다면 곧 실망하고 말 거예요. 게임이 끝나 버렸기 때문이죠. 물론 그다음엔 권력을 유지하기 위한 게임이 새로 시작되겠지만요. 그 게임도 권력을 탈취하는 게임만큼이나 어렵겠지만, 그만큼 커다란 만족감을 줄 거예요."

셀던은 고개를 저었다.

"아무도 황제 자리를 넘보지 못할 것이라고 생각해요."

"온전한 사람이라면 물론 그렇겠지요. 저도 같은 생각이에요. 하지만 이른바 '황제 열병'은 일종의 질병과도 같아서 그 병에 한번 걸리면 정신을 차릴 수가 없어요. 높은 지위에 오르면 오를수록 그 병에 걸릴 확률은 커져요. 그 이상의 이득이 보다 확실해지니까요."

"그런 병은 점점 더 심각해지죠. 그래요, 난 그것을 알겠어요. 그러나 트랜터는 너무나 거대한 세계잖아요. 이해관계가 지나치게 얽혀 있고, 세력 간 충돌이 너무 심해요. 이러한 것들이 황제를 통치 불능의 상태로 몰아가는 중요한 요인이 되고 있고요. 어째서 와이의 시장은 트랜터를 떠나서 작긴 하겠지만 스스로 왕이 될 수 있는 세계를 건설하려고 하지 않을까요?"

도스는 웃었다.

"역사를 안다면 그런 말은 하지 않았을 거예요. 트랜터는 수천 년 동안 이어진 관습에 따라 제국이 되었어요. 제국 궁전에 살지 않는 황제는 이미 황제가 아니죠. 황제란 한 사람이라기보다 하나의 장소인 셈이에요."

셀던은 곤혹스러운 표정을 지으며 침묵을 지키고 있었다. 이윽고 도스가 물었다.

"해리, 왜 그러죠?"

"생각 중이에요."

그는 들리지도 않을 만큼 나지막이 말을 이었다.

"당신이 그 '넓적다리에 손댄 이야기'를 한 이래로 줄곧 붙잡으려야 붙잡을 수 없는 생각이 뇌리에서 떠나질 않고 있어요. 지금 당신이 한 말, 황제란 한 사람이라기보다는 하나의 장소라는 그 말을 들으니 얼핏 스치는 게 있어요."

"어떤 거예요?"

셀던은 고개를 저었다.

"아직 생각 중이에요. 완전히 틀려 버렸는지도 모르지."

그의 눈이 순간 도스를 날카롭게 쳐다보다가 다시 초점을 찾았다.

"어찌 됐거나 내려가서 아침 식사를 하도록 합시다. 여기까지 식사를 갖다 줄 만큼 티살버 부인이 유쾌한 상태는 아닐 테니까요."

"당신은 참 낙천주의자세요. 제 느낌엔 그녀가 계속해서 이 집에 살도록 놔둘 것 같지 않은데요? 아침을 날라다 주느냐 마느냐 하는 문제가 아니라고요. 그녀는 우리가 이 집에서 나가 주기를 바라고 있어요."

"그럴 수도 있죠. 하지만 우리는 방세를 내고 있잖아요?"

"호호, 그녀는 우리가 낸 크레디트도 거절할 만큼 우리를 미워하고 있어요."

"아마 그녀 남편은 방세에 관해서만은 생각이 다를걸요."

"해리, 만약 그가 한마디라도 자기 견해를 표시한다면 그 말을 듣고 나보다 더 놀랄 유일한 사람은 티살버 부인일 거예요. 음, 좋아요. 가요."

두 사람은 계단을 내려가 티살버 가족들이 있는 곳으로 갔다. 거기에는 문제의 티살버 부인이 아침 식사를 차려 놓지도 않고 아주 심각한 얼굴로 그들을 기다리고 있었다.

78

카실리아 티살버는 동그란 얼굴에 긴장된 미소를 담고 검은 눈을 반짝거리면서 딱딱한 자세로 서 있었다. 그녀의 남편은 우울한 얼굴로 벽에 몸을 기대고 서 있었다. 방 한가운데에는 낯선 남자 두 명이 마루에 놓인 방석을 보고도 무시한 채 뻣뻣하게 서 있었다.

두 사람 다 검고 곱슬곱슬한 머리털에 검고 굵은 콧수염을 달고 있는 것으로 보아 다알 사람인 듯했다. 그들은 둘 다 마른 체격에 제복을 입고 있었다. 제복의 양어깨에서 바지 아래까지 양옆으로 가늘고 흰 줄이 나 있었다. 오른쪽 가슴에는 희미하게 '우주선과 태양' 문장이 새겨져 있었다. 그 문장은 은하계에 있는 모든 세계에서 은하제국을 상징하는 의미로 사용되고 있는데, '태양'이라는 글씨 중앙에 검은색으로 'D' 자가 찍혀 있었다.

셀던은 금방 그들이 다알 구역의 치안 경찰이라는 것을 알아차렸다.
"무슨 일이십니까?"
셀던이 딱딱하게 물었다.
한 사람이 걸어 나왔다.
"저는 구역 경찰 라넬 루스 형사입니다. 이 사람은 제 동료 게보레 아스틴왈드입니다."
두 사람은 번쩍거리는 신분증명서를 내보였다. 셀던은 굳이 그것을 확인하려 하지 않았다.

"무슨 용건입니까?"

루스가 침착한 목소리로 말했다.

"당신이 헬리콘 출신 해리 셀던입니까?"

"그렇습니다."

"그리고 아가씨, 당신이 시너 출신 도스 베나빌리입니까?"

"그래요."

도스가 말했다.

"저는 어제 해리 셀던이라는 자가 폭동을 선동했다는 보고를 받고 조사하러 나왔습니다."

"저는 그런 짓을 한 적 없는데요."

셀던이 말했다.

루스가 소형 컴퓨터 수첩의 스크린을 보면서 말했다.

"우리가 가지고 있는 정보에 따르면, 당신은 방송기자를 제국의 스파이라고 비난했고, 그에 대항하는 폭동을 선동한 것으로 되어 있습니다."

도스가 말했다.

"형사님, 그 사람을 제국의 스파이라고 말한 사람은 바로 접니다. 그 사람이 스파이라고 생각할 근거가 있었습니다. 자신의 생각을 표현하는 것이 죄가 될 수는 없습니다. 제국에는 언론의 자유가 있으니까요."

"폭동을 선동하기 위해서 고의적으로 말하는 것까지 언론의 자유라고 말하는 것은 아닙니다."

"형사님, 무슨 근거로 그렇게 단정하시는 거죠?"

티살버 부인이 새된 목소리로 끼어들었다.

"형사님, 제가 말씀드리지요. 이 여자는 군중이 모여 있는 것을 보았습니다. 말썽 피울 거리를 찾고 있던 빈민굴의 군중을 말입니다. 그녀는 고의로 그가 제국의 스파이라고 말했어요. 그 사람에 대해서 아는 것도 전혀 없으면서 선동하기 위해 소리를 질러 댔던 거예요. 이 여자가 고의적으로 그랬다는 것은 너무도 분명해요."

"카실리아……."

그녀의 남편이 애원조로 말했다. 그러나 그녀가 노려보자 그는 더 이상 아무 말도 하지 않았다.

루스는 티살버 부인 쪽을 보았다.

"부인, 고발은 하셨습니까?"

"네. 이 두 사람은 여기서 사는 며칠 동안 문제만 일으켰어요. 이 사람들은 평판이 좋지 않은 사람을 내 아파트로 끌어들여 이웃에게 내 입장만 곤란하게 만들어 놓았습니다."

셀던이 말했다.

"형사님, 그런 것도 법에 저촉됩니까? 선량한 다알의 시민을 자기 집에 초대하는 것 말입니다. 위층에 있는 저희 두 사람 방은 '저희들' 방입니다. 저희는 그 방을 빌렸고 방세도 지불했습니다. 형사님, 다알에서 다알 사람과 얘기를 하는 것이 죄가 됩니까?"

루스가 말했다.

"아니요, 그렇지 않습니다. 그것은 고발 사유가 못 됩니다. 베나빌리 양, 당신은 그 사람을 혹독하게 비난했습니다. 어떤 근거로 당신은 그 사람이 제국의 스파이라고 생각하셨습니까?"

도스가 말했다.

"그는 짧은 갈색 콧수염을 달고 있었습니다. 그래서 저는 그 사람이 다알 사람이 아니라는 결론을 내렸어요. 그리고 제국의 스파이일 거라고 짐작을 했던 것입니다."

"짐작을 하셨다……. 당신 친구 셀던 씨는 콧수염이 전혀 없습니다. 그럼 그가 스파이일 거라고 짐작하십니까?"

셀던이 서둘러 말했다.

"아무튼 폭동은 없었습니다. 없었다고요. 저희들은 거기 모여 있던 군중에게 방송기자라는 사람을 건드리지 말라고 간청했습니다. 저는 그들이 그 남자에게 어떤 행동도 하지 않았을 거라고 확신합니다."

루스가 말했다.

"셀던 씨, 확신하신다고요? 우리가 갖고 있는 정보에 따르면 당신들은 비난을 퍼부은 뒤 곧 그곳을 떠났습니다. 그런데 어떻게 당신이 떠난 후에 생긴 일을 목격할 수 있었죠?"

"물론 저는 그 이후의 일을 직접 보지 못했습니다. 그럼 그 남자가 죽었다는 말입니까? 아니면 다쳤습니까?"

"그 사람을 인터뷰했습니다. 그는 자기는 스파이가 아니라고 했습니다. 우리는 그 사람이 누구인지 정보를 가지고 있지는 않습니다. 그러나 본인이 난폭한 취급을 당했다고 주장하고 있습니다."

셀던이 말했다.

"저는 두 가지 다 거짓말이라고 봅니다. 그 사람에게 거짓말 탐지기 테스트를 하도록 제안하고 싶습니다."

"피해자에게는 그런 것을 하지 못하게 되어 있습니다. 그 점에서만은 구역 정부가 대단히 단호합니다. 만약 당신들이 이 사건의 범인이라는 혐의가 인정되면 두 사람은 거짓말 탐지기 테스트를 받을 수도 있습니다. 그것을 원하십니까?"

순간 셀던과 도스의 시선이 마주쳤다. 셀던이 말했다.

"아니요. 물론 그렇게 하고 싶지 않습니다."

"물론 저도 그렇게 하고 싶지 않습니다."

루스가 그 말을 되풀이했다. 빈정거리는 말투였다.

"당신은 그러면서 다른 사람에게는 기꺼이 그래야 한다고 주장하시는군요."

또 다른 형사 아스틴왈드는 한마디도 하지 않고 있다가 동료의 말에 미소를 지었다.

루스가 말했다.

"우리는 이틀 전에 당신들이 빌리보턴에서 칼싸움을 벌였으며, 다알 시민 한 명에게 중상을 입혔다는 정보도 입수했습니다. 피해자의 이름은……."

그가 컴퓨터 수첩의 단추를 누르자 스크린에 다른 화면이 나타났다.

"엘긴 마론입니다."

도스가 말했다.

"당신이 갖고 있는 정보에는 싸움의 발단이 뭐였다고 되어 있죠?"

"아가씨, 그것은 상관이 없습니다. 싸움이 있었다는 사실을 부인하시겠습니까?"

셀던이 격하게 말했다.

"물론 싸움이 있었다는 사실을 부인하려는 것은 아닙니다. 그렇지만 어떤 의미에서든 우리가 그 싸움을 부추겼다는 사실만은 부인합니다. 오히려 우리가 공격을 받았어요. 베나빌리 양이 그 마론이라는 자에게 붙잡혔고 그 사람이 그녀를 강간하려 했던 겁니다. 그 이후에 발생한 일은 순전히 정당방위였습니다. 그렇지 않다면 다알에서는 강간을 너그러이 봐주기라도 한단 말입니까?"

루스는 억양이 전혀 들어 있지 않은 말투로 말했다.

"지금 공격을 받았다고 주장하는 겁니까? 그렇게 많은 사람으로부터 말입니까?"

"남자 열 명이었습니다."

"그런데 당신 혼자서, 아니 여자와 함께 그 열 사람에 대항해서 자신을 지켰다는 말입니까?"

"네, 그래요. 베나빌리와 저는 스스로를 지켜 냈습니다."

"그렇다면 어떻게 상처 하나 입지 않을 수가 있었습니까? 혹시 안 보이는 곳에 부상당한 곳이 있는 겁니까?"

"형사님, 그렇지 않습니다."

"그럼, 여자를 더한다 해도 10대2의 싸움에서 어떻게 당신들은 상처 하나 입지 않았습니까? 엘긴 마론이라는 고소인은 부상을 당해 병원에 입원까지 하고 거기다 피부이식 수술까지 해야 하는 정도가 되었는데 말입니다."

셀던은 완강하게 말했다.

"우리가 잘 싸웠기 때문이죠, 뭐."

"믿을 수가 없군요. 당신과 당신 친구가 마론을 공격했다고 증언하고 있는 사람이 세 명이나 있는데 무슨 말을 하십니까?"

"이봐요, 형사 나리. 우리 말은 모두 사실입니다. 틀림없이 당신들은 마론이 싸움꾼이자 칼잡이라는 기록을 가지고 있을 겁니다. 그 자리에 있던 세 명이 거짓말을 하고 있는 게 분명합니다. 그 사람들이 자기 친구가 정당한 이유도 없는 공격을 받고 목숨이 위태로워졌는데도 왜 친구를 구하러 하지 않았는지 납득할 만한 설명을 했습니까? 그들이 뻔한 거짓말을 하고 있다는 것쯤은 형사 나리도 알 수 있잖습니까?"

"그들에게 거짓말 탐지기 테스트를 해 볼 것을 제안하는 겁니까?"

"그렇습니다. 그리고 당신이 묻기 전에 대답합니다만, 우리들에게도 그 테스트를 하려고 한다면 다시 한 번 거절합니다."

루스가 말했다.

"이런 정보도 있습니다. 어제 폭동 현장을 떠난 후 당신들은 유명한 파괴활동 분자로 치안 경찰의 수배를 받고 있는 다반이라는 사람과 만나 얘기를 나누었습니다. 맞습니까?"

셀던이 말했다.

"그건 당신들 스스로 입증해야 할 겁니다. 더 이상 질문에 대답하지 않겠습니다."

루스는 수첩을 주머니에 집어넣었다.

"유감스럽지만 우리와 함께 본부로 가서 다른 질문을 받으셔야 하겠습니다."

"형사 나리, 그럴 필요는 없습니다. 우리는 아무 죄도 없는 외계인들입니다. 우리를 부당하게 괴롭히려는 방송기자를 피했을 뿐입니다. 그리고 우범지대로 잘 알려진 지역에서 강간과 살해의 위험에 맞서 스스로를 방어했을 뿐이고요. 또한 우리는 많은 다알인과 대화를 했습니다. 더 이상 우리가 취조당해야 할 뚜렷한 이유는 없는 것 아닙니까? 이건 강제로 무릎을 꿇리겠다는 거나 다름이 없습니다."

"판단은 당신이 아니라 우리가 합니다. 같이 가실까요?"

루스가 말했다. 도스가 날카롭게 소리쳤다.

"싫어요. 가지 않겠어요."

"이걸 좀 보세요! 그 여자는 칼 두 자루를 가지고 있어요."

티살버 부인이 소리쳤다.

루스 형사가 숨을 크게 내쉬었다.

"부인, 고맙습니다. 사실은 저도 알고 있습니다."

그는 도스 쪽을 보았다.

"이 구역에서는 당국의 허가 없이 칼을 소지하지 못하게 되어 있다는 것을 모르고 계셨습니까?"

"네, 몰랐습니다."

"그렇다면 당신은 분명히 불법으로 소지한 칼로 마론을 공격한 것이로군요? 이러한 사실이 당신의 죄를 더 무겁게 할 거라는 점을 아십니까?"

도스가 말했다.

"모르고 한 일은 죄가 안 됩니다. 마론도 칼을 가지고 있었습니다. 허가받지 않은 칼을요. 확실합니다."

"그런지 아닌지에 대한 증거가 우리에겐 없습니다. 그리고 마론에게는 칼에 찔린 상처가 있지만 당신들에겐 없습니다."

"형사님, 그 사람은 분명히 칼을 가지고 있었습니다. 이봐요, 당신은 빌리보턴에 살고 있는 사람이라면 누구든지, 아니 다알의 다른 구역이라도 대다수 사람들이 당국의 허락 없이 칼을 가지고 다닌다는 사실을 모르는 거예요? 만약 그렇다면 당신은 그 사실을 모르는 유일한 다알인일 거예요. 여기는 어딜 가나 공공연히 칼을 파는 상점들이 즐비합니다. 몰랐습니까?"

루스는 말했다.

"그 사실을 내가 아느냐 모르느냐는 지금 문제가 안 됩니다. 또, 다른 사람이 법을 위반했느냐 아니냐, 그들 중 얼마나 많은 사람이 불법으로 칼을 소지하고 있느냐 하는 것 역시 문제가 안 됩니다. 지금은 다만 베나빌리 양이 불법적으로 칼을 소지했는가 하는 점만 문제가 될 뿐입니다. 아가씨, 지금 당장 그 칼을 이리 주십시오. 그리고 두 사람은 저와 함께 본부로 갑시다."

도스가 말했다.

"정 그러시겠다면, 제게서 칼을 가져가 보세요."

루스는 숨을 깊이 들이마셨다.

"아가씨, 다알에 무기가 칼밖에 없다고 착각하지는 마십시오. 그리고 제가 당신과 칼싸움을 할 필요가 있을 거라고 생각하지도 마십시오. 당신이 아무리 날쌔게 칼을 쓴다 해도 저와 제 동료에게는 당신이 채 칼집에서 칼을 빼 들기도 전에 당신을 쓰러뜨릴 수 있는 전자총이 있습니다. 우리는 물론 전자총을 사용하고 싶지 않습니다. 여기서 당신을 죽이고 싶은 생각은 없으니까요. 하지만 신경채찍은 마음대로 사용할 수 있지요. 하지만 아무쪼록 우리가 그걸 쓸 일만은 없기를 바랍니다. 쓴다고 해서 당신이 죽거나 당신에게 영구적인 상흔이 남지는 않겠지만 당신은 끔찍한 고통을 맛볼 겁니다. 제 동료가 지금 오른손에 신경채찍을 쥐고 있습니다. 그리고 이건 제 것입니다, 베나빌리 양. 자, 그 칼을 이리 주십시오."

순간 정적이 감돌았다. 이윽고 셀던이 말했다.

"도스, 별수 없어요. 칼을 그에게 주세요."

바로 그때 방문을 세차게 두드리는 소리가 들렸다. 그리고 그들 모두의 귀에 째질 듯이 간청하는 목소리가 들려왔다.

79

레이치는 그들의 아파트를 걸어 나온 후, 그 동네를 완전히 떠나지 않았다.

그는 그들이 다반과 이야기를 하고 있는 동안 배불리 먹었던 터라, 여러 가지 시설을 갖춘 목욕탕을 찾아가 잠까지 한숨 자 두었다. 할 일을 다 끝낸 그는 이제 정말 갈 곳이 없었다. 집이 있기는 했다. 하지만 그가 한동안 집을 비워도 어머니는 별로 불안해하지 않았다.

그는 아버지가 누군지 몰랐다. 그래서 가끔 자기에게도 아버지가 있었을까 하는 의심을 해 보곤 했다. 그는 사람들에게서 아버지가 반드시 있을 거라는 소리를 들었다. 그리고 그 근거에 대한 아주 노골적인 이야기를 들은 적도 있었다. 이따금 그는 그런 이상한 이야기를 믿어야 할지 의심스러웠지만 사실은 그 노골적인 이야기에 더 관심이 갔다.

그는 그 아가씨와 관련해 그 이야기를 생각했다. 그녀는 물론 그보다 나이를 먹었다. 그러나 그녀는 예뻤고 남자처럼, 아니 남자보다 더 싸움을 잘했다. 뭔가 알 수 없는 막연한 생각이 그의 머릿속을 꽉 채웠다.

그녀는 그에게 목욕을 권했다. 그는 별달리 쓸 곳이 없는 크레디트를 몇 푼 가졌거나 빌리보턴의 풀장에 몰래 숨어들 수 있을 때는 수영하기를 좋아했다. 그런 때가 몸 전체를 적실 수 있는 유일한 기회였다. 그러나 물은 차가웠고 수건도 없어서 젖은 몸이 다 마를 때까지 기다려야만 했다.

목욕은 그것과는 달랐다. 뜨거운 물과 수건, 훈훈한 공기가 있었다. 그는 그러한 것들이 어떤 느낌을 주는지 경험해 본 적이 없었다. 그녀가 그 안에 있으면 멋질 거라는 생각밖에는…….

그는 그곳 지리에 통달했다. 그런 만큼 그는 목욕탕 가까이에, 마침 그녀가 있는 곳 아주 가까이에, 더구나 다른 사람이 발견하기 어려운, 그래서 달아나지 않아도 되는 좋은 장소가 있다는 것을 알고 있었다. 그곳은 보도에서 떨어진 골목이었다.

그는 이상한 생각에 잠긴 채 그곳에서 밤을 보냈다. 읽고 쓸 줄 안다면 어떻게 될까? 그것을 이용해서 뭔가를 할 수 있을까? 그러나 무슨 일을 할 수 있는지 확실하지 않았다. 그녀라면 말해 줄 수 있을 것이다. 그는 지금 당장은 알 수 없는 그 어떤 것을 하기 위해서는 돈이 필요할 것이라는 막연한 생각을 했다. 그렇다면 그는 누구에겐가 도움을 요청해야만 할 것이다. 하지만 누구에게 어떻게 말을 한단 말인가?

그들과 함께 살 수 있다면 그들이 도와줄 것이다. 그러나 그들이 왜 그와 같은 사람과 함께 살려고 하겠는가?

그는 꾸벅꾸벅 졸다가 잠깐 눈을 떴다. 그것은 빛이 밝아졌기 때문이 아니라, 하루의 활동이 시작되는 것 같은 소리를 그의 예민한 귀가 포착했기 때문이다.

그는 지리에 통달했을 뿐만 아니라 거의 모든 소리를 식별할 수 있었다. 빌리보턴의 빈민굴에 있는 미로에서 적어도 안전하게 살아남으려면 사물을 확인하기 전에 먼저 그것이 무엇인지를 알아채지 않으면 안 되었기 때문이다. 그런데 방금 전에 들은 육상 자동차의 엔진 소리가 뭔가 그에게 위험 신호를 알렸다. 그것은 경찰의 소리, 적의 소리였다.

그는 잠에서 깨기 위해 머리를 흔들었다. 그리고 보도 쪽으로 슬쩍 빠져나갔다. 자동차 위의 '우주선과 태양' 문장을 굳이 볼 필요도 없었다. 차가 지나간 자리에 남아 있는 바큇자국을 보는 것만으로도 충분했다. 순간 그는 그 차가 그 남자와 여자를 잡으러 왔다는 것을 알았다. 두 사람이 잡혀간다면 그것은 다반을 만났기 때문일 것이다. 의문을 품어 본다든가 분석해 볼 여유가 없었다. 하루가 막 시작되고 있는 거리를 뚫고 그는 미친 듯이 달렸다.

15분이 채 못 되어 그는 원래 자리로 되돌아왔다. 육상 자동차는 아직도 거기에 있었다. 호기심에 가득 찬, 그러나 조심성 있는 구경꾼들이 빙 둘러서서 자동차를 보고 있었다. 그들은 차마 가까이 가려 하지 않았다. 얼마 지나지 않아 사람들이 더 많이 모여들 것이다. 그는 자신이 두드렸던 문이 어디였을까를 기억해 내려고 애쓰면서 계단을 올라갔다. 엘리베이터를 기다릴 시간적 여유도 그에게는 없었다.

드디어 그 문을 찾았다. 아니, 그 문이 맞을 것이라고 생각했다. 그는 문을 세차게 두드리면서 날카롭게 소리 질렀다.

"아가씨! 아가씨!"

너무 흥분한 나머지 그녀의 이름이 생각나지 않았다. 그러나 그 남자의 이름은 언뜻 생각이 났다.

"해리, 들여보내 주세요!"

문이 열렸다. 그는 급히 안으로 들어갔다. 아니, 들어가려고 했다. 경찰의 손이 그의 팔을 거칠게 붙잡았다.

"게 서라, 꼬마야. 어디로 가려는 거지?"

"놔요! 난 아무 잘못도 안 했어요."

그리고 나서 재빨리 주변을 훑어보았다.

"아, 아가씨. 이 사람들이 지금 뭘 하고 있죠?"

"우리를 체포하려던 중이란다."

도스는 심각한 얼굴로 말했다.

"왜요?"

레이치는 숨을 헐떡이며 경찰관을 노려보았다.

"이것 놔요. 놓으란 말예요! 아가씨, 이 사람을 따라가지 마세요. 이 사람과 같이 가서는 안 돼요."

"너는 나가!"

루스가 소년을 거칠게 흔들면서 말했다.

"싫어요. 나는 안 나가요. 경찰관 아저씨, 당신도 못 나가요. 우리 편이 지금 전부 몰려오고 있어요. 이 사람들을 놓아주지 않으면 당신도 여기서 못 나가요."

"어느 패거리지?"

루스가 눈살을 찌푸리며 물었다.

"그들이 지금 밖에 있어요. 아마 지금쯤 그들은 당신의 차를 요리하고 있을 거예요. 그 일이 끝나면 당신도 곧 그 꼴이 되고 말걸요?"

루스가 그의 동료를 보았다.

"본부를 호출해. 트럭 몇 대에 마크로스를 실어 이리로 보내라고 하게."

레이치가 아스틴왈드에게 돌진하면서 비명을 질렀다.

"안 돼요! 부르지 마세요."

루스가 신경채찍을 들어 레이치를 후려쳤다. 레이치는 비명을 지르면서 오른쪽 어깨를 잡은 채 넘어졌다. 그는 미친 듯이 데굴데굴 굴렀다.

루스가 셸던에게 몸을 돌리려고 하자 셸던은 그의 손목을 쥐고 움직이지 못하게 발을 꽉 밟은 다음, 손에서 신경채찍을 낚아채 공중으로 날려 버렸다. 그러고 나서 손목을 비틀어 뒤로 꺾었다. 루스는 고통을 못 이기고 쉰 소리로 비명을 질러 댔다. 그의 어깨가 빠지는 소리가 났다.

아스틴왈드가 재빨리 전자총을 겨누고 불을 뿜으려는 순간 도스의 왼손이 그의 어깨를 거머쥐었다. 오른손에 든 칼은 벌써 그의 목을 겨누고 있었다.

"움직이지 마요! 단 1밀리미터라도 까딱했다가는 당신 목뼈까지 베어 버리겠어. 자, 전자총을 바닥에 내려놔. 그 신경채찍도 내려놔!"

셀던은 아직도 신음하고 있는 레이치를 일으켜 꽉 끌어안았다. 셀던은 티살버에게 말했다.

"저 밖에 사람들이 있어요. 분노에 찬 민중들이. 나는 그들을 이 안으로 들어오게 할 수도 있어요. 그렇게 되면 그들은 당신이 가지고 있는 모든 세간을 부숴 버릴 거예요. 당신이 만약 그런 걸 원치 않는다면 저 무기들을 들어 옆방으로 던져 버리세요. 마루에 쓰러져 있는 이 사람들에게서도 무기를 빼앗아서 똑같이 해요. 빨리! 당신 부인에게도 도우라고 하세요. 부인은 이다음부터 무고한 사람을 고발하려거든 잘 생각해서 해야 할 겁니다. 도스, 마루에 넘어져 있는 이 사람은 한동안 아무 짓도 못 할 거예요. 나머지 사람도 움직이지 못하게 만들어 놔요. 절대 죽이지는 말고."

"좋아요."

도스가 말했다. 그녀는 칼을 거꾸로 쥐고 손잡이로 왈드의 머리를 쳤다. 그러자 그는 무릎을 꿇더니 픽 쓰러졌다.

그녀가 얼굴을 찡그렸다.

"난 이런 짓이 싫어요."

"그들이 레이치를 먼저 공격했으니 어쩔 수 없잖아요."
셀던은 고통스러운 표정을 애써 감추면서 말했다.
그들은 서둘러 아파트를 나왔다. 그들이 보도로 나오자, 거기에는 수많은 군중이 거리를 메우고 있었다. 대부분 남자였다. 그들이 나타나자 군중은 환호성을 질렀다. 군중이 그들 가까이로 모여들자 퀴퀴한 냄새가 진동했다.
군중 가운데서 누군가가 외쳤다.
"경찰들은 어디 있습니까?"
도스가 날카로운 소리로 크게 외쳤다.
"저 안에 있습니다. 그 사람들끼리 있습니다. 한동안은 움직이지 못할 테지만 곧 증원 부대를 부를 겁니다. 그러니 모두들 여기를 빨리 떠나십시오."
"당신들은 어떻게 하시겠습니까?"
10여 명이 일제히 소리를 질렀다.
"우리도 떠날 것입니다. 우리는 돌아오지 않을 겁니다."
"내가 이 사람들을 돌봐 줄 거예요."
레이치가 목청 높여 말했다. 그는 셀던의 팔에서 빠져나와 혼자 힘으로 섰다. 그는 아직도 오른쪽 어깨를 줄기차게 문지르고 있었다.
"걸을 수 있어요. 그냥 놔두세요."
군중이 그에게 길을 열어 주었다. 그러자 그는 말했다.
"아저씨, 아가씨, 저를 따라오세요. 빨리요!"
그들이 보도를 내려가자 10여 명의 남자가 뒤따랐다. 레이치가 갑자기 구멍이 나 있는 곳을 가리키며 나직하게 말했다.
"여러분, 여기로 들어가세요. 저는 아무도 여러분을 찾을 수 없도록 지켜 드리겠어요. 다만도 이곳은 모를 거예요. 이 길은 하수도를 통해서만 가게 되어 있어요. 그러니 우리가 이 안에 있다는 것을 아무도 몰라요. 그렇지만 냄새가 아주 고약해요. 내 말 알겠죠?"

"그렇지만 우리는 살아남을 수 있을 거야."

셀던은 기꺼이 대답했다.

그들은 좁은 나선형의 경사로를 따라 걸어 내려갔다. 심한 악취가 그들을 기다리고 있었다.

80

레이치는 그들이 숨을 만한 장소를 발견했다. 금속 사다리를 올라가야 하는 커다란 다락방 같은 곳이었다. 셀던은 그곳이 무엇을 위해 만들어졌는지 도저히 알 수가 없었다. 그 방은 부피가 큰 장비들로 꽉 차 있었다. 그러나 그 장비들이 뭐에 쓰는 것인지도 역시 알 수가 없었다. 방은 상당히 깨끗했으며 먼지도 없었다. 먼지가 쌓이는 것을 막기 위해 계속 먼지를 뽑아내는 공기구멍이 있었다. 그것이 그 안에서 나는 냄새를 줄이는 기능을 한다는 사실은 정말 다행스러운 일이었다.

레이치는 즐거워 보였다.

"여기 참 멋있죠?"

그가 물었다. 그는 아직도 가끔 어깨를 문질렀다. 세게 문지르고는 얼굴을 찡그리기도 했다.

"그래, 이만하면 괜찮구나. 레이치, 여기가 뭐하는 곳인지 알고 있니?"

셀던이 물었다.

레이치는 어깨를 으쓱했다. 다시 한 번 어깨를 으쓱하려다가 얼굴을 찌푸렸다.

"난 몰라요."

그러고는 허풍스럽게 덧붙였다.

"알 게 뭐예요?"

손으로 머리를 빗은 후 마루에 앉은 도스는 미심쩍은 듯 손바닥을 들여다보면서 말했다.

"이곳은 오수 정화와 재사용 기능을 담당하는 복합체의 일부인 것 같아요. 폐기물은 틀림없이 마지막 단계에서 비료로 쓰이게 될 거예요."

셀던이 우울하게 말했다.

"그렇다면…… 복합체를 관리하는 사람들이 정기적으로 내려오겠네요. 그게 언제가 될지는 모르지만."

"나도 전에 여기에 있어 봤지만 아무도 보지 못했는걸요?"

도스가 말했다.

"트랜터는 어디든지 고도로 자동화된 시설을 설치해요. 특히 자동화가 요청되는 곳이라면 이러한 폐수 처리장 같은 곳일 거예요. 우리는 아마 안전할 거예요. 당분간은 말이죠."

"오래는 아닐 거예요, 도스. 배가 고프고 목이 마른 것은 어쩌지?"

"제가 음식과 물을 얻을 수 있어요. 당신도 뒷골목 소년이었다면 해결 방법을 알았을 텐데."

셀던은 코를 쿵쿵거렸다.

"레이치, 고맙다. 그렇지만 나는 지금 당장 배가 고픈걸? 내 생전 이렇게 배고파 본 적은 없어."

도스가 말했다.

"그러실 거예요. 얼마간 식욕이 없어진다 하더라도 목은 마르겠죠. 그렇지만 적어도 목을 축이는 것만은 문제가 없어요. 우리는 하수구 위에 살고 있으니까요."

잠시 침묵이 흘렀다. 조명은 희미했다. 셀던은 트랜터인들이 왜 조명을 전부 어둡게 해 두고 있는지 의아스러웠다. 그러나 그는 곧 어느 공공장소에서도 진짜 어둠을 경험해 보지 못했다는 사실을 깨달았다. 에너지가 풍부한 사회의 습관일 것이다. 인구가 400억이나 되는 세계에 에너지가 풍부하다는 것은 신기한 일이었다. 그러나 태양에너지와 우주의 핵융합 공장은 물론이고 행성의 내부 열까지 끌어 쓸 수 있다면, 그것은 가능한 일이었다. 사실 제국에 에너지가 부족한 행성은 없었다. 기술이 워낙 원시적이어서 에너지 결핍을 경험했던 때는 언제였을까?

그는 파이프 구조물에 몸을 기댔다. 이 속으로 아마 하수가 흐르고 있을 것이다. 문득 그 생각이 떠오르자 파이프에서 몸을 떼고 도스 옆자리에 앉았다.

그는 말했다.

"체터 휴민에게 연락할 방법이 없어요?"

도스가 대답했다.

"사실은 벌써 메시지를 보냈어요. 내키지는 않았지만."

"내키지 않았다고?"

"저는 당신을 보호하라는 명령을 받았어요. 그에게 연락을 취한다는 것은 제가 임무를 충실히 수행할 수 없게 되었다는 것을 의미하는 거예요."

셀던은 눈을 가늘게 뜨고 도스를 바라보았다.

"도스, 그렇게 마음 상할 것까지는 없지 않아요? 당신이 이 구역 전체의 비밀 경찰로부터 나를 보호할 수도 없는 일이고."

"꼭 그렇지는 않아요. 몇 명쯤은 힘 안 들이고 해치울 수 있어요."

"나도 알아요. 이미 그렇게 해 왔고. 하지만 그들은 증원 부대를 보낼 거예요. 장갑차에 신경대포, 최면가스……. 우리는 그들이 정확히 어떤 무기를 갖추고 있는지조차 모르잖아요? 그들이 무기고에 충분히 쌓아 놓고 있는 것들 말예요."

"당신 말이 맞아요."

도스는 입술을 꼭 다물었다.

"아가씨, 그들은 우리를 찾지 못해요."

레이치가 갑자기 끼어들었다. 그들이 이야기를 나누는 동안 소년의 날카로운 눈은 연신 이 사람 저 사람을 왔다 갔다 하고 있었다.

"그들은 지금까지 한 번도 다반을 찾아낸 적이 없어요."

도스는 억지로 미소를 지으면서 소년의 머리를 쓰다듬었다. 그러다 갑자기 당황한 듯 자기 손바닥을 들여다보았다.

"레이치, 너는 우리와 함께 있으면 안 돼. 나는 그들이 널 찾아내는 걸 원치 않아."

"천만에요, 그들은 나를 찾지 못할 거예요. 내가 만약 당신들 곁을 떠나 버린다면 누가 음식과 물을 가져다주죠? 누가 당신들에게 새 은신처를 찾아 주죠? 경찰들이 절대로 찾지 못할 그런 곳을 누가 찾아 줄 수가 있느냐고요?"

"아냐. 레이치, 머지않아 그들은 우리를 찾게 될 거야. 그들은 사실 다반을 그다지 적극적으로 찾지 않아. 그가 당국을 귀찮게 하고 있는 것은 사실이지만 그들은 그를 그렇게 대단하게 생각하지 않고 있어.

내 말뜻을 알겠니?"

"결국 그는 평범하다, 그래서 열심히 찾을 가치가 없다, 그런 말이죠?"

"그래, 그런 뜻이란다. 하지만 너도 알다시피 우리는 경찰 두 명에게 중상을 입혔기 때문에 당국이 우리를 놔두려고 하지 않을 거야. 전 경찰력을 동원해서 숨을 만한 뒷골목이나, 사용하지 않는 굴, 아무튼 이 구역 전체를 구석구석 다 뒤져서라도 우리를 잡고 말 거야."

레이치가 말했다.

"내가 만약 거기에 뛰어들지도 않고 얻어맞지도 않았다면 당신들은 경찰 놈들을 해치우지도 않았을 것이고 이렇게 곤경에 빠지지도 않았을 거예요."

"아냐. 그 일이 아니었더라도 조만간 그들을 해치웠을 거야. 누가 아니? 몇 사람 더 해치웠을지……."

"그래요, 당신은 아주 멋지게 그 일을 해냈어요. 내가 만약에 이 지경만 안 됐어도 그 모습을 좀 더 구경하고 즐길 수 있었을 텐데."

셀던이 말했다.

"경찰 전체를 상대로 싸우려고 해 봐야 아무 소용이 없어. 그들이 일단 우리를 체포하면 어떻게 처리하는가가 문제지. 그들이 우리를 감옥에 처넣을 건 뻔한 일이야."

"꼭 그렇지는 않아요. 필요하다면 우리는 황제에게 직접 제소해야만 해요."

도스가 말했다.

레이치가 눈을 크게 뜨며 말했다.

"황제요? 당신은 황제를 알고 있어요?"

셀던은 소년에게 손을 저었다.

"은하계 시민이라면 누구나 황제에게 직소할 권리가 있단다. 도스, 하지만 그것은 별로 좋은 방법이라는 생각이 들지 않아요. 휴민과 내가 제국을 떠난 이래로 우리는 줄곧 황제로부터 도망치고 있는 처지가 아닌가요?"

"다알의 감옥에 갇힐 정도는 아니에요. 황제에게 직소를 하게 되면 우리는 그만큼 시간을 벌 수가 있어요. 어떤 의미에서는 하나의 견제 작전이 될 수도 있고요. 그리고 일이 지체되는 동안 우리는 뭔가 다른 생각을 할 수 있을지도 몰라요."

"휴민이 있잖아요?"

도스가 근심스럽게 말했다.

"그래요. 휴민이 있죠. 하지만 그가 전지전능하다고 생각할 수는 없어요. 설사 제가 보낸 메시지를 그가 받아 본다 하더라도, 그래서 그가 다알에 올 수 있게 된다 하더라도, 여기에 있는 우리를 어떻게 찾을 수 있겠어요? 설사 그가 우리를 찾았다 하더라도 다알의 전 경찰력을 상대로 그가 무엇을 할 수 있겠어요?"

셀던이 말했다.

"그럴 때를 대비해서 그가 우리를 찾기 전에 우리가 할 수 있는 일이 무엇일까를 생각해 둬야만 할 거예요."

레이치가 말했다.

"날 따라오면, 놈들을 앞질러 당신들을 지켜 줄게요. 난 이곳 구석구석을 전부 꿰고 있거든요."

"네가 한 사람을 앞질러 우리를 지켜 줄 수는 있을 거야. 그렇지만 상대는 굉장히 많단다. 그들은 길이란 길은 다 뒤질 거야. 설사 우리가 한 패거리로부터 도망친다 해도 곧 다른 패거리들과 부딪히게 될 거다."

그들은 한동안 불안한 침묵 속에 앉아 있었다. 그들은 모두 절망적인 상황에 직면해 있었다. 갑자기 도스 베나빌리가 몸을 움직였다. 그녀는 긴장되고 나지막한 목소리로 말했다.

"그들이 이 안에 들어왔어요. 무슨 소리가 나요."

잠시 동안 그들은 긴장하면서 귀를 기울였다. 이윽고 레이치가 벌떡 일어서서 쉿 소리를 냈다.

"그들이 저 길로 오고 있어요. 우리는 이 길로 빠져나가야 해요."

셀던은 혼란스러웠다. 아무 소리도 듣지 못했던 것이다. 그러나 그는 이 두 사람의 뛰어난 청력을 믿어 의심치 않았다. 그러나 레이치가 가까워지고 있는 발소리와 반대되는 쪽으로 서둘러 움직이려 했을 때, 어떤 목소리가 하수도 벽에 울림을 던지며 들려왔다.

"움직이지 마, 움직이지 마!"

레이치가 말했다.

"저건 다반 목소리예요. 우리가 여기 있다는 것을 어떻게 알았지?"

셀던이 말했다.

"다반? 분명 당신입니까?"

"분명히 나요. 이 다반이 도와드리겠습니다."

81

다반이 물었다.

"무슨 일이 있었습니까?"

셀던은 적어도 구조되었다는 안도감을 느낄 수 있었다. 다반 한 사람이 추가되었다고 해서 다알 구역의 전 경찰력에 대항하는 힘이 늘었다고 할 수는 없었다. 그러나 다반은 셀던으로 하여금 그러한 착각을 하게 할 만큼 많은 사람을 지휘하고 있었다.

그는 말했다.

"다반, 당신도 알아야 할 일이에요. 오늘 아침 티살버 씨 집 앞에 모여든 수많은 군중은 당신의 동료들이었다고 여겨집니다."

"그래요. 많이 있었지요. 당신이 체포되는 과정에서 당신이 1개 대대나 되는 경찰을 혼내 주었다는 이야기가 돌았습니다. 그런데 그들은 당신을 왜 체포하려고 했습니까?"

손가락을 펴 보이며 셀던이 말했다.

"두 명! 경찰은 두 사람밖에 없었습니다. 우리가 체포될 뻔했던 이유들 중 하나는 당신을 만났다는 것이었습니다."

"그것만 가지고는 충분한 이유라고 할 수 없습니다. 경찰들은 그렇게까지 저를 문제시하지는 않습니다."

그는 비통한 표정을 지으며 말을 이었다.

"그들은 저를 과소평가하고 있습니다."

"그럴지도 모릅니다. 그러나 제가 당신을 만나러 가는 도중에 방송기자에게 했던 일을 가지고 집주인 여자가 우리들이 폭동을 일으켰다고 고발했어요. 당신도 이미 알고 있는 그 일이죠. 어제 그 현장에는 당신 동료들이 있었고, 또 오늘 아침에도 있었습니다. 더욱이 두 형사가 중상을 입었습니다. 그들은 이곳을 깨끗이 쓸어 버리려고 할지도 모릅니다. 그리고 나면 그 화살은 당신에게 돌아갈 겁니다. 정말 미안합니다. 애당초 저에게는 그럴 의도가 전혀 없었습니다."

그러나 다반은 고개를 저었다.

"아닙니다. 당신은 제국 정부를 잘 모릅니다. 둘 다 가능성이 없는 얘기지요. 그들은 우리를 쓸어 버리고 싶어 하지 않습니다. 만일 당국이 의지가 있었다면 무슨 짓이든 했을 겁니다. 그들은 너무나 행복한 나머지 우리를 빌리보턴이나 다른 빈민굴에서 썩어 문드러지도록 그대로 방치해 두고 있는 거죠. 미안해할 필요가 없습니다. 그들은 당신을 뒤쫓고 있습니다. 바로 당신을! 도대체 무슨 짓을 한 겁니까?"

도스가 조바심을 내며 말했다.

"우리는 아무 짓도 하지 않았어요. 아무튼 그게 무슨 상관이겠어요? 그들이 만약 당신이 아니라 우리를 추격하고 있는 거라면 여기로 내려와 우리를 끌고 가겠죠. 그렇지만 당신이 만약 끼어들게 되면 당신도 심각한 곤경에 처하게 될 겁니다."

다반이 말했다.

"아닙니다. 그런 일은 없을 겁니다. 제겐 친구들이, 그것도 유력한 친구들이 있습니다. 이 얘기는 어젯밤에도 당신한테 했을 겁니다. 친구들이 저에게 하는 만큼 당신을 도울 것입니다. 당신이 우리를 도와달라는 저의 청을 거절했을 때, 저는 그들에게 연락을 취했습니다. 그들은 당신이 누구인지를 알고 있습니다. 셀던 박사라는 사실을 말입니다. 당신은 저명인사입니다. 당신이 무슨 짓을 저질렀더라도 그들이 다알 시장에게 얘기하면 당신은 처벌받지 않을 수 있습니다. 그만큼 그들은 상당한 지위에 있습니다. 그렇지만 당신이 다알 밖으로 추방당하는 것만은 면하지 못할 것입니다."

셀던은 안도감을 느끼며 미소를 지었다.

"당신이 유력한 사람을 알고 있다, 이거죠, 다반? 이 일에 즉각적으로 개입할 수 있는 사람을, 다알 정부에 얘기해서 안전하게 여기를 떠날 수 있도록 해 줄 만한 사람을 당신이 알고 있단 말입니까? 좋습니다. 걱정하지 않겠습니다."

셀던은 도스에게 미소를 지어 보였다.

"휴민이 다시 한 번 마이코젠에서와 같은 일을 반복하고 있나 봐요. 어떻게 하고 있는 것일까?"

그러나 도스는 고개를 저었다.

"너무 빨라요. 저는 이해를 못 하겠어요."

셀던이 말했다.

"그가 뭔가를 할 수 있다고 나는 믿어요."

"저는 그를 당신보다 더 잘, 그리고 더 오랫동안 알고 지냈어요. 그렇지만 저는 못 믿겠어요."

셀던은 미소를 지었다.

"그를 과소평가하지 마세요."

그러고 나서 그는 이 화제를 더 이상 언급하지 않겠다는 듯 다반을 향해 얼굴을 돌렸다.

"그런데 우리를 어떻게 찾았습니까? 레이치는 당신이 이곳을 전혀 모를 거라고 하던데요."

"다반은 여기를 몰라요. 여기는 완전히 내 거예요. 내가 여기를 찾았단 말이에요."

레이치가 화가 난 목소리로 말했다.

"저는 한 번도 이곳에 와 본 적이 없습니다."

다반이 주위를 살펴보면서 계속 말했다.

"재미있는 곳이군요. 레이치는 이런 곳을 찾는 데는 귀신입니다. 이 아이는 이런 미로 속을 완전히 자기 집처럼 드나들거든요."

"다반, 정말 그래요. 우리끼리만 이렇게 있을 수 있는 것도 다 레이치 덕입니다. 그건 그렇다 치고 도대체 여기를 어떻게 찾았습니까?"

"열 탐지기로 찾았죠. 저는 적외선을 탐지하는 장치를 가지고 있습니다. 섭씨 37도 정도의 특수한 열을 탐지하는 장치입니다. 그것은 인간의 존재를 감지하면 반응하지만 다른 열원에 대해서는 반응하지 않습니다. 그 장치가 당신들 세 사람에 대해 반응을 한 것입니다. 그나저나 셀던 씨, 당신들을 탈출시켜 드려야 할 텐데요. 수많은 사람이 당신을 원하고 있습니다. 하지만 저는 당신을 제 유력한 친구에게 넘겨야 한다고 생각하고 있습니다."

"친구는 어디에 있습니까?"

"이리 가까이 오고 있습니다. 새로운 37도의 열원이 나타났거든요. 다른 사람일 리는 없습니다."

문을 통해 새로운 방문객이 성큼성큼 걸어 들어왔다. 그러나 셀던의 입에서 나오려고 했던 기쁨의 탄성은 사라졌다. 체터 휴민이 아니었다.

제17부
와이

와이

세계 도시인 트랜터의 한 구역. ……은하제국 말기에 와이는 트랜터에서 가장 강력하고 안정된 구역이었다. 와이의 지배자들은 일찍이 자신들이 황제의 자손이라고 주장하면서 오랫동안 황위에 대한 야심을 품어 왔다. 훗날 제국 정부가 주장한 바에 따르면 마닉스 4세 치하에서 와이는 군국주의를 취했고 행성 규모의 무력 쿠데타를 기도하였다.

—『은하대백과사전』

82

 새로 들어온 남자는 키가 컸으며 근육질이었다. 양 끝이 말려 올라간 기다란 금빛 콧수염을 하고 있었는데, 그 수염이 볼 가운데만 남겨 놓고 얼굴 양옆 아래까지 길게 내려와 있었다. 작은 입술은 아주 부드럽고 촉촉하게 젖어 있었다. 머리는 짧았으며 머리털은 아주 밝은색이었다. 그것을 보자 셀던은 순간 마이코겐이 생각나서 갑자기 불쾌해졌다.

 새로 온 사람은 제복을 입고 있었다. 제복은 빨간색과 흰색이 조화를 이루고 있었으며 허리에는 은색 단추가 박힌 넓은 벨트가 채워져 있었다.

그의 목소리는 구르는 듯한 베이스 음성이었고 억양은 셀던이 전에 들어 본 적이 없는 색다른 것이었다. 셀던의 경험에 의하면 익숙하지 않은 억양은 언제나 투박하고 세련되지 못하게 들리기 마련이었지만 그의 목소리는 마치 음악처럼 들렸다. 아마 굵직하면서도 낮았기 때문일 것이다.

그는 천천히 음절을 이어 가며 울리는 목소리로 말했다.

"저는 엠머 탈루스 상사입니다. 해리 박사님을 찾아왔습니다."

셀던이 말했다.

"내가 해리 셀던입니다."

그러고는 옆에 있는 도스에게 소곤거렸다.

"휴민이 직접 올 수 없었다면 그는 반드시 자기를 대신할 힘세고 중요한 인물을 보냈을 거예요."

상사는 무감각한 표정으로 잠시 셀던을 보고는 말했다.

"그렇습니다. 아주 잘 보셨습니다. 셀던 박사님, 저와 함께 가시죠."

셀던이 말했다.

"길을 안내하시죠."

상사는 몇 걸음 뒤로 움직였다. 셀던과 도스 베나빌리는 발을 내디뎠다.

상사는 걸음을 멈추고 커다란 손을 들어 도스에게 손바닥을 펴 보였다.

"저는 셀던 박사님을 모시고 오라는 명령을 받았을 뿐입니다. 그 밖에 다른 사람을 데려오라는 지시는 받지 못했습니다."

순간 셀던은 이해하지 못하겠다는 표정으로 그를 바라보았다. 놀란 표정은 이내 분노로 바뀌었다.

"상사, 그런 말은 정말 있을 수 없습니다. 도스 베나빌리 박사는 내 친구이자 동료입니다. 반드시 나와 함께 가야 합니다."

"박사님, 저는 그런 지시를 받지 못했습니다."

"상사, 당신이 어떤 식으로 명령을 받았는지는 내 알 바 아닙니다. 그녀와 함께 갈 수 없다면 나는 이 자리에서 한 발자국도 움직이지 않겠어요."

도스는 몹시 화가 나서 언성을 높였다.

"더욱이! 내가 받은 명령은 언제나 셀던 박사를 보호하라는 것이었어요. 그와 함께 있지도 않으면서 그를 보호할 수는 없는 일이에요. 따라서 그가 가는 곳이라면 나도 갑니다."

상사는 곤혹스러운 표정을 짓고는 말했다.

"제가 받은 지시는 엄밀히 말해서 당신, 결국 셀던 박사님을 다치지 않게 하라는 것입니다. 당신이 자발적으로 가지 않겠다면 저로서는 차에 태워서라도 모셔 갈 수밖에 없습니다. 저는 박사님을 점잖게 모시고 싶습니다."

그는 두 팔을 벌려 셀던의 허리를 끌어안더니 그를 번쩍 들어 끌어가려고 했다.

셀던은 잽싸게 뒷걸음질 쳐 그에게서 떨어졌다. 그러고는 곧장 오른쪽 손날로 상사의 오른팔 위쪽 가장 얇은 근육 부분을 뼈까지 닿을 정도로 깊숙이 내리쳤다.

상사가 급히 심호흡을 했다. 그러고는 몸을 약간 흔들더니 무표정하게 몸을 돌려 다시 한 번 다가왔다. 다반은 선 자리에서 미동도 하지 않은 채 그 광경을 지켜보고 있었다. 레이치가 상사의 뒤로 갔다.

셀던은 다시 한 번 당수로 그를 쳤다. 그리고 세 번째 타격이 이어졌다. 그러나 이제 탈루스 상사는 그 타격을 예상했는지 이마를 숙이고 어깨를 낮추어 단단한 어깨 근육으로 그의 공격을 받아 냈다.

도스가 칼을 들어 올렸다.

"상사!"

그녀는 강한 어조로 말했다.

"이쪽으로 돌아서요. 당신이 만약 계속 강제로 셀던 박사를 데려가려고 한다면 크게 다칠 수도 있다는 점을 명심해야 해요."

상사가 동작을 멈췄다. 그리고 칼이 천천히 물결치는 모습을 무거운 표정으로 바라보았다. 이윽고 그가 말했다.

"저는 셀던 박사님을 제외한 다른 사람을 다치게 해서는 안 된다는 명령은 받지 않았습니다."

그의 오른손이 재빨리 허리에 찬 가죽지갑에 붙은 신경채찍으로 옮겨 갔다. 도스는 재빨리 칼을 휘두르며 앞으로 나갔다.

아무도 자기 동작을 끝내지 못한 순간이었다.

레이치가 앞으로 돌진하면서 상사의 왼손을 뒤로 밀어붙이고 오른쪽 허리의 가죽지갑에서 무기를 빼냈다. 그는 재빨리 움직여 양손에 신경채찍을 쥐었다. 레이치가 외쳤다.

"상사, 손들어! 안 들면 골로 보낼 테니까!"

상사는 레이치 쪽을 향해 반 바퀴 돌았다. 붉어진 그의 얼굴에 불안이 스치고 지나갔다. 그러나 그것은 순간이었다.

그는 으르렁거렸다.

"꼬마야, 그걸 내려놔. 너는 그런 것 다룰 줄 몰라."

레이치가 큰 소리로 외쳤다.

"안전장치를 알고 있어요. 이것을 밖으로 뽑으면 불이 발사돼요. 당신이 내게 돌진해 오려고 하면 나는 그렇게 할 거예요."

상사는 얼어붙었다. 흥분한 열두 살 어린애가 강력한 무기를 다룬다는 것이 얼마나 위험한 일인가를 그는 잘 알고 있었다.

셀던은 상사 이상으로 초조했다.

"레이치, 조심해. 쏘지 마라, 단추에서 손가락을 떼. 쏘지 않을 겁니다, 상사. 제발 움직이지 마시오. 잘 생각해 봅시다. 당신은 여기서 나를 데려가겠다고 했어요. 그렇죠?"

"네, 그렇습니다."

상사가 말했다. 그의 눈은 레이치에게 똑바로 고정되어 있었다.

"그러나 당신은 다른 사람을 데려가겠다고는 말하지 않았죠. 그렇죠?"

"그렇습니다. 그런 말은 하지 않았습니다."

상사가 단호하게 말했다. 신경채찍의 위협조차 그에게 맡겨진 임무를 회피하게 만들지는 못하고 있었다.

"좋소. 상사, 내 말을 들으세요. 당신은 다른 사람을 데려가지 않겠다고 말한 거예요?"

"방금 전에 말씀드렸습니다."

"아니요, 아냐. 상사, 들어 보세요. 이건 차이가 있어요. 당신이 받은 지시는 오직 '셀던 박사를 데려오라'는 것 아닌가요? 이것이 당신이 받은 명령의 전부고 다른 사람에 대한 언급은 없었어요, 아니면 그 이상 특별한 언급이 있었어요? 다시 말한다면, 당신이 받은 명령이 다음과 같았나요? '셀던 박사를 데려와라. 다른 사람은 절대 데려오지 마라.'"

상사는 그 말을 이리저리 생각해 보았다. 이윽고 그가 말했다.

"저는 당신, 셀던 박사를 데려오라고 들었습니다."

"그렇다면 어쨌든 다른 사람에 대한 언급은 없었다는 말이로군요, 그렇죠?"

"없었습니다."

"당신은 베나빌리 박사를 데려오라는 말을 듣지 못했어요. 그러나 당신은 베나빌리 박사를 데려오지 말라는 말 역시 듣지 못했어요. 내 말이 맞죠?"

"그렇습니다."

"그렇다면 당신은 그녀를 데려갈 수도 있고, 그러지 않을 수도 있어요. 어떻게 생각해요?"

그는 오랫동안 말이 없었다.

"그렇다고 생각합니다."

"자, 그러면 여기 레이치가 있어요. 당신에게 신경채찍을 겨누고 있는 어린 친구요. 당신은 신경채찍에 맞으면 어떻게 하나 걱정하고 있지요?"

"맞아요."

레이치가 소리를 질렀다.

"레이치, 아직은 아니다."

셀던이 레이치를 타이르고는 다시 말했다.

"그리고 여기 두 자루의 칼을 갖고 있는 베나빌리 박사가 있어요. 그녀는 오싹하리만큼 칼을 잘 다뤄요. 그리고 내가 있어요. 나도 이 한 손으로 울대뼈를 으스러뜨릴 수 있어요. 그러면 당신은 평생 두 번 다시 신음 소리 외에는 낼 수 없는 처지가 될걸요. 자, 그럼. 베나빌리 박사를 데려갈래요, 아니면 데려가지 않을래요? 당신이 받은 지시는 그 어느 쪽도 가능해요."

마침내 상사가 떨리는 목소리로 말했다.

"여자를 데리고 가겠습니다."

"그럼, 레이치 소년은?"

"소년도 데려가겠습니다."

"좋아요. 방금 말한 대로 할 것을 명예를 걸고, 군인의 명예를 걸고 약속하겠어요?"

"군인의 명예를 걸고 약속하겠습니다."

"좋아요. 레이치, 채찍을 돌려줘라. 지금 당장, 그가 기다리지 않게 말이다."

레이치는 불만을 가득 담은 얼굴을 찡그리며 도스를 바라보았다. 그녀는 잠시 주저했으나 이윽고 천천히 머리를 끄덕였다. 그녀의 얼굴도 레이치와 마찬가지로 불만에 차 있었다.

레이치는 신경채찍을 상사에게 돌려주며 말했다.

"이 두 사람이 말했기 때문에 할 수 없이 주는 거예요. 이 큰······."

그의 마지막 소리는 알아들을 수가 없었다.

셀던이 말했다.

"도스, 칼을 거둬요."

도스는 고개를 저었다. 그러나 칼은 거두었다.

"상사, 이제······."

셀던이 말했다.

상사는 신경채찍을 보다가 다시 셀던을 보았다. 그리고 말했다.

"셀던 박사님, 당신은 훌륭한 분입니다. 저는 명예를 걸고 약속을 지키겠습니다."

그는 군인다운 절도 있는 동작으로 신경채찍을 허리에 장착했다.

셀던이 다반에게 말했다.

"다반, 당신이 여기에서 본 일은 잊어 주기 바랍니다. 우리 세 사람은 자발적으로 탈루스 상사를 따라가고자 합니다. 당신이 유고 애머릴을 만나면 제가 약속을 잊지 않겠다고 했다고 전해 주십시오. 그리고 이 사건이 끝나서 자유로운 몸이 되면 대학에 돌아갈 계획이라고 전해 주십시오. 마지막으로 다반, 만약 당신의 대의를 위해 합리적으로 할 수 있는 일이 있다면, 저는 그 일을 하겠습니다. 상사, 갑시다."

83

"레이치, 에어제트를 타 본 적 있니?"

해리 셀던이 물었다.

레이치는 말없이 고개를 저었다. 그는 놀라움과 두려움이 뒤섞인 눈으로 그 밑을 맹렬한 속도로 흘러가는 '지붕'을 내려다보고 있었다.

셀던은 트랜터가 얼마나 많은 고속도로와 터널로 이루어진 세계인가를 다시 한 번 실감했다. 일반 국민들은 긴 여행에서조차 지하를 이용해야 한다. 외부 행성에서는 일상화된 항공 여행이 트랜터에서는 사치에 속한다. 이러한 에어제트는 더욱더 그렇다.

휴민은 어떻게 이것을 구했을까?

그는 창밖을 보았다. 올라갔다 내려갔다 하는 돔, 이 지방에서는 일반적인 녹색의 평원, 간혹 보이는 정글, 가끔 통과하게 되는 강과 바다가 만나는 은색의 수면, 무거운 구름층에서 태양이 흘긋 얼굴을 내밀자 그런 것들은 순간적으로 광채를 띠었다.

비행이 시작된 지 한 시간이 지났다. 심드렁하게 새로운 역사 소설을 보고 있던 도스가 찰칵 스위치를 끄며 말했다.

"어디로 가고 있는지 궁금해요."

"당신이 모른다면 나는 더더욱 알 수가 없죠. 나보다는 당신이 더 오랫동안 트랜터에 있었으니."

"그래요. 그렇지만 안쪽에만 있었으니 어떻게 알겠어요? 내 밑에는 순전히 지붕만 보일 뿐이에요. 마치 배 속에만 있었던 아이처럼 뭐가 뭔지 도통 모르겠어요."

"아참, 휴민은 자기가 무엇을 하고 있는지 알고 있을 거예요."

도스는 약간 냉소적으로 말을 받았다.

"제 생각도 그래요. 하지만 그것은 현재 상황과는 아무 상관도 없을 거예요. 당신은 어째서 이런 일들이 그의 생각대로 이루어지고 있다고 생각하는 거예요?"

셀던의 눈썹이 치켜 올라갔다.

"나도 모르겠어요. 단지 그렇게 추측해 보았을 뿐이에요. 그럼 당신은 왜 이 일이 그의 생각대로 되고 있지 않다고 생각하는 거예요?"

"왜냐하면 이것을 계획한 사람이 누구든지 제가 당신을 따라가게 되는 경우를 미리 설정해 두지 않았기 때문이에요. 휴민이 저의 존재를 생각하지 못했을 거라고는 상상할 수도 없어요. 그리고 스트릴링이나 마이코겐에서와는 달리 그가 직접 오지 않았기 때문이기도 하고요."

"도스, 늘 그가 직접 오기를 기대할 수는 없잖아요. 너무 바쁠 수도 있을 테니까. 이상한 것은 그가 이번에 직접 오지 않았다는 게 아니라, 그가 전에 직접 왔다는 거죠."

"그가 직접 오지 않은 것은 그럴 수 있다 치더라도, 그가 어떻게 이렇게 멋지고 화려한 제트기를 보낼 수 있었겠어요?"

"그저 효과를 노리려는 것 아닐까요? 필사적으로 도망치려는 사람이 이토록 호화로운 것을 사용하리라고 누가 생각이나 하겠어요? 그는 이 점을 염두에 두고 있었을 거예요. 그 유명한 '이중의 속임수'라고나 할까?"

"그건 너무 유명한 거예요. 그리고 그가 왜 탈루스 상사 같은 멍청이를 보냈을까요?"

"상사는 바보가 아니에요. 완전히 복종하도록 훈련되어 있을 뿐이지. 적절한 명령을 받으면 완전히 신뢰할 수 있는 인물이겠지요."

"해리, 바로 그거예요. 우리 그 문제로 다시 돌아가 보도록 해요. 어째서 그는 적절한 지시를 받지 않았을까요? 체터 휴민이 당신을 다알에서 탈출시키라고 명령하면서 저에 대해서는 한마디도 언급하지 않았다니, 도저히 상상이 안 가요. 믿을 수 없어요."

셀던은 그 말에 아무런 대꾸도 하지 않았다. 그는 의기소침해져 있었다. 또다시 한 시간이 흘렀다. 도스가 말했다.

"밖이 점점 추워지는 것 같아요. 지붕의 녹색이 갈색으로 변하고 있어요. 기내에 히터를 틀었나 봐요."

"그게 무슨 소리에요?"

"다알은 열대지방이에요. 그러니 우리는 남쪽이나 북쪽으로 가고 있는 것이 틀림없어요. 그것도 상당한 거리를 지나온 거예요. 적도가 어느 쪽인지 알 수 있다면 방향을 알 수 있을 텐데."

이윽고 그들은 해안선 구역을 통과했다. 바닷가 돔에 얼음이 달라붙어 있는 것이 보였다.

갑자기 에어제트가 아래쪽으로 낙하하기 시작했다.

레이치가 비명을 질렀다.

"충돌해요! 추락해요!"

셀던의 배 근육이 팽팽해졌다. 그는 의자 팔걸이를 꽉 붙잡았다.

도스는 태연해 보였다.

"앞에 앉아 있는 조종사는 전혀 놀라는 것 같지 않은데요? 우리는 지금 터널로 들어가고 있을 거예요."

그녀의 말이 떨어지기가 무섭게 제트기 날개가 동체의 뒤편 아래쪽으로 휙 접혔다. 제트기는 마치 탄환처럼 터널로 날아 들어갔다. 순간적인 어둠이 그들 위를 휙 지나가더니 터널 조명에 불이 들어왔다. 터널 벽이 제트기를 꿈틀꿈틀 소화하듯 통과시키는 것 같았다.

"터널에 다른 물체가 없다는 사실을 미리 알았을까?"

셀던이 중얼거렸다.

"10여 킬로미터 전방에 터널이 있다고 확신했던 것 같아요. 어쩌면 이것이 이 여행의 마지막 단계일지도 모른다는 생각이 드는군요. 이제 곧 우리가 어디에 있는지 알게 되겠지요."

그녀는 말을 잠시 끊었다가 한마디 덧붙였다.

"어디에 와 있는지 알게 되면 우리 기분이 나빠질 게 틀림없어요."

84

에어제트는 맹렬한 속도로 터널을 빠져나와 지붕이 있는 긴 활주로에 착륙했다. 그 지붕은 엄청나게 높았으며 그 위에서 쏟아지는 빛은 셀던이 황궁 구역을 떠난 이래 지금껏 보아 왔던 그 어느 것보다도 진짜 대낮의 햇빛에 가까웠다.

에어제트는 셀던이 생각했던 것보다 빨리 정지했다. 그러나 그 대가로 제트기 앞부분에 엄청난 압력이 가해졌다. 특히 레이치는 앞좌석으로 사정없이 떠밀려 도스가 그의 어깨를 잡아 뒤로 끌어낼 때까지 숨조차 제대로 쉴 수 없는 지경이 되었다.

차렷 자세로 서 있는 모습이 인상적이었던 탈루스 상사가 제트기에서 먼저 내린 다음 뒤로 와서 객실 문을 열고 세 사람이 내리는 것을 도와주었다.

셀던이 마지막으로 내렸다. 상사 앞을 통과할 때 반쯤 몸을 틀면서 그에게 말했다.

"상사, 즐거운 여행이었어요."

상사의 커다란 얼굴에 천천히 미소가 번지며 콧수염이 난 윗입술이 올라갔다. 그는 모자챙을 만지며 반쯤 경의를 표하면서 말했다.

"다시 한 번 감사드립니다, 박사님."

이윽고 그들은 호화스러운 디자인을 한 육상 자동차 뒷좌석으로 안내되었다. 상사는 다시 앞좌석에 올라 놀라울 만큼 가벼운 동작으로 운전했다.

차가 넓은 도로를 통과했다. 도로 양편에는 설계가 잘된 높은 건물이 서 있었고 모든 건물은 대낮같이 밝은 빛을 발하며 번쩍거리고 있었다. 트랜터의 다른 곳들과 마찬가지로 저 멀리 고속도로를 지나는 차들의 경적 소리가 울려 대고 있었다. 보도는 알 수 없는 인파로 붐볐고 대부분의 사람들이 좋은 옷을 차려입고 있었다. 주위 환경은 지나치다 싶을 정도로 깨끗했다.

셀던의 안도감은 제트기 안에서보다 더 줄어들고 있었다. 목적지에 대해 가졌던 도스의 불안감이 이제야 타당하다고 느껴졌다. 그는 그녀 쪽으로 몸을 기울이며 말했다.

"우리가 황궁 구역으로 돌아온 것 같지는 않죠?"

그녀는 말했다.

"아니요. 황궁 구역은 빌딩들이 더 로코코 양식을 띠고 있어요. 그리고 여기는 황궁 구역보다 공원 같은 것이 훨씬 적어요. 제 말을 당신이 어떻게 이해할지 모르겠지만……."

"그렇다면 도스, 우리가 어디 있는 거예요?"

"물어봐야 할 거예요."

목적지까지는 오래 걸리지 않았다. 그들이 타고 온 차는 곧 위풍당당한 4층 건물 옆에 있는 주차장으로 들어갔다. 지붕을 따라 따뜻한 분홍색 암석으로 새긴 상상의 동물들이 늘어서 있었다. 만족스러운 디자인을 갖춘 인상적인 모양이었다.

셀던이 말했다.

"저것은 확실히 로코코 양식이에요."

도스는 불안한 듯이 어깨를 으쓱했다.

레이치는 휘파람을 불며 말했다.

"저 환상적인 곳을 보세요."

탈루스 상사는 셀던에게 따라오라는 몸짓을 했다. 셀던은 잠시 망설이다가 도스와 레이치의 어깨에 양손을 얹어 둘도 포함한다는 표현을 했다.

상사는 인상적으로 보이는 분홍색 입구에서 약간 비굴한 모습으로 머뭇거렸다. 콧수염이 약간 처진 것 같았다.

이윽고 그는 퉁명스럽게 말했다.

"그러면 당신들 세 사람 모두 따라오십시오. 명예를 걸고 약속했으니까요. 하지만 당신도 알다시피 제가 당신들에게 호의를 가지고 있다고 해서 다른 사람도 그럴 것이라고 생각하면 안 됩니다."

셀던이 고개를 끄덕였다.

"상사, 당신은 자신의 행동에 대한 책임만 지면 되는 거예요."

상사는 그 말에 깊은 감동을 받은 것 같았다. 순간 그의 얼굴에 셀던과 악수할까 아니면 다른 방식으로 자기 마음을 표현할까 고민하는 듯한 표정이 나타났다. 그러나 그는 그 생각을 단념하고 문으로 통하는 계단에 발을 내디뎠다. 그러자 갑자기 계단이 위로 움직이기 시작했다.

셀던과 도스는 일단 그의 뒤에서 걸음을 멈추고 아무 어려움 없이 몸의 균형을 잡았다. 그러나 레이치는 놀란 나머지 움직이고 있는 계단 위로 살짝 뛰어오른 다음 잠깐 비틀댔다. 하지만 곧 양손을 주머니에 푹 찌르더니 마치 아무 일도 없었다는 듯이 휘파람을 불었다.

문이 열리자 두 여자가 걸어 나와 양옆에 좌우대칭으로 섰다. 여자들은 젊고 매력적이었다. 허리에는 벨트가 꽉 조여 있고 발목까지 내려오는 주름이 잡힌 긴 드레스를 입고 있었는데, 걸을 때면 살랑살랑 소리가 났다. 머리 색깔은 두 사람 모두 갈색이었으며, 양쪽으로 굵게 땋아 둘둘 감고 있었다. 셀던의 눈에는 그 모양이 매력적으로 보였다. 그러나 아침마다 저런 머리를 손질하려면 얼마나 시간이 오래 걸릴까 의아스러웠다. 그는 지금까지 저렇게 공들여 빗은 머리를 본 적이 없었다.

두 여자는 경멸감을 감추지 않은 채 새로운 출현자들을 응시했다. 셀던은 그러한 표정을 보고도 놀라지 않았다. 그 사건 후로 그와 도스는 레이치만큼이나 초라해져 있었다.

경멸스러운 표정에도 불구하고 여자들은 예의 바르게 인사하고 나서 조심스럽게 대칭을 유지하면서 완전히 똑같은 동작으로 반쯤 몸을 돌려 그들에게 안으로 들어오라는 몸짓을 했다. 이런 동작을 미리 연습이라도 했던 것처럼. 세 사람 모두 들어가라는 몸짓이 분명했다.

그들은 잘 꾸며진 방을 지났다. 그 방은 셀던으로서는 그 용도를 알 수 없는 가구와 장식 들로 꾸며져 있었다. 마루는 밝은 형광을 발산하고 있었으며 탄력이 있었다. 셀던은 신고 있는 신발이 마루를 더럽힐까 봐 불안했다.

이윽고 안쪽 문이 활짝 열렸다. 그 앞에는 다른 여자가 한 사람 서 있었다. 그녀는 처음 그들을 안내했던 여자들보다 나이가 들어 보였다. 그녀가 들어왔을 때 처음의 두 사람은 다리를 대칭으로 포개면서 천천히 예의를 표했다.

셀던은 그녀가 자신에게도 뭔가 정중한 태도로 경의를 표하기를 바라고 있는 것은 아닌가 하는 생각이 들었다. 그러나 어떻게 하면 좋을지 몰라 망설이다 약간 고개를 숙여 인사만 했다. 도스는 그대로 서 있기만 했다. 셀던의 눈에는 그녀가 경멸감 때문에 그러는 것 같았다. 레이치는 입을 벌린 채 사방을 둘러보고 있었다. 그는 방금 들어온 여자를 쳐다볼 생각도 하지 않았다.

그녀는 포동포동 살이 쪄 있었다. 그렇다고 지나치게 뚱뚱한 것은 아니었다. 그녀는 젊은 여자들과 비슷한 옷을 입고 있었다. 그녀의 드레스는 젊은 여자들과 스타일은 같았지만 화려한 장식이 더 많이 붙어 있었다. 장식이 너무 많은 것은 오히려 셀던의 미적 감각에는 맞지 않았다.

그녀는 중년에 가까워 보였으며 머리에 희끗희끗 흰머리가 있었다. 그러나 보조개 덕에 젊은 여자들보다 더 눈길을 끌었고 밝은 갈색 눈은 쾌활한 느낌을 주었다. 전체적인 분위기는 나이가 들어 보인다기보다는 어머니 같은 인상을 주었다.

그녀가 말했다.

"안녕하세요?"

그녀는 도스와 레이치의 출현에도 전혀 놀라는 기색이 없었다. 그녀는 그 두 사람에게도 인사를 한 것이었다.

"오래전부터 당신을 기다렸습니다. 스트릴링의 지붕에서는 당신을 만날 뻔하기도 했습니다. 당신이 해리 셀던 박사죠? 만나기를 고대하고 있었습니다. 당신은 도스 베나빌리 박사죠? 당신이 동행했다는 보고는 받았습니다. 이 젊은 친구는 잘 모르겠는데, 아무튼 만나서 기쁩니다. 그렇기는 하지만 이런 이야기로 시간을 뺏을 수는 없겠지요. 우선은 휴식을 취해야 할 테니까요."

"부인, 목욕을 좀 하고 싶습니다. 저희 세 사람 모두 샤워를 충분히 할 수 있었으면 합니다."

도스가 당당한 목소리로 말했다.

"네, 그렇게 하셔야지요. 그리고 옷을 갈아입으세요. 특히 어린 양반."

그녀는 두 여자가 보였던 경멸감도, 불만도 드러내지 않으면서 레이치를 내려다보았다.

"어린 양반, 이름이 뭐지?"

"레이치예요."

레이치는 목이 멘 듯 당황한 목소리로 말했다. 그리고 시험적으로 한마디 덧붙였다.

"부인."

"희한하게 알아맞히는군요."

그녀가 말했다. 눈빛이 반짝거렸다.

"일이 잘될 것 같군요. 제 이름은 라쉘르입니다. 좀 별난 이름이죠? 자, 오세요. 저희가 시중을 들겠습니다. 목욕하고 나면 저녁 식사를 하면서 충분히 얘기를 나눌 수 있을 겁니다."

도스가 말했다.

"부인, 잠깐만요. 여기가 어디죠?"

"와이입니다. 그리고 저를 라쉘르라고 불러 주세요. 그래야 더 친근감을 느낄 수 있지 않겠어요? 저는 격식을 차리지 않는 것이 편하거든요."

도스의 표정이 굳어졌다.

"저희가 물은 것이 의외였나요? 우리가 어디 있는지 정도는 알고 있어야 자연스럽지 않겠어요?"

라쉘르가 쾌활하게 웃었다.

"맞습니다. 베나빌리 박사, 어디 있는지는 확실하게 알고 있어야죠. 다시 한 번 말하지만 여기는 와이입니다. 여러분은 와이 구역에 있는 겁니다."

"와이?"

셀던이 힘주어 말했다.

"네, 그렇습니다, 셀던 박사님. 우리는 당신이 수학자 총회에서 강연한 날부터 당신을 원했습니다. 당신을 만나게 되어 정말 기쁩니다."

85

그들은 휴식을 취하고 긴장을 풀었다. 목욕도 하고 새 옷으로 갈아입었다. 와이의 옷은 다소 헐겁고 비단처럼 매끄러웠다. 충분한 수면을 취하면서 와이에서 하루를 보냈다.

라쉘르 부인과 약속한 식사는 와이에 온 지 이틀째 되는 날 저녁이었다.

식탁은 해리 셀던, 도스 베나빌리, 레이치, 라쉘르, 이렇게 네 사람이 식사하기에는 너무 컸다. 벽과 천장은 부드러운 빛을 비추고 있었다. 조명은 눈에 불쾌감을 주지 않을 정도로 서서히 색을 변화시키고 있었다. 식탁보는 자체적으로 광채를 발하고 있었다. 어떤 천으로 만들어졌는지 셀던은 알지 못했다.

시중 드는 사람은 많았으나 모두가 조용했다. 그러나 문이 열릴 때 셀던은 집 밖에 대기 중인 병사들을 얼핏 보았다.

라쉘르는 우아하고 친절했으며 특히 레이치에게 호의를 보였다. 그녀는 레이치를 옆자리에 앉혔다.

레이치는 깨끗이 빨아 광택이 나는 새 옷을 입고, 이발하고 여러 번 거품 내어 감고 빗질한 머리로 거의 아무 말 없이 앉아 있었다. 마치 자신의 말투가 외모와는 전혀 맞지 않다고 느끼고 있는 것 같았다. 그는 도스가 짝을 맞추려고 스푼이나 포크 들을 이것저것 바꾸고 있는 광경을 가여울 정도로 멈칫거리며 살피고 있었다.

음식은 맛이 있었지만 원재료의 성질을 알 수 없을 만큼 양념이 많이 들어가 있었다.

라쉘르는 통통한 얼굴에 행복한 표정을 담고 하얀 이를 반짝이며 말했다.

"음식 중에 마이코겐에서 가지고 온 것도 있다고 생각하실지 모르겠지만 전혀 그렇지 않아요. 이 음식들은 모두 와이에서 재배한 것들이에요. 이 행성에서 와이만큼 자급자족이 가능한 구역은 없습니다. 우리는 그것을 유지하기 위해 많은 노력을 기울이고 있어요."

셀던이 무겁게 고개를 끄덕였다.

"음식들이 전부 맛있습니다. 일등품들이에요. 라셀르, 감사합니다."

그러나 셀던은 마음속으로는 음식 맛은 마이코겐에 확실히 못 미친다고 생각했다. 더욱이 조금 전에 도스에게도 속삭였듯이 그는 이 자리가 자신의 패배를 축복하고 있는 자리라고 생각했다. 어떤 의미에서 그것은 휴민의 패배일 수도 있었지만, 어떻게 생각하건 마찬가지였다.

결국 그는 와이에 잡혀 버렸다. 지붕 위에서 사고가 났을 때 휴민이 그토록 우려하던 일이 현실로 나타난 것이다.

라셀르가 말했다.

"여주인으로서 질문 드리는 것을 이해해 주시기 바랍니다. 세 분이 한가족은 아닌 듯한데 제 짐작이 맞습니까? 해리와 도스는 결혼한 사이 같지는 않고, 더욱이 레이치는 여러분 자녀가 아닌 것 같은데요?"

셀던이 말했다.

"우리 세 사람은 각자 아무런 관계도 없습니다. 레이치는 트랜터, 저는 헬리콘, 그리고 도스는 시너 출신입니다."

"그런데 어떻게들 만나셨어요?"

셀던이 되도록 세부적인 내용은 빼고 간단히 설명했다.

"우리의 만남은 전혀 낭만적이지도 않았고 그렇다고 중요한 의미도 없었습니다."

"그래도 제 개인 보좌관인 탈루스 상사가 당신 한 분만 다알에서 모셔 오려고 했을 때 당신이 아주 곤란해했다고 하던데요?"

셀던이 무겁게 고개를 끄덕였다.

"저는 도스와 레이치를 좋아하기 때문에 그들과 헤어지고 싶지 않았던 거지요."

라쉘르가 미소를 지으며 말했다.

"당신은 감상적인 분이시군요."

"네, 그렇습니다. 감상적이지요. 게다가 지금은 너무 당혹스럽기까지 합니다."

"당혹스럽다고요?"

"그렇습니다. 저희에게 이렇게 친밀하게 물어보시니 말씀인데 한 가지 여쭤 봐도 되겠습니까?"

"해리, 물론이에요. 무엇이든지 물어보세요."

"저희가 여기에 온 첫날 당신은 제가 수학자 총회에서 강연했을 때부터 와이가 저를 원하고 있었다고 말씀하셨습니다. 그건 어떤 이유에서입니까?"

"그것을 모를 만큼 단순한 분은 아닐 텐데요. 당신의 심리역사학 때문입니다."

"그 정도는 알고 있습니다. 그렇지만 왜 저를 잡아들이는 것이 심리역사학을 얻는 길이라고 생각하셨습니까?"

"당신이 그것을 그만둘 만큼 경솔하신 분은 아니라고 생각해요."

"더 좋지 않군요. 라쉘르, 저는 원래부터 그런 것을 가지고 있지 않습니다."

라쉘르의 얼굴에 약간의 동요가 나타났다.

"하지만 그 강연을 했을 때 당신은 그것을 가지고 있다고 했습니다. 저도 수학에 대해서는 좀 알지요. 수학 자체는 왠지 혐오스럽지만요. 그래도 제가 고용하고 있는 사람들 중에는 당신이 말한 것을 설명해 주는 수학자들이 있습니다."

"라쉘르, 그렇다면 좀 더 주의해서 들으실 필요가 있습니다. 제가 심리역사학적 예언이 가능하다는 것을 증명했다고 그들이 말했으리라는 것쯤은 충분히 상상이 갑니다. 그러나 그들은 그것이 실용적이지 않다는 것도 같이 말했어야만 합니다."

"해리, 믿을 수 없어요. 바로 다음 날, 당신은 가짜 황제 클레온에게 불려 가서 알현하지 않았나요?"

"가짜 황제라고요?"

도스가 되물으며 중얼거렸다.

"그렇습니다. 가짜 황제입니다. 그에게는 황위를 주장할 진짜 자격이 없습니다."

라쉘르는 진지한 물음에 답하기라도 하듯 말했다.

"라쉘르. 저는 황제에게 지금 당신에게 한 것과 똑같은 말을 했습니다. 그랬더니 황제는 저더러 꺼져 버리라고 했습니다."

셀던은 안절부절못하면서 그 화제를 덮어 버리기라도 하려는 듯이 말했다.

라쉘르는 이제 웃지 않았다. 그녀의 목소리에 약간 신경질이 배어 있었다.

"그랬군요. 고양이가 쥐를 그냥 내버려 뒀다는 우화처럼 황제가 당신을 그냥 내버려 둔 것이겠지요. 황제는 그때부터 스트릴링에서, 마이코겐에서, 다알에서 줄곧 당신을 찾고 있었습니다. 만일 그에게 용기가 있다면 여기에서도 당신을 찾으려 하겠지요. 이거, 참 얘기가 너무 심각해졌네요. 이제 즐거운 시간을 갖도록 해요. 음악을 들읍시다."

말이 떨어지기가 무섭게 부드럽고 경쾌한 멜로디가 흘러나왔다. 그녀는 레이치에게 몸을 기울이면서 부드럽게 말했다.

"얘야, 포크가 불편하면 숟가락이나 손을 사용하렴. 내 눈치 볼 것 없다."

"네, 부인."

레이치가 힘들게 침을 삼키며 말했다. 하지만 도스가 그의 눈을 쏘아보며 나직이 타일렀다.

"포크 써!"

레이치는 할 수 없이 포크를 사용했다.

도스가 말했다.

"부인, 음악이 아주 아름답군요."

그녀는 일부러 경어를 썼다.

"그렇지만 우리의 마음을 끌지는 못합니다, 부인. 저는 그 모든 곳에 있는 추적자들이 와이 구역에 고용된 자들이라고 생각해요. 와이가 주도하지 않았다면 당신이 모든 일을 그토록 상세히 알 수 없었겠죠."

라쉘르는 큰 소리로 웃었다.

"와이는 어딜 가든 눈과 귀가 있어요. 그러나 우리는 추적자는 아닙니다. 우리가 추적자라면 당신들은 가차 없이 체포됐겠죠. 우리가 정말 추적자가 되었던 때는 당신들이 마지막 다알에 있었을 때뿐입니다. 하지만 추적에 실패한 적도 있어요. 붙잡았다가 놓치고 말았지요. 당신은 그것을 데머즐이라고 생각하시겠죠?"

"데머즐을 과소평가하고 계십니다."

도스가 중얼거리며 말했다.

"그래요. 놀라셨습니까? 우리는 데머즐을 능가합니다."

"당신이? 아니면 와이 구역이?"

"물론 와이라고 할 수 있지요. 하지만 와이가 승리자라면 나 역시 승리자라고 할 수 있습니다."

"정말 이상한 소리를 하고 계시네요. 와이 민중은 승리나 패배, 그 어느 것과도 관계가 없다는 생각이 트랜터 전역에 퍼져 있는 것으로 알고 있습니다. 와이에는 단 하나의 의지와 단 하나의 주먹만이 존재하며, 그것은 바로 시장이라고 말들을 하고 있어요. 분명 당신은, 아니 와이에 있는 그 어느 누구라도 시장과는 비교될 수 없을 것입니다."

라쉘르의 얼굴에 미소가 번졌다. 그녀는 자애로운 눈으로 레이치를 바라보다가 그의 뺨을 살짝 꼬집었다. 그리고 말했다.

"우리 시장이 독재자고 와이를 좌지우지하는 와이의 유일한 의지라는 당신의 말은 사실입니다. 그러나 결국 그렇게 말한다고 해도 '나'라는 인칭대명사는 여전히 사용할 수 있습니다. 내 의지가 중요하니까요."

"어째서 당신 의지가 중요하단 말입니까?"

셀던이 물었다.

"그야 당연하죠."

하인이 식탁을 치우기 시작했을 때 라쉘르는 말했다.

"내가 와이의 시장이니까요."

86

그 말에 처음 반응을 보인 사람은 레이치였다. 그토록 불안정하게 앉아 격식을 차리던 것도 완전히 잊어버린 듯 요란스럽게 웃어 대며 말했다.

"부인, 그럴 리가 없어요. 당신이 어떻게 시장이 될 수 있어요? 시장은 남자잖아요?"

라쉘르는 선량하게 바라보다가 레이치의 목소리를 완벽하게 흉내 내며 말했다.

"얘야, 그럴 리가 있단다. 어떤 시장은 남자고 어떤 시장은 여자란다. 명심해 둬."

레이치의 눈이 동그래졌다. 이윽고 그가 간신히 말했다.

"부인, 솔직하게 말씀해 주세요."

"분명한 사실이다. 네 말마따나 솔직하게 말한 거야."

라쉘르는 여전히 미소를 지으며 말했다.

셀던은 목청을 가다듬고 말했다.

"라쉘르, 대단하십니다. 천의 목소리예요."

라쉘르는 머리를 살짝 치켜들었다.

"오랫동안 그런 목소리를 흉내 내 볼 기회가 없었습니다. 그러나 절대 잊지 않고 있어요. 언젠가 아주 좋은 친구를 사귄 적이 있었어요. 다알 사람이었지요. 제가 아주 어렸을 때 일입니다."

그녀는 깊은숨을 내쉬었다.

"물론 그 사람은 이런 투로 말하지 않았습니다. 그는 아주 지적이었거든요. 그래도 그이가 하려고만 마음먹었다면 그런 식으로 말할 수 있었을 거예요. 그리고 제게도 가르쳐 주었겠지요. 그 사람과 그런 식으로 얘기를 나누었다면 정말 재미있었을 거예요. 그이와 나는 우리의 주변 세계로부터 독립한 하나의 세계를 창조했습니다. 그 세계는 훌륭했어요. 그러나 그것은 유지되지 못했어요. 제 아버지가 중단시켜 버렸거든요. 그러나 이 악동, 레이치가 저에게 오랜 옛날을 생각나게 해 주고 있어요. 이 아이는 그 억양, 그 눈, 그 건방진 표정을 가지고 있습니다. 한 6년쯤 지나면 이 아이는 젊은 여성들에게 환희와 공포의 대상이 될 겁니다. 레이치, 그렇지 않니?"

레이치가 말했다.

"부인, 아니……. 저, 여사님. 저는 잘 모르겠어요."

"나는 알아. 너는 반드시 그렇게 될 거야. 너는 내 옛 친구와 정말 똑같이 보이게 될 거야. 그때가 되면 난 차라리 너를 보지 않는 것이 편할지도 모르겠다. 그럼 레이치, 이제 식사가 끝났으니 네 방으로 가야 할 시간이구나. 홀로비전을 보고 싶으면 잠시 봐도 된다. 네가 책을 읽을 수는 없을 테니까."

레이치는 얼굴을 붉혔다.

"저도 언젠가는 읽을 수 있게 될 거예요. 셀던 선생님이 그랬어요."

"그럼, 그렇고말고."

젊은 여자가 레이치 옆에 와서 라셸르에게 공손히 인사했다. 셀던은 그녀를 호출하는 신호를 보지 못했다.

레이치가 말했다.

"셀던 선생님, 베나빌리 양과 함께 있으면 안 되나요?"

라셸르가 상냥하게 말했다.

"나중에 보게 될 거야. 아저씨와 아가씨 그리고 나 셋이서 지금 할 얘기가 있단다. 그러니 너는 가거라."

도스가 레이치에게 엄하게 말했다.

"가 있어!"

소년은 얼굴을 찡그리며 의자에서 미끄러지듯 내려와 시녀를 따라갔다.

레이치가 자리를 뜨자 라쉘르는 셀던과 도스에게 말했다.

"소년은 안전할 겁니다. 그리고 친절한 대우도 받게 될 거예요. 그 일은 염려 마십시오. 그리고 저 역시 안전합니다. 방금 전에 시녀가 왔듯이, 호출만 하면 10여 명의 무장한 남자들이 아주 신속하게 올 테니까요. 제 말뜻을 이해하겠어요?"

셀던이 차분하게 입을 열었다.

"라쉘르, 당신을 공격할 생각은 추호도 없습니다. 아니, 이젠 시장님이라고 불러야 할까요?"

"아뇨. 아직은 라쉘르입니다. 해리, 당신은 싸움꾼으로 알려져 있더군요. 그리고 도스, 당신은 칼을 아주 잘 쓴다고 들었습니다. 그래서 당신 방에서 칼을 치웠지요. 무모하게 당신들 재주만 믿어서는 안 돼요. 저는 해리가 무사하기를, 아무 데도 다치지 않기를 바라거든요. 그리고 무엇보다도 우리에게 우호적인 사람이기를 바랍니다."

도스는 우호적인 느낌이라곤 없는 완강한 말투로 말했다.

"시장님, 제가 알기로는……. 와이의 시장은 마닉스입니다. 지금도, 그리고 지난 40년 동안 말입니다. 마닉스 4세를 말하고 있는 거죠. 그는 아직 살아 있습니다. 또 능력도 충분하고요. 그런데 당신이 시장이라니 전 도저히 믿을 수 없습니다. 도대체 당신의 정체는 뭐죠?"

"도스, 지금 말한 사람이 바로 나예요. 마닉스 4세는 저의 아버지입니다. 당신도 말했다시피 그는 아직 살아 계시며, 또 능력도 아직은 완전합니다. 황제나 제국 전체의 눈으로 보면 제 아버지가 시장인 것은 당연하지요. 하지만 아버지는 권력의 무게에 짓눌려 있습니다. 중압에 시달리다 못해 마침내 그 권력을 제게 이양하려고 결심하셨고 저는 그것을 물려받을 생각입니다. 저는 무남독녀인 데다가 태어나면서부터 지배자가 되도록 교육받았습니다. 그렇기 때문에 법률적으로 명목상의 시장은 제 아버지지만 실질적인 시장은 접니다. 지금 와이의 군대는 제게 충성을 맹세하고 있습니다. 그리고 와이에서는 그것이 유일한 가치인 겁니다."

셀던이 고개를 끄덕였다.

"당신 말대로입니다. 하지만 마닉스 4세가 시장이든 라셸르 1세가 시장이든 나를 잡아 온 것은 아무런 의미가 없습니다. 방금 전에도 말했듯이 저는 실용적인 심리역사학을 가지고 있지 않습니다. 또 제가 아니라 그 누구라 할지라도 그런 것을 가지고 있는 사람은 아마 없을 겁니다. 저는 그 말을 황제에게도 했습니다. 황제에게도 당신에게도 저는 한낱 무용지물에 불과할 뿐입니다."

라셸르가 말했다.

"정말 순진하시네요, 셀던. 당신은 제국의 역사를 아나요?"

셀던이 고개를 저었다.

"최근 들어서야 비로소 그것에 관해 공부 좀 해야겠다고 생각하고 있습니다."

도스가 메마른 소리로 말했다.

"저는 제국의 역사를 아주 잘 압니다. 제국 이전 시대가 전공이기는 하지만요. 그런데 우리가 그것을 알고 말고가 무슨 상관이죠?"

"역사를 알고 있다면 와이 집안이 유서 깊고 명예로운 가문일 뿐만 아니라, 다샨 왕조의 자손이라는 것도 알겠군요."

도스가 대수롭지 않다는 투로 말했다.

"5000년 전에 지배했던 왕가 말입니까? 그 후로 나고 죽은 150세대에 달하는 자손들의 수는 은하계 인구의 절반을 차지하는데요? 만약 피가 조금이라도 섞인 사람들까지 포함한다면 말입니다."

"베나빌리 박사, 우리의 족보는……."

첫 마디를 뗄 때 라쉘르의 음색은 차가웠으며 친근하지 않았다. 눈에서는 강철끼리 부딪치듯 불똥이 튀었다.

"불법적인 것이 아닙니다. 그에 대한 증거가 남아 있습니다. 와이가는 전 세대를 통해 권력을 지속적으로 유지해 왔으며, 황위를 차지하여 황제로서 통치하던 때도 있었습니다."

"역사 필름책은 보통 와이의 지배자들을 '반황제'라고 부릅니다. 제국의 대부분은 와이가를 결코 황제라고 인정하지 않습니다."

"그것은 누가 역사 필름책을 기록하느냐에 달려 있습니다. 미래에는 우리가 그것을 기록하게 될 것입니다. 왜냐하면 원래 우리 것이었던 황위가 다시 우리에게 돌아올 것이기 때문입니다."

"그렇게 되려면 내란이 불가피합니다."

라쉘르는 위엄을 지키려 애쓰는 기색이 역력했다.

"그럴 위험은 없습니다. 제가 당신에게 설명해야 할 점이 바로 그겁니다. 그러한 파국을 막기 위해서는 셀던 당신의 도움이 필요하니까요. 제 아버지 마닉스 4세는 평생 평화를 사랑해 오신 분입니다. 아버지는 제국의 궁전 안에 누가 앉아 있든 그에게 충성을 바쳐 오셨습니다. 그리고 제국 전체의 복지를 위해, 와이를 번영되고 강력한 트랜터의 지주로 유지해 오셨습니다."

"설사 그렇다 하더라도 그 사실만으로 황제가 지금껏 아버지를 신뢰하고 있다고 할 수 있을까요?"

도스가 물었다. 라쉘르는 침착하게 말했다.

"확실히 그렇지 않지요. 아버지 시대에 황궁을 차지한 황제들은 자신이 황위 찬탈자라는 사실을 알고 있기 때문입니다. 찬탈자는 진정한 지배자를 신용할 여지가 없는 거지요. 그러나 제 아버지는 아직도 평화를 지키고 계십니다. 물론 그분은 와이의 평화와 번영 그리고 안정을 유지하기 위해 막강한 치안 유지군을 육성해 오셨습니다. 그리고 제국 정부는 이러한 것들을 허용했지요. 왜냐하면 그들은 와이가 평화롭고 번영하며 안정되기를, 그리고 충성을 다하기를 바라고 있기 때문입니다."

"그렇다고 제국에 충실한 겁니까?"

"물론, 진짜 황제에게는요. 그리고 드디어 우리는 정부를 전격 작전을 펴서 일순간에 장악할 수도 있을 정도로 힘을 키웠습니다. 사람들이 '내란'이라고 말하기도 전에 진정한 황제, 당신이 원한다면 여제가 탄생할 것입니다. 그런 뒤 트랜터는 예전과 다름없이 평화로워질 겁니다."

도스는 고개를 저었다.

"한 가지 가르쳐 드릴까요? 역사학자로서 말이죠."

"언제라도 들을 용의가 있습니다."

그렇게 말하고 그녀는 도스에게 살짝 머리를 기울였다.

"당신의 치안 유지군이 얼마만큼의 규모로 잘 훈련되고 최신 장비를 갖추고 있는지 몰라도, 그것이 2500만에 달하는 세계를 등에 업고 있는 제국 군대의 규모와 힘에 미칠 수는 없을걸요?"

"물론, 그렇겠지요. 하지만 베나빌리 박사, 당신은 지금 찬탈자의 약점을 지적한 셈입니다. 은하계에는 2500만의 세계가 있지요. 그리고 제국 군대는 그 전체에 분산되어 있습니다. 군대는 무한히 넓은 우주 공간에 고루 퍼져 있으며, 수많은 군사 지도자의 지휘를 받고 있습니다. 어느 누구도 자기 관구를 벗어난 행동을 특별히 준비하고 있지 않습니다. 그들 대부분은 제국의 이익보다는 자신의 이익을 고려하여 행동하고 있습니다. 반면에 우리 군대는 모두 여기에, 이곳 트랜터에 있습니다. 저 멀리 떨어져 있는 장교나 제독이 이곳으로 오라는 명령을 받기도 전에 사태는 벌써 끝이 날 겁니다."

"그러나 그에 대한 반격도 생각하셔야죠. 그것도 저항할 수 없을 만큼 거대한 힘을 가지고서 몰려오는 반격 말이에요."

라셸르가 물었다.

"확실히 그럴 것이라고 장담하십니까? 우리는 궁전에 있게 될 겁니다. 트랜터는 평화 속에 우리 것이 될 겁니다. 각각의 군사 지도자는 자신의 임무에 전념함으로써 자신이 지배하는 세계를 가질 수 있고 자신이 지배하는 관구를 갖게 되는데, 제국 군대가 무슨 이유로 동요를 한다는 말입니까?"

셸던이 믿지 못하겠다는 듯이 물었다.

"그것이 당신이 원하는 겁니까? 당신은 정말로 수많은 파편으로 이루어진 제국을 통치하고 싶은 겁니까?"

라셸르는 말했다.

"바로 그렇습니다. 나는 트랜터를 통치할 것이며, 그 변경에 있는 우주 식민지, 나아가 트랜터 관구에 속하는 주변의 몇 안 되는 행성들을 지배하게 될 것입니다. 그렇게 되면 나는 전 은하계의 황제라기보다는 트랜터의 황제가 되는 셈이죠."

"오직 트랜터만으로 만족하신다?"

도스의 질문에는 깊은 불신이 배어 있었다.

"왜 못 믿는 거죠?"

라셸르가 갑자기 격분하였다. 그녀는 손바닥을 테이블 위에 딱 붙이고 힘주어 누르면서 몸을 급히 앞으로 내밀었다.

"그것이야말로 제 아버지께서 40년 동안 계획해 왔던 일입니다. 이제 그분은 그 일이 성취되는 것을 보기 위해 목숨을 부지하고 있다고 해도 과언이 아닙니다. 왜 수백만의 세계를, 우리에게는 아무 의미도 없는 저기 먼 세계를 욕심내겠습니까? 그것들은 우리를 약화시키고, 행정이라는 혼돈에 빠뜨리고, 끝없는 항쟁으로 파멸시킬 뿐입니다. 이 모든 것은 우리와는 전혀 상관없는 저 먼 세계의 것들이 아닙니까? 인구가 많은 우리 자신의 세계, 우리 자신의 행성 도시는 우리가 감당하기에 충분한 은하계입니다. 우리는 스스로를 지탱하는 데 필요한 모든 것을 갖추고 있습니다. 그 나머지 부분들은 물론 쪼개지겠지요. 작은 세계의 지배자들은 각자의 파편들을 가지게 되는 것입니다. 그들은 서로 싸울 필요가 없습니다. 모두가 골고루 나누어 가질 만큼 파편이 충분할 테니까요."

"그러나 그들은 예전같이 싸움을 할 겁니다. 각자는 자기 관구에 만족하려 들지 않을 것입니다. 각자는 인근의 지배자가 자신의 관구만으로 만족하지 않는다는 사실을 두려워할 것입니다. 그들은 안전을 염려할 것이고, 그래서 유일한 안전책은 은하계 전체를 통치하는 것이라고 생각하게 될 겁니다. 당신이나 트랜터는 끝없는 전쟁의 수렁에 빠져들 것이고, 결국은 모두 멸망할 게 뻔합니다."

라쉘르는 얼굴 가득 경멸감을 표시하며 말했다.

"그럴싸하군요. 당신이 만약 지금보다 더 멀리 내다볼 수 없는 한, 또 역사의 일반적인 교훈에만 의존하는 한은 그렇게 볼 수도 있겠지요."

도스가 반박했다.

"좀 더 멀리 볼 수 있다면 과연 뭘 본다는 거죠? 역사의 교훈을 초월하여 과연 무엇에 의존한다는 말입니까?"

라쉘르는 말했다.

"초월하여 무엇이 있느냐고요? 이 사람이 있지요!"

그녀는 팔을 뻗쳐 손가락으로 셀던을 가리켰다. 지금껏 그녀와 도스의 이야기를 듣고 있던 그는 갑자기 자기를 가리키자 흠칫 놀랐다.

"저요? 하지만 이미 말씀드렸다시피 심리역사학은……"

라쉘르가 그의 말을 막았다.

"셀던 박사님, 이미 한 말을 다시 반복하지는 마세요. 그것으로는 아무것도 얻을 것이 없습니다. 베나빌리 박사, 제 아버지가 내전의 위험성을 전혀 알지 못하셨다고 생각하세요? 당신 자신이 가진 강력한 정신력을 발휘하여 전쟁을 막을 방법을 생각하지 않았을 거라고 생각하세요? 그분은 단 하루 만에 제국을 인수하려고 근 10년 동안이나 준비해 오셨습니다. 이에 앞서 다만 안전보장이 요구되었던 것뿐입니다."

"당신은 그러한 것을 가지고 있지 못합니다."

도스는 말했다.

"가지고 있습니다. 셀던 박사의 논문을 읽었을 때 이미 그것을 가질 수 있었습니다. 저는 한눈에 그것이 우리가 그토록 찾아다니던 것임을 알아보았습니다. 제 아버지는 너무 늙어서 그 중요성을 당장엔 파악하지 못하셨습니다. 그러나 제가 설명해 드리자 그분도 이해하시게 됐죠. 그분이 정식으로 제게 권력을 이양하게 된 것은 그 직후였습니다. 그러니 해리, 제가 지금 차지하고 있는 지위에 대해 누구에겐가 빚을 지고 있다면 그건 당신입니다. 또 제가 장래에 더 큰 지위에 앉게 되어 누구에겐가 그 빚을 갚아야 한다면 그것도 바로 당신입니다."

셀던이 곤혹스러움을 강하게 드러내기 시작했다.

"계속 말씀드리지만 그건 불가능합니다. 무엇이 가능하고 또 무엇이 불가능한가는 그다지 중요하지 않습니다. 중요한 것은 국민이 믿느냐 믿지 않느냐입니다."

"해리, 당신이 그들에게 심리역사학적 예언에 따르면 트랜터가 스스로를 지배할 수 있고, 각각의 관구들은 독자적인 왕국으로 설 수 있으며, 모두가 함께 평화롭게 살게 된다고 말한다면 사람들은 당신을 믿을 것입니다."

"그런 예언은 없습니다. 진정한 심리역사학이 없기 때문이죠. 나는 협잡꾼이 되지 않겠습니다. 그런 걸 하고 싶으면 당신이 직접 하십시오."

"자, 해리. 그들은 저를 믿지 않을 것입니다. 그들이 믿을 사람이라고는 당신밖에 없습니다. 위대한 수학자 말이에요. 왜 그들에게 호의를 베풀려 하지 않는 거죠?"

"언젠가…… 황제도 저를 자신의 이익을 위한 예언의 담보물로 삼으려 했습니다. 저는 단호히 거절했습니다. 그런데도 당신은 제가 그 일에 찬성하리라고 보십니까?"

라셸르는 한동안 침묵했다. 다시 그녀가 입을 열었을 때 목소리에서 긴장된 흥분이 사라지고 거의 달래는 어조로 변해 있었다.

"이봐요, 해리. 클레온과 저의 차이점을 조금만이라도 고려해 주세요. 클레온이 당신에게서 얻으려고 했던 것은 틀림없이 자신의 지위를 유지하기 위한 선전이었습니다. 그런 것을 그에게 주는 것은 쓸데없는 짓이지요. 왜냐하면 그 지위는 유지될 수 없으니까요. 은하제국이 쇠퇴 일로에 있으며 그리 오래가지 못할 것이라는 사실을 당신은 모르십니까? 트랜터는 서서히 쓰러져 가고 있습니다. 2500만의 세계를 관리해야 하는 책임이 점차 증대하고 있고, 그에 따라 클레온은 그 엄청난 무게에 짓눌려 있기 때문입니다. 우리 앞에 있는 것은 파괴와 내란입니다. 당신이 클레온을 위해 무엇을 할 것인가 하는 단순한 문제가 결코 아니란 말이에요."

셀던이 말했다.

"그런 말을 들은 적은 있습니다. 그러나 그것이 설사 사실이라 해도 제가 무엇을 할 수 있다는 말입니까?"

"그렇다면 좋습니다. 어떤 전쟁도 치르지 않고 은하제국이 붕괴하여 파편화될 수 있도록 도와주세요. 제가 트랜터를 장악할 수 있도록 도와주세요. 효과적으로 통치하기에 충분히 작은 영역에 제가 강력한 정부를 수립할 수 있도록 도와주세요. 은하계의 그 나머지 세계에 대해서는 자유를 부여하고 각자 독자적인 관습과 문화에 따라 자기 길을 갈 수 있도록 도와주세요. 그렇게 되면 은하계는 무역, 관광, 통신의 자유를 누리는 사람들을 통해 다시 새롭게 작동하는 전체가 될 것입니다. 또 가까스로 뭉쳐 있는 현재의 통치하에서는 불가피할 수밖에 없는 붕괴라는 비참한 운명을 피하게 될 것입니다. 제 희망은 사실 건전한 겁니다. 말하자면 수백만이 아니라 하나의 세계, 전쟁이 아니라 평화, 노예제가 아니라 자유를 원하니까요. 잘 생각해 보시고 제발 저를 도와주세요."

"왜 은하계 민중들이 당신을 신뢰하는 것 이상으로 저를 신뢰한다는 겁니까? 그들은 저를 모르고 있습니다. 그리고 도대체 함대 사령관들 중 과연 누가 그 단순하기 짝이 없는 심리역사학을 믿겠습니까?"

"지금이야 당신을 믿지 않겠죠. 하지만 우리도 지금 당장 행동을 개시해 달라는 것은 아닙니다. 와이가는 이미 수천 년을 기다려 왔습니다. 그런데 하물며 수천 일을 못 기다리겠습니까? 저를 도와주세요. 그러면 제가 당신이 온 천하에 이름을 떨칠 수 있게 해 드리겠습니다. 심리역사학이 온 세상에 빛나게 될 것이라고 약속하지요. 그리고 적당한 시기가 오면, 지금이 바로 결단을 내려야 할 시기라는 판단이 서게 되면, 당신이 예언을 공표하고 우리는 봉기를 하는 겁니다. 그렇게 되면 한순간에 은하계는 영원히 안정과 행복을 안겨 줄 새로운 질서 아래 놓일 것입니다. 자, 해리, 이래도 제 부탁을 거절하겠어요?"

제18부

쿠데타

엠머 탈루스

……고대 트랜터 와이 구역의 치안 유지군 상사……. 은하계의 운명이 그의 손에 좌우될 뻔했던 사실을 빼면 이 인물에 대해서는 그저 평범한 인구통계 자료 말고는 거의 알려져 있지 않다.

—『은하대백과사전』

87

다음 날 세 사람은 잡혀 있는 방에서 가까운 알코브에서 아침 식사를 했다. 정말 호화로운 곳이었다. 음식은 종류가 상당히 다양했으며 양도 세 사람이 먹기에는 너무 많았다.

셀던은 위에 무리가 갈 거라는 도스 베나빌리의 경고를 완전히 무시하고 한 무더기의 매운 소스가 놓인 식탁 앞에 앉았다.

레이치가 입을 열었다.

"그 여자…… 여시장이 어젯밤 저를 보러 왔을 때 말했어요."

"그녀가 널 보러 왔다고?"

셀던이 물었다.

"네. 그녀는 저를 기분 좋게 해 주고 싶다고 했어요. 그러더니 기회가 되면 동물원에 데리고 가 주겠다고 했어요."

"동물원?"

셀던이 도스를 보았다.

"트랜터에 무슨 동물원이 있을까? 고양이? 개?"

도스가 말했다.

"뭔가 토착 동물이 있겠죠. 그리고 외부 행성에서 몇 가지 토착 동물들을 수입했을 거예요. 또 모든 세계에 공통으로 있는 동물들도 있을 거고요. 물론 다른 세계에는 트랜터보다 동물이 많겠지요. 사실 와이에는 유명한 동물원이 있어요. 황궁에 있는 제국 동물원을 제외하면 아마 이 행성에서 가장 좋을 거예요."

레이치가 말했다.

"그 여자는 멋있는 노부인이에요."

"노부인이라고 부를 정도로 나이가 들지는 않았어."

도스의 말이었다. 레이치는 중얼거리는 투로 말했다.

"하지만 분명히 우리보다는 좋은 음식을 먹고 있으니까."

"그렇지. 그건 그래."

셀던이 시인했다.

아침 식사가 끝나자 레이치는 탐험하러 나갔다.

두 사람이 도스의 방으로 돌아오자 셀던이 불안스럽게 말했다.

"얼마 동안이나 우리를 이대로 놔둘지 모르겠네요. 그녀는 분명히 우리의 시간을 빼앗을 방책을 세우고 있을 거예요."

도스는 말했다.

"사실 우리는 지금 이곳에 불만은 없어요. 여기는 예전에 마이코겐이나 다알에 있을 때보다는 훨씬 편안하니까요."

셀던이 말했다.

"도스, 그녀에게 설득당한 건 아녜요?"

"제가요? 라쉘르에게요? 천만에요. 어떻게 그런 생각을 하는 거죠?"

"봐요, 이곳 생활은 쾌적하고 음식은 아주 훌륭해요. 긴장을 풀고 운명을 그대로 받아들이는 게 자연스러운 일이라고요."

"그래요. 아주 자연스러워요. 그럼 왜 당신은 받아들이지 않죠?"

"난 절대로 그럴 생각이 없어요. 어젯밤 당신이 내게 그녀가 승리를 거두면 무슨 일이 일어날지에 대해 말했잖아요? 나는 대단한 역사가는 아닐지 몰라도 당신이 한 말만은 받아들일 용의가 있어요. 그 말은 역사가가 아닌 사람의 귀에도 타당한 소리로 들렸으니까. 제국은 산산이 부서지고 그 파편들은 무언가를 위해……. 끊임없이 서로 싸울 거예요. 그녀를 저지해야만 해요."

"동감이에요. 그래야만 해요. 하지만 답답한 것은 지금 이 순간 어떻게 그 일을 할 수 있을지 모르겠다는 거예요."

그녀는 셀던을 유심히 바라보았다.

"해리, 어젯밤에 잠을 못 잤어요?"

"그럼 당신은 잤어요?"

셀던이 잠을 자지 않은 것은 분명했다.

도스는 셀던을 응시했다. 그를 염려하는 표정이 역력했다.

"제가 한 말 때문에 은하제국의 붕괴에 대해 생각하느라 한숨도 못 잔 거군요?"

"그것도 있지만 몇 가지 다른 것도 있었어요. 체터 휴민에게 연락할 수 없을까?"

셀던의 마지막 말은 속삭임에 가까웠다.

도스는 말했다.

"다알에서 체포될 뻔했다가 탈출했을 때 처음으로 그에게 연락을 해 보았어요. 하지만 그는 오지 않았어요. 그가 메시지를 받은 것이 확실한데도 말이에요. 그가 직접 올 수 없었던 데는 그만한 이유가 있었을 거예요. 그가 올 수 있었다면 그렇게 했겠죠."

"그에게 무슨 일이라도 생겼다는 거예요?"

도스는 느긋하게 말했다.

"아니요. 그렇게 생각하지는 않아요."

"어떻게 알지요?"

"제게 뭔가 소식을 보낼 거예요. 그건 확실해요. 아직 소식을 받지는 못했지만요."

셀던이 눈살을 찌푸리며 말했다.

"나는 모든 것에 대해 당신만큼 확신이 들지 않아요. 솔직히 말하면 확신이 전혀 없어요. 휴민이 온다 하더라도 이럴 때 그가 과연 무엇을 할 수 있겠어요? 그가 와이 전체를 상대로 싸울 수는 없잖아요. 라셸르의 주장대로 그들이 트랜터에 잘 훈련되고 조직된 군대를 갖고 있다면, 그가 무엇으로 대항할 수 있겠어요?"

"그건 이야기의 초점이 아니에요. 당신이 심리역사학을 가지지 않았다는 것을, 어쨌든 이게 그녀의 머릿속을 사로잡고 있는 생각인데요, 라셸르에게 납득시킬 수 있을까요?"

"내가 그것을 가지고 있지 않다는 것, 또 앞으로 몇 년간 그것을 가질 수 없다는 사실을 그녀는 분명히 깨닫고 있다고 생각해요. 그래도 그녀는 내가 심리역사학을 가졌다고 말할 거예요. 그래서 그것을 교묘히 꾸미기만 하면 민중이 그녀를 믿을 것이고 결국에 내 예언을 믿고서 그녀의 명령에 따라 행동하게 되겠죠. 내가 비록 한마디도 하지 않는다 해도요."

"그렇게 되려면 시간이 걸리겠죠. 하룻밤 사이에 당신을 팔려고 하지는 않을 거예요. 일주일도 어려워요. 목적한 대로 하려면 한 1년 정도는 걸릴 거예요."

셀던은 방 안을 이리저리 왔다 갔다 하다가 갑자기 발뒤꿈치로 돌아 뒤로 성큼 한 걸음 내디뎠다.

"그럴지도 모르지. 그래도 난 모르겠어요. 그녀는 일을 서둘러 끝내야겠다는 강박관념에 시달리고 있어요. 그녀가 인내심 많은 여자라고는 생각지 않아요. 그리고 그녀의 연로한 아버지 마닉스 4세는 더 참을성이 없을 거예요. 자신의 죽음이 머지않다고 느끼고 있는 게 틀림없으니. 온 생애를 통해 이 일을 준비해 온 그로서는 자기가 죽고 난 일주일 후가 아니라, 그가 죽기 일주일 전에 일이 성사되기를 간절히 바랄 거예요. 그래서……."

그는 말을 끊었다. 그러고는 텅 빈 방을 둘러보았다.

"그래서 뭐죠?"

"하여간 우리는 탈출해야 해요. 이제 심리역사학의 문제를 해결했거든요!"

도스의 눈이 커졌다.

"당신…… 해냈군요!"

"완전한 의미의 해결은 아니에요. 모든 것을 알려면 몇십 년…… 아니, 몇 세기가 걸릴 거예요. 하지만 이 학문이 실용적이라는 건 알겠어요. 이론적일 뿐만 아니라. 시간이, 평화가, 그것에 몰두할 시설이 필요해요. 제국은 하나로 뭉쳐 있지 않으면 안 돼요. 내가, 아니면 아마 나의 후계자들이 제국을 지키기 위해 최선을 다하려면 어떻게 해야 좋을지를 알게 될 때까지 말예요. 그게 아니라면, 적어도 우리의 노력에도 불구하고 제국의 분열이 불가피해진다면, 그 피해를 최소화하기 위해 어떻게 해야 할 것인지 알게 될 때까지……. 내게 남은 과제를 시작해야겠다는 생각과 그것에 몰두할 수 없다는 생각으로 어젯밤을 꼬박 새웠던 거라고요."

88

그들이 와이에 온 지 5일째 되는 날이었다. 그날 아침 도스는 레이치가 예복을 입는 일을 도와주고 있었다. 그런 옷은 레이치에게는 전혀 익숙하지 않았다.

레이치는 입체거울에 비친 자기 모습이 어색한 듯 자꾸 거울을 바라보았다. 그는 자신과 마주하고 있는 정밀한 영상이 좌우의 역전도 없이 모든 동작을 흉내 내고 있는 것을 신기한 눈으로 쳐다보았다. 레이치는 지금까지 한 번도 입체거울을 사용해 본 적이 없었다. 그래서 거울을 직접 만져 보지 않을 수 없었다. 그의 손이 거울에 닿자, 영상에 비친 손이 자기의 몸을 찌르는 것 같았는지 움찔했다. 그러고는 자기가 한 행동에 실소를 터뜨리고 말았다.

"신기해요."

그는 튜닉을 살펴보았다. 그것은 매우 유연한 재질로 만들어졌으며 섬세한 금은 세공이 된 벨트가 부착되어 있었다. 튜닉을 살펴보던 레이치는 양쪽 귀 위까지 컵처럼 빳빳하게 세운 칼라에 손을 가져갔다.

"내 머리가 사발 속에 들어 있는 공 같아요."

도스가 말했다.

"그래도 이런 옷은 와이의 부잣집 애들이나 입는 옷이야. 사람들이 너를 보면 모두 감탄하고 부러워할 거다."

"머리칼을 전부 아래쪽으로 내릴까요?"

"그게 좋겠다. 둥글고 작은 모자를 써야 하니까."

"머리가 점점 더 공처럼 보이게 될 거예요."

"그럼 아무나 못 차게 하면 되지. 자, 내 말을 명심해서 들어라. 당황해하거나 어린애처럼 굴면 안 된다."

"그렇지만 저는 '어린애'인걸요?"

소년은 눈을 크게 뜨고 천진난만한 표정으로 그녀를 올려다보았다.

도스가 놀렸다.

"놀랐는데! 난 너 스스로 열두 살 된 어른으로 생각하고 있는 줄 알았는데."

레이치가 싱글싱글 웃었다.

"좋아요, 나는 유능한 스파이예요."

"내가 한 말은 그런 뜻이 아니야. 모험을 해서는 안 된다. 문 뒤에서 엿듣는 따위의 짓은 하지 말고……. 그러다가 들키면 누구를 위해서도 좋지 않아. 특히 너 자신에게 말이야."

"네, 베나빌리 양. 내가 누군데요? 어린애? 아니면……."

"방금 전에 네 입으로 말했잖니? 레이치, 안 그래? 겉으로 드러나지 않게 모든 얘기를 들어라. 그리고 잘 기억해 두었다가 내게 말해 줘.

아주 간단하지?"

"간단해요, 베나빌리 양. 그리고 내가 그렇게 하는 것도 아주 간단하죠."

레이치가 싱긋 웃으며 말했다.

"주의해라."

레이치는 윙크했다.

"틀림없어요."

제복을 입은 하인이(제복을 입은 하인만이 가질 수 있는 차갑고 오만무례한 태도로) 라쉘르가 기다리는 곳으로 레이치를 데려가기 위해 왔다.

셀던은 뒤를 보며 심각하게 말했다.

"아마 동물원을 보지는 않을 거예요. 그 아이는 주의 깊게 듣기는 하겠죠. 그렇다고 어린애를 그런 위험에 밀어 넣는 것이 옳다고는 여겨지지 않아요."

"위험요? 그렇지 않아요. 레이치는 빌리보턴의 빈민가에서 자랐어요. 그 아이는 당신과 나, 두 사람을 합한 것보다도 더 재치가 있어요. 게다가 라쉘르는 그 아이를 좋아해요. 그렇기 때문에 그 아이가 하는 모든 행동을 좋게 해석할 거예요. 가련한 여자예요."

"도스, 당신은 정말 그녀를 동정하는 거예요?"

"그 여자가 시장의 딸이고, 시장이 될 권리를 타고났다고 생각한다고 해서, 또 제국을 파괴하려고 한다 해서 동정의 여지조차 없다는 거예요? 당신이 옳을지도 모르죠. 그녀에게 몇 가지 문제가 있긴 하지만 동정이 가는 면도 있어요. 한 가지 예를 들면 그녀는 불행한 연애를 했어요. 그것만은 분명하죠. 그 때문에 그녀는 상처를 받았어요. 적어도 일정한 기간은요. 그것은 의심할 여지도 없는 일이죠."

"도스, 불행한 연애를 해 본 적이 있어요?"

도스는 잠시 생각에 잠겼다가 입을 열었다.

"실은 없어요. 일에 파묻혀 지내느라 실연할 여유도 없었어요."

"나도 그렇게 생각했어요."

"그런데 왜 물었어요?"

"내 생각이 틀릴 수도 있으니까."

"당신은 어때요?"

셀던은 거북스러운 표정을 지었다.

"사실은 있어요. 잠시 상처를 입었죠. 몹시 비탄에 빠졌더랬어요."

"저도 그렇게 생각했어요."

"그런데 왜 물었어요?"

"제 생각이 틀릴 수도 있으니까요. 정말이에요. 당신이 거짓말을 하는지 안 하는지 알고 싶었을 뿐이에요. 당신이 거짓말을 하지 않아서 기뻐요."

침묵이 흘렀다. 이윽고 셀던이 말했다.

"닷새나 지났어요. 그런데 아무 일도 일어나지 않았군요."

"우리가 좋은 대접을 받고 있는 것을 빼고는 그래요, 해리."

"동물들에게 생각할 능력이 있다면, 오로지 도살당하기 위해 살이 찌고 있을 때 자기들이 좋은 대접을 받고 있다고 생각할 거예요."

"단순히 도살하기 위해 그녀가 제국을 살찌우고 있다는 것은 인정해요."

"그럼, 그것이 언제쯤일까?"

"준비가 완료되면."

"그녀는 단 하루 만에 쿠데타를 완료하겠다고 호언장담했어요. 나는 그녀가 언제라도 그것을 할 수 있겠다는 인상을 받았어요."

"비록 그녀가 지금 당장 그것을 할 수 있다 하더라도 그녀는 제국의 반격을 확실히 잠재우고 싶어 해요. 그러려면 시간이 걸리겠죠."

"얼마나 걸릴까? 그녀는 나를 이용해서 반격을 무력화할 계획을 갖고 있어요. 그런데도 아직 그렇게 하려는 노력을 하고 있지 않잖아요. 아직 그녀가 나의 중요성을 선전하고 있는 조짐은 보이지 않아요. 와이의 그 어디를 다녀 봐도 그것을 느끼지 못했거든. 내 주위로 몰려들어 나를 환호하는 와이의 군중이 없잖아요. 홀로비전 방송 뉴스에서도 아무런 보도가 없고."

도스는 미소를 지었다.

"유명해지지 않아서 마음이 상했다는 말처럼 들리는데요, 해리. 당신은 참 순진한 분이에요. 역사가는 더더욱 아니고요. 둘 다 같은 얘기이긴 하지만……. 심리역사학을 연구해서 제국을 구한다는 것보다는 오히려 꼭 역사학자가 된다는 사실에 더 기뻐하는 쪽이 낫겠어요. 만약 모든 인류가 역사를 이해하게 된다면 역사에서 나타난 어리석은 실수를 똑같이 반복하게 되지는 않을 거예요."

"어떤 점에서 내가 순진하다는 거예요?"

셀던이 얼굴을 들고 그녀를 빤히 쳐다보며 말했다.

"해리, 기분 나빠 하지 마세요. 저는 그것이 당신의 매력 가운데 하나라고 생각해요."

"알아요. 그것이 당신의 모성 본능을 자극해서 나를 돌봐주지 않으면 안 되겠다는 생각을 하게 만든다는 것을 말예요. 그건 그렇다 치고 대체 어떤 점에서 내가 순진하다는 거예요?"

"라셀르가 제국 국민들로 하여금 당신을 예언자로 받아들이도록 선전하리라고 생각하는 점에서요. 그런 방식으로 그녀가 성취할 수 있는 건 아무것도 없어요. 수천조에 달하는 국민을 단시간에 변화시키기란 보통 어려운 일이 아니죠. 사람에겐 물리적 관성뿐만 아니라 사회적·심리적 관성도 있으니까요. 공공연하게 활동했다가는 데머즐의 경계심만 부추기게 될 거예요."

"그렇다면 지금 그녀는 뭘 하고 있지요?"

"제 추측으로는 당신에 대한 정보를, 적당히 과장하고 미화해서 상당히 중요한 몇 사람에게 흘리고 있을 거라고 생각해요. 그녀가 보기에 자기에게 호의적인 태도를 보인다든가, 아니면 황제에게 냉담한 태도를 보이고 있는 각 구역의 총독이나 함대의 제독, 기타 유력자 들에게 보내고 있을 거예요. 그녀 편으로 규합될지도 모를 사람들 100여 명 정도가 황제파를 그럴싸하게 혼란에 빠뜨리고 있는 사이에, 그녀는 라쉘르 1세라는 '신질서'를 재빨리 수립하여 어떠한 저항이 일어난다 하더라도 거뜬히 격퇴할 수 있도록 하겠죠. 적어도 그녀가 그렇게 판단하고 있을 거라고 생각해요."

"그나저나 아직도 휴민한테는 소식이 없군."

"그도 역시 무언가를 하고 있는 게 틀림없어요. 이 문제는 도저히 무시할 수 없을 만큼 중요하니까요."

"갑자기 죽기라도 한 것은 아닐까?"

"그럴지도 모르죠. 하지만 그렇게 생각하지는 않아요. 그가 죽었다면 그 소식이 제게 왔을 거예요."

"여기로요?"

"여기로라도."

셀던의 눈썹이 치켜 올라갔다. 그러나 아무 말도 하지 않았다.

레이치는 오후 늦게 흥분에 들뜬 행복한 얼굴이 되어서 돌아왔다. 그는 저녁 시간 내내 원숭이 우화로 화제를 독점했다.

식사를 마치고 각자 숙소로 돌아갈 때에야 비로소 도스가 말했다.

"레이치, 이제 여시장과 무슨 일이 있었는지 얘기해 다오. 그녀가 무슨 일을 했는지, 또 무슨 말을 했는지, 네 생각에 우리가 알아야 할 것이라면 뭐든지 말해 주렴."

레이치가 얼굴이 환해지면서 말했다.

"한 가지……. 그것 때문에 그녀가 저녁 시간에 나타나지 않은 거예요. 분명해요."

"그게 뭔데?"

"알다시피 동물원은 우리에게만 개방되었어요. 우리와 동행한 사람들이 많았어요. 라셀르와 나, 갖가지 제복을 입은 남자들, 그리고 환상적인 옷을 입은 여자들, 그런 사람들요. 그 가운데 제복을 입은 한 남자가 좀 색달랐는데, 처음에는 그 자리에 없었거든요. 나중에 들어와서는 낮은 목소리로 뭔가 말했어요. 그러자 라셀르가 손을 들어 그 자리에 있는 모든 사람에게 움직이지 말라는 표시를 했어요. 그러니까 사람들이 꼼짝하지 않았어요. 그러고 나서 그녀는 그 새로 온 사람과 함께 다른 사람이 듣지 못하도록 조금 떨어진 곳으로 갔어요. 그래서 나는 그 사람들에게는 아무 관심도 없는 것처럼 여기저기 다른 동물 우리를 구경하는 척했어요. 그러면서 라셀르 가까이 가서 그녀가 말하는 것을 들을 수 있었어요. 그녀가 말했지요. '어떻게 감히 그들이.' 그녀는 정말 이성을 잃은 사람 같았어요. 그러자 제복을 입은 그 남자는 몹시 불안해 보였어요. 내가 동물들을 구경하는 척하고 있었기 때문에 그들은 나를 그저 흘끗 볼 뿐이었어요. 그래서 그 사람들이 하는 얘기를 거의 다 들었어요. 그 남자가 말하기를 누구더라, 이름은 기억이 안 나는데 장군이라든가 뭐라던가, 하여간 그 장군이 '장교들은 라쉘르의 노인에게 종교적인 맹세를 했다.'라고 말했다는 거예요."

"충성을 맹세했다는 걸 거야."

도스가 말했다.

"그 비슷한 말이었어요. 그들이 그 여자의 말을 더 이상 듣지 않는다는 거예요. 그 남자 말로는 그들이 노인을 지지하고 있는데, 그가 만약에 병이라도 나면 여자가 아니라 어떤 남자를 시장으로 선출해야 한다고 했대요."

"여자가 아니라고? 확실하니?"

"그 남자가 그렇게 말했어요. 속삭이듯이 말예요. 그 남자는 몹시 불안해했고 라쉘르는 거의 말을 못 할 정도로 흥분해 있었어요. 그녀는 '그놈 머리를 부숴 버리겠어. 내일이면 모두 나에게 충성을 맹세하게 될 거야. 거부하는 자는 누구든 한 시간이 채 지나기 전에 후회하게 될 거야.'라고 말했고요. 그 여자가 말한 그대로예요. 그녀는 파티를 전부 취소했고, 그래서 우리 모두 돌아오게 됐어요. 그녀는 돌아올 때까지 내내 나에게 한마디도 말을 걸지 않았어요. 저만치 떨어져 앉아서 불쾌하다는 듯이 화를 내고 있었다고요."

도스가 말했다.

"레이치, 훌륭해. 이 얘기를 아무에게도 해서는 안 된다."

"물론이에요. 이것이 당신이 원하던 거예요?"

"그래, 몹시 듣고 싶던 거야, 레이치. 아주 잘했다. 이제 네 방으로 가려무나. 그리고 전부 다 잊어버리렴. 그 일은 이제 생각조차 하지 마라."

레이치가 방으로 들어간 후 도스는 셀던에게 말했다.

"이거 아주 재미있는데요. 딸들은 아버지의 뒤를, 아니면 어머니의 뒤를 잇는다? 그런데 시장직이나 그 밖에 다른 높은 지위에 대해서는 여러 차례 문제가 있었군요. 당신도 알고 계시겠지만 실제 황위에 군림했던 여제도 있었어요. 그리고 나서는 제국의 역사에서 여제를 섬기는 것이 심각한 문제가 되었던 적은 없었던 걸로 기억해요. 그런데 와이에서 왜 그런 일이 일어났는지 의아스럽군요."

셀던이 말했다.

"그렇지는 않아요. 최근까지 마이코겐에도 있었지만 거기에서도 여자들이 전혀 존중을 받지 못했고 아무리 낮은 지위라 하더라도 여자가 권력의 자리에 앉는다는 것은 생각할 수도 없는 일이었잖아요."

"물론 그랬지요. 하지만 거기는 예외적인 경우예요. 다른 데는 여자들이 지배하는 곳도 있어요. 그리고 대부분의 경우에는 어느 정도 남녀평등 상태를 유지하고 있지요. 남자들이 높은 지위를 더 많이 차지하는 경향이 없지는 않지만, 그것은 보통 여자들이 생물학적으로 아이들에게 더 묶이는 경향이 있기 때문이지요."

"그렇다면 와이의 상황은 어때요?"

"제가 알기로 와이는 남녀평등 도시예요. 라쉘르는 시장 자리에 앉을 때 별 어려움이 없었어요. 마넉스 노인 역시 권력을 그녀에게 넘기는 데 주저하지 않았을 거라고 생각해요. 그랬기 때문에 그녀는 남자들의 저항에 직면하자 놀랄 수밖에 없었고 격분하게 되었지요. 그녀는 그러한 일이 일어나리라고는 전혀 예상하지 못했던 거예요."

셀던이 말했다.

"분명히 당신은 이 사실을 재미있어하고 있군요. 왜죠?"

"누군가가 일을 꾸미고 있는 게 틀림없는데 그게 너무 부자연스럽기 때문이에요. 내 짐작에는 휴민이 그 일을 도모하고 있는 것 같아요."

셀던이 심각하게 물었다.

"그렇게 생각해요?"

"그래요."

도스가 말했다.

"실은…… 나도 그래요."

셀던이 말했다.

89

그들이 온 지 열흘째 되는 날이었다. 그날 아침 해리 셀던의 방문 벨이 울리면서 레이치의 높고 커다란 외침이 들렸다.

"아저씨! 셀던 아저씨! 전쟁이 터졌어요!"

셀던은 순간 눈을 번쩍 뜨고 황급히 침대에서 뛰쳐나왔다. 방문을 획 열었을 때 그는 가볍게 몸을 떨고 있었다(와이인들은 집을 조금 춥게 해 두기를 좋아했다. 셀던은 여기에 머물면서 그 사실을 알았다.).

레이치가 흥분된 채 눈을 크게 뜨고 뛰어 들어왔다.

"셀던 아저씨, 그들이 마닉스를 체포했어요. 늙은 시장을요! 그들이 체포했어요."

"누가 체포했단 말이냐, 레이치?"

"제국 군대요. 그들의 제트기가 어젯밤에 계속 날아들었어요. 홀로비전 방송 뉴스는 온통 그 이야기뿐이에요. 베나빌리 양 방에 홀로비전이 있어요. 베나빌리 양은 아저씨를 그냥 자게 놔두라고 했어요. 그렇지만 아저씨가 알고 싶어 할 것 같아서요."

"네 말이 맞다."

셀던은 후다닥 잠옷을 걸치고 도스 방으로 뛰어 들어갔다. 그녀는 옷을 이미 갖춰 입고 앉아 알코브에 있는 홀로세트를 시청하고 있었다.

선명하고 작은 영상 속 한 남자가 데스크에 앉아 있었다. 그가 입은 튜닉의 왼쪽 가슴에는 '우주선과 태양' 문장이 선명하게 새겨져 있었다. 그 남자의 양옆에는 병사 두 명이 역시 '우주선과 태양' 문장이 새겨진 옷을 입고 무장한 채 서 있었다. 데스크에 앉은 장교가 말하고 있었다.

"……는 황제 폐하의 평화로운 통치하에 있습니다. 마닉스 시장은 안전하게 잘 있으며 우호적인 제국 군대의 지도로 여전히 시장의 권한을 유지하고 있습니다. 시장은 곧 여러분 앞에 나와서 모든 와이인에게 평정을 지키라고 호소하고, 아직 무장하고 있는 일부 와이 군인들에게 무기를 반납하라고 요청할 예정입니다."

여러 아나운서가 나와 무덤덤한 목소리로 몇 가지 뉴스를 방송했다. 그들은 모두 제국의 완장을 차고 있었다. 뉴스 내용은 한결같았다. 기록에 남기기 위해 몇 발의 총을 발사한 후, 또는 아무런 저항도 없이 와이의 치안 유지군의 이러저러한 부대가 항복했으며, 이 마을 저 마을의 중심부가 점령되었다고 했고, 거리를 행진하는 제국 군대를 침울한 표정으로 지켜보고 있는 와이 시민들의 모습을 담은 장면이 반복되었다.

도스가 말했다.

"해리, 완전히 끝났어요. 기습 작전은 완료되었어요. 저항할 기회조차 없었어요. 저항다운 저항은 한 사람도 못 했군요."

이윽고 예고되었던 대로 마닉스 4세가 화면에 나타났다. 그는 똑바로 서 있었다. 화면에 비칠 것을 우려해서인지 제국 군인의 모습은 보이지 않았다. 그러나 셀던은 카메라 렌즈 바로 밖에 군인들이 서 있을 거라고 생각했다.

마닉스는 늙었다. 그러나 비록 쇠약해지기는 했어도 아직 정정해 보였다. 그의 눈은 카메라를 보고 있지 않았다. 그리고 누군가에게 주입받은 말투로 얘기하고 있었다. 그러나 이미 예고된 대로 그는 와이 시민에게 냉정을 되찾을 것을 호소했고, 저항을 계속하는 것은 와이를 다치게 할 뿐이므로, 자신은 황제와 협력할 것이며 황제가 오래오래 옥좌에 머물기를 바란다고 말했다.

"라쉘르에 대한 언급은 한마디도 없군. 마치 딸이 이 세상에 없기라도 한 것처럼."

셀던이 말했다.

"아무도 그녀에 대한 말을 하지 않았어요. 그리고 이곳, 그녀의 여러 관저 가운데 어느 하나도 공격당하지 않았어요. 그녀가 만약 몰래 탈출하여 인근 구역에 피신해 있다 하더라도 트랜터 안에서는 무사하지 못할 거예요."

도스가 말했다.

"그렇지 않을지도 모릅니다. 잠시 동안 여기에 있어도 안전하겠지요."

하나의 목소리가 들렸다.

라쉘르가 들어왔다. 정장을 걸치고 있었으며 어느 정도 침착성을 유지하고 있었다. 미소까지 보였다. 그러나 기쁨의 미소는 아니었다. 그저 차갑게 이를 드러내고 있는 것에 불과했다.

세 사람은 순간 깜짝 놀라 그녀를 노려보았다. 셀던은 그녀에게 아직 부하가 남아 있을까, 그렇지 않으면 고난을 예고하는 최초의 조짐을 보고 그녀를 버리고 완전히 도망가 버렸을까 생각해 보았다.

도스는 차갑고 작은 소리로 말했다.

"여시장님, 쿠데타를 도모하려던 당신의 꿈은 이제 끝장나 버렸군요. 당신은 확실히 기선을 제압당했어요."

"기선을 제압당한 것이 아니에요. 나는 배반당했어요. 누군가가 내 장교들의 정신을 흔들어 놨어요. 모든 역사와 이성에 반하여, 그들은 한 여성을 위해 싸울 것을 거부하는 대신 오로지 그들의 오랜 주인을 위해서만 싸우기로 한 거예요. 그러나 그들은 반역자답게, 이번에는 그들의 오랜 주인이 저항의 선두에 설 수 없도록 그를 체포할 겁니다."

그녀는 주위를 둘러보더니 자리를 찾아 앉았다.

"이제 틀림없이 제국은 쇠퇴를 거듭하게 될 것이고 내가 새로운 생명을 불어넣을 준비를 완료하게 될 때 멸망할 겁니다."

도스가 말했다.

"제 생각으로는…… 제국은 끊임없이 이어질 쓸모없는 전쟁과 파괴를 피했다고 봅니다. 그 점에 감사해야지요, 여시장님."

라쉘르는 듣는 것 같지 않았다.

"그토록 오랜 세월의 준비가 하룻밤에 물거품이 되고 말았어요……."

그녀는 격퇴당하고 패배했다. 스무 살은 더 나이를 먹은 것처럼 보였다.

도스가 말했다.

"하룻밤 만에 그런 일이 이루어질 수는 없어요. 당신 장교들에 대한 매수는, 만약 그런 일이 있었다면, 시간이 걸렸을 거예요."

"데머즐은 그 방면의 대가예요. 나는 분명히 그 사람을 과소평가하고 있었어요. 어떻게 그 일을 했는지 나는 모르겠어요. 협박, 뇌물, 부드럽고 그럴싸한 회유……. 그는 공작과 배신의 기술에 관한 한 타의 추종을 불허하는 사람이죠. 그 점을 알았어야만 했는데…….”

그녀는 잠시 침묵하다가 다시 말을 이었다.

“만약 이번에 그쪽 편이 공공연한 실력 행사를 했다면, 그가 어떠한 군대를 보냈다 하더라도 나는 아무런 어려움 없이 격퇴했을 거예요. 와이가 배반당하고 충성의 맹세가 그토록 가볍게 내팽개쳐질 줄 누가 생각이나 했겠어요?”

셀던은 무의식적으로 말했다.

“그러나 맹세는 당신이 아니라 당신 아버지에게 했던 거라고 생각하는데요.”

라쉘르가 격분해서는 설명했다.

“천만에요. 아버지가 나에게 시장직을 넘겼을 때 이미 법률에 의거해서, 그분에게 했던 모든 충성의 맹세까지도 자동으로 나에게 승계된 거예요. 이 점에 대해서는 충분한 선례가 있어요. 관습상 새로운 지배자에게 맹세를 다시 하게 되어 있다 하더라도 그것은 단지 의식일 뿐 법적인 요구 사항은 아니에요. 내 장교들은 그것을 외면하고 있을지 몰라도 알고는 있어요. 그들은 내가 여자라는 사실을 구실로 삼고 있어요. 그들은 자신들의 충성심이 굳건했다면 결코 두려워하지 않아도 되었을 제국의 복수가 두려워 흔들렸든가, 아니면 결코 손에 넣지 못할 약속, 데머즐이라면 충분히 그렇게 했을 테지만, 즉 탐욕스러운 대가를 기대했던 거죠.”

그녀는 갑자기 셀던을 보고 말했다.

“이미 당신도 알겠지만 그는 당신을 원하고 있어요. 데머즐은 당신 때문에 우리를 공격한 거예요."

셀던은 깜짝 놀랐다.

"나를 왜요?"

"멍청한 척하지 마세요. 내가 당신을 원했던 것과 똑같은 이유예요. 물론 당신을 도구로 이용하려는 것이죠."

그녀는 한숨을 쉬었다.

"그러나 나는 적어도 완전히 배신당한 것은 아니에요. 아직 충성스러운 부하들이 남아 있어요. 상사!"

엠머 탈루스가 몸집에 전혀 어울리지 않게 부드럽고 조심스러운 걸음으로 들어왔다. 제복을 말쑥하게 차려입고 있었으며 긴 황금빛 콧수염은 위로 말려 올라가 있었다.

"네, 시장님."

그렇게 말하면서 그는 부동자세를 취했다.

겉으로 보기에 그는 아직도 비겟덩어리였다. 해리가 여전히 해리라는 이름으로 불리듯이, 그는 새롭게 변화된 상황을 전혀 알아차리지 못한 채 아직도 맹목적으로 그녀의 명령에 따르고 있었다.

라쉘르는 슬픈 미소를 지은 채 레이치에게 말했다.

"레이치, 안녕? 네게 뭔가를 해 주려고 했는데. 이제는 해 줄 수가 없게 되었구나."

"안녕하세요, 부인……."

레이치는 어색한 듯이 말했다.

"셀던 박사님, 당신에게도 뭔가를 해 드리려고 했어요. 그리고 간청을 드리려고 했는데. 이제 할 수가 없게 됐어요."

라쉘르가 말했다.

"제 문제라면……. 부인, 후회하실 필요는 없습니다."

"그래도 후회가 돼요. 데머즐에게 당신을 호락호락 넘길 수는 없어요. 그것은 그에게 지나친 승리를 안겨다 줄 거예요. 적어도 나는 그것만은 막을 수 있어요."

"부인, 저는 그를 위해 일하지 않을 것입니다. 장담합니다. 당신을 위해 일하지 않았던 것과 마찬가지입니다."

"일하는 게 문제가 아녜요. 이용되는가 아닌가가 문제지요. 그럼, 상사."

상사가 바로 전자총을 뽑았다. 그러자 도스가 소리를 지르며 돌진했다. 그러나 셀던이 손을 뻗어 그녀의 팔꿈치를 잡았다. 그는 필사적으로 그녀를 붙들었다.

"도스, 뒤로 가! 그는 당신을 죽일 거예요. 하지만 나를 죽이지는 못해! 레이치, 너도 뒤로 물러서라. 움직이지 말고!"

셀던은 상사와 마주 섰다. 그의 손에 붙잡힌 도스와 옆에 선 레이치는 숨을 죽인 채 이 광경을 바라보고 있었다.

"상사, 당신은 주저하고 있어요. 당신은 자신이 쏠 수 없단 것을 잘 알고 있어요. 열흘 전 나는 당신을 죽일 수도 있었지만 죽이지 않았어요. 그때 당신은 명예를 걸고 약속했어요. 나를 보호하겠노라고, 안 그래요?"

"뭘 꾸물거려? 상사, 쏴! 쏴 버리라고 했잖아!"

라쉘르가 펄쩍 뛰었다.

셀던은 더 이상 아무 말도 하지 않았다. 상사가 눈을 부릅뜨고 전자총을 자신의 머리에 겨냥하고 있는 동안에도 그 자리에 서 있었다.

"명령대로 해!"

라쉘르는 날카롭게 소리를 질렀다.

"약속을 지켜요."

셀던이 조용히 말했다.

탈루스 상사가 목멘 음성으로 말했다.

"그 어느 쪽도 불명예스러운 일입니다."

그는 손을 내리고 전자총을 바닥에 떨어뜨렸다.

라쉘르가 소리쳤다.

"너까지 나를 배신하는 거냐!"

셀던이 몸을 움직이고 도스가 그의 손에서 채 벗어나기도 전에 라쉘르는 전자총을 상사에게 겨누었다. 그리고 쏘았다.

셀던은 지금껏 사람이 전자총을 직접 쏘는 것을 본 적이 없었다. 그 무기는 이름만 들어도 무시무시할 정도로 큰 소리와 함께 살과 피가 될 것만 같았다. 이 와이인의 전자총은 적어도 그렇지는 않았다. 상사의 뇌 내부에 어떤 충격이 가해졌는지는 알 수 없었다. 그러나 아무런 표정의 변화도 없이, 고통스러운 움츠림도 없이, 상사는 바스러져 마룻바닥으로 떨어졌으며 어떤 의심이나 희망의 여지도 없는 모습으로 숨을 거두었다.

라쉘르가 다시 전자총을 셀던에게 겨누었다. 그녀의 태도는 단호했다. 그의 목숨이 다음 순간에도 그대로 이어지리란 희망은 어디에도 남아 있지 않았다.

그러나 상사가 쓰러지는 순간, 그 즉시 행동을 취한 사람은 레이치였다. 셀던과 라쉘르 사이로 뛰어들면서 소년은 격렬하게 손을 흔들었다.

소년은 라쉘르를 불러 댔다.

"부인, 부인. 쏘지 마세요."

잠시 라쉘르는 혼란스러운 표정이 되었다.

"레이치, 저리 비켜. 너를 해치고 싶지 않다."

도스에게는 라쉘르가 주저하는 그 찰나의 시간만으로 충분했다. 도스는 셀던에게서 재빨리 몸을 빼 라쉘르에게 길고 낮게 몸을 던졌다. 라쉘르는 비명을 지르며 넘어졌다. 전자총이 다시 마루에 떨어졌다.

레이치가 그것을 주워 들었다.

셀던은 전율하면서 깊은숨을 몰아쉬고는 말했다.

"레이치, 그걸 내게 다오."

그러나 레이치는 뒤로 몇 걸음 물러섰다.

"저 여자를 죽이려는 거지요? 셀던 아저씨, 그렇죠? 하지만 제게는 잘해 주었어요."

"레이치, 난 아무도 죽이지 않아. 그녀는 상사를 죽였고, 그리고 나를 죽이려고 했어. 하지만 그녀는 네가 다칠까 봐 쏘지 못했어. 그러니 그녀를 살려 주도록 하자."

이제 전자총을 헐겁게 쥐고 앉아 있는 사람은 셀던이었다. 한편 도스는 죽은 상사의 다른 쪽 허리춤에서 신경채찍을 꺼내 들었다.

새로운 목소리가 울려 나왔다.

"셀던, 이제는 내가 그녀를 맡겠어요."

셀던이 고개를 들고 올려다보았다. 갑자기 탄성이 나왔다.

"휴민! 마침내 왔군요!"

"셀던, 오래 걸려서 미안해요. 할 일이 많았거든요. 베나빌리, 안녕? 이 사람이 마닉스의 딸 라쉘르군요. 그런데 이 소년은 누구지?"

"레이치예요. 다알인이죠. 우리의 젊은 친구입니다."

셀던이 말했다.

군인들이 들어오고 있었다. 그들은 휴민에게 간단히 차렷 자세를 하고 나서 라쉘르를 정중하게 일으켰다.

도스는 그 여자를 열심히 감시할 필요가 없게 되자 양손으로 옷을 털고 블라우스를 매만졌다. 갑자기 셸던은 자신이 아직도 가운 차림이라는 사실을 깨달았다.

라쉘르는 경멸스러운 얼굴로 군인들에게서 몸을 빼내고는 손가락으로 휴민을 가리키며 셀던에게 물었다.

"이 사람은 누구죠?"

셀던이 말했다.

"체터 휴민이에요. 제 친구이자 보호자입니다."

"당신 보호자라고요?"

라쉘르는 미친 듯이 웃어 댔다.

"당신은 바보예요! 얼간이라고요! 이 사람은 데머즐이에요. 베나빌리 양의 얼굴을 잘 봐요. 그녀는 그 사실을 이미 알고 있었다고요. 당신은 계속 함정에 빠져 있었어요. 나에게 잡혔던 것보다 더 나쁜 덫에 빠져 있었단 말예요!"

90

그날 휴민과 셀던 두 사람만 점심 식사 테이블에 앉아 있었다. 두 사람 사이에는 고요한 침묵의 장막이 가려져 있었다.

식사가 끝나 갈 무렵 셀던이 몸을 움직이며 다정하게 말했다.

"그래, 내가 당신을 뭐라고 불러야 할까요? 난 아직도 당신을 '체터 휴민'으로 생각하고 있어요. 나는 당신을 다른 인물로 받아들일 수는 있어도 '에토 데머즐'로 부를 수는 없거든요. 그 입장에 맞는 칭호를 가지고 있겠지요. 하지만 나는 적당한 이름을 찾을 수가 없어요. 가르쳐 주시죠."

상대가 정중하게 말했다.

"나를 '휴민'이라고 부르세요. 내키지 않는다면 '체터'라고 불러도 됩니다. 그래요, 내가 바로 에토 데머즐입니다. 당신에게는 휴민이죠. 하지만 이 둘은 분리되지 않아요. 나는 당신에게 제국이 쇠퇴와 멸망의 길을 걷고 있다고 말했습니다. 나는 두 가지 입장에서 그 말이 진실이라고 믿고 있어요. 나는 당신에게 그 쇠퇴와 멸망을 방지하기 위한 수단으로, 쇠퇴와 멸망이 불가피하다면 재생과 새로운 활기를 불어넣어 줄 수단으로 심리역사학이 그 역할을 해 주기를 바란다고 말했어요. 나는 두 가지 입장에서 그 말 역시 믿고 있지요."

"당신은 나를 체포했어요. 내가 황제 폐하를 알현했을 때 그 가까이에 있었겠죠?"

"당신이 클레온을 알현했을 때 물론 나는 가까이에 있었습니다."

"그러면 나에게 말을 걸었으면 좋았을 텐데요. 나중에 휴민으로서 내게 말했던 것처럼요."

"그렇게 해서 내가 무엇을 성취할 수 있겠습니까? 데머즐이라는 이름의 나는 거대한 임무를 짊어지고 있어요. 나는 클레온을 잘 지켜봐야만 합니다. 그는 선한 사람이지만 유능한 지배자는 못 됩니다. 그래서 나는 내가 할 수 있는 한 그가 오류를 범하지 않도록 해 줘야 합니다. 트랜터와 제국을 다스리는 데도 역시 내 역할을 수행해야만 하고. 그래서 알다시피 나는 와이가 해악을 끼치는 것을 막기 위해 그토록 많은 시간을 보내야 했던 겁니다."

"그래요, 나도 압니다."

셀던이 조용히 말했다.

"그 일은 쉽지 않았어요. 하마터면 실패할 뻔했죠. 나는 마닉스와 치고받는 작은 싸움들을 신중하게 벌여 왔어요. 그리고 그의 사고방식을 이해하고 그의 움직임 하나하나에 대한 대항 수단을 강구하는 데 몇 년을 보냈답니다. 하지만 그가 살아생전에 자기 딸에게 권력을 이양할 것이라고는 꿈에도 생각하지 못했어요. 나는 그의 딸에 대해서는 전혀 검토하지 않았거든요. 그렇기 때문에 그녀가 전혀 신중한 사람이 아니라는 사실에 대해 준비를 할 수 없었던 겁니다. 자기 아버지와는 달리, 그녀는 어려서부터 당연히 권력을 넘겨받을 사람으로 길러졌어요. 그만큼 그녀는 그 권력의 한계에 대한 명확한 인식이 결여되어 있었죠. 그렇기 때문에 당신을 체포하고 내가 완전한 준비를 갖추기도 전에 행동한 것입니다."

"그 때문에 나는 목숨을 잃을 뻔했죠. 나는 두 번이나 전자총 총구 앞에 섰다고요."

"나도 압니다."

휴민이 고개를 끄덕이며 말했다.

"그전에 우리는 지붕에서도 한 차례 당신을 잃을 뻔했어요. 그 일은 나로서는 예견할 수 없었던 사고였습니다."

"그건 그렇고 아직 내 질문에 대답하지 않았어요. 데머즐인 당신이 어째서 내가 데머즐에게 체포되지 않고 트랜터 전역을 도망쳐 다니도록 방치했던 거죠?"

"당신은 클레온에게 심리역사학이 순수하게 이론적인 개념이며 아무런 실용적 가치도 없는 일종의 수학적 개념이라고 말했어요. 당신 말대로 그것은 정말 그런 것인지도 몰라요. 아마 내가 공식적인 위치에서 당신에게 접근했다면, 당신은 계속 그 신념을 유지했을 겁니다. 그러나 나는 심리역사학의 개념에 매력을 느꼈어요. 단순한 게임이 아닐지도 모른다는 생각을 한 거죠. 당신을 이용하려 했던 것이 아니라 진정 실용적인 심리역사학을 원했던 거라는 사실을 당신이 이해해 주었으면 합니다. 그렇기 때문에, 당신의 말을 빌리자면, 당신으로 하여금 줄곧 그 무서운 데머즐의 추격을 받으며 트랜터 전역을 도망쳐 다니도록 했던 겁니다. 그렇게 해야 당신이 완전히 정신을 집중할 수 있을 거라고 생각했던 거죠. 나는 심리역사학이 뭔가 흥미로우면서도 수학적 게임 이상의 것이 될 것이라고 생각했습니다. 당신은 진지한 이상주의자 휴민을 위해 그 일을 완수해 내려고 했던 거고요. 황제의 신하 데머즐을 위해 한 것은 결코 아니죠.

또 당신은 트랜터 여기저기를 다니면서 그 다양한 측면들을 얼핏이라도 볼 수 있었을 겁니다. 그런 것도 도움이 되었겠죠. 세상과는 멀리 떨어진 행성의 상아탑에서, 온통 동료 수학자들에 둘러싸여 살았던 것보다는 도움이 되었을 겁니다. 내 말이 맞지 않습니까? 그래요, 일의 진척은 좀 있었나요?"

셀던이 말했다.

"심리역사학 방면에서 말예요? 그래요, 휴민. 진척이 있었죠. 당신이 이미 알고 있을 거라고 생각했는데……."

"그것을 내가 어떻게 알 수가 있겠습니까?"

"도스에게 말했으니까요."

"하지만 내게는 말하지 않았습니다. 하긴 지금 내게 말해 주고 있으니까 됐어요. 아무튼 좋은 소식입니다."

"아직은 충분하다고 할 수 없어요. 이제 겨우 시작한 것에 불과해요. 그래도 시작은 시작이니까요."

"수학자가 아닌 사람도 알아들을 수 있는 시작인가요?"

"그렇다고 생각해요, 휴민. 알다시피 처음부터 나는 심리역사학을 저마다 평균 40억의 인구를 갖고 있는 2500만 세계의 상호작용에 기초한 과학으로 설정하고 있었어요. 40억의 인구를 갖는 2500만의 세계라, 사실 그건 너무 많아요. 그렇게 복잡한 무언가를 다루는 방법은 사실 없다고 할 수 있어요. 내가 만약 성공하려면, 또 유용한 심리역사학을 찾을 수 있는 어떤 방법을 갖고자 한다면, 우선 나는 더 단순한 도구를 찾아야만 했어요. 그래서 나는 시간을 거꾸로 거슬러 올라가 단순한 세계를 다뤄 봐야겠다고 생각했죠. 은하계에 식민지가 생기기 이전인 저 아득한 시대, 인류가 살았던 유일한 세계를요. 마이코겐에서는 사람들이 오로라라고 하는 기원 세계에 대해 말했고, 다알에서는 사람들이 지구라는 기원 세계에 대해 말했어요. 나는 그것들이 다른 이름을 가진 동일한 세계일 거라고 생각했어요. 그렇지만 그것들은 한 가지 중요한 차이가 있었죠. 그러니 결국 동일한 세계라고 할 수는 없었던 거예요. 하지만 그것이 문제는 아니었어요. 문제는 그 가운데 어느 하나에 대해서도 거의 알려진 것이 없다는 데 있었어요. 둘 다 신화와 전설로 모호하게만 남아 있을 뿐이었죠. 그러니 그것들을 심리역사학에 이용해 보겠다는 희망은 버려야 했어요."

그는 하던 말을 잠깐 멈추고 휴민의 얼굴을 묵묵히 바라보면서 차가운 주스를 들이켰다.

휴민이 재촉했다.

"그래요? 그래서 어떻게 했죠?"

"그런데 도스가 내게 어떤 이야기를 해 주었어요. 나는 그것을 그냥 '넓적다리에 손댄 이야기'라고 불러요. 내용 자체가 중요한 의미를 갖는 이야기는 아니에요. 그저 유머스럽기는 하지만 아주 하잘것없는 이야기에 불과하죠. 하지만 결과적으로 도스는 다양한 세계와 트랜터의 이러저러한 지역들이 갖고 있는 서로 다른 성적 관습에 대해 말해 준 셈이었어요. 그녀가 트랜터의 구역들을 각각 독립된 세계로 취급하고 있다는 생각이 들었어요. 나는 막연히 2500만 세계 대신에 2500만 더하기 800개의 세계를 다뤄야겠다고 생각하게 되었죠. 그렇지만 이것은 하찮은 차이처럼 보였고, 그래서 금방 그것을 잊어버렸죠. 그 후로는 더 이상 그것에 대해 생각해 보지 않았던 거예요. 그런데 내가 황궁 구역을 떠나 스트릴링으로, 마이코겐으로, 다알로, 와이로 여행하는 동안 그 각각의 지역이 어떤 차이가 있는가를 내 눈으로 관찰할 수 있었어요. 하나의 세계가 아니라 세계들의 복합체인 트랜터에 대한 생각은 점차 깊어졌지만 아직 중요한 점을 찾지는 못한 상태였죠. 그 문제를 다시 붙잡은 것은 라쉘르의 이야기를 들었을 때였어요.

당신도 그렇게 생각하겠지만 내가 마지막으로 와이에 붙잡혀서 다행이었어요. 또 라쉘르의 무분별이 나를 저 장대한 계획으로 몰아갔던 일 역시 다행이었고요. 라쉘르는 내게 자기가 원하는 것은 트랜터와 몇 개의 인접한 세계일 뿐이라고 했어요. 그것 자체가 이미 제국이라고 했고 그 밖의 세계는 '저 먼 곳에 있는 무'일 뿐이라면서 포기했죠.

그때 나는 상당히 오랫동안 잠재해 있던 생각이 바로 그것이라는 사실을 알았어요. 트랜터는 대단히 복잡한 사회구조를 갖고 있으면서 800여 개의 작은 세계로 구성되어 있는 인구가 조밀한 곳이에요. 트랜터 자체가 심리역사학을 의미 있는 것으로 만들기에 충분할 만큼 복잡한 구조라고 할 수 있죠. 게다가 제국 전체와 비교하면 아마 심리역사학을 실용적인 것으로 만들기에 충분할 만큼 단순하기도 하고요. 그러면 외부 행성인 2500만 세계는 어떨까요? 그것들은 그저 '먼 곳의 무'일 뿐이라고 할 수 있죠. 물론 2500만 세계는 트랜터에 영향을 끼치기도 하고 또 트랜터의 영향을 받고도 있어요. 그러나 이것은 부차적인 것이라고 할 수 있어요. 만약 내가 트랜터 하나에 대하여 심리역사학을 1차 근사치로 활용할 수 있다면 외부 행성에 미치는 최소 효과는 나중에 수정치로 첨가하면 되는 거예요. 내가 하는 말을 이해할 수 있겠어요?

나는 심리역사학을 실용 과학으로 정립하기 위해 하나의 단일 세계만을 찾아 왔어요. 그리고 먼 과거 속에서만 그것을 찾았지요. 그런데 내가 찾고자 했던 단일 세계는 정작 내내 내 발밑에 있었던 거예요."

휴민은 안도와 기쁨을 한껏 느끼며 말했다.

"훌륭합니다!"

"그러나 휴민, 아직 이루어 낸 것은 하나도 없어요. 나는 트랜터를 상세히 연구해야만 해요. 그것을 다루는 데 필요한 수학을 고안해 내야 하고요. 내가 운이 좋다면, 그리고 내가 제명대로만 살 수 있다면 죽기 전에 답을 얻을 수 있겠죠. 내가 해내지 못한다면 내 후계자들이 내 뒤를 이어야만 할 거고요. 어쩌면 심리역사학이 실용적인 기술이 되기도 전에 제국은 쇠퇴하여 무너져 버릴지도 몰라요."

"내가 도와줄 수 있는 것이 있다면 무엇이든 하겠습니다."

"압니다."

셀던이 말했다.

"당신은 나를 믿고 있군요. 내가 데머즐이라는 사실을 알게 되었으면서도 말이에요."

"완전히, 절대적으로 믿어요. 그렇지만 그것은 당신이 데머즐이 아니기 때문에 믿는 거예요."

"하지만 나는 데머즐입니다."

휴민이 강조했다.

"아니, 그렇지 않아요. 데머즐이라는 이름의 당신 인격은 휴민으로서의 인격과 마찬가지로 진실과는 거리가 멀거든요."

"무슨 뜻이죠?"

휴민의 눈이 커졌다. 그러고는 셀던에게서 조금 뒤로 물러났다.

"당신은 아마 어떤 이름이 적당할까를 고심한 끝에 '휴민'이라는 이름을 선택했을 거예요. 휴민은 '휴먼'을 잘못 발음한 거죠, 안 그런가요?"

휴민은 대답이 없었다. 그는 계속 셀던을 보고만 있었다.

이윽고 셀던이 말했다.

"그것은 당신이 인간이 아니기 때문이에요. 그렇지 않아요? 휴민, 아니 데머즐? 당신은 로봇이에요."

제19부
도스

해리 셀던

……관습적으로 해리 셀던을 심리역사학과 관련해서만 생각하고 수학과 사회적 변화의 화신으로만 보는 경향이 있다. 그가 자신의 공식 저술에서 심리역사학의 여러 문제를 어떻게 해결했는지에 대해 어떠한 암시도 준 적이 없는 점으로 미루어 볼 때, 셀던 자신이 이러한 경향을 조장했다는 데는 의심의 여지가 없다. 그가 우리에게 아무것도 말하지 않는 것으로 보아 그가 이룩한 사고의 비약은 모두 허공에서 낚아챈 것인지도 모른다. 그가 기어 다녔을 막다른 골목길이나 그가 저질렀을지도 모르는 잘못된 방향 전환에 대하여 그는 우리에게 아무 말도 하지 않고 있다……. 그의 사생활에 대해서는 공백 상태이다. 그의 부모와 형제자매에 대해 우리는 겨우 손으로 꼽을 정도의 몇 가지 점만을 알고 있을 뿐이다. 외아들인 레이치 셀던은 양자로 알려져 있으나 그 경위에 대해서는 알려져 있지 않다. 부인에 대해서도 그에게 부인이 있었다는 사실만 알려져 있다. 셀던은 자신이 분명 심리역사학에 관련된 것 말고는 완전히 제로이기를 바랐던 것 같다. 마치 자신이 살아 있지 않다고 느꼈던 것처럼, 아니면 살아 있지 않다고 느껴지기를 바랐던 것처럼. 그는 오로지 심리역사학 그 자체이다.

— 『은하대백과사전』

91

휴민은 조금도 움직이지 않은 채 여전히 해리 셀던을 바라보면서 조용히 앉아 있었다. 셀던은 마냥 기다리고 있었다. 그는 이제 말해야 할 사람은 휴민이라고 생각했다.

그러나 휴민은 입을 열지 않았다. 그는 오로지 한마디만 했을 뿐이다.

"로봇? 내가? 로봇은 마이코겐의 세크라토리움에서 당신이 보았던 그런 물체처럼 인공적인 존재를 말하는 것이라고 생각하는데요."

"꼭 그런 것만은 아니죠."

셀던이 말했다.

"금속이 아니라고? 광택이 나지도 않고? 생명이 없는 자동 인형이 아니란 말입니까?"

휴민은 아무런 표정도 없이 그렇게 말했다.

"아니요, 인공 생명이라고 해서 반드시 금속으로 이루어지는 것만은 아니죠. 나는 겉모습만으로는 인간과 구별되지 않는 로봇에 대해서 말하고 있는 거예요."

"해리, 구별되지 않는다면 그럼 당신은 어떻게 구별할 수 있죠?"

"겉모습으로 하는 것이 아니에요."

"설명해 주시죠."

"휴민, 나는 데머즐로서의 당신한테서 도망친 후 내내 두 개의 고대 세계에 대한 얘기를 들었어요. 그 두 개의 세계란 아까 당신에게도 말했다시피 오로라와 지구죠. 사람들은 그 각각을 최초의 세계, 또는 유일의 세계라고 말해요. 두 경우 다 로봇에 대한 얘기를 들었지만, 그 내용은 서로 달랐어요."

셀던은 테이블 맞은편에 앉아 있는 남자를 유심히 바라보고 있었다. 혹시 어떤 식으로든 그가 인간 이하인지 아니면 인간 이상인지에 대한 어떤 징조를 보이지 않을까 하는 생각을 하면서. 그는 이야기를 계속했다.

"오로라는 하나의 로봇을 변절자, 반역자, 대의를 거부한 자로 얘기했고, 지구는 그 로봇을 영웅으로, 구원의 상징으로 생각해요. 두 로봇이 동일한 로봇이라고 가정하기에는 그 차이가 너무 크다고 생각하지 않나요?"

"그런가요?"

휴민이 중얼거렸다.

"휴민, 이건 내 생각일 뿐이에요. 나는 지구와 오로라가 같은 시대에 공존했던 별개의 세계라고 생각해요. 어느 것이 먼저고 또 어느 것이 나중인지 나는 모르겠어요. 마이코겐인들의 오만이나 우월감에서 바라보면 오로라가 기원 세계일 것이고, 그렇기 때문에 마이코겐인들은 자기들로부터 파생된 또는 퇴보한 지구인들을 경멸하고 있는 것이 아닐까 하는 추측하고 있을 뿐이죠. 그런데 내게 지구에 대한 얘기를 들려준 리타 어머니는 지구가 인류의 기원지라고 확신하고 있었어요. 마이코겐인들이 흔히 갖고 있는 이상한 풍습이 없는 1000조나 되는 은하계 전체의 인구 가운데 마이코겐인들이 놓여 있는 작고 고립된 처지를 볼 때 지구가 실제로 기원 세계이며 오로라는 정상 궤도에서 이탈한 파생물에 불과하다는 것을 뜻한다고 그녀는 확신하고 있었어요. 이 얘기에 대해서는 지금 가타부타 말할 수 없지만, 당신이 마지막 내 결론을 이해할 거라는 생각에서 내 견해를 얘기해 본 거예요."

휴민이 고개를 끄덕였다.

"무슨 얘기인지 알겠어요. 계속하시죠."

"세계는 각각 서로의 적이 되었어요. 리타 어머니는 분명히 그렇게 말했죠. 오로라를 체현하고 있는 것으로 보이는 마이코겐인들과 지구를 체현하고 있는 것으로 보이는 다알인들을 서로 비교해 보면, 어느 것이 먼저인지 나중인지는 모르겠지만 오로라가 더 진보한 세계였던 것 같아요. 그만큼 오로라가 더 정교한 로봇을, 겉보기에 인간과 구별되지 않는 로봇을 생산할 수 있었던 세계라는 생각이 들어요. 그 당시 오로라에서 그러한 로봇이 하나 고안되어 만들어졌어요. 그런데 그 로봇이 변절하여 오로라에서 지구로 도망친 거죠. 지구인들 사이에서 그는 영웅이 되었고, 그래서 지구에 남기로 했던 게 틀림없어요. 그가 왜 변절을 했는지, 그 동기가 무엇인지 난 알 수가 없죠."

휴민은 말했다.

"분명히 당신 말은 '그가' 왜 그렇게 했는지, '그의' 동기가 무엇이었는지를 뜻하죠."

"그럴지도 모르죠. 하지만 내 바로 맞은편에 당신이 앉아 있는걸요? 삼인칭 대명사를 사용하기가 어렵네요. 리타 어머니는 영웅적인 로봇, '그녀가 말하는' 영웅적인 로봇이 아직 살아 있을 뿐만 아니라, 필요해질 때가 되면 언젠가 돌아올 거라고 확신하고 있었어요. 내가 봐도 영생의 로봇, 그게 아니라면 최소한 낡은 부품을 제때 교체하는 한 영생할 수 있는 로봇이 불가능한 것은 아니라고 생각해요."

"두뇌조차 말인가요?"

휴민이 물었다.

"두뇌까지도. 나는 로봇에 대해서는 사실 아는 것이 하나도 없어요. 그렇지만 옛 것을 재생한 새로운 두뇌가 가능하다고 생각해요. 그리고 리타 어머니는 비상한 정신력을 가진 존재일 거라고 넌지시 암시했고요. 나는 틀림없이 그럴 것이라고 생각했죠. 어떤 의미에서 보면 내가 낭만적인지도 몰라요. 하지만 하나의 로봇이 스위치를 이쪽에서 저쪽으로 돌림으로써 역사의 과정을 변경시킬 수 있다고 생각할 정도로 낭만적인 사람은 아니에요. 하나의 로봇이 지구의 확실한 승리를 가져올 수도, 오로라의 명백한 패배를 가져올 수도 없다고 생각해요. 그 로봇에게 비상한 무엇인가가, 특수한 무엇인가가 있지 않은 한 말이죠."

휴민이 말했다.

"해리, 당신은 전설을 이야기하는 것 아닌가요? 수 세기, 수십 세기를 지나는 동안 이리저리 뒤틀리고 덧붙여졌을지도 모르는 전설, 아주 일반적인 사건에 초자연적인 신비의 베일을 씌울 정도로 왜곡되었을 전설 말입니다. 인간처럼 보일 뿐만 아니라 영원히 살고, 게다가 비상한 정신력까지 갖춘 하나의 로봇을 당신은 믿기 시작하기라도 한 건가요?"

"전설이 어떤 것인지는 물론 잘 알아요. 또 나는 전설 같은 얘기에 홀리고 요정 같은 얘기를 사실로 믿는 그런 사람도 아니죠. 그러나 그런 얘기들이 내가 보아 온, 그리고 직접 경험하기까지 한 묘한 사건들을 통해 확인되고 있다면……."

"어떻게 그런 일이?"

"휴민, 나는 당신을 만났고, 만난 순간부터 당신을 믿었어요. 그래. 당신은 아무 상관도 없는 두 깡패에 맞서 나를 도와주었어요. 그 때문에 나는 당신에게 호감을 가졌죠. 그들이 당신이 고용한 사람들이고 그들에게 그렇게 하라고 시켰다는 것을 그때는 몰랐기 때문이죠. 그러나 결코 그 사실을 염두에 두고 있는 건 아니에요."

"그래요?"

휴민은 마침내 희미하게나마 위안의 기색이 담긴 목소리로 말했다.

"휴민, 나는 당신을 믿었어요. 그렇기 때문에 당신에게 쉽게 설득당해 고향인 헬리콘으로 돌아가지 않고 스스로 트랜터 전역을 돌아다니기로 했죠. 당신이 하는 말이라면 무엇이든지 아무 의심도 없이 믿어 버렸고. 스스로를 완전히 당신 수중에 맡겼던 거예요. 이제 돌이켜 보면 내가 나 자신이 '아니었다'는 느낌이 들어요. 나는 그렇게 쉽게 유도당하는 사람이 아니에요. 그런데 그때는 그랬죠. 어디 그 정돈가요? 나 자신이 본래의 나의 성격과 전혀 다르게 행동하고 있다는 사실을 이상하게 생각하지도 못했어요."

"해리, 당신은 스스로를 누구보다 잘 알고 있어요."

"비단 나만 그런 것은 아니에요. 도스 베나빌리를 봐요. 확실한 직업을 가진 아름다운 여자가 도망 다니는 나와 합류하기 위해 직업까지 버렸어요. 그녀가 내 목숨을 구하기 위해 자신의 목숨을 걸었던 사실을 어떻게 설명해야 하나요? 그녀는 나를 보호하는 일을 하나의 신성한 의무로 여기고 오로지 그 일을 위해 한 길을 가고 있는 것처럼 보였어요. 당신이 그녀에게 그렇게 하도록 시켰다면 지나친 속단인가요?"

"해리, 나는 그녀에게 부탁했을 뿐입니다."

"그렇지만 그녀가 단순히 누구의 부탁을 받고 생활 방식을 극단적으로 바꿀 만큼 순진한 사람이라고는 생각지 않아요. 그렇다고 그녀가 나를 처음 보는 순간 미치도록 사랑에 빠진 나머지 스스로를 감당할 수 없는 지경이 되었기 때문도 아니죠. 그렇다고는 생각조차 할 수 없는 노릇이에요. 그랬으면 좋겠지만……. 하지만 그녀는 자신의 감정을 잘 조절할 수 있는 여자예요. 솔직히 말해서 나 자신이 그녀에 대해서 갖고 있는 감정을 조절할 수 있는 것 이상으로 잘 조절하죠."

"그녀는 매력적인 여자죠. 당신이 그런 감정을 갖는 것도 무리는 아닙니다."

셸던은 계속 말을 이었다.

"그럼 태양정복자14는 어때요? 오만불손한 괴물이면서 자만에 빠져 목이 뻣뻣해 있는 사람들을 지도하는 그 사람 말예요. 도스나 나 같은 부족민을 기꺼이 받아들여 마이코겐인으로서 해 줄 수 있는 최대한의 친절로 우리를 대해 주었던 것을 어떻게 이해해야 하나요? 우리가 모든 법률을 파괴하고 온갖 신성모독 행위를 저질렀을 때 당신은 무슨 재주로 그를 설득해 우리를 풀어 줄 수 있었나요? 어떻게 그토록 편견을 갖고 있는 티살버 부부에게 우리를 받아 주도록 말할 수 있었나요? 어떻게 세계 어디에서나 편안히 지낼 수 있고 독특한 개성을 가진 아무하고나 친구가 될 수 있으며, 그들에게 커다란 영향을 미칠 수 있나요? 더 얘기할까요? 어떻게 클레온까지 교묘하게 조종할 수 있었나요? 클레온이 온순한 사람이고 남에게 쉽게 조종되는 사람이라고 쳐요. 그럼 어떻게 그의 아버지는 다룰 수 있었죠? 그의 부친은 뼛속까지 난폭하고 변덕스러운 폭군이었는데 말이에요. 어떻게 이 모든 일을 할 수 있었나요? 특히 무슨 재주로 와이의 마늑스 4세가 몇 십 년에 걸쳐 비길 데 없이 막강하고 노련한 군대를 양성하게 했나요? 그리고 그의 딸이 그것을 이용하고자 했을 때 갑자기 붕괴시킬 수 있었나요? 어떻게 그 군인들을 전부 변절자가 되도록 설득할 수 있었더란 말인가요?"

휴민이 말했다.

"그럼 내가 서로 다른 유형의 사람들을 다루는 데 아주 유능한 사람이고, 내가 중요한 사람들에게 호의를 베푸는 지위에 있는 사람이며, 나아가 미래에는 더욱 호의를 베풀 수 있는 지위에 오를 사람이라도 된다는 말인가요? 내가 한 일들 가운데 그 어느 것도, 물론 그렇게 보이기는 하겠지만, 초인적인 능력을 필요로 하는 것은 없어요."

"당신이 했던 그 어떤 일도? 와이의 군대를 무력화시킨 것조차도?"

"그들은 여자를 섬기고 싶어 하지 않았습니다."

"그들은 마닉스가 권력을 내놓든가, 아니면 그가 죽든가 하면 그때가 언제가 되었든 라셸르가 시장이 될 거라는 사실을 몇 년 동안이나 알고 지내 왔어요. 그런데도 그들은 아무 불만도 나타내지 않았어요. 그들이 그것에 불만을 나타낼 필요가 있다고 당신이 느끼기 전에는 말이죠. 도스는 언젠가 당신이 아주 설득력 있는 사람이라고 했어요. 확실히 당신은 그런 사람입니다. 그 누구보다도 더 설득력이 있죠. 그렇지만 비상한 정신력을 가진 영생의 로봇보다 더 설득력이 있을 수는 없겠죠. 휴민, 어때요?"

휴민이 말했다.

"해리, 내게서 뭘 기대하는 건가요? '내가 로봇이오.' 하고 인정하기를 바라나요? 그저 인간처럼 보일 뿐이라고요? 죽지 않는다고요? 놀랄 만한 정신력을 갖고 있다고요?"

셀던은 테이블의 반대쪽에서 휴민 쪽으로 몸을 내밀었다.

"휴민, 그래요. 그러길 바라요. 나는 당신이 진실을 말해 주기를 바라요. 방금 대략적으로 한 말이 진실이기를 열망해요. 휴민, 당신은 리타 어머니가 바리의 친구, 다니라고 말했던 바로 그 로봇이에요. 인정해야만 해요. 이제는 피할 여지가 없어요."

92

셀던과 휴민은 두 사람만의 자그마한 우주에 앉아 있는 것 같았다.

와이 군대가 제국 군대에 의해 무장해제되고 있는 와이의 한복판에 그들은 조용히 앉아 있었다. 트랜터 전체가, 아마 은하계 전체가 지켜보고 있는 사건 한가운데서 그 사건들과는 완전히 동떨어진 채 셀던과 휴민은 공격과 방어 게임을 하고 있었다. 셀던은 새로운 진실을 캐내려고 애를 쓰고, 휴민은 그 새로운 진실을 받아들이지 않으려고 기를 쓰는 그런 게임에 열중하고 있었다. 그들은 마치 작은 거품 속에 들어 있는 것 같았다.

셀던은 그들의 대화가 중단되지나 않을까 하는 염려를 전혀 하지 않았다. 그들이 들어 있는 거품은 감히 누구도 침투할 수 없는 경계가 처져 있으며, 게임이 끝날 때까지는 휴민의, 아니 로봇의 힘이 모든 것으로 하여금 일정한 거리 이내로 접근하지 못하게 할 것이라고 그는 확신했다.

마침내 휴민이 말했다.

"해리, 당신 생각은 참 독창적이군요. 하지만 내가 왜 로봇이라고 인정하지 않으면 안 되는지, 또 왜 내가 그렇게 말하는 것 말고는 선택의 여지가 없는지 도무지 알 수가 없네요. 당신이 말한 것들은 모두 다 사실이고, 또 옳은 얘기일지도 몰라요. 당신의 행동, 도스의 행동, 태양정복자의 행동, 티살버의 행동, 와이 장군들의 행동 모두 다 말입니다. 이 모든 것은 당신이 말한 대로 실제 일어난 일들이죠. 그러나 사건들의 의미에 대한 당신의 해석이 옳다고 강요하려고 해서는 안 됩니다. 분명히, 일어난 모든 일을 자연스럽게 설명할 수 있죠. 그래요, 당신은 나를 신뢰했어요. 내가 말한 것을 받아들였기 때문이죠. 또한 도스는 당신의 안전이 중요하다고 느꼈어요. 심리역사학이 중요하다고 생각했기 때문이죠. 그녀 자신도 역사가니까. 태양정복자와 티살버는 당신이 전혀 알지 못하는 호의를 내게서 받은 적이 있습니다. 와이의 장군들은 여성이 지배하는 것을 싫어했고……. 그것뿐이에요. 그런데 어째서 초자연적인 힘이 작용했다고 말하는 거죠?"

"이것 봐요, 휴민. 당신은 정말 제국이 몰락해 가고 있다고 믿어요? 정말 그 몰락을 막기 위한 아무런 수단도 강구하지 않은 채, 아니면 적어도 몰락으로 인한 충격을 완화할 아무런 수단도 강구하지 않은 채 제국의 몰락을 그대로 방치해서는 안 된다고 생각하고 있냐고요? 또 그것이 그렇게 중요하다고 생각해요?"

"정말로 그렇게 생각합니다."

셀던은 이 말에 진심이라는 것을 알았다.

"그리고 정말 내가 심리역사학의 상세한 내용까지 획득하기를 바라는 겁니까? 또 당신은 그 일을 할 수 없다고 느끼고 있는 겁니까?"

"나는 능력이 없습니다."

"그렇다면 오로지 나만이 심리역사학을 다룰 수 있다고 생각하나요? 나 자신도 때로는 그 사실을 의심하는데?"

"그렇답니다."

"그렇다면 당신은 어떤 식으로든, 할 수만 있다면 나를 도와야만 해요."

"그렇게 하겠습니다."

"개인적인 감정, 즉 이기심 따위는 설 여지가 없는 거죠?"

휴민의 굳었던 얼굴에 희미한 미소가 스쳤다. 그때 잠깐 셀던은 휴민의 차분한 태도 뒤에 피로라는 거대한 불모의 사막이 있는 것을 느꼈다.

"개인적인 감정이나 이기심을 마음에 두지 않으려고 오랫동안 노력해 왔습니다."

"그럼 도움을 요청하겠어요. 나는 트랜터 단 하나만을 기초로 해서 심리역사학을 구축할 수 있어요. 물론 그만큼 어려움도 많겠죠. 하지만 그 어려움들은 극복해 나가겠어요. 일정한 중요 사실들만 제공된다면 더 쉽게 극복할 수 있을 거예요. 예를 들어 인류 최초의 세계가 지구인지 오로라인지, 아니면 전혀 다른 어떤 세계가 있었는지 하는 것들 말예요. 지구와 오로라는 어떤 관계가 있는지, 둘 중 어느 쪽이 은하계의 식민지가 되었는지, 아니면 둘 다 식민지가 되었는지, 어느 한쪽이 식민지였다면 왜 다른 쪽은 식민지가 안 됐는지, 만일 둘 다 식민지였다면 왜 그렇게 되었는지, 이러저러한 세계들은 양쪽으로부터 유래되었는지 아니면 어느 한쪽으로부터만 유래되었는지, 로봇이 어떻게 해서 버려졌는지, 어떻게 해서 트랜터는 다른 행성들과는 달리 제국의 세계가 될 수 있었는지, 그사이에 오로라와 지구에서는 무슨 일이 있어났는지……. 내가 지금 당장 묻고 싶은 의문이 수천 개는 될걸요. 앞으로 연구해 가면서 생길 의문들은 수만 개가 넘겠죠. 휴민, 나를 무지한 상태로 내버려 둬서 결국 내 과제를 수행할 수 없게 만들지는 않겠죠? 내게 정보를 알려 줘요. 성공할 수 있도록 도와줄 거죠?"

"내가 만일 로봇이라면 내 두뇌에 수백만이나 되는 세계들의 2만 년 역사를 전부 모아 둔 방이 있지 않겠습니까?"

"나는 로봇 두뇌의 용량을 몰라요. 당신의 두뇌 용량 역시 모르죠. 그렇지만 만약 그만한 용량이 없다면, 당신 두뇌에 집어넣을 수 없는 정보를 어떤 장소에 당신이 불러낼 수 있는 방법으로 안전하게 기록해 놓았을 것이라고 믿어요. 당신이 정보를 가지고 있고 나에게 그것이 필요하다면, 당신은 결코 그 사실을 부정하거나 그 정보를 내게 주지 않으려고 해서는 안 돼요. 그리고 그 정보를 내게 준다면 당신이 로봇, 즉 그 로봇이라는 것을 어떻게 부정할 수 있겠어요?"

셀던은 의자에 등을 기대고 앉아 깊은숨을 몰아쉬었다.

"그래서 다시 한 번 물어보는 거예요. 당신이 그 로봇이죠? 심리역사학을 원한다면 내 말을 인정해야만 해요. 만일 여전히 로봇이라는 사실을 부인하며 로봇이 아니라고 내게 확신시키려고 한다면, 내가 심리역사학을 완성할 가능성은 점점 더 줄어들게 되는 거예요. 그러니 마음대로 하세요. 당신 로봇이죠? 당신이 다……니, 맞죠?"

휴민은 여전히 침착성을 유지하며 말했다.

"당신의 주장은 반박의 여지가 없군요. 나는 R. 다닐 올리바입니다. 앞머리의 'R'은 '로봇'을 나타내죠."

93

R. 다닐 올리바는 여전히 침착하게 말했다. 그러나 셀던에게 이제 더 이상 연기할 필요가 없어서인지 목소리에 미묘한 변화가 생겼다.

다닐이 말했다.

"2만 년 전입니다. 내가 로봇이라는 사실을 인간에게 알리고 싶은 생각이 없었을 때는 내가 로봇일 거라고 짐작했던 인간이 한 사람도 없었어요. 그 이유 가운데 하나는 인간이 로봇을 내팽겨쳐 둔 지가 하도 오래된 나머지 로봇들이 같은 시대에 존재했다는 사실조차 기억하는 사람이 거의 없었기 때문이죠. 그리고 또 다른 이유는 내가 인간의 감정을 읽고 또 인간의 감정에 영향을 끼치는 능력을 가지고 있었기 때문이죠.

　인간의 감정을 읽는 데는 아무런 문제도 없었지만 감정에 영향을 끼치는 일은 어려운 일이었습니다. 왜냐하면 내가 원하면 읽을 수는 있었지만, 내가 로봇이었기 때문입니다. 나는 능력이 있었지만 그것을 사용할 수는 없었어요. 그래서 어쩔 수 없는 경우를 빼고는 결코 인간의 감정에 간섭하려 하지 않았습니다. 설사 내가 간섭할 경우에도 이미 존재하고 있는 감정을 최소한으로 변화하는 데 그쳤지요. 만약에 그렇게까지 하지 않고서도 목적을 달성할 수 있을 때는 그마저도 하지 않았습니다.

　태양정복자14가 당신을 받아들이도록 하기 위해 굳이 그를 매수할 필요는 없었습니다. 내가 그것을 '매수'라고 한 이유는 그렇게 하는 것이 유쾌한 일이 못 되기 때문입니다. 나는 그를 매수하지 않았어요. 왜냐하면 그는 내게 이러저러한 호의를 받은 적이 있고 당신도 알다시피 그에게는 기벽이 있기는 했지만 명예를 아는 사람이기 때문이지요. 그의 눈에 신성모독처럼 보이는 행위를 당신이 저질렀을 때 나는 두 번째 간섭을 했습니다. 그렇지만 그것은 거의 하지 않은 것이나 마찬가지였지요. 그는 당신을 제국 정부에 인계하는 일에 그다지 열심이 아니었어요. 제국 정부를 좋아하지 않았거든요. 나는 다만 그의 정부에 대한 혐오감을 약간 부추겨 주었을 뿐이죠. 그러자 그는 어찌 보면 겉만 번지르르한 내 설득을 받아들여 당신을 내게 넘겨 버린 거죠.

　나는 당신을 억지로 매수하지 않았어요. 당신 역시 제국 정부를 신용하지 않았으니까요. 최근에는 대다수 사람들이 그렇지요. 이런 현상은 제국의 쇠퇴를 보여 주는 중요한 조짐이라고 할 수 있습니다. 더욱이 당신은 하나의 개념인 심리역사학을 자랑스러워했고 그렇게 생각하는 것을 뿌듯해했어요. 그 당시 당신은 심리역사학이 실용적인 학문으로 증명되는 것을 싫어하지 않았어요. 그렇게 되면 당신의 자부심은 더욱 커졌을 거고."

셀던은 언짢은 얼굴로 말했다.

"실례지만 로봇 양반, 내가 그렇게 자존심이 강한 괴물이라는 사실을 미처 깨닫지 못했는데요."

다닐이 온화하게 말했다.

"당신은 결코 자존심이 강한 괴물이 아닙니다. 당신은 무엇이든 자존심 때문에 하는 것이 썩 좋은 일도, 유용한 것도 아니라는 사실을 완전히 깨닫고 있었어요. 그래서 그 충동을 억제하기 위해 노력했죠. 당신 자신이 심장의 고동 소리 때문에 고무되는 것을 싫어했던 것은 어쩌면 당연한 것이었는지도 모르죠. 어쨌거나 당신은 이도저도 못하는 처지였어요. 마음의 평화를 찾기 위해 당신이 비록 스스로에게는 그 자존심을 감추었는지 모르지만 내게까지 감출 수는 없었어요. 당신은 혼신을 다해 감추려고 했지만 그것은 어차피 존재하는 것이었으니까. 그래서 나는 그 자존심을 약간 건드려 주었어요. 그러자 당장 당신은 데머즐로부터 숨을 수단을 강구하게 된 것이죠. 바로 전까지만 해도 거부하던 그 수단을 말입니다. 또한 방금 전까지만 해도 경멸의 대상이었던 열의를 가지고 심리역사학 연구에 몰두하게 되었던 것입니다. 나는 더 이상 손댈 필요가 없다는 것을 알았어요.

그러자 당신은 자신이 로봇처럼 행동하고 있다는 것을 추론해 냈어요. 내가 그 가능성을 예견했더라면 그것을 중지시켰을 텐데. 그러나 내 예견과 능력은 무한한 것이 아닙니다. 하지만 지금은 내가 그렇게 하지 못했던 것을 유감으로 생각하지 않아요. 왜냐하면 당신의 주장은 훌륭한 것이고 내가 누구라는 것을 당신이 알고 있으며 내 능력을 사용하여 당신을 돕는 것이 그 무엇보다 중요하기 때문입니다.

셀던, 감정이란 건 말이죠, 인간 활동에 필요한 강력한 엔진입니다. 그것은 인간 자신이 알고 있는 것 이상으로 강력하죠. 거기에 조금만 작용을 가해도 얼마나 많은 일을 할 수 있는지, 그리고 그런 작용을 가하는 것을 내가 얼마나 싫어하는지 당신은 모를 겁니다."

셀던은 자신이 자존심으로 일하는 인간이라고 생각하려 하면서도 그것을 좋아하지 않는 자신을 보며 탄식했다.

"왜 싫어하나요?"

"왜냐하면 지나치기가 십상이기 때문이죠. 나는 라쉘르가 제국을 중세의 무정부 상태로 떨어뜨리지 못하도록 저지해야만 했어요. 인간의 마음을 재빨리 바꿔 놓을 수야 물론 있죠. 그러나 그렇게 했다면 필경 피비린내 나는 반란이 일어났을 겁니다. 남자는 남자일 수밖에 없어요. 그리고 와이의 장군들은 거의 모두가 남자입니다. 남자라면 누구나 품고 있는 여성에 대한 잠재적인 두려움과 반감을 자극하는 일은 실제 그리 어려운 일이 아니에요. 그것은 로봇인 내가 완전히는 이해할 수 없는 생물학적인 문제일지 모르죠. 그녀의 계획을 좌절시키는 데는 남자들의 그런 감정을 강화시키는 것만으로도 충분했어요. 만약 내가 1밀리미터라도 더 손을 댔더라면 내가 원하던 것, 즉 무혈 진압을 이루지 못했을 겁니다. 내 군대가 도착했을 때 그들이 저항하지 않는 것만이 내가 바라던 것이었으니까요."

다닐은 낱말을 고르려는지 잠시 말을 끊었다가 다시 이었다.

"나는 내 양전자 두뇌의 수학으로 이야기를 가져가고 싶지 않아요. 그것은 당신의 이해는 초월하지 않을지 몰라도 내 이해를 초월하는 것이에요. 당신이 충분히 생각해 보면 이해할 수 있다는 말입니다. 그렇지만 나는 전통적으로 '로봇 공학의 3원칙'이라고 불리는, 오래전부터 그렇게 불린 것에 의해 좌우되고 있어요. 말하자면 이런 것이죠. 첫째, 로봇은 인간에게 해를 입히지 않는다. 또는 위험을 지나침으로써 인간이 해를 입도록 하지 않는다. 둘째, 로봇은 인간의 명령에 복종한다. 단, 첫째 원칙에 반하는 경우는 예외로 한다. 셋째, 로봇은 자기 자신을 방어한다. 단, 첫째와 둘째 원칙에 반하지 않는 경우에 한한다. 2만 년 전에 내겐 친구가 하나 있었어요. 또 하나의 로봇이었죠. 그렇지만 나와 같지는 않았어요. 그를 인간으로 착각할 수는 없었죠. 그러나 그 친구는 정신력이 있었고 그 친구한테서 나는 그 힘을 얻을 수 있었습니다. 그 친구는 이 세 원칙 말고 또 하나의 일반 원칙이 있어야 한다고 생각했어요. 그는 이것을 이름 하여 '제로원칙'이라고 불렀습니다. 0은 1 앞에 오는 숫자이기 때문이죠. 제로원칙은 이렇답니다.

0, 로봇은 인류에게 위해를 가하지 않는다. 또는 위험을 지나침으로써 인류가 해를 입도록 하지 않는다.

따라서 첫째 원칙은 다음과 같이 해석해야 합니다.

첫째, 로봇은 인간에게 해를 입히지 않는다. 또는 위험을 지나침으로써 인간이 해를 입도록 하지 않는다. 단 제로원칙에 반하는 경우는 예외로 한다.

그렇게 되면 다른 조항들도 마찬가지로 수정되어야 하는 거죠. 이해하겠습니까?"

다닐은 말을 중단하고 셀던을 뚫어지게 쳐다보았다. 셀던이 말했다.

"이해해요."

다닐은 계속해서 말했다.

"해리, 문제는 '인간'은 쉽게 동일시된다는 데 있답니다. 나는 어떤 한 사람을 지목할 수 있어요. 한 사람의 인간에게 무엇이 해를 끼치는가는 쉽게 알 수 있어요. 적어도 상대적으로 쉽다는 말이죠. 그렇지만 인류란 뭔가요? 우리가 인류라고 말할 때 그것은 무엇을 가리키나요? 그리고 인류에게 해를 끼친다는 것을 어떻게 정의 내릴 수 있나요? 하나의 행동이 인류 전체에게 해를 끼친다고 하기보다 오히려 좋은 영향을 미친다는 것을 어떻게 알 수 있지요? 맨 처음 제로원칙을 생각해 낸 로봇은 죽었습니다. 영원히 활동할 수 없게 된 거지요. 그는 인류를 구해야겠다는 생각을 가지고 행동했지만 그것이 인류를 구했는지 어쨌는지 확신을 가질 수가 없었기 때문입니다.

그는 자신이 활동을 못 하게 될 때쯤 내게 은하계를 돌봐줄 것을 당부했어요. 그 후부터 나는 계속 그 노력을 게을리하지 않았습니다. 나는 인간의 감정에 대한 개입을 가급적 최소화하면서 어떻게 하면 좋을지에 대한 판단은 인간 스스로에게 맡겼어요. 인간들은 모험을 할 수 있지만 나는 모험을 할 수 없었습니다. 인간들은 자신들이 설정한 목표에 미치지 못할 수도 있지만 나는 감히 그럴 수 없었지요. 인간들은 무의식적으로 스스로에게 해를 입힐 수 있었지만 나는 결코 그럴 수 없었습니다. 그렇게 하면 활동이 중지되어 버리니까. 제로원칙은 무의식적인 피해를 용인하지 않아요.

그러나 때로는 내가 행동하지 않을 수 없을 때도 있었어요. 내가 아직 기능하는 것은 내가 신중하고 적절하게 활동해 왔음을 보여 주지요. 그러나 제국이 쇠퇴하고 몰락하기 시작하자 나는 더욱 자주 간섭해야 했고 지금까지 몇십 년 동안을 데머즐의 역할을 하며 지내 오지 않을 수 없게 되었던 겁니다. 그리하여 멸망을 막기 위한 방법으로 정부를 운영해 오고 있는 것입니다. 그런데도 난 아직 기능하고 있어요. 이렇게, 당신이 보다시피 말이죠.

당신이 수학자 총회에서 연설했을 때 나는 당장에 심리역사학 속에 무엇이 인류에게 좋고 또 무엇이 나쁜가를 구별 지어 주는 도구가 있다는 것을 깨달았습니다. 그것이 있으면 우리가 내리는 결정이 최소한 맹목적이진 않을 수 있겠다고 생각한 것이죠. 나는 인간 스스로 결정을 내리게 하고 나 자신은 초비상 시기를 대비하여 내 몸을 간수해야 한다고 믿기까지 했던 겁니다. 그래서 나는 재빨리 클레온에게 당신의 연설 내용을 알려 당신을 불러오도록 조치를 취한 겁니다. 그러고 나서 심리역사학의 가치를 부정하는 말을 들었을 때 당신이 어떻게든지 노력하도록 만들 몇 가지 방법을 생각해야 했던 거죠. 해리, 내 말 이해하겠습니까?"

풀 죽은 모습으로 셸던이 말했다.

"휴민, 이해해요."

"그럴 일이 없겠지만 당신을 다시 만나게 될 때 나는 계속 휴민으로 남아 있을 겁니다, 틀림없이. 당신이 요청하면 내가 갖고 있는 정보를 주겠습니다. 데머즐인 나는 최선을 다해 당신을 보호하겠습니다. 나 다닐에 대해서 결코 입 밖에 내지 말아 주십시오."

셸던이 황급히 말했다.

"그것은 나도 원치 않아요. 내게는 당신 도움이 필요하고 당신 계획을 방해하는 것은 결국 내 일을 망치는 것이니까."

"그래요, 당신이 원치 않는다는 것을 잘 알고 있습니다."

다닐은 지루하고 피곤한 기색을 띠며 미소를 지었다.

"아무튼 당신에게서 심리역사학에 대한 절대적인 믿음을 빼고 나면

남는 것이 없을 겁니다. 당신은 로봇의 도움이 필요하다는 사실을 어느 누구에게도 결코 알려 주지 않겠지요?"

셀던은 얼굴을 붉혔다.

"말하지 않아요."

"하지만 당신은 그러고 싶어 하죠. 아무리 용의주도하게 숨기려고 해도 소용없어요. 나에 대한 얘기를 절대 다른 사람에게 할 수 없도록 당신 마음속에서 그 말을 하고 싶어 하는 욕구를 최소한으로 줄여 나가겠습니다. 이건 중요한 겁니다. 나에 대한 얘기를 남에게 하는 일은 당신에게 결코 일어나지 않을 겁니다."

셀던이 말했다.

"도스는 알고 있을 것 같은데……."

"그녀는 알고 있어요. 그리고 그녀 역시 그 말을 다른 사람에게 할 수 없습니다. 이제 당신과 도스, 둘에서 내 특성을 알게 된 셈이죠. 그러니까 두 사람끼리는 마음 놓고 내 얘기를 할 수 있어요. 그렇지만 다른 사람에게는 절대 안 됩니다."

다닐이 일어났다.

"해리, 나는 지금 할 일이 있습니다. 머지않아 당신과 도스는 제국 구역으로 돌아오게 될 겁니다."

"레이치 소년은 나와 함께 가야 해요. 그를 버려 둘 수 없어요. 유고 애머릴이라는 젊은 다알인도 있고요."

"압니다. 레이치도 데려갈 겁니다. 그리고 당신이 데려가고 싶어 하는 그 사람도 같이 갈 수 있어요. 우리가 모두 다 잘 돌봐 주겠습니다. 그리고 당신은 심리역사학을 연구하게 될 겁니다. 당신에게는 참모가 생길 겁니다. 또 연구에 필요한 컴퓨터와 참고자료도 얻게 될 거고, 나는 가능한 한 당신에 대한 간섭을 줄일 생각입니다. 그러니까 만약 당신이 설정한 목적에 차질이 생긴다 하더라도 실제로 당신 목숨이 위협받는 지경까지 가지 않는 한 당신 스스로 해결해야 합니다."

셀던이 조급하게 말했다.

"휴민, 기다려요. 당신의 도움과 나의 필사적인 노력에도 불구하고 결국 심리역사학이 실용화되지 못할 때는 어떻게 하죠? 내가 실패하게 된다면 말이에요."

다닐이 다시 일어났다.

"그럴 경우에 대비해서 나는 두 번째 계획을 가지고 있습니다. 별도의 세계에서 별도의 방법으로 오랫동안 연구해 오고 있지요. 그것도 대단히 어렵고, 어떤 의미에서는 심리역사학보다 훨씬 급진적이라고 할 수 있습니다. 그것도 역시 실패할 수 있어요. 하지만 한 가지만 있는 것보다 두 가지 방법이 있는 것이 성공의 확률을 훨씬 높일 수 있겠지요. 해리, 충고 한마디 하죠. 당신이 연구하다가 최악의 결과를 저지하는 데 필요한 장치를 설치할 수 없을 때에 대비해서 또 다른 한 가지 장치를 미리 생각해 두십시오. 제국은 완전히 새로운 토대 위에서 안정되든가 재건되든가 하지 않으면 안 됩니다. 가능하다면 그렇게 되기 위한 방도를 하나가 아니라 두 개 만들어 두도록 하세요."

그는 일어섰다.

"이제 나는 내 일로 돌아가야 합니다. 그리고 당신은 당신 일로 돌아가야 하고. 당신은 보살핌을 받게 될 겁니다."

그는 이 마지막 한마디를 덧붙인 뒤 일어나 밖으로 나갔다.

셀던은 그를 배웅하면서 부드럽게 말했다.

"우선 도스에게 말해야겠네요."

94

도스가 말했다.

"궁전에서 방해꾼은 다 사라졌어요. 라셀르는 육체적 타격은 크게 받지 않았을 거예요. 해리, 그리고 당신은 이제 제국 구역으로 돌아가게 될 거예요."

"도스, 그럼 당신은?"

셀던이 낮고 긴장된 목소리로 물었다.

"저는 대학으로 돌아가게 될 것 같아요. 제 일도 제 학과도 다 팽개쳐져 있는 상태거든요."

"아니요. 당신은 더 큰 임무를 갖고 있어요, 도스."

"그게 뭔데요?"

"심리역사학요. 당신 없이는 그 계획에 전념할 수가 없으니까요."

"당신은 잘할 수 있어요. 저는 수학에 대해선 아무것도 몰라요."

"나 역시 역사는 까막눈이에요. 그러니 우리 둘 다 있어야 해요."

도스는 웃었다.

"당신은 뛰어난 수학자예요. 그렇지만 저는 그저 평범한 역사가일 뿐이에요. 걸출한 인물이 못 돼요. 당신은 저보다 심리학 연구에 적합한 우수한 역사학자들을 만나게 될 거예요."

"도스, 그렇지만 심리역사학에는 수학자와 역사학자 이상의 그 무엇이, 평생을 이 문제와 씨름하겠다는 의지가 절대적으로 필요해요. 도스, 당신이 없다면 나는 그런 의지를 가질 수가 없어요."

"당신은 그런 의지를 가질 수 있어요."

"도스, 나는 당신이 없다면 그런 의지를 가질 수 있다는 기대조차

할 수 없어요."

도스는 물끄러미 셀던을 바라보았다.

"해리, 이건 아무 소득 없는 논쟁일 뿐이에요. 결정은 휴민이 내릴 거예요. 만일 휴민이 저를 대학으로 돌려보낸다면……."

"그렇게 하지 않을 거예요."

"당신이 어떻게 확신할 수 있죠?"

"그에게 솔직하게 털어놓을 작정이에요. 그가 당신을 대학으로 돌려보낸다면, 나는 헬리콘으로 돌아갈 거예요. 제국은 멸망으로 치닫겠지."

"설마……."

"진심이에요."

"제가 없어도 당신이 심리역사학에 몰두할 수 있도록 휴민이 당신 기분을 바꿔 놓을 수도 있다는 것을 모르세요?"

셀던은 고개를 저었다.

"휴민이 혼자서 그런 독단적인 결정을 내리지는 않을 거예요. 그와 얘기를 나눴어요. 그는 이른바 '로봇 공학의 3원칙'에 묶여 있기 때문에 인간의 마음에 과도하게 개입하지 않는다고 했어요. 당신과 함께 있고 싶지 않을 정도로 내 마음을 변화시키려면, 도스, 그는 그만큼 위험을 감수해야만 할 거예요. 반면에 그가 나를 내버려 둔 채로 당신이 내 계획에 합류하게 되면, 그는 자신이 원하는 것, 즉 심리역사학이 완성되는 것을 볼 수 있을 거예요. 무엇 때문에 그가 어리석게 내 감정에 개입한단 말예요?"

도스는 고개를 저었다.

"여러 가지 이유에서 그는 동의하지 않을 거예요."

"무슨 근거로 반대한단 말예요? 당신은 나를 보호하라는 요청을 받

앉았어요. 휴민이 부탁을 취소하기라도 했단 말예요?"

"아니에요."

"그렇다면 그는 당신이 보호 임무를 계속하기를 바랄 거예요. 그리고 나도 당신의 보호를 원하고 있어요."

"무엇으로부터 보호하란 말인가요? 당신은 이제 휴민의 보호를 받고 있어요. 데머즐과 다닐의 보호까지도요. 당신에게 필요한 보호란 그것이 전부예요."

"내가 모든 사람의 보호를 받는다 해도, 그리고 은하계에 있는 모든 힘의 보호를 받는다 해도 나는 여전히 당신의 보호를 받고 싶어요."

"그렇다면 당신은 심리역사학을 위해 나를 원하는 것이 아니군요. 당신은 보호를 받기 위해 나를 원하고 있어요."

셀던은 얼굴을 찌푸렸다.

"아니요! 어째서 당신은 내 말을 비꼬기만 하나요? 어째서 당신도 뻔히 알고 있는 사실을 내 입으로 털어놓게 하느냔 말이에요? 내가 당신을 원하는 것은 심리역사학 때문도, 보호 때문도 아니에요. 그런 것들은 다 구실일 뿐이에요. 그런 것들이라면 나는 언제라도 필요한 것을 사용할 수 있어요. 나는 당신을 원해요, 바로 당신을. 그 이유를 진정 알고 싶다면 내 말하지요. 그건 바로 '당신'이기 때문이에요."

"당신은 저를 몰라요."

"그것은 문제가 안 돼요. 그런 건 상관 안 해요. 그러나 어떤 의미에서 보면 나는 당신을 알아요. 당신이 생각하는 것보다 훨씬 많이."

"정말이에요?"

"물론이에요. 당신은 명령을 따르고 있어요. 당신은 아무 주저함도 없이, 그 결과에 연연해하지 않고, 나를 위해 당신 목숨까지 내던지는 사람이에요. 당신은 테니스도 아주 잘 치죠. 당신은 칼도 아주 잘 쓸 줄 알아요, 그것도 아주 신속하게. 그리고 당신은 마론과의 싸움에서 놀라우리만치 스스로를 조절할 줄 아는 능력을 보여 주었어요. '비인간적'이라고 말할 정도로. 당신의 근육은 놀라우리만치 탄탄하고 당신의 반사 신경은 비호처럼 빨라요. 당신은 방이 도청되고 있어도 아무 말이나 할 수 있고 기계장치를 사용하지 않고서도 휴민과 연락을 취할 수 있어요."

"그렇다면 당신은 그런 것들을 어떻게 생각해요?"

도스가 말했다.

"R. 다닐 올리바에게는 제국을 이끈다는 것이 불가능한 임무일 거예요. 어떻게 하나의 로봇이 제국을 이끌 수 있단 말예요? 조력자가 있음이 틀림없어요."

"그거야 분명한 사실이죠. 조력자가 수백만은 될 거예요. 저도 그중 하나고요. 당신도 조력자예요, 레이치 소년도 마찬가지고요."

"당신은 '특별한' 조력자예요."

"어떤 의미죠? 해리, 그것을 말해 주세요. 당신 입으로 말하는 것을 들으면 당신이 얼마나 황당한 사람인지 스스로 확인할 수 있을 거예요."

셀던은 오랫동안 도스를 바라보았다. 한참 후에야 그는 나직한 목소리로 말했다.

"말할 수 없어요. 왜냐하면…… 상관없으니까."

"정말 상관없어요? 당신은 이대로의 나를 받아들이고 싶으세요?"

"내 식대로 받아들이겠어요. 당신은 도스예요. 당신이 다른 그 무엇이라 해도, 이 세상을 다 준다 해도 내가 원하는 것은 오직 당신이에요."

도스는 부드럽게 말했다.

"해리, 당신에게 꼭 맞는 사람이 되고 싶어요. 하지만 지금의 내가 아니더라도 여전히 당신에게 걸맞은 사람이기를 바랄까 하는 생각이 들어요. 나는 당신에게 좋은 사람이 못 돼요."

"맞든 틀리든 그런 것은 상관없어요."

해리는 고개를 숙인 채 왔다 갔다 하면서 다음 말을 뭐라고 해야 할지 몰라 괴로워했다.

"도스, 키스해 본 적 있어요?"

"해리, 물론이죠. 그건 사회생활의 한 부분이에요. 나는 사회생활을 하고 있는걸요."

"아니, 그런 것 말고! 한 남자에게 진심으로 키스해 본 적 있어요?"

"해리, 물론 있어요. 해 봤어요."

"기분이 좋았어요?"

도스는 주저하다가 이윽고 말했다.

"그런 식으로 키스를 했을 때 내가 좋아했던 젊은 남자가 있어요. 그의 우정이 내게는 뭔가 중요한 의미를 주었죠. 그 남자를 실망시키고 즐거워했던 것 이상으로 기분이 좋았어요."

도스는 얼굴을 붉히고 얼른 고개를 돌려 버렸다.

"해리, 제발. 이런 건 설명하기가 어려워요."

그러나 해리는 아까보다 더 단호하게 결심하고 말했다.

"그렇다면 당신은 키스의 의미도 모르면서 키스를 한 거예요. 상대방 감정을 상하게 하지 않으려고."

"어쩌면 모든 사람이 그럴 거예요."

셀던은 이 말을 곰곰이 생각해 보았다. 그러다가 갑자기 말했다.

"당신이 먼저 키스해 달라고 해 본 적이 있어요?"

도스는 아무 말이 없었다. 지난날을 되돌아보는 듯했다.

"아니요, 없어요."

"그럼 상대에게 다시 한 번 키스해 달라고 했던 적은?"

"없어요."

"남자와 자 본 적은 있소?"

그가 부드럽게, 그러나 대답을 갈구하듯 필사적으로 매달렸다.

"물론이에요. 이미 말했잖아요. 이런 일은 생활의 일부예요."

해리는 안타까운 듯 그녀의 어깨를 안았다.

"그럼, 당신은 지금껏 욕구를 느껴 본 적이 있어요? 어떤 특정한 사람과 가까이하고 싶은 욕구 말이에요. 도스, 사랑을 느껴 본 적이 있어요?"

도스는 거의 슬픔에 가까운 얼굴을 한 채 천천히 고개를 들어, 눈을 감고 있는 셀던을 보았다.

"해리, 미안해요. 그런 적 없어요."

셀던은 그녀를 풀어 주고는 풀이 죽어 팔을 떨어뜨렸다.

그러자 도스가 그의 팔에 자기 손을 부드럽게 가져가면서 말했다.

"그래요. 해리, 당신도 알다시피 나는 진정 당신이 원하는 존재가 아니에요."

셀던은 고개를 떨어뜨렸다. 그는 마루를 뚫어지게 내려다보았다. 그는 이 문제를 심사숙고하고 이성적으로 판단해 보려고 애썼다. 마침내 그는 노력을 포기했다. 그는 자기가 바라던 것을 여전히 원하고 있었다. 그는 고개를 들었다.

"도스, 아무리 그래도 난 상관 안 해요."

셀던은 두 팔을 벌려 그녀를 포옹했다. 그리고 천천히 얼굴을 그녀에게 가까이 가져갔다. 그녀가 외면할 수 있는 시간을 주려는 듯했다. 그러면서도 그는 그녀를 더 가까이 끌어당기고 있었다.

도스는 꼼짝도 하지 않았다. 그는 그녀에게 키스를 했다. 천천히, 부드럽게, 그러다가 아주 정열적으로. 그러자 그녀의 팔이 갑자기 그를 꽉 끌어안았다.

그가 입술을 떼자 그녀는 미소를 머금은 눈빛으로 그를 바라보았다. 그리고 말했다.

"한 번 더 해 주세요, 해리."

옮긴이 | 김옥수

서울에서 태어나 한국외국어대학교 영어과를 졸업하고 임프리마 코리아 영미권 부장을 지냈다. 도서출판 사람과책에서 편집부장을 지내다가 현재는 전문 번역가로 활동하고 있다. 역서로는 「파운데이션 시리즈」, 『돼지가 한 마리도 죽지 않던 날』, 『푸른 돌고래섬』, 『천상의 예언』, 『레모네이드 마마』, 『행운을 부르는 아이』, 「뱀파이어 다이어리 시리즈」, 「셉티무스 힙 시리즈」 외 다수가 있다.

파운데이션의 서막

1판 1쇄 펴냄 2013년 10월 4일
1판 21쇄 펴냄 2025년 2월 24일

지은이 | 아이작 아시모프
옮긴이 | 김옥수
발행인 | 박근섭
책임편집 | 김준혁·장은진
펴낸곳 | 황금가지

출판등록 | 2009. 10. 8 (제2009-000273호)
주소 | 06027 서울 강남구 도산대로 1길 62 강남출판문화센터 5층
전화 | **영업부** 515-2000 **편집부** 3446-8774 **팩시밀리** 515-2007
홈페이지 | www.goldenbough.co.kr

도서 파본 등의 이유로 반송이 필요할 경우에는 구매처에서 교환하시고
출판사 교환이 필요할 경우에는 아래 주소로 반송 사유를 적어 도서와 함께 보내주세요.
06027 서울 강남구 도산대로 1길 62 강남출판문화센터 6층 민음인 마케팅부

한국어판 © ㈜민음인, 2013. Printed in Seoul, Korea

ISBN 978-89-6017-761-1 04840 (6권)
ISBN 978-89-6017-763-5 04840 (set)

㈜민음인은 민음사 출판 그룹의 자회사입니다.
황금가지는 ㈜민음인의 픽션 전문 출간 브랜드입니다.